El silencio de la ciudad blanca

Eva García Sáenz de Urturi

Vintage Español
Una división de Penguin Random House LLC
Nueva York

PRIMERA EDICIÓN VINTAGE ESPAÑOL, ABRIL 2019

Información de catalogación de publicaciones disponible en la Biblioteca del Congreso de los Estados Unidos.

Vintage Español ISBN en tapa blanda: 978-1-9848-9853-1
eBook ISBN: 978-1-9848-9854-8

Para venta exclusiva en EE.UU., Canadá, Puerto Rico y Filipinas.

www.vintageespanol.com

Impreso en los Estados Unidos de América
10 9 8 7 6 5 4 3 2 1

Eva García Sáenz de Urturi

El silencio de la ciudad blanca

Eva García Sáenz de Urturi nació en Vitoria, España. Recibió su título en Optometría, ocupó diversos puestos de dirección en el sector óptico y posteriormente desarrolló su carrera profesional en la Universidad de Alicante. En 2012, su novela *La saga de los longevos* se convirtió en un fenómeno de ventas y se tradujo al inglés con gran éxito en Estados Unidos y Gran Bretaña. Es también autora de *Los hijos de Adán* y *Pasaje a Tahití* (2014), y de los dos volúmenes posteriores de la Trilogía de la ciudad blanca, titulados *Los ritos del agua* (2017) y *Los señores del tiempo* (2018). Está casada y tiene dos hijos.

TAMBIÉN DE EVA GARCÍA SÁENZ DE URTURI

TRILOGÍA DE LA CIUDAD BLANCA

Los ritos del agua

Los señores del tiempo

LA SAGA DE LOS LONGEVOS

La saga de los longevos: La vieja familia

La saga de los longevos II: Los hijos de Adán

OTRAS NOVELAS

Pasaje a Tahití

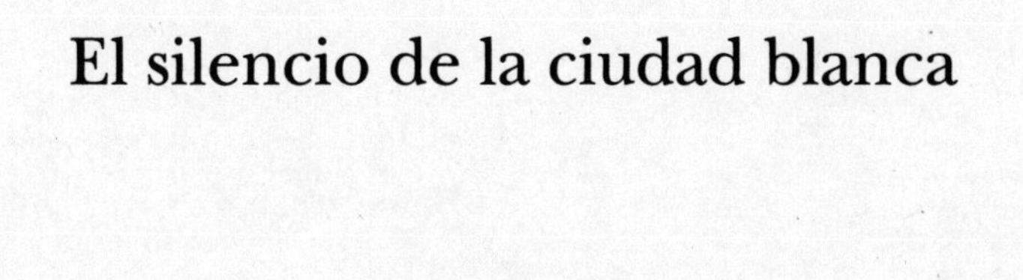

El silencio de la ciudad blanca

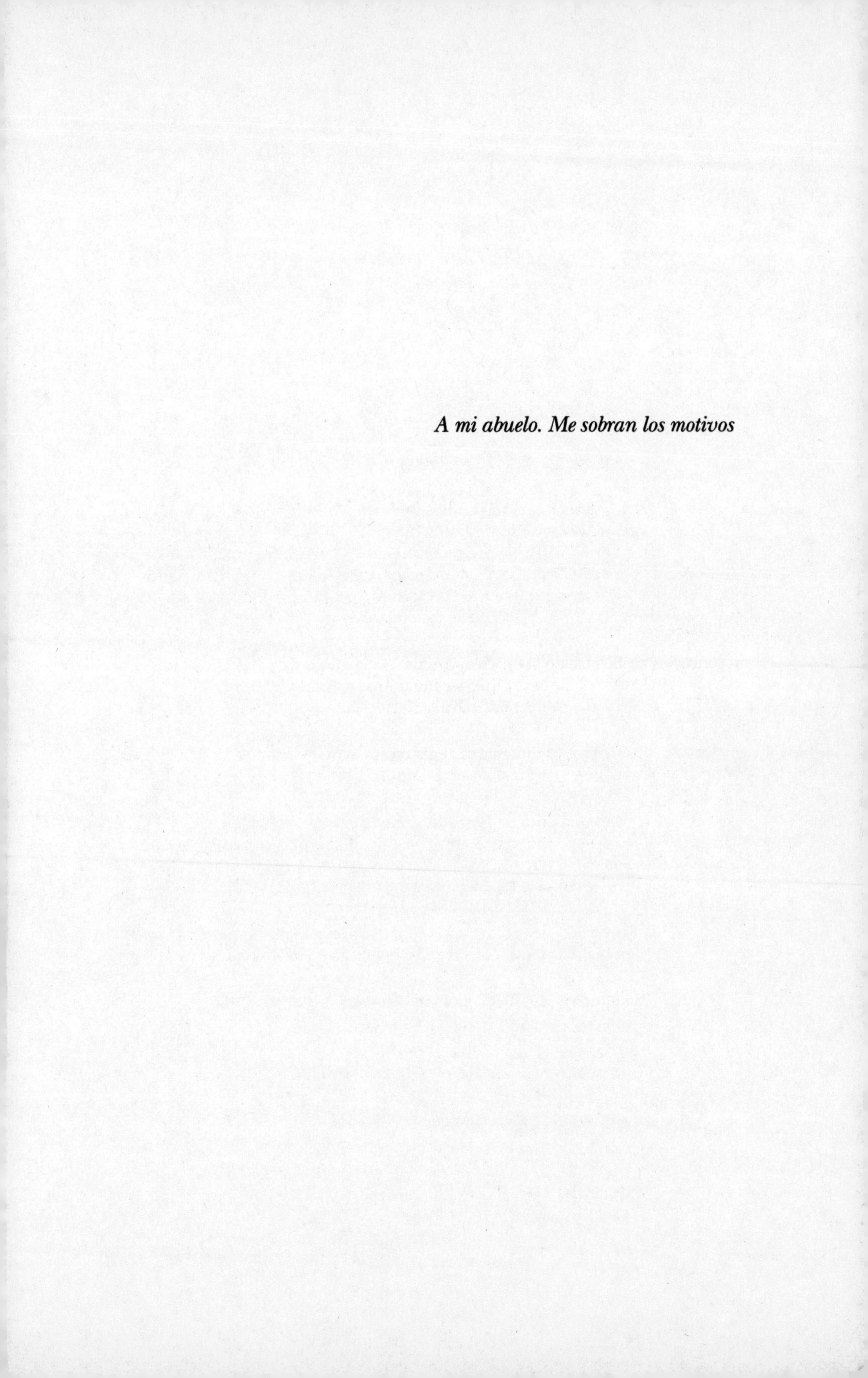

A mi abuelo. Me sobran los motivos

El mundo necesita hombres malos.
Somos los que mantenemos a raya a los otros hombres malos.

RUST COHLE, *True Detective*

PRÓLOGO

Vitoria, agosto de 2016

Las cámaras de televisión se obsesionaron con acosar a mi cuadrilla. Necesitaban un titular y estaban convencidos de que mis amigos podrían dárselo. Los siguieron por toda Vitoria desde que saltó la noticia de que el asesino me había disparado: a partir de aquel momento, no hubo descanso para nadie.

A primera hora, apostados en las entradas de sus portales. Y por las tardes, cuando quedaban en el Saburdi de la calle Dato, a tomar unos pinchos en silencio. Pero aquellos días nadie tenía ganas de hablar, y la presencia impenitente de los reporteros no ayudaba.

—Sentimos lo que le ha ocurrido al inspector Ayala. ¿Vais a ir a la concentración de esta tarde? —les preguntó un periodista, mientras agitaba un periódico frente a ellos con la noticia en primera plana y mi imagen ocupando casi más que el titular.

El tío grandote y moreno que intentaba sin éxito ocultar su rostro de las cámaras era yo, días antes del disparo.

Mis amigas bajaron la cabeza, mis amigos dieron la espalda al cámara.

—Estamos en *shock* —se arrancó por fin Jota, apurando su vino tinto—. La vida no es justa, no es justa.

Tal vez creyó que sería suficiente para que los dejaran en paz, pero entonces los reporteros vieron a Germán, mi hermano, imposible de ignorar con el metro veinte de estatura con que le castigaba su enanismo. Germán intentó escabullirse hacia los aseos. El reportero, con el ojo ya curtido en mil exclusivas, avisó a los cámaras en cuanto lo reconoció.

—¡Es el hermano, seguidlo!

Mi hermano se volvió antes de cerrarle la puerta del baño en las narices, gesto que se reprodujo en todos los canales nacionales aquella misma noche.

—Váyanse a la mierda —se limitó a decir, ni siquiera enfadado, ni siquiera ofendido. Simplemente agotado.

Sé que todos los vitorianos estaban consternados porque yo había acabado con un tiro en la cabeza, y si hubiera podido pensar en aquellos momentos, cosa que era fisiológicamente imposible, se me habrían puesto de corbata solo por la emoción.

Un policía nunca espera cerrar un caso siendo la última víctima del asesino en serie que tiene aterrorizada a la ciudad, pero la vida tiene formas muy creativas de jugártela.

Y… sí: yo no salí bien parado. Terminé, como digo, con una bala en el cerebro. Pero tal vez debería desgranar los detalles de lo que en un principio se dio en llamar «El doble crimen del dolmen», y terminó siendo una matanza programada con todas sus letras durante muchos muchos años por una mente criminal que estaba muy por encima del cociente intelectual de cualquiera de los que intentamos darle caza a tiempo.

Cuando el que se pone a matar en cadena es un puñetero genio, solo puedes rezar para que tu bola no salga del bombo dorado y el niño de turno no cante tu número con voz temblorosa.

1

LA CATEDRAL VIEJA

24 de julio, domingo

Estaba disfrutando del mejor pincho de tortilla de patatas del mundo, con el huevo a medio cuajar y las patatas cocidas aunque crujientes, cuando recibí la llamada que me cambió la vida. A peor, debo aclarar.

Era la víspera del día de Santiago, y en Vitoria nos preparábamos para celebrar el día del Blusa, un homenaje a los jóvenes que alegrábamos las fiestas que estaban por venir a primeros de agosto. El asador de madera donde intentaba terminar con aquella microdelicia estaba tan abarrotado y era tan ruidoso, que tuve que salir a la calle del Prado cuando noté que el móvil vibraba dentro del bolsillo de mi camisa, junto al corazón.

—¿Qué ocurre, Estíbaliz?

Mi compañera no solía molestarme en mis días libres, y desde luego, el día del Blusa y su víspera eran demasiado sagrados como para plantearse acudir al trabajo con toda la ciudad patas arriba.

El estruendo de las charangas y la riada de gente que las seguía, brincando y cantando, me impidió escuchar en un primer momento lo que Estíbaliz intentaba decirme.

—Unai, tienes que venir a la Catedral Vieja —me urgió.

Aquel tono de voz, aquel matiz, entre desconcertado y apremiante, tampoco era habitual en una tía que los tenía mejor puestos que yo, que ya es decir.

Comprendí al segundo que algo grave había ocurrido.

Traté de alejarme del omnipresente ruido que aquel día encapsulaba la ciudad y dirigí mis pasos inconscientemente hacia el parque de la Florida, buscando dejar atrás los decibelios que me impedían escuchar la conversación en términos mínimamente productivos.

—¿Qué ha pasado? —pregunté, intentando despejarme del último trago del Rioja que no debería haber bebido.

—No te lo vas a creer, está todo igual que hace veinte años.

—¿De qué me estás hablando, Esti? Es que hoy estoy un poco espeso.

—Unos arqueólogos de la empresa de restauración de la catedral han encontrado dos cuerpos desnudos en la cripta. Un chico y una chica, con las manos apoyadas en la mejilla del otro. Te suena, ¿verdad? Ven ahora mismo, Unai. Esto es serio, esto es muy serio. —Y colgó.

«No puede ser», pensé.

«No puede ser.»

Ni siquiera me despedí de la cuadrilla. Seguirían en el asador Sagartoki, en medio de aquella marea humana, y era poco probable que alguno hiciese caso de su móvil si les llamaba para comunicarles que mi día del Blusa acababa de terminar allí mismo.

Me dirigí, con las últimas palabras de mi compañera retumbando en mi cabeza, hacia la plaza de la Virgen Blanca, pasé delante de mi portal y subí hasta la entrada de la Correría, una de las calles más antiguas de la ciudad medieval.

Fue una mala elección. Estaba abarrotada, como todo el centro aquel día. La Malquerida y los demás bares que jalonaban los portales del casco antiguo rebosaban vitorianos y me costó más de un cuarto de hora llegar a la plaza de la Burullería, el patio trasero de la catedral donde había quedado con Estíbaliz.

La plaza se llamaba así porque en el siglo xv había sido el mercado de los burulleros, los tejedores de paño que convirtieron a la ciudad en una de las arterias comerciales de paso obligatorio del norte de la península. Caminé por el suelo adoquinado, y la estatua de bronce de un preocupado Ken Follett me miró al verme pasar, como si el escritor anticipase las oscuras tramas que habían comenzado ya a tejerse a nuestro alrededor.

Estíbaliz Ruiz de Gauna, inspectora de la División de Investigación Criminal como yo, me esperaba haciendo mil llamadas, nerviosa, y moviéndose de un lado a otro de la plaza como una lagartija. De melena pelirroja hasta la barbilla, con su escaso metro sesenta estuvo a punto de no cumplir con los requisitos de admisión al cuerpo, y Vitoria estuvo a punto de perder una de sus mejores y más cabezotas investigadoras.

Ambos éramos jodidamente buenos cerrando casos, aunque no tan buenos siguiendo las reglas. Cargábamos con más de un apercibimiento por desobediencia, así que habíamos aprendido a cubrirnos. Respecto a seguir las normas... estábamos en ello.

Estábamos en ello.

Yo hacía la vista gorda de ciertas adicciones que aún coleaban en la vida de Esti. Ella miraba hacia otro lado cuando yo no obedecía a mis superiores e investigaba por mi cuenta.

Me había especializado en Perfilación Criminal, así que solían requerirme cuando aparecían seriales: asesinos, violadores... Cualquier chusma que reincidiera. Si se producían más de tres hechos con un período de enfriamiento, entonces era para mí.

Estíbaliz se había centrado en Victimología, los grandes olvidados. ¿Por qué a esa persona en concreto y no a otra? Manejaba con más soltura que nadie las bases de datos del SICAR, que incorporaba todas las huellas de pisadas y de rodadas de vehículos imaginables, o la de SoleMate, un compendio de todas las marcas y modelos de zapatos y zapatillas de fabricación internacional.

En cuanto se percató de mi presencia, olvidó el móvil y me miró con cara de pésame.

—¿Qué hay allí dentro? —quise saber.

—Mejor lo ves —murmuró, como si el cielo pudiera oírnos, o tal vez el infierno, quién sabe—. Me ha llamado el comisario Medina en persona. Quieren a un experto en Profiling como tú, también me han requerido a mí para que me centre en la victimología del caso. Ahora lo entenderás. Quiero que me digas tu primera impresión. Los técnicos de la Policía Científica ya han llegado, también la forense y el juez. Vamos a entrar por el acceso de la Cuchi.

La Cuchillería era otra de las antiguas calles donde los gremios se agrupaban en la Edad Media. En Vitoria teníamos un recordatorio perenne de los oficios de nuestros tatarabuelos: la Herrería, la Zapatería, la Correría, la Pintorería... El primer trazado de la Almendra Medieval permanecía intacto pese al trasiego de los siglos.

No dejaba de ser curioso que se pudiera acceder a una catedral desde lo que parecía a simple vista un portal de viviendas más.

Teníamos ya a dos agentes custodiando la entrada, una gruesa puerta de madera en el número 95. Nos saludaron y nos dejaron pasar.

—Ya he interrogado a los dos arqueólogos que los encontraron —me informó mi compañera—. Habían venido hoy a adelantar un poco de trabajo, por lo visto les están apretando desde la Fundación de la Catedral Santa María para que terminen con la zona de las criptas y el foso para este año. Nos han dejado las llaves. La cerradura está intacta, como ves. Sin forzar.

—¿Dices que han venido a trabajar la víspera del día de Santiago por la tarde? ¿No es un poco… extraño para un vitoriano?

—No he visto nada extraño en sus reacciones, Unai. —Negó con la cabeza—. Estaban alucinados, más bien espantados. Ese horror no se finge.

«De acuerdo», pensé. Me fiaba de las impresiones de Estíbaliz como la rueda trasera de un tándem se fía de la delantera. Así funcionábamos, así pedaleábamos.

Entramos en el soportal restaurado y mi compañera cerró la puerta a nuestra espalda. El ruido de la fiesta por fin cesó.

Hasta entonces, la noticia del hallazgo de dos cadáveres rebotaba en mi cabeza sin llegar a entrar del todo, era demasiado divergente con la alegre y despreocupada algarabía de mi alrededor. Una vez cerrada la puerta, en aquel silencio de claustro, con los focos de obra iluminando tenuemente la escalera de madera que nos daba acceso a las criptas, todo me parecía más factible. Que no deseable.

—Ponte el casco, anda. —Me tendió uno de los cascos blancos con el logo azul de la Fundación que obligaban a colocarse a todos los turistas que visitaban la catedral—. Con tu altura, seguro que te das en la cabeza.

—Paso —la ignoré, ocupado en observar toda la estancia.

—Es obligatorio —insistió, tendiéndome de nuevo el engendro blanco y rozándome el canto de la mano con sus dedos.

Era un juego al que jugábamos con una sola regla muy clara: «Hasta ahí». En realidad, había otra más, complementaria: «No preguntes. Hasta ahí». Yo consideraba que dos años sin avances era un *statu quo,* una manera ya establecida de tratarnos, y Estíbaliz y yo lo llevábamos muy bien. También influía que ella estaba metida en los preparativos de su boda y yo había enviudado hacía... bueno, qué más daba.

—Blanda —murmuré, y tomé el casco de plástico.

Subimos las escaleras curvas y dejamos atrás las maquetas de la aldea de Gasteiz, el primer asentamiento sobre el que se erigió después la ciudad. Estíbaliz tuvo que detenerse de nuevo para buscar la llave adecuada que nos diera acceso al recinto interior de la Catedral Vieja, uno de nuestros símbolos. Restaurada y parcheada más veces que mi bici de niño, un cartel de ABIERTO POR OBRAS nos saludaba a mano derecha.

Conocía todos los emblemas de mi tierra, los tenía memorizados en el lóbulo temporal desde que el doble crimen del dolmen convulsionó a toda una generación de vitorianos veinte años y cuatro meses antes del presente.

El dolmen de la Chabola de la Hechicera, el yacimiento celta de La Hoya, las Salinas romanas de Añana, la Muralla Medieval... esos fueron los escenarios que eligió un asesino en serie para poner a Vitoria y la provincia de Álava en el mapa mundial de las crónicas de sucesos de los telediarios. Hasta rutas turísticas se habían hecho por entonces, debido al morbo que generó su particular y macabra puesta en escena.

Yo rondaba ya los veinte años cuando ocurrió, y me obsesionó de tal manera que aquello fue lo que me hizo entrar en el cuerpo. Seguía la investigación a diario con una ansiedad que solo se puede entender cuando eres un postadolescente monotemático, analizando los pocos datos que trascendían en *El Diario Alavés,* y pensaba: «Yo puedo hacerlo mejor. Están siendo torpes, están obviando lo más importante: la motivación, el porqué». Sí: con casi veinte años me creía más listo que la policía, qué naíf me parece todo aquello ahora.

Después, la verdad me golpeó en la cara más duro que un guante de boxeo, me dejó aturdido, como al resto del país. Nadie esperaba que Tasio Ortiz de Zárate fuese el culpable. Me habría dado igual que fuese cualquiera: mi vecino, una monja clarisa, el panadero, el mismo alcalde… Me habría dado igual.

Pero no él, nuestro héroe local, algo más que un ídolo: un modelo. Arqueólogo mediático, triunfador en un programa de televisión con récords de *share* en cada emisión, autor de libros de historia y misterio que agotaban tiradas en semanas, Tasio era el tipo más carismático y encantador que había parido Vitoria en las últimas décadas. Listo, muy atractivo, a tenor de la opinión unánime de cualquier fémina y, además, duplicado.

Sí, duplicado.

Teníamos dos para elegir. Tasio tenía un gemelo univitelino, idéntico hasta en la forma de cortarse las uñas. Indistinguible. Optimista como él, de buena familia, alegre, juerguista, educado, correcto… Con apenas veinticuatro años tenían Vitoria a sus pies y un futuro que se les suponía más que brillante: estelar, estratosférico.

Ignacio, su gemelo, se inclinó por el camino de la ley: se hizo policía en los años duros, el tío más íntegro que hemos tenido en el cuerpo. Nadie esperaba que la historia acabase entre ellos como acabó. Todo, y digo «todo», fue demasiado sórdido y cruel.

Que un hermano encuentre pruebas irrefutables de que su gemelo es el asesino en serie más buscado y estudiado de la democracia, que él mismo tenga que dar la orden de detenerlo cuando hasta la fecha eran inseparables como siameses… Ignacio se convirtió en el hombre del año, un héroe a respetar, el que tuvo los arrestos de dar la cara y hacer lo que pocos haríamos: entregar a tu propia sangre a una vida entre rejas.

Lo que me llevaba a una cuestión inquietante: tanto *El Diario Alavés* como *El Correo Vitoriano*, nuestros dos periódicos locales y rivales a muerte, no dejaban de recordar por aquellos días que Tasio Ortiz de Zárate saldría en un par de semanas gracias a su primer permiso carcelario, después de veinte años en prisión. ¿Y ahora, precisamente ahora, la ciudad con el índice de criminalidad más bajo de la zona norte se apuntaba dos cadáveres en el macabro marcador de las estadísticas?

Sacudí la cabeza, como si aquel gesto fuera a despejar mis fantasmas. Me obligué a dejar las conclusiones para más tarde y centrarme en lo que teníamos delante.

Entramos en la cripta recién restaurada, y efectivamente tuve que agachar la cabeza ante la poca altura de los techos. El espacio aún olía a madera recién cortada. Pisé con aprensión las losas de piedra gris, pulidas, rectangulares, perfectas, que solo podían ser obra de una máquina del siglo XXI. Parecían nuevas y daba pena ensuciarlas. Dos gruesas columnas frente a nosotros aguantaban como podían el pesado paso de los siglos, los verdaderos cimientos de aquella vieja catedral que se doblaba.

Al ver los dos cuerpos inertes allí tendidos sentí que una arcada me nacía de la boca del estómago. Pero resistí.

Resistí.

Los técnicos, envueltos ya con sus buzos blancos y sus chapines, procesaban el escenario desde hacía un buen rato. Habían colocado varios focos para dar visibilidad a la oscura cripta y parecía que las fotografías ya habían acabado, porque vi varios testigos métricos colocados en el suelo. Estíbaliz pidió un croquis del escenario y después de estudiarlo con detenimiento me lo pasó.

—Dime que no tienen veinte años, Estíbaliz —rogué en voz alta.

«Cualquier otra edad, veinte no.»

El conteo del anterior asesino en serie se detuvo en quince años: cuatro parejas, hembra y varón, desnudas y cada uno de ellos apoyando cariñosamente la palma de su mano sobre la mejilla del otro, en un incongruente gesto lleno de ternura que nadie había conseguido explicar hasta la fecha, ya que se comprobó que las víctimas no se conocían en ninguno de los casos. Todos ellos con apellidos compuestos alaveses: López de Armentia, Fernández de Retana, Ruiz de Arcaute, García de Vicuña, Martínez de Guereñu...

En el dolmen de la Chabola de la Hechicera, junto al pueblo alavés de Elvillar, aparecieron los cuerpos sin vida de dos recién nacidos. Poco después, en el yacimiento del poblado celtíbero de La Hoya de Laguardia, un niño y una niña de cinco años. Las manos consolando al otro, la mirada perdida en el cielo.

En el Valle Salado de Añana, próspera explotación de sal desde tiempos de los romanos, hallaron los cadáveres de un chiquillo y una chiquilla de diez años. Para cuando los crímenes llegaron a Vitoria y aparecieron un chaval y una chavala de quince años junto a la puerta de entrada de la Muralla Medieval, la psicosis era tal, que los jóvenes de veinte años quedábamos en nuestras casas para jugar al mus con nuestros abuelos. Pero nadie se atrevía a pasear por Vitoria si no era en manada. Era como si la edad de las víctimas avanzase con la cronología de la Historia de nuestra tierra. Todo muy arqueológico, muy Tasio.

Después lo atraparon. El inspector Ignacio Ortiz de Zárate ordenó detener a Tasio Ortiz de Zárate, el arqueólogo más famoso y querido del país. Lo juzgaron, lo hallaron culpable de ocho asesinatos consumados y lo encarcelaron.

La cosecha de niños vitorianos se detuvo.

La voz de mi compañera me trajo de nuevo al presente.

La forense, la doctora Guevara, una delgada mujer de cincuenta años y mejillas planas y rojas, charlaba en voz baja con el juez Olano, un hombre mayor de espaldas anchas, tronco grueso y piernas cortas que escuchaba con un pie colocado en dirección a la puerta, como si se quisiera largar corriendo de allí. Preferimos no acercarnos de momento, no parecía que quisieran ser interrumpidos.

—Aún no los hemos identificado —me hizo saber Estíbaliz, bajando la voz—, estamos cruzando los datos con denuncias de desaparecidos. Pero ambos, chico y chica, aparentan veinte años. Estás pensando lo mismo que yo, ¿verdad, Kraken?

A veces me llamaba por mi apodo de adolescente, era una de esas confianzas que habían llegado con el tiempo.

—Es imposible que haya sucedido lo que estoy pensando —susurré, mientras apretaba la mandíbula.

—Pero está pasando.

—Aún no lo sabemos —la corté, obcecado.

Ella guardó silencio.

—Aún no lo sabemos —repetí, tal vez para convencerme—. Vamos a centrarnos en lo que tenemos delante. Después, en mi despacho y con la cabeza fría, hablamos de las conclusiones, si te parece.

—Conforme, ¿qué ves?

Me acerqué a los cuerpos de las víctimas, hinqué la rodilla frente a ellos y recité en voz baja mi plegaria:

«Aquí termina tu caza, aquí comienza la mía».

—Tres *eguzkilores*, las flores del sol —dije por fin—. Colocados entre sus cabezas y a ambos lados de sus pies. No acabo de entender su significado en esta escena.

El *eguzkilore* era un antiguo símbolo de protección en la cultura vasca que se colocaba en las puertas de los caseríos para impedir la entrada de las brujas y otros demonios. Pero en este caso, desde luego, no los había protegido.

—No, yo tampoco comprendo qué pintan aquí —coincidió Estíbaliz, agachándose a mi lado—. Continúo yo con las víctimas: hembra y varón de raza blanca, entre veinte y veintitantos años ambos. Tumbados boca arriba, en decúbito supino y desnudos sobre el suelo de la catedral. No presentan cortes, ni golpes, ni signos de violencia. Pero... mira: ambos tienen un pequeño orificio de entrada en un lateral del cuello. Un pinchazo. A los dos les han inyectado algo.

—Habrá que esperar a los informes de toxicología —dije—. Tendrán que enviar muestras a analizar al Servicio de Laboratorio Forense de Bilbao, por si encuentran drogas o psicofármacos. ¿Algo más?

—Una de las manos de cada individuo está posada sobre la mejilla del otro. La forense establecerá la data de la muerte, pero aún no presentan *rigor mortis*, así que asumo que llevan muertos pocas horas —añadió—. Voy a pedir a los técnicos que preserven las manos en bolsas de papel, no parece que se defendieran, pero nunca se sabe.

—Acércate —le indiqué, con un gesto—. Creo que huelen a... ¿gasolina? Es bastante sutil, pero diría que huelen a gasolina o a petróleo.

—Pues sí que tienes el olfato fino. Yo no lo había notado —asintió ella, después de olisquear sobre sus rostros.

—Todavía tenemos que averiguar la causa de la muerte. ¿Crees que en esta ocasión también los han envenenado como en los crímenes anteriores? ¿Tal vez les han hecho ingerir gasolina?

Iba a contestar, después de acercarme al rostro de la chica. El rictus de dolor se le había quedado congelado. Había muerto sufriendo, igual que el chico. Observé el pelo del chaval. Estaba recién cortado en los laterales y el tupé todavía se sujetaba, enhiesto, gracias a la gomina de peluquería cara. Parecía que se cuidaba. La joven también había sido guapa, atractiva. Tenía las cejas cuidadas, pocas imperfecciones en el rostro, no presentaba marcas de acné, parecía de esas generaciones que crecieron haciendo uso del acondicionador de pelo y los tratamientos de cabina.

«Niños pijos», pensé. Como la otra vez. Pero entonces me di cuenta de nuestro error.

—Estíbaliz —la frené—, tenemos que resetear y empezar de nuevo. No estamos procesando un escenario, los dos nos hemos puesto directamente a compararlo con otro. Ya llegaremos a eso, primero vamos a tratarlo como si fuera único, después haremos las comparativas.

—Pero creo que eso es precisamente lo que busca el asesino o asesinos. La puesta en escena es idéntica a la de los otros crímenes. Si me preguntas por las víctimas, Kraken, te diría que siguen la serie de hace veinte años.

—Sí, pero hay diferencias. No creo que la muerte sea por veneno. Aunque la prensa nunca llegó a filtrar qué tipo de veneno fue. Tampoco pienso que sea por ingesta de gasolina. El olor sería mucho más fuerte, habría hecho falta mucha más cantidad, amén de las quemaduras químicas de las que no hay ni rastro. Es como si solo hubieran estado en contacto con una o dos gotas.

Me acerqué al rostro del chico. Tenía un gesto raro, la boca cerrada con los labios levemente apretados hacia el interior, como si se los estuviera mordiendo.

Entonces vi algo, me acerqué también a la chica.

—A los dos les taparon la boca con una cinta de embalar y luego se la arrancaron de un tirón. Mira.

En efecto, la marca rectangular de una cinta adhesiva que les había cubierto los labios había dejado la piel algo más pigmentada debido a la abrasión.

Entonces, rodeados del silencio de las piedras de la iglesia, que nos acogían horrorizadas, me pareció escuchar algo.

Un zumbido, un sonido leve, pero molesto.

Le hice un gesto a Estíbaliz para que callara y acerqué la oreja al rostro del chico, apenas a un centímetro. ¿Qué demonios era aquel ruido? Cerré los ojos y me concentré únicamente en el sonido, en la anomalía, en localizar el origen, donde el levísimo zumbido era más intenso. Casi rocé la punta de la nariz de la víctima, luego bajé por el músculo orbicular y llegué a los labios.

—¿Tienes un boli?

Ella se sacó uno del bolsillo trasero del pantalón y me lo tendió con un interrogante pintado en el rostro.

Abrí con un extremo del bolígrafo la comisura de los labios y de improviso, salió una abeja furiosa y me caí de espaldas.

—¡Hostia, una abeja! —se me escapó, ya en el suelo.

Todos los presentes se giraron hacia nosotros, los técnicos me lanzaron una mirada de reprobación por caer tan cerca del centro de la escena.

Estíbaliz reaccionó bastante rápido e intentó cogerla, pero el insecto salió volando por encima de nuestras cabezas y dejó de estar a nuestro alcance en cuestión de segundos, alejándose hacia las ruinas cubiertas de la antigua aldea de Gasteiz.

—Deberíamos atraparla —dijo mi compañera, buscándola con la mirada por el foso—. Puede ser determinante para la investigación si es el arma del crimen.

—¿Atraparla, en una iglesia de noventa y seis metros desde el ábside a la puerta? No pongas esa cara —me justifiqué, al ver cómo me miraba—, cada vez que viene un amigo de fuera de Vitoria, lo traigo a las visitas guiadas de la catedral.

Estíbaliz suspiró y volvió a acercarse a los cuerpos.

—De acuerdo, olvidémonos de la abeja de momento. Dime, ¿ves móvil sexual? —me preguntó.

—No —me acerqué—, a simple vista la vagina de la chica parece intacta, vamos a preguntar a la forense, creo que ha terminado con el juez.

—Señoría... —dijo Estíbaliz, recogiéndose el pelo que sobresalía bajo el casco en una coleta.

—Buenas tardes, por decir algo —contestó el juez Olano—. Mi secretario les deja el acta de la inspección ocular para que la firmen. Por mi parte, ya he tenido bastante para un día festivo como hoy.

—Ni que lo diga —murmuré.

El juez desapareció rápidamente de la cripta y nos dejó con la forense.

—¿Han encontrado restos biológicos, doctora? —quise saber.

—Hemos examinado tanto los cuerpos como el escenario con el CrimeScope —dijo, señalando la lámpara de luz forense—. Ni rastro de sangre. También hemos buscado semen con la lámpara de Wood, pero no parece que haya. De todos modos, esperaremos a los resultados de la autopsia, serán más precisos. Esto va a ser muy complicado, me temo. ¿Necesitan algo más, inspectores?

—No, doctora. De momento, no —se despidió Estíbaliz con una sonrisa. En cuanto la forense desapareció, se giró hacia mí—. Entonces, Unai, ¿qué dices de la puesta en escena?

—Digo que están desnudos, es cierto, y hay un marcado aspecto sexual en ello y en establecerlos como pareja al colocar sus manos con ese gesto tan extraño, aunque creo que fue *post mortem*, cuando el asesino los trajo hasta aquí y orientó los cuerpos hacia...

Me saqué el móvil del bolsillo y abrí una aplicación que hacía las veces de brújula. Me agaché y me tomé mi tiempo hasta estar seguro.

—Están orientados al lugar por donde sale el sol en el solsticio de invierno —le informé.

—Traduce, yo no soy un alma salvaje que se fusiona con la Madre Tierra los fines de semana como tú.

—No me fusiono con ninguna fuerza telúrica los fines de semana, simplemente voy al pueblo a ayudar a mi abuelo con el campo. Si tuvieras un abuelo de noventa y cuatro años empeñado en no jubilarse, estoy seguro de que harías lo mismo. Y respondiendo a tu pregunta, los cuerpos están orientados en el eje noroeste.

«Como el primer doble crimen del dolmen», pensé, preocupado. Eso sí que trascendió.

Pero callé.

No quería contradecirme y que Estíbaliz notara que, pese a mis intentos por aislar aquel caso en mi cabeza, seguía comparándolo con nuestros terrores adolescentes. Probablemente, igual que ella.

Lo cierto es que algo me temblaba por dentro. No podía dejar de pensar que estaba respirando el mismo oxígeno que el del asesino. Que pocas horas antes, un capullo con un trastorno psicopático no tratado había ocupado el mismo lugar en el espacio que yo, y miré al aire encapsulado de la catedral como si tuviera que dejar huellas visibles en la nada. Sabía sus movimientos, los veía a cámara rápida en mi cabeza. Cómo tuvo que trasladar los cuerpos, cómo los colocó en la cripta, sin dejar huellas. Lo sabía ya, era meticuloso y lo había hecho antes.

Aquel alarde no era el primero.

Solo me faltaba verle el rostro, porque me negaba a creer que la solución fuese tan sencilla y tan imposible como para tenerla allí delante: un acertijo resuelto antes siquiera de acabar de pronunciar el enunciado.

Estíbaliz me observaba, esperando que saliese de las espirales mentales en las que a veces me perdía. Me conocía bien, respetaba mis silencios y mis ritos.

Me levanté por fin, nos miramos y supe que ya éramos diez años más viejos que la pareja de investigadores que había entrado, media hora antes, en aquel templo.

—De acuerdo, Unai, ¿qué te dice tu cerebro de perfilador?

—El que ha hecho esto tiene un perfil de un asesino organizado. No es una agresión espontánea, apostaría a que no conocía a las víctimas, las ha cosificado. Y además hay un control total y absoluto de la escena. Pero lo que más me inquieta, Estíbaliz, es esta desconcertante ausencia de huellas u otros restos. Me encaja con el perfil, el asesino tiene una conciencia forense casi profesional, y eso es muy preocupante.

—¿Qué más? —me apretó, sabía que yo no había terminado, que estaba pensando en voz alta frente a ella. Solíamos hacerlo, los pensamientos fluían mejor así.

—Las víctimas tienen los ojos abiertos, así que no hay arrepentimiento ni pena por parte del asesino. Es un rasgo muy psicopático —continué.

—¿No has visto ningún rasgo mixto?

—No, no tiene ni un solo rasgo de asesino desorganizado. ¿Sabes lo poco común que es eso? Los desorganizados suelen dejar atrás un escenario marcado por una brutal violencia explosiva. Suele haber ataques en el rostro, caras desfiguradas, y golpes con armas de oportunidad como palos o piedras. Esto es diferente, este tío no es un psicótico, parece un psicópata o un sociópata: minucioso y planificador, no tiene problemas mentales, así que por suerte es plenamente imputable. Lo que me escama es el tipo de arma que ha usado, si es que es esa: ¿unas abejas? Es un arma fetiche.

—Objetos que normalmente no son armas, pero que para él tienen una significación especial —pensó Esti en voz alta.

—Eso me temo —le confirmé—. Hay que averiguar qué veneno usó el asesino hace veinte años, tendremos que pedir los informes antiguos en cuanto lleguemos a comisaría. De todos modos, si aceptásemos que este asesinato es una continuación de la serie de cuatro crímenes de 1996, estamos hablando de un período de enfriamiento de dos décadas. Cuando hablamos de asesinos en serie organizados, cuanto más largo sea el período de enfriamiento, más calmada es la personalidad del psicópata, pero estadísticamente suelen ser semanas o meses. ¿Tienes idea de a qué nos enfrentamos si estamos ante un tipo con un período de enfriamiento de veinte años?

—Entonces dilo tú, Unai. Dilo en voz alta. Porque toda Vitoria se lo va a estar preguntando en cuanto se convierta en *trending topic* nacional dentro de unas horas y tenemos que estar preparados para dar una respuesta cuando la prensa se nos eche encima.

Suspiré.

—De acuerdo. Haré las preguntas adecuadas, a ver si me salen.

—Adelante.

Y entonces, una idea se me posó en el hombro izquierdo, como una mariposa negra. Era una certeza, lo supe: si hubiera tenido una bola de cristal, un aparato para ver el futuro, si hubiera sabido que me iba a tocar a mí encargarme de aquel caso, nunca me habría metido a investigador de homicidios.

Así de claro, así de rotundo.

Me habría quedado en Villaverde, sembrando trigo con el abuelo.

Porque no quería enfrentarme a aquello. A aquello no. A cualquier otro caso… estaba mentalizado, me había preparado durante años y había salido bien parado hasta la fecha. Buenas estadísticas, casos resueltos en un tiempo razonable, felicitaciones y palmadas en la espalda por parte de los superiores. Pero no aquel, no con Tasio Ortiz de Zárate de por medio.

Pero tenía que verbalizarlo, hacerlo real, que no fuera un molesto zumbido sobre nuestras cabezas.

«De acuerdo —claudiqué—. Lo diré.»

—¿Cómo diablos Tasio ha continuado con sus asesinatos, veinte años después y de idéntica manera, si ahora mismo está encerrado en la cárcel de Zaballa? ¿Puede una persona, por muy demonio que sea, estar en dos sitios a la vez?

2

LOS ARQUILLOS

Día de Santiago. 25 de julio, lunes

Me fascinaba la extraña simetría de los acontecimientos. Víctimas pares, con edades acabadas en cero o en cinco... Un asesino y un policía idénticos... Que los crímenes se detuviesen cuando Tasio entró en la cárcel, que los crímenes se reanudasen cuando estaba a punto de salir...

Me fascinaba y me mantenía insomne, debo confesar.

Me levanté de la cama a las seis de la mañana, incapaz de dormir. En parte, porque la gente seguía celebrando el día del Blusa debajo de mi balcón de madera en la plaza de la Virgen Blanca como si no hubiera un mañana. En parte, porque la jornada se intuía complicada: lidiar con la prensa, escuchar las directrices del comisario Medina... Iba a ser un largo día de despachos, necesitaba tomar aire para lo que estaba por venir.

Me calcé unas zapatillas de *running* y salí escaleras abajo, trotando hasta el portal que me separaba del corazón de Vitoria. Un par de años atrás había conseguido un buen alquiler para un piso en el mismísimo centro. Una amiga que trabajaba en Perales, la inmobiliaria de referencia de la ciudad, me debía un favor después de que yo aligerase la tramitación de una orden de alejamiento de un exnovio demasiado apremiante. Un capullo en toda regla, vamos.

Begoña me estaba más que agradecida, y sabía que yo buscaba piso después de lo que les ocurrió a Paula y a mis hijos, así que me ofreció aquella ganga antes de colgar el cartel en el escaparate de la oficina. Un piso recién reformado de una habitación. Vecinos muy ancianos, entrañables pero sordos como tapias. Las mejores vistas para un tercero, aunque sin ascensor. Solo para mí, sin espacio para compartirlo con nadie más, es decir: perfecto.

Irrumpí al galope en la acera, cruzándome con oleadas de gente que volvía a sus casas de retirada, casi en procesión. Las conversaciones se apagaban, los pasos pesaban, alguno hacía eses en la entrada de la Zapatería con una llave en la mano.

Me desvié de la muchedumbre y busqué las calles menos transitadas. Bajé por la plaza hasta la calle de la Diputación, continué por Siervas de Jesús, y rodeé toda la Almendra Medieval hasta que volví por la Cuesta de San Francisco de nuevo, media hora después, más fresco y despejado, y me metí por los Arquillos... y allí estaba, la *runner* misteriosa con la que me llevaba cruzando todas las madrugadas de la última semana. La única persona lo bastante loca o motivada como para correr a las seis de la mañana como yo.

Nunca iba por callejones estrechos, se alejaba de las sombras, siempre corría por el centro de las aceras, parecía unir puntos entre las farolas y llevaba un silbato bien visible colgado al cuello. Una persona precavida. Más que eso, demasiado consciente de los peligros. O la habían atacado antes, o temía un ataque. Y aun así, salía a correr buscando el alba casi todos los días de la semana.

Yo aminoré la marcha cuando alcancé el tramo final de los soportales cubiertos por los arcos, no quería darle la sensación de que la estaba siguiendo. No quería meterle miedo, no era un acosador, aunque aquella chica, peinada siempre con una larga trenza morena y una gorra incongruente, me intrigaba más de lo que quería admitir. Me distraje mirando un póster gigantesco que colgaba de la pared, anunciando un musical de *Moby Dick* en el Teatro Principal.

«Llamadme Ismael —pensé, recordando las primeras líneas de la novela—. Hace unos años, no importa cuánto hace exactamente, teniendo poco o ningún dinero en el bolsillo, y nada en particular que me interesara en tierra, pensé que me iría a navegar un poco por ahí, para ver la parte acuática del mundo. Es un modo que tengo de echar fuera la melancolía y arreglar la circulación.»

Fue ella quien, para mi sorpresa, rompió el hielo y me sacó de mis pensamientos. Cuando se quedó en la explanada frente a la entrada de la iglesia de San Miguel, se detuvo junto a la estatua de bronce del Celedón y apoyó la pierna sobre la barandilla para comenzar a estirar.

Yo pasé por delante, fingiendo ignorar su presencia por pura educación, pero ella alzó la cabeza.

—¿Tú no sales de marcha un día como hoy? —Rio, con una energía limpia que me llegó y me hizo detenerme—. O no eres un blusa o te gusta demasiado correr.

«Si tú supieras», callé.

—Ni lo uno ni lo otro, me temo —contesté, sin mojarme demasiado—. O tal vez ambas.

Nunca la había visto de frente, con detenimiento. Tenía el rostro estrecho, la expresión amistosa, el color de los ojos, imposible de dilucidar con aquella luz escasa de la farola. Bastante alta, muy blanca de piel. Agradable, deseable. Todo a la vez, y a la vez, distante.

—¿Qué hay de ti? —quise saber, sin acercarme—. ¿Te gusta funcionar al revés que el resto del mundo?

—O quizá este sea el único momento en todo el día que me puedo dedicar a mí.

«O tienes cargas familiares o un trabajo estresante. Posiblemente de mañana y tarde. Muchas horas extra, un puesto de responsabilidad», deduje y guardé las conclusiones para mí.

—Me alegro de no ser una especie en extinción —contesté.

Sonrió y se acercó para presentarse.

—Me llamo… Blanca.

Hubo una duda de dos segundos y una micromirada a la hornacina de la Virgen Blanca que teníamos frente a nosotros. Demasiado tiempo para decidir cuál es tu propio nombre.

«¿Por qué me mientes?»

—¿Y tú? —preguntó.

Llamadme Ismael.

—Ismael.

—Ismael… ya. Pues encantada de conocerte, Ismael. Si estás tan volado como para seguir levantándote a correr a estas horas, imagino que nos veremos por aquí —dijo Blanca, antes de reanudar su trote y desaparecer escaleras abajo.

Yo me quedé junto al Celedón, la vi pasar por delante de mi portal y enfilar hacia el parque de la Florida.

Dos horas más tarde pedaleaba hacia mi despacho en el barrio de Lakua, donde nos habían construido la nueva comisaría en un imponente edificio de hormigón. Cerré el candado de la bici alrededor de una de las barras del parking y suspiré hondo antes de entrar.

Qué me depararía el día, con qué pensamiento me dormiría aquella noche.

«Tú céntrate en lo que hoy encuentres, todo va a salir bien», me intenté animar, sin creerme ni una sola de mis palabras.

Subí las escaleras y entré en el segundo piso. Ya frente a mi ordenador, comencé a recabar todos los datos y ordenar mis ideas. Fue el comisario Medina, un hombre de cejas negras espesas y barba blanca tupida —a veces duro, a veces comprensivo—, quien llamó a la puerta con dos golpes secos e irrumpió con un gesto serio.

—Buenos días, inspector Ayala. ¿Ha leído la prensa hoy?

—No he tenido oportunidad, señor. ¿Ha empezado ya la guerra?

—Me temo que sí. —Suspiró, lanzándome un ejemplar de *El Diario Alavés*—. Alguien se fue de la lengua con el hallazgo de los cadáveres en la Catedral Vieja y ayer por la noche ya sacaron una edición especial.

—¿Una edición en papel por la noche? —repetí, extrañado—. Ya no se publican ediciones extras en papel. Por lo que sé, ahora todo lo que no se publique en la edición matutina se actualiza en la versión digital del periódico.

—Precisamente eso nos da una idea del seguimiento que *El Diario Alavés* le va a hacer a este caso. Y no es de extrañar, por otro lado. Nadie hablaba de otra cosa por las calles de Vitoria desde las doce de la noche. Me han llamado ya una docena de emisoras de radio y varias cadenas de la televisión nacional. Todos quieren saber, todos quieren más detalles. Entre en mi despacho, la inspectora Gauna nos espera. Hoy se incorpora la subcomisaria Díaz de Salvatierra, a ella le rendirán cuentas de esta investigación. Desde luego que todos esperábamos que su primer día fuera más tranquilo, pero la actualidad manda, como dicen los periodistas. Venga conmigo, por favor.

Asentí, mientras leía de reojo el titular del periódico: «Dos jóvenes hallados muertos en la Catedral Vieja».

Suspiré aliviado. El título era bastante descriptivo y el tono resultaba sorprendentemente neutro, muy lejos de la batalla de titulares en la que se había enzarzado en el pasado con su eterno rival, *El Correo Vitoriano.*

Entré en el despacho de paredes laminadas en madera, un poco expectante, lo reconozco. Los nuevos nombramientos siempre eran secreto de Estado, inútil intentar enterarse antes de tiempo. Los superiores guardaban silencio y nadie solía conocer a los cargos que se incorporaban; lo habitual era que viniesen destinados de otras comisarías. Estíbaliz me esperaba uniformada y sentada ante la gigantesca mesa de reuniones. Miré a la nueva subcomisaria y durante un segundo no supe reaccionar.

—Subcomisaria Alba Díaz de Salvatierra, le presento al inspector Unai López de Ayala.

Allí, frente a mí, alargándome la mano, una elegante mujer vestida de traje de chaqueta me sonrió, fingiendo que era la primera vez que me veía, pese a que ambos sabíamos que no era cierto. Porque era la misma mujer que había conocido aquella madrugada con el nombre de Blanca.

—Subcomisaria... —respondí, en el tono más neutro del que fui capaz—. Bienvenida a Vitoria. Espero que trabaje a gusto con nosotros.

Ella me mantuvo la mirada media décima de segundo más de lo esperado, se enfundó una sonrisa social y me apretó la mano por segunda vez en menos de cinco horas.

—Un placer conocerle, inspector Ayala. Me temo que tendremos que improvisar nuestra primera reunión ahora mismo.

—Inspectora Gauna —intervino el comisario Medina—, ¿tiene ya el informe de los técnicos que procesaron el escenario?

—Así es —dijo Estíbaliz, levantándose y distribuyendo tres copias entre los presentes—. Resumiré: el asesino o asesinos no han dejado ni una sola huella, ni dactilar, ni palmar, pese a que han intentado encontrar huellas lofoscópicas con todos los reveladores que se les han ocurrido, dada la superficie oscura y porosa de las piedras de la cripta, desde cerusa hasta ninhidrina. Tampoco hay rastro de huellas de zapatos. Los cuerpos llevaban muertos apenas un par de horas cuando fueron depositados en la cripta de la catedral. No hay señales de abusos sexuales ni de resistencia por parte de las víctimas. Lo que sí podemos adelantar ya, a falta de las autopsias que se realizarán a lo largo del día de hoy, es que la probable causa de la muerte fue la asfixia provocada por varias picaduras de abeja en la garganta de las víctimas.

—¿Abejas? —repitió la subcomisaria—. ¿Y cómo llegaron hasta allí?

—El inspector Ayala y yo encontramos indicios de que ambos habían llevado una cinta adhesiva sobre los labios. Creo que el asesino les introdujo a la fuerza varias abejas en la boca y luego se las tapó con la cinta. Es cierto que olía a petróleo alrededor del rostro de las víctimas. Ese tipo de olor las enfurece, por lo que el asesino buscaba que las abejas les picasen en la garganta y la hinchazón provocada en las membranas mucosas taponase las vías respiratorias y les provocase la muerte, aunque para ello tuvo que taparles también la nariz. Me temo que fue una muerte muy dolorosa.

Observé a la subcomisaria: hizo un gesto de apretar la mandíbula, después disimuló.

—¿Qué hay de la identidad de ambos? —preguntó, apartándose un mechón negro del rostro.

—De eso quería hablarles. Estamos cruzando las descripciones con las denuncias de desapariciones en Vitoria o en la provincia de estos últimos días. Y hasta ayer por la tarde, no había ninguna denuncia de desapariciones recientes, pero el titular del periódico de esta pasada noche está teniendo un efecto llamada que, me permito anticipar, irá a más a lo largo de la mañana y se despejará por la tarde.

—No comprendo.

—Hablando en cristiano, subcomisaria —contestó Estíbaliz—: Los padres leyeron anoche en el periódico que han aparecido un chico y una chica muertos en la Catedral Vieja. Esta pasada noche ha sido la víspera del día del Blusa. Muchos chavales de veintitantos años todavía no han vuelto de la juerga a sus casas. Son las once de la mañana. Los padres se han puesto histéricos, han llamado a sus móviles y no responden. Es habitual que los chicos o las chicas apaguen los móviles por la noche, o no respondan a sus padres y luego digan que no había cobertura o que se quedaron sin batería. La comisaría de la calle Olaguíbel está a rebosar en estos momentos de padres apurados que no pueden localizar a sus hijos. Es algo frecuente en estos casos, por desgracia. Cuando se produjo la tragedia del Madrid Arena sucedió lo mismo. Tenemos las líneas del 112 casi colapsadas. Hasta hace cinco minutos, habíamos contabilizado casi trescientas llamadas de padres denunciando la desaparición de sus hijos. Pero no podemos cursarlas oficialmente hasta que hayan pasado veinticuatro horas sin que la persona haya aparecido. La inmensa mayoría llaman nerviosos porque sus hijos no han vuelto todavía de marcha y han desayunado con la noticia. A lo largo de la mañana irán volviendo, y muchos de esos padres no van a llamar de nuevo al 112 para informarnos de que sus hijos han vuelto, simplemente estarán tan aliviados que se querrán olvidar del asunto cuanto antes.

—Lo cual da un margen de horas precioso al asesino o asesinos —pensé en voz alta—. No ha sido casualidad que los matase la víspera del día del Blusa. Creo que esto es precisamente lo que buscaba: ir por delante de nosotros, y también creo que buscaba este efecto de psicosis colectiva posfiesta.

—¿Primeras impresiones? —nos tanteó la subcomisaria.

—Son muy bajos —me adelanté.

—¿Cómo?

—Las dos víctimas. Son muy bajitos los dos. Y nada corpulentos —aclaré.

—¿Y eso adónde nos lleva? —quiso saber la subcomisaria Díaz de Salvatierra, interesada—. ¿Por qué lo menciona, Ayala?

—Porque siempre hablamos de «asesino», asumiendo que es un hombre. Pero, de momento, no descartaría a una mujer, al menos si fuese alta o tuviera cierta fuerza; veo factible que pudiese matarlos uno a uno. Hasta ahora, las víctimas han sido bebés, o niños de cinco, diez y quince años, y ahora, si nuestras sospechas se confirman, dos jóvenes de veinte. No muy altos, no muy fuertes. Sigue siendo posible que tanto un hombre como una mujer lo hayan hecho. Si los asesinatos continúan, será interesante ver la talla y complexión de las próximas víctimas.

—Próximas víctimas... —repitió la subcomisaria—. ¿Tan seguro está de que esto volverá a ocurrir?

—¡Oh, vamos! Tenemos que dejar de fingir que este crimen es único —dije, levantándome—. Estamos dándole ventaja al responsable. Tenemos que aceptar que estos asesinatos hacen expresa referencia a los que ocurrieron hace veinte años. No tiene sentido comenzar de cero. Se han reanudado. Continuarán. Mi recomendación es que avisemos ya a la población de veinticinco años con apellido alavés compuesto. No podemos montar un dispositivo que proteja a cinco mil jóvenes, pero podemos dar indicaciones de seguridad. Que no vayan solos por la calle, que no vuelvan solos de marcha por las noches, siempre acompañados. Que no accedan solos a los portales, que no vayan estos fines de semana solos al monte. No tenemos ni idea de dónde los capta o los secuestra antes de matarlos. Simplemente hay que intentar ponérselo más difícil.

Alba se colocó delante de mí con los brazos cruzados.

—No vamos a hacer eso —se limitó a decir.

—¿Qué? —respondí, sin dar crédito.

—No vamos a alarmar más a la población. —Negó con la cabeza, con una tranquilidad que me exasperó—. Si publicamos esos consejos de autoprotección, cundirá el pánico en la ciudad y nos va a resultar muy complicado trabajar. No quiero que llegue el caos.

—El caos ya ha llegado, lo ha montado él, el asesino. ¿Me está diciendo, subcomisaria, que su objetivo ahora mismo, hoy mismo, no es intentar prevenir el próximo más que probable asesinato de un chico y una chica de veinticinco años?

De eso se trataba, de cazarlo antes del siguiente.

De eso se trataba.

Pero los miré a los tres y vi una extraña expresión en sus ojos, como si yo me hubiera pasado gritando. Tal vez lo hice, no lo recuerdo.

Fue entonces cuando entró Pancorbo, uno de nuestros inspectores más antiguos, rascándose la maraña de hilos canos sobre su calva redonda y pulida.

Le susurró algo al comisario al oído y nos lanzó una mirada de preocupación antes de cerrar la puerta y desaparecer tan sigilosamente como había entrado.

El comisario Medina hizo pinza con los dedos entre aquellas cejas poderosas y apretó los párpados por un momento.

—¿Tienen encendidos sus ordenadores? —nos preguntó.

Estíbaliz y yo nos encogimos de hombros, sin comprender.

—Sí, claro —dijo ella.

—Pues vayan ahora mismo a sus despachos, salgan de la intranet y apáguenlos. También las conexiones de internet en sus móviles. Esta comisaría está sufriendo un ataque informático.

Corrí a mi despacho, cerré todos los documentos donde había escrito mis primeras impresiones acerca del caso de la Catedral Vieja y me dispuse a salir de mi cuenta de correo electrónico cuando vi un mensaje nuevo sin leer con un remitente que me trajo hielo a las venas: Fromjail, o traducido del inglés, «Desde la cárcel».

Sé que la orden de mi superior era no abrir ningún mensaje nuevo, sé que el riesgo era elevado. Sé que…

Lo abrí. El mensaje era corto y me dejó clavado en el sitio:

Kraken:

Tú y yo podemos formar un equipo y cazar al asesino. Ven a visitarme hoy mismo. Esto es urgente, y lo sabes. Va a seguir haciéndolo.

Con todos mis respetos a tus métodos de investigación,

Tasio

3

ZABALLA

25 de julio, lunes

¿Kraken? ¿Cómo sabía Tasio Ortiz de Zárate mi apodo de adolescente? ¿Cómo un tío que llevaba veinte años entre rejas me había investigado y me había enviado un correo electrónico, si desde la cárcel no tenía acceso a internet? ¿Era él, o era una trampa?

Me acerqué con prisas al despacho de Estíbaliz y cerré la puerta.

—Vas a tener que cubrirme y mentir por mí —le solté, a bocajarro.

—Una vez más —contestó, mientras se recogía la coleta pelirroja—. Te escucho.

Estíbaliz no fallaba nunca. Era fiable y segura como el motor de un viejo Cadillac cubano.

—Voy a la cárcel de Zaballa, a hablar con la directora de la prisión. Creo que Tasio Ortiz de Zárate ha contactado conmigo, aunque podría ser un imitador. En todo caso, tengo que descartarlo en persona, es la única manera. Quiero empezar a elaborar un perfil del asesino; si él es el inductor, hay ciertos rasgos que no va a poder disimular. Como veo que los de arriba no tienen tanta prisa como nosotros, no vamos a informar de momento. Oficialmente, estoy contigo toda la mañana tomando declaraciones a las personas relacionadas con la Catedral Vieja: personal religioso, bedeles, limpieza, arqueólogos y los guías que realizan las visitas. Esta mañana he investigado, la empresa de mantenimiento se llama Alfredo Ruiz, S.L. Habla con el gerente, que te proporcione los datos de todos los que tienen las llaves de entrada de la catedral. Nos vemos a las tres en punto en el bar Toloño para comer y ponernos al día.

Tomé uno de los coches de la unidad, un Patrol blanco, y arranqué hacia la N-1, rumbo al Centro Penitenciario de Álava, un inmenso penal donde habían trasladado a Tasio y a todos los presos desde que cerraron la antigua cárcel de Nanclares de la Oca.

Tasio había tenido veinte años para rehacer su vida desde dentro de la prisión y reinventarse. Ya no era arqueólogo, y no pensaba volver a ejercer como tal; ahora era criminólogo y guionista de series negras. La noticia de que había vendido el guion para una serie policíaca por una cifra de seis ceros a la HXO, la cadena norteamericana famosa por sus series de culto, lo había traído de vuelta a los titulares. Más lucrativo que trabajar para la Diputación Foral de Álava, desde luego.

Poco después, recuperado el protagonismo mediático que al parecer tanto le gustaba, había surgido una misteriosa cuenta en Twitter con un extraño nombre de usuario: @scripttipsfromjail.

Si llamaba la atención, era porque la foto de perfil era una imagen de Tasio en sus mejores tiempos, poco antes de su detención: con su pelo rubio oscuro, el rostro rectangular, la sonrisa blanca y amplia, confiada. Un tipo atractivo, un ganador.

La cabecera de la cuenta era el *skyline* de Vitoria. Las cuatro torres de las iglesias más altas: la Catedral Vieja, San Vicente, San Miguel y San Pedro. Una imagen icónica que se repetía en la ciudad hasta en las pegatinas de los coches.

La biografía de la cuenta resultaba inquietante: «Solo soy un guionista en el lado equivocado de la realidad. *True serial addict, fake serial killer.* Tasio Ortiz de Zárate».

Algo así como «@consejos para guiones desde la cárcel». Y un juego de palabras que se podría traducir como: «Auténtico adicto a las series, falso asesino en serie».

Solía colgar consejos del tipo: «Al espectador le tiene que encantar odiar a tu antagonista». «La mejor manera de generar ironía dramática es dejar que en el primer acto el espectador sepa más que el protagonista.» O «Cuando estés construyendo a tu antagonista, ten en cuenta que los villanos no saben que son villanos. Son personajes que se acuestan por la noche con la conciencia limpia, seguros de que hacen lo correcto».

La cuenta tenía más de medio millón de seguidores, y desde luego, el que enviaba los ciento cuarenta caracteres jugaba a ser Tasio, pero nadie sabía cómo se las arreglaba para lanzar tuits desde la cárcel.

El mundo estaba dividido en cuanto a los sentimientos que generaba su existencia: en general, toda Vitoria le odiaba, pero el resto del planeta y las nuevas generaciones que no vivieron el horror de los cuatro dobles crímenes, fascinados por la leyenda del asesino en serie que vendía sus guiones millonarios, lo idolatraban por cada gota de sabiduría que colgaba en la red.

Cuando me acerqué al inmenso parking de la cárcel me descubrí nervioso, tamborileando con mis dedos sobre el volante.

«Déjate de tonterías, ahora eres un adulto.»

Repasé el listado de recomendaciones que nos dieron en la academia de Arkaute para neutralizar ese tipo de personalidades, manipuladoras y egomaníacas.

Enseñé mi placa al funcionario de la entrada, un tipo de cara redonda y ojos muy juntos, con la intención de pedir una reunión con la directora del penal e informarle de lo sucedido. Pero el tipo, al ver mi nombre, miró en su listado y me dijo:

—Ve al módulo de comunicaciones. El recluso Tasio Ortiz de Zárate te está esperando en la sala tres.

Disimulé mi sorpresa y le seguí la corriente. Salí del edificio de entrada y me encaminé hacia donde me habían dicho.

Avancé por un corredor verde y entré en la sala tres, pero enseguida comprendí que me había confundido. Al otro lado del cristal de seguridad, además de un funcionario aburrido apostado en la puerta, solo había un recluso con pinta de politoxicómano sentado en una silla de plástico negra. Un esqueleto de mirada ida, ensimismado, esperando la visita de algún familiar.

Me di media vuelta y agarré el pomo de la puerta para abrirla. Entonces escuché sus nudillos huesudos golpeando el cristal. Me giré, distraído. El preso me hizo una indicación con el dedo para que cogiera el teléfono de la repisa de acero inoxidable y me sentase en la silla vacía, gemela a la suya.

—¿Qué quieres, una papelina? —le pregunté, aunque sabía que mi voz no le llegaría a través del grueso cristal.

Descolgué el auricular y me lo acerqué al oído, todavía de pie, con un zapato apuntando a la puerta, dispuesto a irme.

—Kraken… —susurró una voz grave, lenta, que me taladró el cerebro y llegó como un balazo al área de la memoria.

A la estatua en la que me convertí se le olvidó respirar durante unos segundos, el tiempo que se tomó Tasio en alzar sus ojos de loco y clavarlos en los míos.

Me costó conjugar la imagen que guardaba del tipo guapo y triunfador con aquel desperdicio humano. Pese a que Tasio había cumplido los cuarenta y cinco, el hombre que tenía frente a mí aparentaba muchos años más. Decir que había envejecido mal resultaba demasiado amable, porque aquel Tasio solo era una burda imitación de un preso de penal americano. Un yonqui huesudo con las greñas recogidas en una coleta mal hecha, detrás de las orejas. Un bigote en forma de U invertida, muy de los años setenta, tan fuera de lugar que resultaba tétrico y cómico a la vez.

No, miento: resultaba inquietante.

Aquel tipo no estaba bien. Estaba perturbado. Parecía que llevaba veinte años colocándose con caballo o algo peor.

«¿Qué te ha hecho la vida, tío?»

Eso fue lo primero que pensé.

Por algún motivo que no alcanzo a comprender, se lo solté así, tal cual, a bocajarro. Como un borracho o un niño, de esos que nunca mienten.

—¿Qué te ha hecho la vida, tío? —me escuché decir, como hipnotizado.

Apreté los párpados cuando me di cuenta de que era tarde. Vaya manera de empezar.

—Eso es lo que vamos a tratar de arreglar, Kraken. Lo que me ha hecho la vida… —hablaba deliberadamente lento, con una voz de ultratumba que se me clavaba en el tímpano y lo raspaba.

Pensé que aquel hablar arrastrado sería efecto de la heroína, y también pensé que aquella voz, varios tonos más grave de lo que recordaba, era producto de un par de décadas de tabaquismo.

Tasio aspiró el humo de un cigarrillo, expulsó el aire con calma, y jugueteó durante un rato con una de las cajetillas de tabaco negro que tenía en su lado de la repisa. Tenía otra cajetilla, aún sin abrir. Y dos ceniceros. Dos.

Me invitó a sentarme con un gesto, y nuestros reflejos se superpusieron sobre el cristal de seguridad como un doble holograma.

—De acuerdo —suspiré por fin—. Vayamos al grano. ¿Por qué me has hecho venir?

—Estoy muy preocupado —dijo, tardando una eternidad—. Salgo de permiso en un par de semanas. Si los crímenes continúan, el asesino encontrará la manera de volver a incriminarme.

—¿Incriminarte? Estás en prisión, ¿cómo podría alguien incriminarte?

—No disimules, lo has pensado ya, como toda Vitoria a estas horas. Pensáis que soy el inductor. Por eso te he llamado. Si te ayudo a cazarlo, Vitoria volverá a aceptarme.

—¿Aceptarte? —repetí, incrédulo—. ¿Después de haber matado a ocho niños vitorianos? ¿Tienes idea de cómo suenas?

Tasio me miró con aquellos ojos de perdido. Se tomó su tiempo, como si no valiese la pena contestarme.

—Voy a renunciar a tratar de convencerte de que no soy el culpable de los primeros ocho asesinatos. Sé que, por tu parte, ya estoy condenado. Como para el resto de la humanidad. Los primeros años lo intenté, con todas mis fuerzas. Durante el juicio contraté la mejor defensa que pude pagar, pero no fue suficiente. Después, cuando la condena fue firme y me ingresaron en Nanclares, con los otros reclusos, con los funcionarios... Todos me habíais condenado. Me costó entender que no tenía nada que hacer, que la verdad no le importaba a nadie. Solo los hechos: había un culpable en la cárcel, y los asesinatos cesaron. Pero yo me obsesioné, necesitaba entender lo que había ocurrido, qué había sucedido para que la gente pasase de pedirme autógrafos a odiarme en el lapso de unas horas. Me matriculé en Criminología, estudié perfiles, procedimientos, todos los casos que pude de asesinos en serie. Le tomé gusto a las películas policíacas, a las pocas que tuve acceso desde prisión. Después me hice adicto a las series negras. Comencé a entender que la realidad y la ficción eran hermanas gemelas, una se retroalimenta de la otra. En todas las historias hay un planteamiento, un nudo y un desenlace. Un protagonista, una fuerza antagónica, los aliados, los enemigos, las pruebas... y un mentor. ¿De qué estoy hablando ahora? ¿Eh, Kraken? ¿De la ficción o de la realidad?

—Por eso te hiciste guionista...

—Descubrí que se me da bien desvelar las estructuras de las historias. Son como el andamiaje. Después, solo hay que embellecer el edificio, ¿no te parece? El caso es que voy a salir de permiso antes de quince días, pero esto pinta muy mal para mí. Y quiero que nos ayudemos mutuamente.

—¿Y cómo vas a ayudarme? ¿Vas a resolver este nuevo crimen desde la cárcel?

—Verás, tengo una ventaja en la que ahora mismo tú no crees. Yo sé que no soy el inductor de este asesino, y yo sé que no fui el asesino hace veinte años, por lo que me voy a centrar en averiguar quién sí ha podido hacerlo. Tú, en cambio, me tienes por el culpable de la primera tanda de asesinatos, y ahora vas a tener que investigar mi círculo para descartarme o no como inductor de los que van a venir. Eso te va a consumir un tiempo precioso, que, no lo dudes, va a ser aprovechado por el asesino.

«De acuerdo, Tasio. Juguemos. A ver adónde nos lleva esto.»

—Pongamos que, contra todo pronóstico, te creo —dije, con el auricular quemándome el oído—. Tú no has sido, te tendieron una trampa, tal y como proclamabas en tus primeras declaraciones...

—Ajá —asintió. Me hizo un gesto elíptico con el cigarro en la mano para que continuase.

—Dime, ¿crees que los asesinatos de ayer son obra de la misma persona?

—No he visto las imágenes. Podrías traérmelas.

—No te pases de listo, Tasio —le corté.

—De acuerdo. —Reculó, echándose hacia atrás en la silla negra de plástico—. Veamos, sacaré al arqueólogo de la maleta. Los primeros asesinatos eran una representación de la cronología de Álava. El dolmen de la Chabola de la Hechicera: Calcolítico, hace cinco mil años. Los bebés eran recién nacidos. Como si fueran las primeras edades del hombre, ¿captas el paralelismo?

¿Se estaba regodeando en su obra? ¿Era tan retorcido aquel cerebro?

—Sí, Tasio. He tenido veinte años para captarlo. Yo, y todo el país.

—Entonces ya sabes lo que está por venir. El poblado celtíbero de La Hoya, 1200 a. C. Niños de cinco años. El Valle Salado, siglo I a. C. Niños de diez años. La Muralla Medieval, siglo XI. Un niño de quince años y una joven de la misma edad.

Registré un mínimo gesto de dolor, frunció la comisura del labio hacia abajo, luego se llevó el cigarro a la boca para disimular. Tampoco se me pasó por alto que había cambiado un genérico «niños de» por «una joven de quince». ¿Habría algo personal en aquel último crimen? Tendría que escarbar a fondo en los informes de los primeros asesinatos.

—¿Y qué nos espera, Tasio? ¿Tú lo sabes? ¿Me has hecho venir para iluminarme?

Ignoró mi última frase y se acercó con el teléfono hasta tocar el cristal con la frente.

—Las coordenadas temporales de ayer, si los encontrasteis en la Catedral Vieja, marcan el siglo XII. De ahí hacia delante. Lo que os podéis esperar ahora es que los escenarios de los próximos crímenes pasarán por los emblemas de nuestra historia a partir de la Edad Media. La Casa de los Anda, las calles gremiales: la Pinto, la Cuchi y la antigua judería. Tal vez la Casa del Cordón. Las víctimas tendrán veinticinco. Después nos iremos a la Vitoria renacentista. Cuidado con los palacios: Bendaña, Montehermoso, Villa Suso… Uf, hay demasiados. ¿Qué vais a hacer, vais a montar un dispositivo de vigilancia?

Tuve que reírme ante lo descarado de su pregunta.

—¿De verdad crees que voy a compartir esa información contigo? Sería como darte una lista de los deseos. Bufé libre para asesinar a tu antojo en escenarios despejados.

—Todavía no eres capaz de entender que te estoy ofreciendo mi ayuda, que puedo resultarte valioso, que soy una de las personas que más detalles conoce de los anteriores crímenes porque los desmenuzaron ante mí durante el juicio. Y todavía no sabes que probablemente soy la persona más dispuesta a hablar de todos los que te vas a encontrar en tu investigación. Todavía no lo sabes, pero volverás a esta misma sala para pedirme lo que ahora mismo te estoy ofreciendo.

—De acuerdo —lo frené con una mano—, te repito la premisa: pongamos que te creo. Dame algo que yo no sepa, una señal de buena voluntad.

—Algo que no sepas… No sé lo que no sabes, Kraken. Ten los santos cojones de dar un paso al frente y pregunta.

—Tú lo has querido: ¿cuál fue la causa de la muerte en los primeros crímenes?

—Tejo.

—¿Tejo? —repetí, sin comprender.

—Sí, veneno de tejo. —Se encogió de hombros—. Los pueblos prerromanos lo usaban para suicidarse. Hay constancia de que los celtas lo utilizaban como veneno desde el tercer milenio antes de Cristo. En estas tierras es uno de esos secretos que no se cuentan en voz alta, pero toda la gente mayor que vive en un pueblo lo sabe. La corteza, las hojas… todo es venenoso en el tejo excepto el arilo de la semilla. Para los celtas era un árbol sagrado, le atribuían la inmortalidad debido a su longevidad extrema, y cuando el cristianismo llegó a estas tierras, los tejos se continuaron colocando junto a las iglesias y los cementerios. Las antiguas creencias pervivieron. Hasta hoy.

Por un momento me pareció ver una chispa del Tasio que había conocido, el divulgador que amaba su trabajo, el que lo sabía todo de nuestra historia y nos lo presentaba en paquetitos didácticos.

—Suena muy arqueológico.

—Eso dijo el juez —contestó, aplastando el cigarrillo en uno de los ceniceros con un gesto de frustración—. Durante el juicio nos hicieron visionar uno de los primeros programas que grabé para la televisión autonómica, cuando el *share* todavía no había explotado. En él yo hablaba precisamente del tejo. Explicaba con profusión de detalles que cincuenta gramos de hojas de tejo hervidas en agua servirían para matar a un niño o a una persona no muy grande. ¿Ahora entiendes por qué mantengo que el asesino me había investigado antes de comenzar los crímenes y los ejecutó de aquel modo para incriminarme? Lo mismo ocurrió con los *eguzkilores*. En aquella época lo tomé como símbolo de protección personal y lo incorporaba siempre que tenía ocasión. Solía llevar encima pulseras y colgantes de *eguzkilores* de plata. Había uno colgado en mi despacho, algo que vieron millones de espectadores a lo largo de varios programas... ¿Quieres que continúe?

Nos medimos las miradas, no le contesté. Veinte años atrás la prensa no había hablado de los *eguzkilores;* Tasio parecía dispuesto a no escatimar detalles conmigo... pero el suplemento extra de la noche anterior tampoco hablaba de que encontramos tres de esos cardos junto a los cadáveres.

—No... no me crees —murmuró, como si fuera una antigua letanía—. ¿Cómo podrías? Serías el único que lo ha hecho en dos décadas.

Después encendió otro cigarro, se lo quedó mirando como si fuera de oro, y al cabo de un rato, recordó que yo estaba allí.

—Entonces... si me preguntas por la causa de la muerte y no sabías que era tejo, ¿es porque el asesino ha cambiado de arma homicida?

«Cuidado, Unai.»

—No voy a compartir esa información contigo.

Asumió que era un sí.

—Esto cambia muchas cosas... ¿Qué demonios está buscando ahora? —se preguntó, hablando consigo mismo—. Lo fácil sería clavar los crímenes, ejecutarlos exactamente como la otra vez. ¿Por qué variar ahora?

Tasio rumiaba en voz alta, persiguiendo con la mirada las figuras de humo, sin prisas, como si yo no estuviese. Lo cual convertía la escena en algo inquietante, porque era como ver a un loco desvariando a través de un pequeño agujero en la pared.

—¿Entonces, hay trato? —me preguntó, de repente, girándose hacia mí.

—¿Qué trato, Tasio? ¿Qué trato?

—Yo te ayudo cuando te atasques, te proporciono todos los detalles del caso antiguo. A cambio, me mantienes informado de lo que ocurra con los nuevos. Quiero ayudarte a resolverlo antes de que el asesino siga matando.

«Al menos en eso estamos de acuerdo», tuve que reconocer.

—Pues comienza explicándome por qué sabes que me llaman Kraken, cómo te has metido en mi bandeja de entrada, cómo tienes una cuenta de Twitter y cómo has lanzado un ataque pirata a la comisaría esta mañana. Dime, ¿a quién tienes ahí fuera haciéndote los deberes?

—¿Tú piensas que soy gilipollas? —dijo, sonriendo con unos dientes grises y desgastados.

—Un poco gilipollas sí que eres, si llevas veinte años en la trena y eres inocente, ¿no crees?

Entonces se puso rojo de rabia, se levantó de un salto y estampó el cigarro encendido contra el cristal de seguridad, a la altura de mi ojo. No estaba acostumbrado a que nadie le insultara.

—¡Largo de aquí! —rugió, con los tendones del cuello tensos—. Largo de aquí, o sales de esta cárcel en cajas numeradas.

Durante un momento me quedé en blanco, sorprendido ante el ataque de ira de mi antiguo héroe. Después me levanté despacio, vi que un funcionario abría la puerta del recluso, alarmado por el ruido, y me dispuse a abandonar la habitación. Antes de colgar, me mantuvo la mirada, temblándole la barbilla.

Apunté mentalmente sus puntos débiles: soberbia, ataques de ira y por encima de todo, un deseo enfermizo y poco realista de limpiar su nombre en Vitoria. Me sería útil conocerlos cuando tuviese que apretarle.

Aunque lo más importante para un perfilador como yo, el motivo por el que había querido hablar cara a cara con él, era comprobar si su perfil cuadraba con el crimen de la Catedral Vieja. Y un ataque de ira por algo tan nimio no encajaba para nada en un perfil de asesino extremadamente organizado y psicópata como el que teníamos en curso. Aquella respuesta tan violenta era más bien propia de un desorganizado, de un psicótico.

—No, tío. No te equivoques conmigo. No pienses, ni por un momento, que puedes amenazarme. Ten cuidado, Tasio —le advertí, y me marché de la sala.

Pero durante un fugaz segundo, al mirarlo, me dio la impresión de que Tasio estaba desesperado. De que debajo de aquel disfraz de recluso adaptado a la vida del penal había un pijo aterrado que se había puesto aquella máscara durante veinte años para sobrevivir.

4

EL PALACIO DE VILLA SUSO

Vitoria, noviembre de 1969

La seguía desde hacía varias calles por el colapsado Casco Viejo, después de atisbar con sorpresa su figura cuando volvía a su casa tras atender una urgencia. ¿Qué hacía una distinguida mujer como ella andando sola al alba, con aquella nevada que había paralizado toda la ciudad?

Blanca Díaz de Antoñana, la prometida del poderoso industrial Javier Ortiz de Zárate, el dueño de Ferrerías Alavesas, avanzaba penosamente por el estrecho camino que habían despejado los barrenderos del Ayuntamiento.

Su ojo clínico de médico bien entrenado le decía que algo no iba bien. Observó preocupado la leve cojera de la joven, ¿por qué Blanca no había acudido a la clínica para que algún colega se la tratase?

Un viento gélido le golpeó la mejilla cuando pasó a la altura del Cantón de Santa Ana y se subió las solapas de su nuevo abrigo de lana. Hacía poco que lo habían contratado en la clínica Vitoria y había gastado gran parte de su sueldo en ropa de médico bien situado. Su mujer, Emilia, se había quejado. Ella quería que ahorrasen para matricular a sus dos hijos en los Corazonistas. Pero Emilia no comprendía demasiado bien su trabajo, sus nuevas relaciones en la capital. No entendía que si quería dejar de ser un médico de pueblo, tenía que relacionarse con los más influyentes de la ciudad de igual a igual, con los mismos gestos, la misma ropa, las mismas elitistas novias y esposas.

Como Blanca.

Ocultaba con toda la corrección que podía el nerviosismo que ella le producía cada vez que acudía a su consulta. Al fin y al cabo, un médico era un médico, por encima de su condición de hombre. Pero cuando Blanca abandonaba su consulta, tan educada, tan bella, tan elegante, él siempre se tomaba cinco minutos antes de atender al próximo paciente. Su enfermera, una mujer ya madura que se anticipaba a sus órdenes solo con echar un vistazo desde la puerta de su nuevo despacho, había comprendido desde el principio. Era su silenciosa y discreta cómplice.

Ojalá hubiera llegado antes, ojalá se hubieran conocido cuando aún no tenían ataduras, en los bailes del Elefante Blanco, o en el local del hotel Canciller Ayala, donde los domingos por la tarde la veda se abría y manadas de jóvenes sin anillo de casados desplegaban como podían sus torpes intentos de acercamiento ante las chicas acicaladas que se protegían las unas a las otras, procurando no abandonar el decoro, al otro extremo de la sala.

Blanca avanzó por la calle de Santa María, como si tuviera clara su meta, como si aquel tobillo no doliera ni temiera patinar bajo la fina capa de hielo que se había formado bajo la dura nieve.

Él apretó el paso, temiendo perderla de vista. Mantuvo la mirada fija en la melena rubia de aquella esbelta mujer hasta que ella hizo algo extraño.

Se quedó parada en lo alto de la escalinata del palacio de Villa Suso. Unos cincuenta escalones y tres pisos de desnivel la separaban de la plaza del Machete.

Él se acercó por detrás, en silencio, sin comprender las intenciones de Blanca. Las escaleras de San Bartolomé estaban despejadas de nieve en el centro. Alguien había barrido y los laterales acumulaban montículos de nieve que llegaban a la altura del antiguo pasamanos de hierro.

Ella se giró, lentamente, con los ojos cerrados. Levantó los brazos y los dejó en forma de cruz, pero ya no parecía un ángel. Su rostro hinchado a golpes, el ojo cerrado, el labio partido, la sangre seca en el cuello.

Él corrió para evitarlo, Blanca se dejó caer de espaldas, escaleras abajo, como un peso muerto. Pero no pudo, él la sujetó fuerte por la muñeca, en un último segundo en el que resbaló con ella. Rodaron abrazados a lo largo de varios escalones, él frenó con su cuerpo la caída, se detuvieron a los pocos metros.

Blanca no comprendía nada, ¿no debería ser más violenta la muerte? ¿No debería doler más?

Después se atrevió a abrir el ojo que le quedaba sin golpear y se espantó al ver tan cerca aquel rostro vagamente familiar. Lo reconoció por su cabello pelirrojo, y por su rostro afable. Un hombre educadísimo y de modales tímidos.

—¿Doctor Urbina? —gimió, desconcertada—. ¿Qué está haciendo usted?

—Impedir que se despeñe, ¿qué pretendía, mujer? ¿Qué pretendía? —gritó, con la voz destemplada.

«Calma, Álvaro. Ella no debe notarte nervioso. Calma», se recriminó.

Ambos se levantaron, incómodos por aquel contacto tan inapropiado entre médico y paciente. Miraron por instinto alrededor, pero acababa de amanecer y nadie en la parte alta de la ciudad había despertado aún.

—¿La han asaltado, ha sido víctima de un robo o de una paliza? ¿La han… la han violentado? He de llevarla a la clínica ahora mismo —urgió él, preocupado.

—¡Ni se le ocurra! —contestó Blanca, con un gesto reflejo, sujetándole por el antebrazo.

A Álvaro Urbina le llevó unos segundos comprender. Después la miró, horrorizado.

—No ha sido un asalto, ¿verdad? Esto se lo ha hecho algún conocido.

Blanca apartó la mirada, pensando en callar, como siempre había hecho. Pero continuaba alterada por su frustrado intento de acabar allí mismo con todo. Tal vez por eso habló más de lo debido.

—Conoce a mi prometido, ¿a quién voy a irle con el cuento? Dirán que me lo he ganado, y en parte es cierto, él no sabía lo de mi reputación. —Blanca comenzó a subir de nuevo las escaleras, pendiente de la hora. Hablaba más para ella que para el doctor, pero estaba demasiado nerviosa como para frenarse.

Álvaro la siguió a poca distancia, pendiente de su cojera.

—¿De qué está hablando, Blanca?

—¿Usted no lo sabe? Pues prefiero que lo escuche por mí antes de que se lo cuenten otros —contestó ella, deteniéndose.

«¿Por qué no?», pensó Blanca, todavía alterada. Parecía un buen hombre y en su consulta de ginecólogo habría escuchado de todo.

—Cometí un error en mi juventud. Coqueteé con un chico, un chico de pueblo en la verbena de las fiestas de Salvatierra, me dijo que lo acompañase a su casa a por un abrigo. Se echó la capa del norte y hacía frío, pero fui una inocente y lo acompañé a un caserío a las afueras del pueblo. No ocurrió nada inapropiado entre nosotros, yo lo esperé fuera, pero hubo alguien que nos vio volver solos y contó que nos había visto salir juntos del pajar, el chascarrillo corrió y se enteró mi familia, mi padre, todo el mundo. Nadie me creyó cuando dije que fue un simple paseo. En el fondo, a nadie le importaba si era verdad o no. Les daba igual que yo no hubiera hecho nada. De hecho, pienso que me creían, pero lo que les importaba era la polvareda que se montó, el que la familia y yo quedásemos marcados. Irse con un chico al pajar es el peor error que una chica soltera puede cometer en su vida en estas tierras. Mi padre estaba furioso y fue muy duro conmigo. Me castigaron, nunca he vuelto a ir a ninguna verbena, ni he salido en las Fiestas de la Virgen Blanca. Comenzaron a hacer chistes, me llamaban «la virgen Blanca», por el doble sentido, aquí se inventan un apodo por mucho menos. Desde entonces, he llevado sobre mi reputación la duda de si soy virgen o no. Javier no sabía nada de la historia cuando empezó a cortejarme, yo tampoco le dije nada. Asumí que lo sabía, que yo le gustaba de verdad y que no le importaban las habladurías, pero hace un mes se enteró. Llegó a nuestra cita, preguntándome por cuál era la historia de «la virgen Blanca»... Dijo que ya era tarde para romper conmigo, que las invitaciones estaban enviadas a los socios y era tarde para retractarse, que el escándalo sería peor para su empresa y su familia. Ya estábamos comprometidos y... se puso furioso, comenzaron las palizas. Él había sido encantador hasta entonces. Nunca cariñoso, pero sí atento, educado. Pensé que no querría casarse conmigo; en mi fuero interno, lo preferiría, aunque si rompe su compromiso conmigo, sé que ya nunca me voy a casar. Pero...

—Está aterrada —la interrumpió Álvaro Urbina. Ya había escuchado bastante.

—Estoy dolorida, no alcanzo a ver nada más que el miedo a que él llegue, se moleste por algo y me dé otra paliza.

—No se case —dijo él, sin pensarlo. Y se ruborizó hasta las orejas; no solía ser tan directo, pero la bilis le estaba subiendo a la altura del esófago después de escuchar la historia de la «virgen Blanca».

—No soy nadie sin el apellido de mi familia, quedaré como la tía solterona. Tampoco tengo oficio alguno, pese a que quise estudiar. Se me daban muy bien los libros, pero las monjas insistían en que me sería más útil saber bordar el ajuar. Esta no es la vida que esperaba —dijo Blanca, en plena confesión. Tal vez llevaba demasiado tiempo sin una amiga con quien desahogarse. Todas las que un día tuvo desaparecieron después de aquella última verbena en Salvatierra.

—¿Y quién la tiene? —contestó Álvaro, con un gesto sombrío.

—¿Usted tampoco, doctor Urbina?

Él volvió a subirse las solapas del abrigo, estaba helando, pero por nada del mundo quería irse de aquella calle desierta mientras tuviera a Blanca Díaz de Antoñana tan cerca y tan pendiente de sus palabras.

—Yo he llegado más lejos que lo que a mis padres se les habría ocurrido imaginar, si es que se hubiesen puesto a ello. He escapado de la pobreza y de la ignorancia, de una vida dedicada al ganado y a las labores del campo. Pero, como todo el mundo, soy esclavo de elecciones que hice, tal vez demasiado joven. Conocía a mi señora desde la cuna, siempre fuimos los más similares en edad. Éramos compañeros de juegos, no había muchos niños en mi pueblo. Supongo que creí que era mi destino natural. Cuando vine al seminario de Vitoria, con catorce años, todo el mundo nos tenía por novios —dijo, levantando la cabeza y mirando en dirección al robusto edificio donde había pasado varios años—. Nos carteábamos, pero cuando decidí irme a acompañar al padre Luis Mari a las misiones, el padre de Emilia empezó a impacientarse. Yo aún no había visto mundo, creí que volvería de obrero a Vitoria, con el FP acabado. Pero allí se despertó mi vocación médica, tuve que ayudar a un par de partos de urgencia en condiciones de salubridad muy precarias y el padre Luis Mari comprendió que se me daba demasiado bien como para desperdiciar mi talento en una fábrica. Los curas me pagaron la carrera, mi familia estaba orgullosa y el padre de Emilia también. Un yerno con estudios que se llevase a su hija a Vitoria era lo máximo a lo que se podía aspirar.

—¿Por qué se casó con Emilia? ¿Por responsabilidad?

Álvaro apretó los dientes y le desvió la mirada. Cuando volvió de Ecuador era más hombre, más adulto, y ella seguía siendo casi una analfabeta. Alegre, sin demasiados modales, un poco gritona, demasiado espontánea... Pero ella era así, no había cambiado. Y si hubiese roto con ella, no habría conseguido casarse.

—Para los del pueblo —dijo al fin—, ella era mi novia de siempre, ningún mozo querría ser segundo plato. Me temo que nuestras costumbres marcan con demasiada dureza a una mujer. Yo no quise ser un irresponsable y abandonarla. Emilia no tenía la culpa de que yo hubiese visto más mundo y me hubiera refinado.

—Es usted un hombre con conciencia.

«Si tú supieras», calló Álvaro.

—No me santifique, Blanca. Guardo muchos pecados de pensamiento y de omisión.

—Pero no de obra —dijo ella.

—Pero no de obra.

—Creo que eso es lo que vale.

—No, yo creo que lo que vale en estas tierras es ser bueno y además parecerlo. Eso dijo Julio César de su esposa, Pompeya Sila, ¿sabe?: «La esposa del César no solo debe ser honesta, sino parecerlo» —dijo el doctor.

Aquella frase fue como una bofetada de realidad para Blanca. Le recordó por qué estaba allí y todo lo que había confesado al doctor Urbina. Tal vez demasiado. Sí, ¿cómo podía haber sido, de nuevo, tan ingenua?

—Doctor, no quiero que diga nada de lo que acaba de ver y escuchar hoy, no puede contar nada. Me ampara el secreto profesional que usted debe respetar —dijo, casi con dureza. Casi enfadada, tal vez con ella misma más que con su médico.

Álvaro dio un paso atrás, contrariado.

—No hace falta que tema por lo ocurrido hoy, no voy a decir nada ni ponérselo más difícil, mujer. Bastante tiene con lo que tiene. Pero déjeme ayudarla.

—¿Ayudarme? No podría usted, es asunto mío. Le ruego no se meta, olvide este incidente y no vuelva a sacar el tema la próxima vez que vaya a su consulta.

—Permítame su compañía —se atrevió por fin—, quisiera ser un amigo para usted, un confidente, un alivio. Alguien que le ayude en su situación. Puede venir a mi consulta a que yo le cure, pese a que no sea mi especialidad. Le prometo discreción.

—¿Casados y amigos? Usted no conoce esta ciudad todavía, las habladurías acabarían conmigo, y también con su carrera. No, doctor. No puedo permitírmelo. —Negó Blanca con la cabeza—. No cuente lo que ha visto, por favor.

Y desapareció por la calle hasta bajar por el Cantón de las Pulmonías, cojeando y con la cabeza gacha, mientras el médico la miraba, temblando de frío y de rabia.

Álvaro Urbina venía de llevar a sus hijos y a su esposa a ver las figuras a tamaño natural del Belén del parque de la Florida. Los últimos días había estado nervioso, Blanca no se había presentado en su consulta y hacía casi un mes del incidente en las escaleras del palacio de Villa Suso. Temía por ella, ¿le habría vuelto a poner la mano encima el bestia de su prometido?

Forzó el paseo con los niños y con Emilia, les compró un cucurucho de castañas asadas en un puesto callejero que imitaba el vagón negro de un tren y después de tomar unas banderillas en el Dólar, se dirigió a la calle Dato, a la hora en que los socios del Círculo Vitoriano, el club más selecto de la ciudad, salían de pasar la tarde tomando un café y dejándose ver tras las cristaleras del lujoso local.

Emilia, una mujer regordeta y morena de mejillas encendidas, no dejaba de parlotear acerca de la compra del día de Navidad. ¿Cochinillo asado o cordero? No acababa de decidirse. Álvaro asentía, distraído, pendiente de los matrimonios que cruzaban el umbral de aquel mundo de cortinas granates y doradas, un universo todavía vetado pero que esperaba conquistar en breve.

Se envaró un tanto cuando reconoció al industrial, moreno, grande y de espaldas anchas. Su prometida, Blanca Díaz de Antoñana, salía del club amarrada a su brazo intercambiando discretas sonrisas con otros matrimonios. Llevaba el cabello rubio a la moda, rígido de laca y con una melena trabajada con rulos grandes hasta la barbilla.

Álvaro tiró del brazo de Emilia y se acercó a saludar a ambos.

No se le escapó un nuevo moratón bajo el ojo, mal disimulado por una capa de maquillaje demasiado artificial. Le dolió por ella, y más le dolió que Blanca no hubiese acudido a su consulta, tal y como él le había rogado que hiciera.

—Buenas tardes, señorita —dijo, con una leve inclinación de cabeza.

—Doctor Urbina, qué agradable sorpresa —contestó ella, con esa voz tan comedida—. Espero que estén pasando unas felices fiestas con su adorable familia.

—Así es, sin duda. Así es. La veo en consulta, si es que algún día tiene la necesidad.

Ella sonrió bajo la atenta mirada de su futuro marido, que no dejaba de controlar la escena sin molestarse en intervenir. Se despidieron en silencio y el doctor Urbina pensó «y esto ha sido todo, no hay nada más que yo pueda hacer».

Pero hubo algo, una mirada, un segundo de más, por parte de Blanca. Una promesa, un «volveremos a vernos», una petición de auxilio silencioso. Una complicidad entre ellos que no había cruzado hasta entonces con ninguna mujer, y mucho menos con la suya.

El industrial se olvidó pronto de su presencia. No se percató de que la familia del médico no tenía más remedio que seguirlos por la calle abarrotada a menos de un metro y que el doctor y su esposa lo escucharon todo:

—¿Lo conoces? —preguntó Javier Ortiz de Zárate a su prometida.

—Es imposible olvidarse de él, creo que es el único médico pelirrojo en toda Vitoria y alrededores.

—Sí que es llamativo, sí. Él y sus hijos, con ese pelo tan rojo. ¿Es de buena familia?

—Lo ignoro.

—Entonces es que no —concluyó, con un matiz de desprecio que no se molestó en ocultar.

Ya de noche, a puerta cerrada en el despacho de su piso de la calle Honduras, Álvaro sacó del cajón cerrado con llave la libreta de dibujos anatómicos de la carrera. En las últimas páginas había dibujado el rostro de Blanca, tal y como lo recordaba, y los hematomas y las fracturas que, como médico, intuía que le había causado el arrogante de su prometido.

Aquella fecha se le quedaría grabada en la memoria, porque fue esa noche la que se decidió. Y aquel pensamiento, contra todo pronóstico, lo calmó. Se acostó en su lado de la cama, procurando no tocar el cuerpo caliente de Emilia, y supo que por fin iba a conseguir dormirse.

Durante un buen rato, antes de abandonarse por los senderos del sueño, se recreó repitiendo una y otra vez, como si fuese una invocación, las palabras que le reconfortaban:

«Voy a matar a Javier Ortiz de Zárate».

5

LA CASA DEL CORDÓN

25 de julio, lunes

Pude llegar puntual al bar donde había quedado con Estíbaliz. Julio nos castigaba con un sol que caía a plomo sobre las calles recién barridas después de la marea de vasos de plástico rotos que los festejos de la noche habían dejado atrás. Los servicios meteorológicos pronosticaban una ola de calor para las próximas semanas, aunque en Vitoria las altas temperaturas nunca duraban demasiados días seguidos.

Enfilé la Cuesta de San Francisco, bajo los Arquillos, que aquel día se llenaba de vendedores de ristras de ajo, que dejaban el aire trufado de un persistente olor a azufre y la acera cubierta de un mar de pieles blancas y secas. Cientos de jubilados con sus camisas de cuadros y sus boinas volvían satisfechos a sus casas con una larga ristra colgando de cada hombro. Así había sido desde siempre, y así lo recordaba desde que era pequeño y el abuelo nos acercaba a Vitoria el día de Santiago para hacer acopio anual de ajos.

Enseguida traspasé el umbral de la puerta de cristal del Toloño. Era un local de techos negros, con los pinchos escritos en tiza blanca sobre las paredes de pizarra. Muy popular, pero tranquilo. A mí me calmaba, era como un pequeño reducto de paz en el que solía recalar antes de llegar a casa. A veces me dejaba caer por allí, comía y volvía a mi piso con el estómago templado y el plan culinario del día resuelto.

Estíbaliz me esperaba sentada sobre una banqueta frente a la sinuosa barra de madera clara.

—He pedido por ti —se adelantó—. Irlandés de hongos, nido de vieiras con gulas, y txangurro al horno. Con mostito. ¿Nos sentamos o de pie?

—Sentados y alejados, mejor que nadie escuche lo que tenemos que hablar.

Finalmente nos decidimos por la mesa más solitaria del local, en la esquina del fondo. Esti devoró un *brick* de frutos del mar, mientras yo rebañaba con la cuchara la *mousse* del irlandés de hongos.

—¿Qué hay del ataque informático? —quise saber.

—Remitió en un par de horas, pero aún no han localizado la procedencia. Ya puedes volver a activar internet en tu móvil. Y tienes que dar parte del mensaje que te ha enviado Tasio Ortiz de Zárate y que localicen la IP. Yo no he dicho nada aún, pero es mejor que te adelantes: los de informática están trasteando en nuestros ordenadores. Tienen que enterarse por ti.

—Lo sé, lo sé. —Suspiré, mientras toqueteaba el móvil. Tenía veinticuatro avisos de distintos contactos en el WhatsApp. Intenté abstraerme de la urgencia con la que todos ellos me requerían—. A la nueva subcomisaria no le va a gustar nada que me fuera a visitarlo a la cárcel sin habérselo comentado antes.

—Dale un respiro, es su primer día. Yo también tendría miedo a equivocarme.

—No, si por su falta de reacción pueden morir dos personas más —insistí.

En ese momento, las melodías de nuestros móviles se cruzaron. Esti fue más rápida y contestó primero. Mientras recibía la noticia, me clavó sus ojillos marrones y me miró con una expresión extraña.

—Eres un maldito brujo —me dijo, con la cara pálida, en cuanto colgó.

—¿De qué hablas?

—Han aparecido otros dos cuerpos aquí al lado, en la Casa del Cordón.

Cuando escuché su última frase, el bocado de gulas que había devorado cayó a plomo en el fondo de mi estómago. Se quedó allí, molestando como una gran gran piedra en un diminuto zapato.

—¿Estás bien? —preguntó Estíbaliz, preocupada.

—Sí —contesté por inercia—. Quiero decir: no, no estoy bien. Espérame un momento.

Me dirigí con cara de póquer al aseo, disimulando mis prisas y una vez allí, eché por la borda todos los pinchos.

No quería. No quería ir a la inspección ocular, no quería ver de nuevo dos chicos desnudos y muertos, en parte por mi culpa. Me lavé la cara y miré a los ojos al inútil que me miraba desde el espejo.

«Eres un blando —le dije al Kraken que me miraba—. No estás haciendo lo suficiente. ¿Quién es el listo ahora? ¿Ese desgraciado o tú?»

Medio minuto después llegamos al número 24 de la calle Cuchillería. La Casa del Cordón era un edificio de finales del siglo XV, de los tiempos en que los Reyes Católicos habían expulsado a los judíos. Pero hubo uno de ellos, el acaudalado comerciante de paños Juan Sánchez de Bilbao, que no solo se convirtió al cristianismo y se quedó en la ciudad, sino que construyó una casa señorial que con el paso de los siglos permaneció intacta y gloriosa, y se ganó su lugar de honor dentro de los edificios más destacados de Vitoria.

Le debía su curioso nombre al cordón franciscano que rodeaba uno de los enormes arcos ojivales de la entrada. Era una de las fachadas más fotografiadas por los turistas, pero para mí tenía otros recuerdos más prosaicos… aquellos cucuruchos de patatas fritas con kétchup, grasientas y ardientes, que se despachaban a las dos de la madrugada en el Amairu, el bar de enfrente.

Yo me sentaba en el peldaño de la pequeña puerta entre los dos arcos de la Casa del Cordón, con el cucurucho entre las manos heladas. Después me hice adulto, me interesé por la historia —afición cortesía de Tasio—, y descubrí que el rico converso, Juan Sánchez de Bilbao, la había ordenado construir con aquellas ridículas proporciones para obligar a los cristianos viejos a inclinarse ante él si querían entrar en su casa a hacer tratos comerciales. Bonita y sutil venganza. No sé por qué, en los momentos más duros, me venían a la cabeza los recuerdos más triviales. No sé por qué.

Aquel maldito día nada presentaba su aspecto habitual. Habían acordonado ya la zona con la banda de plástico rojo y blanco. Dos coches alargados de la funeraria Lauzurica esperaban en la parte alta de la calle.

Esti y yo saludamos en la entrada a Ruiz, uno de nuestros agentes, y cruzamos la gruesa puerta de madera medieval.

—¿La entrada ha sido forzada? —le pregunté.

—No, la cerradura está intacta —contestó Ruiz, encogiendo los hombros.

El edificio pertenecía a la Obra Social de la Caja Vital, y nada más entrar se podían ver dos mesas de oficina que franqueaban el primer piso, una curiosa mezcla de cristaleras y maderas pesadas en los techos y en las columnas.

El juez Olano bajó las escaleras que llevaban a la sala abovedada, un magnífico salón cuadrado con una cúpula pintada en un azul profundo y pequeñas estrellas talladas entre los gruesos nervios que sujetaban aquel impresionante espacio.

—¿Vienen a la inspección ocular? —nos preguntó, con gesto serio.

—Sí, señor. Acaban de darnos el aviso —contestó mi compañera, cuadrándose.

—De acuerdo, entonces yo ya he terminado. Tienen a los técnicos haciendo fotos, pueden intercambiar sus impresiones con la forense y hablar con mi secretario para firmar el acta. Qué manera más nefasta de interrumpir una sobremesa —murmuró para sí, disgustado.

Estíbaliz y yo cruzamos la mirada durante un segundo y subimos por las escaleras conteniendo la respiración.

En el centro de la sala, rodeados de varios técnicos de la Científica y de la doctora Guevara, los dos cuerpos descansaban tendidos, desnudos, de nuevo orientados en el eje noroeste. Tres *eguzkilores* alrededor de ellos, como un pequeño sistema solar reclamando su importancia en la escena.

—Por las barbas de Odín… —susurré, impresionado, al oído de Estíbaliz—. Han matado a un dios nórdico.

Porque en efecto, el desnudo masculino que teníamos frente a nosotros parecía recién llegado del Walhalla. Era bastante alto, tremendamente rubio, tenía los ojos claros mirando al cielo estrellado de la bóveda medieval y los brazos saturados de tatuajes tribales.

—Este chaval se ha gastado la herencia de papá en *tattoos* —dijo mi compañera—. ¿Qué opinas, Unai?

Me agaché junto al cuerpo de Thor y repetí mentalmente mi plegaria:

«Aquí termina tu caza, aquí comienza la mía».

Me di unos segundos, después observé y contesté.

—Pese a la parafernalia de malote, creo que nos encontramos frente a otro niño bien. Lleva el pecho y las piernas depilados, el pubis rasurado... Este no ha roto un plato en su vida. Se cuidaba mucho y eso sale caro. Pero no encaja para nada con la compañera que le ha asignado el asesino. No creo que tuvieran el gusto de conocerse en vida. Parecen opuestos.

La chica era más bajita, tenía el pelo castaño corto, casi un peinado monacal. Parecía muy poca cosa, me dio la impresión de que era el tipo de persona que pasaba desapercibida por la vida, lo contrario que el pseudomalote que le acariciaba el rostro con su mano gigantesca. Podían tener veinticinco, podían tener veintidós, podían tener veintisiete.

—¿Qué tenemos, doctora Guevara? —dije, poniéndome al lado de la forense sin dejar de mirar a la pareja tendida a mis pies.

—Por resumirlo en pocas palabras: doble crimen idéntico al de ayer. Ya le he hecho llegar al correo de su compañera el informe de la autopsia de los otros dos fallecidos. Estos presentan similitudes en todos los detalles: parece que ambas muertes son también por asfixia provocada por las picaduras de varias abejas en la garganta. Fueron trasladados a esta sala, ya fallecidos, y colocados en esta postura antes de presentarse el *rigor mortis*. Llevan menos de tres horas muertos. Me los llevo a realizar las autopsias, tengo curiosidad por ver los resultados del informe toxicológico. Si esta pasada noche salieron de marcha, puede que encontremos alguna droga en su organismo.

»Al igual que los anteriores, manos y uñas están intactas, aunque he ordenado procesarlas. No parece que se resistieran, pero también tienen una marca en el cuello compatible con un pinchazo de aguja. Por lo demás, no consigo encontrar ninguna señal de violencia en sus cuerpos, salvo el detalle de que les taparon la boca con cinta adhesiva y la arrancaron, posiblemente antes de depositarlos aquí, y una vez que el asesino se aseguró de que estaban bien muertos. Pero tengo un magnífico hallazgo, miren.

La doctora Guevara nos tendió una bolsa de plástico transparente con una abeja inmóvil en su interior.

—Ha perdido el abdomen y los órganos internos, así que fue una de las que provocaron la muerte de la chica. Conozco al director del Museo de la Miel de Murguía, voy a consultar con él un par de detalles. Les enviaré el informe en cuanto lo tenga. También van a procesar los *eguzkilores*, o *Carlina acaulis*, pero ya lo hemos intentado con los que aparecieron en la cripta de la Catedral Vieja y va a ser complicado encontrar su procedencia. Es un cardo común y crece en las laderas de las montañas, en los prados, en los pastizales... Pueden haberlos traído de cualquier lado —dijo, echando un último vistazo a los cuerpos tendidos—. ¿Me necesitan para algo más?

—Creo que no —contestó Estíbaliz—. Pero manténganos informados de cualquier avance que le parezca interesante.

—Así lo haré. Buenas tardes.

Salimos de la Casa del Cordón mientras los operarios de la funeraria entraban para llevarse los cuerpos, y en la calle los curiosos aminoraban el paso con disimulo, sin que ninguno de ellos se atreviera a detenerse, pero lanzando miradas furtivas a todo el operativo que se había montado en la entrada de la Cuchillería.

Estíbaliz se detuvo a hablar con una conocida y nos despedimos con un gesto de «te espero abajo». Estaba bajando por la Cuesta de San Francisco, todavía animada por los vendedores de ajos que se resistían a abandonar sus puestos para irse a comer, cuando se acercó a saludarme un tipo moreno, bien vestido y de andares tranquilos. Era Mario Santos, mano derecha del director de *El Correo Vitoriano* y reconozco que uno de los periodistas con quien más afinidad tenía.

Nos dimos un apretón de manos, sonreí. Era lo más parecido a tener un amigo periodista. Era discreto y sus crónicas estaban siempre bien escritas. Elegante con la pluma, pero sobre todo elegante de actitud. Jamás sacaba nada de quicio, disimulaba mis salidas de tono cuando podría hacer sangre con ellas y buscar polémica en las ruedas de prensa. Me había demostrado en un par de ocasiones que el *off the record* sí que existía con él, para mi alivio. A lo largo de los años le había ido tomando aprecio, y pese a que tenía unos pocos agostos más que yo, de vez en cuando nos encontrábamos por el centro y tomábamos un café en El Pregón o en el 4 Azules para charlar de todo y de nada, es decir: del último partido del Baskonia o de las obras del nuevo centro cívico, sin darnos demasiados detalles de nuestras vidas privadas. Era mi hombre de la prensa.

—¿Cómo va todo, inspector Ayala?

—Ya ves, Mario. Ocupados.

—Y preocupados, imagino.

—¿Qué vais a publicar?

Con él solía ir al grano, no como con otros periodistas, con los que siempre se imponía un tanteo previo. Era una especie de pacto de caballeros entre nosotros.

—Tenemos poca información de lo de ayer y nada de lo de hoy. Muchos rumores y muchas llamadas. El director está como loco, presionándome, ya sabes cómo funciona, pero creo que se trata de un asunto muy grave para una ciudad como esta, no quiero publicar nada que no esté contrastado. Ayer fue la víspera de Santiago y hoy han empezado oficialmente las prefiestas. No creo que convenga una psicosis colectiva en unas fechas tan señaladas. ¿Puedes darme algo a estas horas, o espero un poco?

—Dame algo de tiempo para reunirme con mis superiores. Te llamo a ti el primero, ¿de acuerdo?

—Confío en ti. Si te llaman los de *El Diario Alavés*, ¿puedes avisarme antes de que se adelanten? —me preguntó, clavándome sus ojillos pardos. Tenía la mirada de la gente inteligente, unos ojos muy juntos que lo inspeccionaban todo con calma—. No te imaginas lo mal que ha sentado en la redacción el suplemento extra que publicaron anoche.

Lo pensé por un momento, pero era lo mejor.

—Conforme, cuenta con ello.

El Diario Alavés solía pecar de amarillismo y sus titulares épicos siempre se pasaban de polemistas. *El Correo Vitoriano* llevaba una línea más sobria y rigurosa, la afinidad de nuestro cuerpo hacia la segunda publicación era puro sentido común. Salvo que Lutxo, uno de mis amigos de toda la vida y miembro destacado de mi cuadrilla, era el encargado de sucesos de *El Diario Alavés*, y no era la primera vez que chocábamos por un conflicto de intereses: básicamente porque intentaba aprovechar nuestras cenas para conseguir exclusivas en su sección, a costa de que yo tuviese problemas con mis superiores por un tema de filtraciones. Y estaba seguro de que con este caso, él y yo íbamos a tener problemas. No porque fuese un maldito brujo, como afirmaba Esti, sino porque diez de los veinticuatro mensajes en el WhatsApp eran de Lutxo, así que se preveían tormentas con granizo en nuestra relación.

Estíbaliz y yo llegábamos a comisaría media hora después. Subimos directamente al tercer piso y entramos en el despacho de la subcomisaria. Tuvimos que esperar durante un buen rato mientras despachaba una llamada tras otra, hasta que se apiadó de nosotros y silenció el móvil.

Entonces, cuando nos prestó toda su atención, ella y yo nos miramos a los ojos durante un segundo.

«¿Has visto lo que tenemos ahora, cuatro cadáveres? ¿Son suficientes para ti?», quise decirle. Pero había muchos temas aún que aclarar entre nosotros, y era mejor empezar desde el principio.

—Subcomisaria —dije, mientras tomaba asiento—, venimos de la escena del nuevo doble crimen en la Casa del Cordón, pero antes tengo que informarle de algo que ha sucedido esta mañana. Cuando iba a apagar el ordenador, durante el ataque informático, alguien que afirmaba ser Tasio Ortiz de Zárate me ha enviado un correo electrónico pidiendo una reunión en prisión hoy mismo. He acudido a la cárcel de Zaballa para corroborar que en efecto el mensaje lo había escrito él y para investigar su posible implicación en este nuevo caso. Básicamente, quería comprobar si el perfil psicológico del recluso coincide con el perfil que estoy elaborando de los crímenes de ayer y de hoy. Le haré un informe completo de la conversación que allí hemos mantenido. Pero le adelanto un resumen: pese a que no lo ha reconocido expresamente, de alguna manera ha estado detrás del ataque informático, creo que su intención ha sido hacer de pantalla y mantener al equipo de delitos informáticos ocupado para que no podamos rastrear la IP del ordenador desde el que se ha enviado el correo electrónico.

Le hablé de toda nuestra conversación, de la multitudinaria cuenta de Twitter que proclamaba ser suya y de su oferta por colaborar conmigo en la resolución de los crímenes.

—Quiere volver a ser un héroe de nuevo en Vitoria —añadí—, así que pretende ayudarnos a atrapar al culpable.

—Si Tasio fuese el inductor —me interrumpió Estíbaliz—, si uno de sus seguidores fuera el que ha retomado los asesinatos, puede que el propio Tasio lo haya dispuesto así para tenderle una trampa al autor material de los hechos con la intención de que nosotros lo detengamos.

—¿Te refieres a que sería capaz de jugar con sus propios acólitos? —preguntó la subcomisaria.

—Puede ser —Esti se encogió de hombros—, para él son meros instrumentos, como las víctimas del crimen. Todas tenían mucho de impersonal, eran puntos sucesivos de una serie. Puede que haya convencido a alguno de sus seguidores, lo bastante manipulable como para que actúe como un imitador. Alguien que también encaje con el perfil de hace veinte años, para que cuando él nos facilite pruebas de quién es ahora, haya alguna que pueda encajar con los crímenes del pasado y se le libere. Sería un héroe por ayudarnos ahora, tal y como él quiere.

—¿Y por qué precisamente ahora, si va a poder salir por fin de permiso? —insistió Alba.

—Porque no solo quiere recuperar la libertad —intervine—. Por encima de todo, no quiere ser un paria, el enemigo público número uno. No quiere ser el asesino múltiple que ha salido porque ha cumplido gran parte de su condena. Quiere que todo vuelva al momento previo a su caída. Quiere regresar a como estaban las cosas, y cito textualmente, «unas horas antes» de la detención. Quiere tener a Vitoria a sus pies una vez más: la fama, el halago, la posición social. No quiere esconderse cuando salga.

—Eso encajaría con el hecho de que en dos décadas no ha vendido su piso en la calle Dato —intervino Estíbaliz—. Lo he comprobado en el registro de la propiedad esta misma mañana. Podría haberlo hecho, si hubiera designado un representante, pero la propiedad continúa a su nombre y no ha habido ningún cambio de titular en veinte años.

—Eso puede significar que cuando salga de prisión quiere seguir viviendo allí. ¿Alguien se imagina lo que puede ser para él cada vez que baje al portal? Está en pleno centro, es la calle peatonal más transitada de Vitoria. Todo el mundo lo va a mirar, todo el mundo se va a enterar de que ha vuelto. Y él no va a soportar ser el villano en su propia ciudad —dije.

Alba Díaz de Salvatierra se mordió el labio en un gesto de frustración, mientras me escuchaba, y se levantó, molesta.

—Sabe perfectamente que debería haberme avisado antes, y desde luego, debería haber consultado conmigo la conveniencia de visitar al recluso. Espérenme aquí, voy a dar parte al equipo de delitos informáticos. Inspector Ayala, su ordenador va a ser monitorizado hasta nueva orden —dijo, mientras se abotonaba la chaqueta azul de su traje entallado y abandonaba el despacho.

Se me escapó un largo suspiro cuando la vi marchar. Me quedé durante un par de segundos mirando la puerta cerrada que la subcomisaria había dejado tras de sí. Me obligué a mantenerme operativo, pese a lo frustrado que me sentía.

—De acuerdo, Esti. Avancemos. ¿Qué novedades me ibas a contar cuando nos han interrumpido en el Toloño?

—Tengo un listado de todo el personal que tiene llaves de la Catedral Vieja, pero el director me ha dado un detalle que puede ser interesante. Hace un par de semanas, una de las arqueólogas encargadas de realizar las visitas guiadas para los turistas pidió que le hicieran una copia, porque fue incapaz de encontrar su manojo. Ella afirmaba que no las había extraviado, que es muy cuidadosa y no las pierde de vista durante todo el trayecto. Estaba convencida de que se las habían robado. Ocurrió durante la última visita de la tarde, a las ocho menos cuarto. Para cuando acaba, una hora después, casi se ha hecho de noche. Se me ocurren muchos lugares a lo largo del recorrido de la catedral donde hay muy poca visibilidad y alguien hábil pudo robarle el manojo de llaves.

—¿Tenemos los nombres de los visitantes de aquel día?

—Sí, el director me los proporcionó. Pero ten en cuenta que se apunta solo un nombre por cada grupo de personas, y que no se pide el DNI. Si alguien fue a la visita con intención de robar las llaves para luego dejar un par de cadáveres en la catedral, cuenta con que no dio su verdadero nombre. Sería un error de principiante, y no encaja con cómo está ejecutando estos crímenes, de manera tan impecable.

—Tendremos que comprobar las identidades, en todo caso —insistí—. Hablando de identidades, ¿sabemos ya quiénes son las víctimas de ayer?

—Hemos tenido el sistema informático inoperativo toda la mañana, Unai. No hemos podido adelantar nada. Hay cientos de avisos por comprobar y cruzar con los datos de los dos cadáveres, pero creo que en breve los tendremos. De momento, y para ir adelantando, voy a intentar buscar una base de datos de todos los apicultores de la zona. Aunque hay muchos otros que no se dedican de manera profesional a la apicultura ni tienen una explotación para vender miel. En el valle del Gorbea mucha gente tiene panales por afición; hacer un listado exhaustivo de ellos sería interminable. Mi propio padre tenía unas colmenas en la casa del pueblo, bueno, antes del Alzheimer —murmuró, bajando el tono de voz como si de esa manera el diagnóstico no le doliera tanto.

Aunque todavía era muy joven, su padre había ingresado recientemente en la planta especializada de la residencia de Txagorritxu, donde atendían casos como el suyo.

—Imagino que mi hermano mayor se habrá deshecho de las colmenas —continuó, mientras daba vueltas al bolígrafo entre sus dedos de ardilla—, a mí siempre me han puesto nerviosa y nunca me acercaba. Lo siento si ayer no fui lo suficientemente rápida cuando aquella abeja salió de la boca del chico. Las abejas detectan la adrenalina que segregamos los humanos en situaciones de estrés. Se sienten atacadas y pican, por eso los apicultores tienen que ser personas tranquilas o con la inteligencia emocional suficiente como para controlar sus nervios cuando se aproximan a ellas. A mí, que soy puro nervio, me costó varias picaduras entender que era mejor no acercarme.

En ese momento, la subcomisaria volvió a entrar. Tenía el gesto grave y parecía cansada, pero todos sabíamos que nos quedaba mucha jornada por delante.

—Bien, los de delitos informáticos ya se están encargando de su ordenador, inspector Ayala. Y ahora, me gustaría que me resumiesen sus primeras impresiones de estos cuatro asesinatos.

—A grandes rasgos, existen tres posibilidades —dije, poniéndome de pie. No sé por qué, pero así me expresaba mejor—. O tres teorías, si prefiere. La teoría A: Tasio fue el asesino de los anteriores crímenes y ahora es el inductor. Eso supondría que está ejerciendo su influencia sobre alguien que se encuentra fuera de prisión, lo cual encaja con el Tasio que me he encontrado esta mañana: es un individuo extremadamente inteligente, persuasivo y tiene un alto concepto de sí mismo. Tiene perfil de líder mesiánico.

—¿Cuál sería el móvil del crimen? —quiso saber.

—Quiere cargar el mochuelo a otro, tal y como afirma que hicieron con él. Ahora está en la cárcel y no puede ser el autor material de los crímenes.

—De acuerdo —suspiró—, ¿cuál es la teoría B?

—La siguiente más obvia: que el asesino sea su hermano.

—¿Su hermano, Ignacio? —repitió la subcomisaria, incrédula—. Eso es imposible, es uno de los nuestros, tiene un historial impecable y...

—Lo sé, lo sé —la corté—. Pero déjeme al menos exponer la teoría, ya que se halla dentro de lo posible. La teoría B sería que Ignacio es y ha sido el asesino tanto hace veinte años como ahora. Y que si ha retomado los crímenes precisamente unas semanas antes de que su gemelo salga a la calle, lo ha hecho para que se le acuse de nuevo a Tasio e impedir que esté libre. No sabemos si Tasio le amenazó con vengarse o con matarlo al salir. Pero es muy llamativo que estos asesinatos se hayan detenido durante dos décadas y ahora la serie se haya reanudado. Por mucho que Ignacio no nos encaje en el perfil de asesino, no podemos obviar lo que nos dice la cronología de los hechos.

—Pasemos a la teoría C. No quiero escuchar más de este tema —dijo la subcomisaria, cruzando los brazos sobre el pecho.

—La última opción que nos queda es que sea un imitador sin contacto con Tasio. Un independiente, alguien nuevo que se ha incorporado a la partida de los gemelos, que no tenga nada que ver con ellos. Pero no me cuadra. Lo hiciera quien lo hiciese, los escenarios y toda la parafernalia que los rodea están muy elaborados y han sido ejecutados de manera muy pulcra. Eso no se consigue la primera vez, normalmente los crímenes iniciales son auténticas chapuzas y casi todos los asesinos primerizos cometen errores de bulto. De modo que no es la primera vez que mata, y que yo sepa, no hay crímenes similares, al menos en Álava.

—De acuerdo —atajó la subcomisaria—: Busquen crímenes de parejas aparecidas desnudas, o fallecidas por picaduras de abejas. Algo que se nos haya pasado, tal vez más torpe y no tan impecable.

—Kraken, tú te encargas —murmuró Estíbaliz.

—¿Qué es eso de Kraken? —quiso saber Alba Díaz de Salvatierra, interesada.

Taladré a Estíbaliz con la mirada.

—¿Tú eres Kraken? —insistió; y me dio la impresión de que estaba algo blanca.

—Es un mote que me pusieron de adolescente. ¿Por qué, es relevante?

—Al parecer, sí que lo es. A raíz del ataque informático, nos hemos puesto a monitorizar la cuenta de Twitter de la que ha hablado. Creo que Tasio le ha dejado un mensaje.

Accedió a su móvil y nos enseñó el último tuit de la cuenta de Tasio, escrito hacía apenas media hora:

> El héroe necesita un mentor, alguien con experiencia en recorrer el camino antes. De ti depende que sea un mentor blanco u oscuro, #Kraken

Hice pinza con los dedos sobre el puente de la nariz. Aquello no me hacía gracia. No me hacía nada de gracia.

—Dios, qué soberbio —susurré para mí.

—Tendremos que volver al penal y hablar con la directora —dijo la subcomisaria—. Hay que averiguar cómo se pone en contacto con el exterior y ordena que se lancen esos tuits. También habrá que determinar si se está incumpliendo la ley o algún mando de la cárcel lo está protegiendo.

—Yo me ocupo —interrumpí, se me había ocurrido una forma de avanzar en la investigación, tal vez no muy ortodoxa, pero posiblemente más efectiva que sondear a la directora de la cárcel de Zaballa.

—Usted puede ir, pero no quiero que visite a Tasio Ortiz de Zárate.

—¿Cómo? —repetí, sin dar crédito—. Es la única pista sólida que tenemos a estas horas, ¿y me prohíbe hablar con él?

—Es peligroso.

—¿Peligroso? Hay un doble cristal de seguridad entre nosotros y funcionarios apostados en la puerta. ¿Qué podría ser menos peligroso que un encuentro con él?

—No me refería a su integridad física. Me refiero a la manipulación mental.

—¿Piensa que no estoy preparado para esto, que no soy lo suficientemente bueno como profesional? —Levanté la voz.

—Ya me ha oído. No es algo que vaya a discutir con usted. Y quiero que antes de que termine la tarde me entregue un informe detallado de su conversación con el recluso.

Estíbaliz me miró, vi en sus ojos un «déjalo, no puedes ganar».

Y tenía razón, estaba atado con una soga que me ahogaba. No me gustaba nada que limitaran mis movimientos en las investigaciones. Aquellas absurdas reticencias iban a retrasar nuestro ritmo, y si el asesino seguía matando cada pocas horas, meterme en un despacho aquella tarde sería para él como dejar a un niño sin supervisión en una heladería.

Me senté, frustrado, y esperé a que terminara. Qué más daba ya.

—Por último —dijo la subinspectora, tendiéndonos un folio—, aquí tienen la nota de prensa oficial que ha redactado nuestro gabinete de comunicación. Los únicos detalles que trascienden son las edades aproximadas de las víctimas y la hora del hallazgo. Hemos dado indicaciones de autoprotección, tal y como el inspector Ayala sugirió. No vamos a salirnos de esa nota, no daremos más detalles. Todos los avances en la investigación serán materia reservada hasta nueva orden.

—Bien. Se lo enviaré a mi hombre de la prensa —dije.

—Cualquier novedad, les ruego me informen al minuto. Pueden irse ya.

Abandoné el despacho de mi nueva jefa con la sensación de que me habían dado una paliza, una paliza que dolía mucho y que me iba a dejar paralizado durante días. Estíbaliz también estaba pensativa. Yo la conocía, sabía que su cerebro estaría trabajando en aquellos momentos a velocidad inhumana.

—Hablando de papeles, Esti. Deberíamos acceder al informe de los crímenes de hace veinte años. Tasio me ha dado un dato que quiero comprobar.

—Ya había pensado en ello y a eso iba precisamente. Acompáñame a mi despacho. Le he pedido a Pancorbo que me lo localice.

—¿Por qué a Pancorbo? —quise saber. Pancorbo era inspector en Tráfico, no acababa de ver la relación con el caso.

—Porque él era el compañero de Ignacio Ortiz de Zárate cuando todo aquel desastre ocurrió; antes estaba en la División de Investigación Criminal. Se cambió a Tráfico justo después del caso del doble crimen de la Muralla Medieval. Imagino que aquello afectó a todo el mundo.

—¿Pancorbo? —repetí. Me costaba ver a aquel investigador gris con alguien tan brillante como Ignacio Ortiz de Zárate. No parecía que formasen una pareja muy compensada.

—Sí, Pancorbo —dijo mientras entraba en su despacho.

Sobre su mesa de formica blanca encontramos una anodina carpeta marrón con un grueso taco de folios dentro. Tanto Estíbaliz como yo nos lanzamos sobre el informe y nos pasamos la siguiente media hora enfrascados entre papeles hasta que aparecieron aquellas fotografías.

Tal vez no estaba preparado para lo que vi.

Quería estarlo.

Quería pensar que lo estaba. Pero al ver la foto de los dos recién nacidos, un niño y una niña, desnudos y con las manos apoyadas en las mejillas del otro, con tres pequeños *eguzkilores* alrededor de sus cabezas cianóticas sobre la hierba crecida del dolmen… fue como verlos a ellos, los que no llegaron a ser, los que no pude conocer, los que aún tenían mil nombres que no nos dio tiempo a elegir.

Tal vez pasó más tiempo del que recuerdo, porque el rostro de Estíbaliz estaba de repente muy cerca, a mi lado, mirándome preocupada. Necesitó sus dos manos para levantar la mía, que aplastaba la foto de los bebés muertos. Por lo visto, la tapé y se quedó allí, imantada, incapaz de avanzar o retroceder, como mi vida en aquella recta de los pinos.

—¿Estás bien, Kraken? ¿Quieres dejarlo por hoy?

—Solo… solo necesito beber un poco de agua y refrescarme —dije, levantándome de golpe y saliendo del despacho.

Al cabo de un rato volví, ya sereno y mentalizado. Sabía que Estíbaliz jamás comentaría mis recaídas a nadie.

—De acuerdo, concentrémonos en lo que nos cuenta el informe —murmuré, y ella asintió en silencio.

Cuando acabé de revisarlos por encima, la miré extrañado.

—¿Qué ocurre? —preguntó ella.

—Aquí hay algo raro con el informe de una de las últimas víctimas: la niña de quince años. En el informe de la inspección visual del escenario del crimen se habla de indicios de semen de una posible agresión sexual, o al menos, de un contacto sexual justo antes de la muerte, pendiente de confirmar en la autopsia. Pero aquí no tenemos informe de la autopsia.

Esti me miró, rebuscó entre sus papeles y negó con la cabeza. Ella tampoco lo tenía.

—¿Por qué, precisamente, de los ocho asesinatos, el único informe de la autopsia que falta es el de la niña de quince años?

«*Joven*, había dicho Tasio», recordé.

Todo aquello era nuevo e inquietante para mí… No tenía ni idea de que alguno de los crímenes de hacía veinte años tuviera un móvil sexual, la prensa jamás lo mencionó. Nunca trascendió.

¿Quién, desde dentro, había robado la autopsia para que no se supiera lo que le ocurrió realmente a aquella chica?

Miré a mi compañera, y ella me hizo un gesto elocuente.

Había llegado el momento de conocer en persona a Ignacio Ortiz de Zárate, el íntegro policía que entregó a su hermano.

Ya de madrugada, me calcé una vez más mis zapatillas y recorrí una Vitoria serena y despejada, como si la ciudad quisiera mantenerse al margen de los crímenes que estaban ensuciando sus calles. Cambié mi ruta habitual, no tenía ganas de encontrarme con… qué más daba. Bajé por la avenida Gasteiz, paralelo al tranvía, y di la vuelta a la altura de la calle Basoa. Fue cuando subía por Cercas Bajas cuando me la encontré.

No quería parar. No aquel día, que me sentía tan constreñido por sus órdenes.

Apreté el paso y miré hacia otro lado cuando me la crucé junto a la torre de doña Otxanda. Fue ella quien saludó:

—Ismael…

—Blanca… —me limité a decir, y continué con mi carrera.

Y así quedaron establecidos los parámetros de nuestra doble relación: inspector Ayala y subcomisaria Díaz de Salvatierra de día.

Blanca e Ismael de madrugada.

6

CALLE DATO, 2

29 de julio, viernes

¿Qué tienen en común estas últimas muertes? Ve a lo esencial y saca perfiles de las víctimas, #Kraken

Aquel era el tuit con el que desayuné el viernes. La cuenta de Tasio había sumado casi treinta mil seguidores más en pocas horas y #Kraken era uno de los *trending topics* del día. Mi mentor oscuro se resistía a perder su dosis de exposición mediática y tenía la soberbia de intentar guiarme en la investigación.

Pero aquel viernes no era Tasio el protagonista, sino su hermano, Ignacio.

Fue una pena que dejase el cuerpo poco después de que Tasio ingresara en prisión. Hasta entonces, el mediático había sido su gemelo. Pero fue aquella foto, sacada a traición y publicada en la primera página de *El Diario Alavés* hacía veinte años, la que lo convirtió en el héroe que todos admirábamos.

Con un gesto serio, Ignacio disimulaba al secarse una lágrima cuando entraba en los Juzgados a declarar. La mandíbula apretada, reprimiendo el que tal vez fue el peor momento de su vida. Aquella entereza resignada, aquel hombre que fue capaz de ver que su hermano era un asesino en serie y entregarlo, nos conmocionó a todos.

Qué policía no se lo ha preguntado nunca. Si la persona que más quieres fuese un asesino, ¿lo entregarías o lo ocultarías? ¿Y si fuese mi abuelo un sádico verdugo de la guerra civil? Durante mi formación en la academia de Arkaute había estudiado informes de argentinos descendientes de alemanes que descubrían, horrorizados, cómo sus entrañables abuelos eran criminales de guerra nazis. ¿Cómo encajar en tu vida dos percepciones, dos realidades tan divergentes? ¿Puedes volver a abrazarlo, darle un beso afectuoso en la frente, mirarlo a los ojos? ¿Lo delatas? ¿Dejas de tratar, de querer, de amar a alguien que te ha cuidado, que te ha dado tanto amor y afecto durante toda tu vida?

Después de aquello, Ignacio condujo una serie de programas de sucesos, tan de moda a finales de los noventa. Era un tipo muy riguroso, estaba lejos del amarillismo de otras cadenas, se ganó una buena reputación. Después desapareció de los medios. Dicen que gracias a lo que le había pagado la cadena no necesitaría trabajar el resto de su vida. En Vitoria se le reclamaba para cualquier evento que tuviera que ver con la ciudad. Él solía acudir, siempre correcto, muy metido en su papel. Pero últimamente le había perdido la pista, por eso, cuando Estíbaliz me llamó por la mañana para contarme sus intenciones, me apunté sin pensármelo dos veces.

Estíbaliz y yo llegamos en coche a la avenida Gasteiz y por algún extraño e inusual milagro del destino, pudimos aparcar frente al edificio triangular de los Juzgados y nos dirigimos al restaurante Zaldiaran, el único de la capital que contaba con una estrella Michelin.

Mi compañera había conseguido el teléfono de Ignacio Ortiz de Zárate, cortesía de Pancorbo, y nos había citado en su piso de la calle Dato dos horas después, pero yo era un tipo morbosamente curioso por naturaleza y también por deformación profesional, y renunciar a un evento gastronómico con el mismo Ignacio como imagen era demasiada tentación. Las Jornadas del Slow Food Araba comenzaban a las once de la mañana, y Estíbaliz y yo acudimos vestidos de manera un poco más formal que de costumbre para no desentonar. Esti, con un vestido de cóctel tan rojo como su pelo, y yo, con un estrecho traje azul oscuro.

Traspasamos el umbral acristalado del templo gastronómico y avanzamos por los pasillos de paredes forradas de madera. La sala de convenciones del restaurante estaba a rebosar. Cientos de *flashes* de móviles alzados por encima de la altura media de las cabezas lanzaban sus destellos como si fuesen los fuegos artificiales de las fiestas de Donosti.

—¿Ves algo? —me preguntó mi compañera, frustrada.

Di un par de elegantes codazos de más y dejé que Estíbaliz se colocase delante de mí, en un extremo de la sala.

—Sí, creo que es nuestra estrella en el *photocall*—dije, sin estar seguro del todo.

Alargué la cabeza y entonces lo vi, posando con gesto resuelto frente a los fotógrafos: allí sí que estaba el héroe de mi adolescencia, veinte años después. Alguien que había madurado bien, y no el desecho humano de la cárcel. Tasio parecía el abuelo mendigo de su gemelo.

En el rostro de Ignacio no había rastro de arrugas, ni bolsas oscuras bajo los ojos. Tenía el pelo bien cortado, con el mismo tono rubio oscuro que recordaba, no las greñas plateadas de su hermano. El cuerpo fibroso y musculado, trabajado, de un deportista bien entrenado. Traje entallado, pantalones *slim*, caros. Corbata estrecha bien escogida. Zapatos de piel vuelta, ingleses, un gran reloj de marca. El afeitado impoluto, como de antigua barbería.

Era difícil no admirarlo; era difícil también, para una mujer como Estíbaliz, no sentirse impresionada. Tal vez sentí un poco de celos que no me correspondían.

Ignacio sonreía delante del logo de un caracol y los rótulos del Slow Food Araba. Junto a él, artísticamente colocados en una mesa, había todo un despliegue de productos *gourmet* de la zona. Desde mi posición pude ver latas de trufa negra de Álava, tarros de miel del Gorbea, pequeños sacos de rafia de alubia pinta alavesa y varias botellas de *txakolí* de la provincia.

Ignacio hablaba de todos los productos con el entusiasmo comedido de un curtido comercial de joyas. Lanzaba guiños, salpicaba el discurso con anécdotas para la audiencia, sacó a varios afortunados espectadores de primera fila para invitarlos a probar el *txakolí*, y accedió, entre bromas elegantes, a hacerse varias fotos con los elegidos, que no dejaban de sonreír embobados frente a aquel despliegue de *charming*.

Cuando terminaron los *flashes*, Ignacio miró al reloj, dio las gracias a todos los asistentes con una sonrisa elíptica y se dispuso a abandonar el estrado.

Fue entonces cuando le cayó encima la lluvia de preguntas incómodas por parte de la prensa.

—Ignacio, para Europa Press: ¿qué opinas sobre los crímenes de la Catedral Vieja y de la Casa del Cordón? ¿Crees que tu hermano ha tenido algo que ver?

A todos se nos congeló el gesto, tal vez la periodista fue demasiado directa. Hubo un par de segundos de silencio, pero el rostro de Ignacio no se alteró. Aquella sonrisa auténtica seguía allí, como si nada.

—Mireia, sabes que no voy a hacer declaraciones acerca del tema. No me corresponde. Ahora, si me perdonáis…

—Una última pregunta —se adelantó un chaval joven con fuerte acento británico—. Para *The Sunday Times*…

Todo el mundo se giró expectante hacia el reportero inglés. Si la prensa europea empezaba a hacer acto de presencia, la presión sobre el caso nos iba a asfixiar a Esti y a mí. Pero a Ignacio no pareció imponerle la aparición de medios internacionales.

—Insisto —le cortó con un elegante asentimiento de cabeza—. No tengo nada que declarar. Estoy fuera de este lamentable asunto. Os agradezco a todos vuestro interés y vuestra presencia en un evento tan significativo para nuestra gastronomía como este. Muy buenos días.

Ignacio consiguió por fin bajar del estrado, pero una marabunta lo rodeó, entre alcachofas de radio, cámaras de televisión y público anónimo que insistía en hacerse un *selfie* con él.

—Esti —le susurré a mi compañera—, intercéptalo y dile que vaya al baño de caballeros. Aquí se lo van a comer vivo.

Salí de la sala de convenciones del restaurante y pregunté por los aseos. Una vez dentro, esperé varios minutos hasta que Ignacio entró, cerró la puerta tras de sí y apoyó la espalda en la pared al tiempo que cerraba los ojos, levantaba la cabeza hacia el techo y lanzaba un largo suspiro.

—Soy el inspector Ayala —me presenté, tendiéndole la mano—. Habíamos quedado a la una en su casa, pero creo que lo tiene complicado para salir de aquí de una pieza. ¿Ha traído coche?

—No, he venido andando —contestó, estrechándola con fuerza—. Desde el día de Santiago la gente se ha vuelto loca y todo el mundo me para por la calle para soltarme lo primero que le viene a la cabeza, pero no pensé que un evento culinario sería una trampa mortal. Me temo que esto va a ser como hace veinte años: me he vuelto a quedar sin vida.

—Mi compañera y yo hemos aparcado el coche a la altura de los Juzgados —intervine, obligándome a ser resolutivo.

—¿Es un coche patrulla? Lo último que necesito es que me vean entrando en un vehículo policial. Eso desataría más teorías conspiranoicas aún.

—No, no es un coche patrulla.

Entonces el antiguo inspector que un día fue tomó el mando de la situación.

—Bien, tú eres más alto y más corpulento que yo, y vas de paisano —me dijo—. Avisa a tu compañera, que salga antes y tenga el coche preparado frente al restaurante. Cuando salgamos, cúbreme con tu cuerpo y gira la cabeza en dirección opuesta a las cámaras para que no te identifiquen. Vamos a intentar evitar la foto de portada que todos están buscando hoy.

—Oído.

Cinco minutos más tarde al aviso de Estíbaliz, nos arriesgamos a traspasar la barrera humana que nos esperaba a la salida del Zaldiaran. Protegí con mi cuerpo el de Ignacio, bregado ya en aquellas servidumbres de la fama, y nos lanzamos dentro del coche en cuanto vimos la puerta trasera abierta para nosotros.

—¿Todavía quiere que vayamos a su casa? —preguntó Estíbaliz, a modo de saludo, mientras enfilaba hacia el puente azul.

—Sí, vamos a dejar el coche en el parking de la Catedral Nueva, desde allí iremos a la calle Dato andando.

Un buen rato después llegábamos a su portal, el número 2 de la calle Dato. Era de dominio público que los gemelos Ortiz de Zárate habían heredado la fortuna de sus padres y habían vendido al mejor postor Ferrerías Alavesas una vez que estos murieron, cuando ellos apenas contaban con dieciocho años. Ninguno quiso seguir con los negocios de su padre, de hecho, no necesitaban trabajar, pero cada uno de ellos tenía una vocación y la ejercieron: uno quiso ser policía, otro quiso ser arqueólogo. Ambos fueron los mejores en lo suyo.

Los dos se compraron un piso en la calle de más solera de la ciudad: la calle Dato. Al inicio de esta, casi en la esquina con Postas. Uno enfrente del otro. Como si cada uno de ellos quisiera reinar o dominar en uno de los márgenes. El izquierdo, para ti. El derecho, para mí. Ignacio hacia la plaza de la Virgen Blanca, Tasio hacia los Fueros. Nadie dudaba por aquel entonces de que se iban a comer el mundo.

Subimos hasta la tercera planta en un ascensor reformado e Ignacio nos abrió la puerta blindada de su espacioso piso. Toda la decoración masculina, en tonos grises y ocres, parecía obra de un profesional, aunque enseguida percibí un detalle que me pareció inquietante. Lo registré, lo archivé para más tarde, y me obligué a concentrarme en la ruta del sondeo estratégico que tenía por delante.

No me gustaba plantear las entrevistas con testigos o sospechosos como interrogatorios. Por experiencia había aprendido que en una ciudad pequeña como Vitoria, la gente tendía a cerrarse en banda y a acogerse a la puñetera ley del silencio. Por eso me preparaba siempre una ruta de temas que iba desde los menos comprometidos a los más difíciles de abordar. Eran como boyas a las que amarrarme por la travesía hasta llegar al puerto que me interesaba.

Repasé mentalmente mi ruta aquel día, los puntos que quería tener claros al salir de la madriguera de Ignacio: conocidos de aquella época, el tema mediático, la autopsia desaparecida y la puesta en libertad de Tasio.

—Gracias por recibirnos en su casa.

—Tutéame, por Dios, que nos llevamos un par de años.

—Cinco —se me escapó.

Él registró el dato con un rápido fruncimiento de cejas; creo que dedujo que yo conocía los pormenores de su caso.

—Cinco, de acuerdo —repitió, sin dejar de escrutarme. Se produjo un tenso silencio entre los tres, de pie en el inmenso salón cuyos ventanales blancos restaurados daban a la calle Dato—. ¿Os apetece un crianza? Los de la junta del Slow Food estamos trabajando con una bodega de la Rioja Alavesa que está haciéndolo muy bien en el mercado internacional. Me gustaría que lo probaseis.

—No, gracias, Ignacio. Sabes que estamos de servicio —contesté.

—Yo sí lo probaré —se apresuró a decir mi compañera.

Taladré a Estíbaliz con la mirada. Era tan mala como yo cumpliendo las normas, pero al menos intentábamos disimular en público.

—Podéis sentaros. Tú en este sillón, tú en el otro —dijo, y nos indicó un par de idénticos sillones orejeros negros de diseño, uno frente al otro, en torno a una elegante mesa baja de salón—. Voy a por el vino.

Nos dejó solos y se fue a la cocina a buscar la botella.

Cuando volvió, sirvió a Estíbaliz una copa y se sentó en medio del sofá, como si nos hubiera repartido guardando la simetría de la escena. Fue un gesto extraño, como una obra de teatro con el montaje muy estudiado.

Ignacio degustó su vino y dejó la copa en la mesa frente a él, pero se había traído otra copa vacía, que en principio pensé que era para mí, y que no me ofreció. Se entretuvo un rato en colocar las dos copas, la vacía y la llena, frente a él.

Objetos pares.

En aquel piso todo estaba decorado con objetos pares, como si fuese habitado por dos personas, no por un soltero cotizado.

—¿Así que estás también implicado en la dirección del Slow Food? —pregunté con auténtico interés—. Tiene que ser apasionante trabajar con productos de kilómetro cero.

—Desde luego que lo es. Trabajamos sin intermediarios con productores locales: trufa negra, patata de la Montaña Alavesa…

—¿También con productores de miel? —intervino Estíbaliz, en el tono más casual que pudo.

—Sí, precisamente yo me encargo de ese producto en concreto —comentó, distraído—. El de las abejas es un mundo fascinante, ¿no creéis?

—Sin duda —contestó mi compañera—. En el caserío de mis padres siempre teníamos unas cuantas colmenas para uso propio y para ayudar con los ingresos de la agricultura. En la zona del Gorbea casi todo el mundo sabía algo de apicultura por herencia familiar.

Ignacio sonrió para sí, como si hubiéramos contado un chiste que solo él entendía. Dejó su copa, ahora vacía, junto a su doble, se levantó y quedó apostado junto a uno de los ventanales, mirando enfrente con la cabeza apoyada en el marco blanco de madera.

—Si os parece, vamos a dejarnos de rodeos. Hacedme las preguntas que habéis venido a hacer. No tengo ninguna intención de obstruir la investigación.

Suspiré aliviado, aquello ahorraba unas cuantas boyas.

—Te agradecemos que seas tan directo, Ignacio.

—Uno puede dejar de ser policía, pero en su cerebro quedan los esquemas mentales que nos enseñaron en la academia —dijo, casi para sí, sin dejar de escrutar la fachada que tenía enfrente—. Con los cuatro asesinatos que tenéis delante y los antecedentes de hace veinte años, a estas horas seguro que tenéis acumulada una montaña de cuestiones sin resolver.

—Comencemos entonces —dije—. Me gustaría preguntarte acerca del asunto mediático. Verás, no se puede negar que los primeros crímenes dieron al programa de Tasio una popularidad tremenda. Por lo que sé, su programa de arqueología pasaba desapercibido en la parrilla de la televisión autonómica. Pero cuando comenzó a elaborar teorías acerca del trasfondo histórico de cada asesinato, se convirtió en una estrella. ¿Quién estaba al frente cuando tu hermano…?

—Mi gemelo —me corrigió Ignacio, como un autómata, como si fuese una falta de consideración.

—De acuerdo, tu gemelo. Te preguntaba por quién dirigía el programa cuando tu gemelo firmó por la televisión nacional. No tuvo que hacerle ninguna gracia haber apostado por él y que se le fuera a la cadena nacional cuando el *share* le hizo de oro.

—¿Intentas encontrar un móvil?

—De momento, intento hacerme a la idea de todos los actores que estaban alrededor de aquella obra. ¿Puedes darme un nombre?

—Inés Ochoa —murmuró—. Era Inés Ochoa quien movía los hilos en la cadena.

—¿La conocías?

—Antes de que lo averigües por tus propios medios, prefiero darte mi versión de los hechos. Inés Ochoa era y sigue siendo la directora de programación del canal autonómico. Y voy a adelantarme a la próxima pregunta: sí, fue ella quien me propuso los programas de sucesos que grabé después de detener a mi gemelo. Al principio rechacé su oferta, no quería saber nada del tema. Tenía claro que me lloverían las críticas en Vitoria, la detención de mi gemelo estaba demasiado reciente. Pero ella insistía en que era la mejor manera de explicar lo sucedido, que los periódicos, al fin y al cabo, iban a escribir lo que les pareciera más conveniente. Pensé que si yo decidía los contenidos, podría hacer algo digno.

—¿Te arrepientes? —preguntó Estíbaliz.

—Cada día —murmuró, con gesto derrotado.

—Entonces ¿a Inés Ochoa le beneficiaron los asesinatos?

—En un principio, con mi gemelo, por supuesto que sí. Después la tortilla dio la vuelta y se quedó sin su estrella, luego la cambió por mí. Un gemelo por otro. El villano por el héroe. El *share* y el frenesí con que entraron los anunciantes le compensaron lo que me pagó.

—Deduzco que no tienes muy buen recuerdo de ella —le tanteé.

—No tengo un buen recuerdo de nada de lo que pasó en aquella época —contestó, evasivo.

—¿Sabes dónde la podemos encontrar? —insistí.

—Esa pregunta es innecesaria —replicó, algo cansado—. Eres un investigador en activo, en dos minutos puedes averiguar sus datos de contacto sin mi ayuda. Si lo que quieres en realidad es saber si hoy día seguimos en contacto, la respuesta es no. Pregunta en la cadena por la Dama de Piedra. Pero ten cuidado, es una de esas personas que siempre caen de pie, como los gatos. Y no le des recuerdos de mi parte.

«Interesante, cuando menos.»

—Veo que en veinte años han cambiado muchas cosas —dije—. Lo que nos ahorraría mucho tiempo y nos sería de gran ayuda por tu parte sería un listado de los amigos que teníais Tasio y tú en aquella época. Amigos comunes y amigos de cada uno de vosotros. Colegas de profesión, familiares… ¿Puedes pasarme un listado de unos… quince, pongamos?

—Queréis revisar el caso.

—No vamos a fingir que las claves para resolver estos nuevos crímenes están en el caso antiguo. Eso lo tienes claro tú también.

Me gustaría que me pasases un número manejable para que los podamos entrevistar.

Asintió, con la mirada perdida, pensativo. El brillo de su personalidad se había ido hacía un buen rato. Desde el momento en que cruzó la puerta de su refugio.

—Me parece correcto —concedió por fin—. Hoy mismo os facilito esa lista, yo estaría dando los mismos pasos que vosotros. ¿Algo más?

—Hemos tenido acceso al informe de los primeros casos. Falta la autopsia de la chica de quince años —intervino Estíbaliz.

Ignacio se encogió de hombros, no parecía demasiado interesado.

—Preguntad a Pancorbo. Yo puedo aseguraros que cuando dejé el cuerpo, todos los informes y las autopsias estaban en su carpeta correspondiente. Y desde luego, no faltaba nada.

—¿Desconfías de Pancorbo? —quiso saber mi compañera.

—No, no —se apresuró a contestar, con una sonrisa que me supo a ensayada—. No lo decía en el sentido de que crea que Pancorbo ha sido quien ha hecho desaparecer la autopsia de esa joven. Y no os dejéis engañar porque sea un tipo callado y de aspecto anodino. Es mucho más brillante de lo que parece, pero hay que pasar muchas horas haciendo seguimientos con él para que permita verlo. Me refería a que yo llevo casi veinte años sin pisar los despachos. Habrá habido mil cambios de ubicación, imagino. Él llevó el caso conmigo, fue una ayuda imprescindible para resolverlo. Es la única persona que se me ocurre capaz de daros una pista de en qué momento pudo haberse traspapelado.

—No le das demasiada importancia a esa autopsia en concreto, ¿no crees que su desaparición puede haber sido intencionada, que alguien del cuerpo puede querer que no se sepa lo que pasó con la chica?

—Fue una serie de ocho asesinatos —murmuró, como en una letanía, como si lo hubiera repetido cien veces en el pasado—, sucedió hace veinte años. Disculpad si he intentado olvidar los detalles durante este tiempo, y más con las circunstancias que rodearon el caso. No soporto esta sensación de *déjà vu*.

—Pero ese cuerpo presentaba de entrada un dato discordante. No puedes haberlo olvidado. ¿Tu hermano conocía a la chica?

—No, que yo supiera.

—¿Conocía a alguno de los niños que asesinó?

—No, que yo supiera.

—¿Alguna de las familias de los asesinados?

Negó con la cabeza.

—No, que tú supieras —se adelantó Estíbaliz.

—Fueron asesinatos rituales. No busquéis más allá. Yo también investigué las posibles conexiones entre las víctimas y me llevó un tiempo precioso que hubiera servido para evitar las últimas muertes —pronunció las dos últimas palabras como quien come un limón, como si escocieran—. Fueron asesinatos rituales. Los *eguzkilores,* el veneno ancestral, los cuerpos orientados en el eje noroeste, como han hecho los paganos desde la Prehistoria...

Por fin estábamos acercándonos al vórtice del caso.

—¿Te encajó que fuera tu herm... tu gemelo?

Ignacio hizo pinza con los dedos en el puente de la nariz, como si tuviera una tremenda migraña.

—Tasio pasó por un período oscuro, cuando preparaba la tesis de la carrera. Se empeñó en estudiar los sucesos de Zugarramurdi. Ya sabéis, los autos de fe de Logroño de 1610 en los que condenaron por brujería a once vecinos con penas de hoguera. Durante aquellos años que estudió en Navarra se juntaba mucho con un colega, no recuerdo ahora el nombre, pero era un chaval bastante más joven y muy radical, le gustaban esos temas raros. Paganismo, ocultismo, sincretismo... todos los «ismos» oscuros que se os ocurran. Se llevaban unos cuantos años, su amistad me chocó mucho al principio, hasta que Tasio me contó cómo lo había conocido. —Nos miró de reojo, sopesando si darnos más datos o callar.

Le animé con la mirada, y por suerte prosiguió.

—Tasio de vez en cuando consumía marihuana y demás sustancias ilegales. A mí no me hacía gracia, yo he sido siempre más de respetar las normas, pero nunca le censuré. Prefería que siguiese confiando en mí y saber siempre en qué líos andaba metido. Coincidió con aquella etapa en que le dio por experimentar, el chico era su camello habitual, de los que vendían costo en ciertos bares de Kutxi. Se cayeron bien, pese a que él era apenas un adolescente y Tasio estaba terminando ya sus estudios.

Guardó silencio, como si le costase desnudar aquel recuerdo.

—Continúa, por favor —le alenté, temiendo que callara—. Nos estabas contando que su amigo era muy radical con los temas paganos...

—Así era. Un fin de semana se fueron a la cueva de Akelarrenlezea, o Songinen Lezea, como queráis. La cueva del aquelarre, o la cueva de la bruja. Los del pueblo no se ponen de acuerdo con el nombre. Querían escenificar el ritual de un aquelarre basándose en descripciones de textos que estaban estudiando en la universidad, básicamente las declaraciones originales de los testigos del proceso del siglo XVII. Llevaban todo tipo de parafernalia pagana: brebajes, tinturas naturales para grabarse símbolos... También llevaban *eguzkilores*, no solo para darle un uso protector, sino porque su raíz, con agua destilada, tiene supuestas propiedades afrodisíacas... Fueron con dos chicas con las que andaban en aquellos momentos, yo me descolgué del plan. Aquel chaval no me gustaba nada, era muy extremo y andaba metido en ambientes que... ya me entendéis. Por mi trabajo en la policía éramos enemigos naturales. No sé lo que les ocurrió en la cueva aquel fin de semana, pero sé que implicó consumo de drogas. Tasio vino muy alterado, más bien diría aterrado. Pupilas dilatadas, los miembros algo rígidos, tuvo bradicardia y palpitaciones, su corazón parecía una montaña rusa. No me separé de él durante una semana. Quise interrogar a su amigo, pero Tasio me lo impidió. No quiso contarme nada, aunque algo grave sucedió, porque no volvieron a tratarse. No sé si esto responde a tu pregunta. Uno nunca quiere ver lo que tiene delante hasta que te arrolla.

Y ahora llegaba la pregunta más difícil.

—¿Cómo llevas que vaya a salir de la cárcel? ¿Os habéis tratado en veinte años, alguna comunicación? —dije, y me costó mantener el tono neutro mientras pronunciaba aquellas palabras.

Negó con la cabeza y me miró con un gesto triste, como si le hablase a un crío de primaria.

—Lo entregué, ¿cómo crees que se lo tomó?

Guardé silencio deliberadamente. Quería que siguiera hablando de aquello.

—No lo entiendes —continuó por fin—: He conocido dos vidas. Una, como hermano gemelo de mi otra mitad. Otra, como hijo único. Aquella fecha nos partió en dos a todos.

«De acuerdo, ahora es cuando emerge el Ignacio que quería ver, no el envoltorio que querías mostrarnos», pensé.

—Si es que sale de permiso en breve, tal y como está programado, ¿os volveréis a ver, retomaréis el contacto?

—Eso es algo entre mi gemelo y yo. —Se volvió hacia nosotros y se quedó de pie, ya no ocultaba su malestar—. No quiero ser brusco o maleducado, pero tenéis que respetar mi intimidad. No soy muy dado a hablar de mis cosas, y este es el asunto más duro de mi vida. Esta semana todo el mundo se ha vuelto loco, nadie habla de otra cosa en los bares, no sé si quiero pasar por esto de nuevo. Es terriblemente incómodo. Tengo varios compromisos en las Fiestas de la Blanca: cenas con amigos y patrocinadores de las marcas que represento, corridas de toros, rejoneo... Tengo entradas ya compradas desde hace meses, pero después puede que me vaya fuera, a la casa de pueblo que tengo en Laguardia, y pase allí el verano hasta que todo se calme.

—Y ahora es cuando nos indicas amablemente la dirección de la puerta de salida —me adelanté.

—Eso es. Gracias por ahorrarme la escena en la que me pongo digno.

—Cortesía del cuerpo —dije, levantándome y tendiéndole mi tarjeta—. ¿Puedes enviarme ese listado a mi dirección de email?

Contaba con que los informáticos hubiesen puesto ya mi ordenador a salvo y Tasio no pudiera acceder de nuevo al contenido de mis mensajes.

—En un par de horas lo tienes, sabéis que voy a colaborar en lo que me pidáis —dijo, una vez más. Como si tuviera que quedarnos claro que él estaba en el lado blanco del asunto.

Esti y yo caminábamos por la calle Dato en una mañana tan calurosa, que nos sobraban los trajes y los vestidos, y desde luego, a Estíbaliz le sobraban los tacones. Tenía un gesto mientras andaba que me hacía intuir que estaba a punto de lanzarlos a la estatua del Caminante, un muchachote de tres metros de bronce que se había convertido en el icono y en el *souvenir* más querido de la ciudad.

—Entra conmigo —le pedí, frente a la confitería Goya—. Necesito algo de azúcar para pensar mejor.

Nos adentramos en uno de los locales de la pastelería con más antigüedad de Vitoria, la que había convertido en famosos sus Vasquitos y Nesquitas, bombones de chocolate cuadrados que se fabricaban desde 1886 y que la gula de nuestros abuelos había mantenido en el top de ventas de los dulces del norte desde entonces.

—Medio kilo de pastas de té. Pero, por favor, pónmelas todas de mermelada —le pedí a la dependienta, una mujer de mediana edad y pelo granate que ignoró mi súplica una vez más y me incluyó en la caja de cartón las variedades que consideró oportunas, como siempre hacía.

Salí de la tienda resignado con mi caja de pastas y nos metimos por la calle San Prudencio en dirección al parking de la Catedral Nueva para recoger el coche. Pasamos por delante de la óptica Fernández de Betoño y esperamos a que no hubiera demasiada gente alrededor para que nadie escuchase nuestra conversación.

—¿Por qué quince, Kraken? —soltó Estíbaliz a bocajarro—. ¿Por qué le has pedido un listado de quince amigos?

—Nadie tiene quince amigos íntimos, alguno de los que se cuelen en esa lista no lo será tanto. Empezaré por los últimos nombres de la lista, los que más tendrá que pensar. Descarto directamente entrevistarme con los primeros, solo van a hablar bien de él. Veamos si todos cierran filas en torno a Ignacio o encontramos alguna grieta en el paraíso.

—¿Y qué opinas de lo que hemos visto ahí, Unai? —preguntó—. Desde el punto de vista de un experto en perfiles. ¿Qué narices hemos visto ahí dentro?

Suspiré y ordené un poco los indicios en los que me había fijado. No era sencillo, tenía delante a una psique complicada y a eso se le unía un pasado con un trauma personal importante.

—Pienso que Ignacio tiene una especie de personalidad desdoblada. En público, en la calle… brilla. No puedes dejar de mirarle, es puro carisma. Esa sonrisa tan abierta… ¿se puede fingir? Pero en privado, en su casa… es como si estuviera hueco por dentro. Se vuelve gris, no sonríe, ni siquiera se molesta en fingir una sonrisa social. Incluso la voz le baja medio tono, ¿te has dado cuenta? Como si tuviera más edad de la que aparenta. Hay varios gestos que he detectado que casi parecen patológicos, como su obsesión por el dos. ¿Te has fijado en que todo en esa casa es simétrico? La distribución de las habitaciones a ambos lados del pasillo, los sofás, las mesas, los adornos. Todos los cuadros pertenecen a series de dos. Como si fuera la mitad de un todo y estuviera esperando a que su gemelo volviera para ocupar la parte del espacio que le pertenece. Y no dejaba de mirar por la ventana, como un gesto muleta. Como un tic o un apoyo psicológico, o una pequeña evasión cuando nosotros le apretábamos. Pero no miraba en cualquier dirección, miraba al portal de enfrente, ¿sabes qué hay ahí?

—Antes estaba el Banco de Vitoria; ahora está el Banco de Santander.

—No, Esti. Me refiero a lo que está al lado del Banco de Santander.

—El portal de su hermano, perdón: gemelo —dijo con ironía.

—Así es. Es como si estuviera pendiente de verlo llegar, parecía una vigilancia en toda regla. ¿Cuáles son tus impresiones? —pregunté, mientras cruzábamos los jardines traseros de la Catedral Nueva.

—Que estos dos están más tocados por lo que pasó hace veinte años de lo que quieren hacernos ver. La pregunta del millón de euros es: ¿lo bastante tocados como para seguir con el juego?

—No lo sé, Estíbaliz. Te diría que veo al Tasio de hoy día capaz de todo, y desde luego, de vengarse de su hermano y querer verlo entre rejas. Es un tipo mucho más extraño que la versión dorada de los gemelos que acabas de ver.

Estíbaliz se detuvo por fin junto a la estatua del cocodrilo con manos humanas de los estanques traseros de la Catedral Nueva. Miró hacia ambos lados, se quitó los tacones y se sentó en la repisa del pequeño estanque.

—¿Estás bien? Sé que estás cansada, pero… ¿hay algo más?

—Se acerca el fin de semana, me voy a quedar en Vitoria con Iker. Debería ir a visitar a mi padre a Txagorritxu… eso me pone un poco tensa.

—¿Lo tienes todo controlado? —tanteé.

—Lo tengo todo controlado, Kraken. ¿Lo tienes tú? Me preocupa que te afecte ver tanto cadáver de niños muertos.

—Siempre es duro. —Suspiré, soltándome la corbata y sentándome junto a ella—. Sabíamos que íbamos a ver escenas desagradables, nos metimos en Investigación Criminal. Deberíamos tener más sangre fría a estas alturas, y a nuestros fantasmas controlados en la mazmorra… Esti, ¿crees que tú y yo estamos preparados para este caso, crees que no nos va a pasar por encima y arrollar?

—Yo cuidaré de ti, tú cuidarás de mí. Juntos somos dos máquinas. Solo necesitamos centrarnos y mantener encerrados los esqueletos de nuestros armarios.

Guardé silencio. Éramos débiles, éramos dos bancos cojos que se apoyaban el uno en el otro para no caer.

Estíbaliz mantenía que había superado sus adicciones, y yo confiaba en mi compañera, pero aún no había digerido el diagnóstico de Alzheimer de su padre, su rápido deterioro y su reciente internamiento. Digamos que estábamos en alerta naranja.

—Cambiando de tema y recapitulando —dijo mientras se levantaba y echaba a andar hacia la entrada del parking con los tacones en la mano—: ¿Qué tenemos ahora que no teníamos esta mañana?

Suspiré y me obligué a centrarme de nuevo en los dobles crímenes.

—Dos nuevos personajes a los que me va a encantar hacer una visita en cuanto los localicemos: Inés Ochoa *la Dama de Piedra*, y el misterioso compañero de rituales de Tasio. En segundo lugar, una conexión de Ignacio con el arma del crimen: las abejas. Si tiene trato con muchos apicultores y conoce ese mundo, es factible que él haya sabido cómo meterlas en un recipiente y enfadarlas con un olor que las vuelva agresivas. Pero no podemos olvidar que el detalle de las abejas no ha trascendido a la prensa todavía. Y por último, también tenemos una mentira: la de que no recuerda qué ocurrió con el semen que había en la chica. Ha disimulado muy bien su indiferencia cuando le he sacado el tema de la autopsia.

—O lleva veinte años preparando la respuesta.

—Hay que investigar a los gemelos: su familia, su pasado, su entorno —dije, pensativo, mientras pagaba el tique del parking—. Nadie lo hizo antes precisamente porque Ignacio atrapó por sorpresa a Tasio y de ese modo cerró el caso.

—Entonces tenemos mucho trabajo por delante. ¿Vas a ir a Villaverde mañana?

—Si no hay avisos y nadie me reclama, esa es mi intención. No me gusta dejar tanto tiempo solo al abuelo, ya lo sabes. Pero si crees que tengo que estar en Vitoria este fin de semana, dímelo.

—Estaré los dos días con Iker. Hay mil detalles que cerrar con la puñetera boda, amén de la visita bajón a mi padre. Estaré ocupada. No voy a tener tiempo de darle vueltas a nada.

—De acuerdo, aléjate de tus fantasmas.

—Aléjate tú de los tuyos.

—Siempre lo hago.

«Siempre lo hago, Esti. Es lo que me mantiene caminando entre los vivos.»

7

VILLAVERDE

Plantéate la estructura como si el asesino nos quisiera contar una historia, ¿qué hay detrás de los ritos de estos nuevos crímenes? #Kraken

30 de julio, sábado

Al día siguiente partí de madrugada hacia Villaverde, el diminuto pueblo de diecisiete habitantes donde mis abuelos nos habían criado a Germán y a mí cuando mis padres faltaron, hacía ya unas cuantas vidas.

Me gustaba conducir a primera hora en dirección sur, cruzar el puerto de Vitoria, y frenar en el hayedo de las curvas de Bajauri después de ignorar la recta de los pinos, donde una vez me cambió la vida.

Villaverde estaba a 40 kilómetros de Vitoria, en la cuadrilla de la Montaña Alavesa, frente a la sierra de Cantabria, o la sierra de Toloño, como se le había dado en llamar últimamente. Los nativos no nos poníamos de acuerdo con los que publicaban los mapas de Álava en la Diputación Foral. Me acostumbré a crecer mirando la pared de hayas, robles y avellanos que tenía frente a mí cuando me asomaba al robusto portalón de madera de la casa de tres siglos de mis abuelos. Uno de esos caserones de paredes de piedras de un metro de espesor donde el frío glaciar de los inviernos se quedaba fuera, ajeno al fuego de nuestra cocinica baja.

Aparqué debajo del balcón que el abuelo se empeñaba en mantener florido con macetas de begonias rojas, pese a que cada vez que llegaba el viento del sur secaba las pobres plantas y el abuelo tenía que empezar de cero otra vez. Pero él estaba acostumbrado a empezar y volver a empezar. Si algo tenía el abuelo era que él, al igual que su corazón casi centenario, siempre continuaba con la faena.

«Déjate de hostias y sigue», se limitaba a decir. Y lo hacía. Continuaba.

Las calles en pendiente de Villaverde estaban desiertas a aquellas horas, pero un claxon rompió el silencio y la furgoneta del panadero de Bernedo subió por la cuesta hasta quedar frente a mí.

—Hola, Unai. ¿Un hueco y un sobao?

Iba a coger las barras calientes y humeantes yo mismo, cuando alguien se colocó a mi espalda.

—Te había encargado también tres preñados —dijo la voz cascada del abuelo.

—Aquí te los traigo, que os aproveche —se despidió el chaval, cerró las puertas traseras y nos dejó con el olor a pan de Bernedo recién horneado.

Me di la vuelta y sonreí. El abuelo sabía perfectamente lo que nos perdía a Germán y a mí. Aquellos bollos de pan recién hechos, rellenos de chorizo caliente y empapados en el jugo del mismo chorizo eran el mejor reconstituyente del mundo después de una mañana de trabajo en el monte.

—¿Qué hay que hacer hoy, abuelo?

—Vamos, tu hermano ha sido más madrugador y lleva ya un buen rato en los avellanos.

El abuelo se metió en el portal de casa y sacó un par de guadañas.

—De acuerdo, deja que me cambie y nos vamos para allá.

Subí las escaleras de dos zancadas, me metí en mi habitación de crío y me puse unos vaqueros desgastados, una camiseta blanca y las botas de monte.

Cruzamos las calles empedradas del pueblo en silencio, con las guadañas al hombro, mientras le recolocaba la boina al abuelo. Él caminaba siempre inclinado hacia delante, metido en su buzo añil de faena, corpulento y vigoroso. No era un hombre que hablase demasiado, no necesitaba las palabras para tener razón, normalmente la tenía. La razón de los sensatos.

—Abuelo, te he traído pastas de Goya, pero me tienes que enseñar los resultados de la analítica —le dije, de camino—. ¿Cómo te ha salido el colesterol?

El abuelo se encogió de hombros y miró hacia delante.

—No lo he mirado —mintió.

—Ya —contesté, sin creerle—, eso es que te ha salido alto otra vez. Pues vas a tener que cuidarte, abuelo. No voy a dejarte la caja de pastas en Villaverde, estoy seguro de que vas a acabar con todas.

Hizo un gesto con la boca de fingida indiferencia, sin dejar de mirar al frente.

—Alguna habrá que probar —sentenció, y se encajó la boina una vez más.

Sonreí para mí.

—Sí, abuelo. Alguna.

Pasamos por detrás de la iglesia y atravesamos la era, la parte alta del pueblo donde antaño se trillaban los cereales y se aventaban para obtener el grano. Ahora los pajares que la cercaban estaban restaurados, solo por el empeño de los vecinos por mantenerlos en pie. A la salida del pueblo, bajando una cuesta después de pasar el camino de parcelaria, llegamos al puente del río Ega y nos metimos en el terreno que bordeaba el río, donde demasiados avellanos se hacían sombra los unos a los otros, y donde las ramas y las malas hierbas estaban creciendo tan rápido que apenas podíamos pasar.

Encontramos allí a Germán, con su buzo añil hecho a la medida de su baja estatura, cortando ramas con la guadaña como si no hubiese un mañana.

Mi hermano y yo nos deslomábamos si el abuelo nos lo pedía. Era lo mínimo que podíamos hacer por él. Tenía casi cien años y nos seguía educando, con una sabiduría sin aspavientos que yo aspiraba a heredar algún día.

—¿Hoy viene Martina? —le pregunté a Germán, mirando la hora del móvil.

—Sí, al mediodía pasará por aquí y se queda a comer.

—Genial —dije, sonriendo. Nuestra pequeña familia agradecía mucho el toque femenino que nos aportaba mi cuñada.

Martina era la novia de Germán desde hacía más de cuatro años. Trabajaba en Mediación Familiar dentro de Servicios Sociales, cerca de mi despacho en Lakua, y muchos días nos íbamos a comer juntos. Tenía la voz dulce y paciente de los que van repartiendo cariño sin llevar la cuenta, unos ojillos color kiwi y un pelo cortado a trasquilones que ya estaba creciendo. Martina acababa de superar un cáncer bastante agresivo que la había dejado calva y sin masa muscular, pero los arrestos que le echó al tema durante todas sus sesiones de quimio fueron uno de los detonantes para que yo volviera de mi mundo de apatía en el que me había adentrado después de pasar por mi propio infierno, dos años atrás.

Ver a Martina raparse su larga melena negra sin quejarse e ir a trabajar para mediar entre divorcios y custodias ajenas mientras Germán y yo la recogíamos en coche hecha un trapo fue lo que me hizo dejar aparcados mi lado cínico y mis pocas ganas de vivir y volver a apreciar lo que tenía alrededor: salud, amigos, un abuelo, un hermano, una cuñada, un trabajo que me permitía sacar de la calle a individuos con ganas de hacer daño...

Despejé mi cabeza de oscuros asuntos y me concentré en acabar con todas las ramas bajas que se me ponían por delante. Cuatro horas después, tras dar buena cuenta de los preñados y con toda la hierba segada y amontonada en la entrada de los avellanos, el abuelo sacó una manzana roja del bolsillo.

—Enséñame ese eccema, hijo —le dijo a Germán.

Mi hermano se arremangó la pernera del pantalón y le enseñó una mancha rojiza que le había salido en el gemelo. El abuelo se sacó la navaja suiza y cortó en cuatro cuartos iguales la manzana, y los restregó sobre la piel de Germán. Después unió las cuatro partes con un cordel y enterró la manzana bajo tierra.

—Ya puedes pudrirte pronto —le susurró a la manzana.

Según él, en cuanto la manzana se pudriese, días después, el eccema de Germán desaparecería. El abuelo en realidad usaba las manzanas para cualquier cosa: verrugas, quemaduras... Yo había estudiado ciencias durante demasiados años como para creer en ese tipo de cosas, y en realidad, mi abuelo también era demasiado pragmático como para creer en supercherías, pero lo cierto es que su remedio natural solía funcionar bastante bien.

Cuando terminó con su cura ancestral, se tendió a los pies de un tronco, encontró acomodo y se quedó roncando pesadamente en pocos minutos.

Germán y yo nos sentamos también, apoyados en el avellano más anciano, exhaustos pero relajados.

—He leído lo de los dobles crímenes —comentó, mientras arrancaba una brizna de hierba y se la ponía en la boca.

—¿Y quién no? —dije, mirando a la sierra.

—¿Te ha tocado encargarte a ti?

—Ajá.

—¿Quieres hablar?

—Todavía no.

—¿Todavía no? ¿Qué se supone que significa eso?

—Significa que puede que más adelante, cuando el caso se tuerza, cuando me aprieten desde arriba porque no hay resultados rápidos, cuando esté más estresado... entonces te necesitaré. Necesitaré que te pongas la sotana de confesor, necesitaré que me escuches porque lo que tendré que contarte no podré compartirlo con nadie, excepto contigo y con Estíbaliz. Pero ahora, de momento, no. Puedo con esto. Me reservo, ¿de acuerdo?

Germán lo pensó por un momento y se pasó la mano por su pelo moreno.

—Como quieras, hermano. —Suspiró—. De todos modos hay algo que tengo que decirte, así que seré rápido.

«No, Germán. No empieces», pensé, poniendo los ojos en blanco.

—Te tiendes a obsesionar, sé que te metiste en Investigación Criminal porque crees que los asesinatos se pueden prevenir, que tú puedes prevenirlos. Pero suena enfermizo y megalómano, Unai. Alguien te lo tiene que decir, después de lo de Paula y tus hijos no has vuelto todavía a ser el mismo. Decías que podías haber visto las señales, y no sé cuántas tonterías más. Mira, desahógate conmigo si quieres, eres mi hermano mayor, no te voy a juzgar. Pero deja de decirlo en público, ni tampoco a la cuadrilla. Son nuestros amigos, pero la gente habla cuando no estás. No te obsesiones con este caso, ¿de acuerdo? Blíndate, todo el mundo tiene los nervios a flor de piel estos días en Vitoria y hasta tus conocidos van a exigirte. Esto va a sacar lo peor de la gente. Llegados a un punto, nada es inocente.

«No, nada es inocente.»

¿Qué podía decir?

Soy nieto de mi abuelo, el mismo que en la posguerra, cuando era alcalde de Villaverde, entraba en casa del herrero con el cinturón en la mano y le paraba los pies porque alguien en el pueblo le había avisado de que estaba pegando a su mujer.

Aquello ocurría en los años cuarenta, cuando la violencia de género se quedaba de puertas adentro y nadie llamaba a la pareja de la Guardia Civil si se escuchaban gritos en las casas de los vecinos, porque los del tricornio siempre contestaban: «Esos son asuntos entre un hombre y su esposa, nosotros no nos podemos meter». Mi abuelo no pensaba igual, y cuando yo le preguntaba por aquel episodio, él siempre se encogía de hombros, susurraba un: «Era un cobarde, mira que pegarle a una mujer», y continuaba comiendo como si nada su queso curado de oveja con el vaso diario de vino de Rioja.

No es que me creyese un héroe, es que me gustaba dejar el universo como estaba. Sin muertes que ocurrían cuando no tocaban, simplemente eso. Entendía el lógico mecanismo que se escondía tras el orden natural de las cosas, incluso de las muertes: un accidente, la enfermedad, la vejez... Pero nada de tipos retorcidos haciendo trampas para que la Guadaña llamase a la puerta de inocentes antes de tiempo.

—De acuerdo, gracias por tener los arrestos de decirme lo que nadie se atreve.

—A veces no lo pones fácil, Unai. Sé que has sufrido mucho, pero el mundo sigue girando y la gente se olvida enseguida de tus dramas, no puedes quedarte estancado.

—Otra vez no, Germán. Otra vez no. —Lo frené poniéndole una mano sobre su brazo.

Germán se calló, con esa inteligencia que tienen los que saben cuándo es hora de callar.

Mi hermano no era listo, era lo siguiente. Se dio cuenta de que, a falta de físico, le sobraba ironía y labia, y que si aprovechaba los siete primeros segundos de estupor ante su sorprendida audiencia femenina con un par de bromas inteligentes, de las que están poco trilladas y hacen reír de verdad, lo demás venía solo. Influía también el físico. De talla baja, sí: pero forrado. Era uno de los hombres más elegantes y coquetos que conocía. Germán era capaz de diferenciar entre cuatro tipos de nudo de corbata y de reprenderte por una mala elección de calcetines.

De repaso semanal en la peluquería, su corte de pelo siempre iba un año por delante del mío. Ahora tocaba ser *hipster*, así que llevaba las sienes casi rapadas y el flequillo negro peinado hacia atrás. Había sucumbido a las barbas, pero la suya estaba mejor cuidada que un seto del palacio de Buckingham.

Y también era un conector. Conocía a toda Álava y toda Álava lo conocía a él, donde la población de personas con acondroplasia era bastante reducida.

Que si di algunas hostias para defenderlo de algunos capullos —ahora lo llaman *bulling*— cuando era adolescente y todos le llevábamos medio metro... Pues sí, las di. Y las volvería a dar por él. Y eso para alguien que nunca reparte hostias, porque aborrezco la violencia y por un tema práctico de que siempre que te peleas, te comes alguna, pues es mucho decir.

También influyó la educación que nos dio el abuelo, que jamás diferenció entre estaturas ni le permitió compadecerse.

Si había que subirse al tractor y el primer escalón estaba a cincuenta centímetros del suelo, mi abuelo le decía: «Déjate de hostias y sube». Germán se las ingeniaba para trepar por la rueda trasera y colarse en la cabina.

Si los pedales de la cosechadora estaban demasiado lejos de sus suelas, el abuelo le ayudaba a fabricarse unos alargadores de madera de boj que se ataban a las botas de Germán. Simplemente encontraban la manera de ajustar sus dimensiones al mundo y tirar para adelante.

Germán asumió la normalidad en casa y la extendió a todas las facetas sociales, se convirtió en un tío sin complejos, de coco brillante y más bueno que el pan. Le costó echarse su primera novia. Después, todo vino rodado para él.

En lo laboral, se dio cuenta enseguida de que sacar sobresalientes en la carrera de Derecho le hacía estar por encima de la media, y no por debajo, y esa sensación le gustó. Montó su despacho en la plaza Amárica con lo que juntamos él y yo de trabajar los veranos cosechando cereal y en pocos años se convirtió en un abogado de referencia, y en un jefe democrático y querido para sus doce empleados. No había secretos en su éxito empresarial.

La suerte de que lo buscaran nuevos clientes siempre le había sorprendido metiendo más horas que nadie en el despacho.

Imagino que éramos un extraño trío: mi abuelo y su boina, mi hermano y su avispada inteligencia, y yo y mi… y yo qué sé. No me he analizado. No sé mi rasgo predominante ni por lo que el mundo me conoce.

Bueno, ahora sí. Ahora soy el policía que pilló al asesino en serie más famoso de la historia de Vitoria y que acabó con una bala en la tercera circunvolución frontal del hemisferio izquierdo.

Mañana me desconectan.

Han pasado diez días y sigo en coma. Yo soy previsor y tenía los papeles con instrucciones. Hice mi testamento vital cuando ingresé en el cuerpo. Dejé escrita la orden de que mis cenizas fuesen esparcidas desde lo alto de San Tirso, un monolito de piedra que destaca en la cresta de nuestra sierra, frente a Villaverde.

Sé que es una mala jugada para el abuelo y para Germán eso de subir con mi urna por una roca maciza de cuarenta metros de altura. El primer tramo, si empiezas desde el arbusto a unos diez metros por la cara sur de la mole, es sencillo. Luego ya se pone difícil, y bajar, ni te cuento. Lo mejor es saltar, pero son demasiados metros y puedes caer rodando ladera abajo hasta que te frenen los bojes. Está complicado, lo digo desde ya.

Pero lo harán.

Encontrarán su ingeniosa y lógica manera de hacerlo.

Lo harán.

8

EL MATXETE

Analiza las diferencias con los anteriores crímenes, ¿hacia dónde te está señalando ahora el asesino? #Kraken

31 de julio, domingo

Entré en el asador Matxete a eso de las diez de la noche. Casi toda la cuadrilla había llegado ya, celebrábamos el cumpleaños de Xabi, el más joven de todos nosotros, y habíamos reservado en una de las salas abovedadas de piedra.

Ya al entrar me di cuenta de que no iba a ser una cena fácil: mis amigos dejaron de hablar en bloque en cuanto entré.

—Buenas noches, Xabi. Felicidades —dije, en el tono más casual que pude.

Él sonrió solo con las comisuras de los labios y desvió la mirada.

Me senté en el único hueco que quedaba, presidiendo la mesa, entre Nerea y Martina, mi cuñada, que me sonrió con cara de querer infundirme ánimos.

Pedí un chuletón para reponer fuerzas y esperé a que las bombas cayesen. Todos estaban en tensión, todos miraban de reojo sus móviles y se lanzaban a comprobar las últimas actualizaciones de Twitter en cuanto el pájaro azul piaba.

—¿No vas a contarnos nada, Kraken? —preguntó Jota, abriendo el fuego.

No me lo tomé mal: vi su vaso de cubata casi vacío, habría apostado a que iba por el tercero.

—No seáis pesados —se adelantó Martina, siempre conciliadora—. Sabéis que no puede hablar de sus casos.

—Sí que debería hablar si nos incumbe a todos —dijo Nerea, una de mis mejores amigas.

Nerea era pequeña y gruesa como un canto rodado. Tenía la cara de luna llena y un flequillo que cortaba igual desde la Primera Comunión. Regentaba el quiosco de la esquina de Postas con la plaza de la Virgen Blanca, junto a La Ferre; un estanco heredado de sus padres, pese a que su dormitorio estaba presidido por un título de Biología que jamás llegó a ejercer por su negativa a salir a más de diez kilómetros de Vitoria.

—¿Qué ocurre, Nerea? —Suspiré, mirándola a los ojos.

«¿Qué reproches puedes hacerme?»

—Hay un asesino en serie matando vitorianos a pares, y el que fue condenado hace veinte años se comunica contigo enviándote tuits. Porque tú eres el Kraken al que se dirige ese trastornado, ¿verdad?

Le hice un gesto elocuente, ¿para qué negarlo?

—¿Qué está ocurriendo, Unai? —continuó, soplándose el flequillo, como hacía siempre que estaba agobiada—. ¿No vais a detenerlo, no vais a obligarle a que pare? Me está volviendo loca, me muero de miedo cuando salgo a las seis de la mañana a abrir el quiosco. ¿No puedes hacer que esto acabe?

Nerea habló de corrido, con su voz chillona. Ella no se había dado cuenta, pero hacía un buen rato que me había cogido por la muñeca y me había dejado la marca de las uñas sobre mis venas, allí donde se cortan los suicidas.

—¿Me devuelves el brazo, Nerea?

—Disculpa —dijo, replegándose como un caracol—. Es que... es que estoy muy nerviosa, Unai. Y todo el mundo habla de lo mismo. No puedo vender un periódico sin que la gente me pregunte por los crímenes, como si yo fuera un telediario.

—¿Es cierto lo de las pezuñas? —preguntó Asier, el farmacéutico.

—¿Qué pezuñas? —dije, sin comprender.

—Las pezuñas del macho cabrío. En las redes sociales dicen que es un crimen ocultista, hablan de un pentagrama enorme dibujado en el suelo de la Casa del Cordón, de gatos negros muertos en la entrada de la Catedral Vieja... Hay todo tipo de teorías y suposiciones, pero la más repetida es la de que encontrasteis pezuñas de macho cabrío junto a los pies de los chicos asesinados.

Lutxo, Nerea, Xabi... todos me miraban fijamente, esperando una respuesta.

—Sé que esta situación es excepcional, que no es normal que haya un tío suelto matando por estas calles, sé que la ciudad está entrando en pánico, como hace veinte años. Todos hemos pasado por eso, ¿no lo recordáis? Y es cierto que estoy encargado ahora del caso, pero respecto a los mensajes en Twitter, no puedo decir nada. No tengo autorización para hablar de esto con nadie y lo sabéis de sobra. Todos tenéis inteligencia y cultura como para entenderlo. ¿Queréis ayudar a que el caso se resuelva? Entiendo que sí, por eso voy a necesitar que os comportéis como buenos amigos, que cada vez que quedemos, el caso no mediatice nuestras conversaciones y pueda relajarme fuera de comisaría para que cuando tenga que trabajar, esté centrado y sin otras preocupaciones. Esto no va a ser fácil. Solo os pido que estéis a la altura, como siempre habéis estado.

Todos callaron, alguno se limitó a acabar con la lubina. Por fin Asier, siempre pragmático y un poco frío, rompió el hielo.

—Por mi parte, estoy de acuerdo. No quiero oír hablar más de los crímenes, estoy saturado.

—Gracias, Asier. No esperaba menos de ti —respondí, aliviado.

El resto de la cena la pasamos hablando de los planes para las fiestas de Vitoria, algunos estaban en cuadrillas de blusas y *neskas* e intentábamos cuadrar agendas y decidir a qué actos acudir.

Poco después, el camarero traía un pastel con una vela de treinta y cinco años. Xabi puso cara de circunstancias cuando vio la cifra llameante frente a él, pero hinchó los carrillos, cumplió con su deber y apagó las velas. Yo empecé a cantar un desafinado *Cumpleaños feliz*, pero Nerea me frenó con una mirada.

—¿Qué pasa, es un cumpleaños o un funeral?

—Parece mentira, Unai. Xabi acaba de entrar en el grupo de riesgo. Ahora tiene treinta y cinco años y un apellido alavés compuesto, ¿y tú le felicitas? —me susurró al oído, casi furiosa.

Yo callé, todos estaban pendientes de mis gestos, así que intenté limitarme a terminar con el chuletón y fingir que era un domingo como cualquier otro.

La cena terminó como había comenzado, con un silencio denso y con Lutxo contando chascarrillos no publicados de la sección de sociedad de su periódico. Lo hacía siempre que el ambiente se torcía. Lutxo era muy hábil socialmente y tenía más cintura capeando situaciones tensas que un torero.

Cuando llegó la hora de las despedidas, Martina se me acercó por detrás y me cogió por la cintura.

—¿Todo bien, Unai? —preguntó, apoyando su cabeza de duendecillo en mi hombro.

—Todo bien, Martina. ¿Cómo lo llevas en el trabajo? ¿Comemos esta semana?

—En agosto bajan las separaciones y todo el mundo se va de Vitoria. Aprovecharé para adelantar papeleo. En septiembre es cuando nos llega la avalancha de divorcios —me contó, con un guiño cómplice—. Más trabajo para mí y para el despacho de Germán. Así que tu hermano y yo aprovecharemos el parón de este agosto para estar tranquilos en Vitoria y bajar un poco el ritmo. Y por supuesto que podemos comer esta semana. Te llamo yo, ¿de acuerdo?

—Así quedamos —me despedí, conforme, dándole un beso en la frente.

—Y... Unai. Ánimo. Tú puedes con esto y con mucho más.

Me lanzó un beso al aire, se atusó la melenita desordenada y desapareció rumbo a las piedras de la plaza.

Antes de salir del asador me desvié hacia los aseos, con la sana intención de descargar la vejiga, y ahí estaba yo, de cara a la pared, cuando un chaval con gorro blanco de cocinero se me acercó y me tendió una servilleta de papel garabateada.

—Tú eres Kraken, ¿verdad? —me preguntó.

—Tendrás que esperar a que acabe para que coja ese papel —contesté, con la bragueta todavía abierta.

—Espero —dijo el chaval, mirando nervioso a ambos lados.

En cuanto me subí la cremallera, apenas después de lavarme las manos, me entregó la servilleta con un gesto demasiado tembloroso para su edad.

—Demasiados porros —murmuró, a modo de excusa.

—Antes de que me digas nada, prefiero que te identifiques y también que me expliques quién te ha dicho que me llaman Kraken.

—Me llamo Roberto López de Subijana y trabajo aquí los fines de semana. Soy vecino de Nerea, la de tu cuadrilla. Nuestros padres se conocen de toda la vida. Es ella la que nos ha contado que tú eres el famoso Kraken del Twitter de Tasio. Mi madre y yo hemos elaborado esta lista de nombres, nos gustaría que la leyeras y la tuvieras en cuenta.

—¿Y qué es esta lista, Roberto? —pregunté, mientras leía una docena de nombres y apellidos con sus edades apuntadas al lado.

—Son de la familia: mi hermana tiene treinta años, mi tío tiene cincuenta y cinco, mi abuela tiene setenta y cinco... Todos los que te he escrito tienen edad para ser víctimas, además de apellido alavés compuesto.

«Todavía no se sabe si las nuevas víctimas tienen apellido alavés compuesto», estuve tentado a decirle, solo por calmarlo, solo por tranquilizarlo. Pero no podía, no podía ir dando datos de la investigación que recorrerían la ciudad en pocas horas.

—¿Y por qué me lo pasas a mí?

—Tú estás al frente de la investigación, ¿no puedes ponerles escoltas?

—Tendría que hacerlo con varios miles de alaveses que cumplen los requisitos tanto como tus familiares.

—Es que estamos todos muertos de miedo, mi abuela se ha ido al pueblo y no quiere venir a Vitoria ni a la consulta del médico... ¿No puedes hacer nada, por qué no detenéis al cómplice de Tasio de una vez, no podéis rastrear la cuenta de Twitter?

—Roberto te llamas, ¿verdad? Mira, estamos haciendo lo que podemos, pero no puedo compartir ninguna información contigo.

—De acuerdo. De todos modos, quédate con la lista. Llévala siempre encima, si alguno de ellos muere, habrá sido por tu...

—Ya, chaval —le corté, no quería escuchar cómo pronunciaba lo que tenía en mi cabeza—. Ya es suficiente. Querías hacerme llegar un mensaje y me ha llegado. Claro y meridiano. Todos aquí tenemos a alguien que cumple con los requisitos. Solo una cosa: no vayas difundiendo por Vitoria que yo soy Kraken. No es bueno para la investigación. Tu vecina Nerea se ha ido de la lengua, pero esto no puede volver a pasar. No me obligues a buscarte las cosquillas con lo que consumes y dónde lo consigues, ¿de acuerdo?

El chico accedió a regañadientes, y para cuando salí del asador, solo Lutxo me estaba esperando. Me miró con aire preocupado, y cruzamos en silencio la plaza del Machete, llamada así porque, desde los tiempos de los Reyes Católicos hasta muy entrado el siglo XIX, el procurador general debía jurar su cargo ante un machete, bajo la amenaza de que, si no cumplía honradamente con su promesa, el machete caería sobre su cabeza.

Pasamos justo por delante de la vitrina que guardaba una réplica del machete: una reliquia que pocos conocían y que, como tantas veces ocurría, estaba tan expuesto que pasaba desapercibido. A espaldas del ábside de la iglesia de San Miguel Arcángel, detrás de unas rejas que estaban allí desde 1840, una réplica del machete reclamaba una atención que pocos vitorianos y turistas le prestaban.

Pero lo que yo notaba sobre mi cabeza en aquellos momentos pesaba más que un machete y me cortaba la conciencia en pedazos dolorosos. El chico tenía razón, ¿qué sentido tenía mi trabajo, si no podía proteger a gente que se sentía, con motivo, amenazada?

—Vamos, Unai. Te acompaño a tu portal —se limitó a decir Lutxo, dándome una palmada en la espalda.

Asentí y caminamos en silencio por la plaza empedrada y por los escalones que la unían a la plaza de la Virgen Blanca.

Lutxo era todo un personaje, muy conocido en Vitoria. Fibroso y enjuto, se rapaba el pelo desde que tenía uso de razón y el único cabello que se dejaba crecer era una línea vertical desde el labio inferior hasta la barbilla puntiaguda. Acostumbraba a teñirse la perilla de diversos colores, según el estado vital en el que se encontrase, y lo cierto es que solía ser un buen indicador. Últimamente la llevaba blanca. No canosa, sino de un blanco chillón, artificial e inmaculado.

—¿Te has ido a algún lado este fin de semana? —le pregunté, para cambiar de tema.

—He estado en Navarra, escalando varias vías por los Pirineos —comentó, distraído.

—¿Has abierto alguna nueva?

—Una 7c+.

—Máquina —susurré, sonriendo. Pero Lutxo no andaba muy atento a mis palabras y no llegó a sonreír—. ¿Qué pasa, Lutxo?

—Ha sido un finde un poco raro, Unai. Vino Iker, el novio de tu compañera, y se trajo a su cuñado.

«El Hierbas», pensé, reprimiendo una mueca.

El hermano de Estíbaliz era un viejo conocido de la policía. Siempre fue un tipo extraño, regentaba una herboristería con decoración esotérica, pero había tenido sus más y sus menos desde bien jovencito por traficar con sustancias, cuando menos, sospechosas. De hecho, yo estaba convencido de que Estíbaliz se había metido en el cuerpo para escapar de los desmanes de su hermano, después de reformarse de su etapa al filo de la ley, aunque sospechaba que todavía tenía demasiada influencia sobre su hermana pequeña.

Era un par de años mayor que ella y yo lo conocía desde los tiempos en que iba con sus rastas pelirrojas trapicheando con una mochila al hombro cargada de maría. Tenía en su cuarto de adolescente una foto ampliada del Sacamantecas, algo muy enfermizo, cuando todos a su edad teníamos a Samantha Fox en triquini. No sé, era turbador dormirse cada noche bajo la imagen de un aldeano asesino y violador en serie con cara de bruto.

El Sacamantecas era nuestro Jack el Destripador alavés, estrella imprescindible en todas las formaciones de Perfiles Criminales a las que había acudido.

Juan Díaz de Garayo Ruiz de Argandoña, nacido en 1821 en Eguilaz, un pueblecito de la Llanada Alavesa, asesinó, violó y mutiló a seis mujeres, cuatro de ellas prostitutas, y murió por garrote vil en la antigua prisión del Polvorín Viejo.

Por aquella y por otras muchas razones, no me gustaba el Hierbas, o tal vez yo me sentía demasiado protector con mi compañera. También me inquietó que Estíbaliz no hubiera pasado el fin de semana con su novio, tal y como me había prometido. ¿Por qué mentirme? ¿Qué más le daba?

—Pues resulta que, volviendo de la escalada, nos convenció para desviarnos hasta Zugarramurdi, y acabamos en la famosa cueva de las brujas, Sorginen Leizea —me explicó, mientras bajábamos por las escaleras de piedra—. Estuvimos pasando allí la noche, y el tío no dejó de hablar de los dobles crímenes, nos llenó la cabeza de rituales paganos. Según él, el autor está reclamando una vuelta a otros tiempos más auténticos. Por eso está recorriendo con los escenarios la historia de estas tierras. Dice que no es casualidad que comenzara precisamente con el dolmen de la Chabola de la Hechicera. Nos contó la leyenda de la bruja que habitaba en él, y que los lugareños todavía cuentan en *petit comité* que las noches de plenilunio echaban pequeñas piedras dentro del dolmen, una ofrenda a la diosa Mari. Pero a nadie le gusta hablar en el pueblo. Cuando los arqueólogos encontraron en 1935 un gran número de cantos rodados, la gente calló por miedo a algún tipo de represión por parte de la Iglesia, si admitían que todavía perduraban las creencias antiguas.

»También decía que no es casualidad que los crímenes se hayan retomado precisamente en la Catedral Vieja, por todo el simbolismo que tiene para esta ciudad, no solo religioso, sino porque contiene las ruinas del germen de Vitoria, la primigenia aldea de Gasteiz. Él dice que es un aviso para todos los habitantes de Vitoria, que los cuerpos están rodeados de símbolos que hay que interpretar —dijo de corrido, tomándose un respiro para coger aire—. ¿De qué símbolos habla, Unai?

Lutxo no sabía ni que el veneno de los primeros crímenes era el tejo, ni que la actual arma del crimen eran unas abejas furiosas. Tampoco sabía que la firma del asesino eran tres *eguzkilores* colocados alrededor de los cadáveres. Y así debía seguir, de momento.

—No puedo salirme de esa nota de prensa, y lo sabes —me limité a responder, mientras caminábamos sin prisas por la plaza de la Virgen Blanca.

Era una estrategia habitual en Lutxo: me regalaba supuesta información de utilidad para después pedirme que le diera más datos que al resto de los periodistas.

—¿Qué está ocurriendo, Lutxo? ¿Tu jefe te está presionando más de lo acostumbrado?

El director de *El Diario Alavés* era un hombre misterioso, sin vida social. Dirigía el rotativo en la sombra desde hacía décadas, y era bastante temido por la redacción, según contaba la plantilla. Un perfil duro, de los de antes.

—Ocurre que me juego el ascenso, la plaza de subdirector ha quedado vacante desde que Larrea se ha jubilado y tengo que dar el campanazo. Quiero ese puesto y te estoy pidiendo ayuda, Kraken. Espero que me des algo, porque voy a ir a muerte con este caso y si tú no me la das, iré por libre —contestó nervioso.

Habíamos llegado ya a mi portal, yo me moría de ganas por subir al piso y olvidarme del mundo, de los chuletones y de la cuadrilla, pero Lutxo no parecía dar por terminada nuestra conversación, a juzgar por el pie que había interpuesto entre el marco y la pesada puerta de madera, rejas y cristal.

—¿Y qué vas a hacer, Lutxo? ¿Escribir un artículo dando por ciertas todas esas tonterías paganas del Hierbas? —dije, encogiéndome de hombros y girándome hacia dentro.

—¿El Hierbas? ¿Te refieres al cuñado de Iker, el Eguzkilore?

Estaba a punto de perderme por el pasillo oscuro de mi portal, pero al escuchar aquel nombre, un latigazo me recorrió la espina dorsal.

—¿El Eguzkilore? —repetí mientras me daba la vuelta, blanco como un espectro de la Santa Compaña.

—Sí, es su mote de toda la vida, de cuando era más joven. Hace veinte años llevaba unas rastas largas, ¿no te acuerdas? Como es pelirrojo, parecía un *eguzkilore*, un cardo naranja. Era un buen apodo, muy gráfico. Tenía su gracia.

—Ya lo creo. Muy descriptivo —murmuré con mi mejor cara de póquer—. Lutxo, estoy muy cansado y me espera una semana muy larga. Lo dejamos por hoy, ¿de acuerdo?

Le di a Lutxo las buenas noches y me quedé en mi portal a oscuras, con una sensación de frío recorriéndome el cuerpo en pleno julio.

De todas las preguntas que me taladraban el cerebro en aquellos momentos, había una, la más incómoda, la más inquietante, la que más me molestaba:

¿Por qué Estíbaliz no me había mencionado antes que a su hermano le llamaban el Eguzkilore?

¿Había algo que mi compañera me estaba ocultando?

9

ARMENTIA

Vitoria, 28 de abril de 1970

El día de San Prudencio, para sorpresa de todos los presentes, había amanecido radiante pese a que el patrón de los alaveses tenía fama de meón. Desde siempre se decía que el tiempo no respetaba una romería que llevaba cinco siglos celebrándose, y que el santo acababa regando de lluvia a todos los que se acercaban a la cercana basílica de San Prudencio, en las campas de Armentia, para venerar sus reliquias.

El doctor Urbina había arrastrado a su esposa y a sus hijos pequeños a primera hora, incorporándose por el paseo de la Senda a la riada de gente que subía a ver al santo en peregrinación.

Cuando pasó frente al palacio de los Unzueta, justo detrás del hotel Canciller Ayala, echó un rápido vistazo a las ventanas señoriales de la fachada, intentando adivinar si sus moradores se hallaban dentro del edificio o habían salido ya.

Por la prensa se había enterado, de casualidad, de que aquel palacete construido a principios del siglo XX por los antepasados del industrial era ahora el domicilio conyugal al que el reciente matrimonio de Javier Ortiz de Zárate y Blanca Díaz de Antoñana se había trasladado tras su boda.

Por lo visto, aquella casona afrancesada, cuadrada y con unas inquietantes claraboyas ovaladas en el tejado gris pertenecía a la familia del empresario. Se preguntó, una vez más, qué tipo de vida estaría viviendo Blanca entre aquellas lujosas y decadentes paredes. ¿Le habría dejado de dar palizas su marido, al comprobar que todos los bulos de «la virgen Blanca» solo eran cuentos de correveidiles de pueblo? ¿Le habría perdonado ella?

Por la prensa se había enterado también, meses atrás, de que la gran boda había tenido lugar en la Catedral Nueva, de que el ilustrísimo señor obispo de Vitoria había oficiado la ceremonia, y de que los cargos más influyentes de la ciudad habían estado presentes en el convite del año.

Guardó con celo los recortes de la noticia, pues eran las únicas imágenes fotográficas que tenía de Blanca. Por las noches, durante horas, había escrutado aquellas fotos en blanco y negro de grano grueso, intentando adivinar si la joven de rostro alargado que sonreía con contención bajo la pamela de novia era feliz o estaba aterrada.

Su paciente no había regresado a consulta. Él se había vuelto loco, esperándola todas las madrugadas junto al palacio de Villa Suso, con una promesa de cita jamás propuesta que solo existió en su cabeza.

Durante casi una hora avanzó del brazo de Emilia, sin perder de vista a sus dos hijos, casi ocultos entre la multitud pese al escandaloso pelo rojo que ambos niños compartían, y que le reclamaban entre pucheros y rabietas unas rosquillas de anís atravesadas por un palo de laurel. Álvaro Urbina no dejaba de meter la mano en el bolsillo de su americana, en un gesto nervioso que ni él mismo era capaz de registrar.

Sí, estaban allí.

No las había olvidado. Nunca lo hacía, por si la veía o si se la encontraba por casualidad en las calles del centro.

A la altura de la cabeza de la procesión se escuchaban los avemarías de los devotos. Al fondo de la marea humana, la banda de *txistularis* y tamborileros amenizaba a los rezagados y llenaba el cielo soleado de aquel día del ambiente festivo de las viejas romerías.

Llegaron por fin a las campas de San Prudencio, una amplia explanada de hierba donde la gente extendía sus manteles de cuadros y comía si la climatología acompañaba. Lo cierto era que las nubes grises habían comenzado a hacer acto de presencia y muchos se apresuraron, con un ojo puesto en el cielo, a desplegar su avituallamiento, no fuera que la lluvia les interrumpiera la sobremesa.

Eligieron para sentarse sobre su mantel un lugar en un lateral de la campa desde el que se podía divisar tanto la basílica como los puestos de comida y refrescos. El doctor Urbina miraba con disimulo alrededor, pendiente de cualquier mujer que se pareciese a la que nunca abandonaba su cabeza.

Su esposa Emilia, excitada por la algarabía que los rodeaba, no dejaba de parlotear, tal vez demasiado alto, acerca de lo caros que estaban aquel año los *perretxikos* en el Mercado de Abastos. Satisfecha, en todo caso, de que por primera vez en su vida había podido permitirse comprarlos.

La mujer, un poco torpona, sacó del capazo con sus brazos cortos varias fiambreras de aluminio con los caracoles y el revuelto de *perretxikos*. Llevaban varios panes sobaos, que aguantaban más que los huecos, y un Marqués de Riscal para aparentar por si se encontraban con algún colega del doctor e invitarlo a un trago.

Álvaro Urbina extendió los platos de plástico comprados el día anterior en la ferretería y estaba sacando el cuchillo para cortar las barras de pan en rebanadas cuando le pareció ver a Javier Ortiz de Zárate a lo lejos, junto al obispo de Vitoria, entrando en la basílica en compañía de otros caballeros bien vestidos.

Alargó el cuello, expectante, olvidando el cuchillo que alzaba con su mano. Olvidando a sus hijos que correteaban, nerviosos, pidiéndole las dichosas rosquillas de anís. Olvidando el olor a tomate casero y jamón del bueno de cientos de salsas de caracoles que las amas de casa destapaban con orgullo de madre.

La vio sola, vestida con una falda blanca hasta la rodilla, unas sencillas alpargatas, un bolso estampado con margaritas y una elegante chaqueta del mismo color. Esperaba junto a uno de los puestos de comida, distraída.

Álvaro guardó el cuchillo en el capazo, se recolocó la americana y tras decir un «voy a comprar rosquillas» con voz de autómata, se perdió entre la alegre multitud de la campa, cruzando en línea recta hacia las pequeñas carpas verdes donde los vendedores ambulantes despachaban chocolate con churros y zurracapote mientras por los altavoces se escuchaba una incongruente mezcla de cánticos religiosos y *Un rayo de sol*, la canción de Los Diablos que tenía locas a todas las mozas en las verbenas.

Llegó hasta ella, decidido ya a olvidar timideces y gestos corteses. No tenía muchas oportunidades de verla, ¿para qué disimular?

—Así que se ha casado con él —dijo, a modo de saludo—. Dígame solo una cosa para que me quede tranquilo, ¿ahora es mejor que antes?

«Ahora es mejor…», pensó ella, apretando la mandíbula.

Cómo contarle. Cómo contarle a otro hombre lo que su marido le hacía desde la noche de bodas. No fue suficiente para que las palizas cesaran el comprobar que en efecto era virgen. No fue suficiente.

Volvió aturdida de su luna de miel en San Sebastián. ¿Nadie en el hotel María Cristina se enteró de lo que ocurría en la *suite*? ¿Nadie entre el personal que limpiaba la habitación dijo nada de los muebles rotos?

Su anciana tía le hizo la misma pregunta cuando la visitó en su nuevo domicilio para ayudarla a organizar el ajuar y todos los regalos de boda.

—¿Cómo ha ido todo? —le había preguntado, sin mirarla a los ojos.

Blanca no contestó, sabía que no era una aliada.

—Irá a mejor, con el tiempo te acostumbrarás —le había dicho, en un arranque de sinceridad que no esperaba en ella, una dama acostumbrada a guardar las formas—. Intenta no contrariarlo, ser una buena esposa, complacerlo en todo, que tu hogar esté impoluto cuando llegue del trabajo, las zapatillas de casa a los pies de su butaca. Intenta que no coja el vicio de beber; si bebe, todo es mucho peor.

La miró con cara de no preguntes, Blanca bajó los ojos, avergonzada. Nunca pensó que su tía también hubiera sufrido las palizas de su tío. Qué ciega había estado toda su vida.

Ahora que estaba casada había empezado a tener amigas, todas las esposas de los amigos de su marido. Algunas sosas, otras altivas, alguna que otra, alegre, desenfadada y divertida. Pero nadie a quien contar, nadie en quien confiar.

Y allí estaba él, aquel médico tan solícito. El único con quien hablar sin tapujos. Ojala hubiera sido él, y no Javier, quien la hubiera llevado a San Sebastián. Aquella noche, lo sabía, habría sido bien distinta. Cálida, afable, íntima. Como él.

—¿Acaso cree que tengo opciones, que yo elegí algo de esto? Dígaselo a mi padre y a mi familia.

El doctor Urbina suspiró, al comprender que nada había mejorado.

—No puede volver a intentar lo del palacio de Villa Suso, Blanca. Con tan poca altura y con las escaleras frenando la caída, usted no habría muerto, sino que habría tenido una lesión medular. Ahora mismo estaría impedida en una silla de ruedas. No quiere usted acercarse a mí, pero sigo empeñado en protegerla.

—No veo cómo, doctor —dijo ella.

Fue entonces cuando, repentinamente, se puso a llover. Un par de truenos anunciaron que la tormenta estaba encima y la lluvia comenzó a caer con violencia, como si quisiera horadar el suelo.

Blanca se apresuró en buscar un resguardo en uno de los pasillos entre los puestos, bajo los toldos. El doctor Urbina quedó frente a ella, bajo una chaparrada que apenas percibió.

—Abra su bolso, y mire hacia otro lado, como si no estuviésemos hablando.

—¿Cómo dice?

—Abra su bolso, Blanca. Confíe en mí.

Ella accedió, no muy convencida. Álvaro sacó las drogas del bolsillo de su chaqueta y las introdujo con un gesto rápido en el bolso de Blanca.

—¿Qué acaba de hacer, doctor?

—Las píldoras blancas son para el dolor. Son para usted. Tómeselas después de que él… y si intuye que va a pegarle, tómese una también antes. No le dolerá tanto. La pomada es para que los moratones se le pasen antes y pueda salir más a la calle, creo que está más segura fuera de su hogar que dentro. El bote con las cápsulas granates son para él. Disuelva el polvo de su interior en agua, es insípido e incoloro. Imagino que su marido es un hombre ocupado que se pasa el día volcado en sus quehaceres laborales y llega a casa por las noches. Haga que se lo beba, lo calmará, lo dejará sin fuerzas y lo dormirá. Él no la descubrirá, no quiero ponerla en peligro. No es una droga de uso frecuente en la farmacopea europea, pero puede que a usted le salve la vida.

Blanca miró el reloj, preocupada. La campa se había despejado en minutos debido al chaparrón y una pequeña multitud se resguardaba bajo los árboles del camino o bajo las carpas. Su marido llevaba ya un tiempo reunido con el obispo y las autoridades.

—Doctor, agradezco su empeño, pero ahora mismo me está poniendo en peligro. Cualquiera que nos vea… —Miró intranquila a su alrededor.

—Mire hacia otro lado, siga fingiendo que no habla conmigo. Verá, Blanca: estoy preocupado, no sabía que su esposo era viudo. Lo leí el día de su boda en las crónicas de sociedad de *El Diario Alavés*, pero mi enfermera me ha contado que su primera esposa era joven, como usted, y que venía mucho a las consultas de la clínica.

—¿Qué quiere decir con que iba mucho a la clínica? Todo el mundo sabe que murió en un accidente de montaña.

—Yo lo único que sé es lo que me ha contado mi enfermera —contestó el doctor, mirando hacia la campa, en busca del rastro de su mujer y sus dos hijos—. No tengo acceso al historial de esa paciente, pero sé que tuvo una fractura en las costillas y otras lesiones compatibles con lo que su marido le hace a usted.

A Blanca se le heló el vello de la nuca. ¿Cuánta gente lo sabía? ¿Su propia familia se lo había ocultado, habían permitido que contrajese matrimonio con un hombre tan violento? ¿A su padre no le preocupaba la vida de su única hija?

—Son suposiciones, doctor. Nadie hasta ahora se ha atrevido a dudar de él, que yo sepa.

—No lo defienda. La va a matar, algún día se le irá la mano, como con su primera esposa, y un mal golpe la matará.

—¿Y qué puedo hacer, eh?

—Ya se lo he dicho en otra ocasión, y se lo reitero ahora, Blanca. Aquí me tiene, acuda a mí.

La miró a los ojos, y ella se atrevió por fin a levantar la vista y mirar al hombre que tenía frente a ella.

Hubo un roce, con la mano empapada de él y la mano fina y seca de ella. Por primera vez en mucho tiempo, ambos sintieron calor.

Después, el doctor Urbina notó un tirón en la americana y se giró, separándose de Blanca.

—Padre, madre anda buscándole. Los caracoles se han echado a perder con la lluvia —interrumpió su hijo pequeño.

No se le escapó la mirada de odio que el niño le lanzó a Blanca.

Pero no era el único. A su espalda, y sin que ellos se percatasen siquiera, Javier Ortiz de Zárate apretó los puños hasta que los nudillos se le quedaron blancos, en un gesto instintivo que no siempre dominaba, al ver a su mujer bajo el aguacero hablando tan cerca de aquel medicucho pelirrojo de pueblo.

10

LA SENDA

No vas a encontrar al asesino hasta que no descubras su motivación. Y la motivación, querido #Kraken, siempre es personal.

1 de agosto, lunes

Eran las seis de la madrugada del lunes, había soñado con más *eguzkilores* de los que era capaz de contar, y decidí comenzar la semana corriendo por el parque de la Florida. Rodeado de árboles pensaba mejor, me despejaban.

De madrugada corría con las notas del piano de Ludovico Einaudi atrapadas bajo mis auriculares. Entonces Vitoria era mía, como yo la imaginaba. Un lugar tranquilo y seguro, yo velaba por ella, el mal no se propagaba por los edificios, un asesino no vigilaba niños y mujeres, jóvenes y ancianos. Las calles no eran más que eso: aceras desiertas esperando a que llegase el día para que sus habitantes las recorrieran sin miedo. Sin tensiones, sin incertidumbres.

Mi mentor oscuro seguía dedicándome tuits con una precisión alarmante. A veces solo uno, a veces varios al día, su monólogo unidireccional lo revisaban miles de ojos ávidos de avances. Avances que no llegaban. Avances que quedaban en buenas intenciones.

Por eso necesitaba pensar, así que marché a ritmo de trote rumbo al viejo quiosco, una estructura octogonal de forja blanca donde los domingos se celebraban los bailables bajo la benigna mirada de las estatuas inmensas de los cuatro reyes godos.

Allí la encontré, haciendo estiramientos en las escaleras metálicas del quiosco.

—Blanca…

—Ismael…

Me disponía a continuar con mi laberíntica ruta vegetal, pero ella me hizo un gesto para que me acercase. Obedecí, no muy convencido.

—Aclárame algo —me dijo, con calma, mientras se ajustaba su trenza negra—: ¿Por qué «Ismael»?

Yo me mantuve trotando frente a ella, respiré hondo antes de contestar.

—¿No es obvio? Porque trato de cazar al monstruo blanco. ¿Por qué «Blanca»?

—Bueno —se encogió de hombros—, es una variación de Alba.

—Pero no es Alba, ¿por qué la mentira?

—Quería un poco de anonimato. Acabo de trasladarme a esta ciudad, no quiero ser la subcomisaria Salvatierra fuera de los despachos.

—Pero fuiste tú quien se presentó, quien dijo su nombre, quien me preguntó por el mío.

—Solo era una fórmula de cortesía. ¿No podemos ser simplemente, a estas horas, Blanca e Ismael?

—¿Te van los desdoblamientos de personalidad? —pregunté, algo molesto.

—No me hagas un perfil ahora. Haces que suene patológico.

—Porque lo es. Y no estoy seguro de que me guste este juego. Dentro de un par de horas nos vamos a ver de nuevo, me vas a amarrar como cada día, vas a entorpecer todas mis propuestas. Me prefieres en el despacho rellenando informes, donde no puedo adelantar nada.

—¿Así te sientes conmigo?

—Sí, Blanca, o Alba. Así me siento. ¿Qué demonios te pasa? ¿Tú no quieres cazarlo? —pregunté, impotente, al tiempo que sujetaba la valla blanca del quiosco con más fuerza de la que quería dejar entrever.

—¿Cazarlo? Dirás detenerlo.

—Lo que quieras. Pero lo cierto es que así me siento. ¿Por qué no sueltas un poco de lastre y me das más libertad de movimientos? Necesito que confíes en mí.

Blanca lo pensó durante unos segundos que se me hicieron eternos. Después, para mi sorpresa, accedió.

—De acuerdo, no voy a estar tan encima de ti, pero necesito resultados. El comisario me llama prácticamente cada hora preguntando por los avances, ¿puedes imaginar la presión que supone?

Agaché la cabeza, no me lo había planteado desde su punto de vista. Hasta entonces solo había contemplado un muro.

—Una pregunta más —dijo—, antes de que desaparezcas trotando entre los árboles. ¿Por qué te llaman Kraken? En comisaría dicen que es porque se te da bien apretar a los sospechosos en los interrogatorios, pero cuando te lo pregunté, me dijiste que era un apodo de la adolescencia.

«Buena observadora», pensé.

—Lo de los interrogatorios es leyenda urbana. Es cierto que suelo sacar más información que los compañeros, pero creo que se debe a que intento abordar a testigos y sospechosos desde otras... perspectivas. No soy muy de manual. No me gusta la técnica kinésica, creo que fiarse solo del lenguaje corporal da una información demasiado vaga y el observador nunca es imparcial, por mucho que uno lo niegue y se crea buen policía. Sinceramente, creo que es imposible entrar en la sala del interrogatorio sin una idea preconcebida acerca de la culpabilidad del sujeto. Y tampoco la técnica Reid, supone aplicar nueve puntos demasiado rígidos. En la práctica, una conversación es mucho más orgánica e impredecible. Pero trata de no creerte todo lo que dicen de mí por los pasillos. La verdad te va a defraudar con demasiada frecuencia. Créeme, no soy un investigador excepcional, y no es bueno para nadie que deposites demasiadas expectativas en mí. Me habéis asignado el caso porque estamos frente a una serie y un experto en perfiles puede ayudar a dar otro punto de vista, pero no soy infalible. Para nada. Como ves, hoy día se me escapan demasiadas incógnitas con este caso.

—No es eso lo que dice tu expediente. Y todavía no me has respondido a lo del Kraken...

—Respecto al misterio del kraken, la realidad es que me pusieron el mote cuando era adolescente. Como sabrás, el kraken se consideraba una criatura mitológica en la antigua Escandinavia, una especie de pulpo o calamar gigante, hasta que se ha descubierto que en efecto existe por los cadáveres que están apareciendo en las playas de todo el mundo estos últimos años. Son muy difíciles de estudiar porque viven en las profundidades, pero espero que no hagas paralelismos con todas y cada una de mis palabras. Crecí a trozos, como un muñeco de Lego con brazos, tronco y piernas de tallas equivocadas. Hubo una época en la que mis brazos eran monstruosamente grandes y largos en proporción al resto del cuerpo. No duró demasiado, el siguiente estirón niveló mis proporciones y mi cuerpo se convirtió en la perfecta máquina de placer que ves ahora... —Le hice un guiño para secundar lo evidente de mi teoría—. O tal vez me lo esté inventando todo, y simplemente a un amigo borracho se le ocurrió el apodo y me lo asignó a mí como podía habérselo puesto a cualquier otro. Es difícil pasar una vida en Vitoria sin que te bauticen con un sobrenombre ingenioso: el Tuercas, Cascos, Sacamantecas...

—De acuerdo, me tranquiliza más esta explicación, si te soy sincera —dijo, con una sonrisa.

—¿Ibas hacia el paseo de la Senda? —pregunté. No quería enfriarme ni detener el ritmo de mi carrera.

—Esa era la idea, vamos.

Y nos pusimos a correr, senda arriba, al mismo paso, sin hablar. Silencié a Einaudi: no quería aún crear recuerdos, de esos que luego no se borran y brotan cuando escuchas de nuevo las mismas notas combinadas.

—¿Por qué has empezado a correr? —le pregunté al cabo de un rato—. Llevas zapatillas nuevas, mallas nuevas, lo llevas todo perfectamente conjuntado... Eres novata, un *hobby* reciente.

Ella miró hacia arriba, al túnel verde que los árboles formaban sobre nosotros.

—He estado embarazada unos meses y quería recuperar el tono muscular.

No me esperaba aquella respuesta, apreté la mandíbula, alejando fantasmas.

—Vaya... Tiene mérito —fui capaz de decir.

—¿Qué tiene mérito, exactamente?

—Estarás agotada con el bebé, seguro que no te deja dormir por las noches. Ahora te reincorporas al trabajo y además te preocupas por estar tonificada. ¿Qué tiempo tiene ya, cuatro, cinco meses? —Calculé de cabeza—. Estará que rabia con los primeros dientes.

—No, no es lo que piensas. Estuve embarazada hasta los siete meses. El… el bebé se malogró. Le diagnosticaron osteogénesis imperfecta de nivel dos —dijo, sin levantar la mirada de las baldosas rojas, blancas y azules que hacían olas bajo sus pies.

—No estoy muy puesto en terminología clínica a ese nivel.

—Mi hijo no era viable. Cada día que crecía, sus huesos se rompían dentro de mi útero y estaba sufriendo mucho. Me hicieron una cesárea programada, solo vivió unas horas. No soporto verme el vientre, no soporto tener todavía cuerpo de embarazada. Y eso que no me importó durante el embarazo, y no me habría importado si él hubiera sobrevivido. Pero ahora… solo quiero olvidarme de que lo tuve y no verlo cada vez que me desnudo.

Miré de reojo sus abdominales bajo la camiseta ceñida de licra. Era una de esas personas bendecidas con una barriga totalmente lisa, extremadamente tonificada, un vientre plano sin curva. Aquella tripa de embarazada solo la veía ella, aún estaba en su cabeza, pero no en el mundo real.

«De acuerdo —pensó el experto en perfiles—. Trastorno dismórfico, puede que temporal. Eso espero. Por su bien.»

«¿Te importa ya, Unai? ¿Te preocupas ya por ella?», me descubrí preguntándome, sorprendido.

Pues sí, tal vez.

Tal vez.

No debiera, pero tal vez.

—Por eso pediste el traslado.

—Mi marido insistió. Yo estaba en la comisaría de Laguardia, llevaba allí toda la vida, desde los veinticuatro años. Él trabaja en Vitoria, muchas horas… Más bien sin horarios, para qué nos vamos a engañar. Nos veíamos por la noche, antes nos bastaba. Pero ambos lo hemos pasado muy mal. Sabes que estas cosas o unen o separan, y yo no quería que nos separase. Él se ha replegado desde entonces, está extraño. Lo disimula, pero está muy tocado. Ahora vivo aquí, no conozco a demasiada gente, no quiero que me tomes por una pesada, no quiero que malinterpretes mi interés por tener una charla contigo cada madrugada. Es solo que no conozco a demasiada gente.

—Es lo que tiene Vitoria —le dije, mientras dábamos media vuelta y desandábamos nuestros pasos por la Senda—. Las cuadrillas se forman cuando estás en el instituto; es complicado entrar en una si vienes de fuera. Todo es muy endogámico. Conoces a unos jóvenes con quince años, chicos y chicas, y algunos ya están liados entre ellos. Los unos con las otras, las otras con distintos unos… y los visitas veinte años más tarde, y los encontrarás de nuevo liados y mezclados en permutaciones que no imaginabas, pero ninguno de ellos habrá echado una mirada fuera de su microcosmos para ver si por el ancho mundo hay más individuos susceptibles de acabar siendo pareja. No, eso en Vitoria nunca pasa. La exogamia se mira con recelo. Todos los nacidos más allá de los cincuenta kilómetros son, como decía mi abuela, «forasteros». Curiosa palabra de wéstern que se escucha en todos los pueblos alaveses. Que pasan dos peregrinos jacobeos: «forasteros», aunque sean de Cuenca. Que viene un colchonero con su furgoneta desde Salamanca a vender colchones de algodón, de los que ya no se usan: «forastero», murmurarán los viejos, encogiéndose de hombros.

—Pues parece que ahora soy yo la «forastera» —comentó, mirando al reloj—. Y dime: ¿qué hay de ti? Leí tu informe médico de alta, ¿sigues de duelo o lo has superado ya?

—¿Me has investigado? —pregunté un poco incómodo.

—Soy tu superior, ¿qué esperabas? Me advirtieron de que eras muy bueno. Dicen que funcionas mejor a tu aire, que obtienes resultados en casos complicados, pero que habías pasado por una mala racha. ¿Puedes contestarme a eso? ¿Estás totalmente recuperado?

—Por supuesto, mírame. —Frené justo sobre el dibujo de una concha amarilla que señalaba el trazado del Camino de Santiago por Vitoria—. ¿Qué quieres de mí?

—Quiero saber, quiero que me lo cuentes con tus propias palabras, no un informe de un psicólogo y un atestado de tráfico. Dime, ¿por qué te especializaste en perfiles criminales después de tu baja?

Callé, sin ganas de hablar, pero tampoco era justo para ella. Tanto si era solo una compañera circunstancial de *running*, como si actuaba como mi superior inmediato, ella se había abierto sin anestesia. ¿Podría tener yo el mismo valor?

—Por un amigo —admití al fin.

—¿De qué estás hablando ahora?

—De por qué continué en la División de Investigación Criminal y me especialicé en perfiles. Fue por una amistad. El próximo día que coincidamos te lo cuento, lo prometo. Es lo justo. Pero no hoy, no quiero sacar el tema. Necesito mentalizarme para ello.

—Muy bien, otro día. Es un trato —asintió, conforme—. Por cierto, esta forastera prefiere tener compartimentados nuestros encuentros y no hablar de trabajo mientras corremos, creo que nos dará más higiene mental a ambos.

—Estoy de acuerdo —asentí, aunque vi que estaba poniendo el mismo gesto de preocupación que le había visto ya en su despacho—. Pero ahora vas a añadir que…

—Que en una hora os espero a la inspectora Gauna y a ti en mi despacho. Tenemos novedades importantes con respecto al caso de los crímenes de la Catedral Vieja.

—De acuerdo. Al final no me va a parecer tan mal eso del cambio de nombres —comenté, de mejor humor.

Nos despedimos al llegar a la plaza de la Virgen Blanca con un:

—Ismael…

—Blanca…

Y poco después, duchado, afeitado y masturbado, cogía la bicicleta rumbo a mi despacho en Lakua.

Cuando llegué al despacho, Estíbaliz y la subcomisaria Salvatierra ya me estaban esperando sentadas alrededor de la mesa, ojeando con atención varias carpetas.

—Tenemos las identidades de las cuatro víctimas, Ayala. Tal y como nos temíamos, las dos primeras tienen veinte años, y las últimas, veinticinco —dijo la subcomisaria, tendiéndome un informe con sus datos personales.

—¿Disponemos ya de las autopsias? —le pregunté.

—De las de la Catedral Vieja, sí. Ambos murieron por asfixia provocada por las picaduras de más de una docena de abejas. No hay agresión sexual en ninguno de los dos casos, ni huellas, ni rastros de pelos o fibras. Tan solo tenemos la composición de los restos de adhesivo de la cinta de embalar de polipropileno que el asesino o asesinos utilizaron para taparles la boca. Era un adhesivo acrílico, tan habitual que no vamos a poder hacer un seguimiento de su origen. Por lo visto, este tipo de cinta de embalar es el más común y está prácticamente en todos los domicilios. Cualquiera puede adquirirla en ferreterías o grandes cadenas como el Leroy Merlin del Boulevard. Y aquí viene otro dato interesante: a ambos se les inyectó en el cuello una variante líquida de flunitrazepam, cuyo nombre comercial más conocido es el Rohypnol, ¿les suena de algo?

—*Date rape,* la droga de la violación durante la cita —se adelantó Estíbaliz—. Hace años que no se ven casos en nuestro país.

—Por suerte —intervine yo.

El Rohypnol era un sedante veinte veces más potente que el Valium, que en los años setenta se había hecho famoso en Miami por sus efectos mezclados con el alcohol. Tenía muchos nombres: soga, cucaracha, rophie, Valium mexicano…

—Eso es muy interesante —dijo Estíbaliz—. También se encontró Rohypnol en la sangre del cuerpo del varón de quince años de los anteriores crímenes, en aquel caso, mezclado con alcohol.

—Aprovecho para informarle, subcomisaria —dije—, que el informe de la autopsia de la chica de quince años se ha extraviado. Y podría ser determinante para resolver estos nuevos crímenes, viendo el cariz que está tomando el caso. Le preguntamos por este asunto a Ignacio Ortiz de Zárate, y no le dio ninguna importancia, en apariencia. Nos aconsejó que preguntásemos a Pancorbo, que llevaba el caso con él.

—Háganlo, reúnanse con él y prepárense todas las dudas que tengan acerca del caso antiguo. Es el testigo más fiable que tenemos de aquellos acontecimientos.

—Estoy de acuerdo —dije, aunque era mentira.

Todavía no tenía calado a Pancorbo. Cuando hablé con Ignacio, me dio la impresión de que quiso dejar entrever aposta que su compañero era más de lo que aparentaba.

—¿Y los nombres de las nuevas víctimas? —quise saber, cambiando de tema.

—Todos coinciden con un primer apellido compuesto alavés —dijo—. Patronímico tipo Martínez, López, Fernández, Sánchez y el toponímico correspondiente a un pueblo de Álava.

—Es decir, que este asesino sigue las pautas de los crímenes de hace veinte años —resumí.

—No del todo —intervino Estíbaliz—: Ha cambiado el arma del crimen.

—Y poco más, Gauna. Este asesino también firma con los *eguzkilores*—contesté, mientras observaba su reacción.

—Todavía no sabemos si es una firma. —Negó rotunda.

—Es un elemento pagano, folclórico, o como quieras llamarlo, que se repite en el escenario de los crímenes porque el asesino los ha colocado expresamente alrededor de sus víctimas y no fue necesario para cometer los asesinatos. Esa es la definición de *firma* en los manuales. Y no olvidemos que el detalle no ha aparecido en la prensa todavía. De hecho, es uno de los mayores indicadores de que estamos frente a la misma persona, o al menos, frente a alguien que tiene relación con el anterior asesino.

—En todo caso —nos interrumpió la subcomisaria, en tono conciliador—, es obvio que toda esta serie de asesinatos mantiene un elemento inexplicable a primera vista: parecen obra del mismo asesino, pero el asesino está en la cárcel, así que no ha podido ser él, al menos, materialmente hablando.

—Estoy de acuerdo —asentí.

—Entonces vayamos paso a paso —continuó ella—. Comencemos con la chica de veinte años: Enara Fernández de Betoño, estudiante de óptica en la Universidad Complutense de Madrid. Su padre tiene una óptica de cierto nombre en la calle San Prudencio desde hace casi treinta años. Es una familia muy conocida en Vitoria, por lo que me ha comentado la forense. La chica trabajaba en la óptica de su padre atendiendo en el mostrador cuando estaba de vacaciones, como era el caso de estas últimas semanas. No destacaba como buena estudiante, pero no se le conocían problemas con la justicia ni líos de drogas, aunque en el informe toxicológico también se han encontrado antidepresivos en su sangre, además del Rohypnol. Tendréis que corroborar con el padre si estaba al tanto de esta situación. La madre está de camino. Por lo visto estaba de viaje en Estados Unidos, he podido intuir que con su novio. Hablad con amigas, amigos, familiares… Quiero saberlo todo de ella, y también si conocía a la otra víctima, si eran pareja, o si había habido algún tipo de relación entre ellos. Quiero saber por qué el asesino la eligió precisamente a ella.

—¿Dónde vivía? —quise saber.

—En el domicilio familiar, encima de la óptica, en plena calle San Prudencio.

—Qué fácil —comenté.

—¿Qué quiere decir con qué fácil?

—Que si el asesino quería matar a jóvenes vitorianos con apellido compuesto alavés, no se ha complicado la vida con investigaciones de censos o bases de datos: la óptica ya indica el apellido del dueño. Solo hace falta un seguimiento de varios días para averiguar que tenía una hija de esa edad trabajando con él. Viven en la zona centro peatonal; ni siquiera ha tenido que seguirla en coche para averiguar sus rutinas y horarios de entrada y salida. El día que la asesinaron era un día en que toda la juventud de Vitoria está en la calle, nadie se queda en casa. Posiblemente la interceptó al salir.

—¿Crees que pudo ser alguien conocido? —preguntó Estíbaliz.

—Eso, o es un seductor, o como mínimo, un tipo que no da miedo y transmite confianza. Si fuese una mujer la asesina, sería más fácil de entender que la víctima la siguiera o se metiera en un coche, pero empiezo a dudarlo al ver la talla del joven de veinticinco años asesinado en la Casa del Cordón. En todo caso, ¿quién entra en el coche de un desconocido con veinte años?

—En Vitoria, nadie —dijo mi compañera.

Los tres estuvimos de acuerdo.

—Creo que los hace subir a algún vehículo, les inyecta el sedante cuando ellos están confiados, y una vez fuera de combate, los saca de Vitoria —continué—, posiblemente tenga una casa o un chalet en algún pueblo cercano, donde pueda estar tranquilo, sin testigos. No olvidemos que tiene abejas vivas, o acceso a ellas y, también la libertad o intimidad suficiente como para manipularlas. Es complicado que eso ocurra en Vitoria. Allí les acerca la gasolina a la boca para volver agresivas a las abejas, posiblemente las tenga encerradas en un bote o en un frasco, puede que él lleve un traje de los que usan los apicultores para protegerse, introduce las abejas en la boca, se la tapa con cinta adhesiva, les tapona la nariz con la mano y en pocos minutos, ellos mueren asfixiados. Después los desnuda y les quita todos los efectos personales, los vuelve a cargar en el coche y los deja en un escenario histórico que previamente ha elegido y que nos da una cronología de la historia de Vitoria. Los coloca orientados en el eje noroeste, con las manos en esa posición tan característica, antes de que se presente el *rigor mortis.* Es una persona muy rápida, lo ejecuta todo con precisión. Posiblemente lleve mucho tiempo ensayándolo o planificando los pasos, visitando antes la Catedral Vieja, la Casa del Cordón. Es impecable, lleva guantes, es camaleónico y puede hacerse pasar por un operario de la Fundación de la Catedral Santa María o por un empleado de la Obra Social de la Caja Vital sin llamar la atención.

—Ambos perfiles son bastante parecidos —dijo Estíbaliz.

—O también puede hacerse pasar por la señora de la limpieza —intervino la subcomisaria—, las posibilidades son más amplias. No se limiten a la primera opción más obvia. Olvidé decirles que mañana será el funeral y el entierro de dos de las cuatro víctimas en el cementerio de Santa Isabel, con una diferencia de hora y media. Y ahora, pasemos al chico de veinte años...

—¿El de Santa Isabel? —interrumpí, extrañado—. En mi vida he ido a un entierro en ese cementerio. Pensaba que hacía décadas que no se enterraba en Santa Isabel, siempre he ido al de El Salvador.

—Ambas familias tienen panteón adquirido hace casi un siglo, y tienen espacio —contestó Alba—. En esos casos, el Ayuntamiento de Vitoria sí que permite que sean enterrados allí.

Fue entonces cuando Pancorbo entró en el despacho, después de haber golpeado educadamente con los nudillos.

—Se acaba de presentar un tal Peio, un joven que afirma ser el novio de Enara Fernández de Betoño, dice que quiere contarnos algo muy importante acerca del crimen.

Los tres nos miramos en silencio.

—Hágale pasar —dijo la subcomisaria Salvatierra—. Inspectores: espero que puedan sacarle algo útil.

—Lo tengo en mi despacho, he tenido que tranquilizarlo, está muy nervioso —dijo Pancorbo.

—De acuerdo, vayan con él. A ver qué tiene que contarnos.

Encontramos al chico y sus ciento veinte kilos de peso abrazados a la caja de clínex sobre la mesa de Pancorbo. Llamaba la atención, no solo por su volumen, sino porque tenía pecas esparcidas por toda la superficie visible de la piel, como si alguien hubiera pulverizado melanina sobre su cuerpo y su rostro esférico. Llevaba el pelo negro y rizado dividido en dos cascadas simétricas, aplastado y brillante sobre el cráneo, largo hasta unos hombros que se convulsionaban con cada sollozo. Pantalones a media pantorrilla de camuflaje y camiseta negra con una imagen inmensa de Walter White cocinando meta, el protagonista de *Breaking Bad*, posiblemente su héroe.

—Hola, Peio —me adelanté—, nos han dicho que quieres hablar con nosotros.

—¿Usted es Kraken? —preguntó, después de hipar tres veces seguidas.

—Más importante es que nos digas lo que has venido a contarnos —dije mientras tomábamos asiento—. Lo primero es transmitirte el pésame por la pérdida de Enara. ¿Era tu novia?

—Sí, desde hacía un año —dijo poniéndose a la defensiva—. ¿Qué pasa, que no pego con ella? ¿Demasiado mona o pija para un tío como yo?

—Nadie ha dicho eso. De hecho, a mí me encantan los contrastes —intervino Estíbaliz, conciliadora—. No queremos robarte tiempo, Peio. Cuéntanos.

—Los padres de Enara andan con líos de separación. Hace tres semanas su madre se fue de casa con su nuevo novio, o con su antiguo novio, no sé muy bien cómo explicarlo.

—Pues inténtalo, porque ya me he perdido —dijo Esti, con una sonrisa cómplice.

—Es que hace un mes la madre de Enara tuvo una reunión de esas de antiguos alumnos, viejunos como ella que se juntan cuando hace veinte años que terminaron en sus coles pijos, y eso.

—De acuerdo, ¿qué cole era?

—Los Marianistas, creo.

—¿Podrías asegurármelo?

—Sí, eran los Marianistas. El caso es que se reencontró con el novio que tenía hace veinte años y les volvió a dar el flechazo. Era un tío majísimo, mucho más que el padre de Enara, que es un pijo creído, insoportable y muy raruno.

—¿Raruno, el óptico? —quise saber—. ¿Y eso? Cuéntanos.

—Tiene la casa llena de globos oculares de animales en formol, todo muy elegante, muy de revista. Le encanta recordar a quien lo quiera escuchar que se ha gastado una pasta en esas fricadas. Se pone digno y dice que las antigüedades médicas están muy valoradas en el mercado del coleccionismo… Chorradas, es un tío muy difícil para convivir con él.

—¿Qué pasó después de esa reunión de antiguos alumnos?

—Que la madre de Enara se armó de valor para abandonar por fin al estúpido de su marido y se fue a vivir con el nuevo novio.

—¿Nos puedes decir su nombre?

—Gonzalo Castresana, creo.

—De acuerdo, ¿y qué tiene que ver con la muerte de tu chica?

—Pues que a Enara le encantó su padrastro, tanto, que se le metió en la cabeza que Gonzalo es su verdadero padre, y no el óptico. La cosa concuerda, porque su madre y Gonzalo no lo negaron. Por lo visto el óptico se metió en la historia de amor y al poco tiempo se casaron de penalti y nació Enara, de eso hace veinte años. Allí empezaron los problemas. Enara había terminado los exámenes de Óptica en la Complutense, volvió a casa de sus padres, pero su madre se acababa de ir a vivir con Gonzalo. Enara y su padre siempre se han llevado mal, él es muy mandón, un viejo de los de antes: la obligó a estudiar Óptica, y Enara odia esa carrera, bueno, la odiaba.

—¿No quería ser óptico?

—¿Tú has visto los apuntes? —contestó, torciendo el gesto.

—No, no los he visto.

—Enara se pasaba el día agobiada, le costaba mucho aprobar. Tiene demasiada química y física, y su padre le apretaba de lo lindo con lo de seguir su legado como óptico de referencia en Vitoria.

—Peio, ¿tu novia tomaba algo? —preguntó Estíbaliz.

—No comprendo tu pregunta.

—Te la formularé de otro modo —dijo mi compañera—: Se ha encontrado en su cuerpo restos de antidepresivos, pero también de otras sustancias, digamos que al margen de la ley. No vamos a buscarte las cosquillas por esto. Lo que nos cuentes se va a quedar aquí y no va a constar en ninguna declaración oficial, pero, por el bien de tu novia, necesito que no me mientas. Puede que me veas como una viejuna, pero, créeme, yo también he vivido la noche y sé lo que hay. No pasa nada, no voy a juzgarte, pero este dato es importante para dar con el asesino de tu chica. ¿Tu novia compraba pirulas?

—No, ni de coña. Si era una santa, una buenaza. Pregunta a su cuadrilla: todas te dirán que era un trozo de pan. Demasiado confiada, demasiado obediente... Hasta hace un par de semanas, cuando se enfrentó a su padre por primera vez en su vida.

—¿Sabías lo de los antidepresivos? —insistí.

—Sí, también era cosa de su padre. Le pagaba una psicóloga. Decía que estaba deprimida y los antidepresivos la ayudaban, pero lo cierto es que su padre lo hacía para que estuviera centrada en la carrera y se pusiese a llevar la óptica con él cuanto antes.

—¿Cómo ha llevado el padre el abandono de su mujer?

—Ahí voy yo. Era como un maldito esquizo: a veces era superviolento con Enara, pero siempre en casa, por supuesto... y otras veces, tan tranquilo y tan frío que a Enara le daba miedo que estuviera tramando algo. Aquello era un campo de batalla, todo el día a gritos con los móviles, el padre siguiendo a la madre y a Gonzalo... Total, que se fueron de viaje para poner tierra de por medio hasta que se calmaran las cosas, pero dejaron a Enara en casa con ese loco.

—A mí me parece, por lo que describes, que más bien se comportaba como un bipolar.

—Eso: muy bipolar, ese mamón estaba muy bipolar.

—Una última pregunta, Peio —dije—, ¿a ti cómo te trataba tu suegro?

—¿Cómo crees que me trataba? Él quería un pijo para ella, no un gordo sin estudios ni pelas como yo.

—¿Trabajas? —quise saber.

—Claro, me encargo de cortar el césped en el campo de golf de Urturi desde los diecisiete, y a mucha honra.

—Eso está muy bien, tío. Para mí tiene todos mis respetos un chaval que a tu edad se busque la vida y trabaje —dije—. Volviendo a tu visita a nuestras dependencias, lo que tratas de decirnos es que piensas que el padre tiene algo que ver con la muerte de tu novia.

—¡Pues claro que tiene algo que ver! —estalló, sollozando—, ¡como que ha sido él! Lo de los otros chicos muertos lo ha hecho para despistar y que la gente piense que tiene que ver con los crímenes del dolmen y todo eso. Id, id a su casa y ved el circo de los horrores. Si hasta tiene bisturís y escalpelos del siglo XIX.

—Tranquilo, Peio. Toma —dijo Estíbaliz, pasándole un paquete de clínex que tenía en el bolsillo de su pantalón al ver que el chico había acabado con los de Pancorbo.

Él se sonó una y otra vez, mientras esperábamos con paciencia a que se calmara y pudiera hablar.

—El día antes de Santiago Enara le dijo que se iba a ir a vivir con su madre y con su nuevo padre en cuanto ellos volvieran de Estados Unidos. Enara estaba muerta de miedo, y el óptico estaba demasiado tranquilo, como si no la hubiese escuchado o no quisiera darse por enterado. Era cuando más canguelo le daba a Enara. Ese domingo habíamos quedado por la tarde, para salir a tomar unos potes y eso, pero la última vez que supe de ella fue por la mañana, hablamos por el móvil a eso de las doce. Después de ahí, no supe nada más de ella. Por la tarde no llegó, ni volvió a cogerme el móvil. Lo tenía apagado cuando la llamé, al ver que llegaba tarde. Habíamos quedado a las siete. A eso de las nueve, bastante mosqueado, fui a su portal y estuve llamando, pero nadie contestó.

—¿Dónde habíais quedado?

—En *El coño.* Quiero decir, en la escultura esa del agujero de General Loma, junto a la plaza de la Virgen Blanca.

—*La mirada,* Peio. Se llama *La mirada* —dije, con una sonrisa.

No había manera de que nadie en Vitoria lo llamase de otra forma. Era un bloque vertical de cinco metros y medio de mármol gris con un agujero desde el que se veía la estatua de la Virgen Blanca, y también mi portal.

—Pues una cosa más que he aprendido. El caso es que volví varias veces al... a la escultura, por si venía. Llamé a sus amigas, pero era día de novios, y ninguna la había visto. A las doce, me cansé de andar por las calles y volví a casa. Me pasé la noche en mi habitación, llamándola y enviando whatsapps. Mirad. —Se sacó un maltrecho móvil con la pantalla rota y mostró una interminable retahíla de mensajes unidireccionales.

—Nadie te ha acusado, Peio —dijo Esti, con voz dulce, como si fuera una madre acunando a un chiquillo pequeño.

—Por si acaso. Por mis pintas, y eso. Ya sé que los maderos siempre sospecháis del novio, tengo mucha cultura televisiva.

—Descuida, Peio. No encajas en el perfil del asesino —repliqué, como si fuera un confidente de verdad, y no un crío aturdido por las circunstancias.

—¿Ah, no? —preguntó, sorprendido.

—Te lo aseguro.

—Pues me alegro, porque tenía miedo de que su padre me acusara a mí, pero el que golpea primero golpea dos veces, y prefiero que escuchen primero mi versión y por eso he venido —contestó, visiblemente más relajado.

—Has hecho bien. ¿Qué ocurrió después, el día de Santiago? —continuó Estíbaliz.

—A la mañana siguiente vi en Twitter lo de los crímenes, nadie hablaba de otra cosa, hasta me compré el periódico. Fui corriendo a su casa. La óptica estaba cerrada, porque era festivo, y hablé con su padre desde el telefonillo del portal. Le pregunté por Enara, le dije que no sabía dónde estaba, y no se inmutó; como si pasase de ella, como si no le preocupara, con lo controlador que es. Le pedí que me abriera para subir al piso, porque no me parecía bien hablar de aquello desde el portal, pero no quiso abrirme, así que se lo tuve que decir allí mismo, que no sabía nada de su hija desde el día anterior. Que teníamos que ir a la policía y poner una denuncia; que si no, íbamos a parecer sospechosos.

—¿Eso le dijiste? —interrumpió Estíbaliz.

—Sí, bueno, es lo que dicen siempre en las series, ¿no? —murmuró, encogiéndose de hombros—. El óptico dijo que él era el padre, y que se encargaría de ello, que yo no era nadie para ir a la policía, que no me metiera en sus cosas de familia. Será capullo... Era su hija, y ni se alteró por que llevase toda la noche desaparecida. Yo sabía que le había pasado algo malo. Enara no iba sola ni al baño de las chicas. Bueno... yo creo que ya os lo he contado todo. ¿Cuándo lo vais a detener?

Estíbaliz y yo cruzamos una mirada en silencio durante un segundo. Después mi compañera se levantó y se dirigió a la puerta.

—Creo que nos has dado un material muy interesante para la investigación. Me gustaría que nos dejases tu número de móvil, tu dirección y cómo podemos localizarte si necesitamos algo más de ti. Pero te reitero nuestro agradecimiento, Peio.

El chico se levantó, arrastrando la silla, miró sin ver la mesa de Pancorbo, hecha una pena de tanto amasijo de clínex húmedos, y nos sonrió desde sus diminutos ojos, irritados de tanto llanto.

—Ha sido un placer, sobre todo si trincan a ese pijo.

Y lo escolté hasta la salida, observándole de reojo en silencio. Quería averiguar si su pena era real o había teatralizado algún capítulo de *CSI.* Pero no vi nada en aquel chico que me hiciera sospechar que había sido capaz de matar a cuatro personas de su edad, más ágiles, más grandes, y que hubiera ejecutado toda la delicada parafernalia de aquellos crímenes solo para cargarle la culpa a un suegro demasiado exigente.

Tras regresar a la segunda planta, me adentré por el pasillo y abrí la puerta del despacho de mi compañera.

—¿Impresiones? —la tanteé.

—Diría que dice la verdad. Es un poco friki, pero...

—¿Un poco? —Sonreí, alzando una ceja.

—De acuerdo, es el maldito rey de los frikis, y no pega con una niña bien como Enara. Tal vez ese fuera el primer acto de rebeldía de la chica. Pero creo que ese hogar era un polvorín y estaba a punto de estallar.

—Lo más llamativo de su testimonio es la falta de reacción emocional de un padre posesivo al saber que su hija ha estado toda una noche desaparecida —dije mientras me apoyaba en la mesa—. No me cuadra, no me cuadra nada. Lo normal es que hubiese corrido a comisaría a denunciarlo; incluso habría sido normal que nos hubiera apretado para investigar al novio de su hija. Esti, ¿puedes mirar la fecha de la denuncia de desaparición de Enara?

—Sí, ahora subo y lo compruebo. Quédate aquí —dijo, y desapareció escaleras arriba, en busca de los registros.

Un par de minutos más tarde volvió, con la extrañeza pintada en los ojos.

—Esto es raro de narices, Unai. La denuncia de desaparición de Enara Fernández de Betoño es la última que hemos recibido en orden cronológico. ¿Recuerdas la locura que les entró a todos los padres de Vitoria, y que recibimos un aluvión de cerca de trescientas denuncias la primera mañana? Pues he buscado entre ellas, y desde luego que no está. Puso la denuncia el pasado viernes, día 29 de julio. Casi una semana después de que la sensata de su hija desapareciera.

La miré en silencio, y ella a mí. Era nuestra manera de darnos fuerza cuando anticipábamos lo que iba a venir a continuación.

—Iremos en un coche de incógnito, y lleva encima el arma, Esti —dije, mirando la dirección del portal de la víctima—. Creo que vamos a tener un encuentro muy interesante con nuestro papá óptico.

11

SAN ANTONIO

La maldición del investigador: tener la solución delante y no verla. Cuidado #Kraken, el asesino es presumido. Ya debes haberlo conocido.

1 de agosto, lunes

—¿Qué tal el fin de semana, Estíbaliz? —la tanteé, mientras conducía de camino a la calle San Prudencio.

—Bien —comentó distraída.

—¿Adelantasteis mucho con los preparativos, Iker y tú?

—Sí, flores y ramos. Nos pasamos el fin de semana negociando entre ceder a las gerberas naranjas o las calas blancas, que se nos van de presupuesto. —Suspiró, aburrida por el tema—. Estamos en esa fase.

—Ya... flores y ramos —repetí.

Salí del coche en cuanto pudimos aparcar en la calle adyacente a la óptica. El domicilio del óptico daba a la calle San Prudencio, pero se entraba desde San Antonio.

Nos acercamos al portal y llamamos al número que marcaba el informe. Nadie contestó en el telefonillo. Insistimos varias veces antes de darnos por vencidos. O no estaba en su piso, o el óptico no quería ver a nadie aquella mañana, muy comprensible por su parte, en todo caso.

—Vayamos a la óptica, a ver si hay más suerte —dijo Estíbaliz.

Mi compañera y yo entramos en el local, donde un dependiente de bata blanca con la cabeza en forma de bombilla y una calva brillante y bronceada se aprestó a atendernos, solícito.

—Queríamos hablar con el dueño —dije conforme miraba alrededor.

No había rastro de él. Solo tres personas más, despachando a los clientes, pero ningún hombre de sesenta años que respondiese al perfil de Antonio Fernández de Betoño.

—Si vienen de la prensa, tenemos orden de no atenderles. Comprendan que se trata de un día muy duro para nuestro jefe —dijo el dependiente calvo bajando la voz.

—No venimos de parte de la prensa —contesté—. En realidad, somos de la policía. ¿Podría facilitarnos su paradero actual?

—¿La policía? —repitió, tragando saliva—. Bueno, claro. Entonces imagino que puedo decirlo. En realidad, se ha pasado la mañana subiendo y bajando del almacén de la óptica a su piso, todo un trajín de cajas.

—¿Cajas? —interrumpió Estíbaliz.

—Sí, cajas grandes vacías, de las que nos traen los proveedores como Luxottica o Safilo con los pedidos de monturas. El almacén está lleno, siempre nos falta espacio.

Con algunas personas ocurría: tan solo por el hecho de presentarnos como policías se ponían nerviosos y daban información que nadie les había pedido. A veces era irrelevante, solo ruido verbal, otras veces eran regalos inesperados en forma de paquetes de información que nos habría costado muchos esfuerzos recabar.

—Pueden llamar al portal, vive en el segundo. Tal vez hoy no les abra, o no conteste, pero pueden acceder hasta el rellano desde una puerta que tiene en el almacén. Pasen, si quieren. —Nos guio, solícito, bajo la espantada mirada de las otras dependientas.

Esti y yo nos miramos y lo seguimos en silencio.

Pasamos a la oscuridad del almacén, un estrecho cubículo alargado repleto de estanterías con fundas de gafas de todos los colores y formas. Después se sacó un manojo de llaves del bolsillo de la bata y nos abrió una puerta de aluminio blanco que, efectivamente, daba a las escaleras de incendios del edificio.

—Si necesitan algo más, lo que sea… —Me tendió su tarjeta de visita.

—Muy bien, Luis —contesté, dándole un apretón de manos. Me la sujetó con demasiada fuerza, con esa seguridad fingida que se aprende en los cursillos de ventas—. Puede que contactemos contigo si precisamos de más información.

—Pelota —susurró Estíbaliz, en cuanto el dependiente se dio la vuelta.

—Con empleados como este, cualquiera necesita enemigos. —Le guiñé un ojo, mientras subíamos por las escaleras—. Así que el óptico está aquí y no quiere abrir a nadie.

—Déjamelo a mí. Me están entrando ganas de conocer al elemento.

—No te precipites, Esti. ¿De acuerdo?

—Hum… —dijo, a modo de respuesta.

Cuando llegamos al rellano del segundo, Estíbaliz llamó al timbre y se sacó la placa.

—División de Investigación Criminal, sabemos que está dentro. Queremos hacerle unas preguntas de rutina —dijo, alzando la voz a través de la sólida puerta de madera de nogal.

Acerqué el oído, se escucharon varios golpes. Después, para nuestra sorpresa, un hombre de unos sesenta años, bigote canoso y un poco grueso nos abrió la puerta con una expresión serena que no esperábamos.

—Pasen, no pensé que vendrían tan pronto.

—Disculpe que nos personemos en estos momentos, tal vez estamos molestando. Solo serán unos minutos —le dije, tendiéndole la mano—. Inspector Ayala, ella es la inspectora Gauna. En primer lugar, nos gustaría transmitirle el pésame por el fallecimiento de su hija.

—Hablemos en mi despacho, si les parece —contestó tranquilo, mientras nos indicaba que le siguiésemos a través de un pasillo interminable con ilustraciones decimonónicas de dibujos anatómicos oculares.

El despacho estaba forrado de títulos de cursos y másteres de optometría, contactología y entrenamiento visual; se parecía bastante a la consulta de un médico. Había instrumental antiguo en las estanterías, y una horrible colección de frascos de cristal con globos oculares de distintos tamaños en formol.

—Es mi colección de ojos de vertebrados —contestó complacido, ignorando mi cara de horror—. Y en ese anaquel tengo los gusanos, los insectos, los moluscos… Es la colección más completa de la evolución del ojo que tenemos en Europa.

—¿Le gustan las cronologías? —preguntó Estíbaliz, contemplando un ojo de calamar.

—Digamos que me gusta poner las cosas en orden —contestó al tiempo que se sentaba en la silla que presidía su despacho, y nos invitaba con un gesto.

—¿Y tiene ojos de abejas?

—No soporto esos antófilos, siempre me acaban picando.

—¿Disculpe? —dije.

—Antófilos, «que aman las flores» —me aclaró—. Es el verdadero nombre de esos insectos tan molestos. La palabra *abeja* es su denominación común.

—Pues gracias por el apunte —contestó Estíbaliz, aunque yo estaba seguro de que ella ya conocía el dato—. Nos han hablado también de su colección de instrumental quirúrgico.

—Sí: escalpelos, lancetas, jeringuillas de metal... Tengo piezas salvadas de Pompeya, Medievo, Primera y Segunda Guerra Mundial, una réplica del grabado del instrumental egipcio del templo de Kom Ombo...

Abrió el cajón derecho de la imponente mesa de nogal y se colocó unos guantes azules de cirujano. Alcanzó un pequeño bisturí con mango de nácar y nos lo mostró como si fuese una onza de oro.

—Algunos de estos instrumentos aún conservan restos de sangre, lo que encarece mucho la pieza en el mercado de antigüedades. ¿Pueden creerlo, sangre de una persona del siglo XIX? A mí estos detalles me fascinan.

Estíbaliz me lanzó una mirada furiosa. La conocía, se estaba cansando del siniestro discurso del óptico.

—Hablemos de su hija —le interrumpió.

—Sí —dijo, en tono neutro—, ya me estaba encargando de eso.

—¿Encargarse?

—De dejar todo en orden. Acompáñenme a su habitación. Es lo que hace la policía, visitar el dormitorio de las víctimas, ¿verdad?

Le seguimos en silencio por el larguísimo pasillo. Antonio no se quitó los guantes azules de látex, como si estuviese acostumbrado a llevarlos durante largos períodos de tiempo. Observé que la puerta del baño estaba semiabierta, después se detuvo frente a un par de puertas gemelas. Estíbaliz hizo ademán de abrir una de ellas, y él la frenó con su mano enguantada.

—¡No, aquí no! —Alzó la voz. Creo que fue la única vez que lo vi alterado desde que entramos en su piso—. La habitación de mi hija era esta.

«Qué pronto ha asumido el *era*», anoté en mi lista mental. A los padres les costaba días corregirse y empezar a hablar en pasado de sus hijos muertos.

Abrió la puerta y vimos un somier y un colchón sin sábanas ni mantas, unas estanterías vacías colgadas de la pared, y las puertas de los armarios roperos abiertas de par en par, con perchas vacías. Era la imagen de la desolación. No sé por qué, pero noté en el vello de la nuca un escalofrío, como si la Guadaña acabase de pasar tras mi espalda para asegurarse de que había acabado su trabajo.

—¿Y sus efectos personales? —logré decir en el tono más profesional que pude.

—Ya no le hacen falta. Eso es obvio —contestó con un encogimiento de hombros—. Creo que voy a redecorar esta habitación, retirar las baldas y encargar unas vitrinas para trasladar aquí mi colección de ojos.

—De acuerdo —contestó Estíbaliz, apretando la mandíbula—. Pasemos a las preguntas: ¿sabe si su hija conocía a un tal Alejandro Pérez de Arrilucea? Era el nombre del chico con el que la encontraron cuando hallamos los cadáveres. —Mi compañera se había leído el breve informe de la subinspectora Salvatierra de arriba abajo antes de salir de la comisaría rumbo a la óptica.

—No tengo ni idea, ¿tienen hijos?

Ambos negamos con la cabeza, pese a que lo mío era un «no» a medias.

—No los tengan —contestó rotundo.

—Estará con nosotros con que esa opinión es muy radical —salté, intentando mantenerme neutro.

—Solo es un consejo bienintencionado. —Se quitó los guantes y los guardó en el bolsillo trasero de su pantalón de pinzas—. Verán, si tienen hijos algún día, su centro de gravedad se desplazará, sus prioridades se darán la vuelta como un calcetín, y se pasarán años haciéndolo lo mejor que sepan. Después esa criatura crecerá, se mirarán a los ojos y descubrirán que son dos desconocidos, que no saben nada en realidad de lo que le pasa por la cabeza al otro, ni son capaces de imaginarse el daño que pueden llegar a hacerse mutuamente. No hacen falta lancetas; unas palabras bastan para destrozar veinte años de confianza.

—¿Se refiere a la decisión de su hija de posicionarse a favor de su madre y su nueva pareja? ¿Es por eso por lo que está tan dolido con ella, porque dudó de su paternidad? —intervine.

—¿Por qué pregunta, si veo que ya le han informado?

—Nos gustaría conocer su versión —dije, en tono conciliador.

—No tengo versión. Solo tengo una habitación vacía que me encantaría comenzar a redecorar ahora mismo, si es que ustedes son tan amables de dejarme en paz.

—Comprenda que estamos haciendo nuestro trabajo. ¿No le importa que capturemos al que le ha hecho eso a su hija?

—Sinceramente, ahora mismo estoy reorganizando mis prioridades. E insisto, ¿podrían marcharse, por favor? Va a ser un día muy duro y solo acaba de empezar. Como cabeza de familia debo encargarme de todos los trámites prácticos que conlleva el fallecimiento de una hija.

—Por supuesto, ya nos íbamos. ¿Le importa si voy al aseo? —me adelanté.

—¿No tiene otro lugar donde…?

—Solo será un momento —le interrumpí—. La puerta de enfrente, ¿verdad?

Y abandoné la habitación desangelada antes de darle opción a echarme a patadas de allí.

Cerré el pestillo de la puerta del baño tras de mí y busqué en el suelo. Al pasar por el pasillo, me había parecido ver algo entre las sombras que proyectaba la bañera.

Me agaché, me saqué mi propio guante de látex del bolsillo interior de la americana y lo cogí: un rollo de cinta aislante de plástico.

—¿De acuerdo, qué hacemos contigo? —dije para mí, escrutando la posible prueba.

Tenía la opción de llevármela e informar al óptico, pero tenía la impresión de que aún podía darnos más información, aunque no pareciese muy dispuesto a hablar de su hija, y aún no quería ponerlo sobre aviso. También podía llevármelo sin decirle nada, pero si lo estaba usando cuando llamamos al timbre y lo lanzó a toda prisa al baño, tal y como yo sospechaba, era el primer objeto que iba a buscar en cuanto Estíbaliz y yo nos marchásemos, y lo que yo quería era que continuase con lo que estaba haciendo y terminase de llevarlo a cabo.

Finalmente, opté por arrancar con cuidado cinco centímetros de cinta, meterla en una pequeña bolsa de pruebas, tirar de la cadena, abrir y cerrar el grifo del lavabo y salir cuanto antes del baño.

El óptico y mi compañera me esperaban con cara de circunstancias en el umbral del piso, con la puerta abierta.

—Muchas gracias por todo, Antonio. Si hay algo que quiera contarnos, ya sabe dónde nos puede encontrar —dije, tendiéndole la mano, una vez más.

—Lo sé, lo sé. Y ahora, si me disculpan... —Se alisó el grueso bigote cano en un gesto que me pareció de impaciencia mal reprimida.

Tomamos el ascensor en silencio, y la mirada de Estíbaliz y la mía se encontraron en el espejo.

—Es él —susurró convencida.

—Aún no lo sabemos.

—No es una reacción normal —insistió, cruzando los brazos sobre su pecho.

—Sí que lo es: está en negación. Es la primera fase del duelo, por muy extraña que sea. Lo has visto mil veces en las formaciones y hay documentación para aburrir de casos similares a lo que acabamos de ver ahí arriba.

—No de esta manera tan brutal. No es normal, Kraken. Ha eliminado todo rastro de la vida de su hija, apenas unas horas después de enterarse de que ha muerto. ¿Quién hace eso?

—¿Un padre acostumbrado a controlarlo todo y que en las últimas semanas ha visto cómo su mujer lo abandonaba por un exnovio de Marianistas y cómo su hija primero le pedía una prueba de paternidad, y luego aparecía muerta y desnuda en la Catedral Vieja?

—No puedo entenderte —murmuró mientras se soltaba la coleta y volvía a atársela—, ¿no lo ves sospechoso? Es organizado, maniático, meticuloso, le fascina el lado morboso de la muerte, sabe manejar instrumental quirúrgico... Encaja con el perfil de psicópata que estás trazando desde el principio. Y tiene un móvil, Unai. Tiene un móvil: puede haber matado a su hija por puro odio hacia ella, o porque no puede seguir controlando a su familia, o por hacerle daño a su exmujer. Lo hemos visto antes: así es como actúan, así es como piensa un asesino. Toda la parafernalia de los crímenes rituales es para desviar la atención, para disfrazar a su hija de una víctima más de los dobles crímenes de la Catedral Vieja y de la Casa del Cordón.

Pero mis pensamientos estaban concentrados ya en otros asuntos más apremiantes. Todos aquellos argumentos... no había manera de demostrarlo si no teníamos algo sólido.

—Vamos a quedarnos en el coche, haremos una vigilancia hasta que salga. Si ha estado toda la mañana trajinando con cajas y luego las ha escondido tan bien como para que no las hayamos visto en su piso, apuesto a que las saca en su coche por el garaje. Llama a Lakua y entérate de todos los vehículos a su nombre.

—¿Crees que va a sacar las cajas ahora? —preguntó Esti, mientras salíamos del portal, en San Antonio.

—Después tiene que encargarse del funeral y llegarán familiares. Creo que el momento de deshacerse de todo es ahora.

Poco después, mientras controlábamos desde el coche la salida del garaje, Estíbaliz recibió las matrículas de los dos vehículos del óptico: un Audi A4 plateado y una furgoneta Mercedes Vito blanca.

Dos horas más tarde, tras esperar en silencio, Estíbaliz rompió la tregua.

—Unai, voy a salir. Voy a salir porque es la una y no he comido nada en toda la mañana. Voy a entrar en el perretxiCo y voy a tomarme un par de pinchos, ¿te traigo un bocata o algo para aguantar? De todos modos, hoy tenemos mucho que hacer. Si no sale ya, dudo que lo hag...

—Shh... —le indiqué con un gesto—. Arranca.

Por fin salió una furgoneta blanca con las lunas traseras tintadas y la matrícula coincidente con los datos que teníamos. Estíbaliz esperó a que adelantase varios metros y comenzó a seguirla a una distancia prudencial.

El vehículo se encaminó hacia la salida sur de Vitoria, y nuestro coche fue tras él durante menos de un kilómetro. Estíbaliz conducía concentrada, yo tenía mucho a lo que darle vueltas.

—Esti, ¿tú y yo seguimos cubriéndonos? —le pregunté a quemarropa.

—¿Por qué preguntas eso ahora?

—No me importa que me mientas acerca de lo que has hecho este fin de semana. Yo tampoco te lo cuento todo, pero... ¿me lo estás contando todo acerca de este caso?

—No te sigo, Kraken. Mejor dispara, ¿vale? Los rodeos no son lo mío, ni lo tuyo.

—Bien, porque eso me ahorra muchos circunloquios. Esti, ¿por qué no me has dicho que a tu hermano lo llaman el Eguzkilore?

Observé su rostro mientras se lo decía, pero era buena jugando al póquer.

—Ahorrémonos el que yo ahora me pongo hecha una furia porque desconfías de mi familia y tú me razonas que no es una simple casualidad y que mi hermano es sospechoso.

—No, no quiero ahorrártelo, quiero hablarlo contigo y que tú me lo rebatas.

—¿Rebatir qué, Unai? —Alzó la voz.

—Que tu hermano tiene la cabeza llena de temas paganos, que regenta una herboristería y que es muy probable que sepa preparar una infusión de veneno de tejo, que le fascinan otros asesinos en serie como el Sacamantecas desde su más tierna infancia, que lleva toda la vida entre colmenas y sabe manipularlas perfectamente...

—¿Cómo voy a rebatirte eso? Es cierto, como también es cierto que tiene antecedentes por posesión. ¿Es ahí adonde quieres llegar?

—Y por tráfico, Estíbaliz. También tiene antecedentes por tráfico.

—De acuerdo, también por tráfico. Pero ya está rehabilitado. ¿Eso lo convierte en más sospechoso que un vitoriano medio?

—Estadísticamente sí, pero no es eso lo que lo convierte en sospechoso en este caso. No puedes ignorar tantos indicios. Por no hablar del Rohypnol. ¿No sería sencillo para él tener acceso a esa droga, conocer sus consecuencias?

—Unai, reconozco que Eneko es muy particular, pero ¿de verdad crees que estás hablando con la hermana de un asesino en serie?

—Mira, no voy a decirle nada a la subcomisaria, de momento. Pero voy a ir a hablar con él. No irás tú, ni vas a avisarle de nada a tu hermano, porque estarías obstruyendo una investigación y te apartarían del caso.

—Solo si tú lo cuentas. ¿Cómo ha empezado esta conversación...? Ah, sí: me preguntabas si todavía nos cubríamos el uno al otro.

—Y lo hago, Esti. Créeme, lo hago. Sé que estás pasando un momento duro por el Alzheimer de tu padre, imagino que al Hierb... que a Eneko, aunque no es santo de mi devoción, también le estará afectando. Pero tengo que hacer mis comprobaciones, de igual modo que tú lo harías si mi hermano Germán fuese sospechoso. Solo quiero descartarlo y olvidarme de él, ¿de acuerdo?

—¿No puedes ver que este hombre es mil veces más sospechoso? —dijo, señalando con la barbilla la furgoneta blanca que teníamos unos cien metros por delante. Había empezado a disminuir la velocidad, y Estíbaliz hizo lo propio.

—En ello estamos, Esti. Ojala fuese él y esta sangría terminase. Pero solo veo a un padre en negación, posiblemente un capullo en su vida familiar, es cierto, aunque me parece excesivo que sea capaz de asesinar a otros tres jóvenes por disimular que su único objetivo era matar a su hija y montar una imitación tan perfecta a los crímenes de Tasio en tan pocas semanas.

—Creo que vamos a salir de dudas ahora mismo, en todo caso —dijo Estíbaliz.

La furgoneta se desvió de la carretera de Peñacerrada, rodeando el vertedero de Gardelegi, donde iban a parar todos los residuos de los vitorianos. Varias aves carroñeras sobrevolaban en círculos las montañas de basura mientras los camiones municipales rascaban las tripas sucias de la ciudad.

—¿Qué está haciendo? —susurró Estíbaliz, conforme se desviaba también por el camino de parcelaria.

—Creo que está intentando entrar en la parte más antigua del vertedero, la que está en desuso.

Varios cientos de metros delante de nosotros, la furgoneta por fin se detuvo. Nuestro vehículo quedó semioculto antes de la última curva que nos separaba de él.

Antonio Fernández de Betoño bajó de la furgoneta, abrió las puertas traseras y comenzó a descargar cajas grandes cuadradas de cartón marrón. Empujó una pequeña puerta de emergencia junto al vallado con la espalda, mientras cargaba una caja, y para nuestra sorpresa, la puerta cedió y se abrió.

Saqué de la guantera los pequeños prismáticos Konus que usábamos para los seguimientos y seguí sus pasos dentro del recinto del vertedero tras los oculares.

—¿Qué ves? —preguntó Estíbaliz, frustrada—. No puedo distinguir nada desde aquí.

—De momento está abriendo la caja que lleva y está tirando a la montaña de escombros lo que había en su interior: ropa, zapatos de tacón…

—Se está deshaciendo de pruebas, Kraken. Tenemos que detenerlo ya —me apremió a la vez que abría la puerta del coche con intención de salir.

—¡No, espera! —la frené.

Todas las cajas tenían logos de óptica, eran las que nos había dicho el empleado que el óptico había estado subiendo aquella misma mañana del almacén. Pero nuestro sospechoso había vuelto a la furgoneta y estaba descargando otras cajas más pequeñas. Eran distintas, negras, no parecía que cupiesen muchos objetos personales dentro de ellas. Quería ver lo que guardaba en su interior.

—Unai, si no lo detienes tú, lo voy a detener yo —me urgió Estíbaliz—. Te doy dos minutos.

—No estoy de acuerdo, inspectora. Es más inteligente esperar a ver de qué tiene intención de deshacerse, no podemos detener a un hombre por eso.

—¡Inspector Ayala! —susurró furiosa—, un minuto y cuarenta segundos.

Me concentré en las cajas más pequeñas, que el óptico manipulaba con prisas, absorto.

—¡No son cajas! —exclamé—, son archivos de oficina. Ha entrado otra vez en el recinto, se está acercando de nuevo a la escombrera.

—Bien, pues vayamos a ver.

—¡Espera! ¡Dios!, está tirando…

—¿Qué?

—Parecen recortes de periódicos antiguos.

Estíbaliz arrancó el motor, y aceleró hacia donde el óptico había aparcado. Ahora estábamos a la vista.

El óptico se sobresaltó en cuanto vio que nuestro vehículo irrumpía en el camino, y trató de correr hacia su furgoneta, pero Estíbaliz frenó y saltó del coche.

—¡Alto, policía! —gritó.

Mi compañera se sacó la HK, su pipa semiautomática reglamentaria de 9 milímetros y le apuntó a la cabeza. Yo conocía bien a Esti, sabía que no pensaba disparar de momento, pero el óptico hizo bien levantando las manos. En las prácticas de tiro trimestrales no había manera de batirla cuando estaba centrada. Tenía un ojo épico y jamás erraba una diana.

Antonio Fernández de Betoño quedó inmóvil, sudoroso y temblándole hasta el mostacho.

—¡No disparéis! Solo es un delito medioambiental, no creo que merezca un tiro por esto.

—Mejor estese quieto, lo demás ya lo decidirá el juez —dijo Estíbaliz, sin dejar de apuntarle.

Yo corrí hacia dentro del recinto, me puse un guante y cogí del suelo las páginas recortadas de periódicos color sepia que el óptico había soltado al intentar huir.

Los recortes eran del doble crimen del dolmen, del poblado de La Hoya, del Valle Salado... Todo el material de los antiguos crímenes, pero también recortes recientes de la próxima excarcelación de Tasio Ortiz de Zárate.

Me acerqué al óptico y le mostré los papeles. Él asintió y agachó la cabeza, en un gesto de derrota.

—Antonio Fernández de Betoño, vamos a tener que requisarle todo este material, además de pedirle que nos acompañe a las dependencias policiales. Está usted detenido como sospechoso de la muerte de su hija y de Alejandro Pérez de Arrilucea.

12

EL ANILLO VERDE

Estás ya en el cruce del primer umbral, en el mundo mágico, o lo que es lo mismo: en el cerebro del asesino, con sus reglas, #Kraken

1 de agosto, lunes

Teníamos al sospechoso esposado y esperando en la sala de interrogatorios de la sede de Lakua. Estíbaliz lo miraba fijamente a través del cristal del pasillo, con el ceño fruncido. Antonio Fernández de Betoño parecía aturdido por la detención, pero se mantenía dentro de esa extraña serenidad que tanto irritaba a mi compañera.

Miraba las esposas con curiosidad, como si fuese uno de sus instrumentos quirúrgicos decimonónicos, como si intentase desentrañar el mecanismo de apertura e irse de allí con su exasperante calma.

—Déjame solo con él, Estíbaliz.

—No, es mío. Tú no estás convencido de que sea él, vas a ser blando.

—Estás hablando conmigo, Estíbaliz. Conmigo. Si este tío es culpable, te aseguro que le haré cantar, pero tú no vas a darle ninguna opción. Estás demasiado obcecada con que es él, reconócelo.

Estíbaliz hizo un gesto de impotencia y me clavó sus ojos marrones. Había días que raspaban, y aquel era uno de esos días.

—No tiene nada que ver con que vayas a por mi hermano, si es lo que piensas.

Negué con la cabeza, con la frente apoyada en el cristal, sin dejar de mirar al óptico.

—Lo que tú y yo pensemos no va a cambiar la realidad de quién lo haya hecho. Y ahora... déjame entrar solo a la sala de interrogatorios. Contigo se va a cerrar a cal y canto, has sido demasiado hostil con él desde el principio. Tiene un perfil muy apático, no va a ser fácil...

«No va a ser fácil.»

Mi compañera me dio permiso con la cabeza, en silencio, y entré en la sala.

—Estamos aquí para que me aclare ciertos detalles, así que iré al grano —dije al tiempo que me sentaba frente a él—. No termino de entender la tontería que acaba de intentar hacer. Si quería deshacerse de unos simples papeles, podía haberlos quemado.

—Esa era mi intención —dijo, mirándome a los ojos. Eso era extraño, los culpables de asesinato nunca miran a los ojos salvo que sean retadores, y no era el caso—, la primera parada era en Gardelegi para tirar la ropa, los malos recuerdos de mi hija. Eran basura para mí. Después quería seguir la carretera hacia Treviño, conozco un sitio habilitado para hacer fuego y barbacoas. Supuse que un lunes por la mañana no habría nadie, pero al ser agosto no podía asegurarme de que no hubiera grupos de acampada, y sinceramente... estaba cansado de todo y no quería que la familia ni los empleados me echasen en falta durante demasiado rato. Por eso intenté librarme de todos esos recortes, sabía que si hacían un registro en casa y los encontraban, iba a ser muy difícil justificar su presencia en manos del padre de una de las víctimas.

—Inténtelo.

Giró las manos esposadas y se miró fijamente las uñas, como si esperase encontrar algo inusual en ellas. Después lanzó un largo suspiro. Estaba elaborando una respuesta: o era mentira o tenía que ver con un pasado demasiado remoto para él y debía hacer un esfuerzo para recordar.

—Me obsesioné con el caso hace veinte años —rompió finalmente el silencio—. Uno de los recién nacidos asesinados en el doble crimen del dolmen de la Chabola de la Hechicera era el hijo de un amigo de la cuadrilla. Desapareció del nido de la clínica Vitoria. Fue muy traumático para todos. Poco después vino al mundo mi hija. Teníamos el mismo seguro y el mismo médico, nació en la misma clínica. Yo estaba aterrado con que nos la secuestrasen y el asesino hiciese lo mismo con ella. Todos los que teníamos hijos lo estábamos. Leía todo lo que se publicaba, como todo el mundo, joder. No sé por qué lo guardé, supongo que soy un poco Diógenes y me cuesta deshacerme de lo que colecciono.

—Tendrá que darme el nombre de su amigo, para corroborar su historia.

—Cuando quiera. No le gusta hablar del tema, ya sabe cómo somos los hombres. Ahora está separado, no lo superaron.

—Pongamos que le creo —me obligué a continuar—, lo que necesito ahora es que me dé una buena coartada de dónde estuvo usted el pasado día 24 de julio. El novio de su hija dice que la última vez que habló con ella fue por la mañana, a eso de la una.

—Estuve con la cuadrilla de blusas veteranos, en el local. Preparamos la comida, comimos, bebimos un poco, jugamos a la brisca y salimos a dar una vuelta a eso de las ocho de la tarde.

—¿Puede darme una lista de todas las personas que estuvieron allí? Va a ser fundamental para mantenerlo en las dependencias o dejar que se vaya a su casa.

—Deme un bolígrafo, acabemos con esto cuanto antes. Mañana es el funeral de mi hija. Nadie debe enterarse de que me han traído aquí. Ya sabe cómo es esta ciudad.

Yo lo observaba, intentando meterme en su cerebro con los pocos datos que me daba su lenguaje corporal. Pero allí no había rastro de disimulo, creo que ni siquiera temía que lo detuviésemos oficialmente; él estaba en otro mundo, con otras preocupaciones. Que la policía le creyese el asesino era solo circunstancial para él, había una desconcertante despreocupación en que no íbamos a encontrarle culpable.

En esos momentos entró Estíbaliz, me lanzó una mirada apremiante que ya conocía, me disculpé en tono formal y salí de la sala.

—El comisario está hecho una furia. Quiere vernos —me susurró al oído, como si el sospechoso todavía pudiese oírnos.

—¿Ahora, que estoy en medio de un interrogatorio? —pregunté.

—¡Ahora!

Subimos a la tercera planta, al despacho con mejores vistas. Allí nos esperaba el comisario Medina y la subcomisaria, ambos muy serios. Yo aún no comprendía el motivo de la gravedad de sus expresiones.

—¿Se puede saber qué demonios hacen interrogando a Antonio Fernández de Betoño? —me espetó.

—Nuestro trabajo, señor. El novio de la víctima se presentó esta mañana y nos transmitió sus sospechas de que el padre era el culpable de los asesinatos. La inspectora Gauna y yo nos hemos trasladado a su domicilio y hemos comprobado su versión de los hechos y ante lo sospechoso de su conducta, le hemos hecho un seguimiento hasta el vertedero de Gardelegi, donde se estaba deshaciendo de los objetos personales de su hija y de una cantidad ingente de recortes de prensa de los dobles crímenes de hace veinte años.

—¿Y eso lo convierte en culpable? ¡Por Dios! —Bufó mientras se desabrochaba el botón de la americana y soltaba un poco el nudo de la corbata.

—Simplemente tenemos que comprobar su coartada: él afirma que estuvo desde el mediodía hasta la noche con su cuadrilla de blusas veteranos. En cuanto me escriba los nombres…

—¡Por supuesto que estuvo en nuestro local, inspector Ayala! ¡Por supuesto que estuvo! Es uno de mis mejores amigos, no nos separamos desde que entró en la cocina y nos colocamos el delantal para preparar la lubina al horno. ¡Hagan el favor de soltarlo, y con discreción! Ese hombre no se merece el rato que le están haciendo pasar; no hace ni unas horas que le hemos comunicado la defunción de Enara, quiero decir: de su hija. Quiero que sean proactivos, pero no vuelvan a cometer un error de apreciación como este y céntrense en los sospechosos que encajen de verdad en el caso. ¡Y dejen de molestar a las familias de las víctimas! No podemos equivocarnos de este modo, estamos bajo el foco de la prensa internacional y cualquier error va a salir en las portadas de medio mundo. Nuestro gabinete de comunicación está lidiando como puede con *Le Monde*, el *Washington Post* y hasta con el *Sunday Telegraph*, de Australia. Denme avances, inspectores, y no meteduras de pata como la de hoy. Ya pueden marcharse.

Los tres salimos de allí en silencio. Estíbaliz me miró con gesto derrotado.

—Voy a informar al óptico de que puede volver a su casa.

Yo asentí con la mirada.

—Inspector Ayala, acompáñeme a mi despacho —me dijo la subcomisaria Salvatierra.

La seguí sin decir palabra por los pasillos. Daba la impresión de que todo el mundo nos miraba de reojo: los agentes, otros inspectores... Me sentía como un pequeño pez dorado en una pecera. Una extraña atracción que fascinaba.

—Cierre la puerta.

—Con mucho gusto, subcomisaria —dije, bloqueando la visión de varios compañeros que al pasar miraron al interior del despacho con disimulo.

—No hace falta que diga que esto no se puede volver a repetir. No pueden traerme sospechosos sin un motivo de peso —repitió las palabras del comisario, mientras se sentaba—. De *más* peso —matizó.

Aquel día llevaba la melena morena suelta. Le favorecía, le restaba años y la encontré mucho más atractiva de lo que podía permitirme. Aun así me despisté durante un par de segundos con aquel detalle.

—Totalmente de acuerdo —asentí, y me obligué a centrarme de nuevo.

—¿Me está dando la razón como a los tontos? —preguntó, tal vez sorprendida por lo manso que me mostraba.

—En absoluto. Es solo que en ningún momento he creído que estos crímenes sean circunstanciales, por eso el óptico no me cuadra como asesino. Insisto, una vez más, en que la clave de todo está en los gemelos. Tenemos que dejarnos de distractores y comenzar a investigarlos a ellos.

—De eso precisamente quería hablarle. Llamé personalmente a la directora del centro penitenciario, y ella insistió en que el preso no tiene privilegios ni acceso a internet, como el resto de los reclusos. Ante mi argumento de que está en contacto con alguien del exterior que escribe tuits en su nombre, me dijo que solo si conseguía una orden del juez podría limitar las visitas que recibe el preso. Hacerlo sin esa orden no es legal y atentaría contra los derechos que mantiene en prisión.

—¿Qué impresión le dio?

—Fue muy correcta, pero creo que, por alguna razón, lo está protegiendo. Sea como sea, lo cierto es que no podemos hacer nada por esa vía. Así que lo estamos intentando de diferentes maneras. Hace días que hemos pedido el cierre de la cuenta de @scripttipsfromjail a través de la Sección Central de Delitos en Tecnologías de la Información del cuerpo. El servicio de atención de Twitter ha respondido favorablemente, dando instrucciones de la documentación judicial que se ha de aportar en estos casos, pero nos ha informado de que el proceso puede durar semanas.

—Pierde el tiempo —comenté—. Aunque se cerrase, no servirá de nada.

—¿Por qué lo dice, inspector?

Cómo me ponía que me llamase «inspector», por Dios.

—Porque Tasio, o más bien su cómplice, está usando el *hashtag* #Kraken y la idea ha prendido en las redes sociales. Todo el mundo que quiere comentar algo relacionado con los dobles crímenes lo está usando. Eso no se puede parar. No se puede pedir a Twitter que anule todos los tuits que contengan ese *hashtag*. Si cerrasen la famosa cuenta, Tasio volvería a comunicarse con sus seguidores abriendo otra cuenta y usando ese *hashtag*. Los convencería en pocos tuits de que sigue siendo él. Podríamos cerrar una segunda cuenta, y una tercera, pero como bien dice, el proceso lleva semanas. Siempre va a ir por delante. Como diría mi abuelo, no puede ponerle diques al mar o puertas al campo. Créame, si a alguien no le hace gracia que el nombre de Kraken esté en todas las pantallas de los móviles vitorianos y nacionales es a mí, pero enseguida comprendí su jugada. En el terreno de las redes sociales, simplemente no podemos ganar. ¿Qué hay de la IP desde la que se me envió el correo electrónico?

—Malas noticias, también. Los informáticos están todavía en ello, pero dicen que es irrastreable.

«Irrastreable, de acuerdo. Si no hay otro remedio, tendré que acudir a ella.»

—Tasio tiene un buen *hacker* a su disposición, entiendo.

—Sí, entiende bien. Entiende muy bien, de hecho —dijo, mirándome fijamente con aquellos ojos oscuros. ¿Quería decirme algo más? ¿Estaba Alba al cargo, o era Blanca la que pugnaba por hacer acto de presencia en aquel despacho cerrado?

Me obligué a mirar su anillo de casada, no quedaba bien en su mano. Al menos ese anillo.

—Tiene que darme permiso para hablar de nuevo con Tasio Ortiz de Zárate. Hay muchas claves del caso que él parece muy dispuesto a compartir. No deberíamos desestimar esa línea de investigación.

—Sabe que me da miedo que le manipule.

—Eso no ocurrirá, y aunque ocurriera, haré un informe detallado de todo lo que hablemos en cada una de mis visitas. La inspectora Ruiz de Gauna me conoce bien, quiero que ambas me monitoricen. Si algo en mi comportamiento les hace pensar que el convicto me está llevando a su terreno, o que comienzo a padecer síntomas de un síndrome de Estocolmo, simplemente dé la orden de que deje de comunicarme con él. Le prometo acatarla.

Nunca me había expuesto de aquella manera a un superior. Por algún motivo, me fiaba de que sus espaldas eran anchas y podrían con su peso y con el mío.

Alba compuso un gesto serio, apretó unos nudillos que crujieron, mientras tomaba una decisión.

—De acuerdo, contacte con el centro penitenciario y pida una visita para hoy mismo. A ver si me trae algo que nos haga avanzar en la investigación.

—Tengo la impresión de que hoy mismo podré traerle algo —dije, mirando el reloj—. Y ahora, si me disculpa, he quedado con una de las personas del entorno de los gemelos desde hace veinte años. El mismo Ignacio me facilitó los nombres, así que no espero sorpresas. Es solo que quiero formarme una imagen más precisa de cómo eran antes. Los de ahora… —suspiré—, creo me voy haciendo una idea.

—¿Y qué hay ahora, Ayala? Compártalo conmigo.

—Ahora hay dos hombres fuertes, contrariados con el destino que les tocó vivir hace dos décadas, que a su modo han sobrevivido al tsunami, inteligentísimos y muy hábiles. ¿Recuerda la frase de *Herida,* aquella película de Jeremy Irons?

—«La gente herida es peligrosa, porque sabe que puede sobrevivir» —pronunciamos ambos a la vez.

—Vaya, no pensé que… —murmuré, rascándome la nuca.

—¿Que la conociera? ¿Nunca ha tenido una subcomisaria cinéfila?

—No había tenido el placer, lo reconozco. —Me levanté para obligarme a romper el hechizo—. Debo marcharme.

Hacía calor allí, demasiado calor.

—Por supuesto. Buenas tardes, inspector.

Media hora después me esperaba, para mi sorpresa, una mujer embarazadísima con un carro de bebé ocupado por un niño de un año. Era uno de los últimos nombres que me había dado Ignacio en su lista, y me interesaba conocer un punto de vista femenino en el universo de los gemelos.

La había investigado un poco. Por lo visto era hija del anterior jefe de Dermatología del Hospital de Santiago, y en la actualidad ella era una de las que pugnaban por el cargo.

Aitana me había insistido por teléfono en que quedásemos en algún punto del anillo verde de Vitoria, una especie de corredor de parques que rodea la ciudad y que todo el mundo usaba para pasear, ir en bicicleta o hacer *running*.

Habíamos elegido Zabalgana, al oeste, un bosque-isla con lagunas, surcado de caminos y muy discreto.

Aitana tenía cerca de cuarenta años y era una mujer un poco obesa, más allá de las redondeces que cabía esperar en cualquier embarazo; tenía el pelo artificialmente rubio y liso de plancha, el rostro bronceado de máquina y no dejaba de fumar, con el cigarrillo atrapado entre dos dedos muy tensos que siempre miraban al cielo despejado de aquel día formando el signo de la victoria.

Me presenté en dos palabras y comenzamos a caminar, entre robles, enebros y quejigos, mientras ella intentaba, nerviosa, calmar al niño que llevaba en el carrito.

—Se llama Markel, mis padres lo están criando. La verdad es que yo paso muchas horas en el hospital y casi no lo veo. Y no me gustan los niños —dijo, a modo de disculpa, mientras expulsaba una nube de humo del tabaco sobre el niño.

—Ya veo —comenté.

Reconozco que conocer a aquella testigo —una doctora embarazada, con aquel desapego, y fumadora— me desconcertó un poco: pese a que se le notaba a distancia la clase y la formación, había algo que no encajaba en ella, como si estuviera muy dañada por dentro.

—Ignacio nos dijo a los de la cuadrilla que nos llamaría un investigador. Si le parece, hágame las preguntas que haya traído preparadas y yo le respondo. Yo creo que el niño tiene hambre. Si sigue llorando de esa manera, se lo tengo que llevar a mi madre para que le dé de comer.

—Comprendo. —Suspiré, apretando la mandíbula—. ¿Usted pertenecía al entorno de Ignacio o al de Tasio?

—Más al de Ignacio. Fui su novia durante unos meses, cuando teníamos dieciocho años. Los tres compartíamos cuadrilla, pero siempre tuve más trato con Ignacio.

—¿Cómo eran?

—Ignacio era un caballero. Tasio hacía y deshacía lo que quería, iba muy sobrado, sobre todo varios años después, cuando empezó a tener fama con los programas de la televisión. Tasio era muy promiscuo, tenía a todas las tías de Vitoria pendientes de él en cuanto entrábamos en los bares de Cuesta, podía irse cada noche con quien quisiera. De hecho, eso era precisamente lo que hacía. Y luego... luego estaban las leyendas urbanas con el tema gemelar.

—¿Leyendas urbanas? —pregunté. Por suerte parecía que Aitana tenía muchas ganas de hablar de ellos, como si hubiese estado amordazada durante años.

Caminábamos con tranquilidad por el paseo, buscando la sombra entre los árboles y la vegetación fresca que rodeaba una pequeña laguna donde las libélulas se perseguían en pleno rito de apareamiento.

—Sí, leyendas eróticas urbanas. Se decía que les gustaban las gemelas, que todas en cien kilómetros a la redonda habían pasado por la cama de Tasio. Tríos, camas redondas con Tasio e Ignacio... Lo cierto es que desde pequeños siempre jugaron a engañar a la gente con su parecido físico. Se intercambiaban en clase, eso me lo contaba Ignacio. Los profesores se cansaron de sus juegos en los Corazonistas y los separaron de aula. A ellos les sentó fatal, fue como un agravio, se consideraban siameses. Ignacio me decía que cuando ocurrió, con diez años, no le entraba en la cabeza que pudiese pasar varias horas separado de su hermano, que no lo creía físicamente posible, que quedó aturdido y enfermó durante semanas, vomitando y con fiebre, y que el médico no sabía qué diagnóstico dar a sus padres.

»Después, una vez más, a Tasio se le ocurrió una idea para sacarle partido. Estudiaban solo la mitad de las asignaturas. Los días de examen se cambiaban entre ellos y cada uno hacía el examen dos veces. Tenían miles de trucos: pedían permiso para salir al aseo a la hora pactada, allí se cambiaban el babi escolar con el nombre bordado de cada uno y entraban en la clase de su gemelo, hacían el examen y volvían a cambiarse. Les gustaba llevar ese juego al límite, en la cuadrilla estábamos acostumbrados a sus bromas. A la gente le cansaba que siempre nos tomasen el pelo, pero eran ellos, nadie les paraba los pies, eran intocables. Su padre era uno de los empresarios más ricos de Vitoria, y en casa siempre nos decían que nos llevásemos bien con ellos, que no perdiésemos la amistad, que los trajésemos a los cumpleaños. Mis padres estaban muy orgullosos cuando comencé a salir con Ignacio. Socialmente era lo máximo a lo que se podía aspirar en esta ciudad.

—¿Qué recuerdo se le ha quedado de ellos?

—De Tasio, el que tiene todo el mundo. Que era un capullo egocéntrico, y además resultó que estaba loco y le gustaba matar niños. De Ignacio, que fue durísimo tener que entregar a su gemelo. Lo pasó fatal, en la cuadrilla le apoyamos todo lo que pudimos, pero el tema era tabú, como suele ocurrir en esta ciudad. Se habla de todo, menos de lo importante. De lo importante nunca. Las madres nos educan con eso de «Por la paz, un avemaría». Que básicamente quiere decir que mires hacia otro lado y te calles como una cobarde. Eso es lo que hacemos, eso es lo que se nos da bien. Volviendo a Ignacio, después ocurrió lo de la televisión. Nos sorprendió a todos. Él era más bien tímido, un falso extrovertido, que se esforzaba socialmente por estar al nivel que le exigía su hermano. Pero Ignacio se convirtió en el nuevo héroe, todo el mundo lo paraba por la calle con respeto. Tomó un poco la personalidad de Tasio, pero más comedido. Siempre ha sido un caballero, ya se lo he dicho. Nosotros no es que seamos íntimos amigos después de que nuestra historia acabara, pero hemos seguido en la misma cuadrilla durante más de veinte años, así que continuamos teniendo trato semanal, en las cenas y demás.

—De acuerdo —dije, cuando llegamos al final del camino que se incorporaba ya de nuevo a la ciudad—. Solo quería hacerme una idea de cómo era el entorno y la cuadrilla de los gemelos. Le agradezco su buena disposición a hablar. Le dejo mi tarjeta, siéntase libre de llamarme si recuerda algo más… y suerte con el parto.

Después de tomar unos serranitos en el Rincón de Luis Mari con mi cuñada Martina y oxigenarme un poco del caso con sus anécdotas de separaciones, tomé el coche rumbo a la cárcel de Zaballa.

Tasio me esperaba al otro lado del espejo, en la sala tres. Un funcionario de prisiones con la mirada fija en algún punto al frente que yo no veía se mantuvo esta vez escoltando la puerta.

—Ya era hora —dijo la voz ronca, arrastrando las palabras bajo su bigote de U invertida—. ¿Has hecho los deberes?

—¿Entiendo que hemos hecho las paces desde la última vez que nos vimos? —le tanteé.

—Estamos condenados a entendernos, Kraken. Has vuelto a esta misma sala, luego necesitas algo de mí. Y yo, huelga decirlo, necesito que resuelvas el caso, de ahí mi empeño diario en guiarte hacia la dirección correcta —terció, en un tono conciliador que aún no le había conocido.

—¿Te refieres a los tuits que me envías y que lee todo el país y una buena parte del extranjero?

—Ajá —asintió.

—¿Qué entiendes exactamente por llevar una investigación de forma discreta? ¿No te lo enseñaron en tu curso de criminología a distancia?

—Estás molesto —dijo, con una media sonrisa.

—Puedo dejar de estarlo y a ti te vendría muy bien que yo avanzase en la dirección correcta, como bien dices.

—¿Qué necesitas de mí? —preguntó, mirándose las uñas amarillas de nicotina.

—Tienes acólitos, admiradores que te escriben desde hace veinte años.

—¿Eso te han dicho? —Sonrió a medias, soltando humo en diagonal hacia el suelo. Aquello le halagaba, le gustaba que le reconociese su estatus de estrella.

—Háblame de todos ellos.

—No tenemos tanto tiempo —contestó, ya metido en su papel de divo.

Aquello, simplemente, me cansó.

—Tasio, me ofreciste colaboración, te estoy dando espacio para que tengas tu minuto de gloria en las redes sociales. Te diré por qué quiero que me hables de tus admiradores: hay puntos en común, elementos coincidentes entre los crímenes de los que se te acusó y los del presente. Eso significa que es el mismo autor, o que tuvo contacto con la investigación de hace veinte años, o que tú has compartido detalles del juicio con alguien y ese alguien está imitando al primer asesino para volver a incriminarte. Despierta, Tasio, porque esto está pasando de nuevo, es real. Si no encontramos otros sospechosos, la opinión pública y mis superiores seguirán teniéndote a ti en el punto de mira. Tienes mucho que perder. Esto no es una partida de poder entre tú y yo. Yo estoy fuera, tú estás dentro. Te sobra inteligencia como para dejar de ir de farol conmigo.

Nos retamos un par de segundos con la mirada. Suficientes como para que claudicara en silencio.

—De acuerdo —dijo por fin, aplastando medio cigarro contra uno de los ceniceros—, ¿qué quieres exactamente?

—Dame todas las cartas que hayas conservado de todo el que se ha puesto en contacto contigo desde que entraste. Sería un buen comienzo para que yo siguiese viniendo a visitarte y confiando en ti. Da igual cuántos tuits escribas al día, puedo ignorarlos, no tienes un poder real, puedo dejar que seas una voz clamando en el desierto. Lo entiendes, ¿verdad?

—Sabes que lo entiendo. Tendrás esas cartas, para mí son bazofia. Te las daré todas.

—¿Crees que puedo encontrar algo que rescatar entre tanta basura?

—La mayoría están pirados, morbosos del crimen, *borderlines* sociales. No me juntaría con ellos en la calle ni aunque me pagasen. Pero estás haciendo tu trabajo, yo también lo haría.

—De acuerdo.

—Kraken… —dijo después de un silencio, con gesto inquieto—, esto se irá poniendo peor.

—¿A qué te refieres?

—Cuanto más tardéis en cazarlo, más difícil va a ser anticiparse al escenario. Estamos ya en el Medievo tardío: quedan, a mi entender, varios candidatos dentro de la Almendra Medieval. Pero la cosa se pondrá aún peor cuando lleguéis al siglo XIX: cuanto más se acerque al presente, más vestigios quedan en Vitoria de esas épocas, más escenarios para elegir, llegará un momento en que no podáis anticipar nada.

—¿Te preocupa, Tasio?

—¡Quiero salir, maldita sea! —Alzó la voz—. Quiero salir y va a encontrar la forma de cargarme el muerto otra vez. ¿Estás ciego? Esta misma semana empiezan las fiestas de Vitoria, esta vez está mancillando todos nuestros ritos, todas nuestras costumbres, ¿no te das cuenta? Las fiestas van a ser una puñetera sangría.

«No, Tasio, solo espero que no estés en lo cierto.»

—Dime una cosa… —le interrumpí—. Y cálmate, anda. Sereno das más miedo.

Me miró como si fuera a arrancarme las tripas a mordiscos, una mirada intimidante, de las que pueblan pesadillas recurrentes.

—Lo que sea —claudicó por fin.

Me armé de valor. Había nadado de boya en boya, pero estaba ante el tema tabú. O doble o nada.

«Adelante, Kraken.»

—¿Y si fue tu hermano, y fue él quien te tendió una trampa? Dime que no lo has pensado a lo largo de estos veinte años. Te hiciste criminólogo, te obsesionaste con el caso, te has pasado dos décadas en una celda analizando tramas, motivaciones, sospechosos, perfiles. ¿Cómo es que no estás tratando de persuadirme de lo más evidente? ¿No sería normal que intentases hacer con él lo que él hizo contigo? ¿No sería normal que me dijeses: «Fue él, me tenía envidia. Era policía, puso las pruebas, conocía los informes, los manipuló»? Ignacio podía hacerlo, él lo tenía todo a su alcance. Todo para que parecieses tú. Dime que no lo amenazaste, dime que no le juraste venganza cuando salieses de la cárcel. Dime que Ignacio no debe tener miedo a que salgas ahora y os veáis las caras ahí fuera, sin cámaras, sin rejas.

Tomé aire, observé su reacción. Tasio era una estatua de sal.

Seguí apretando, ¿tendría una catarsis allí mismo o era demasiado pronto para que Tasio se rompiera en pedazos?

—Dime que no has pensado en que pueda ser él otra vez, que busca incriminarte precisamente ahora para que no salgas. Que encontrará la manera de que parezcas el inductor. Te la estás jugando con los ataques informáticos y con tu cuenta de Twitter, lanzas la señal de que eres un diablo omnipresente y ubicuo que manipula a gente fuera para que haga cosas por ti. Dime, Tasio: si fuese verdad que hace veinte años alguien te tendió una trampa, ¿cuánto crees que tardará en volver a manipular a la opinión pública para hacerte parecer de nuevo culpable? ¿Y de verdad no te has planteado ni por un momento que ha podido ser tu propio hermano, a quien, por cierto, le va muy bien en Vitoria sin ti?

Guardó silencio, me negó la mirada. Fumó un cigarro con exasperante lentitud. Yo estaba a punto de levantarme de la silla de plástico negra cuando habló de nuevo.

—¿Tienes hermanos, Kraken?

—No disimules, sabes mi apodo de adolescente. También sabes si tengo hermanos.

«Deja a Germán fuera de esto, Tasio. Aún no me has visto en modo kamikaze.»

—Pero no sois gemelos idénticos.

—No, no lo somos.

—Entonces no estás al alcance de comprender lo que tenemos mi gemelo y yo. No tiene nada que ver con el sentimiento fraternal que os pueda unir a Germán y a ti.

—Has dicho su nombre. —Reprimí la rabia que me subía por la mandíbula. No me gustaba que amenazasen veladamente a los míos: el abuelo, Germán y Estíbaliz eran intocables.

Sagrados.

Innegociables.

Estaban fuera del tapete. Aquella partida no iba con ellos.

—Y sabía que me lo ibas a señalar. Es mi manera de mostrarte que voy por delante. Déjame continuar.

—Ilumíname.

—Lo que intento dejarte claro, y esto es muy muy importante que lo entiendas, es que aquí no vamos a hablar de mi gemelo, ni de lo que él y yo tenemos pendiente cuando salga de la cárcel. Es demasiado privado, lo que ocurrió entre nosotros lo arreglaremos entre nosotros. Somos los únicos habitantes de un planeta que no tienes derecho a visitar, ni tú ni nadie. Quiero que te quede claro porque no volveremos a tratar este tema. Si quieres investigarlo, hazlo. Cumple con tu deber, contaba con ello. Pero yo no voy a darte ni un solo motivo para que lo investigues.

«O tal vez eres tan retorcido que todo lo que has hecho ha sido precisamente para llegar a este punto: que yo piense que sale de mí investigarlo, que yo lo encuentre culpable, y no tú, porque una *vendetta* por tu parte resulta demasiado evidente.»

—De acuerdo, Tasio. Me ha quedado claro. Ahora quiero que vuelvas a tu celda y recopiles toda la correspondencia que te ha llegado. Sería útil que me adelantaras trabajo y me dieses tu propio listado de sospechosos. Prioriza a los más probables, pero no te olvides de ninguno. Que tu contacto en Twitter te pase también un listado de las cuentas que más interactúan, los comentaristas más vehementes... todo lo que le diga a tu instinto que detrás hay un sujeto gravemente averiado.

En realidad, la cuenta de Tasio era un estupendo atrapamoscas, pese a lo molesta que estaba siendo mi paulatina pérdida de anonimato debido al dichoso *hashtag*. Por eso no había metido prisa a la subcomisaria para que la cerrara. Si el asesino era un individuo presumido, estaría rondando todo lo que se publicara acerca de los crímenes y la investigación.

—Tienes mano en esta institución. Voy a cursar la petición de las cartas de tus admiradores, agilízalo. Estamos en puertas de la gran traca, lo hueles tan bien como yo.

—Un placer que hables mi idioma. —Sonrió por fin.

—Nos vemos en breve, Tasio —me despedí al tiempo que me levantaba—. Esta vez eres tú quien tiene deberes por entregarme.

Debería haberme ido del penal, pero todavía no había acabado. Aún me quedaba información por recabar, y sabía que los cauces oficiales no iban a ayudarme. Así que me acerqué al funcionario de la garita de entrada con una estudiada despreocupación.

—Iba a irme ya, pero antes quería saludar a Jose Mari, ¿tú sabes si está en la cafetería a estas horas?

—Prueba a ver.

Decir «Jose Mari» en Álava era nombrar al diez por ciento de la población por encima de los cuarenta y cinco años. No había manera de equivocarse.

Me acerqué al edificio que me había indicado el funcionario y entré en la sala donde el personal se reunía para tomar un café o un bocadillo. No había mucha gente a eso de las cinco de la tarde. Desde la barra, distraído, observé los grupúsculos y me decidí por un funcionario solitario, fino como un cordel, que se acababa una lata de Aquarius mirando absorto una pantalla alta de televisión sin sonido.

Los funcionarios de prisiones no eran una buena fuente de información. No solían contarnos nada. Lo peor en un penal, estuvieses en el lado de las rejas que estuvieses, era ser un soplón. No estaba bien visto. Sabía que tenía que probar otro enfoque más creativo.

Esperé a que se acercase a la barra a pagar y entonces lo intercepté.

—¿Sabes si hay alguna máquina de café? —le pregunté—. El camarero no me hace ni caso.

Él levantó la cabeza, distraído con el móvil.

—¿Eres nuevo aquí? No te había visto antes.

Registré en dos segundos varios detalles: sin anillo de casado, foto en el móvil de una chica guapa, joven, podría ser su hija o su sobrina por la edad, pero no lo era. Y por la pose, mucho menos.

—No trabajo aquí, al menos todavía. —Sonreí—. He venido a cursar una permuta, a ver si hay suerte. Trabajo en el Centro Penitenciario de Basauri, pero ahora me gustaría trasladarme aquí. Me he echado una novia en Vitoria, no llevamos mucho, pero... bueno, tú ya me entiendes.

—Claro, hombre. Claro que te entiendo, a ver si te sale algo y terminamos siendo compañeros. Hay una máquina en la salida. Ven, te acompaño.

Salimos fuera del edificio. Por suerte, no había más funcionarios alrededor.

—¿Qué tal… qué tal se trabaja aquí? —pregunté, interesado, mientras metía una moneda.

—Adaptándonos a los cambios, es una macrocárcel, tiene sus peculiaridades —dijo, sin mojarse.

—Todas las tienen, créeme. He pasado por Ávila y por Logroño. Oye, ¿y cómo lleváis lo de tener un famoso entre rejas?

—¿Lo del Tasio, dices? —Miró a ambos lados.

—Sí, ¿no os da la vara la prensa?

—La prensa, de momento, es manejable. Pero aquí dentro es como un dios. Está sobreprotegido, es una leyenda. Algunos dicen que es un buen tío, aunque es duro, de vez en cuando hace alguna ostentación de poder. Aquí la población reclusa lo respeta, pero algunos lo temen. Solo tienes que verle: con esa mirada ida, parece un lunático, de los que te van a cortar en pequeños trozos y echarlos a la ensalada. Es como Charles Mason: tiene tías que le escriben y piden un vis a vis con él. Él se deja querer, aunque no suele repetir. Es muy activo para los asuntos de mujeres, de los presos más activos, de hecho.

—Lo que tiene la fama.

—Ya ves. —Se encogió de hombros.

—¿Y el rollo ese de que escribe en Twitter? —continué, dándole vueltas al vaso de plástico de café, que quemaba como un infierno—. Yo no me lo creo, es una cuenta falsa, seguro.

Miró a ambos lados para asegurarse de que no había nadie para escucharle.

—Yo tengo una teoría. Ese ha sido el chaval guapo, el genio precoz aquel.

—¿Qué genio precoz?

—Sí, hombre, el que salió en los periódicos por un fraude en internet con tarjetas. El niño *hacker*, ¿no te acuerdas?

—Sí, ahora que me dices, me suena. ¿Cómo acabó el tema? —Intenté hacer memoria, pero los delitos informáticos no eran lo mío, aunque recordaba haber leído una escueta noticia al respecto hacía meses.

—El chaval empezó su brillante carrera delictiva a la tierna edad de dieciséis años, desplumando a todo el que dejase sus datos de su tarjeta en una web falsa de camisetas de fútbol firmadas por jugadores de Primera División. Después de un aluvión de denuncias consiguieron cogerlo, pero era un *hacker* escurridizo y les debió de costar lo suyo. Para entonces ya tenía la mayoría de edad y lo trajeron aquí. Tenías que verle. Aparentaba doce o trece, de esos chavales que todavía no se han desarrollado, sin pelos en los huevos ni en la cara. Moreno, de ojos azules, un querubín, un chaval de portada de revista. Yo creo que si se hubiera puesto a cantar cualquier tontería en YouTube, habría triunfado igualmente, con esa cara de ángel. Pero ya ves, le llamaba el lado oscuro.

—Y me lo cuentas porque…

—Sí, a lo que iba: la directora de la prisión le asignó a Tasio como preso de confianza, con buen criterio. Aquí la carne fresca está muy cotizada y al chaval se lo iban a merendar las reinonas, tú ya me entiendes. Tasio se hizo cargo y lo tomó bajo su ala, nadie tocó al chaval durante los seis meses que pasó aquí. Lo del Twitter empezó justo después, cuando excarcelaron al chico, por eso creo que tienen algo, que siguen en contacto y han encontrado la manera de comunicarse.

—¿Cómo has dicho que se llamaba el chaval?

—No lo recuerdo, era un nombre corriente. Sí que me acuerdo de que su apodo de *hacker* era MatuSalem. Sí, eso: MatuSalem, por Maturana. Ahora me acuerdo. Se apellidaba Maturana, como el pueblo que hay cerca del pantano, y se hacía llamar MatuSalem, con «eme», como el rollo ese de las brujas. Era un crío un poco raro, un punto siniestro. Con aspecto de gótico o algo así.

Tan pronto como me encontré en el aparcamiento exterior de la macrocárcel, hice una llamada a una vieja amiga.

A veces no me quedaba más remedio que acudir a ciertos colaboradores… al margen de los cauces oficiales.

Mi colaboradora tenía sesenta y seis años, el pelo blanco teñido de violeta y unas habilidades para el *hackeo* que le habían servido para entregar unos papeles falsos de una boda que nunca existió con su difunto compañero después de cuarenta años de convivencia. El Ayuntamiento le había negado la pensión de viudedad y tenía problemas para continuar viviendo en el piso que habían compartido toda su vida.

Descubrí sus falsificaciones durante una operación por encontrar a un agresor huido que se hospedó en una habitación que ella alquilaba. Le puse al tanto de la situación y gracias a ella y a la valentía que le echó, conseguí capturar al tipo que había aumentado el año anterior el conteo de asesinatos machistas de la ciudad.

Su nombre de guerra era Golden Girl, la Chica de Oro, Urrezko Neska... En los foros de *black hack* era leyenda, muchos dudaban de que existiera en realidad. Había trabajado hasta su jubilación en una empresa de seguridad subcontratada para Cysco Systems y el peor error que se podía cometer con ella era subestimar sus conocimientos informáticos dejándose guiar por su edad o por su apariencia apacible de vieja loca.

—Necesito que me rastrees una incursión a mi correo y una cuenta de Twitter.

—Así me gusta: tú al grano, como si no hubiera un mañana —contestó Golden Girl con su voz de anciana venerable.

—Tal vez no lo haya. ¿Has oído hablar de MatuSalem?

—Te gusta ponérmelo complicado, ¿eh? Ese niño es pata negra, va a ser difícil. ¿Qué tienes?

Le di los datos que me pidió. Golden Girl tenía ese olfato que da la edad para distinguir a larga distancia cuando un asunto era tan urgente como importante.

—Y otro favor: voy a investigar desde mi portátil, y estoy seguro de que MatuSalem ha encontrado la manera de meterse en él o que ha hecho una copia espejo. Me gustaría que no viese lo que hago. Ponme un paraguas, desde esta noche. ¿Puedes hacerlo?

—La duda ofende. ¿Tan serio es el tema? —preguntó.

—Lo suficiente. ¿La tercera edad va a deslumbrarme de nuevo?

—Sabes que tienes a esta chica de oro a tus pies, Kraken. Te llamo en cuanto triangule a ese pollo.

13

LA CLÍNICA VITORIA

Vitoria, junio de 1970

El doctor Urbina estaba repasando el vademécum en su despacho cuando Felisa, su enfermera, golpeó con los nudillos en la puerta. Miró el reloj, extrañado. Ya había pasado la última consulta de la tarde y estaba a punto de recoger.

—Doctor, una paciente desea verle —dijo la mujer con su voz vigorosa—. ¿La hago pasar o le doy cita para otro día?

—¿De quién se trata, Felisa?

Felisa tenía el globo ocular derecho descolgado sin parte del hueso maxilar que sujetara la órbita, fruto de una desastrosa operación de sinusitis, según ella misma le había contado. Llevaba siempre el pelo negro con hebras canosas sujeto con mucha labor a base de rulos pequeños. Estaba algo entrada en carnes, como casi todas las mujeres que han pasado por varios partos y una menopausia.

—Es la señora de Ortiz de Zárate, doña Blanca.

Las hojas del pesado manual pasaron solas entre sus manos y la tapa roja de cuero del libro se cerró sin que él lo advirtiera.

Carraspeó un poco, aclarándose la garganta, y volvió a abrir el tomo.

—Dígale que pase, hoy pensaba quedarme hasta tarde.

La enfermera lo miró con la sabiduría discreta que le había dado casi un cuarto de siglo de hospitales.

—No le importará que me vaya, ¿verdad?

—Puede irse, Felisa. Ya me encargo yo de cerrar —se apresuró a contestar él.

La enfermera se marchó y por fin entró Blanca en su consulta.

Estaba muy cambiada. Tal vez porque ya era verano e iba vestida con una bata ligera y un estampado psicodélico de colores vivos, tal vez porque el gesto, por una vez, ya no era de dolor y de contención. Por primera vez en mucho tiempo, desde que comenzó a ser su paciente, veía a Blanca con un gesto que se parecía demasiado a la alegría.

—¡Blanca! No sabe cuánto me alegro de verla. ¿Está usted mejor? Ya sabe a lo que me refiero. —Con ella había aprendido lo que con nadie hasta entonces: a ser directo, a mirar a los ojos, a aprovechar los pocos encuentros que le regalaba el azar.

—Vengo a agradecerle todo lo que ha hecho por mí. Estos meses todo está siendo mucho más… soportable.

Bajó la voz por instinto, aunque nadie podría haberlos escuchado en su despacho y a puerta cerrada.

—¿Ha usado lo que yo le facilité?

—Así es, y tal y como me auguró, tal vez su gesto me esté salvando la vida. Ya no necesito las pastillas blancas ni la pomada, pero se me están acabando las cápsulas granates. Lo mantienen sedado por las noches. Apenas llega, se acuesta. Él lo achaca a la carga de trabajo con la empresa, no sospecha de nada.

El doctor abrió un pequeño cajón de su escritorio que mantenía cerrado bajo llave.

—Ya pensaba ir a hacerme el encontradizo. Me ha ahorrado usted muchos paseos —comentó él, riéndose.

—Puedes tutearme, Álvaro, al menos en la intimidad. Creo que eres la persona que mejor me conoce ahora mismo.

Aquello de «intimidad» le gustó mucho, tal vez demasiado. Y más aún el detalle de que Blanca supiera y recordase su nombre de pila.

Álvaro se pasó los dedos por sus cejas pelirrojas, intentando despejarse y concentrarse en no mirarla; un gesto que a Blanca pareció encantarle, porque sonrió abiertamente, sin miedo, como una chiquilla.

—Aquí tienes otro bote, te servirá para un par de meses. —Se lo tendió.

Blanca le rozó deliberadamente la mano al recogerlo, y ambos se quedaron con el gesto congelado, a cada lado de la mesa del médico, sin saber muy bien qué hacer a continuación, pero sin querer separarse de aquel roce que les había traído a ambos gemidos solitarios por las noches.

—No quiero que pienses que he venido solo a por este bote, Álvaro. He venido porque quería verte —se atrevió a decir.

Estaba cansada de pagar por lo que no hizo, cansada de cargar con el papel que todos los que la conocían querían que representase, sin importarles que Javier se la llevase por delante durante una de sus palizas.

Cansada de obedecer a hombres duros, serios, fuertes. Cansada de estar triste, de estar aterrada. Hubo un tiempo en que fue una niña alegre, ¿dónde había quedado aquello? Estaba cansada de ser solo un apellido y un saco de boxeo, un recipiente de semen. Aquel iba a ser su primer acto de rebeldía, y quería que fuese con Álvaro Urbina.

«Por una vez —se dijo—. Por una vez, no pensar en el qué dirán, ¿no me lo he ganado con sangre y lágrimas?»

Álvaro la miró a los ojos, interrogándola, pero en ellos no vio otra cosa que una mujer que ya había tomado una decisión.

Así que se levantó en silencio, se dirigió lentamente a la puerta y cerró con el pestillo. Después se giró y dejó su bata blanca prendida del colgador.

Blanca se sentó sobre la camilla y fue soltándose todos los botones delanteros del vestido. Se quedó desnuda, con las altas cuñas de madera que la dejaban a la altura de Álvaro, que le tomó la mano y comenzó a besarla sin prisas desde la falange del índice.

Después continuó por el tendón del extensor del mismo dedo y subió brazo arriba, siguiendo el rastro de la vena cefálica. Giró con la lengua para recrearse en la fosa del codo y mucho tiempo después alcanzó por fin el deltoides. Se perdió por la línea que dibujaba su clavícula y para cuando recorrió el trapecio, su erección era casi dolorosa.

Entonces Blanca comprendió la diferencia entre estar preparada para un hombre y no estarlo, porque cuando Álvaro la penetró, suave y cálido como era él, todo lo que deseó fue quedarse en aquel aséptico despacho y no volver nunca más a su vida de casada.

14

SAN VICENTEJO

Él señala la dirección, tú la sigues. Siempre detrás, siempre detrás, #Kraken

1 de agosto, lunes

Se había hecho ya de noche, pero mi día no había acabado aún. Cambié de coche y conduje con mi Outlander hasta Villaverde por las carreteras negras que había recorrido mil veces desde que era niño. Crucé el puerto de Vitoria hacia el sur y entré en el condado de Treviño y sus pueblos casi deshabitados con pequeñas iglesias románicas que aguantaban los siglos rodeadas de campos de trigo ya cosechado. El bloque oscuro de mi sierra apareció a la altura de San Vicentejo. Aceleré, tal vez el abuelo todavía no se había acostado. Pasé por debajo del arco de las hayas de las curvas de Bajauri, aquel escenario de troncos altos que bajaban la ladera de hojas parecía sacado de un cuento de hadas por las mañanas y de un cuento de brujas por las noches.

Cuando llegué a Villaverde, la luz dorada de media docena de farolas me escoltó por las cuestas hasta dejar el coche aparcado bajo el balcón.

Di un silbido mientras subía por las escaleras con mi portátil en ristre, y el abuelo me respondió con otro. Lo encontré en la cocina, cascando un saco de almendras. Después las solía hacer garrapiñadas con agua, anís Las Cadenas y azúcar, y nos las preparaba a Germán y a mí para que nos las llevásemos a Vitoria. «Para los días duros», nos decía siempre, se encogía de hombros y se marchaba a hacer otra labor.

—¿Qué pasa, abuelo?

—¿A estas horas y un lunes, chiguito? ¿Qué se te ha perdido por aquí?

Me senté frente a él, en una silla de mimbre mil veces remendada.

—¿Puedo usar el alto para una investigación, abuelo? Tengo mucho material gráfico y no quiero tenerlo en mi piso de Vitoria.

El abuelo nunca decía ni que sí, ni que no.

—Vamos y lo vemos —murmuró, levantándose encorvado y encaminándose a las viejas escaleras que, de tan desgastadas por el paso de doce generaciones de zapatos, se acombaban en el centro como un pequeño valle de madera.

El abuelo mantenía diáfano el tercer piso de la casona, con las vigas oscuras de madera a la vista, repasadas con betún de Judea, y las piedras de las paredes originales sin enyesar. Allí guardaba todavía algunas pieles estiradas de pequeños zorros y de jabalíes de cuando el hambre de la posguerra lo convirtió en furtivo. Nadie se explicaba cómo las mantenía intactas después de media vida; él tampoco se dignaba a dar una explicación a los que le preguntaban.

También estaban mis cajas, recuerdos que no quise tirar, objetos con alma que no quería volver a ver porque me ponían el corazón de gallina, pero que sabía por instinto que debía conservar.

—Abuelo, ¿puedes abrir la mesa de *ping-pong* mientras encuentro lo que estoy buscando?

—Claro, hijo.

La mítica mesa de *ping-pong* había formado parte de la filosofía de normalidad con que el abuelo nos había educado a Germán y a mí.

Mi hermano apenas llegaba a la altura del tablero verde durante su adolescencia, y a mis brazos desproporcionados les faltaba espacio para golpear con comodidad. Me sentía constreñido practicando ejercicio físico en lugares cerrados, pero eso nos obligó a ambos a compensar carencias y centrarnos en las estrategias del juego. También en no ceder un punto ni dejarnos ganar: el mundo no nos lo iba a poner tan fácil como la familia, ya por entonces lo intuíamos y nos pasábamos los veranos machacándonos mutuamente hasta que caíamos reventados y el abuelo nos traía la vieja bota de vino y nos permitía echar un trago.

Levanté todas las cajas hasta que, debajo de todas, encontré una de ellas marcada por mi caligrafía de chaval: «Tasio».

—¡Dios, cuánto tiempo ha pasado de aquello! —se me escapó, en voz alta, mientras miraba la caja de cartón casi con reverencia.

El abuelo ya había desplegado la mesa de *ping-pong* en el centro del alto. Yo abrí la caja y comencé a sacar periódicos y cintas de vídeo VHS.

—¿Crees que podrás hacer funcionar aquí arriba el aparato de vídeo y la vieja televisión?

Se encogió de hombros, le encantaban los retos electrónicos arcaicos.

—Vamos a probar —dijo, disimulando una sonrisa.

Se encaminó hacia una esquina y rescató de debajo de varios plásticos opacos de telas de araña un vídeo y una televisión que habían sido sustituidos hacía años por otros modelos más competitivos.

Yo aproveché para comenzar a desplegar sobre la inmensa mesa de *ping-pong* las fotos de primeras páginas que décadas atrás había ido recortando.

¿Qué pensaría Estíbaliz si descubría las pruebas de mi obsesión por Tasio? ¿Me habría detenido también, como al óptico? ¿Habría entrado en su lista de sospechosos?

Tenía fotos de Tasio cuando se lo llevaron detenido; de Ignacio cuando entraba a declarar en los Juzgados; de todos los escenarios donde aparecieron los niños: el corredor del dolmen, el almacén del poblado de La Hoya, la era de sal del Valle Salado y los hierros dentados de la puerta de la Muralla Medieval, en el cantón de las Carnicerías.

Reprimí una arcada cuando recordé las fotos forenses de los cadáveres de los niños. Durante estos años solo había pensado en los gemelos y en la ruta histórica de los escenarios. Pero ahora yo era el investigador, no un espectador extasiado con el morbo de los dobles crímenes, y los *flashes* fríos del equipo forense retrataban muy bien la crudeza de unos cuerpos a quienes no les tocaba reposar en el suelo, desnudos, envenenados.

—Estás con el caso de los dos raposos esos, los gemelos, ¿verdad, hijo? —preguntó el abuelo, a mi espalda.

Asentí con la cabeza, sin necesidad de mirarlo.

Él se acercó a la mesa, tomó una imagen de Tasio y otra de Ignacio, que en aquel tiempo eran literalmente idénticos.

—¿Cuál de los dos era el manso? —preguntó.

—No parecían mansos ninguno de los dos. Los tenían bien puestos, creo que de jóvenes eran dos pijos arrogantes.

—Pero uno de los dos domina al otro. Cuando nacen dos ovejas en el mismo parto, una lleva a la otra por donde quiere. La otra es mansa. Siempre. ¿Cuál es el dominante?

—No son ovejas, abuelo. Las ovejas son tontas del culo, pero este fulano es el tío más listo que me he cruzado nunca —contesté, señalando la foto de Tasio—. No creo que sea el sumiso. Para nada.

—Entonces es el otro. Uno domina al otro, seguro. Ya sabes lo que te digo siempre: todas las buenas preguntas comienzan con un «¿y si?».

Era un juego al que el abuelo me sometía desde pequeño, una forma de legarme el sentido común de los López de Ayala.

—De acuerdo, jugaré: «¿Y si...?». —Pero fui incapaz de continuar, todavía no me sentía preparado.

—No seas cobarde ahora. Di en voz alta lo que no te deja cerrar el ojo por las noches. El sábado diste más vueltas en la cama que un jabalí herido.

Suspiré. «De acuerdo.»

—¿Y si el dominante fuera Ignacio en realidad, y le hubiera tendido una trampa a Tasio, incriminándole con pruebas que él mismo preparó?

—Te faltan más «y sis» —me apretó el abuelo.

—¿Y si Ignacio lo hubiera hecho por celos? Si el dominado se vuelve más famoso que el dominante, ¿no querría Ignacio la fama, el éxito de Tasio?

El abuelo me dio una palmada en la espalda, satisfecho.

—Creo que ya tienes por dónde empezar. Yo voy a acostarme, tienes el vídeo preparado por si lo quieres usar. Buenas noches, hijo.

—Buenas noches, abuelo —murmuré, demasiado concentrado como para percibir que sus pasos cansados descendían escaleras abajo.

Abrí el portátil y me conecté a internet. Golden Girl me había enviado un mensaje al móvil con un escueto «vía libre», así que me puse a investigar a los padres de los gemelos: la empresa de su padre, la familia de su madre. Direcciones, fechas de nacimiento y fallecimiento, clínicas, colegios, universidades, clubs de los que eran socios...

Había profusión de notas de sociedad de sus ilustres progenitores: su pedida de mano, el enlace, fotos de la madre, Blanca Díaz de Antoñana, una mujer estilizada y rubia, etérea como una lamia vasca, o como una elfa nórdica. Parecía que los gemelos habían heredado su estructura facial y su pose patricia. El industrial era de hombros anchos, en todas las fotos de los años setenta aparecía altivo, siempre con un gesto de tensión, como si viviese concentrado en sus objetivos empresariales y la mirada del fotógrafo no le importase lo más mínimo.

Algunos de los antepasados de Javier Ortiz de Zárate eran, además de adinerados e influyentes, personajes casi de leyenda negra. Don Enrique Unzueta, el padre del tatarabuelo de los gemelos, había partido de un pequeño pueblo de Álava a principios del siglo XIX y se había convertido en un terrateniente en Cuba, y hasta llegó a ser alcalde de La Habana. Casado tres veces, dos de ellas con sus propias sobrinas, a su vuelta a su país de origen se le otorgó el título de marqués, pero en Cuba dejó su fama de negrero, uno de los más ricos, y uno de los más poderosos. No solo trasladó durante más de veinte años miles de esclavos africanos a las costas caribeñas, sino que, ante la presión de los buques británicos, que perseguían ya el tráfico humano, abrió nuevas rutas y llevó también mano de obra china. Todo un emprendedor de la trata de blancas. Tremendo.

Encontré un documental de la antigua hacienda Álava en Cuba, donde tenía uno de sus negocios de esclavos. En la actualidad vivían casi tres mil personas; el setenta por ciento de ellos, africanos y mestizos. Un veinticinco por ciento de ellos se apellidaba Unzueta, por lo visto el hombre era también muy pródigo en atenciones con las esclavas. El 21 de agosto de cada año seguía celebrándose «La fiesta del alavés ausente». No debió dejar muy buen recuerdo.

Cuando me di por satisfecho con toda la información recabada, apagué el portátil y me quedé mirando las cintas de vídeo donde había grabado todos los programas de historia y arqueología de Tasio.

—De acuerdo —me animé a mí mismo—, allá vamos.

Introduje la primera cinta, sentí una sensación de *déjà vu* cuando vi a Tasio grabando desde su despacho mientras hablaba del pueblo fantasma de Ochate.

Tasio hablaba en el programa del mito de Ochate. Frente a las leyendas negras con las que crecimos acerca de la aldea que se quedó deshabitada a causa de las tres epidemias de cólera, tifus y viruela, los años de avistamientos de ovnis en las ruinas de los alrededores, los grupos de turistas neopaganos y las revistas esotéricas que volvían todas las noches con psicofonías grabadas, Tasio se posicionaba como arqueólogo científico y refutaba con datos todas las falsedades que lo habían convertido en el pueblo fantasma más famoso de la península. De lo que sí habló a lo largo del programa era de un curioso hallazgo por parte de un topógrafo, después de tomar medidas con aparatología profesional. Entre las ruinas de la iglesia de San Pedro de Chochat de Ochate y las ermitas de dos pueblos circundantes, San Vicentejo y Burgondo, se formaba un triángulo isósceles perfecto: 2.000 metros exactos de distancia entre los templos de San Vicentejo y Burgondo, y 1.012 metros exactos entre estos y las ruinas de Ochate.

Después se centró en la ermita de San Vicentejo, una pequeña maravilla románica que atraía a los expertos desde hacía décadas. Describió las marcas de cantero y el extraño ojo de la providencia: una curiosidad arquitectónica que consistía en un pequeño óculo de piedra enmarcado en un triángulo sobre el ábside.

Fue entonces, visionando las imágenes del exterior de la pequeña ermita, cuando me pareció ver un detalle que me resultó familiar. Me abalancé sobre el vídeo para detener la imagen, el abuelo no había podido rescatar el mando después de tantos años en desuso. Pero allí había algo. No se distinguía claramente, incluso Tasio lo pasó por alto mientras entrevistaba al viejo cantero que se encargó de la última restauración a finales de los años ochenta.

Apagué todas las luces y corrí escaleras abajo, comprobé que el abuelo roncaba en su dormitorio y arranqué el coche rumbo a San Vicentejo, en la carretera de vuelta a Vitoria.

Cuando llegué al pueblecito, con apenas media docena de casas, me desvié por la cuesta descendente hasta el pequeño prado donde destacaba la ermita. Bajé del coche, diría que no había nadie en el pueblo. Solo los ruidos de la noche, un cielo tan libre de contaminación lumínica que se podían ver galaxias que habían explotado hacía billones de años.

Saqué mi pequeña linterna de monte de la guantera e iluminé la piedra caliza, rodeándola. En la parte trasera, sobre el ábside, estaba lo que me había parecido ver en aquel programa que tenía ya veinte años: la figura de piedra de una pareja tumbada, hombre y mujer, ambos con su mano apoyada con gesto amoroso sobre la mejilla del otro.

15

LA RECTA DE LOS PINOS

La clave de los nuevos crímenes va a estar en lo que esta vez es diferente, ¿qué te susurran los muertos? #Kraken

2 de agosto, martes

Aquella noche dormí poco, la cama se me quedaba pequeña, el piso se me hacía diminuto. Quería tomar aire y me asomé al balcón, pero me parecía que no entraba el suficiente oxígeno en mis pulmones. Estaba excitado con mi nuevo hallazgo, porque a veces, solo a veces, uno sabe que está en lo cierto, que reconoce un patrón y allí está: la certeza.

Aún seguía todo oscuro cuando troté escaleras abajo, con el impulso de la adrenalina bombeándome por las venas. Podía notarlo, como si estuviese metido dentro de un altavoz gigante en un concierto de percusión.

Me desfogué subiendo a piñón varias cuestas por los cantones para motivarme y terminé en modo kamikaze por la zona de Ciudad Jardín. Las calles estaban tan despejadas a esas horas que podría haber corrido en contradirección por medio de la carretera y nadie habría salido herido de aquello.

La encontré entre los edificios de la universidad. Me esperó; yo iba ya sudado, ella apenas comenzaba a calentar.

—Vayamos por los chalets de la calle Álava —le propuse, recuperando el aliento—. Hoy te debo una historia.

—La historia de tu amigo —dijo, disminuyendo el paso.

—Ajá.

Me había mentalizado para desnudarme aquel día, cuando la encontrara. Era lo justo.

Era lo justo.

Ella asintió, fuimos frenando nuestras zancadas hasta caminar entre las casonas más admiradas de la ciudad. Construidas en los años veinte al estilo de los elegantes caseríos de Biarritz, estaban ya por los dos y tres millones de euros, aunque pocos vendían y menos compraban. Los altos setos impedían ver el interior, solo se podían intuir tejados rojos, algunos verdes, paredes blancas, maderas robustas como las fortunas de aquellas familias.

—Se llamaba Sergio —comencé—. Era de mi cuadrilla de San Viator, de los chicos. Éramos amigos desde primero de EGB, desde los seis años. Era un buen chaval, tímido, gordito, callado, un poco torpe jugando al fútbol. Nadie se explicaba cómo fue de los primeros en echarse novia en primero de BUP, cuando el colegio se convertía en mixto y las chicas llegaron para trastocar nuestro sólido ecosistema estrictamente masculino. Sara era muy diferente a Sergio, rizos negros, muy habladora... muy mandona, muy resuelta.

—Continúa —me animó.

—Contra todo pronóstico, se convirtieron en una de las parejas más estables de nuestra cuadrilla, se casaron bastante jóvenes. Ella era de Bajauri, cerca de mi pueblo, solían ir a la casa de los abuelos de Sara en cuanto tenían un día libre. Ella siempre decía que quería conocer todos los pueblos de Álava, le insistía para que cogieran el coche y visitaran uno cada fin de semana. Pero Sergio era tranquilo y casero como pocos, los sábados prefería tomar un pote en Vitoria, unos pinchos los domingos al mediodía, y pasarse la tarde dormitando frente al televisor, viendo maratones de series americanas.

Frené un poco más para tomar aire, estaba molido, pero aquella sensación era buena. Me distraía del dolor de contarlo.

—Hace tres años Sara tuvo un ataque de asma. Era sábado por la noche, estaban solos en la casa de Bajauri, se dejaron los inhaladores en Vitoria y los móviles casi no tenían cobertura en esa zona por entonces. Sergio fue casa por casa, desesperado, hasta encontrar un fijo y llamó al 112. La ambulancia tardó cuarenta minutos en llegar. Debió de ser más angustioso de lo que puedo llegar a imaginar. Encontraron a Sara cianótica, no pudieron hacer nada por ella.

—Lo siento —murmuró.

—Todos lo sentimos. Pero los de la cuadrilla estábamos muy preocupados, todos temimos la reacción de Sergio. Ella llevaba las riendas en su relación, él tan solo se dejaba llevar. No teníamos ni idea de si se iba a recuperar de aquello. Sergio, simplemente, no reaccionó. No lo vimos llorar, ni en el velatorio, ni en el funeral, ni cuando la enterraron en el cementerio de Bajauri. Era como si no se hubiese dado por enterado de la muerte de Sara.

—¿Estaba en negación?

—Y no sabes de qué manera. El jueves siguiente, mientras cenábamos en el Tximiso, nos informó de que iba a conocer los trescientos cuarenta y siete pueblos de la provincia. Empezaría por el noroeste, en diagonal descendente, desde Ugalde, en Araia, hasta terminar en el sureste, en Oyón. Así cada fin de semana. A todos nos pareció una buena idea, queríamos cuidarlo, apoyarlo, y el primer fin de semana fuimos la cuadrilla al completo. Nos dio tiempo a visitar cinco pueblos: Ugalde, Llodio, Zubía... Así comenzó una rutina que duró muchísimos meses.

Miré a Alba, ella seguía mi historia sin dejar de mirarme, pendiente de mis gestos.

—Una vez visité su casa, estaba momificada después de la muerte de Sara. Había fotos de ella por todas partes, podías notar sus ojos en tu nuca mientras recorrías el pasillo o la cocina. Sergio había eliminado la tele del salón y en su lugar había colgado de la pared un mapa de Álava, donde iba clavando chinchetas negras sobre los pueblos que ya había visitado. Pasó el primer aniversario, él fingió no darse cuenta, ni siquiera le organizó una misa. Por aquel entonces, ya pocos le acompañábamos los domingos a visitar pueblos. Nos apetecía cambiar de planes, aunque Paula, mi mujer, insistía en que no lo dejásemos solo.

—Tu mujer.

—Sí, mi mujer —repetí, hacía tiempo que no pronunciaba aquella palabra tan común—. Como te contaba, el mapa de Sergio se fue llenando de chinchetas negras según pasaban los meses, cada domingo seguía visitando una media de cinco pueblos. Ya apenas nos quedaban los de la Rioja Alavesa, los últimos de la esquina suroeste del plano: Oyón, Moreda, Yécora, Laguardia y Viñaspre. Nunca lo olvidaré. Para nosotros había sido una semana muy especial. Llevábamos un par de años intentando tener un hijo. Finalmente, tuvimos que recurrir a una clínica. Para Paula fue un infierno, una maldita montaña rusa, y yo me sentía el tío más impotente del mundo porque lo único que podía hacer era apoyarla en aquel calvario. Un día llegó la buena noticia. Semanas después, la noticia se convirtió en doble: esperábamos gemelos. De tres embriones, dos habían sobrevivido. No se lo dijimos a nadie de la cuadrilla, estábamos aterrados, temíamos perderlos. Pero fueron los mejores meses de mi vida. Teníamos un secreto, no queríamos compartirlo, todo era futuro a nuestros pies. Nadie sabía nada excepto el abuelo y mi hermano Germán.

Ella me hizo un gesto, animándome a que continuara. Miré al cielo, aquel añil tan propio del alba vitoriana había comenzado a perder intensidad.

—Paula era muy deportista —continué—, escalaba con Estíbaliz. Estaba muy tonificada, los primeros meses no se le notaba nada el embarazo. En la semana doce estaban ya tan formados, eran tan perfectos... Queríamos saber el sexo de ambos, yo tenía al abuelo restaurando mi cuna y la de mi hermano; Paula y yo éramos un torbellino de actividad. Queríamos tener la habitación de nuestros hijos preparada cuanto antes, hacerlo real. Fuimos a la consulta la semana catorce, su barriga había empezado a crecer un poco, los abdominales empezaban a ceder. La ecografía mostró más de lo que esperábamos: chico y chica. Mellizos. Estábamos tan emocionados, histéricos y alterados que sabíamos que teníamos que contarlo de una vez por todas. Aquel fin de semana íbamos a hablar con todo el mundo y le regalé a Paula su primer vestido de premamá. Era real. Por fin era real.

Alba asintió en silencio, sé que mis recuerdos se parecían demasiado a sus recuerdos.

—Aquel domingo Sergio estaba muy silencioso, más que de costumbre —proseguí—. Creo que emitía demasiadas señales que ignoré. Paula intentaba darle conversación, y yo no dejaba de preguntarme: «¿Qué vas a hacer el próximo domingo, cuando ya no queden pueblos que visitar?». Pero no me atreví a hablarlo con él, era demasiado reservado. Aquel día Sergio caminaba más lento, tocaba los bordes de los edificios, miraba el pórtico de la iglesia de Oyón como si las piedras le susurrasen palabras que

Paula y yo no llegábamos a oír. Mi mujer sugirió que nos acercásemos a Logroño, a la calle del Laurel, para tomar unos pinchos y volver comidos a Vitoria. Sergio nos rogó que lo acompañásemos a Bajauri. Íbamos en el coche de su mujer, un Seat 127 viejo que Sergio se negaba a enviar al desguace. Le acompañamos al cementerio, él se quedó frente al nicho de Sara, y allí hizo un gesto... un gesto que ahora me lo dice todo, pero entonces no me dijo nada, salvo que mi amigo sufría mucho. Se dejó caer, de rodillas, con los brazos abiertos, era como *Los fusilamientos del 3 de mayo,* el cuadro de Goya. Fue un gesto de rendición, yo no supe interpretarlo. Paula corrió a levantarlo, intentó consolarlo, pero Sergio no la veía, tampoco lloraba. Pensamos que lo mejor era volver a Vitoria.

—¿Llegasteis a hacerlo?

—No, no todos llegamos a Vitoria, aunque esa era la intención —dije—. Montamos en su coche, Sergio insistió en ir al volante, estaba obcecado y no logramos convencerle de lo contrario. Yo acabé de copiloto, y Paula sentada atrás. Los tres incómodos, los tres en silencio, sin saber muy bien qué decir. El viaje no duró mucho. Apenas enfiló la recta de los pinos, Sergio aceleró y dio un volantazo a 110 kilómetros por hora. Nos estrellamos contra uno de los pinos más gruesos, el de la orilla derecha, después del cortafuegos. No sé si lo conoces, siempre ha destacado mucho. Sergio murió en el acto, en el último momento se había quitado el cinturón de seguridad y se comió el volante. El Seat tampoco llevaba cinturones de seguridad en los asientos de atrás, no sé cómo pudimos ser tan inconscientes, no me lo he perdonado nunca. Paula salió despedida por el cristal delantero y su cráneo se estampó contra el pino, la mitad de su cuerpo quedó sobre mi hombro izquierdo. Yo sí que llevaba el cinturón de seguridad. Estuve consciente y sin poder moverme, atrapado en aquella carnicería hasta que llegó la ambulancia y nos trajeron de vuelta a Vitoria. Ellos dos, y mis hijos, muertos. Yo, apenas con un latigazo en las cervicales y rasguños de los cristales rotos.

—Lo... lo siento.

—Lo sé. Deja que acabe, llegados a este punto, tengo que contártelo todo. No recuerdo si perdí el conocimiento, estuve cerca de cuarenta minutos solo, por lo que me han dicho. Pero vi al abuelo, estaba de caza, con la escopeta, por el bosque de los pinos. Se acercó corriendo en cuanto vio el accidente, me calmó, me dijo que no mirase a Paula, que lo mirara a él fijamente, que respirase tranquilo, que la ambulancia llegaría. Yo tenía frío en la cabeza, el abuelo se quitó su boina, algo que nunca hace, y me la colocó él mismo. Después, en el hospital, cuando llegó mi hermano Germán, le pregunté por el abuelo, dijo que estaba de camino a Vitoria. Aquel fin de semana se había ido al balneario de Fitero, en Navarra, a muchos kilómetros de la recta de los pinos. El abuelo tenía la costumbre de visitar el balneario una vez al año por el reuma. Cuando llegó no me hizo mención alguna, ni yo a él, del auxilio que me prestó en los pinos. Pero creo que... esto te va a sonar a locura. No creo en los milagros, no soy una persona religiosa, ni creo en la bilocación, pero creo que una parte del abuelo sí que estuvo allí conmigo, un resto de conciencia, no sé cómo explicarlo. No se separó de mi lado de la cama hasta que me dieron el alta. Él no hablaba mucho, simplemente, estaba allí. Lo dejó todo a medias, en Villaverde. Pero a veces me miraba y ambos sabíamos lo que pasamos en la recta de los pinos. Esto no lo había compartido con nadie, no sé por qué te estoy hablando de esto ahora.

—Alguien tendrá que decírtelo. Imagino que has valorado que el latigazo cervical pudo ser la causa de una hipoxia y la falta de oxígeno en el cerebro te provocó esa alucinación.

—Es lo que me digo cada noche. Es solo que...

—¿Qué?

—Que el abuelo llegó sin boina. Nunca lo había visto así, con su pelo gris al descubierto. Hasta Germán le hizo un comentario al respecto, extrañado.

—¿Y...?

—Que cuando me dieron de alta en el hospital de Txagorritxu y me devolvieron mi ropa y la ropa de Paula... estaba la boina del abuelo. Explícame qué hacía una boina de Elosegui, la marca que siempre usa el abuelo, en un viejo Seat 127.

—Hay mil explicaciones... Eres investigador. Tienes imaginación y sentido común para eso y más —dijo, pero ni siquiera ella creía en sus palabras.

—No estuve solo, Alba. Él estuvo conmigo, no me dejó solo. Nunca lo ha hecho, y tengo la impresión de que nunca lo hará.

—Algún día se irá, será un hombre ya muy mayor, es ley de vida que se marche antes que tú.

—No, no lo entiendes. Mi familia es extremadamente longeva. Mi tía abuela tiene ciento dos años y no tiene ninguna intención de morirse. El tío de mi abuelo, el tío Gabriel, murió con ciento cuatro en los años sesenta, cuando la esperanza de vida en este país era de sesenta y pocos años. Puede que no me creas, pero está grabado en la placa del cementerio de Villaverde. Vivió un cuarenta por ciento más que sus coetáneos. El abuelo será uno de los primeros supercentenarios que conozcamos, yo tendré noventa y él seguirá asando castañas con ciento cincuenta años.

Alba me miró casi con ternura, sin creerme.

Cómo podría, no conocía al abuelo.

—Después de los funerales, me dieron la baja y volví a Villaverde, con el abuelo. Pensé mucho en Sergio, en su negación a pasar por el duelo, en aquella manera tan patológica de retrasarlo, en que no le importó llevarnos por delante a sus amigos, a su apoyo, solo por no enfrentarse a una vida sin un objetivo que le marcase Sara. No solo fue un suicida, mató a otras tres personas a la vez, se convirtió en un asesino en masa. Y me propuse con todas mis fuerzas aprender de aquella experiencia. Pasé de manera consciente, con crudeza, por las cinco etapas del duelo: negación, ira, negociación, depresión y aceptación. Por todas. Y dolieron. Cada una de ellas dolió, pero nunca pensé que mi vida acababa allí, en la recta de los pinos, solo porque mi amigo y mi familia hubiesen muerto en aquel accidente.

»Yo no morí, lo que sí que me quedó fue la sensación de que el suicidio de Sergio podría haberse evitado, y con él, la muerte de Paula y mis mellizos. Fue entonces cuando decidí seguir en Investigación Criminal, especializándome en perfiles. Pero algo cambió, desde entonces no soporto ver cadáveres. Eres mi superior y no debería contártelo, pero... me entran arcadas, lo paso físicamente mal.

—Te volverás a acostumbrar, a la mayoría les pasa en un momento u otro.

—No quiero acostumbrarme. Ese es el tema, me lo tomo como una penitencia, el precio que he de pagar por hacer mal mi trabajo, por no llegar a tiempo.

Estaba hablando de más. Estaba hablando de más y lo sabía. Y en una conversación manda, por derecho propio, el que menos habla. Era uno de mis mantras en los interrogatorios, y ahora estaba cayendo, cayendo conscientemente.

No podía parar, no quería dejar a medias aquel desnudo integral frente a ella.

—Empecé a formarme en Perfilación Criminal, empecé a estudiar el lenguaje no verbal y las motivaciones, a veces tan predecibles y transparentes, que parece que vayamos por la vida con bocadillos escritos sobre nuestras cabezas, como en los cómics, pero nadie se molesta en levantar la mirada y leer lo que gritamos. ¿Sabes lo que es la resiliencia?

—La capacidad de algunas personas en saber sacar lo bueno de las malas experiencias.

—He trabajado mucho para ser mejor investigador desde entonces, me empeñé en que aquello me convirtiese en alguien mejor, pero no soy un santo; también hay una parte oscura en todo esto, y es que ya no me fío de mis amigos, no creo que vuelva a confiar en mi entorno. No porque crea que quieran herirme de manera intencionada. Paula y yo fuimos los únicos que continuamos apoyando a Sergio después de casi dos años, los únicos que seguíamos acompañándole la mayoría de los domingos, y Sergio no pensó en nosotros cuando nos estrelló contra aquel pino. Simplemente su instinto suicida, su necesidad de acabar con su vida fue mayor que una mínima humanidad o gratitud hacia sus mejores amigos. No lo vimos venir, y al principio me decía a mí mismo que fue impredecible. Pero después revisé las estadísticas de los *modus operandi* de los suicidas. La mayoría prefieren morir por precipitación, arrojándose al vacío. Sergio vivía en un segundo piso, y trabajaba en un local a pie de calle. No tenía, en Vitoria, forma humana de subir a una altura que lo matase sin salir de su zona de comodidad. Luego están los que se autolesionan con arma blanca: nunca en el rostro y siempre se quitan la ropa antes de herirse. Sergio tenía belonefobia, terror a las agujas, y era muy aprensivo con la sangre. Así que, descartado. Nos queda el ahorcamiento. Sergio no era de hacer nudos, era especialmente torpe con las habilidades manuales, tenía dominancias cruzadas y nunca se enteraba bien de dónde estaba la derecha y dónde estaba la izquierda. No se le daba bien seguir instrucciones concretas, huía de todo trabajo físico.

—¿Dónde quieres llegar a parar?

—Quiero llegar a parar a un punto en el que todavía no estoy. Quiero llegar a ser tan bueno leyendo perfiles que yo mismo sepa, sin mentirme, que si Sergio estuviera delante de mí hoy, lo habría puesto en vigilancia intensiva ante el riesgo inminente de suicidio. Y desde luego, no le habría dejado conducir un coche. Por eso me gusta mi trabajo más que nunca. Los asesinos, los delincuentes, los maltratadores... sí que son predecibles, y eso está bien para mí. Me siento, paradójicamente, seguro ante ellos, porque espero siempre la peor reacción posible y no me suelen decepcionar.

—Entonces somos opuestos. Tú crees en la prevención, yo soy mucho más fatalista.

La miré, extrañado.

—Explícate.

—Creo firmemente que cuando un asesino ha decidido matarte, no tienes nada que hacer —me explicó, jugueteando sin darse cuenta con el silbato que siempre llevaba colgado del cuello—. Encontrará la manera y el momento de hacerlo. Todos vamos desprevenidos por la vida. ¿Una puñalada en el estómago en la calle o en el portal, a traición? ¿Un vaso con una bebida envenenada, un simple cambio de un vino blanco por un lavavajillas industrial? ¿Un sicario que te descerraje dos tiros en un semáforo? ¿El cable del móvil rodeándote el cuello? En términos generales, para un ciudadano medio, no hay manera de evitar que te maten, si alguien lo ha decidido. A mí me gusta estudiar los casos que vemos, las escenas del crimen que me llegan, y pensar en el modo práctico en el que habría salido con vida frente a un agresor, pero no me engaño: por muy preparada que me sienta, creo que siempre va a ser más fuerte su motivación.

—Precisamente por eso yo creo en la prevención de los crímenes —insistí, obcecado—. Por eso estoy obsesionado en cazarlo antes de que continúe.

—No podemos proteger a todos los vitorianos de treinta años con apellido compuesto alavés. Son cuatro mil seiscientos treinta y dos. Pese a las advertencias de seguridad, encontrará una falla.

El asesino ya contaba con esto. Y encontrará la manera de ejecutarlos.

—Una subcomisaria no debería pensar así —apunté, molesto—, ¿qué margen queda para mi trabajo?

—Tú vas detrás del asesino, y es evidente que él lleva mucho tiempo planificándolo. No creo que puedas prevenir el siguiente asesinato, lo que creo es que puedes resolver los anteriores, y eso, paradójicamente, detendrá los próximos.

—No tengo muy claro si es un cumplido o una amonestación. En todo caso, estamos incumpliendo el pacto.

—Soy consciente, Kraken. —Miró el reloj—. Y me voy antes de seguir rompiendo promesas. Nos vemos en un par de horas.

Y desapareció calle abajo, cuando ya amanecía y el día se adivinaba caluroso, con sus mallas blancas y sus zancadas de pronadora.

Me quedé mirando cómo se alejaba y me sentí más solo que de costumbre. De ser otra tía, la habría invitado a reponer fuerzas con algún desayuno de esos que te hacen quedar bien.

A veces pasa. Te pillas. Te pillas cuando no quieres, te pillas de quien no debes. No tiene nada que ver con tu voluntad, con las intenciones, o con la idoneidad de la persona en cuestión. Tienen que ser las feromonas, algún elemento huidizo e intangible pero real. Y allí estaba pasando. Tenía que ver con que yo, que iba de emancipado y autónomo, estaba pendiente del ruido que hacían sus zapatillas al correr, del ritmo del trote que sabía reconocer desde que se acercaba por las calles desiertas y oscuras de nuestra Vitoria paralela y silenciosa. Tenía que ver con volver a despertarme empalmado día sí y día también como un adolescente, tenía que ver con cascármela en la ducha cada vez que volvía de correr, valga la redundancia, y sabía que estaba a punto de retomar mis noches de francotirador sexual en busca de amores de barra. Estaba a dos viernes de hacerlo y lo sabía.

Pedir un traslado ahora no era una opción. Era el caso más importante de mi carrera y sabía, era dolorosamente consciente, de que las matanzas iban a seguir, ¿por qué dejarle vía libre a aquel capullo?

Qué poco me imaginaba entonces que el individuo en cuestión no tenía ningún interés en dejarme vía libre tampoco a mí.

16

EL ÁNGEL DE SANTA ISABEL

Estás en el segundo acto: las pruebas, los aliados, los enemigos. La etapa más subjetiva del héroe. Fíate de tu primera intuición, #Kraken

2 de agosto, martes

Aquel era uno de esos días abrasadores desde el amanecer, no corría ni una gota de aire, como si la ciudad estuviese metida en un frasco de cristal abandonado al sol. Los que predijeron una ola de calor se habían quedado cortos.

Habíamos montado desde primera hora un operativo de coches camuflados grabando fuera del cementerio de Santa Isabel, en el barrio de Zaramaga.

Estíbaliz me esperaba en la reja de hierro de la entrada, vestida de paisano y calzada con gafas oscuras de funeral. Enseguida pasó Antonio Fernández de Betoño, el óptico, acompañado por varios representantes del Ayuntamiento. Apenas se dignó a mirarnos; prosiguió su marcha, impertérrito, como si se estuviera encargando de una de las visitas guiadas que se habían puesto de moda en el camposanto.

Detrás de él iban familiares escoltando a la que probablemente era su exmujer, apoyada en varias amigas, inconsolable tras unas gafas de sol tan grandes que apenas dejaban ver sus rasgos. Las amigas de Enara también lloraban. Peio iba solo, embutido en un traje muy estrecho para su talla y el pelo recogido en una coleta. Por el camino iba de papelera en papelera, encestando clínex mojados a su paso. Parecía desconsolado y desubicado.

Mi compañera y yo caminamos en silencio, pendientes de observarlo todo.

El cementerio era antiguo, de principios del siglo XIX, y caminar entre aquellas tumbas decimonónicas era como viajar a un pasado en que las estatuas de niños orantes y vírgenes plañideras susurraban historias para no dormir.

—Ayer por la noche estuve viendo vídeos antiguos de los primeros programas de Tasio Ortiz de Zárate. Hablaba de iglesias, de arqueología...

—¿Y encontraste algo? —me interrumpió, en voz baja, mientras quedábamos a una distancia prudencial frente al panteón de la familia del óptico.

—Puede, Esti. Puede. Después, en el despacho, con más calma, te cuento mi hallazgo. Pero antes, dime, ¿qué recuerdos tienes tú de Ochate?

—¿El pueblo fantasma? Fuimos a visitarlo cuando éramos pequeños, como todo el mundo después del avistamiento del supuesto ovni. Recuerdo los escalofríos que te entraban cuando te acercabas. Fueran las epidemias o lo que fuera que despobló aquel lugar, era cierto que desprendía un aire muy... maligno, supongo. Recuerdo que cuando comenzaron los dobles crímenes del dolmen y el de La Hoya, la gente de Treviño comentaba que se volvieron a avistar luces extrañas por las noches, alrededor de la famosa torre abandonada de Ochate.

—¿Fuisteis... toda la familia?

Estíbaliz se bajó las gafas de sol y me clavó una de sus miradas duras.

—Lo que me estás preguntando es si mi hermano tiene alguna relación con Ochate, Kraken. No juegues conmigo, no me sondees, no soy una de tus testigos, soy tu compañera. Si tienes algo que relacione a mi hermano con los crímenes, debes decírmelo ahora.

—No tengo nada aún, pero es que en esa zona, en un área de pocos kilómetros, hay varios fenómenos que tal vez tengan alguna relación con los crímenes. El nombre de tu hermano siempre aparece cuando se habla de temas paganos o esotéricos. Esto me incomoda tanto como a ti, simplemente quiero descartarlo de una vez.

—O incriminarlo.

—No, no quisiera, pero se va acercando el momento de que vaya a hacerle una visita. Prefiero informarte, aunque no quiero que le avises, ya te lo dije. Lo descarto y seguimos otras vías, ¿de acuerdo?

Mi compañera emitió un gruñido a modo de respuesta, y yo me alejé por una de las calles. Quería encontrar el panteón donde la prensa de 1989 publicaba que había sido enterrada la madre de Tasio e Ignacio.

Pasé por delante de uno de los epitafios más famosos del cementerio, el célebre «Que conste que yo no quería».

«¿Y quién quería, amigo, y quién quería?», le dije en silencio al habitante de la tumba.

Finalmente, encontré lo que buscaba. La puerta estaba en muy mal estado, pero el bloque de granito de la familia Unzueta seguía en pie, imponente, pese al paso de los siglos.

En aquel lugar noté, molesto, un hormigueo desagradable en la nuca. Me sacudí los hombros, pero la sensación no se fue, y no estaba seguro de dónde venía. Fue al alzar la cabeza cuando vi al ángel.

Coronando la cúpula, un ángel de piedra me seguía con la mirada. Tenía las alas plegadas, una trompeta en la mano, una túnica clásica y el brazo derecho alzado al cielo nítido de aquel día de verano.

Me moví un par de metros a la izquierda, pero el ángel continuaba mirándome. Era consciente de que se trataba de una ilusión óptica, aunque no era su mirada lo que me molestaba, sino la sensación de malestar que me recorría por dentro, como un corte de digestión o el comienzo de un infarto.

—Hay que ser valiente para plantarse delante de él. ¿Usted no tiene miedo de que el ángel le señale? —dijo una voz a mi espalda.

Me giré, encontré a un hombre de unos sesenta años con un buzo del Ayuntamiento y una regadera en la mano. Le faltaba el otro brazo desde el hombro y tenía un rostro de pergamino fruto de pasar muchas horas a la intemperie.

—¿Debería tener miedo de una estatua? —contesté, aliviado. La presencia del operario había cortado aquella corriente fría que me atravesaba de punta a punta.

—Veo que no está familiarizado con las leyendas de este cementerio. ¿No sabe que este es el famoso ángel del panteón de los Unzueta que baja el brazo y señala a los que van a morir en un futuro próximo?

Me pareció recordar aquella historia, pero nunca le había prestado suficiente atención.

—Cuéntemela, parece interesante.

—En realidad, da bastante miedo. Venga conmigo y no se ponga frente al ángel, que a la gente le sienta mal —dijo, apartándome con su único brazo—. Como ve, aquí enfrente mismo del cementerio tenemos edificios de pisos donde vive mucha gente. Gente que tiene como vista desde su balcón y desde sus habitaciones las calles de este cementerio, las tumbas, los panteones. Gracias a Dios que ya no se entierra a diario y que todo va al cementerio de El Salvador, ¿se imagina lo que tiene que influir en el ánimo de una persona ser testigo todos los santos días de gente llorando a sus muertos?

Nos detuvimos después de caminar algunos metros. Aunque a ese buen hombre le faltaba un brazo, intuí que se apañaba muy bien con sus quehaceres. Arrancó varias malas hierbas crecidas con rapidez mientras caminábamos y no parecía molestarle aquel sol de media mañana que nos quemaba las espaldas.

—Y lo dice usted, que este es precisamente su trabajo.

—Y lo llevaba muy mal hasta que se abrió el otro cementerio. No elegí este trabajo, pero no encontré otra cosa cuando vine del pueblo, solo sabía de labranza y era el pequeño de cuatro hermanos, así que no quedaron tierras para mí. Además, después de que una trilladora me dejase sin un brazo, en el pueblo me consideraban un inútil para las labores del campo, y no podía conducir tractores ni cosechadoras, ¿adónde iba a ir? Ahora me he acostumbrado, prácticamente soy un jardinero, pero no puede olvidarse de que esto es un cementerio, un *ilherri*. Si se maneja con el euskera, sabrá que significa «la ciudad de los muertos»; ellos son los que habitan esta ciudad, yo solo soy el que la mantiene bonita. Tengo mis aperos en la caseta del fondo, lo más alejado posible de las tumbas, prefiero estar lejos de ellos.

—¿Qué me estaba contando de la leyenda de este ángel? —pregunté, intentando centrar de nuevo la conversación.

—Es desagradable, pero se la contaré. Se dice que una niña que vivía en ese edificio de enfrente, un día vio desde su habitación cómo este ángel bajaba su brazo de piedra y señalaba a un hombre que pasaba justo por allí, por la calle de la entrada al cementerio. En ese mismo momento, un camión entró en la acera y atropelló al hombre, que murió en el acto. La niña se puso histérica y se lo contó a su madre, que no la creyó. Tiempo después, la niña volvió a ver que el ángel de piedra bajaba el brazo para señalar a un hombre que estaba en ese banco que ve ahí, leyendo el periódico. La niña quiso bajar a avisarlo, pero no tuvo la oportunidad de hacerlo, porque la enorme cruz que había en ese panteón, el de los Atauri, se desprendió y le cayó encima al pobre hombre, matándolo. La niña tuvo desde entonces ataques de pánico y su madre estaba muy preocupada por ella. Lo peor fue cuando, tiempo después, cayó una tormenta de las que nos visitan por aquí de vez en cuando, con truenos y relámpagos. La niña estaba en la habitación y se asomó para ver el cementerio. Aquel día el ángel se giró y la pobre niña vio cómo la señalaba a ella. Empezó a gritar y llamó a su madre para contarle lo que había visto. Su madre hizo lo posible por que se calmara y se durmiera, pero a la mañana siguiente... adivine. Encontró a la niña muerta en su cama. No se sabe si de puro terror, o de un ataque de ansiedad.

—Interesante leyenda urbana. —Miré al ángel de reojo—. Y usted, ¿cree en ese tipo de asuntos de ultratumba?

—A mí los muertos no me hacen gracia, pero peores son los vivos, como esos gemelos, los que tienen la culpa de que hoy esto esté lleno de familias llorando a dos chiguitos... ¿Sabía que son descendientes del negrero que descansa en este panteón?

—Sí, algo había oído —comenté.

—Salieron al padre de su tatarabuelo. Esos críos eran unos demonios. Si usted hubiese tenido que presenciar lo que me tocó ver a mí en este mismo cementerio, cuando enterraron a su madre, no negaría que la mala sangre corre por las venas y se pasa de padres a hijos.

Me quedé de una pieza, por fin un testigo directo de aquella época.

—¿Qué le tocó presenciar exactam...? —estaba preguntándole, cuando Estíbaliz llegó corriendo con el móvil en la mano y nos interrumpió.

—¡Tienes que ver esto, Kraken! —dijo mientras se paraba frente a mí para recobrar el aliento.

—¿Puede dejarnos un momento, por favor? —Me giré hacia el sepulturero, pero el hombre ya había desaparecido, mimetizándose entre las tumbas como si nunca hubiera existido.

Yo la taladré con la mirada.

—Creo que teníamos un testigo importante. ¿Qué ocurre ahora? —le pregunté, más molesto de lo que quería admitir.

Ella me miró fijamente, mientras recuperaba el aliento, no sabría decir si feliz, pero no se me escapó que había en sus ojos un brillo de triunfo, o de alivio, que minutos antes no estaba allí.

—¿Un testigo, te refieres al jardinero? Olvídalo, tienes que ver esto —repitió—. Esto lo cambia todo, hay que hablar con los gemelos, con los dos. Llevan veinte años ocultándonos la verdad.

—¿De qué se trata, Esti? —le pregunté, procurando parecer interesado. Pero lo cierto era que las palabras del anciano aún resonaban en mi cabeza.

—Míralo por ti mismo —contestó, acercándome la pantalla de su móvil—, y salgamos ahora a comprar un ejemplar.

—¿Otra edición especial de *El Diario Alavés*? ¿Qué han publicado ahora?

Miré la pantalla y me quedé de piedra.

Leí el titular, pero al principio no lo comprendí. No entendía bien de qué se trataba, lo que nos vendía aquella frase lapidaria:

EL CRIMEN DE LA MURALLA MEDIEVAL,
¿UN ASUNTO DE CELOS ENTRE DOS HERMANOS
POR UNA MENOR?

—Es mejor que veas las fotos, Kraken. Esta vez no hay dudas, no son especulaciones. El periódico aporta pruebas gráficas. La chica de quince años asesinada había tenido una relación sentimental tanto con Tasio como con Ignacio. Y nos han mentido, ambos negaron conocerla. Ignacio hasta nos negó a la cara que se acordase del asunto del informe de la chica. ¿Cómo no va a acordarse de ella?

—Espera, espera... —La frené, con la mano—. Demasiado que procesar, Estíbaliz. Dame un minuto.

—De acuerdo. Mira las fotos, mira a esos dos angelitos con veinticinco años, beneficiándose de una menor de quince.

Abrí el enlace de la edición digital del periódico. No había dudas, no parecía un montaje. Ignacio Ortiz de Zárate, con uniforme del cuerpo, ronroneaba con Lidia García de Vicuña tras un tronco del paseo de la Senda, como una pareja de novios furtivos. En otra de las imágenes, era Tasio, de noche, entrando en su portal número 1 de una desierta calle Dato, quien amarraba a Lidia por la cintura, entre carantoñas y juegos.

17

EL MONTE DE LA TORTILLA

Vitoria, julio 1970

Era la primera vez que Blanca conducía. El destartalado Citroën Tiburón de Álvaro no le imponía tanto como el enorme Isotta Fraschini verde de su marido. Sabía que Javier nunca accedería a que una mujer llevase su coche. Ulises, su fiel secretario —un tipo de andares torcidos, con un hombro más alto que otro debido, decía él, a que le extirparon un riñón por un mal golpe en una pelea—, hacía las veces de chófer cuando lo necesitaban. A Blanca le recordaba a un grajo, un sujeto un poco siniestro que se limitaba a contestarle siempre con una especie de graznido. También era quien la controlaba cuando quedaba con sus nuevas amigas, como si fuera una niña, como si pudiese perderse si se quedaba sola en la ciudad.

Con Álvaro era diferente. Desde que comenzó su relación en la consulta, tenían que verse fuera de Vitoria. Habían optado por hacer pequeñas escapadas en el coche del médico al Monte de la Tortilla: un pequeño promontorio apenas un kilómetro hacia la salida sur de la ciudad desde donde los días claros se veían los montes de la Llanada alavesa.

Como tantas parejas de jóvenes que no tenían un piso que compartir, se alejaban en coche hasta aquel descampado, tapaban los cristales con toallas y hacían el amor sobre los asientos de polipiel. Después, desnudos y con la piel brillante de sudor, escuchaban en Radio Vitoria las dedicatorias del Club de Amigos, que siempre acababan pidiendo el *Let It Be* de unos Beatles que ya amenazaban con separarse y *El cóndor pasa*, una melodía andina de un extraño dúo de nombre impronunciable.

—No podemos seguir así —comentó Blanca, mientras miraba el techo del coche tumbada en los asientos de atrás.

—¿Por qué no, si esto es lo mejor que me ha ocurrido en la vida? ¿No lo es para ti? —dijo él, calzándose los *slip* blancos en el asiento del copiloto.

—Sí, desde luego que sí. Lo sabes. A eso me refiero, no podemos seguir viéndonos en un coche en medio del monte. Un día pasarán los grises y nos detendrán por escándalo público. No podemos permitírnoslo.

—¿Y qué sugieres?

—Ya te conté que mi tía murió la semana pasada y que no éramos muy cercanas, pero soy su única sobrina y me ha dejado en herencia uno de sus pisos. Está amueblado, aunque resulta un poco recargado para mi gusto. Le he dicho a Javier que quiero redecorarlo, que me gustaría modernizar el salón para invitar a mis amigas a pasar las tardes cuando nos aburramos del Círculo. A él le ha gustado la idea, lo de tenerme encerrada entre cuatro paredes sin exponerme al público cuando está trabajando le tranquiliza mucho.

—Así que, ¿dispones del piso? —se interesó Álvaro.

—Sí, la única pega es su ubicación. Está en el portal número 2 de la calle General Álava, es el edificio modernista que hace esquina con la calle San Antonio. Es muy céntrico, Álvaro. Todo el mundo puede ver cómo entramos al portal. Yo ahora tengo la excusa de encargarme de la reforma, tú siempre puedes decir que tienes que visitar algún paciente por esa zona. Nunca debemos entrar ni salir a la vez, tendremos que dejar pasar más de media hora. Tú siempre deberías acudir con tu maletín de médico, fingir que estás trabajando. Si llamo por teléfono a tu consulta, lo dejo sonar cuatro veces y cuelgo, es que ese día puedo verte y te espero en el piso.

—Cuatro tonos —repitió Álvaro.

Le gustó la idea.

—Cuatro tonos —asintió Blanca—. Nos jugamos mucho. Si Javier se enterase..., no tengo ni idea de lo que sería capaz de hacer, pero puedo sospecharlo. ¿Tú quieres... crees que deberíamos seguir con esto, correr el riesgo?

Álvaro pasó a los asientos traseros, con el *slip* y los calcetines puestos. Era un día caluroso de julio y tenía el pelo empapado dentro del horno de aquel coche.

—Sabes que soy incapaz de pensar racionalmente cuando te tengo delante, Blanca. He sido un hombre gris con una vida gris, no me cambies de color ahora. Si tú sigues, yo sigo. Ya habrá tiempo para lamentarnos de las consecuencias —dijo, mientras se desprendía de nuevo de toda su ropa y se colocaba entre las piernas de Blanca.

Giró todo el cuerpo, y ella comenzó a lamerle su erección mientras él se perdía entre el vello claro de su pelvis.

18

LA ESTATUA DE LA CALLE DATO

Tenemos que hablar. No te contamines con nada de lo que escuches de mí, #Kraken

2 de agosto, martes

Alguien había informado a Tasio, alguien desde dentro de la cárcel ya le había dado la noticia, porque cuando lo encontré en la sala tres estaba en plena crisis. Paseaba de un lado a otro, ignorando la presencia de la silla. Apretaba tan fuerte la mandíbula que pensé que su cráneo iba a salir volando de un momento a otro, roto en mil pedazos. Tardó un tiempo en advertir que yo estaba allí, esperando con cierta impaciencia a que se sentara.

—Ahora sí que no puedo volver a Vitoria, aunque demuestre que no soy el asesino. Para ellos soy un maldito corruptor de menores: esto no me lo van a perdonar —dijo, con el auricular en la mano y la mirada clavada en sus uñas.

—Habértelo pensado antes de meterte en esos jardines. Tú eras un adulto mediático de veinticinco, ella tenía quince. ¿De verdad pensabas que no te iba a estallar en las manos?

—No lo entiendes. Ella era diferente, una chica adelantada a su tiempo. Íbamos a esperar los dos años y siete meses hasta su mayoría de edad e íbamos a hacerlo público. Me lo habrían perdonado. Una vez que Lidia hubiese cumplido los dieciocho, me habrían perdonado la diferencia de edad.

—Claro —respondí—, como le perdonaron al padre de tu tatarabuelo que se casara con dos de sus sobrinas carnales. ¿De esto se trata, de que puedes hacer cualquier cosa por derecho de nacimiento, por nacer en la familia donde naciste?

—¿Estamos metidos en una lucha de clases y no me he enterado? —contestó, levantando la mirada—. ¿Me vas a venir ahora a ponerte exquisito por ser nieto de agricultores?

Ni siquiera recogí el guante. Tasio aquel día había perdido todo su poder y disparaba a ciegas.

—Cuidado, Tasio. Eres tan consciente como yo de que acabas de revalidar el título de villano nacional. Tal vez todavía no te han contado la que se está montando en Twitter a estas horas, pero en tu cuenta está habiendo una deserción masiva de seguidores. Antes era subversivo seguirte, ahora simplemente es repugnante. Hay un nuevo *trending topic*: #TwinMurders. «Gemelos asesinos», así se os conoce ahora. Un epíteto más suave de lo que circula por la red: violadores de niñas, pervertidos, asesinos de menores...

Achinó los ojos, aquello no le gustó nada.

—Puedo dejarte aquí y no volver a venir a escuchar tus teorías —continué—, o ahora, más que nunca, puedes contarme todo lo que quiero saber. Tú decides, tío. Piénsatelo bien. Tengo muchas personas a las que visitar hoy.

Tasio era perro viejo, sabía reconocer una derrota a tiempo.

—De acuerdo, has venido para algo —accedió por fin—. ¿Qué quieres saber?

—Cuéntame vuestra historia con Lidia García de Vicuña, la de ambos. Estoy seguro de que los próximos días me va a tocar escuchar muchas versiones, ¿qué tal si empiezas por contarme la maldita verdad?

—La verdad... —repitió, y se encendió un cigarrillo para después machacarlo contra uno de los ceniceros—. La verdad es que Lidia salió primero con Ignacio; para él era una diversión más, aunque mi gemelo era muy de respetar las normas. Hasta a mí me extrañó que saliese con una chica tan joven. Pero me la presentó, me la presentó y... Según su carnet, Lidia tenía quince años, pero mentalmente era mayor que nosotros. Lo que ella y yo tuvimos fue diferente, cómo explicártelo. Perdí la cabeza, pero decidí arriesgarlo todo por ella. Llevarlo en secreto para no dañarla...

—¿No dañarla? Acabó asesinada, Tasio.

—Así fue. Por desgracia, así fue. Un mediodía desapareció, en mitad de todo el tsunami mediático en el que yo estaba metido, con los programas de televisión cobrando cada vez más notoriedad, con la ciudad en un extraño estado de terror por los asesinatos de los niños. La gente me aclamaba como a un héroe porque intentaba desentrañar las posibles pistas históricas de los escenarios. Recuerdo el último programa que grabé. Ella había aparecido muerta debajo de la Muralla Medieval, junto con un chaval de quince años, un crío comparado con ella. Yo estaba en estado de *shock*, pero tenía que disimular. No podía contar a nadie, ni siquiera a mi gemelo, que por dentro lo único que deseaba era sacarme las tripas y comérmelas. La directora me apretó para grabar lo más rápido posible aquel maldito programa en el que yo tenía que analizar por qué el asesino había elegido aquel escenario. Los antecedentes de la Vitoria medieval, la restauración de las almenas... No recuerdo ni lo que grabé, sé que la grabación se interrumpió porque llegaron varios agentes, me detuvieron delante de todo el equipo. Pregunté por Ignacio, no entendía nada. Y me dijeron que la orden había partido de él.

—Entonces pensaste que era una venganza. Que se había enterado de que le habías levantado la novia —dije, echándole el lazo y esperando que metiese el cuello dentro.

«Vamos, dame algo con lo que pueda trabajar.»

—Te equivocas. Ignacio no pudo haber tenido valor para matarla. Tú mismo te hartaste de estudiar perfiles de asesinos. Ignacio no da el perfil, es...

«¿Es tu beta, eso es lo que tratas de no decirme? ¿Que como alfa no concibes que un beta como tu hermano haga el trabajo sucio por él mismo?»

—¿Sigues defendiéndolo, después de veinte años?

—Créeme, ahora estoy solo en este barco que se hunde y estoy mirando por mí. No lo defiendo, pero si dejo que creas que ha sido él, perderás de nuevo el tiempo y no encontrarás al verdadero asesino. Dime, genio: ¿quién ha filtrado las fotos al periódico, a quién le favorece que estas fotos hayan salido? ¿A Ignacio, a mí? ¡Por Dios, esto ha sido el golpe de gracia para ambos! ¡Estamos acabados! El que está detrás de esto hoy está brindando con Dom Pérignon.

—Tienes enemigos, cualquier familiar de los niños que mataste, cualquiera de su entorno al que no le guste que te hayas convertido en una estrella de nuevo. Estás condenado por ocho asesinatos, vas a salir de permiso en breve, ¿de verdad crees que la gente te va a aplaudir por la calle solo porque te hayas reinventado profesionalmente en la cárcel? Se me ocurren cientos de motivos para que la gente intente hacerte la vida imposible, Tasio.

Me miró con un gesto que me supo a frustración.

—Solo trato de que no veas lo que ve la mayoría. Eres mi única oportunidad de salir de aquí con garantías, ¿puedes entenderlo?

«De acuerdo, no hay manera de que me hables mal de tu hermano, cambiemos de rumbo o esta visita va a ser totalmente estéril», pensé.

—Entonces hablemos de algo que tiene que ver con no quedarse con lo que ve la mayoría. Y ahora estoy hablando con el arqueólogo. ¿Recuerdas el programa que le dedicaste al triángulo que formaban las ermitas de Ochate, San Vicentejo y Burgondo?

—Sí, claro. No tuvo mucha audiencia, estábamos empezando y aún no sabíamos qué tono darle al programa, pero el contenido era muy interesante, en la línea que yo quería, en realidad.

—¿A qué te refieres? —le animé.

—Verás: más allá de avistamientos ovnis y de supuestas plagas bíblicas, sigo convencido de que esa zona de Treviño ha sido un enclave importante para las gentes que lo habitaron, un enclave de tipo místico, telúrico. Pese a que soy demasiado científico como para creer que lo sea, sigo pensando que para sus habitantes y los que construyeron aquellas iglesias, el lugar tenía algo especial y fue centro de algún tipo de reuniones o encuentros de ciertos grupos en el pasado.

—Entrevistaste a un hombre mayor, a una especie de maestro cantero que se había ocupado de la restauración de la ermita de San Vicentejo, pero en el vídeo no mencionas su nombre y en todas las tomas en las que hablas con él está situado de espaldas. ¿Fue un tema de edición?

—Nos pidió que no pudiese ser identificado por las imágenes. Era un hombre discreto, nos ocurría mucho con invitados mayores. ¿Por qué me estás preguntando todo esto?

«Porque uno de los relieves es una representación exacta de los crímenes, maldito enfermo ególatra, y quiero saber si fuiste tú quien sacó la idea de ahí, o el verdadero asesino nos lleva más ventaja de la que creemos.»

—No estás en condiciones de preguntar. Tú decides si me quieres ayudar con la investigación, Tasio —repliqué, cansado de tanta oposición—. ¿Lo recuerdas o no?

Dio un largo suspiro, frustrado.

—Sí, lo recuerdo. Veamos, se llamaba... Tiburcio. Tiburcio Sáenz de Urturi, natural de Ozaeta. Me acuerdo de él porque siempre pensé que no daba el perfil.

—¿A qué te refieres?

—A que no era un simple albañil, sino un erudito en cuanto a construcciones medievales. Sabía mucho de simbología medieval, era un libro abierto cuando comenzaba a hablar del significado de todas las imágenes de la ermita. Una especie de ignorante sabio, o de genio paleto, si me permites el apelativo.

—¿Sabes dónde puedo encontrarlo?

—¿Y me lo preguntas veinte años después? Si no está muerto, puede que siga viviendo en su pueblo, o puede que esté en alguna residencia. No quedarán muchos con su nombre. Apuesto a que consigues una dirección antes de arrancar el coche en el parking.

—Solo hay una forma de averiguarlo —le dije, levantándome—. Dime una cosa: ¿qué vas a hacer con tu cuenta de Twitter, ahora que todo el mundo va a vilipendiar lo que escribas?

—Sabes que no tengo ninguna cuenta de Twitter que alimentar, pero si la tuviera, continuaría enviándote mensajes y comunicándome contigo para intentar guiarte en tu investigación. Sí, eso es lo que haría, Kraken.

Asentí en silencio y abandoné la sala.

Llamé a Estíbaliz en cuanto entré en el coche. Habíamos enviado a dos agentes al domicilio de Ignacio en la calle Dato para pedirle que se personara en nuestra sede de Lakua a hablar de los últimos acontecimientos.

—¿Qué ha dicho Ignacio? —pregunté, en cuanto contestó mi llamada.

—Ignacio no ha dicho nada. No está en su domicilio, o al menos no da señales de vida, y tampoco contesta al móvil ni a ninguno de los teléfonos de contacto que teníamos. Estoy yendo a su chalet de Laguardia con dos agentes. Si no lo encontramos ahí, habrá que hablar con el juez Olano para que nos curse una orden de busca y captura.

—Ya llegaremos a eso, Esti. No creo que tengamos suficiente como para convencer al juez.

—¿Te parece poco que nos haya mentido con su relación con una de las víctimas? —me gritó al oído, perdiendo la paciencia.

—Creo que nos debe una charla, pero solo tenemos unas fotos donde se les ve compartiendo un gesto cariñoso. No es una prueba de asesinato.

—¿Qué te pasa con los gemelos, Unai? ¿Ni siquiera ahora te parecen sospechosos?

—Lo entenderás cuando te lo explique, esta tarde, en el despacho. Ahora ve a buscar a Ignacio y si lo encuentras, apriétale todo lo que puedas. Yo tengo unas cuantas visitas por delante.

Casi una hora después llegué al centro de Vitoria, entré en un inmenso portal en la calle General Álava y subí a la última planta, donde estaba ubicada desde el principio de los tiempos la redacción del periódico *El Diario Alavés.*

El chico de recepción me miró con ojos de pánico, imagino que me reconoció, que alguna vez me vio con Lutxo o tal vez el *hashtag* de Kraken estaba dando de sí más de lo que yo esperaba.

—Estoy buscando a Lutxo.

—Está en su mesa —dijo, con cara de no saber qué contestarme—. Le aviso, si quiere.

—No, no hace falta que lo avises. Seguro que se alegra de verme —contesté, adelantándome por un pasillo en el que todas las cabezas se levantaron a mi paso y me siguieron en silencio.

Lo encontré sentado en la última mesa, con el móvil echando humo, hablando a una velocidad de cien palabras por minuto, subido en su propio pico de popularidad. Diría que feliz, exultante.

Tardó un rato en reparar en mi presencia, tal vez fue el silencio expectante que se formó alrededor de nosotros dos lo que le hizo alzar la cabeza y verme.

—Oye… luego te llamo. Tengo una urgencia en redacción —dijo a su último interlocutor en cuanto me vio. Colgó—. Has tardado poco, Kraken.

—Tú sí que has tardado poco, Lutxo.

—Vayamos a esa sala, está vacía. —Me guio con un gesto al tiempo que se levantaba.

El resto de sus compañeros volvieron a fijar la vista en sus pantallas, fingiendo que seguían concentrados en entregar la noticia de su sección antes del cierre de las siete.

Cerró la puerta del despacho a su espalda. Desde las cristaleras se veían los tejados de la Almendra Medieval coronados por la torre de la iglesia de San Miguel.

—Vamos, suéltalo, amigo —me espetó—. Pero no grites mucho, aquí las paredes lo oyen todo.

—¿Amigo? Me la has jugado, *amigo*. Has publicado lo que has publicado sin consultarme la conveniencia para la investigación. Dime, ¿en qué términos queda nuestra colaboración ahora, *amigo*?

—¿Colaboración, Unai? ¿A qué llamas tú colaboración? No me estabas pasando nada, absolutamente nada.

—¡Porque no tenemos nada, maldita sea! —le grité, olvidando dónde estaba y con quién estaba.

—Pues ahora te lo he dado, empieza a hacer tu trabajo. Tienes a toda Vitoria y medio planeta esperando. Yo ya he hecho el mío.

Le di la espalda e intenté calmarme mirando el perfil de tejas de la ciudad.

—De acuerdo. No he venido a montarte una escena. Vengo en calidad de inspector de una investigación abierta. En el periódico donde trabajas se ha publicado un artículo firmado por ti con pruebas gráficas del condenado de un asesinato con una de sus víctimas. ¿Cómo han llegado esas fotografías a tu poder?

—Sabes lo que decimos siempre de nuestras fuentes.

—No me fastidies, Lutxo. En esa maldita fuente puede estar la clave para detener los asesinatos, ¿es que no te importa que continúe matando? ¿Quién ha sido, el Eguzkilore?

—¿El Eguzkilore? —repitió, extrañado—. Qué va. Bueno, no, que yo sepa.

—¿Que yo sepa? ¿Es que no lo sabes? ¿No sabes quién te las ha hecho llegar, es eso?

Se acarició la perilla blanca, frustrado.

—Es complicado mentirte, Unai.

—Pues no lo intentes, Lutxo. Es simple. No lo intentes. ¿Quién te ha pasado esas fotos?

En esos momentos, unos nudillos al otro lado de la puerta nos interrumpieron. Se asomó un hombre de gesto adusto y bien trajeado. Lutxo se cuadró en cuanto lo vio.

—¿Todo bien, Lutxo?

—Todo bien, jefe. Mi visita ya se iba —respondió mientras me pedía con la mirada que me callase.

Estaba por fin ante el mítico y hermético director de *El Diario Alavés*, un hombre con poder cuyo rostro pocos habían visto en las últimas décadas. Tenía un físico demasiado normal y anodino comparado con toda la leyenda negra que había generado a su alrededor.

Abandoné la sala de reuniones sin mirar a Lutxo a los ojos, y bajé los siete pisos del edificio por las escaleras, como hacía siempre que necesitaba pensar con rapidez. La actualidad mandaba, al menos para el resto del mundo, pero yo me mantenía obstinado en buscar más allá de aquel titular.

Tiempo, solo necesitaba condensar el tiempo. Que me diese tiempo a reunir algo sólido.

Mi móvil sonó, miré el nombre en mi pantalla y preferí aceptar la llamada.

—Hola, inspector Ayala. ¿Tienes un momento?

—No demasiado, ¿qué vais a publicar en *El Correo Vitoriano*?

Mario Santos pareció pensárselo, después contestó a su manera, con calma.

—¿Estás por el centro? Tal vez podamos vernos. Yo también ando hoy con prisas, el director está que se sube por las paredes.

—Nos vemos en cinco minutos en el Usokari, si te parece —me ofrecí—. Todavía no he comido.

Al poco, mientras yo me terminaba mis cinco pinchos, apareció Mario y se sentó frente a mí, en la mesa más discreta del bar, la que daba a la calle del Arca.

—Has leído el especial de *El Diario Alavés*, imagino —dijo a modo de saludo.

—¿Tú sabías algo, Mario?

A él sí que podía preguntárselo, sin miedo a que me ocultara nada.

—Si te digo que no, te estaría mintiendo. Son rumores que han circulado por la redacción durante veinte años. Se sabía que a ambos les iban las jóvenes. Cuando incriminaron a Tasio, Ignacio jugó muy bien la carta mediática con la televisión, y todo el mundo calló, pero siempre se sospechó en ciertos círculos que la chica de quince años podía haber sido una de sus amigas. Por entonces se hacía la vista gorda acerca de según qué cosas. Tasio era intocable hasta el día de la detención, como después lo fue Ignacio. Desde *El Correo Vitoriano* no quisimos hacernos eco de las habladurías ni entrevistar a gente que sí parecía dispuesta a hablar. Para qué remover más la porquería, con los cadáveres de ocho niños sobre la mesa de autopsias. Lo importante fue que los crímenes pararon.

Esperó a que acabase mi pastel de tortillas, mientras removía con calma su café con leche.

—De esto tenemos que hacernos eco, ¿lo entiendes, verdad? Estamos siguiendo una línea mucho menos agresiva, pero nuestros lectores están esperando a comprar el periódico para ampliar la poca información que les estamos dando. Inspector, no quiero hacerlo a espaldas de la explicación oficial.

—No puedo impedirte que lo publiques, las imágenes están ahí. Solo puedo decirte que seguimos otras líneas, además de esta.

—Pensé que sería suficiente para que estuvieseis centrados en el entorno de los gemelos —comentó, tomando su último sorbo de café.

No era muy habitual que Mario se mojase tanto, lo miré extrañado.

—Dime, Mario: ¿tanto te está apretando tu jefe?

—Estoy intentando contenerlo, pero él quería salir hoy con la historia del crimen pasional a toda página, como es lógico. Te he llamado por un asunto de consideración personal: no quiero hacer nada que moleste a los cauces oficiales. Para mí, esta es una relación a largo plazo, el mundo no se acaba mañana ni con este caso, no quiero quemarla publicando nada que nos enemiste con la policía.

—Pues es un alivio encontrar a un periodista que piense como tú, créeme. Mira, te mantendré al tanto, y si tengo algo que se pueda publicar, te llamaré a ti, como siempre hago.

—Cuento con ello, inspector —dijo, mirando el reloj.

Después se acercó a la barra, pagó su café y mis pinchos y se marchó. Decidí acercarme a la heladería Breda, en la misma calle Dato, para terminar mi comida con un helado de mantecado. Era lo único que podía levantarme el día.

Estaba saliendo del Usokari cuando recibí una llamada que no esperaba. Era Aitana, la exnovia embarazada de Ignacio.

—Inspector Ayala, hay algo de lo que quiero hablar, algo que no le he contado —susurró, con su voz dañada de adicta al tabaco.

—¿Es importante? —le tanteé.

—Para mí, mucho. Creo que para usted también. ¿Ha leído el periódico?

«¿Y quién no?»

—¿Tiene relación con los gemelos?

—Sí, claro que la tiene.

—Sé que tal vez le estoy pidiendo demasiado, pero precisamente hoy no creo que vaya a tener tiempo de encontrarme con usted. ¿Podría contármelo por teléfono, al menos adelantarme de qué se trata?

Se tomó unos segundos antes de contestar.

—Está bien. —Oí cómo soltaba el humo al otro lado de la línea—. Tasio e Ignacio me intercambiaron.

—Perdone, ¿puede explicarse?

—No se lo he contado a nadie en veintisiete años, pero me intercambiaron. Era uno de sus juegos, siempre se jactaban de que podían intercambiarse a las novias y ellas no se daban cuenta, pero cuando empecé a salir con Ignacio, no lo vi capaz de hacerlo, al menos conmigo. Teníamos dieciocho años, pero íbamos un poco más en serio que Tasio con sus historias de una noche. Aquella etapa coincidió con la muerte de su madre, Ignacio lo pasó muy mal y yo estuve a su lado. Simplemente… no pensé que Ignacio se prestaría a hacérmelo. Ese fue el motivo por el que rompí con él.

—¿Qué ocurrió, exactamente? —pregunté, mientras caminaba por la calle Dato.

—Un día como otro cualquiera, Ignacio me llamó para que fuese a su casa, ya sabe: el palacio de los Unzueta donde se criaron. Solía hacerlo cuando sabía que no habría nadie allí durante unas horas. Aprovechábamos y practicábamos sexo como locos en su dormitorio. Aquel día, Ignacio me abrió desde el telefonillo y me pidió que subiera directamente a su habitación, estaba un poco a oscuras y lo encontré en la cama. Nos acostamos en silencio, yo le noté un poco raro: algunas reacciones que no conocía, gestos que no eran habituales en él... pero me dejé llevar. Fue después, cuando terminamos y comenzó a hablar, cuando me di cuenta de que no era Ignacio.

—¿Y cómo... ? No quiero que entienda esto como una pregunta morbosa, pero debo preguntárselo.

—No hay problema, no es una cuestión tan íntima como parece. En cuanto abrió la boca, supe que era Tasio. La voz era diferente, la forma de hablar más rápida, más despreocupada, más de Tasio. Fue aterrador estar tumbada desnuda sobre una cama con alguien y darte cuenta de que ese tipo era otro.

—¿Qué hizo usted entonces?

—Me puse a gritarle que no era Ignacio, él se rio, me confirmó que era Tasio, que me tenía muchas ganas y que su hermano había accedido, que eran deudas que se tenían entre ellos y se cobraban. Yo salí corriendo de allí, cogí mi ropa y me largué. Estuve muy alterada durante unos días. Ignacio ni siquiera se defendió cuando corté con él. Se limitó a decirme que ya sabía con quién salía cuando decidí hacerlo, como si todo el mundo contase tácitamente con aquel intercambio, excepto yo.

Respiré hondo, ya no me apetecía tomarme de postre un helado de mantecado en el Breda. Ya no me apetecía nada. Avancé unos pasos y me senté en el banco del torero de bronce. Al menos él parecía de fiar.

—¿No lo denunció?

—¿Denunciar? —Se rio, como si yo hubiese contado un mal chiste—, ¿denunciar qué, lo bien que nos lo pasamos? ¿Era una violación, con lo que yo colaboré?

—Aitana, usted fue engañada para acostarse con alguien con quien no había decidido acostarse.

—Lo sé, me lo repito todos los días, cuando me levanto. Me lo repito, es lo que me manda el psicólogo y lo estoy cumpliendo. Estoy dispuesta a testificar ahora en contra de ambos. Llevo desde los dieciocho callándome porque eran intocables, disimulando el asco que me daban cada vez que salía con la cuadrilla y ellos estaban allí. Ahora no quiero callarme.

—¿Por qué siguió saliendo con ellos? ¿Por qué ha continuado defendiendo a Ignacio hasta hoy?

—¿Y qué quería, que me quedase sin cuadrilla? Usted vive aquí, sabe lo que es.

—De acuerdo. ¿Y qué va a hacer ahora?

—Sinceramente, si hubo delito, habrá prescrito. Pero contárselo a usted ha sido un gran paso para mí. Me siento… aliviada, y no avergonzada por lo que ocurrió, como hasta ahora. Simplemente creo que por una vez he hecho lo que tenía que hacer. Creo que con eso me basta.

—No sé si le servirá de consuelo, Aitana, pero lo que me acaba de contar ha sido de una gran gran ayuda. Le agradezco mucho su sinceridad —le dije, y me despedí de ella.

El torero de bronce me miró, juraría que a él también se le había puesto mal cuerpo.

Cuando llegué a mi despacho, Estíbaliz aún no había regresado, así que me acerqué al despacho de Pancorbo.

—Me gustaría hablar contigo de lo que recuerdes del caso del crimen de la Muralla Medieval.

—No hay problema, pregunta —dijo, como si llevase tiempo esperando aquella conversación.

—¿El semen que se halló en la vagina de la chica de quince años era de Ignacio o de Tasio?

—De Tasio.

—¿Eso fue lo que hizo que Ignacio detuviera a su hermano?

—Cronológicamente fue el detonante, desde luego.

—Explícate, por favor.

—Yo sabía que Ignacio andaba tonteando con una chica muy joven, aunque no tanto como para ser una menor, tampoco ella lo aparentaba. Estaba muy desarrollada, no creí que Ignacio fuera tan estúpido o estuviera tan enfermo, la verdad. En todo caso, él era tremendamente discreto y se tomaba muchas molestias para no ser descubierto, pero sabes cómo funciona el tema entre compañeros. Pasas demasiadas horas junto a alguien, notas sus cambios de humor, sus mentiras, cuando está distraído…

—Sí, lo sé. Todos pasamos por lo mismo —le corté, incómodo.

—El día que recibimos la autopsia estaba muy tocado, fuera de sí, aunque no hablamos de aquello. Él jamás lo habría reconocido, le habría supuesto la cárcel por corrupción de menores. Después ocurrió lo del hallazgo del veneno de tejo, y todo se precipitó.

—¿Qué hallazgo?

—Ignacio tenía llaves del piso de Tasio en la Dato. Entramos mientras su hermano estaba reunido en el canal de televisión, preparando el programa. Yo mismo encontré una bolsa de plástico con hojas de tejo en su despacho. Estaba muy escondido, detrás de un *eguzkilore* de barro que tenía colgado en la pared. Fue suficiente como para que Ignacio ordenara la detención. Después, la Unidad de Policía Científica encontró huellas de Tasio en la bolsa, obviamente, y también se halló correspondencia entre las hojas de tejo y el veneno encontrado en los ocho cadáveres. Respecto a la chica y el chico de quince años, a ambos los drogaron antes, supongo que para que no se resistieran a la hora de obligarles a ingerir la infusión de veneno de tejo.

—¿Y los padres de la chica? ¿Por qué no hablaron con la prensa? ¿Por qué hasta ahora no ha sido de dominio público que Tasio tuvo relaciones con ella antes de morir? Con lo que todo el mundo se ensañó con Tasio, lo normal habría sido que los padres también hubiesen echado leña al fuego.

—Estoy seguro de que los padres sabían que su hija iba con uno de los gemelos, o tal vez sabían que había estado con los dos. No dijeron nada por el estigma social. Su hija estaba muerta, era una mártir, una víctima. Y Tasio fue a la cárcel, sin que el escándalo sexual saliera a la luz. Entiendo que no quisieran remover aquel asunto.

—Sí, puedo entenderlo —tuve que reconocer—. Dime una cosa: después de todo lo que ha ocurrido, ¿no piensas que Ignacio hizo desaparecer la autopsia de la chica para que no saliese a la luz la motivación sentimental?

—Quiero ser justo con él. No le debo nada, ni él tampoco a mí, pero quiero ser justo con mi antiguo compañero. Sería sencillo dejarme llevar por la indignación que recorre hoy todos los bares de esta ciudad y cargar contra él. Pero si he de ser un buen policía, te diré que la respuesta es que no tengo ni idea.

—Pues me has sido de gran ayuda, Pancorbo. Te lo agradezco mucho.

—Cuando quieras —murmuró, y lo dejé solo en su despacho, mirando una pantalla frente a él que yo sabía que no estaba viendo.

Poco después organicé una reunión, la subcomisaria Salvatierra y mi compañera me esperaban en la sala de reuniones de la segunda planta. Fue Estíbaliz quien comenzó.

—Ignacio sigue ilocalizable, y la casa de Laguardia estaba cerrada a cal y canto, pero todavía no hemos convencido al juez Olano para que nos tramite una orden de busca y captura. Vamos a darle unas horas más, y deberíamos centrarnos en conseguir pruebas que lo incriminen.

Me tocó el turno y les hice un resumen de mis conversaciones con Tasio, con Aitana y con Pancorbo.

—Lo que necesito es que todos nosotros demos un paso atrás y veamos todo lo que está ocurriendo desde la víspera de Santiago como unos espectadores a quienes les da igual que el asesino sea alguno de los gemelos o cualquier otra persona.

—¿A qué se refiere, inspector? —intervino Alba.

La miré un par de segundos de más; la noté cansada, yo también lo estaba.

—Subcomisaria, aquí se junta un crimen serial, premeditado y frío con víctimas anónimas, que solo encajan en un perfil de dos requisitos: edad y apellidos, con un crimen que ahora se nos pretende vender como pasional. Pero la víctima también encaja en ese perfil de dos requisitos, por eso este montaje es falso, no me creo nada.

—Explícate, Unai —dijo Estíbaliz, con el ceño fruncido.

—Hay alguien más detrás de esto, y no son los gemelos: si el último crimen fue pasional, ¿qué pintaban las primeras víctimas? ¿Por qué la coincidencia de las edades, por qué los apellidos alaveses? Esa chica iba a ser una de las víctimas desde el principio.

—De acuerdo, pero no exculpa a ninguno de los gemelos —replicó mi compañera.

—Pongamos que fue Tasio. No tiene mucho sentido la opción de que quisiera matar desde el principio a la que era su pareja, y ex de su hermano, y que para disimular matase antes a otros siete niños, vistiéndolo todo de una parafernalia pagana. Y además dejase su propio semen, ¿no resulta demasiado torpe ese detalle?

—Pero sí que encaja con que fuese Ignacio —dijo Estíbaliz—. Imaginemos que Ignacio hubiese querido matar a su exnovia por acostarse con su hermano. Tendría que haberlo premeditado todo desde el principio. Matar a otros siete niños teatralizando los crímenes históricos, dejar que su exnovia se acostase con Tasio para matarla después y permitir que la autopsia revelase que tenía el semen de Tasio. Poner la prueba del veneno del tejo con una bolsa con las huellas de su hermano en el despacho de Tasio para que Pancorbo las encontrase y así incriminarlo… Todo encaja ahora.

—De acuerdo, hasta ahí es factible, pero ¿lo de hoy? A mi entender, lo de hoy ha sido el peor error que ha cometido el verdadero asesino en veinte años. Quien ha enviado esas fotos al periódico hizo un seguimiento a los gemelos antes del asesinato de la chica, y las ha guardado durante dos décadas para mostrarlas al mundo precisamente hoy. Esto no ha partido de Tasio ni de Ignacio. Las fotos no solo los perjudican: los hunden. No hay manera de que salgan bien parados de esta situación: ahora ambos son unos pedófilos, nadie va a perdonarles eso. Por lo tanto no son ellos. Hay una tercera persona empeñada en incriminarlos y acabar con ambos. Primero se encargó de Tasio, y ahora quiere que todos pensemos que Ignacio es el asesino. Tenemos que ir por delante, no por detrás de sus acciones.

—¿Qué sugiere entonces, inspector? —intervino Alba.

—Hay que localizar a Ignacio, por supuesto, y comprobar la coartada que nos dé acerca de dónde estuvo el día de Santiago y la víspera, pero debemos seguir investigando el entorno de los gemelos desde su nacimiento hasta los veinticinco años: tenemos que encontrar el verdadero móvil de todo esto, porque hay alguien muy inteligente y muy paciente que piensa que tiene motivos para destrozarlos. Creo que es el perfil más complejo con el que me he encontrado en mi vida: un período de enfriamiento de veinte años supone que el asesino es un psicópata capaz de controlar sus emociones durante mucho tiempo. No creo que se equivoque, no creo que le cojamos en un renuncio, y no creo que hayamos visto hasta ahora más que el principio de su plan.

19

TXAGORRITXU

No le sigas el juego ni te permitas un replanteo a estas alturas. Reagrupa tus pistas iniciales. Agárrate a ellas, #Kraken

3 de agosto, miércoles

Eran las seis de la mañana cuando salí a correr de nuevo. Al día siguiente comenzaban las Fiestas de la Virgen Blanca, las calles no iban a estar tan despejadas como a mí me gustaban. En realidad, prefería que estuvieran casi desiertas.

Casi.

Pero aquel día no la encontré correteando por las calles del centro con su trenza negra, así que me centré en mi rutina y una hora más tarde volví a la plaza de la Virgen Blanca con intención de retirarme a mi portal. Aunque antes me acordé de un asunto pendiente y me acerqué al quiosco de la esquina de la calle Postas, donde mi amiga Nerea estaba ya abriendo y colocando la prensa en los escaparates.

—Buenos días, Nerea —le dije, a su espalda.

Ella dio un respingo y giró, sobresaltada.

—¡Kraken!, digo, Unai. Qué susto me has dado —respondió, llevándose la mano al pecho.

—Sí, de eso precisamente quería hablarte. Del Kraken, de los sustos… y de que no puedes tener la boca cerrada y me estás convirtiendo en una celebridad sin mi consentimiento.

—¿De qué hablas, Unai? No es que haya hablado con mucha gente de ti… Bueno, un poco, como todo el mundo —dijo, soplándose el flequillo.

Me acerqué aún más a ella, dejándole muy poco espacio entre mi cuerpo y el mostrador. El quiosco apenas tenía nueve metros cuadrados. Lo mío era una táctica intimidatoria en toda regla. Éramos amigos y yo le tenía mucho cariño, pero no podía permitir que continuara siendo una inconsciente.

—Nerea, tienes que dejar de hacerlo. Entiendo que la gente te pregunte en el quiosco. Toda Vitoria habla, pero de ahí a que le muestres una foto mía en el móvil a todo el que pasa por aquí y les cuentes que yo soy Kraken... ¿Te das cuenta del peligro en que me estás poniendo?

—¿Peligro? —Se encogió de hombros—. Un poco de fama no le viene mal a nadie, muchos la disfrutarían, no te pongas así.

Me acerqué otro poco más a ella, pese a que mi camiseta estaba empapada de sudor.

—Tú no te estás enterando de nada, Nerea. Esto no es un cotilleo de prensa rosa. ¿No te has planteado que el asesino puede haber hablado contigo, y tú, enseñándole mi foto, le has llevado hasta mí? Puede que me hayas puesto en peligro. Puede que se lo hayas contado a alguien que se lo ha contado a alguien que se lo ha contado a alguien. Dime: si me ocurre algo, ¿vas a dormir por las noches?

Tragó saliva.

—Unai, lo siento. No lo había pensado. ¿Lo dices en serio?

—Por desgracia, sí, te lo digo en serio. Mi trabajo no es un juego, y estos crímenes no son un simulacro. Lo que estás haciendo no constituye un delito, pero estás a un paso de que te deje de considerar una amiga. Por mi parte, si vuelvo a tener constancia de que sigues enseñando mi foto, habrás cruzado la línea roja y te puedes olvidar de nuestra amistad, porque no pienso volver a tratar contigo en mi vida.

—Joder, lo siento... —contestó, con las mejillas al rojo vivo—. No tenía ni idea.

—Lo sé, Nerea, lo sé. Pero tienes que dejar de hacerlo.

Agachó la cabeza, bastante avergonzada.

—Tienes mi palabra, Unai. No voy a abrir la boca a partir de ahora.

«Complicado», pensé. Pero al menos sabía que lo iba a intentar. Nerea tenía buen fondo, aunque dudaba mucho de su fuerza de voluntad.

Me despedí de ella y retomé mi carrera hacia mi casa.

Mi destino para esa mañana era la residencia de Txagorritxu. Después de una búsqueda rápida en los registros de mi ordenador había localizado a Tiburcio Sáenz de Urturi, natural de Ozaeta, viudo de ochenta y siete años y sin familia en este mundo.

No quise avisar a Estíbaliz para no amargarle el día. Su padre estaba en la planta del Alzheimer de Txagorritxu, pero sabía lo duras que le resultaban las visitas a mi compañera. Estíbaliz venía de una familia bastante disfuncional, nunca hablaba de ello, pero me constaba que su padre había sido un hombre violento con sus hijos, y ella misma había encajado el diagnóstico de Alzheimer precoz con una mezcla de alivio y preocupación.

La residencia quedaba muy cerca de mi trabajo, pero decidí acercarme en coche y aparcar dentro del recinto, rodeado de pinos y otros árboles que daban sombra a varios de los residentes que charlaban o dormitaban desperdigados en los bancos de madera.

Traspasé el umbral y me dirigí al mostrador. La habitación de don Tiburcio estaba en la segunda planta y hacia allí me encaminé, tras subir en un ascensor que iba tan lento como los moradores de aquel microuniverso de jubilados.

Cuando se abrió la puerta corredera del elevador, quedé frente a tres pasillos sin saber muy bien hacia dónde dirigirme, así que empujé una de las puertas de metal con claraboya de cristal para preguntar a algún enfermero.

Localicé a un chico con uniforme azul claro que empujaba una silla de ruedas vacía y pretendía acercarme a él, cuando escuché mi nombre susurrado en mi nuca.

—Kraken… —dijo una voz muy grave.

Me giré alarmado, me había asustado. Frente a mi vi a un hombre que todavía no parecía un anciano. Calzaba unas zapatillas de andar por casa y un chándal del Deportivo Alavés. Si lo reconocí fue porque tenía el pelo rojo mezclado con canas en las sienes. Sus ojos marrones, idénticos a los de su hija, me miraron yo diría que casi con picardía. Me pareció que detrás de aquel enfermo había una persona inteligente, o inteligente a ratos, que pugnaba por salir a la superficie.

—Es usted el señor Ruiz de Gauna, ¿verdad? —dije, sin tener muy claro cómo llevar la situación. Tampoco recordaba el nombre del padre de Esti, ¿debería?

—Kraken... —repitió él. Por lo visto me recordaba de cuando Esti y yo éramos adolescentes y nuestras cuadrillas a veces quedaban juntas para subir al monte Gorbea o a San Tirso.

—¡Disculpe, joven! No puede estar aquí a no ser que sea un familiar de los enfermos —me reprendió una enfermera delgada y más alta que yo, mientras se acercaba al padre de Estíbaliz y lo guiaba para que se sentase de nuevo en su silla de ruedas.

—Estoy buscando la habitación 238, pero me temo que no es por aquí, ¿puede ayudarme? —contesté, y eché un último vistazo al padre de mi compañera, pero me pareció que frente a la enfermera fingió quedarse con la mirada perdida.

—Salga de esta ala y diríjase al pasillo azul, lo tiene enfrente —se limitó a decir la mujer.

Me largué de allí muy obediente, y poco después localicé la habitación.

Golpeé la puerta con los nudillos y esperé un buen rato, pero nadie respondió. Repetí la operación con más brío y por fin hubo una respuesta.

—¿Quién va, pues?

Tenía la voz desgastada, hueca, como si arrastrase una pulmonía eterna. Me atreví a abrir la puerta y vi a un anciano encogido sobre su silla de ruedas metálica. El pelo recio y blanco, los pómulos pronunciados sobre la calavera de un rostro que un día fue afable y ahora estaba consumido por la edad. Mantenía el color tostado de los que han trabajado siempre en el campo, pero iba vestido con un incongruente traje de chaqueta y una corbata, como si esperase visita o fuese el invitado de honor de algún evento municipal.

—¿Don Tiburcio?

—¿Quién pregunta? —contestó expectante.

—Soy el inspector Unai López de Ayala. Estoy investigando un caso y pienso que usted y sus conocimientos de la ermita de la Concepción de San Vicentejo podrían serme útiles.

—¿Le ha ocurrido algo malo a la ermita? —preguntó, un poco alterado.

—No, descuide, el edificio está perfectamente y sigue en pie. ¿Recuerda usted a Tasio Ortiz de Zárate?

—¿El arqueólogo de la televisión? Sí, cómo olvidarlo. Un torbellino, me estuvo mareando hasta que me convenció para que saliese hablando en el dichoso programa. Un buen chaval, nadie se imaginaba que iba a acabar así. Él pertenecía a una de esas familias que... Usted ya sabe, una de esas familias que han estado ahí desde siempre y nadie piensa que les vaya a pasar nada malo. Yo... siempre he creído más en la igualdad, con mayúsculas. Pero no se quede ahí parado, siéntese conmigo —me invitó, señalándome una pequeña silla de madera junto a la ventana, que daba a un tejado llano cubierto de piedras blancas.

—Me han dicho que usted se encargó de la última reforma del templo y que es una especie de maestro cantero de los que ya no quedan, además de un experto en la iconografía del templo de San Vicentejo.

—Sí, digamos que mi familia proviene de una antigua rama de constructores... —dijo, mecánicamente, como si hubiese dado la misma explicación miles de veces en el pasado.

—Si pudiese usted darme una clase magistral al respecto, me sería de gran ayuda.

—¿Clase magistral? —Sonrió para sí, como un niño travieso—. Joven, ¿puede usted abrir ese armario?

Obedecí sin comprender, y bajo los tres trajes de chaqueta del anciano encontré una caja decorada con conchas de peregrino.

—Tráigame la caja, ande.

Don Tiburcio abrió la caja y sacó una pesada llave de hierro, similar a la que nos turnábamos en Villaverde cada mes los pocos vecinos que quedábamos para subir al campanario y tocar el ángelus.

—Es una réplica. Me la facilitó un representante de la familia propietaria durante la rehabilitación. Quedaron tan satisfechos con la obra que me permiten ir cuando quiera, aunque no la visito desde que no conduzco. Muchacho, ¿no tendrá usted un coche con un maletero bien grande? —preguntó, con cara de pillo.

Media hora después llegábamos a San Vicentejo.

Don Tiburcio sonreía sentado en el asiento mientras mi Outlander recorría la carretera entre robles, hayas y carrascos. La senda se fue haciendo más verde y más cerrada, y trajo un poco de frescura a aquella mañana veraniega.

Dejé el coche en un lateral, descargué la silla de ruedas del anciano y lo empujé hacia la campa de césped brillante sobre la que se erigía la pequeña ermita románica.

—Muy bien, joven. Esta ermita es un *unicum*, ¿qué quiere saber exactamente de esta extraña maravilla?

Empujé la silla de don Tiburcio hasta la parte trasera de la ermita, frente al cuerpo curvo del ábside y le señalé la pareja tumbada que se sujetaba el rostro en actitud cariñosa varios metros sobre nuestras cabezas.

—¿Puede hablarme de ellos, de lo que significa ese relieve?

Su rostro se llenó de arrugas que sabían a extrañeza, y me lanzó una mirada que no supe interpretar, como si estuviese intentando descifrarme o catalogarme.

—¿De ellos, precisamente?

—Sí, ¿simbolizan algo? —insistí.

El anciano se los quedó mirando, como si los conociera de toda la vida y solo se estuviesen reencontrando, o tal vez despidiéndose, no sabría afinar tanto.

—Desde luego que simbolizan algo. Ellos son el alma de lo que esta construcción trata de decir al mundo. Todo lo que ve alrededor está a disposición de su historia. Esta es una representación iconográfica de la pareja hermética o matrimonio alquímico. Solo hay algo similar en San Bartolomé del río Lobos, en Soria.

—¿Esa iglesia no es templaria?

—De la Orden, sí. Respecto a lo que tenemos frente a nosotros, desde luego que es un edificio propio de una orden militar. En eso todos los estudiosos se ponen de acuerdo. Pero sus piedras guardan bastantes más secretos. Mírelo como un libro. En el año 1162, fecha probable de su construcción, el pueblo llano no tenía acceso a la lectura, así que leían las imágenes. Los descendientes de aquellos agricultores hemos perdido la capacidad, en parte porque nos faltan datos, pero puedo hacer que usted vea lo que yo veo, no es tan complicado. De hecho, este es un relato básico, primigenio. Habla de la pareja prototípica, de Adán y Eva, y del Pecado Original y sus consecuencias. Como ve, simplemente es una recreación del Génesis. Entremos, el relato comienza en la pared del presbiterio.

Se sacó la inmensa llave del interior de la americana y me la tendió. De nuevo empujé su silla de ruedas y lo acerqué al portalón de madera. La cerradura gruñó un poco, pero cedió al giro y se abrió.

El interior era muy pequeño, unos quince metros en su lado más largo, apenas cabían cuatro bancos de madera de iglesia. La luz se filtraba a través de los tres estrechos ventanales y la piedra ocre daba calidez al diminuto espacio.

Don Tiburcio susurró unas palabras que no escuché, una especie de plegaria que guardó para sí. Después, él mismo comenzó a girar las ruedas de su silla y a recorrer el perímetro interior de la ermita, como si el hecho de haber accedido a aquel recinto sagrado le hubiera recargado las fuerzas.

—Tan solo ha de seguir con la mirada el recorrido de las ménsulas del ábside interior: en primer lugar, la figura de un rostro joven, imberbe. Es Adán en su primera edad. La siguiente ménsula es una flor en forma de hélice. Aquí se ve un rostro femenino con toca: es Eva. La pareja primigenia está pasando por las distintas etapas de la vida. Lo siguiente son dos figuras mutiladas irreconocibles, jamás supe lo que significaban y no añadí ningún elemento a su restauración. Lo que ve allí es otra flor, una roseta abriéndose y girando con el sol. Después otra flor en forma de hélice o cruz gamada y por último aparecen dos seres que nacen de una flor.

Durante unos segundos me olvidé de respirar: todas aquellas flores parecían *eguzkilores.* Flores de sol.

—¿Cuál es la simbología de tanta flor?

—Es el Jardín del Edén que rodea a la pareja antes del destierro, de su expulsión del Paraíso. Aquí se trata de algo universal, pero muy íntimo. Usted, muchacho, ¿nunca se ha sentido expulsado de su propio paraíso? A todos se nos arrebata alguna vez.

Aparté el recuerdo de la recta de los pinos y compuse mi mejor cara de póquer. No sabía si estaba ante un maestro de la Orden o ante un simple erudito y preferí jugar a ser un joven de pasado blanco.

—Por último, ahí tiene la ménsula con la figura de la abeja, símbolo de castidad. Con ella se fabricaba la cera del cirio pascual del Sábado Santo para celebrar el triunfo sobre la Muerte.

Intenté mantener el gesto, que mi voz ocultara el escalofrío que me había recorrido la espalda.

—Entonces, tanto los animales como las plantas, en este relato…

—Son moralizantes, también la desnudez de la pareja. Estamos hablando de los orígenes de la humanidad, algo tan sagrado como eso. Esta, joven, es la narración de la pareja prototípica y las consecuencias del Pecado Original, por eso la ermita está plagada de rostros masculinos y femeninos, desde imberbes a barbados: representan las edades del hombre y la mujer. Hasta que pecan y son castigados, entonces caen, literalmente, en desgracia, tal y como aparecen en el ábside exterior: tumbados y junto a un árbol esquemático del Bien y del Mal. Un árbol que puede ser un manzano, un tejo… En el Medievo se representaban distintas especies, no sabría decirle cuál es la que está simbolizada aquí. Pero no están solos, la pareja se tiene la una a la otra, por eso el gesto de las manos en el rostro.

Recordé las fotos de todos los dobles crímenes: la pareja desnuda, que se consolaba cariñosamente, enmarcados por un triángulo isósceles, rodeados en su jardín del Edén en forma de *eguzkilores*, de flores del sol, y, por último, los elementos ejemplarizantes vegetales o animales como armas del crimen: el tejo, símbolo de la inmortalidad, y la abeja, símbolo de la castidad.

Por primera vez fui consciente de estar leyendo, por fin, la novela que el asesino estaba escribiendo para los iniciados que supieran verlo: cada doble crimen era un capítulo.

Pero ¿qué final tendría en mente el asesino? ¿Continuar con la cuenta, pasar a asesinar a treintañeros, a parejas de sesenta, a ancianos? ¿Acabar con los alaveses más longevos? Según el registro, en Álava teníamos doce hombres y cincuenta y ocho mujeres por encima de los cien años. En ese punto, sí que era factible protegerlos, sobre todo a los doce hombres, sin ellos no había pareja y solo algunos tendrían apellido compuesto alavés o la edad exacta para los planes del asesino. Pero si llegaba ese momento, supondría asumir una derrota de cuarenta y dos alaveses asesinados, y ese peso era mucho más que lo que mi conciencia podía permitirse.

Ayudé al anciano a salir de la ermita y cerré la pesada puerta pese a que sus tripas de madera se quejaron de nuevo. Conduje por el camino de vuelta a Txagorritxu mirando de reojo a don Tiburcio, que había abierto la ventanilla y acariciaba el aire con el brazo como si fuera un director de orquesta. Tal vez se estaba despidiendo de aquel camino, tal vez era consciente de que aquel podía ser su último viaje en coche. Nunca me había preguntado hasta entonces lo que era vivir con esa edad, estar en la primera línea del frente, como decía el abuelo.

Llegamos al aparcamiento de la residencia y descargué su silla de ruedas, mientras él esperaba con la paciencia que dan los años en el asiento de copiloto. Cargué con su peso, apenas hueso y piel, y lo monté sobre su silla.

—Don Tiburcio, ¿cree que hay más personas que puedan tener los conocimientos de esta ermita que usted ha compartido hoy conmigo?

—¿Vivas? Porque a mí esto se me transmitió hace… —suspiró frustrado, como si hubiera intentado hacer cálculos mentales— hace muchos años.

—Sí, preferiblemente vivas.

—Pues solo se me ocurre el aprendiz que tuve durante la reconstrucción, un chaval pelirrojo, grueso, un poco patoso —soltó sin pensar, pero luego tuve la impresión de que se había arrepentido de darme ese dato.

—¿Un chaval pelirrojo? ¿Recuerda su nombre?

—No, desde luego que no lo recuerdo, de aquello hace muchos años. Además, no era de los que llamaban la atención, era silencioso y tranquilo. Pero yo siempre pensé que era muy listo, lo absorbía todo cuando me ponía a hablar de todo el simbolismo que le he explicado, así que yo continuaba hablando. Sí que recuerdo que era muy solitario y me quedé con la sensación de que su padre lo molía a palos, tenía el cuerpo lleno de moratones. Antes, en los pueblos, eso se veía más, los padres eran más duros. A veces, simplemente eran unos bestias. Yo creo que, aunque se deslomaba trabajando allí conmigo, cargando sacas y haciéndome el trabajo pesado, para él era un alivio venir.

—¿Cree que puede figurar en algún papel? —Lo frené. El anciano estaba siendo deliberadamente vago, y yo sabía que no iba a llegar a ningún lado.

—Qué va, la Diputación me contrató a mí, tenían un convenio con la familia propietaria. Él era menor, yo le pagaba sin contrato ni nómina, en un sobre. Aunque siempre iba como un mendigo, yo tenía la sensación de que entregaba el dinero en casa y a él no le llegaba nada. Ahora me va a tener que disculpar: el viaje me ha agotado y no creo que pueda seguir contestando a sus preguntas —dijo, mientras hacía un gesto a una enfermera para que se lo llevase.

Se despidió de mí con un apretón de manos de los de antes, aunque no se me escapó que su dedo meñique se descolgó del resto y abrazó el dorso de mi mano.

Tal vez fue un descuido por su parte, tal vez la costumbre tras una larga vida de ritos, tal vez quiso decirme algo que yo sabía desde hacía un par de horas.

Asentí en silencio y me fui.

Sabía que lo protegería, que no habría manera humana de que aquel maestro me diese ninguna pista fiable de su discípulo.

«De acuerdo, tenemos un fantasma indocumentado pelirrojo —pensé satisfecho, mientras me encaminaba hacia mi despacho—. Y eso es mucho más de lo que teníamos ayer.»

20

EL MURAL DEL CAMPILLO

¿Te estás aproximando ya a la caverna más profunda? #Kraken

3 de agosto, miércoles

Estaba subiendo las escaleras curvadas de la entrada de la comisaría de Lakua cuando recibí una llamada de un número oculto en el móvil.

Me quedé mirando varios segundos a la pantalla, dudando entre cogerlo o no. Debido a mi trabajo, nunca sabía si ese tipo de llamadas iban a ser una bendición en forma de soplo o el inicio de una larga cadena de nuevos problemas.

—Deja todo lo que estés haciendo y vete ahora mismo al Campillo.

—¿Golden, eres tú? —dije, al reconocer su voz de vieja dama.

—El jardín de Etxanobe, lo tengo localizado, Kraken. Y cuando digo *localizado* me refiero a que puedes dar físicamente con él ahora mismo. Quién iba a decirme que sería un policía el que iba a encargarme el *hack* más difícil de mi vida. Ese niño es demasiado para mi cerebro, en la vida me había visto en una igual.

—Tendrás que explicarte, Golden. No entiendo nada.

—Tu niño es irrastreable, literalmente, nunca me había topado con algo parecido. Pero a esta vieja bruja, la vida le ha enseñado a tener una visión panorámica de los acontecimientos. El niño maneja varias identidades falsas. Tiene un *nick*, parecido a otro *nick* que se parece a otro *nick*. Es un chaval joven, no es un ermitaño. Quiero decir que tiene vida, que sale a la calle, que realiza actividades como cualquier crío de su edad.

—¿Actividades como cuáles?

—Como pertenecer a la Brigada de la Brocha de La Ciudad Pintada.

—¿Esos no son los voluntarios que pintan los murales del Casco Viejo?

—Bingo, Kraken. Hoy están dándole una capa antigrafiti al mural del jardín de Etxanobe, en el Campillo, el de la partida de cartas.

—*El triunfo de Vitoria*—recordé, era uno de mis favoritos.

—Eso es.

—Te debo una, Golden.

—Y que lo digas. Ya estoy pensando en formas creativas de cobrármelo, aunque a tus jefes no les guste nada. ¿Por qué será que todo lo divertido es ilegal?

Sonreí y colgué.

Me llevó menos de un cuarto de hora llegar corriendo al Campillo por la calle Fray Zacarías, a pocos metros de la Muralla Medieval y de la Catedral Vieja.

Me acerqué al jardín más alto de la ciudad y desde allí pude ver que habían montado de nuevo un andamio metálico de siete plantas sobre la fachada de la calle Santa María. Había media docena de personas, brocha en mano, que trajinaban subidas a distintas alturas del andamio. Me quedé observando cuál de ellas podría ser el escurridizo MatuSalem.

Entonces lo vi.

Un niño vestido de negro pintaba el pelo de una de las tres figuras del mural.

Me acerqué despacio y localicé a los pies del andamio a la mujer que parecía estar al frente de los voluntarios. Me puse a su lado y le enseñé la placa.

—Inspector Ayala. No digas nada, voy a subir al andamio y voy a hablar con uno de los voluntarios, pero no quiero espantarlo, así que necesito que sigas actuando con normalidad —pronuncié la frase en voz baja y en un tono deliberadamente lento para que me entendiese.

La mujer —una joven de pelo afro y pantalones con los siete colores del arcoíris— se quedó descolocada durante unos segundos, pero después asintió con la cabeza, en silencio.

Comencé a subir por los peldaños laterales del andamiaje, mientras varios voluntarios me miraban extrañados. Después llegué al último piso y alcancé la plataforma. El niño estaba concentrado en aplicar el barniz a la pared, aunque alzó la cabeza y se sobresaltó al verme avanzar hacia él. Corrió los pocos metros que quedaban hacia el lado opuesto de la plataforma, en un intento de bajar por las escaleras, pero lo seguí y lo detuve sujetándole por el brazo.

—Vamos a hablar, MatuSalem. Solo quiero que hablemos.

Apretó la mandíbula, no le gustaba que un adulto le diera órdenes, o tal vez simplemente no le gustaban los policías. Era muy poca cosa, bajito y delgado, no pesaría ni cincuenta kilos, pero era cierto que parecía un pequeño ángel prerrafaelista. Tenía unos ojos azules rasgados y un rostro lampiño tan perfecto, que cualquiera se giraría por la calle para admirar aquella belleza tan pura.

—Así que tú eres el famoso Kraken.

—Te has paseado por mi disco duro como Pedro por su casa. Supongo que tu pregunta es retórica.

Pese a que lo tenía arrinconado contra la pared de la fachada, a la altura de un tercer piso, el chaval no dejaba de mirar de reojo hacia un lateral, como si se estuviese planteando saltar.

—Eres un... madero. Es imposible que me hayas localizado.

—No solo tú ibas a tener superpoderes informáticos, MatuSalem. Tómatelo como un indicador de que me estás subestimando.

—De acuerdo, mis compañeros de brocha están mirando y no quiero que te cargues una de mis identidades más sociales. ¿Podrías fingir que somos viejos amigos y estamos teniendo una charla? —dijo entre dientes, sin dejar de mirar a ambos lados.

—Me parece de lo más razonable. Ya sabes que he venido a hablar de Tasio. Si quieres nos saltamos la parte en que te haces el despistado, luego lo niegas, y cuando te digo que puedo probarlo, lo admites y te jactas de ello. Ya te hemos encerrado una vez, has pasado por esto, y yo también.

—¡Joder, qué rápido vas tú! Acostumbrado a la velocidad normal de otros adultos... —Se rascó la nuca.

—Es que no tengo mucho tiempo. Están matando a gente a pocos metros de esta fachada y tu excolega de celda Tasio es una parte integrante de esta tragicomedia.

El chico no miraba a los ojos, era uno de esos niños que no fijaba nunca la mirada, un recluido mental, alguien que ponía barreras entre su mente alucinante y el exterior.

—No es Tasio, no lo fue entonces, y no mantiene contacto con ningún imitador fuera de Zaballa, como creéis algunos —me susurró por fin—. A mí tampoco me gusta que maten niños ni gente a pares. Pero Tasio no es. A él se la hicieron, pero bien, hace veinte años. Bastante tiene con sobrevivir dentro de la trena.

—¿Por qué lo defiendes? Tienes perfil de delincuente económico. Te gustan los retos intelectuales, desafías a la autoridad saltándote la ley, y de paso te llevas un premio monetario que te permite vivir, pero no tienes perfil para empatizar con otro tipo de delincuentes, y menos con un sociópata con delitos de sangre a sus espaldas. Vamos, Maturana: ¿me dirás la verdad?

—¿La verdad? Lo defiendo porque me defendió cuando quien me tenía que defender no lo hizo —murmuró, con rabia—. En el trullo los pedófilos querían montar una fiesta en mi honor el primer día que ingresé. Les había tocado la lotería, un imberbe como yo. Hubo un empalme generalizado cuando entré en el comedor la primera noche a cenar. Sabía que no saldría virgo de aquello, la única cuestión era si sobreviviría a tantas enculadas como me esperaban. Tasio les paró los pies, y no te imaginas cómo lo hizo. No te lo puedes imaginar, porque eres un madero y tienes poca imaginación. Los acojonó, los dejó rezando a la Virgen de Fátima. A ese tío le debo la vida, literalmente, y ni tú ni las puñeteras Fuerzas de Seguridad del Estado estaban allí para defenderme, así que no me jodas, porque para mí es el puto Padrino y le voy a rendir pleitesía hasta que los huevos me cuelguen con noventa años.

«De acuerdo, Kraken. Cambia de rumbo, estás frente a un muro.»

—No he venido a hincarte el diente, aunque podría, sé que podría. Entraste por fraude con tarjetas, y has salido y lo primero que has hecho es colaborar con un recluso condenado por ocho asesinatos. No se puede decir que la cárcel te haya hecho alejarte de tu pasado delictivo. Asumo que ahora mismo estás haciendo algo al margen de la ley por lo que podría buscarte las cosquillas, y lo sabes, pero a lo que he venido en realidad es a hacer un pacto. Lo que quiero es una lista de los seguidores más sospechosos de Tasio en Twitter.

—¿Eso es todo lo que quieres? —exclamó, sorprendido—. ¿Un listado del top de comentaristas del Twitter?

—Tú has interactuado con todos ellos, estoy seguro de que con tu cerebro privilegiado te saltan las alarmas ante según qué tipo de individuos. A mí o al equipo de informática nos llevaría tiempo analizarlo todo, pero tú llevas muchos meses haciéndote pasar por Tasio, los conoces. Sabes los que están coqueteando con el morbo y los que están pirados de verdad. No solo quiero nombres de cuentas, quiero IPs, los quiero localizados a los más sospechosos, y lo quiero muy rápido. Crúzalos con nuestros registros, estoy seguro de que te hiciste una copia cuando orquestaste el ataque a comisaría. Avísame enseguida si alguno de ellos tiene antecedentes penales. ¿Qué me dices, tenemos un trato?

—Paso de ser un confidente de la policía. No tengo ni veinte, no quiero empezar tan pronto con todo esto. Los que he conocido acaban mal, alguien de uno de los dos lados se enfada y los confidentes siempre acaban mal —dijo, cruzando los brazos por delante de su pecho.

—No serías un confidente, no les hablaré de ti a los mandos, nadie se enteraría. Para mí eres más valioso si tu nombre no aparece en ningún informe. Así es como trabajo, sabes que tengo otros colaboradores también al margen de los cauces oficiales, y son casi tan buenos como tú. Pero tú... tú eres único, chaval.

No se inmutó, el ego no era su debilidad. No... no había tocado aún la tecla y lo sabía. MatuSalem no estaba todavía convencido.

—Y esta sería la manera de devolverle el favor a Tasio. Tú estás convencido de que es inocente. Si me ayudas a avanzar con otras líneas de la investigación que lo exculpen, estarás ayudándole a que salga cuanto antes —le apreté—. Vamos, necesito saber si puedo contar contigo.

—¿Sabes de qué trata este mural? —preguntó, señalando la figura de la joven a la que estaba dándole una capa de esmalte.

—Son tres figuras jugando una partida, ¿a qué viene este cambio de tercio? —pregunté sin comprender.

—Trata de las trampas, Kraken. Y de la victoria sobre ellas, y de la fidelidad. Esta es mi figura: la fidelidad. Mira, te lo mostraré, porque tienes que ver esto —dijo, y comenzó a bajar por los peldaños laterales.

Yo lo seguí a poca distancia. Bajamos un par de alturas hasta quedarnos en el epicentro de las tres figuras.

—El mural está inspirado en un cuadro del siglo XVI titulado *El tramposo*. La gran Dama, que simboliza Vitoria, está jugando una partida de cartas con un hombre, que no solo intenta hacer trampas, sino que presume de ellas enseñándoselas al público. Mira.

Efectivamente, la figura superior de la dama tenía una inscripción en letras góticas donde se podía leer: *Victoria*, el primer nombre que el rey Sancho IV le puso a nuestra ciudad. La figura del hombre escondía a su espalda dos cartas: una con un perro y otra con tres perros. Junto a él estaba escrita la inscripción: *Fraudulentus*.

—La sirvienta, el personaje que me han asignado, simboliza el pueblo de Vitoria, que avisa de la trampa a su señora. ¿Puedes leer su inscripción? —Me señaló sobre nuestras cabezas y tuve que retirarme un poco del andamio para verlo.

—*Fidelitas* —pronuncié en voz alta.

Me giré hacia el chico, pero ya no estaba sobre el andamio, había desaparecido.

Solté un juramento y salté desde la altura del segundo piso hasta el suelo del jardín. Salí corriendo por la puerta metálica de la verja hacia la calle Santa María, pero el chiquillo corría ya a la altura del palacio Montehermoso, cientos de metros por delante.

—¡Maldita sea! —grité frustrado, después de renunciar a seguir corriendo tras él.

El mejor *hacker* de la ciudad me la había jugado y yo lo había dejado escapar sin saber aún en qué lado de la partida había decidido jugar.

21

GENERAL ÁLAVA, 2

Vitoria, julio de 1970

Javier Ortiz de Zárate se desabrochó la corbata en cuanto llegó a su dormitorio y se sentó sobre la colcha de la cama de matrimonio. Llevaba días de un humor de perros: el maldito Apaolaza iba a firmar con la empresa alemana, lo sabía. Por mucho que lo hubiera negado al mediodía, en su despacho. Se le iba un quince por ciento del negocio en activos, si aquella firma se materializaba. Un quince por ciento.

Pero había algo más, había algo más... Demasiadas reuniones de otros socios a sus espaldas, demasiados comerciales posponiendo sus presentaciones de producto con las mismas excusas poco trabajadas. Tal vez debía enviar a Ulises y a un par de sus amigos a preguntar entre el personal de Ferrerías Alavesas. Decían de él que era un desconfiado, pero eso lo había llevado a donde estaba.

—¡Blanca! —gritó desde su habitación, perdiendo la paciencia—. ¿Qué pasa, que hoy no se come?

Escuchó los pasos apresurados de su mujer subiendo por las escaleras, después asomó la cabeza por la puerta, sin atreverse a entrar.

—Benita ya ha puesto la mesa, podemos pasar a cenar cuando quieras —se limitó a decir ella, casi con indiferencia.

Javier se quedó mirando el vacío que dejó en cuanto desapareció corriendo, escaleras abajo.

¿Qué le ocurría a aquella estúpida, que no le daba hijos? Demasiado delgada, siempre lo supo. Con aquellas caderas no iba a ser capaz de darle un heredero, como María Luisa, su primera esposa. Debía de tener un imán para las mujeres estériles como mulas. Ya había hablado un par de veces del tema con Joaquín Garrido-Stoker, su abogado, pero no parecía que hubiera mucho que hacer. Para anular un matrimonio por estafa debía demostrar que ella sabía que era defectuosa desde antes de casarse, y por lo que le había dicho Joaquín, solo era posible si existían informes médicos que lo atestiguaran. Ya había enviado a Ulises a revisar todos los documentos de Blanca en su habitación. También habían entrado, contándole una medio mentira a su padre, a buscarlos en su cuarto de soltera, en el domicilio familiar de su suegro. Pero no habían encontrado nada. Y era inútil buscar, lo sabía. Si ella sabía que era estéril desde antes de matrimoniar, ¿para qué guardar el informe de un ginecólogo que lo confirmase? Se habría deshecho de él.

La única solución que veía era hablar de hombre a hombre con el médico de su mujer e intentar que él le aclarase sus dudas, aunque despreciaba al doctor Urbina por lo que representaba. No comprendía cómo su esposa había elegido a un ginecólogo de pueblo, pudiendo pagar otros mejores. Por Ulises sabía que ella lo visitaba con cierta frecuencia; tal vez Blanca estaba sometiéndose a algún tratamiento para quedarse embarazada. Desde luego, esa era su obligación, no tenía otra cosa que hacer en todo el día.

Javier tenía ya cuarenta y dos años, y ningún hijo. Sabía que era el hazmerreír de toda Vitoria, que muchos incluso ponían en duda su hombría a sus espaldas. Pero no quería pensar en eso ahora, tal vez después de la cena debía intentarlo de nuevo... Últimamente se notaba muy cansado, con mal cuerpo, llevaba un peso muerto en el estómago, y las sales de frutas no lo aliviaban.

Se miró las palmas de las manos y se dio cuenta, extrañado, de que le temblaban. Y de que sus uñas cuadradas estaban azuladas. Fue entonces cuando notó que los músculos del estómago le apretaban las entrañas y le subió un vómito de sangre oscura que empapó la colcha de la cama y la alfombra que pisaba.

No pudo ver más, el dolor que notó por la garganta le impidió tomar aire y cayó hacia atrás, inconsciente.

El doctor Urbina estaba despachando el penúltimo visitador médico cuando escuchó los cuatro tonos del teléfono. Disimuló una sonrisa, aquel día no tenía citas por la tarde, podría acercarse al piso de General Álava y pasar un par de horas con Blanca.

Pero el teléfono volvió a sonar, y esta vez el tono no se interrumpió. Extrañado, tomó el auricular y contestó.

—Consulta del doctor Urbina, dígame.

—Javier está en la clínica —escuchó decir a Blanca, al otro lado de la línea.

«Viene a por mí —pensó, sin saber de dónde le nacía aquella idea tan aterradora—. Viene a por mí».

—¿Puedes disculparme, Jorge? —le dijo al vendedor—. Tengo una llamada urgente. Mañana te paso el pedido.

—¿Cómo... cómo se ha enterado? —respondió al auricular, una vez que se quedó solo en la consulta—. ¿Alguien nos vio, fue tu chófer?

—No, no lo has entendido. Javier está ingresado por una intoxicación. Está muy grave. No puedo hablar mucho. La policía está aquí mismo, en una de las salitas de urgencias de la planta baja: han venido a hacerme preguntas. Te estoy llamando desde la cabina pública de la calle, he dicho que tengo que avisar a nuestra familia. Ni se te ocurra pasar y acercarte. No pueden vernos juntos. Solo dime una cosa, Álvaro, no tengo mucho tiempo y esta va a ser la última vez que hablemos: los polvos que le he estado dando durante estos meses, ¿solo eran calmantes, o me diste algo para envenenarlo poco a poco?

A Álvaro Urbina se le secó la garganta cuando escuchó aquellas palabras, quiso decir algo, pero la mandíbula no se movió.

—¡Álvaro, por Dios! ¿Lo hemos envenenado? ¿Somos culpables de un intento de asesinato?

—No... no van a encontrar nada. Por mucho que investiguen. Lo que te di no es rastreable, ni siquiera lo encontrarían en una autopsia. Respira tranquila, no nos ocurrirá nada, Blanca.

Escuchó un sollozo nervioso al otro lado de la línea, un perro lejano que ladraba, y por fin la voz fría de Blanca después de recomponerse.

—Adiós, Álvaro. No podemos volver a vernos ni a hablar. La policía piensa que he sido yo o alguno de sus socios. No quiero volver a verte, ni siquiera si me has dejado viuda. No quiero volver a verte.

—No, Blanca. Espera... veámonos en el piso, ¡Blanca!

Pero ya no había nadie al otro lado de la línea.

La noticia fue tratada con bastante discreción por parte de la prensa local. Apenas unas líneas sin imagen junto al faldón inferior en la página de sucesos:

El industrial Javier Ortiz de Zárate ha sido ingresado el mediodía de ayer en la clínica Vitoria por causas que aún se desconocen, pese a que fuentes no oficiales hablan de algún tipo de envenenamiento o ingesta de tóxicos que han estado a punto de provocarle un fallo multiorgánico. El empresario todavía no ha sido dado de alta y se recupera satisfactoriamente en la planta primera de la citada institución sanitaria.

Álvaro releyó las nueve líneas del antiguo recorte una vez más, para asegurarse de que no se le había escapado ningún matiz. Habían pasado ya cuatro semanas desde la última llamada de Blanca. No sabía nada de su destino, pero había hecho sus indagaciones con las enfermeras y el industrial había sido dado de alta tras pasar diez días en reposo.

Comprobaba todos los días las esquelas en los dos periódicos y en Radio Vitoria, pero se decía una y otra vez que si el hombre más rico de Vitoria hubiese fallecido, todo el mundo se habría enterado.

Tomó la costumbre de inyectarse un poco de morfina cada noche, para poder dormir y rendir algo al día siguiente. Le costaba centrarse en sus pacientes, sabía que estaba al borde de varias negligencias médicas. Controlaba las dosis para no sufrir síndrome de abstinencia, eran las únicas horas soportables.

Una tarde, de vuelta de un falso aviso de parto prematuro, paseaba ausente por la calle Dato, y minutos después se descubrió frente al portal número 2 de General Álava. No recordaba haberse encaminado hacia allí, era el primer lapsus de memoria del que tenía constancia y se preocupó.

Los matrimonios que caminaban del brazo comenzaron a mirarlo con disimulo, al ver que no se apartaba. Álvaro sacudió la cabeza, intentando salir de aquel trance. Metió la mano en el pequeño bolsillo interior de la americana, sabía que no se había desprendido de las llaves del portal y del piso de Blanca.

Subió las escaleras hasta el segundo piso, un poco aturdido, y abrió la puerta, conteniendo la respiración. Tal vez Blanca aún acudía allí cuando intentaba estar sola, tal vez lo esperaba todas las tardes, cuando ella sabía que terminaba sus citas con las pacientes. Tal vez le había dejado un mensaje que llevaba semanas esperando ser leído, ¿cómo no había pensado en ello?

Tal vez...

Pero el silencio de aquellas paredes enteladas le quemó tanto las sienes que solo pensó en un alivio rápido.

Así que se sentó en el suelo, apoyado en la pared de un rancio color vainilla, de espaldas a la calle más transitada de aquella odiada ciudad, se desabrochó la corbata y se apretó fuerte con ella el bíceps pecoso.

Abrió su aparatoso maletín de cuero, demasiado ajado para un lugar tan elegante como aquel, y sacó un frasco casi lleno de morfina. Tenía un carnet falso de «Extradosis» y el farmacéutico de la calle Postas le daba las cantidades que pedía de opiáceos sin ponerle tantas pegas como en la clínica.

Se inyectó la amnesia lentamente, disfrutando del frescor que se le metía en la vena. El techo se desdibujó un poco, como si estuviera soportando un terremoto silencioso.

Y por fin, después de tanto viaje, llegó la esperada oscuridad.

22

EL PARQUE NATURAL DEL GORBEA

¿Han subido ya las apuestas? #Kraken

3 de agosto, miércoles

Descendía por la Almendra Medieval rumbo a comisaría, y aún renegando por la fuga de MatuSalem, cuando recibí la llamada de Estíbaliz.

—Unai, deberías venir. Estoy en el caserío de Ignacio, entre Murguía y Altube. Hay un incendio provocado.

—Pero ¿el chalet al que fuiste ayer no estaba en Laguardia?

—Es otro. Como seguía desaparecido, esta mañana he buscado en el catastro de la Diputación, he cruzado los datos con los registros de la propiedad y he averiguado que tiene un caserío con tierras en las faldas del Gorbea a nombre de una de sus empresas de representación de eventos, por eso he querido acercarme a ver si lo localizaba y podía hablar con él, pero nada, y no responde al móvil. Cuando he llegado, me he encontrado la parte trasera de su terrero ardiendo. Los del retén de Murguía se están encargando ya.

—Ahora mismo voy —contesté y colgué.

Poco después conducía por Abechuco en dirección Echavarri-Viña, cruzando por una carretera rodeada de robles y encinas que daban sombra al asfalto con sus copas verdes.

Cuando llegué al inmenso edificio restaurado en las faldas del Parque Natural del Gorbea, en el norte de la provincia, varios hombres del retén se encargaban de sofocar las pocas llamas que resistían en la explanada trasera del caserío.

Toda la zona estaba metida en el interior del inmenso hayedo, y el caserío no tenía ningún vecino cercano. Estaba construido al modo tradicional, con un tejado apaisado a dos aguas y un balcón de barrotes de madera en la fachada de sillería del edificio. El portalón de madera acababa en un arco apuntado y un *eguzkilore* protegía la entrada, como la de todos los caseríos vascos.

—¿Qué ha ocurrido, Estíbaliz? —pregunté nada más llegar.

Me quité la cazadora; el calor que desprendía la tierra recién quemada impedía acercarse demasiado.

Dos operarios nos hicieron señas para que nos alejásemos. Poco después, solo quedaban el olor a humo y los rastrojos negros.

—Lo que te he contado por teléfono: que tenemos un incendio provocado. Muy localizado, creo que ha sido el propio Ignacio quien lo ha comenzado.

Miré a mi alrededor. Todo el entorno del caserío estaba tan cuidado que era evidente que el dueño se gastaba una fortuna en el mantenimiento.

—¿Para qué va a querer Ignacio quemar su propio caserío?

—Yo creo que no quería quemar el caserío, sabía que los bomberos vendrían rápido. Pero sí que creo que quería quemar lo que había en esta campa.

—No veo que hubiera mucho en esta campa, Esti.

Ella sacudió la cabeza, sin dejar de mirar el terreno quemado.

—Ahora, cuando nos dejen aproximarnos, te lo muestro.

Esperamos pacientemente a que los bomberos refrescasen el área quemada y después nos acercamos al que parecía estar al mando.

—¿Podemos pasar ya? Al inspector Ayala y a mí nos gustaría acceder a aquella zona —señaló Estíbaliz con el brazo.

—No les recomiendo pisar sobre el área quemada, todavía está muy caliente. —Negó el hombre con la cabeza. Tenía el rostro perlado de sudor y se restregó una manga por la frente mientras hablaba.

—¿Tendría dos pares de botas de repuesto? —insistió mi compañera.

—Puede ser. Iré a mirar al camión, a ver si encontramos algo, aunque no creo que coincida con sus números de pie.

El bombero regresó enseguida con unas mascarillas que no habíamos pedido y unas botas que nos quedaban enormes tanto a Estíbaliz como a mí, pero nos las calzamos, nos colocamos las mascarillas y bordeamos la zona quemada hasta acercarnos al centro.

—¿Qué estás buscando exactamente, Estíbaliz?

—Estoy viendo los restos que han quedado de esos maderos, ¿los ves?

—Sí, ¿qué crees que eran?

—Quiero que los de la Científica procesen todo esto, pero por las huellas que ha dejado el fuego en el terreno, te diría que había cuatro pequeñas construcciones rectangulares de madera que han ardido por completo y de las que no ha quedado rastro.

—No te sigo, y mira que lo intento —dije, rascándome la nuca.

Tenía la espalda empapada de sudor, estábamos pisando sobre un infierno.

—Creo que eran colmenas, Unai. Colmenas *layens* de madera de pino, básicas, de doce cuadros. Creo que Ignacio tenía cuatro colmenas activas y que las ha quemado para eliminar todo rastro de ellas.

Miré sin comprender.

—¿Y las abejas?

—Es un modo muy cruel de eliminarlas, pero imagino que las habrá adormecido con un ahumador. El jefe de los bomberos también cree que ha sido provocado y que el foco ha partido del centro de esta campa hacia fuera. No es nada común que alguien queme así un terreno. Estas hierbas, incluso estos tallos delgados, han caído en dirección al origen del fuego. Todo señala a estos cuatro puntos, incluso las piedras de esa pequeña muralla que hace de límite del caserío. Están más ennegrecidas por el lado de donde procede el fuego. Además, hay rastros de presencia de acelerantes; ¿ves estas manchas en forma de círculos concéntricos? Tendrán que procesar el escenario y buscar algún tipo de acelerador como gasolina, aceite de calefacción, diésel, queroseno… Aquí en el monte todo el mundo tiene productos así en el caserío.

—¿Queroseno? ¿Por qué alguien tendría queroseno en casa?

—Lo creas o no, la gente mayor de esta zona sigue pensando que es un buen remedio contra la artritis, y cuando era pequeña, las *amatxos* lo usaban para quitarnos los piojos. Si se ha usado un acelerador de ese tipo, por la temperatura alcanzada, no quedará ningún rastro de los cuerpos de las abejas, aunque puede que tengamos suerte y encontremos alguna muerta en los alrededores. Si encontramos un número inusualmente alto, podríamos deducir que aquí se han quemado cuatro colmenas. ¿Recuerdas el día de la presentación del Slow Food? Nos dijo que solo se dedicaba a negociar con productores de miel, ¿por qué nos mintió?

—Si estás en lo correcto, e Ignacio ha quemado estas colmenas de manera intencionada para eliminar todo rastro de ellas, significa que es el asesino, o que está al tanto de que el arma homicida esta vez son las abejas, y eso es interesante, porque el dato no se ha filtrado a la prensa ni es de dominio público. Lo que tenemos que hacer es conseguir cuanto antes una orden judicial para registrar el caserío. Si tenía colmenas, ha de tener más material de apicultor. Tú sabes más de eso que yo, pero imagino que necesitará un equipo profesional para manipularlas, ¿no?

—Desde luego. Espátulas, rasquetas, polainas... Y no creo que las haya quemado, habría quedado algún rastro del material y él lo sabe. Tenemos que hablar con el juez Olano y conseguir esa orden. Estoy de acuerdo contigo, pero sinceramente: si Ignacio ha querido borrar todo rastro de las colmenas, no creo que haya dejado el material a pocos metros. Ha sido policía, sabe que no puede eliminar todos los rastros orgánicos de un buzo si lo ha usado con asiduidad.

—De acuerdo, ¿y tú qué harías?

—Ven conmigo, aquí no hay nada que hacer ya.

La acompañé al Patrol y sacó un plano de Álava de la guantera.

—Tú y yo vamos a buscar en los contenedores de los caminos del Parque Natural del Gorbea, pero quiero que varias patrullas busquen por la A-624 en dirección a Amurrio, otras vayan hacia Villarreal, Miñano... Quiero cubrir las cuatro direcciones. El incendio ha sido de una zona muy pequeña, y estaba activo cuando he llegado, así que no hace ni una hora que comenzó. Puede que Ignacio todavía lleve en el coche material que no quiera que encontremos, o algo relacionado con los crímenes. Unai, tal vez es aquí donde los trae y los asesina. El lugar es muy solitario, tiene abejas, tiene espacio para traer un vehículo. Voy a dar la matrícula de su coche y buscaremos si tiene más a nombre de sus empresas.

—De acuerdo. Tú conduces, conoces mejor la zona.

Nos adentramos por los caminos forestales, parando cada vez que veíamos un contenedor para rebuscar en su interior cualquier bulto sospechoso. Nos llevó un par de horas dar con él.

Fue en una de las zonas habilitadas para acampar donde lo encontramos. Una bolsa de basura industrial negra ocultaba un ahumador, una careta cuadrada con rejilla, un par de buzos muy usados y unas botas blancas de suela de goma y polainas con cremalleras.

23

LA PROCESIÓN DE LOS FAROLES

En este punto, el poder del villano se canaliza por medio de socios, esbirros, secuaces... Cuidado, #Kraken

4 de agosto, jueves

Aquel era el día más grande del año para cualquier vitoriano. Celedón, un muñeco calado con boina que representaba a todos los alaveses, descendía con su paraguas desde la torre de la iglesia de San Miguel cruzando el cielo con un sistema de poleas y a las seis de la tarde el chupinazo daba comienzo a las Fiestas de la Virgen Blanca. Yo tenía el día libre, libre de despachos y de reuniones, así que aproveché para madrugar y salir a correr un rato.

Encontré a Blanca, o a Alba, quién sabe, corriendo por Siervas de Jesús. No sé si fue un encuentro casual, y ya hacía días que me preguntaba si ella forzaba tanto sus rutas de *running* como yo para coincidir. Ojalá, aunque no las tenía todas conmigo.

—¿Tienes una ruta para hoy, o puedes improvisar? —le pregunté, a modo de saludo.

MatuSalem me había dado una buena idea el día anterior cuando lo vi subido al mural del Campillo.

—Tengo cintura para improvisar, ¿cuál es la oferta? —Alba recogió el guante.

—Te voy a enseñar mis murales favoritos, ¿te hace la propuesta? —dije, manteniéndole la mirada más de la cuenta.

—Me hace, vamos —contestó, quedándose colgada en mis ojos marrones. No había mucho que ver en ellos, pero me pareció una buena señal.

Salimos trotando calle abajo hasta que llegamos a la Fuente de los Patos. Alba era competitiva, de vez en cuando me retaba a *sprints* y acabábamos con la respiración entrecortada. Ni qué decir lo mucho que me ponía el tema.

Zapateamos sobre los adoquines medievales de la parte más antigua de la ciudad hasta llegar a la plaza de la Burullería. El inmenso mural mostraba unas telas medievales con la urdimbre intrincada de los trabajos artesanales de antaño.

—Se llama *Al hilo del tiempo.*

—Bonito nombre —comentó mientras descansaba inclinada con las manos sobre las rodillas. Llevaba la larga trenza empapada y se le pegaba en la espalda—. Aunque… solo son telas antiguas.

—No lo subestimes, es uno de los treinta mejores murales del mundo —dije, con el orgullo un poco herido. No la había impresionado.

«Vamos, Kraken, puedes hacerlo mejor», me reté a mí mismo.

—De acuerdo, voy a enseñarte mi favorito.

Subimos trotando hasta la Muralla Medieval y allí la obligué a asomarse a los jardines interiores. Aquel mural tenía algo, era especial. No solo por lo que representaba, *La noche más corta,* la noche de San Juan, sino por los colores azules que dominaban toda la fachada como fondo para el alegre colorido de la procesión de los vitorianos medievales.

—Es el solsticio de verano, la fiesta pagana. ¿Ves las hogueras, los desfiles…? Cualquier detalle importa aquí. Mira la puerta de entrada de la muralla, no como está ahora, sino como debió de ser en el Medievo. Esto es pura magia, Alba —dije, sin pensarlo, y al cruzar los brazos sobre el pecho para admirar el mural, me di cuenta del roce de su brazo con el mío, en idéntica postura.

No me había percatado de que estábamos más cerca de lo que una subcomisaria y un inspector deberían estar nunca. A todos los niveles.

¿Dónde llevaba aquello?

—No te lo había dicho, Unai, pero también es mi mural favorito. Por la noche del Alba, imagino.

Unai, me acababa de llamar Unai. No Ismael, ni Kraken, ni Ayala.

—Entonces ven a ver la procesión de los Faroles esta noche en mi tejado —me embalé—. Vivo en la plaza, en el portal junto al restaurante Virgen Blanca. ¿Querrás venir? Es un ambiente mágico, casi onírico. La plaza de la Virgen Blanca está silenciosa, excepto por los rezos de los devotos. Hay un juego de luces espectacular con el colorido de las vidrieras de los faroles, la luz azul que ilumina desde abajo el monumento a la Batalla de Vitoria y la iluminación cálida de las viejas farolas de la plaza que sobrecoge al más agnóstico.

—Qué bien lo vendes. —Sonrió—. Casi me dan ganas de aceptar tu invitación.

—Es un momento único, en serio. Piénsatelo. La procesión empieza a las diez de la noche, deberías llamarme a las nueve y media si quieres entrar en mi portal, a esa hora ya se ha despejado la plaza después del chupinazo, pero más tarde es imposible pasar.

—De acuerdo, deja que…

«Tu marido, lo sé. Tienes que pensar dónde estará tu marido a esas horas y si puedes mentirle para estar conmigo.»

Pero apareció, a las nueve y media en punto escuché el timbre del telefonillo y, entre escéptico y excitado, esperé a que subiera las escaleras de las tres plantas.

—Has venido. —Esa frase memorable fue lo único que se me ocurrió decirle en aquellos momentos.

—Creo que tienes algo único que enseñarme —respondió.

Nunca la había visto vestida de otra manera que no fuese su equipamiento de *runner* o su uniforme de subcomisaria. Mallas cortas y camiseta, o traje ceñido de chaqueta. Tuve la impresión de que aquella noche Alba, o Blanca, vete tú a saber, iba de ella misma: pitillos y camiseta pegada, melena negra suelta, poco maquillaje.

—Así es, subamos al rellano del cuarto piso, el vecino no está nunca.

Caminó tras de mí, obediente y cómplice, escaleras arriba, y una vez allí saqué una escalera de mano del cuarto de la comunidad y la coloqué debajo de la trampilla que daba al tejado del edificio.

—¿Me sigues? —pregunté, pero sabía que lo haría.

Salí al exterior de mi edificio, y me senté sobre las tejas naranjas inclinadas. Ella subió detrás, asomó la cabeza, después el tronco y me miró incrédula.

—¿Estás seguro de que esto no es peligroso?

—He subido mil veces y nunca he tenido un susto. Basta con ser mínimamente prudente.

—Tal vez esto no lo sea —murmuró para sí misma.

No supe si se refería a aquel momento en concreto o a toda nuestra inadecuada relación en general.

Después se ayudó con los brazos, tomó impulso y se colocó sobre el tejado, a mi lado.

—¿Has visto qué ambiente tan especial se respira ya en la plaza? —le expliqué, señalándole con el brazo—. La procesión va a empezar en breve. En el rellano de la esquina de la escalinata de la iglesia de San Miguel han colocado un altar. Cuando lleguen todos los faroles a sus pies, se celebrará un pequeño oficio. Suelen cortar el acceso a la balconada donde está la hornacina de mármol que alberga la talla de la Virgen Blanca donde nos...

«Donde nos conocimos», me corté, y no seguí con la frase.

—Donde solemos detenernos para estirar —reculé.

—Lo recuerdo —dijo, y yo supe que se refería a lo mismo que yo. A veces la memoria clava chinchetas en momentos triviales del pasado y los fija para siempre, aunque «para siempre» parezca mucho tiempo.

—¿Qué es eso que han puesto a los pies de la Virgen Blanca? —preguntó ella.

Miré en la dirección donde señalaba, aunque desde nuestra distancia y con la poca luz que iluminaba la balconada, solo se veía una mancha blanca difusa.

—No sé, parece una sábana o un lienzo. Tal vez sea para señalizar la zona donde tienen que celebrar la ofrenda floral.

—Puede ser —convino ella.

La plaza a nuestros pies se fue llenando de gente que formó un pasillo por el camino de subida a la iglesia.

—Es extraño —comentó, abrazándose las rodillas—, estamos en mitad del mismo centro de una ciudad en fiestas, viéndolo todo y a todos, y nadie nos puede ver.

—Descuida, desde la calle es imposible que nos vean. Solo si nos miran desde los edificios de enfrente, pero con esta poca luz solo se ven dos sombras, nadie nos reconocería.

—Lo sé, y lo entiendo. Por un lado, me siento muy expuesta. Pero comprendo lo que dices: nadie se va a enterar.

De nuevo tuve la certeza de que no hablaba solo de aquel momento, sino de nosotros. Las dudas, todo lo que tenía que perder, lo poco que tenía que ganar.

—¿Recuerdas *Lau teilatu*, *Cuatro tejados*, la canción de Itoiz que tocaban en todas las verbenas de los pueblos del norte hace veinte años? —le pregunté.

—Claro, quién no se ha pillado con esa canción. —Sonrió.

—Quién no ha tenido buen sexo escuchando esa canción, de ese buen sexo que tenías de adolescente, cuando no pensabas en el antes, ni en el durante, ni en el después.

—Sexo irresponsable y auténtico. Toda una generación, entiendo. —Rio ella, un poco nostálgica.

—Esto es como estar dentro de una estrofa de *Lau teilatu.* Cada vez que subo aquí me viene esa canción a la cabeza: *Sobre cuatro tejados, la luna en medio y tú, con la mirada en alto…* Te la he traído.

Saqué el móvil del bolsillo trasero del vaquero y le enganché un auricular. Después se lo puse en un oído y yo me lo coloqué también en mi oreja. Ahora estábamos conectados por una banda sonora que solo ella y yo escuchábamos, ajenos al silencio de los creyentes que procesionaban varios metros bajo nuestros pies, y aquel momento fue lo más cerca que me había encontrado emocionalmente de alguien desde la recta de los pinos.

—Y otra vez seremos felices en las fiestas de cualquier pueblo —terminó ella de traducir.

—Ojalá, ojalá hubiéramos coincidido en las fiestas de cualquier pueblo —me atreví a decir—, estuve cada año en la verbena de Laguardia, ¿por qué nunca te vi? ¿Dime, ahora es tarde? ¿Tú casada, yo viudo, ambos con hijos enterrados que no criamos? ¿Es tarde, Blanca?

—No lo sé. A estas alturas no pensaba que tuviera nada que plantearme, pero ahora…

Y después calló, guardó silencio. Esperé a que acabara la frase, pero no estaba preparada. Habían pasado pocas semanas desde su traslado a Vitoria. Pocos días desde que corríamos juntos de madrugada y menos días aún desde que los primeros crímenes habían unido nuestras preocupaciones.

A veces el tiempo que marca el calendario no tiene nada que ver con el tiempo mental o emocional que cada uno vive por dentro.

—¿Por qué no vuelves a venir a este tejado, la noche de las Perseidas? Es una experiencia alucinante tumbarte sobre este tejado a las tres de la madrugada, en mitad de agosto… Y espera a ver la lluvia de estrellas. El año pasado conté cuarenta y tres.

—No te creo —me miró, escéptica—, no creo que se puedan ver desde aquí. Hay demasiada contaminación lumínica.

—Sí se puede. Vitoria en agosto se queda vacía, no hay tantas luces de los edificios de viviendas y se nota mucho. El cielo del 12 de agosto se ve limpio, a eso de las cuatro de la madrugada se ven las Lágrimas de San Lorenzo. Tienes que creerme, Alba.

Lo pensó por un momento, o al menos tuvo la deferencia de fingir que lo pensaba.

—Unai…, sabes que no voy a poder —dijo al fin, apoyando la barbilla sobre sus rodillas.

«Lo sé, ese día a esas horas estarás durmiendo con tu marido. Solo estaba soñando con no sentirme tan solo.»

—Y yo sé cuándo no se le debe insistir a una dama.

—Te lo agradezco entonces —dijo, aliviada.

—Escucha, ya viene la procesión. —Le retiré el auricular del oído.

Entonces pude rozarle el rostro y aquel pelo hecho de sombras, y ella se quedó quieta, recibiendo el roce.

Desde la calle del Prado comenzaron a llegar los primeros cofrades, vestidos de blanco con un pañuelo rojo al cuello, portando los faroles en fila de a dos. Los primeros, vidrieras azules y doradas en forma de estrella. Después, faroles verdes, rojos y amarillos. Por último, algunos rezagados, rojos y azules. Desde nuestra altura parecían una especie de Santa Compaña, pero más bella, colorida y solemne que su homóloga gallega.

—¿Sabes?, cuando estoy aquí me gusta verme como un centinela. Quiero pensar que puedo protegerlos a todos —dije en un arrebato de sinceridad.

Ella ladeó la cabeza, con un gesto preocupado.

—Como jefa, me viene muy bien que seas tan obsesivo. Sé que no piensas en otra cosa más que en los dobles crímenes desde que comenzaron.

—Desde que se reanudaron —la corregí.

—De acuerdo, desde que se reanudaron. Es tu hipótesis y me fío de ti. Pero como persona que se empieza a preocupar por ti, me gustaría que no llevases tanta carga mental y emocional con lo que está sucediendo. No puedes proteger a toda una ciudad tú solo. Recuerda lo que te dije: si el asesino ha decidido seguir matando, solo podemos detenerlo pillándolo por los errores que haya cometido en los anteriores asesinatos, pero no vamos a poder evitar los próximos crímenes. Son demasiado elaborados como para pensar que ese sujeto deja algo de espacio a la improvisación.

—Este es el peor anticlímax que he tenido con una chica en toda mi vida, ¿crees que podemos volver a escuchar *Lau teilatu* y ponernos místicos de nuevo? —la interrumpí, frustrado.

Ella se rio, con esa risa blanca de la primera madrugada que la conocí, cuando intentaba ser otra, o recuperarse a sí misma, quién sabe.

Y entonces hizo algo que a aquellas alturas no esperaba. Se sentó entre mis piernas y apoyó su espalda sobre mi pecho. Yo puse mis brazos alrededor de los suyos, y apoyé mi cabeza en su hombro izquierdo. Qué bien se sentía en aquella intimidad.

Después llegaron más roces, roces en silencio, sin mediar palabra. Para qué, no quería escuchar sus excusas, tenía tantos buenos motivos para no continuar con aquello que yo no habría tenido más remedio que darle la razón. Pero no quería dársela. No allí, no aquella noche, sobre aquel tejado que dominaba Vitoria. El tacto prieto de sus pantalones bajo mi mano, mi bragueta a punto de reventar, el gemido de su respiración en mi oído. Mis labios en su cuello, empapado de sudor como cuando corría.

Habríamos terminado ardiendo sobre las tejas de no haber sido por lo que vino después.

Primero se escuchó un grito roto, un grito de hombre. Después vinieron más chillidos de pánico, los rezos cesaron y llegó el caos.

Blanca y yo nos asomamos al borde del tejado, aturdidos, sin comprender nada, como a quien destierran de un paraíso a golpe de despertador.

Vimos las sotanas de los representantes de la Iglesia corriendo desde las escaleras de la escalinata hacia la hornacina de la Virgen Blanca y abandonando un altar que quedó vacío.

Por lo que pudimos adivinar desde nuestra distancia, alguien había descubierto la sábana blanca, porque ya no se veía y varias personas, formando un círculo cerrado, rodeaban algo y gesticulaban, histéricas.

Nos miramos, preguntándonos en silencio qué hacer, pero la melodía del móvil nos vino a dar la respuesta.

—Subcomisaria Salvatierra. Sí, dígame.

Mi jefa había vuelto a tomar el control, en aquel tejado la magia se había ido y todo lo que había sucedido segundos antes parecía fuera de lugar. Terriblemente fuera de lugar.

Alba escuchó lo que le dijo una voz apremiante. Para cuando colgó, ya era otra.

—Inspector Ayala, han encontrado los cuerpos desnudos de dos jóvenes a los pies de la hornacina de la Virgen Blanca, en la balconada de la iglesia de San Miguel Arcángel —me informó, con voz neutra—. Yo les he comunicado que me encuentro por la zona, voy a bajar y acercarme al escenario del crimen. Avise a su compañera, el juez de guardia, la forense y los de la Científica están de camino y un par de patrullas van a llegar ahora mismo a despejar y acordonar la balconada. Hay que evitar en lo posible fotos de móviles, no queremos que muchos de los detalles trasciendan a la prensa, entorpecerían la investigación. Voy a bajar.

Se separó de mi cuerpo, abrió la trampilla y comenzó a descender sin esperarme.

—Yo también bajo.

—No podemos llegar a la vez. Está toda la ciudad en esta plaza, algún conocido verá que salimos del mismo portal, y nadie de comisaría puede sospechar que ahora mismo estamos juntos.

—De acuerdo, ya has dicho que estás por la zona, así que baja tú primero y accede al escenario del crimen desde las escalinatas. —Me resistía a dejar de tutearla, aún no—. Yo saldré del portal dos minutos más tarde. Subiré por el túnel que hay bajo los Arquillos, junto al Toloño, y llegaré por la derecha. Diré que estaba de espectador en la procesión de los Faroles.

—Así haremos, entonces —accedió, y desapareció escaleras abajo.

Aproveché para llamar a Estíbaliz e informarle. Ella estaba cenando con su novio en La Riojana, en la Cuchi, así que quedamos en encontrarnos en la balconada de San Miguel y un par de minutos después me atreví a abrir el portal y salir a la plaza. La procesión se había detenido, los portadores de los faroles esperaban órdenes sin saber qué hacer.

Todo el mundo hablaba en corrillos improvisados, vi los rostros consternados, la confusión de la gente que hablaba atropelladamente y me dolió que una persona pudiera tener tanto poder como para haber truncado aquel momento tan solemne y tan único para Vitoria y haberlo convertido en terror.

Me abrí paso entre la multitud, y a duras penas conseguí llegar al pequeño arco que pasaba desapercibido para muchos. Subí las escaleras de cuatro zancadas y llegué en pocos minutos al escenario de los nuevos crímenes.

Alba estaba ya allí, había tenido la precaución de colocarse en el lado izquierdo y la encontré dando órdenes a un par de agentes de uniforme que ya se habían personado.

Comenzamos a despejar toda el área. Normativamente, teníamos que poner un cordón a cincuenta metros de la escena del crimen, pero me di cuenta de que sería imposible evitar las fotos. Se veían *flashes* de móviles desde todos los puntos. Así que me limité a retirar a los curiosos que miraban como hipnotizados los dos cuerpos desnudos.

Cuando por fin pudimos acordonar la zona y me permití centrarme en las nuevas víctimas, hinqué una rodilla en las piedras grises y repetí mi plegaria en silencio:

«Aquí termina tu caza, aquí comienza la mía».

Era la tercera vez que la rezaba en pocos días, ¿cuántas veces más me obligaría aquel malnacido a hacerlo?

Pero por primera vez, cuando miré el lienzo que el asesino nos tenía preparado, pude interpretar con claridad el cuadro que tenía frente a mí:

La pareja yacía a los pies de la Virgen Blanca, ahora casi con seguridad de treinta años, desnudos, con las manos consolando el rostro del otro, el veneno de la pureza de la abeja en sus gargantas, castigándolos por el Pecado Original y un triángulo isósceles formado por tres *eguzkilores* indicando el Ojo de la Providencia.

El ojo que todo lo ve.

24

EL ROSARIO DE LA AURORA

Vitoria, agosto de 1970

Álvaro Urbina despertó a las seis de la mañana. Emilia había insistido en acudir al rosario de la aurora. Él no tenía fuerzas ni para negarse. Llevaba varias semanas muy apático, ni siquiera le asustó el amago de sobredosis que había sufrido semanas antes, en el piso de Blanca. Puede que hubiera deseado que le hubiese descubierto, tirado y taquicárdico, en el piso de su difunta tía. Ahora le daba igual. Invierno que verano, fiestas o entierros.

Ahora le daba igual.

Se dejó llevar por la riada de fieles que seguían a los blusas que portaban a la Virgen Blanca hacia la escalinata de San Miguel. Un par de abanderados en los laterales guiaban la procesión con enormes banderas blancas. Varias sotanas negras y monaguillos con casullas almidonadas recitaban los cantos y rezos con una vehemencia que a aquellas horas molestaba.

Ya volvía a casa, mirando el suelo distraído, del brazo de su mujer, cuando se topó con unas botas de cuña de madera que reconoció. Levantó la cabeza, tragando saliva, y vio a Javier Ortiz de Zárate y a Blanca Díaz de Antoñana.

Para su sorpresa, el industrial le sonreía abiertamente. No parecía haberle quedado secuelas de la intoxicación que lo había llevado a Urgencias. Blanca también le dedicó una sonrisa social, pero su mirada le advertía algo que no se veía capaz de llegar a adivinar.

En todo caso, su ojo clínico detectó al momento que Blanca estaba diferente. Lo había visto cientos de veces antes en muchas de sus pacientes. Tenía el pecho mucho más relleno y las venas que surcaban el escote se veían más azules y gruesas bajo la fina piel de Blanca. Miró sus tobillos, estaban hinchados y el anillo de casada que tanto odiaba le quedaba más prieto.

—¡Doctor Urbina! ¡Cómo me alegro de verle! —dijo el marido de Blanca, palmeándole los brazos en tono jovial—. Imagino que mi esposa habrá acudido ya a su consulta después de la buena nueva. Le estoy muy agradecido por sus cuidados, casi habíamos perdido la esperanza.

Álvaro reaccionó rápido a la noticia, se colocó la máscara de médico y sonrió con estudiada contención.

—Así es, y debo darle la enhorabuena. Un embarazo siempre trae la dicha al hogar de unos recién casados.

—De hecho, tenía consulta con el doctor Urbina la próxima semana —intervino Blanca, sin dejar de mirar a su marido—. Allí nos vemos, si le parece, doctor. Nos íbamos ya a tomar un helado en La Italiana, a ver si han abierto a estas horas. Estos días solo pienso en comer tortillas manchadas del Naroki y terminar con una leche merengada de Casa Quico.

—Cuídese mientras, señora. Y hace bien en hidratarse. Está reteniendo mucho líquido y con la solanera que nos espera estos días no puede permitirse una lipotimia. Y por Dios, lléveme zapato plano —le contestó Álvaro, metido en su papel.

Javier sonrió, complacido y se despidieron.

Blanca entró por la puerta de la consulta a primera hora, varios días más tarde de aquel encuentro, y la cerró tras de sí. Álvaro soltó la pluma con la que estaba escribiendo e intentó hablar, pero ella se adelantó:

—Eres médico, sabes que no hay manera de saber si el niño es tuyo o de Javier.

—Blanca..., debería... —Trató de detenerla, pero ella ya se había sentado en la silla frente a su escritorio.

Se quedó mirando los manuales apilados en un extremo de la amplia mesa del doctor y habló de corrido:

—La policía ha dejado de venir. Concluyeron que no se podía saber si hubo una ingesta accidental de un tóxico desconocido, pero Javier no se ha quedado conforme. He venido a advertirte: hemos de tener mucho cuidado y no me queda más remedio que tú me lleves el embarazo, porque Javier sospecharía si ahora cambio de médico. Dos de sus socios han recibido palizas por parte de unos desconocidos. No lo han denunciado, todo ha quedado en el ámbito familiar, pero sus mujeres son de mi cuadrilla y me lo han contado. En ambos casos parecían robos: varios encapuchados los siguieron y les pidieron dinero, pero luego los golpearon a ambos y los marcaron con una navaja. Sé que Javier sospechaba que alguno de ellos dos podía haber intentado envenenarlo, se lo escuché decir a Ulises, su chófer, pero tengo miedo, por ti y por mí. Si llegase a enterarse de lo que hicimos, Álvaro, yo no sé lo que podría llegar a hacer. Aunque él quiere este hijo más que nada en el mundo, me está respetando desde que estoy embarazada y…

Entonces salió Felisa, la enfermera, de detrás del biombo blanco y la frenó con un gesto.

—Ya, doña Blanca. Ya es suficiente. Permita que me vaya, descuide por mí, no voy a decir nada. Pero no quiero escuchar más o me van a meter en un problema a mí también.

Cruzó una mirada con cara de circunstancias con el doctor Urbina, que se pinzó el puente de la nariz y apretó los párpados con fuerza. Después suspiró y le hizo un gesto de permiso con la mano.

—Puede salir, Felisa. Después hablaremos, si le parece.

La enfermera salió en silencio y cerró la puerta con cuidado a su espalda.

—¡Dios, no hago más que complicar las cosas! Creo que no puedo más —dijo Blanca, tapándose el rostro, en cuanto se quedaron solos.

—Creo que nos podemos fiar de ella. Tampoco tenemos otra opción que confiar en su discreción, me temo. No sé si es buena idea que yo te lleve el embarazo y el parto, ¿y si tu marido se da cuenta de lo que… de lo que tuvimos?

Lo dijo en pasado y apretó los labios, ocultando lo que dolía.

—Te lo he dicho: para él lo más importante ahora es tener este hijo, y creo que le da miedo cualquier cambio, quiere que te encargues tú. Tenemos que aguantar estos meses. Sé mi doctor únicamente, limítate a las consultas obligatorias y después del parto no nos volveremos a ver. Yo criaré a este niño o a esta niña, sea el padre quien sea. Tú volverás con tu familia, yo criaré la mía y nos olvidaremos de que esto ha pasado. Es lo más seguro para todos.

Álvaro se tomó un momento para procesarlo. Después, cansado ya de todo, simplemente renunció.

«De acuerdo, Blanca. Aquí es donde termina todo.»

—Voy a encargarme de su embarazo, tal y como usted y su marido desean —dijo finalmente, empleando su voz neutra—. Le voy a pedir una analítica para asegurarnos de que todo está bien. Vamos a intentar calcular la fecha probable de parto. Pase detrás del biombo y desvístase de cintura para abajo. Tiene una sábana para cubrirse.

En cuanto Blanca abandonó la consulta, Felisa entró en el despacho y por primera vez desde que el doctor Urbina llevaba en la clínica, la mujer se sentó en la silla destinada a las pacientes.

—Yo no quisiera haberme enterado de esto ni de esta manera, doctor, pero he pasado la guerra civil y he visto mucha más violencia entre vecinos de la que se puede usted imaginar, que era una criatura y, probablemente, no se enteró más que del hambre. Mi trabajo aquí es ver, oír y callar, pero a veces callar no soluciona las cosas, sino que las agrava. Ya le conté que yo traté a la primera mujer de don Javier con el doctor Medina. Le dije las lesiones que vi, le dije que el doctor calló, como hacía siempre. Pero no se lo conté todo.

»Ella vino a consulta porque no conseguía quedarse embarazada. El doctor la examinó, yo estaba presente. Tenía el útero del tamaño de un guisante, era una malformación congénita. La pobre no tenía la culpa, pero don Medina la presionó diciéndole que su deber como esposa era decirle la verdad a su marido. La habíamos citado para consulta la siguiente semana y no vino, pero no anuló la cita, algo que me extrañó de una señora tan educada y cumplidora como ella. Después leí la esquela en un periódico atrasado de la sala de espera y estuve preguntando por ahí. Ese mismo fin de semana se había despeñado en la cascada de Gujuli. ¿Usted sabe lo difícil que es eso? Era una mujer con miedo a todo, a una voz más alta que la otra, ante cualquier ruido brusco se encogía, ¿ha visto usted ese tipo de mujeres, que van pidiendo permiso hasta para respirar, aterradas por no molestar? Son como cachorros cuando el amo los ha molido a palos y piden permiso con la mirada hasta para morder un hueso que se han encontrado por la calle. Ella era ese tipo de mujer, no la veo asomándose a un precipicio de cien metros.

—¿Qué intenta decirme, Felisa?

—Que la cabra tira al monte, que su marido siempre tuvo fama de que se le iba la mano, pero por ser de la familia que es, se lo pasan todo por alto, y que don Javier Ortiz de Zárate no es alguien a quien se le pueda tomar el pelo sin consecuencias. Y ya me he metido mucho, prefiero irme, si me da usted el permiso.

Una cita por mes. El cuerpo longilíneo de Blanca se fue redondeando, su barriga se fue tensando ante el peso de la gestación. Para cuando llegó el otoño, el trato entre el doctor Urbina y su paciente ya había tornado de la incómoda neutralidad del principio a la afable calidez de antaño. El miedo que tanto los había paralizado era cada vez más un oscuro recuerdo que los dos preferían ignorar cuando se presentaba. Miraban hacia delante. Solo hacia delante, pendientes de una fecha probable de parto.

Una mañana, el doctor Urbina recibió una llamada. Cuatro tonos. Después silencio.

«Te espero», callaba Blanca, desde el auricular sin descolgar. «Te espero.»

Álvaro acudió por la tarde a la cita. Miró a ambos lados de General Álava, por simple precaución, y cuando se aseguró de que no veía a nadie conocido, sacó las llaves que nunca tiró y entró en el portal.

Blanca le esperaba en el piso, desnuda en la cama, como él recordaba. No fue una tarde para las palabras, no había ninguna situación de la que hablar, solo dos cuerpos que se refugiaban de sus temores y se consolaban para resistir.

Ocurrió la noche siguiente, cuando Álvaro volvía de la última consulta. Se había levantado un viento molesto y frío, y le pareció escuchar murmullos tras de sí mientras bajaba andando por la avenida del Generalísimo hacia su domicilio. Se habían comprado un piso de noventa metros cuadrados en una de las urbanizaciones de la zona de la avenida, junto al barrio de El Pilar. Varias torres altas de hormigón gris rodeadas de árboles y zonas verdes en la calle Honduras, detrás de las obras de lo que iba a ser el colegio San Viator.

Cuando llegó al final de la avenida no pudo evitar mirar sobre su hombro derecho, inquieto. No pasaba mucha gente por la calle, pero a él le seguía pareciendo que escuchaba el sonido de unos pasos cercanos. No vio a nadie, pero por precaución se acercó a una de las aceras donde algunos bares todavía acogían clientela que tomaba el último vermut de la tarde antes de retirarse a cenar.

Cruzó el último paso de cebra de la zona iluminada y atravesó un sendero de gravilla rodeado de pequeños arbustos y setos que lo llevaba directo a su torre.

Volvió a escuchar ruidos a su espalda y esta vez se asustó de verdad.

—¿Quién anda ahí? —gritó alarmado, mientras se giraba.

Sin embargo, la única farola cercana solo le devolvió algunas sombras del follaje, poco más, así que apresuró sus pasos y se metió casi corriendo en los pasadizos que llevaban a su portal.

De detrás de las columnas salieron tres hombres con un pañuelo atado al cuello, tapando el rostro. Eran corpulentos y solo se les veían los ojos. Uno de ellos sacó una navaja larga, de unos veinte centímetros de filo estrecho. Lo hizo despacio, sin las prisas y el nerviosismo que solían gastarse los carteristas o los drogadictos.

Los otros dos fulanos le rodearon y el doctor gritó pidiendo ayuda, pero nadie acudió. Una sombra que creyó reconocer se apoyaba en el muro de hormigón, a veinte metros, controlando lo que allí iba a ocurrir.

25

LA BALCONADA DE SAN MIGUEL

¿Puede el villano ser también un embaucador o la figura cambiante de la historia? Abre los ojos, #Kraken

4 de agosto, jueves

Fue una noche muy intensa. Alguien colgó en Twitter una imagen de los dos asesinados y todo el mundo en la red social se lanzó a ejercer de investigador e intentar identificar a las víctimas. Fue también la masa anónima quien bautizó los últimos asesinatos como «El crimen de la Virgen Blanca» y les asignó un nuevo *hashtag*: #CVB, que junto con #TwinMurders y #Kraken competían por ser *trending topic* a nivel mundial. Las cuentas de Twitter de los principales periódicos internacionales también se hicieron eco del último asesinato, desde el *Corriere Della Sera* en Italia, hasta el *Clarín* en Argentina. Un tercer doble asesinato en menos de dos semanas nos puso de nuevo en el epicentro de las noticias de sucesos a escala global.

Había varias tendencias en cabeza: para muchos, el asesino era claramente Ignacio. A aquellas alturas, y pese a que yo no había pasado información a Mario Santos y mucho menos a Lutxo, era de dominio público que se encontraba en paradero desconocido.

Sus amigos de toda la vida resultaron no ser tan amigos de la discreción y habían aireado a los cuatro vientos que Ignacio no había acudido a las cenas prefiesta de la cuadrilla. Se sabía que su móvil no estaba operativo, y los dependientes de las tiendas adyacentes al portal número 2 de la calle Dato contaban a todo el que quisiera escucharlos que hacía varios días que Ignacio ni salía ni entraba a su piso.

Muchos de los tuits me pedían explicaciones: «¿Dónde está Ignacio, #Kraken? ¿Por qué no has detenido a ese pederasta?».

Lo cierto era que nadie, ni familiares ni conocidos, había denunciado su desaparición, y aún no teníamos los resultados de los análisis del material de apicultura, así que carecíamos de motivo para emitir una orden de busca y captura.

Otras tendencias cargaban contra Tasio y apoyaban la teoría inicial de que era el inductor y tenía un acólito ejecutor en la calle. Desde hacía días habían surgido iniciativas espontáneas de gente pidiendo firmas para evitar que Tasio saliese el 8 de agosto, a nadie le importaba que fuese un permiso de menos de una semana: todo el mundo había decidido que se iba a fugar y nos criticaban por no iniciar trámites legales para tratar de impedirlo. De cara a la opinión de las redes sociales, éramos unos ineptos, yo el primero, y no les quitaba la razón.

La subcomisaria Salvatierra nos emplazó a una reunión de urgencia en su despacho, después de dar cuentas al comisario, el cual le apretó las tuercas hasta límites poco saludables que se reflejaban en su rostro cargado de cansancio.

Le pesaban las ojeras, tenía el rictus más marcado, la mirada endurecida, el peso del mundo sobre aquella espalda cálida que se había apoyado en mi pecho horas atrás. Ni siquiera había amanecido cuando mi compañera y yo entramos en comisaría con el rostro tenso y cara de circunstancias.

—Acabamos de identificar a las dos víctimas —nos informó, alargando el brazo y facilitándonos un par de informes, en cuanto Estíbaliz y yo nos sentamos frente a su mesa.

—¿Tan pronto? —preguntó Esti, extrañada.

—No ha dado tiempo a que los padres o los familiares pongan una denuncia de desaparición —dije, sin comprender.

—Se les ha identificado en las redes sociales. Y respondiendo a la pregunta que están a punto de hacerme: sí, ambos tenían treinta años. Han sido sus amigos quienes han dado la voz de alarma al ver las imágenes que han circulado de manera viral por internet. Ellos mismos han contactado con sus familias y han comprobado que nadie sabía dónde estaban. A estas horas de la madrugada se han filtrado varias fotografías de sus rostros. Las propias cuadrillas de ambos estaban algo inquietas porque esta pasada tarde ninguno de los dos había llegado a presentarse en los bares donde habían quedado, ni respondían a los móviles. En cuanto la noticia de que habían aparecido dos nuevos cadáveres ha explotado en la red, ha sido cuestión de menos de una hora. Los padres de ambos, tanto la madre de Mateo Ruiz de Zuazo, el joven de treinta años, como los de Irene Martínez de San Román, la chica, se han puesto en contacto con nosotros para informarnos. Por petición de las propias familias no se ha esperado a mañana, no he visto necesario alargar el sufrimiento de esos pobres padres y los hemos llevado a identificar los cadáveres. Por desgracia, ambas identificaciones han sido positivas. Ahora estamos a la espera de que las autopsias nos devuelvan casi con total seguridad los resultados que ya conocemos: muerte por asfixia provocada por la introducción de abejas en la boca, la presencia de Rohypnol en sangre, y pocas novedades más.

—¿De quiénes se trata esta vez? —preguntó Estíbaliz.

—El varón, como les acabo de decir, era Mateo Ruiz de Zuazo. Trabajaba hasta hace unas horas como profesor de Marketing en el Basque Culinary Center, iba y venía todos los días de Vitoria a Donosti. Vivía aquí en su piso, solo, pero iba a diario a comer o a cenar a casa de sus padres, en el barrio de El Pilar. No tiene antecedentes, la madre afirma que nunca ha tenido problemas de drogas, no tiene ni una multa de tráfico. En fin, un chico normal, sano y limpio de antecedentes. Muy sociable, muy abierto, deportista, montañero y, de nuevo, muy confiado. La última vez que alguien lo ha visto o ha sabido algo de él ha sido durante la mañana de ayer, cuando ha quedado vía WhatsApp con su cuadrilla después del chupinazo. Por lo visto nunca iba porque el humo de los puros le molestaba. Por lo que nos ha contado su madre, su padre era muy fumador y falleció de cáncer de pulmón. Era en el único tema en el que era muy radical.

—De acuerdo, el perfil de siempre. ¿Y la chica, más de lo mismo? —preguntó mi compañera.

—Me temo que sí. Se llamaba Irene Martínez de San Román, un caso especialmente doloroso, ya que ayer mismo cumplió treinta años. Parece mentira que esté muerta por un solo día. Su madre no deja de repetir que le adelantaron el parto hace treinta años porque el bebé venía en posición transversa y no podía crecer más, que ella en realidad salía de cuentas para el 15 de agosto y que si los médicos hubieran respetado la fecha, a estas horas estaría viva.

—Es curioso a lo que se aferran los padres cuando pierden a un hijo —comentó Estíbaliz.

Alba y yo cruzamos la mirada un segundo, como un calambrazo que quemó. Luego miramos a Estíbaliz, pero ella tenía la vista fija en el informe que Alba nos había pasado. Estaba totalmente ajena a nuestro dolor. Cómo podría entendernos. Era como hablar con un soldado que jamás había estado en una batalla. Era demasiado virgen para nosotros.

—Irene había quedado con su cuadrilla para ver la bajada del Celedón. A las cinco y media no apareció, cosa que escamó a sus amigas, que no dejaron de llamarla e intentar localizarla desde entonces. Avisaron a sus padres, que tampoco sabían dónde estaba. Para cuando la noticia de los nuevos crímenes se ha propagado en internet, los padres ya estaban a punto de personarse en la comisaría. Como casi todo el mundo estos días, estaban prácticamente obsesionados con los dobles crímenes y les asustaba mucho que su hija pudiese estar dentro de... Bueno, ya saben, dentro del listado de los posibles. Me niego a sumarme a la terminología que se está utilizando en la prensa, en los medios de comunicación y en la red: la lista de los condenados, los elegidos, los...

—La misma historia, me estoy empezando a preguntar qué perfil tiene alguien que puede secuestrar a gente de veinte, veinticinco y treinta años —dijo Estíbaliz.

—Lo que yo me pregunto es cómo están resultando ser blancos tan fáciles —intervine—. A falta de confirmación de las últimas autopsias, no ha habido lucha ni forcejeo en ninguno de los casos. Ese tío es un superdotado social, un camaleón, alguien que sabe cómo llevarse a la gente a su terreno sin provocar recelos ni sospechas.

—Es un psicópata, deja de hablar como si admirases lo que hace —me cortó Estíbaliz.

—Me limito a describir, inspectora Gauna. Intento ponerme en la situación de seis jóvenes que han perdido la vida por fiarse de la amabilidad de alguien.

Esti me miró, una de esas miradas de disculpa. Estaba cansada, yo también lo estaba. No era cuestión de comenzar una guerra a aquellas horas.

—Por una vez Twitter nos ha servido de ayuda, no al revés —dije, cambiando de tercio y miré a Alba durante un segundo.

Ella negó con la cabeza, preocupada.

—No ha servido de ayuda, para nada. En las imágenes filtradas el mundo entero ha podido apreciar detalles que nos habíamos empeñado en que no trascendiesen, detalles como los *eguzkilores.* Esto ha dado pie a toda una marea de teorías neopaganas. Expertos en mitología vasca se han puesto a opinar sin que nadie les haya preguntado; las televisiones van a encontrar un filón que las tendrá ocupadas durante semanas. Es peligroso que esto cree un precedente, muy peligroso, y el comisario está consultando qué acciones podemos emprender para evitar que esas imágenes sigan circulando; entre otras cosas, que el juez Olano las declare parte de una investigación en curso. Pero es cierto que ahora tenemos muchas horas, si no días, de ventaja.

—Antes de que vuelva a asesinar —intervino Estíbaliz—. Son las fiestas de Vitoria, tenemos cinco días por delante de puro caos, miles de personas por las calles. No vamos a decretar un estado de sitio, y esto puede ser una sangría. La gente tiene miedo. ¿Qué está buscando exactamente el asesino al elegir matar en estas fechas?, ¿que se cancelen las Fiestas de la Virgen Blanca?

—Desde luego, está atentando contra todos nuestros ritos, contra todas nuestras costumbres, contra todos los lugares históricos. Este tío odia todo lo que huela a Vitoria —respondí.

—En eso estoy de acuerdo —dijo Alba—. El escenario, una vez más, parece avanzar en la historia de esta ciudad. La hornacina de la Virgen Blanca corresponde al siglo XVIII. Por otro lado, las víctimas parecen elegidas solo por los criterios de edad y apellido, no se intuye un móvil personal detrás de cada asesinato.

—Eso, si obviamos el asesinato y las circunstancias que rodean a Lidia, la novia de los gemelos —intervino Estíbaliz, cruzando los brazos sobre su pecho—. ¿O vamos a olvidarnos de los principales sospechosos una vez más?

—Seguimos sin tener nada, absolutamente nada que los inculpe —le recordé.

—Salvo la quema de los panales por parte de Ignacio, amén del sentido común —se enrocó mi compañera.

—Pues necesitan traerme algo más, y pronto, inspectores —dijo Alba, levantándose de su silla con intención de despacharnos—. Esta situación no debe ir más allá. No puede hacerlo. Tenemos los ojos de medio mundo pendientes de que estos crímenes no vuelvan a repetirse. El comisario no solo tiene que lidiar con la presión de las cadenas nacionales. La prensa internacional está dando cobertura a los dobles crímenes, y sus corresponsales van a cubrir toda la semana de Fiestas de la Blanca. Y no se imaginan lo insistentes que pueden llegar a ser los de la BBC, Europa Press y Reuters cuando se empeñan en dedicarle más minutos a un suceso. Vayan a acostarse, aunque sea por unas horas. Mañana va a ser un día de mucha actividad. Los quiero operativos y resolutivos al cien por cien. Necesito que avancen en todas y cada una de las líneas de investigación que tengan abiertas. Revísenlas, puede que se les haya pasado algo por alto. A partir de ahora, solo voy a valorar resultados, no esfuerzos. Aprovecho para informarles de que vamos a comenzar un operativo de carácter disuasorio en los edificios históricos del siglo XIX, aunque es prácticamente toda la zona del Ensanche, precisamente la más concurrida en fiestas.

—Tengo algo que compartir —intervine, pese al cansancio—. Es una línea de investigación que apenas he comenzado a perfilar, pero con el ritmo de los acontecimientos, he ido demorando la puesta en común. Este momento es tan bueno o tan malo como cualquier otro.

—¿De qué se trata, Ayala? —dijo mi jefa, sentándose de nuevo.

Les hablé de las figuras de San Vicentejo y de la visita a la ermita con don Tiburcio. Pronunciar en voz alta conceptos como el Ojo de la Providencia, la pareja hermética o los animales moralizantes hizo que Alba levantara su ceja más de una vez. A Estíbaliz tampoco se le alegró la cara cuando hablé del aprendiz pelirrojo.

—No tienes nada —se limitó a decir mi compañera, muy poco interesada—. De hecho, la única conexión con ese hombre es precisamente debido a Tasio. ¿Esto no lo incrimina aún más?

—Si lo incriminase, Tasio no me habría dado ningún nombre. Habría aducido que después de tantos años no lo recordaba, y yo no podría haber hecho nada ni lo habría podido identificar —le hice ver.

—Entonces ¿cuál es exactamente tu conclusión? —insistió, con cara de no comprender nada.

—Don Tiburcio Sáenz de Urturi es masón, probablemente Gran Maestro o Gran Secretario. No me miréis así, no es un secreto que en Vitoria hay como mínimo una logia llamada Manuel Iradier. Hace varias décadas comenzaron reuniéndose en un caserío de Respaldiza, al norte, junto a Amurrio.

—¿Estás intentando decirnos que el que ha cometido los crímenes es también masón?

—No, si fuese un hermano, si perteneciese a alguna logia, don Tiburcio lo sabría y no me habría dado ese dato a la ligera. Creo que el asesino puede ser aquel aprendiz que tuvo durante la restauración. Creo que quedó muy influido por las ideas que don Tiburcio le metió en la cabeza y él las ha representado en sus propios escenarios históricos, puede que para implicar a Tasio debido a su trabajo como arqueólogo. Pero la escena del crimen con la que nos encontramos una y otra vez es su propia reinterpretación. Lo que vemos es su mapa mental, su mapa cognitivo, una imagen fija de cómo debería resolverse su mundo, sus problemas, sus traumas, sean los que sean. No olvidéis que los asesinos tienen una lógica de coste y beneficio: para él, todo lo que hace tiene un sentido, desde la firma hasta el *modus operandi*. Todo esfuerzo que realiza, cada acción que emprende, le compensa si ve el resultado que quiere ver.

—Entonces ¿crees o no crees que es un crimen masón? —insistió mi compañera.

—Repito: no, aunque está inspirado directamente en la iconografía medieval de la ermita de San Vicentejo, y pienso que fue la persona que le descifró el imaginario de los canteros medievales quien plantó, sin quererlo ni buscarlo, la semilla de los crímenes que ahora estamos padeciendo.

—Unai, con todos mis respetos: creo que necesita usted descansar. Quiero seguir teniéndolo como el excelente perfilador que es usted. Hágase un favor y duerma un poco. Hay noches tan largas que parece que ha transcurrido una vida desde que comenzaron. Hoy es una de ellas —dijo Alba levantándose de nuevo y dando por concluida la reunión, mitad mi jefa, mitad mi casi amante.

Asentimos en silencio y nos despedimos con un gesto. Éramos tres zombis sin ganas ni fuerzas para hablar los que abandonamos el edificio de la comisaría, cuando el alba clareaba ya las aceras de la zona este de la ciudad.

Me arrastré como una medusa hasta la plaza de la Virgen Blanca. Las cuadrillas volvían ya a sus casas, pero por todos lados faltaba la alegría que conocía, y la juerga, y el jolgorio, y los borrachos pasados intentando ligar con las farolas.

La gente se movía en grupo. Las chicas volvían de dos en dos, de tres en tres, de cuatro en cuatro. Todo el mundo caminaba con la mirada fija en las pantallas de sus móviles.

Aquello no se parecía, para nada, a las Fiestas de la Blanca que había conocido en mis treinta y muchos años de vida.

Maldije el poder de un solo cerebro para cambiar la vida a tanta gente que nada tenía que ver con sus motivaciones. Me aterraba la facilidad con que el empeño enfermizo de una única persona podía llegar a mediatizar de aquel modo a toda una ciudad.

Pero sobre todo, maldije al tipo que había interrumpido lo que Alba y yo habíamos estado a punto de comenzar sobre aquellos cuatro tejados.

26

EL PASEO DE MIRACONCHA

Está actuando demasiado rápido. Busca errores, porque como no los tenga a estas alturas, te juro que me rindo ante esa inteligencia, #Kraken

5 de agosto, viernes

Desperté y bajé a desayunar un café con leche y un cruasán en el Mentirón, a los pies de la plaza. Lo hice medio dormido, por costumbre. No pensaba, no era consciente de que aquel maldito caso también estaba alterando mis propios rituales.

La camarera, una chica de moño oscuro y cejas pintadas a trazo grueso, me sirvió el café que le pedí, pero me lo entregó con una hoja de papel bajo el platillo de cerámica blanco.

—Eres Kraken, ¿verdad?

—¿Serviría de algo si lo niego? —repliqué distraído, cansado del tema.

—No, me lo ha dicho alguien de confianza. —Se retiró un mechón que le molestaba en el ojo.

—Es tu listado de familiares y conocidos de treinta y cinco años, supongo —dije, mirando somnoliento aquella cuartilla con el logo del bar.

—Solo quiero que mires los nombres. Son personas reales, gente que me importa, no un nombre en el telediario que en unos días pasará de moda porque hay otras víctimas nuevas.

—Todos son personas reales, ninguno de ellos son nombres —repetí, como si le hablase a un niño pequeño.

—Pues encierra a los gemelos de una vez, a los dos, aislados. No sé a qué estáis esperando.

Hice pinza con los dedos en el puente de la nariz. Tal vez el despertador no había sonado todavía y aquella escena era tan solo uno de esos sueños que me recordaban mis peores miedos, pero entonces el café no olería tan bien como el que tenía delante.

—¿Te das cuenta de que me estás quitando las ganas de volver a desayunar aquí?

—Tal vez sea mejor. Todo el mundo te está mirando, estás espantando a la clientela.

«Suficiente», pensé.

Me bebí de un trago el café hirviendo, me provoqué una quemadura de tercer grado que me duraría toda la mañana y engullí de cuatro mordiscos el maldito cruasán. Dejé varios euros en el platillo metálico y me levanté, listo para marcharme de zona enemiga.

Me disponía a agarrar el pomo de la puerta cuando la camarera me sujetó por el brazo. Me giré, extrañado.

—¿Qué demonios crees que estás haciendo?

—Mi novio es una de las personas que te he escrito en esa lista. Estamos esperando un bebé. Espero que te acuerdes de él. No puedes dejar a un niño sin su padre antes siquiera de nacer. ¿Puedes entender lo nerviosa que estoy?

Aquello escoció como ácido en las venas.

—¿Quieres un consejo? —le dije, perdiendo la paciencia—. Que se vaya de Vitoria. Ahora mismo, que no esté estos días, hasta que...

«Hasta que aparezca muerta otra pareja de treinta y cinco años», iba a decirle, pero ¿cómo pronunciar en voz alta mi fracaso, cómo admitir frente a una desconocida que yo mismo no esperaba que la cuenta hubiera terminado?

Ella se quedó blanca, después pareció pensar lo que le acababa de decir.

—Pues tienes razón —me dijo—. Al carajo el trabajo y su jefe. Esto es un asunto de vida o muerte. Gracias, Kraken.

Y salió como un torbellino del Mentirón delante de mí con el móvil en la mano.

Media hora después, me acababa de sentar en mi despacho cuando recibí una llamada de un número que mi móvil no tenía registrado.

—Inspector Ayala. Mi nombre es Antonio Garrido-Stoker, del bufete Garrido-Stoker de San Sebastián. Llamo en calidad de abogado de mi cliente, el señor don Ignacio Ortiz de Zárate.

—Le escucho —respondí, tratando de disimular mi sorpresa.

—Mi representado se encuentra desde el día 3 de agosto en mi domicilio particular en Duque de Baena, detrás del paseo de Miraconcha. He recibido instrucciones precisas para comunicarme con usted en concreto y me gustaría emplazarle a una videoconferencia, si puede ser esta misma mañana. Comprenderá que con el cariz que han tomado los acontecimientos, a mi cliente le interesa aclarar su situación cuanto antes.

—¿Está Ignacio con usted? —pregunté.

—Así es. De hecho, se encuentra en estos momentos a mi lado.

—De acuerdo. Entiendo que va a tratarse de una reunión en la que se van a tocar aspectos legales. Me gustaría que estuviesen también presentes mi superior inmediata, la subcomisaria Alba Díaz de Salvatierra, y la compañera que tiene asignado el caso conmigo, la inspectora Estíbaliz Ruiz de Gauna.

Hubo un par de susurros al otro lado de la línea, en tierras guipuzcoanas.

—Mi cliente dice que contaba con ello. ¿Le parece que nos conectemos en media hora?

—En media hora, pues —contesté, y el letrado colgó.

Me dirigí a toda prisa a los despachos de mi jefa y de mi compañera para informarles de la llamada y preparamos en pocos minutos la línea que íbamos a seguir frente al abogado de Ignacio.

A la hora fijada, los tres esperábamos con expectación mal disimulada la llamada del abogado frente a la pantalla del ordenador de mi despacho, previo escaneo de los informáticos y una llamada a escondidas a Golden Girl para asegurarme de que MatuSalem no pudiera registrar aquello y pasarle la información a Tasio.

Cuando por fin conectamos, en la imagen pudimos ver a Ignacio, trajeado y de corbata, impecable como si de una reunión de negocios se tratara. El tipo que estaba a su lado, el famoso Garrido-Stoker junior, parecía más un tiburón de Wall Street que un joven cachorro de una estirpe de abogados mítica en todos los juzgados del norte. Llevaba los caracolillos de su pelo oscuro peinados hacia atrás con mucha gomina, tenía entradas que le hacían resaltar una frente inmensa y su americana habría hecho las delicias de mi hermano Germán.

Los Garrido-Stoker eran un linaje de abogados curtidos y preparados; representaban a las grandes fortunas y las minutas de los sénior no estaban al alcance de un sueldo medio, ni siquiera de un sueldo privilegiado. Jugaban en otra liga.

A su espalda se divisaba desde lo alto toda la bahía de la Concha y un jardín de setos cuadrados daba paso a las vistas de la isla de Santa Clara.

—Soy la subcomisaria Salvatierra. —Alba tomó la palabra—. Quiero informarles de que nuestro equipo de la Sección Central de Delitos en Tecnologías de la Información ha dispuesto esta videoconferencia de manera que pueda ser grabada, ya que se halla dentro de una investigación criminal en curso. ¿Tengo su consentimiento expreso de que nos permiten esta grabación?

Ignacio y el abogado cruzaron una mirada rápida.

—No hay problema —dijo el letrado—. Por nuestra parte, también el bufete va a grabarla, si no tienen inconveniente. Pura rutina.

—Tienen mi permiso —dijo Alba—. ¿Puede explicarnos la situación actual de su representado y los motivos por los que han comunicado con nosotros?

—Cómo no. Entiendo que esta mañana van a estar muy ocupados, y a todos nos interesa que la investigación avance. Nos une una relación muy antigua con nuestro cliente, de hecho, su padre ya era cliente de mi padre. Don Ignacio Ortiz de Zárate acudió a nosotros el pasado día 3 de agosto, cuando decidió abandonar su domicilio en Vitoria después de la publicación de carácter difamatorio por parte de un medio de comunicación. Sobra decir que hemos emprendido acciones legales en contra del periódico. Por otro lado, y anticipándose al hecho de que la serie de crímenes podría continuar en breve, creímos conveniente alojarlo en nuestra residencia particular, esta desde la que estamos hablando. Estamos dotados de unas estrictas medidas de seguridad, dado el carácter de nuestro trabajo y de la importancia de los asuntos que manejamos con nuestros clientes, de modo que hay cámaras de seguridad controlando todos los ángulos de esta residencia durante las veinticuatro horas, también los exteriores, como este jardín y demás zonas de esparcimiento.

»Lo que estoy intentando que les quede claro es que don Ignacio se ha prestado voluntariamente a estar vigilado las veinticuatro horas del día, además de renunciar a mantener cualquier comunicación vía móvil o teléfono fijo con absolutamente nadie desde que se encuentra aquí. Tampoco ha accedido a internet desde ningún ordenador o dispositivo similar, como podrán comprobar en breve. Esta misma mañana nuestro servicio de mensajería les ha enviado a Vitoria las grabaciones de todos sus movimientos desde el día que llegó, para que los técnicos corroboren que no hay absolutamente ninguna falla ni falta un solo minuto en el que mi cliente no haya estado vigilado. Con esto pretendemos demostrar de manera fehaciente que no ha podido ser el autor material de los asesinatos de esta pasada noche.

Hubo un par de segundos de estupor, en los que ninguno de los tres presentes en el lado alavés de la reunión supimos reaccionar.

—Este tío es más listo que el hambre —me susurró Estíbaliz, rompiendo el hechizo.

—Inspectora Gauna, tan solo me he adelantado —dijo Ignacio, acercándose a la cámara, en un gesto idéntico al que me hacía su hermano cuando yo lo visitaba en la sala de la prisión—. Creo que todos los presentes estamos implicados en una partida de largo recorrido, y aunque no se sientan así, ustedes también son peones. Yo les llevo veinte años de ventaja y muchas horas de reflexión. Me niego a seguir formando parte pasiva de este asunto. En lo que a mí respecta, ya he pagado un precio excesivamente alto por algo que nada tiene que ver con mi persona. Por desgracia, era previsible que el asesino siguiera matando, y no pienso consentir que me adjudiquen estos asesinatos.

Alba le dirigió una mirada recriminadora a Estíbaliz. Mi compañera apretó los labios y guardó silencio.

—Nos gustaría hacerle varias preguntas a su cliente. Entendemos que durante estos días han preparado su defensa y a nosotros nos ayudaría mucho en nuestra investigación si pudiese aclararnos algunos puntos que lo hacen parecer sospechoso —dije, en tono conciliador. ¿Qué sentido tenía sacar los cuchillos con aquel tiburón delante?

—Pueden preguntar —dijo el abogado.

—En una de las propiedades de su empresa, cerca del término municipal de Murguía, hubo un conato de incendio el pasado día 3 de agosto, un día después de la publicación de las fotos a las que usted se ha referido. El mismo día que, tal y como nos acaba de informar, acudió a su residencia de San Sebastián. ¿Estaba su cliente al tanto de este hecho?

—Sí, fue él mismo quien quemó unos rastrojos. Mi cliente afirma que el incendio estuvo en todo momento controlado y cuando se fue no quedaba fuego. Fue un día de fuerte viento del sur y mucha sequedad en el ambiente, lo sé porque en las noticias de aquel día informaron de que hubo un pico de incendios en todo el País Vasco. Mi cliente no tiene la culpa de que alguna chispa prendiera. En todo caso, si quieren imputarle un delito medioambiental, háganlo y el bufete se encargará también de su defensa.

—Nuestros técnicos siguen analizando ciertos aspectos de ese incendio, pero nos gustaría que nos aclarase si en esa área quemada había cuatro colmenas destinadas a una pequeña explotación de apicultura —le tanteé.

—No encontramos el asunto relevante. Si le parece, mi cliente va a renunciar a aclarar ese punto.

«¿Es porque Pancorbo te ha dado el soplo de que son abejas las armas del crimen y no puedes permitirte hacernos saber que sabes tanto sin comprometerlo?», pensé en preguntarle.

Pero callé, solo eran sospechas y sería mostrar demasiadas cartas frente a un tahúr tan experto.

—La pasada semana no le hicimos la pregunta, pero ahora nos parece relevante —intervino Estíbaliz—. ¿Dónde estuvo su representado los días 24 y 25 de julio?

—Estuvo en su casa de Laguardia y después en su domicilio de Vitoria —contestó rápidamente el abogado. Era evidente que esperaban la pregunta.

—¿Tiene algún testigo que pueda corroborarlo? —insistió mi compañera.

—Me temo que no. Fue un día tranquilo en el que no quedó ni se encontró con nadie. Que no tenga coartada para ese día no lo convierte en culpable.

—¿Entiende que esta respuesta lo coloca en una situación muy delicada? —dijo Estíbaliz.

—Si he aceptado su defensa es porque tengo la certeza absoluta de su inocencia, inspectora. Este hecho no va a suponer un escollo insalvable en mi trabajo.

—De acuerdo, vayamos entonces al punto más delicado de todo este caso. ¿Su cliente conocía a Lidia García de Vicuña? —preguntó mi compañera.

—Mi representado no va a contestar a esa pregunta, de momento. Los padres de la finada no han interpuesto ninguna demanda. Ni siquiera después de la publicación de unas imágenes que no demuestran nada.

—No podemos estar más en desacuerdo —respondió Estíbaliz, negando con la cabeza—. Como mínimo, demuestran que se conocían y tenían confianza, algo que su cliente nos negó al inspector Ayala y a mí. Ha habido obstrucción a la justicia.

—¿Piensan emprender acciones legales con respecto a ese punto concreto? —quiso saber el abogado.

—Nos reservamos el derecho a hacerlo. Si llegase el caso, sería informado puntualmente —intervino Alba.

—Ignacio —me dirigí directamente a él e ignoré al abogado—, Tasio sí que ha reconocido su relación con Lidia, y me confirmó que en primer lugar fue tu novia, pero que para ti era una más. Me dijo que lo suyo sí que iba en serio, que era definitivo, que tu hermano...

—Gemelo —corrigió Ignacio, sin poder evitar su tic.

—Que tu gemelo iba a esperar los dos años y siete meses que le faltaban para su mayoría de edad para hacerlo público. Iba a apostar por aquella relación y arriesgaba mucho. ¿Tú lo sabías?

Lo observé. Se estaba poniendo nervioso, la agradable brisa que parecía correr por Donosti le empezó a resultar molesta, porque no dejaba de recolocarse un mechón de pelo rubio tras la oreja.

Decidí continuar, hasta ver adónde nos llevaba aquello.

—Él cree que decidiste detenerlo el día que te llegó el informe de la autopsia actualmente perdida donde se demostraba que el semen hallado en su cuerpo era de Tasio, que falsificaste las pruebas para inculparlo, como hallar hojas de tejo coincidente con el veneno de los crímenes en su domicilio. Por cierto, si lo hiciste como familiar que tenía sus llaves, no hay nada que decir, pero al llevar a otro inspector de policía y hacer un registro domiciliario en toda regla sin orden judicial te saltaste varias normas. No consigo entender cómo el juez no encontró irregular tu actuación. ¿Qué tienes que decir a eso? ¿Fue eso, Ignacio?, ¿fue descubrir que tu novia adolescente y tu gemelo te estaban traicionando lo que hizo que lo detuvieras? —le apreté.

El rostro de Ignacio se tensó y se convirtió en una mueca de dolor, se levantó de golpe, derribando la silla, con los nudillos apretados. Comenzó a vociferar, pero el abogado fue más rápido y quitó el sonido a la videoconferencia, así que no pudimos escuchar nada de lo que nos gritaba.

Pocos segundos después, la llamada se interrumpió y nos encontramos, atónitos, con una pantalla negra.

Los tres nos miramos en silencio, esperamos medio minuto, y volvimos a recibir la llamada del abogado en la pantalla.

—Disculpen —dijo, con una sonrisa que parecía auténtica—, me temo que ha habido un problema técnico. Creo que ahora podemos continuar donde lo habíamos dejado.

—Un problema técnico, claro que sí. Lo habíamos dejado en que Tasio Ortiz de Zárate había admitido su relación con una menor y afirmaba que su cliente también la tuvo —dijo Estíbaliz.

—Mi cliente no va a contestar de momento a esas acusaciones infundadas. Si se emprendiesen acciones legales con ese punto en concreto, el bufete procedería también a su defensa.

—Por nuestra parte creo que hemos aclarado prácticamente todos los puntos —concluí—. Aunque, dime una cosa, Ignacio, y a ver si no tenemos un fallo de conexión ahora mismo. Tasio va a salir de prisión en tres días, ¿también te has ido a San Sebastián y te has escondido en un búnker porque tienes miedo de que vaya a por ti?

En esta ocasión Ignacio estaba preparado. Me miró fijamente a través de la webcam y su rostro no dejó escapar ninguna emoción.

—Mi cliente no va a contestar a esa pregunta.

—Insisto, Ignacio: ¿tienes miedo o no de que tu gemelo se vengue de ti?

—Creo que vamos a dar por concluida esta reunión. Como les he dicho, recibirán las grabaciones esta misma mañana, a nombre del inspector Unai López de Ayala. Es un paquete con un CD. Cada día recibirán un paquete con las veinticuatro horas de grabación con mi cliente dentro del recinto de mis propiedades. En principio no saldrá de aquí hasta que todo este asunto se aclare. Me permito implorarles que se den prisa en hacer su trabajo; a nadie le agrada confinarse en un arresto domiciliario durante demasiado tiempo, por muy bonitas que sean las vistas en Donosti. Mi cliente tenía una vida, mi trabajo es ayudarle a recuperarla.

—De acuerdo, caballeros —se adelantó Alba—. Les agradezco mucho la colaboración que han mostrado en un asunto tan apremiante. Si tenemos alguna novedad que consultarles, nos pondremos en contacto con su bufete.

—Se lo ruego —dijo el letrado—. Que tengan un buen día.

La comunicación se cortó, esta vez de manera definitiva.

—Conclusiones —nos tanteó Alba, girándose ante nosotros.

—Queda descartado como autor material del crimen —dije.

—No queda descartado como autor intelectual. —Negó Estíbaliz con la cabeza—. Podría haber pagado a un sicario que los ejecutase de igual manera para exculparse y obligarnos a descartarlo como sospechoso.

—Demasiado retorcido —pensé en voz alta.

—Todo en este caso está siendo demasiado retorcido —replicó ella.

—De momento lo tenemos controlado y localizado a cien kilómetros de aquí. Hasta ahí me parece una buena noticia. De todos modos, tienes razón: toda esta treta legal no lo descarta definitivamente como sospechoso, ni de los anteriores crímenes de hace veinte años, ni de los dos primeros ahora —tuve que reconocer.

—Y no olvidemos que no tiene coartada para los días 24 y 25 de julio —dijo Estíbaliz.

—Que no estuviese con nadie no significa que sea sospechoso —insistí.

—¡Oh, vamos! Ni tú mismo te crees lo que estás diciendo. Es un tipo hipersociable. Hasta antes de ayer todo el mundo lo requería para actos oficiales, ¿y precisamente el día del Blusa y la víspera no tenía plan con nadie, ni siquiera con su cuadrilla?

—Tal vez vistas las últimas traiciones de su cuadrilla, no ha querido darnos nombres porque no se fía de que mientan o le inculpen —pensé en voz alta.

—En todo caso, vamos a dar por concluida esta reunión —nos dijo la subcomisaria—. Todos tenemos un sinfín de apremios esta mañana. Si hay algún avance relevante en la investigación, infórmenme al minuto.

Ambos asentimos y Estíbaliz también se levantó.

Me quedé solo en mi despacho y accedí a mi cuenta de correo para revisar los emails del día.

Entre las decenas de mensajes que esperaban ser abiertos, uno de ellos resaltaba: el remitente, de nuevo, era Fromjail.

Lo abrí y me encontré con un Tasio que me reclamaba, apremiante:

> Kraken, creo que acabo de encontrar una coincidencia que te puede interesar. Quisiera que fuese mi última contribución al caso.
>
> Ven a visitarme ahora mismo, me temo que no hay tiempo que perder.

27

LAS TORRES DE HONDURAS

Vitoria, octubre de 1970

El de la navaja se colocó a su espalda antes de que tuviese tiempo de darse la vuelta y echar a correr.

—Nada de gritos —le susurró.

Álvaro soltó su pesado maletín de médico, que cayó a plomo en el suelo. Levantó las manos por encima de la cabeza con cuidado, en señal de rendición. Notó la punta de la navaja clavada en el lateral izquierdo del cuello, a unos centímetros de la arteria carótida.

—No voy a resistirme, os daré todo lo que llevo de valor.

Iba vestido de oscuro, como los otros. Sabían lo que se hacían. Nada reseñable, nada identificable, salvo que el corpulento era braquicéfalo, tenía el cráneo plano en la parte posterior.

—Primero el reloj, despacito —dijo el más alto, acercándose también.

Álvaro obedeció, concentrado en dominar el pulso y que no le vencieran los temblores de la mano.

—Ahora la cartera —le urgió de nuevo el de la navaja—. Vamos, no tenemos toda la noche.

La entregó, nunca se había sentido tan aliviado como cuando se dio cuenta de que hacía poco que había retirado un recorte de Blanca que durante meses había llevado doblado en el forro interno de su cartera. Fue un pensamiento lúcido, algo a lo que se aferró durante aquellos momentos de ciego terror.

Cuando pensó que el atraco había terminado, llegaron los golpes. Todos a la altura del tórax, ninguno en el rostro. Resistió dos puñetazos de pie, en el ángulo esternocostal superior. El corpulento golpeaba y los otros dos sujetaban. El tercer gancho, a la altura de las costillas flotantes, lo dobló en dos.

Después, en el suelo, arreciaron las patadas. Se cubrió el cráneo con ambas manos y se dobló como un feto, tratando de minimizar los daños. En la espalda dolían menos, en los testículos lo dejaron sin aire, aturdido y mareado.

El de la navaja se agachó y se la puso delante del rostro, y Álvaro pensó que eso era todo, que no iba a tener los treinta años que había firmado con el Banco de Vitoria para pagar la hipoteca del piso que estaba sobre sus cabezas.

Después hundió la navaja en su muslo izquierdo, rasgando a su paso los pantalones de franela, la piel pecosa, algunos vasos sanguíneos y diez centímetros de fibra muscular.

—No toques lo que no es tuyo, matasanos —le pareció escuchar a la sombra que observó toda la jugada desde la distancia mientras desaparecían tras las columnas.

No se veía mucho ni se fiaba de sus sentidos en aquellos momentos, pero juraría que había reconocido los andares torcidos del chófer de Javier Ortiz de Zárate.

Cuando desaparecieron se concentró en controlar la hemorragia del muslo. Se arrastró hasta quedar oculto entre los setos del camino y abrió su maletín, que los supuestos ladrones no se habían molestado en llevarse. Sacó una venda y se rodeó el muslo con ella con toda la fuerza con la que fue capaz. Se quedó un par de horas tirado entre los arbustos, hasta calcular que Emilia se había ido a dormir. Su esposa era muy asustadiza, si le contaba que unos hombres le habían robado y asaltado bajo su portal, no volvería a pasear sola por la urbanización.

Comenzó a vivir aterrado, a inventar excusas para ir siempre acompañado, a no dejar salir a su mujer y a sus hijos sin él. A tomar manía a la ciudad, a sus calles, a los colegas más prósperos que lo invitaban a unos vinos por la calle Dato y a unas banderillas en el Txapela, por muy bien que oliesen las rabas los domingos después de ir a misa a la parroquia de San Mateo.

A esquivar cualquier calle que le llevase a General Álava.

El día de la consulta de los cinco meses, Blanca se presentó con su marido en la clínica.

Álvaro agachó la cabeza. Se sentía como el perro apaleado del que le había hablado su enfermera, no tenía fuerzas para enfrentarse a Javier Ortiz de Zárate.

Ya había tenido suficiente.

Así era como se mantenía bajo control a un hombre, a una empresa, a una ciudad.

—¿Cómo está doctor, todo bien? —El empresario le tendió la mano y apretó con una fuerza que a Álvaro le pareció excesiva.

—Todo bien, don Javier —contestó, sin mirar en ningún momento a Blanca, que permanecía callada, también sumisa ante la presencia imponente de su marido—. ¿Qué... qué le trae por aquí?

El empresario se sentó sin esperar la invitación del médico. Blanca quedó de pie a su lado, hinchada con su gran barriga.

—Quería comprobar personalmente que todo está en orden. El embarazo de mi esposa, quiero decir.

—Claro, por supuesto. Tengo los resultados de las últimas analíticas y todo está correcto, aunque hay algunos valores inusuales que me han sorprendido. Voy a examinar a su esposa, con su permiso —dijo, muerto de miedo. Se levantó, ocultando la cojera que le había provocado el navajazo en el muslo.

—Adelante, doctor. Proceda.

Javier lo miró a los ojos, y a Álvaro le pareció que había un reto en sus palabras. Una especie de retorcido desafío. Le asqueó el juego, sintió que una arcada le crecía desde el esófago, pero consiguió reprimirla.

—Doña Blanca, vamos a ver ese latido. Le ruego se siente sobre la camilla. Puede desabrocharse la parte inferior de su blusa.

Blanca obedeció sin decir palabra.

—Recuéstese sobre su lado izquierdo. Voy a tratar de encontrarle el latido a su hijo —dijo, tanteando en la línea media entre el ombligo y el pubis de Blanca.

Palpó la barriga, en busca de una zona más plana y dura que le indicara que estaba frente a la espalda del bebé, pero la que localizó le pareció demasiado pequeña.

De todos modos, se concentró en esa área. Se olvidó de la mirada inquisidora de Javier y buscó con la campana del fonendoscopio algún ruido que se pareciera a un latido rápido.

Fue entonces cuando descubrió dos corazones diferentes cuyo ritmo galopaba mucho más rápido que el de su madre:

—Doña Blanca, está usted embarazada de gemelos —fue capaz de pronunciar en voz alta.

—¿Gemelos? —repitió Javier, alzando la voz—. ¡Gemelos! Como mis tíos. Tuve unos tíos gemelos, ¿sabe? El tío Ignacio y el tío Anastasio... Eso se hereda, ¿verdad? Escuché que si el padre tiene tíos gemelos, tiene más posibilidades de engendrar una parejita.

En realidad, las estadísticas decían que era la mujer quien heredaba las posibilidades si había tenido en la familia antecedentes gemelares, pero Álvaro calló y asintió, convencido. Que Javier no dudase de su paternidad era su seguro de vida.

—Así es, don Javier. Parece que ha perpetuado usted su peculiar legado familiar. Creo que ya tiene los nombres de sus hijos... —le felicitó, sin atreverse a darle una palmada en aquella espalda rocosa—, si son ambos varones, quiero decir.

Javier le miró, ofendido.

—¿Y qué otra cosa iban a ser si no, doctor? No me fastidie con pronósticos agoreros. Serán varones, como su padre.

—Faltaría más —murmuró, sin ganas de discutir.

Tuvo un ataque de ansiedad cuando el empresario se marchó por fin con su esposa. Felisa lo socorrió, le administró un tranquilizante, preocupada, y le ayudó a tumbarse sobre la camilla hasta que la taquicardia remitió.

Días más tarde recibió una llamada de cuatro tonos.

¿Cómo podía ella saber por lo que había pasado?

No acudió al piso de General Álava. Las siguientes semanas las pasó aletargado, contando los días para la fecha probable de parto.

Esperaba con tensión la siguiente visita de Javier y Blanca. Se había tomado una pequeña dosis de morfina antes de la hora en que esperaba verlos aparecer por la puerta, pero no parecía que la droga le hubiese calmado.

A las doce en punto de la mañana entró Blanca, con un vestido de mangas amplias, negro, naranja y marrón, que disimulaba sus curvas entre los pliegues de la tela.

—Mi marido no ha podido venir. Le ha surgido un viaje de última hora a Sestao, a los Altos Hornos. Estamos solos.

—De acuerdo, procedamos al examen igualmente —contestó él, negándole la mirada.

—No viniste al piso cuando te llamé... Me has dejado, ¿verdad?

«¿Que yo te he dejado...?», pensó, impotente.

—Creo que lo sabe, puede que lo sepa —contestó Álvaro.

Se levantó de su silla, cansado ya de todo, cerró el pestillo de la puerta y se bajó los pantalones delante de Blanca.

—¿Qué... qué estás haciendo? —preguntó ella, incómoda ante aquel destape improvisado.

—Hace dos meses y cinco días, veinticuatro horas después de nuestro último encuentro en el piso de tu tía, tres individuos me robaron junto a mi portal, me dieron una paliza y me dejaron esta cicatriz. Un testigo, el que los dirigía, lo observó todo. Creo que era tu chófer. No lo denuncié, no quiero tener cerca a la policía desde el ingreso de tu marido en urgencias.

Blanca se llevó las manos al rostro y se cubrió la boca, sin poder dejar de mirar el tajo rojo del muslo de Álvaro. La sangre había huido de sus mejillas.

—Puede que a ti te lo haga también en cuanto tengas a los gemelos. ¡Por Dios, Blanca! Puede que tu marido sepa lo nuestro y después del parto acabe lo que empezó.

Blanca apoyó los codos sobre la mesa de la consulta, cerró los ojos y sacudió la cabeza, intentando calmarse.

—No quiero saber nada más de este asunto —continuó Álvaro, mientras se subía los pantalones y se abrochaba el cinturón—. Cumpliré, os daré a vuestros hijos o a vuestras hijas. Después, no quiero saber nada. Yo... estoy pensando en escaparme a América después del parto.

—¿Y tu mujer, y tus hijos? —preguntó ella.

—Soy médico colegiado, tengo seguro de vida por si me ocurriese algo. Las viudas y los huérfanos de médicos están muy bien atendidos, ella recibiría una buena cantidad y volvería al pueblo con los niños, con su familia. Viven sin grandes lujos, pero no les va a faltar nada, y en el pueblo están mejor sin mí.

—Pero ¿y tus hijos? —insistió Blanca—. ¿Los abandonarías?

No estaba pensando en los dos pelirrojos que había visto un par de veces; estaba pensando en los que iba a compartir con él.

—¿Mis hijos? Mis hijos son dos caprichosos que se están malcriando en la ciudad. Solo piensan en pedir, pedir y pedir caprichos. Yo… no soy un padre muy afectuoso, Blanca, me cuesta, por timidez, mostrar lo que siento. Pero para ellos solo soy una billetera. En el pueblo estarán mejor: no hay tiendas, ni barracas, ni jugueterías, hace tiempo que pienso que estarán mejor allí. Y Emilia… mírala. No puede adaptarse; las otras esposas de mis colegas se ríen de ella a sus espaldas y no la invitan a tomar café. Es normal, dejó la escuela antes de aprender a sumar, es demasiado parlanchina… en Vitoria nunca va a ser feliz. Y yo sé que tú no quieres venir conmigo, por eso no te lo he preguntado. Hay personas que saben encajar los golpes, aprenden a recibirlos una y otra vez, esa es su fortaleza. Pero no saben huir, la sola idea de un mundo desconocido las paraliza, y creo que tú eres una de esas personas.

Blanca se calló, turbada.

—¿Ves…? No me digas que hago mal al no proponértelo. Estoy cansado de ser un perro apaleado. No puedo más.

El resto de la consulta transcurrió según lo previsto. El doctor Urbina comprobó la última analítica de su paciente, escuchó el latido de aquellos dos pequeños corazones y aconsejó reposo a doña Blanca.

28

ZUGARRAMURDI

Estoy esperando, #Kraken

5 de agosto, viernes

Tasio me aguardaba en la sala acostumbrada. En esta ocasión tenía frente a él unos cuantos sobres viejos y papeles manuscritos desplegados a lo largo de la repisa que nos separaba. Tenía algo nuevo en la mirada, un brillo que cualquier optimista definiría como esperanza.

—Esta vez se ha ido al siglo XVIII, la balconada de San Miguel. ¿Habéis pensado vigilar los posibles próximos escenarios?

«Estamos en ello, pero ¿de qué servirá?», pensé.

—¿Qué has encontrado, Tasio? —dije, ignorando su pregunta—. Entiendo que es importante. No sabes el día que tengo por delante.

—Precisamente por eso te he hecho llamar tan rápido. Estoy al corriente de tu encuentro con mi… colaborador, y también de que le dejaste encargado cierto trabajo, al igual que a mí. Bien, hemos cruzado nuestros resultados y tenemos un hallazgo que me parece importante compartir contigo, aunque entiendo que en el plano personal va a costarte cierto esfuerzo aceptarlo. Quiero que tengas la mente abierta y pienses como un investigador, ¿de acuerdo?

—¿De verdad me estás pidiendo que sea abierto? —Casi tuve que reír—. Me tienes aquí, dispuesto a escucharte, mientras todo el mundo te tiene por un asesino pederasta.

Me taladró con la mirada. En otro tiempo aquello me habría intimidado demasiado como para hablar, pero aquel día Tasio estaba menos oscuro que de costumbre.

—Veamos, debería comenzar por explicarte que hace varias décadas tuve un colega de correrías esotéricas. Antes éramos amigos aunque no acabamos bien, pero me escribió durante mis primeros tiempos en prisión, expresándome su apoyo, su orgullo por lo que él entendía como ciertas servidumbres por mantener la llama del paganismo en estas tierras. Yo lo ignoré y jamás respondí una sola de sus cartas. Verás, hay todo un abanico de perfiles entre los admiradores de los asesinos en serie. Unos solo buscan acercarse al peligro, otros te transmiten su admiración por tener el valor de ejecutar sus fantasías, muchas mujeres se te insinúan y te proponen sexo, así, sin más. Algunas padecen el complejo de enfermeras: quieren reparar a individuos dañados, es su desencadenante emocional. Tienen tras de sí todo un historial de relaciones con alcohólicos, drogadictos, enfermos crónicos o terminales... Y en algunas ocasiones se acercan a presos condenados por delitos de sangre. Por último hay una tipología, por suerte muy poco frecuente, que es la más peligrosa. Los que van de verdad, los que realmente querrían haber sido el asesino y ponerse en contacto con uno de ellos es uno de sus primeros pasos en su acercamiento al entorno criminal. Él era uno de ellos. A partir de... ciertas diferencias que tuvimos, empecé a pensar que de verdad era un tarado peligroso.

—Continúa, de momento no me estás dando nada.

—Paciencia, Kraken. Llegamos ya a puerto. MatuSalem ha encontrado una coincidencia con su apodo y su cuenta de Twitter. Yo no sabía que me seguía también en las redes sociales, que es uno de los más implicados, y que su cuenta fue la primera que ha subido esta pasada noche la imagen de las víctimas de los crímenes de la Virgen Blanca, así que lo tenemos situado cerca del lugar del crimen.

—¿Y por qué sería tan estúpido de señalarse de ese modo?

—Todo en este crimen tiene un elemento muy visual. Lo está haciendo muy público con el único propósito de que admiremos su obra.

—Curioso, se dice lo mismo de ti.

Ignoró mi comentario y continuó.

—El caso es que este pieza tiene antecedentes penales por tráfico de estupefacientes, por eso lo hemos investigado.

—¿Ves? Esto ya empieza a interesarme.

—Mi sorpresa ha venido cuando MatuSalem ha encontrado su nombre completo y ha comprobado que es hermano de tu compañera —dijo, pendiente de mi reacción.

—¿Perdona? —acerté a decir.

Tal vez era la mejor de las noticias: tener por fin indicios fiables de su conexión con el caso. Tal vez eran las peores, por lo que iba a afectar todo el asunto a Estíbaliz.

—Su nombre es Eneko Ruiz de Gauna, ha tenido varios apodos, me consta. Yo lo conocía como el Eguzkilore y como el Hierbas, y de hecho, sigue utilizando este último, porque @elhierbas es su cuenta de Twitter. No voy a ocultarte datos a estas alturas: Eneko comenzó siendo mi camello hace veinte años y pese a que por entonces él era un crío todavía, compartíamos el mismo interés por el pasado pagano de esta tierra, así que llegamos a tratarnos bastante en aquella época. Actualmente regenta una tienda en los bajos de la torre de doña Otxanda.

—Sé que regenta una tienda en la torre de doña Otxanda —le corté, incómodo—, pero… ¿puedes pasarme las pruebas de que lo que dices es cierto?

—Estarán en tu bandeja de correo antes de que salgas de este recinto.

—De acuerdo, Tasio. Si lo conociste en el pasado, si lo crees capaz de todo esto, háblame de él. Dime, ¿qué ocurrió para que vuestra amistad se rompiera de un modo tan abrupto? A estas alturas, necesito saberlo.

—Tuvimos una mala experiencia en Zugarramurdi. —Apartó la mirada—. No es agradable.

—Razón de más para que me lo cuentes.

—Eneko era un fundamentalista de todo lo esotérico. También un fiel defensor del consumo de las drogas como puerta de entrada a otras percepciones, muy al hilo de los experimentos creativos de Aldous Huxley con el peyote o la mescalina en los años cincuenta. No sé si te has leído *Las puertas de la percepción*, pero era su libro de cabecera. Yo estaba muy interesado en el aspecto antropológico de Zugarramurdi, pero él lo llevó hasta el límite. Lo cierto es que debí haberlo visto venir.

»Fuimos dos parejas, él ofició una ceremonia, una especie de rito ancestral, siguiendo las indicaciones de las confesiones de los acusados de los autos de Logroño. Para mí no tenían ninguna verosimilitud, la mayoría de las confesiones se obtenían bajo coerción, cuando no por tortura. En la mayor parte de ellas, los acusados, aterrados, contestaban lo que creían que debían contestar para colaborar en el Santo Oficio. Eran las fantasías y la imaginación del hombre del siglo XVII lo que estaba allí plasmado, no la realidad. Pero el Hierbas se lo tomaba todo al pie de la letra, así que nos desnudamos en pareja, nos dimos la mano, él colocó *eguzkilores* por el suelo y nos administró un brebaje. Después vino la pesadilla.

—¿Qué pesadilla?

—Lo que quiera que nos dio nos paralizó el cuerpo y nos provocó alucinaciones. Imagino que influiría el ambiente tétrico de la cueva, pero fue la experiencia más terrorífica que he tenido en la vida. No podía mover ningún miembro aunque, de un modo extraño, estaba consciente. Notaba sombras en los límites de mi campo visual, otras presencias que yo sabía que no estaban, pero me sentía muy vulnerable sin poder moverme y en aquellos momentos me parecían muy amenazadoras... Si he de ser justo con el pasado, eran aterradoras. Tenía miedo a que mis pulmones también se paralizasen y muriese asfixiado. Aquello duró varias horas, pero él fue el primero en poder moverse, y nosotros permanecimos allí tumbados y desnudos, viendo cómo se seguía paseando entre nosotros con sus cánticos, sin poder mover un músculo. Te juro que en ese instante quise...

—¿Matarlo?

Respiró hondo, no cayó en la trampa.

—Aquello estuvo a punto de matarnos. En cuanto pudimos levantarnos, las dos chicas y yo nos vestimos y volvimos en mi coche. No quise saber más de él. Por eso, cuando me escribió estas cartas que ves, lo ignoré por completo.

Las sostenía frente a mí al otro lado del vidrio de seguridad. Las señalé:

—También voy a necesitarlas.

—Todas tuyas. No las quiero. En ellas puedes comprobar lo podrida que puede estar la mente de una persona.

Miré el reloj, se me hacía tarde. Hice ademán de levantarme y me despedí.

—Te agradezco lo que acabas de contarme. Sales en dos días, ¿estarás a la vuelta?

—¿Me estás preguntando si voy a fugarme? —dijo, sonriente.

—Solo quiero saber qué hacer si necesito algo más de ti... extraoficialmente.

—No voy a cagarla ahora, he cumplido la mayor parte de una condena por algo que no he cometido, pero tengo cuarenta y cinco años y todavía puedo disfrutar de algo parecido a una vida cuando salga definitivamente —dijo, como si le ofendiera la duda.

—No es la salida que esperabas, imagino.

—No, no lo es. Nada es lo que esperaba. En Vitoria me odian de momento por lo de Lidia. No creo que pueda caminar por las calles como llevo soñando veinte años. Pero volviendo a tu pregunta, Kraken, sabes de sobra cómo llegar a mí si lo necesitas. Nada que no hayas hecho antes.

Y dicho esto, se levantó, hizo un gesto al funcionario que custodiaba la sala de visitas y desapareció.

Salí del penal y marqué el número de mi compañera. Quedé con ella delante de la Catedral Nueva. No quería testigos de lo que íbamos a hablar a continuación.

Nos encontramos con cara de circunstancias junto a la plaza de Lovaina. A nuestro alrededor, las cuadrillas de blusas seguían brincando por la calle, al son de la alegre música de las charangas.

—Parece una incongruencia que la gente se siga divirtiendo pese a lo que ha ocurrido esta noche —comenté—. Me pregunto si no sería más fácil para todos que las fiestas se cancelasen.

—Tal vez ese sea el verdadero propósito de las costumbres, de las fiestas de los pueblos, de los días señalados del calendario. La vida sigue, pese a que ocurran desastres, muertes, guerras... Tal vez sea una enseñanza de nuestros ancestros: que el *show* debe continuar. Pase lo que pase hay que seguir celebrando la noche de San Juan, las Navidades, la Semana Santa, un cumpleaños, un aniversario —contestó Estíbaliz, pensativa—. Vamos, Kraken. Entremos.

Había un jardín en la calle Magdalena, un tanto escondido, que apenas recibía visitas. Albergaba una secuoya de cuarenta y dos metros, hacían falta cinco personas para abarcar la base de su tronco. Estíbaliz me había enseñado aquel rincón, años atrás, cuando la palabra *compañero* comenzó a significar algo más que «colega del trabajo» y dejé de verla solo como una de las amigas de la cuadrilla de mi difunta esposa.

Nos sentamos en nuestro banco, mirando al frente. El ruido de la fiesta llegaba muy amortiguado, como si solo fuese un recuerdo en mi cabeza. No sabía muy bien cómo empezar aquella conversación.

—Esti, vengo de hablar con Tasio. No te va a gustar lo que me ha dicho, pero prefiero hablarlo contigo antes de informar.

—Dios, es la peor introducción de malas noticias de la historia. Vamos, dispara.

«De acuerdo.»

—¿Recuerdas el episodio de Zugarramurdi que nos contó Ignacio Ortiz de Zárate en su casa?

—Ajá.

—Hoy Tasio me ha contado la misma historia, desde su punto de vista. Me ha hablado de una droga que los mantuvo paralizados durante horas, y el misterioso chaval que se la proporcionó fue tu hermano, Estíbaliz.

—¿Perdona?

—¿Tú sabías que tu hermano y Tasio fueron amigos?

—Es mi hermano, tiene su vida. Nunca he controlado todas sus amistades, y menos cuando era joven.

—Ya era un bala por entonces, Estíbaliz. Ya manejaba drogas y las pasaba. Todos lo sabíamos.

—¿Y eso es todo lo que tienes, Kraken?

—No, tengo a una persona a la que apodan Eguzkilore, como la firma de los crímenes. Tengo a alguien que vive por y para lo esotérico. Tengo a un individuo que escribía cartas de admiración a Tasio cuando ingresó en prisión y que ahora es uno de los seguidores más activos de su cuenta de Twitter. Tengo a alguien que ayer se encontraba en el escenario del crimen minutos después de que se hallasen los cadáveres y que fue el primero que subió la imagen de los asesinados a internet.

Estíbaliz apretó la mandíbula.

—Y tú lo sabías desde esta noche y no me has dicho nada —continué—. Sabías que era su cuenta de Twitter.

—No lo implica. Ha habido más usuarios que han subido otras imágenes y no has pensado que sean los culpables.

—Estíbaliz, se están acumulando demasiadas evidencias. Lutxo me contó que el fin de semana pasado tu hermano se empeñó en volver a la cueva de Zugarramurdi, que les habló de los dobles crímenes, que a nadie le pareció normal lo excitado que estaba con el tema.

—Eneko es así, Kraken. Es muy radical: o todo o nada. Se expresa con demasiada vehemencia, no pone filtro entre lo que piensa y lo que dice... Es una persona difícil, pero...

—Deja que acabe, Esti. Esto me está costando tanto como a ti. Todavía tengo más puntos en mi lista: sabe manipular abejas, os habéis criado con colmenas en casa, y tal y como dijiste, él se encargaba, porque tú eras demasiado nerviosa y te picaban.

—Eso no lo convierte en un asesino en serie.

—También maneja y conoce los efectos de muchos tipos diferentes de drogas. Eso le daría fácil acceso al Rohypnol. Ahora tiene un local muy céntrico, en los bajos de la torre de doña Otxanda. Desde allí, con su furgoneta de un negocio muy conocido en Vitoria, pudo trasladar fácilmente los cuerpos a la Catedral Vieja, a la Casa del Cordón y a la balconada de San Miguel sin despertar sospechas. Y por último: es pelirrojo. O lo fue. Igual que el aprendiz del masón. Don Tiburcio me comentó que sospechaba que su padre lo molía a palos. Siento traer el tema a colación, Estíbaliz, pero hay demasiadas coincidencias que no podemos ignorar. ¿Tú sabes si tu hermano trabajó en San Vicentejo algún verano?

—No puedo afirmarlo, pero tampoco puedo descartarlo. Mi hermano empezó a sacarse unas pelas desde muy joven. A veces bajaba a la zona de Laguardia para la vendimia, a veces reparaba tejados en los pueblos. No puedo seguir tu razonamiento, Unai. De verdad que no puedo. ¿En serio crees que cometió los crímenes hace veinte años, con apenas quince?

—Con quince años tu hermano ya era tan alto como un hombre, y las víctimas fueron bebés y niños de cinco, diez y dos chavales de quince, no muy corpulentos. Pudo haberlo hecho perfectamente. ¿Quién iba a sospechar que un crío de quince años pudiese poner en jaque a toda una nación?

Ella negó con la cabeza una vez más.

—No tienes nada, ni una sola prueba física, ni una huella, nada que lo sitúe realmente en los escenarios de los crímenes. Lo que has venido a plantearme son casualidades que te empeñas en deformar para que encajen con tu versión de los hechos.

Suspiré y me apoyé en el respaldo del banco del parque.

—Piensa como el experto en perfiles que eres y dame un móvil —insistió—. Siempre dices que la motivación de un crimen es algo personal, muy íntimo. ¿Qué motivo iba a tener mi hermano para matar a tantos niños y ahora a gente de nuestra edad, eh?

—Creo que el chico pelirrojo que escuchó al masón se empapó de toda la parafernalia ocultista, se creó un escenario en la cabeza con toda la imaginería de la ermita de San Vicentejo y está representando su propio viaje iniciático con las edades del hombre. Lo que tú y yo nos encontramos cada vez que llegamos al escenario del crimen es una proyección física de unas imágenes mentales muy elaboradas que tiene en la cabeza.

—¿Y el hecho de implicar a los gemelos, eh? ¿Dónde encaja en tu teoría?

—Tu hermano quería vengarse de Tasio. Tal vez por despecho de que no le siguiese como compañero de juegos ocultistas. Se fueron a Zugarramurdi con dos chicas. Si una de ellas era la pareja de tu hermano, estoy convencido de que alguna de ellas era menor. Tu hermano conocería los líos de Tasio, por eso asesinó a Lidia García de Vicuña. Era una manera brillante de implicarlo y de enfrentar a los dos gemelos.

—No me encaja, Kraken. Tu razonamiento es demasiado débil. Para hacer lo que está haciendo, si lo ha dispuesto todo de este modo para destrozar la vida de los gemelos, tiene que odiarlos a muerte. Son demasiados años, demasiadas molestias para un móvil tan tibio.

Me hizo dudar. Las palabras de Estíbaliz me hicieron dudar.

—Tú tampoco estás convencido, ¿verdad? —dijo, cogiéndome la barbilla con una mano—. Te miro a los ojos y sé que tienes un resquicio de duda, que no estás convencido al cien por cien. Unai, sé que vas a rechazar lo que voy a decirte a continuación. No eres bueno cuando te cantan las cuarenta, y sé que vas a reaccionar mal, pero Tasio Ortiz de Zárate te ha lavado el cerebro.

Has sido una presa fácil, pero tu síndrome de Estocolmo no te deja verlo. No te tenían que haber dado a ti el caso, siempre has tenido una pasión enfermiza por Tasio. ¿Recuerdas que te metiste en el cuerpo por él, porque con veinte años creías que tú habrías podido resolver el caso? Paula me lo contó, era una de esas peculiaridades tuyas que a ella no le hacían demasiada gracia. No te das cuenta, pero Tasio te hace sentir que te ha elegido, y has acabado yendo por donde él te indica. Ha tenido veinte años para pensarlo todo, ¿de verdad crees que algo de lo que ha ocurrido esta última semana es casualidad?

—No metas a Paula en esto —me limité a advertirle—. No tiene nada que ver.

—No metas tú a Eneko en esto, tampoco tiene nada que ver.

—Pues parece que sí, Estíbaliz. Parece que tu hermano sí que tiene algo que ver.

—Pero ¿no te das cuenta? Veinte años después, se vuelve a repetir la situación: estoy en la tesitura de entregar a mi hermano. Ignacio lo hizo, pero yo no soy Ignacio, yo no lo haré, no me voy a rendir como él ante las primeras evidencias. Yo voy a tratar de seguir otras líneas de investigación, que es lo que se espera de una hermana.

Me levanté, miré hacia arriba, buscando descansar la mirada, y me encontré con las ramas frondosas de la secuoya.

—Deja que lo piense este fin de semana, Estíbaliz. Necesito reposar todo esto un poco. He estado retrasando el momento, pero me temo que estoy siendo un mal investigador si lo demoro más tiempo. Voy a ir a hablar con tu hermano. Solo a hablar, pero sí que tengo que informar a la subcomisaria. Si Germán fuese sospechoso, sé que lo harías, sé que tendrías que hacerlo, no podemos dejar que los asuntos personales nos cieguen.

Estíbaliz se levantó también, miró al suelo, lanzó un pequeño canto rodado lejos, de una patada.

—Que los asuntos personales nos cieguen... Curioso, Kraken. Curioso que seas tú quien pronuncie esas palabras.

Y se marchó, rápida como una comadreja.

¿Sabría ella algo de lo que Alba y yo teníamos?

29

EL PALACIO DE LOS UNZUETA

Vitoria, febrero de 1971

Los vitorianos recordarían durante años aquel primero de febrero porque cayó la peor nevada en lo que llevaba de siglo.

Los camiones quitanieves no daban abasto para despejar las arterias principales de la ciudad. Los obreros de la DKV se levantaban una hora antes de lo acostumbrado, bajaban a las aceras con palas y desenterraban sus 600 y sus Renault 12 de la capa de nieve de noventa centímetros. Después, armados con botes de alcohol, raspaban el hielo de los parabrisas de sus coches con trozos de plástico duro y mucha paciencia.

El doctor Urbina estaba en su despacho, leyendo un manual de patología mamaria, casi contento por poder tomarse una mañana más relajada ya que todas las pacientes habían anulado sus citas ante la imposibilidad de trasladarse hasta la clínica. Felisa recolocaba por tercera vez el instrumental en sus baldas, un poco estresada por la inactividad.

De pronto, el teléfono interrumpió su lectura y él mismo descolgó el auricular, distraído.

—Consulta del doctor Urbina, dígame.

—¡Doctor Urbina! —bramó el vozarrón de Javier Ortiz de Zárate—. ¡Necesito que venga a mi domicilio ahora mismo! Mi mujer se ha puesto de parto.

«Treinta y dos semanas», calculó de cabeza. No le hacía falta comprobar la fecha, no pensaba en otra cosa desde hacía meses.

—¿Precisamente hoy? ¡Por Dios! Es algo pronto, incluso para unos gemelos. Tráigala enseguida a la clínica, voy a pedir un quirófano ahora mismo —le urgió, intentando templar los nervios.

—No me ha entendido —replicó el industrial—. Le he dicho que venga usted ahora mismo: los coches no pueden circular desde el paseo de la Senda, las carreteras tienen un metro de nieve y los camiones del Ayuntamiento no han pasado por esta zona todavía.

—No se preocupe, yo mismo pediré una ambulancia. El personal sanitario está entrenado para este tipo de situaciones.

—Ya he llamado antes, todas las ambulancias han salido. Por lo visto hay muchas urgencias de caídas y gente atrapada. ¡Tiene que venir y atender a mis hijos! —gritó una vez más.

«De acuerdo —pensó Álvaro—. De acuerdo.»

—¿Cómo… cómo está la parturienta? —preguntó, cambiando de registro.

—Pues… de parto, chillando mucho.

—¿Ha roto aguas ya?

—¿Puede explicarse, doctor? No estoy muy ducho en estos asuntos. Pensé que ella se tenía que encargar de todo.

—¿Está rodeada de un líquido transparente? —le urgió.

—¿Transparente? Qué va, está rodeada de sangre, mucha sangre, ha empapado la cama. Es lo normal en los partos, ¿no?

El doctor Urbina se levantó de un salto.

—Intentaré llegar a su domicilio con mi enfermera. No deje sola a su mujer. Ahora mismo salimos de la clínica.

Se colocó el abrigo, cargó con todo el instrumental básico para un parto de urgencia que le cupo en el maletín y miró a Felisa, que ya se estaba calzando las botas de nieve con gesto preocupado.

Tardaron casi una hora en recorrer el escaso kilómetro que los separaba de la clínica al palacio de los Unzueta. Recorrieron el paseo de la Senda abriéndose paso entre la nieve en algunos tramos. Felisa parecía acostumbrada a manejarse en situaciones como aquella. Pese a su edad, la vigorosa mujer avanzaba con pasos seguros sin retroceder. El doctor Urbina pensó que debía de haberse criado en algún pueblo de montaña y se dio cuenta de lo poco que sabía de la vida de su enfermera.

Cuando por fin llegaron al final del paseo, el industrial los esperaba junto a la verja de hierro de la entrada principal.

Al edificio se accedía desde un lateral del paseo de la Senda. Un muro compacto de arbustos, ahora cargados de nieve, ocultaba el jardín a los ojos curiosos de los viandantes.

El chófer aún seguía apartando con una pala montículos de nieve espesa del camino que llevaba al edificio. El doctor Urbina se levantó las solapas del abrigo, reprimiendo un escalofrío y evitó mirarlo cuando pasó junto a él.

Subió escaleras arriba, corriendo, siguiendo los gritos de Blanca. Cuando llegó al dormitorio, la encontró tumbada en la cama casi desmayada, rodeada de un charco de sangre y con la cabeza del primer bebé ya coronando.

Blanca lo miró con alivio, con el pelo pegado al rostro sudoroso. No tenía fuerzas para hablar ni explicarse, solo para prepararse y soportar la siguiente contracción.

Felisa seguía al doctor Urbina a pocos pasos, cargando con el maletín. Cuando vio el cuadro, se volvió hacia el industrial y le dijo con voz firme:

—Don Javier, los padres no pueden estar presentes en el momento del parto. Le llevaré a sus hijos en cuanto nazcan, no se preocupe. Es un nacimiento múltiple, tardará todavía varias horas. Bájese a la cocina y que le preparen una tila o un coñac.

—¡No, pienso quedarme! Quiero comprobar que mis hijos están bien, ¿cree usted que me da miedo un poco de sangre?

—Estoy segura de que no, pero no hay excepciones en esto, señor. En quirófano no pueden entrar los padres, y cuando el parto se realiza en casa, mi deber es mantenerlos a ustedes alejados. Es por el bien de sus hijos, don Javier. No querrá usted que todos nos pongamos nerviosos y salgan con falta de oxígeno.

—No, usted cuide de que me salgan sanos. No pienso perdonar ninguna negligencia médica con mis hijos.

—Entonces estamos de acuerdo en que debe esperar detrás de esta puerta —concluyó Felisa, y cerró sin darle opción a réplica.

La mujer se aproximó al lecho, donde el doctor Urbina había comenzado ya a darle instrucciones a Blanca para que pujase.

También él estaba aterrado, nunca habría accedido a atender un parto de riesgo como aquel en un domicilio particular. Las posibilidades de que uno de los dos bebés se malograse o de que la madre se desangrase eran demasiado elevadas. Pero había visto la mirada de Javier. Una advertencia muda, una amenaza que no necesitaba pronunciar. Sabía lo que le pasaría si uno de aquellos niños no nacía sano.

Aquel día la cicatriz del muslo le estaba molestando más que de costumbre. Sabía que era debido probablemente a la humedad que había dejado la nieve, pero notaba un dolor metálico insoportable y nunca había cojeado tanto como esa mañana.

No se atrevía a hablar con Blanca con libertad, por miedo a que su marido se hubiera quedado al otro lado de la puerta, escuchando, así que usó con ella un lenguaje mudo de miradas y le apretó la mano con fuerza cuando fue necesario.

Ella pareció comprender, se negó a soltarle la mano pese a que apenas le quedaban fuerzas.

El primer bebé fue un varón, rubio como su madre, estrecho y de rostro alargado. El doctor Urbina le extrajo los fluidos de la boca y se lo entregó a Blanca.

Ella quedó tendida, sonriente, con el peso del pequeño niño sobre su pecho. Tenía ganas de dormir, cerrar los ojos y descansar de una vez, con el calor de aquel último regalo que le dejaba Álvaro: el primer hijo de ambos.

—Tiene que seguir pujando, doña Blanca. —La voz de Álvaro, fingiendo ser solo el doctor Urbina, la arrastró de sus ensoñaciones y la despertó—. Todavía queda otro.

Felisa envolvió a Ignacio Ortiz de Zárate en una manta y continuaron con el trabajo de parto. Veinte minutos después nacía Tasio, un niño idéntico al primero.

Le pinzó el cordón umbilical y lo cortó.

Colocaron a los gemelos a ambos costados de Blanca, y tanto Felisa como el doctor Urbina cruzaron las miradas, algo más relajados. Los bebés tenían el llanto vigoroso, buen tono muscular y el ritmo cardíaco por encima de cien; ambos dieron un ocho en el test Apgar que el doctor Urbina les realizó, bastante prometedor para unos gemelos algo prematuros.

Al escuchar los lloros de los bebés, Javier empezó a aporrear la puerta.

—¿Va todo bien? ¿Por qué no me muestran a mis hijos? —gritó, desesperado.

—¡Don Javier, vamos a acabar de preparar a su mujer y ahora le abrimos la puerta! —chilló Felisa, sin moverse del lado de la madre.

—Atienda a los bebés, Felisa, yo tengo que encargarme de que expulse la placenta —dijo el doctor Urbina, algo inquieto.

Algo iba mal, lo intuía.

Había asistido a varios partos gemelares, pero Blanca continuaba con las contracciones.

—No puede ser —susurró, cuando se dio cuenta de lo que pasaba—. Felisa, venga aquí, creo que hay un tercer bebé.

—¿Un tercero, cómo es posible? —murmuró ella, en voz baja. Por nada del mundo quería que el señor de la casa tuviese un nuevo arrebato de nervios al escuchar la noticia.

—Creo que sus hermanos me han impedido detectar su latido durante todo el embarazo, tenían una colocación más expuesta. Está en otro saco amniótico diferente al de sus hermanos. Parece que también está en posición cefálica; con suerte no hará falta una cesárea —dijo, esperanzado. Le preocupaba el estado de la madre, había perdido sangre y no quería arriesgarse a abrirla fuera de quirófano.

Se acercó al oído de Blanca y le habló despacio, asegurándose de que lo entendía.

—Blanca, vas a tener trillizos. Tienes que empujar un poco más, el último bebé está casi fuera. Solo un poco más. En breve habrá acabado todo, te lo prometo.

Se permitió un último beso en la frente, mientras Felisa fingía no ver nada.

El tercer niño, otro varón al que nadie esperaba ni para el que nadie había pensado un nombre, nació a los pocos minutos.

Álvaro le ayudó a sacar su pequeña cabeza y lo vio, y por un momento se quedó en blanco, olvidando que era doctor, que estaba en el palacio de un negrero y que un marido furibundo golpeaba la puerta con ganas de imponer sus apremios.

Alzó al bebé, todavía unido a su madre por el cordón umbilical, y se lo mostró a Blanca, incapaz de reaccionar.

Aquel niño no tenía ningún parecido con sus hermanos.

Blanca y Álvaro se quedaron mirando, horrorizados y sin saber qué hacer, a la espesa mata de pelo rojo del bebé, idéntica a la del doctor Urbina, mientras Javier Ortiz de Zárate amenazaba desde el otro lado de la puerta con echarla abajo.

30

LA CASA DE LAS JAQUECAS

Esta es una de las peores etapas del héroe: la noche oscura del alma, la decisión más difícil, lo sé. #hazlocorrecto, #Kraken

8 de agosto, lunes

No estaba del mejor de los humores. Después de pasarme el fin de semana dándole vueltas a cómo actuar con el hermano de Estíbaliz, al final había decidido hacer lo que mi ética profesional me dictaba, aunque doliese. Aunque la perdiese.

No quise salir por Vitoria, me recluí en Villaverde, huyendo de un ambiente ruidoso e irreal en el que me sentía un marciano. Huyendo del trato incómodo al que me sometían mis amigos de la cuadrilla. Huyendo de no pegar ojo por las noches durante el fin de semana grande de las fiestas.

Al menos la ola de calor nos dio un respiro y las temperaturas bajaron el domingo casi quince grados, algo que todo el mundo agradeció.

Germán y Martina vinieron a comer con el abuelo y conmigo, con la excusa de traerme la tarta de la Virgen Blanca, una delicia de *mousse* de fresas y nata con merengue tostado que no me perdía ningún año. Agradecí en silencio aquel apoyo que pretendía ser despreocupado, mientras Martina nos contaba que le habían dado el alta después de tanta quimio y no tenía revisión hasta pasados seis meses.

—¿Por qué no os vais en agosto unos días para celebrarlo? —les animé—. Subid a un lugar donde haga frío de verdad, sin peligro de olas de calor que derritan las aceras.

Quería alejarlos del horror cotidiano que se vivía en Vitoria, quería alejarlos de las fiestas, de la amenaza velada sobre cualquiera de nosotros a la que nos sometía el asesino.

—Pues mira, tal vez te hagamos caso, Unai —asintió Germán, sopesando la idea—. Vente con nosotros.

«No puedo, y lo sabes.»

—No es mala idea —mentí—. Podemos hablarlo después de fiestas.

Y sé que no debí salir aquel lunes de madrugada a correr. Que las calles no serían mías, sino de los borrachos y los encuentros sexuales de última hora, pero por encima de cualquier otra consideración, no soportaba que Alba y yo nos hubiésemos quedado en tablas, y mucho menos soportaba la frialdad a la que le obligaba su cargo cuando trataba conmigo en su despacho.

Me coloqué una sudadera fina con capucha y salté del portal a la plaza cuando todavía era de noche y aún refrescaba. Salí dispuesto a encontrarme con el alba, en todos los sentidos.

Recorrí las rutas del centro peatonal, bordeé la Almendra Medieval, y finalmente opté por alejarme de las charangas y tiré por el paseo de la Florida, dejando a mi derecha el parque cuyos gruesos troncos protegían de miradas indiscretas a parejas tumbadas que se habían conocido hacía media hora y ya se afanaban en regalarse uno al otro amor del verdadero.

Al cabo de media hora ya me sentía como un idiota, un poco patético para andarme con esas tonterías a mi edad, así que, frustrado, me di media vuelta a la altura de la Casa de las Jaquecas, en el arranque del paseo de Fray Francisco de Vitoria. Los atlantes blancos que sujetaban la balconada se echaban las manos a las cabezas con gestos de dolor. A mí también me dolía la cabeza de tanto pensar, de tanto rumiar, de no llegar a ningún lado.

Fue entonces cuando la vi. La ciudad todavía estaba oscura, con ese cielo añil profundo anunciando que en breve comenzaría a clarear. Alba corría con sus auriculares puestos, ignorando a varios tíos que silbaron y le dedicaron varios comentarios indescifrables cuando pasó corriendo frente a ellos. Después me vio.

Después me vio.

—¿Qué escuchas? —le dije, poniéndome a correr a su lado.

—*Wonderwall*, la versión de Ed Sheeran —respondió, prestándome un auricular.

«Tú sí que eres mi *wonderwall*», pensé.

—¿Por qué la escuchas? —quise saber.

—Me abstraigo con ella. Esta semana va a ser definitiva, Kraken.

Me detuve, harto ya de todo. El cable blanco tiró de ella y la obligó a parar frente a mí bajo uno de los gruesos castaños de Indias del paseo. Ni sé la de años que tendría.

—¡No quiero ser Kraken ahora! No quiero que me hables del caso ahora, no quiero que me preguntes por traumas, ni por mi mujer, ni quiero saber nada de tu marido. Quiero que tengamos algo más que unos minutos cada madrugada para soltarnos ráfagas de quiénes somos. —Casi grité, y aquel discurso furioso me sorprendió hasta a mí, porque ni siquiera lo tenía preparado.

—¿Sabes lo que significa *wonderwall*, idiota? —preguntó, colocando los brazos en jarras.

—Es un tipo de terapia que aplican en algunos psiquiátricos británicos —contesté de carrerilla—. Un muro donde los enfermos colocan fotos de familiares, amigos, o lugares por los que merece la pena vivir.

—No me refería a eso. *Wonderwall* es una persona con la que estás totalmente obsesionada porque te inspira de manera brutal —dijo, enfadada, señalándome con el dedo en el pecho, como si estuviera hablando de mí.

Después me colocó la capucha de la sudadera sobre la cabeza y ella también se colocó la que llevaba puesta.

—¿Es una invitación a que te bese, o algo así? —pregunté, sin comprender.

«Perdona, pero eres mi jefa y voy a necesitar saber que por tu parte lo tienes muy claro», callé.

—Te conoce media Vitoria, no podemos hacer esto en mitad de la calle —dijo desde las sombras que proyectaba su capucha.

—De acuerdo.

«De acuerdo.»

—Entonces te echo una carrera hasta mi portal, encapuchados —le propuse—. Vamos rápido, la gente que habita las calles a estas horas está demasiado mamada como para reparar en dos *runners* obsesos como nosotros.

Alba no esperó a responder y se lanzó calle abajo en dirección al centro. Era buena haciendo *sprints*, me costó un poco alcanzarla y quedarme a la par. Recorrimos los ochocientos metros en unos cuatro minutos y veinte segundos.

Llegamos casi a la vez a mi portal, todavía a oscuras, saqué las llaves y me concentré en no parecer un inútil y abrir la puerta a la primera. Alba se disponía a atravesar el oscuro pasillo en dirección a las escaleras, pero yo sabía que no podía ser lo que ella quería.

—No, aquí —la frené, con la entrepierna ardiendo.

—¿Aquí? —preguntó, escéptica, todavía respirando pesadamente por el esfuerzo de la carrera.

—No te preocupes por el ruido: mis vecinos tienen una edad media de cien años, están sordos como tapias.

Y creo que lo hicimos con furia, demasiada, sin cariño, como soldados rebotados porque son enviados al frente y saben que van a morir. Tal vez así nos sentíamos, un poco resentidos con la vida que llevábamos.

Metió su mano bajo mis mallas, sujetando con fuerza mi erección. Yo hice lo propio con ella, deslicé mis dedos entre aquella humedad y me hice con el terreno.

—Vamos a probar la elasticidad de este tejido —dijo, retándome.

Nos masturbamos mutuamente, con las manos aprisionadas, sin dejar de mirarnos a los ojos, casi con rabia, como si nos lo debiésemos, como si fuésemos recaudadores cobrándonos una antigua deuda.

Creo que las gónadas me iban a explotar. Hasta entonces había tenido sexo sin alma con otras tías, pero el sexo con Alba era diferente, como una conversación más de las nuestras, a pelo y sin anestesia, sin fingir ni preocuparnos de quedar bien. «Esto es lo que soy y así lo hago, ni siquiera espero que te guste», parecía decirme.

Pero me gustaba, por Dios, cómo me gustaba aquello. Me volvía loco aquella manera suya de tratarme, sin pensar en delicadezas ni miradas complacientes.

Alba no pedía permiso, simplemente cogía lo que necesitaba de mí para construir su orgasmo y después tenía la fortaleza para permitir que yo tomase lo que quisiera.

La coloqué en la postura del cacheo, le levanté los brazos por encima de su cabeza, atrapé sus manos con las mías y las empotré contra la puerta, casi como una crucificada. Me ayudé de mi rodilla para separarle las piernas y ella quedó expuesta a los pocos minutos de oscuridad que entraban desde la plaza de la Virgen Blanca, donde centenares de vitorianos bajaban en riada por delante de nuestras narices al otro lado del portal, totalmente ajenos al polvazo que iba a tener lugar detrás de aquella gruesa puerta de madera, hierros y cristal.

—Esto por llamarme idiota —le susurré al oído, un poco molesto, bajándole las mallas. ¿Qué se había creído cuando me insultó?

Mordí el lóbulo de una oreja que ya ardía y subí con una mano por el triángulo isósceles que habían formado sus muslos, la giré y dejé que fuera el dorso el que acariciaba aquella epidermis que quedaba en las sombras, después acomodé el dorso a su entrepierna, moví la mano hasta que le extraje los jugos que quería y entonces giré mi mano de nuevo, y dejé que dos dedos se abrieran paso por su interior. Note cómo palpitaba aquella carne y no quise esperar más para penetrarla de una vez por todas. Alba echó la cabeza hacia atrás, bastante restringida de movimientos porque le sujeté de nuevo las manos formando una cruz contra la madera. Después la cogí de la mandíbula, la giré y me encontré con una boca que buscaba besos mientras gemía tanto como yo.

—Joder, cómo te mueves de bien, Unai. —Creo que gruñó.

No éramos héroes, no duramos demasiado, creo que nos teníamos demasiadas ganas porque terminamos casi a la vez, y después solo quedó mi respiración entrecortada en su oreja, y mi abrazo de kraken estrujando el cuerpo de aquella tía que me había roto los esquemas en menos de dos semanas y con la que acababa de tener sexo de élite en un viejo portal.

—Es el polvo con mejores vistas que he echado nunca —dijo con una media sonrisa. Y se apretujó en mis brazos, como si me pidiera que la abrazase más fuerte aún.

—Las mías eran mejores: además de la plaza, yo tenía tu espalda —contesté risueño, poniendo mi cabeza sobre su hombro.

—Está amaneciendo —señaló, como si no fuera evidente.

—La hora del alba, lo sé.

—¿No me vas a dejar subir a tu piso?

Fin del hechizo.

—Si me insistieras lo suficiente, te dejaría, pero preferiría que no lo hicieras —contesté un poco molesto, liberándola de mi abrazo. ¿Para qué mentir?

—De acuerdo —dijo de nuevo distante, como si no le hubiera importado mi respuesta. Se recolocó las mallas, el sujetador deportivo, la camiseta y la sudadera, ajena a mi presencia.

No se giró cuando se puso la capucha y salió a una Vitoria ya amanecida, agachando la cabeza y corriendo como una *runner* fanática que no dejaba sus rutinas ni siquiera durante las Fiestas de la Blanca.

Me dio con la puerta en las narices y el ruido rebotó durante un buen rato, el mismo rato que me quedé mirando al vacío con las mallas por las rodillas en la penumbra de mi portal.

«Tú eres idiota, Unai.»

Subí las escaleras hasta el tercero, abrí la puerta y miré alrededor. ¿Cómo iba a dejarla entrar, para que viera en qué punto de mi vida me encontraba en realidad?

«¿Y en qué punto estás, Unai?», me pregunté por primera vez en mucho tiempo.

Solo entonces me di cuenta de lo dañado que estaba.

De que no había pasado página.

Las fotos enmarcadas de Paula estaban en todas partes. A lo largo del pasillo, en el mueble de la televisión, en la mesilla derecha junto a mi cama... Me senté sobre la colcha y cogí otra imagen enmarcada. Una ecografía 4D de mis hijos. Unos relieves en sepia que prometían una nariz como la mía, unos labios como los de Paula, unas manitas que creí que se aferrarían a mi dedo tras el parto.

Me sentí fatal, me sentí sucio, sudoroso, oliendo a polvo rápido y a saliva compartida. Me metí en la ducha y entonces me di cuenta. No lo había superado, Germán tenía razón. Me estaba engañando. Salí del plato de la ducha, mojado y con espuma, y ni siquiera pensé en una toalla; volví al salón, consternado, y vi mi piso por primera vez con ojos ajenos: era un santuario, un santuario a Paula y a mis hijos.

Me dejé caer, horrorizado, empapando el sofá, mirando por primera vez el piso en el que pensaba que me había recuperado con la mirada clínica de un perfilador profesional.

Me había construido mi propio *wonderwall*, mi propio muro donde evadirme y convencerme de que Paula y los niños seguían presentes.

No soy muy de ataques de furia ni de lanzar objetos, sobre todo si los he pagado yo gracias a un trabajo con plus de peligrosidad, aunque reconozco que estuve a punto de ser uno de esos energúmenos que arrasa con todo. Sin embargo, miré a la familia que un día tuve y supe que no lo merecían.

Así que me aguanté la rabia y las lágrimas y cogí una caja de debajo de mi cama y metí todas las fotos de mi vida pasada. Tenía que seguir adelante. Cruzar la línea. Dejarlo pasar. Dejar que se fueran.

Encontré un grueso rotulador, precinté la caja y escribí «Paula y los peques». Me afeité, me duché, me vestí, desayuné y bajé al parking con la caja y la coloqué en el maletero del Outlander, a la espera de coger polvo en el alto de la casa del abuelo en Villaverde.

Llegué a la sede de Lakua con un humor de perros, pensativo y apático, sin ganas de hablar con nadie. Subí directamente a mi despacho y me enterré allí a rellenar informes atrasados.

Estíbaliz asomó su largo flequillo rojo por la puerta y entró tanteando el terreno. Enseguida captó que había algo más que me pesaba en los hombros, además de nuestra diferencia de opiniones con respecto a su hermano.

Se acercó a mí, estudiándome en silencio sin disimulo, y creo que me conocía tan bien que prefirió no echar leña al fuego.

—¿Has visto lo de Tasio? —preguntó.

—¿Qué es «lo de Tasio»?

—Va a salir en cinco minutos del penal de Zaballa. Están todas las cadenas del país, amén de algunas europeas y americanas. Creo que han venido también dos desde Sudáfrica.

—Bromeas.

—No.

—Venga, no sé qué paliza te han pegado hoy, pero vamos a verlo en directo y así te despejas —dijo, apartándome de la mesa con su trasero e inclinándose sobre mi ordenador para abrir un enlace—. Vamos a ver a SuperTasio después de veinte años. No solo ibas a ser tú quien tuviera el privilegio de verlo. Hay mucha expectación acerca de su apariencia después de tanto tiempo.

—Si tú supieras... —contesté, sin ganas.

Nos quedamos mirando la pantalla de un canal nacional. Habían hecho una conexión en directo y se podía ver la entrada de la macrocárcel, tan atestada de cámaras, micrófonos de la prensa de medio mundo y pancartas de particulares pidiendo su cabeza que apenas habían dejado un pasillo para el recluso.

Tasio, como siempre, quedó por encima de la situación y superó todas las expectativas.

Detrás de las furgonetas blancas de la CNN y de la BBC News apareció una limusina negra de varios metros con las lunas tintadas. En ese momento salió un encapuchado. Era alto y llevaba un traje caro, pero no se podía ver su rostro porque llevaba encima un grueso chaquetón Barbour con capucha.

Hubo abucheos y micrófonos que intentaron frenar su paseo hacia la libertad, pero Tasio imponía incluso sin verle el rostro. Dio varios codazos y una de las puertas traseras de la limusina se abrió en el momento justo en que él llegó a la altura del coche.

—Hay que reconocer que tiene estilo —comentó Estíbaliz, contrariada.

—No lo sabes tú bien —respondí, mirándola de reojo—. Y ahora, Esti, me gustaría terminar este informe. Hablamos luego.

Ella lo captó al vuelo y se marchó tan rápidamente como había llegado.

No quería tratar con ella, no aquel día, que me había decidido a interrogar a su hermano Eneko, pese a la poca gracia que me hacía la situación.

Llegó el mediodía y no quise acercarme al centro a comer: me limité a picotear un poco por los bares de la avenida Gasteiz y al final me decidí a llamarla.

A mi jefa, no a Alba. Preferí hacer una llamada a tener que subir a su despacho y mirarla a la cara.

Así que me quedé mirando las frondosas paredes verdes del palacio Europa, saqué el móvil de mi bolsillo y marqué su número.

—¿Estás sola? —pregunté.

—No, pero podemos hablar, inspector Ayala —contestó, con voz neutra—. Cuénteme lo que precise, si es importante.

—Tenemos un sospechoso —dije, tratando de centrarme solo en lo laboral—. Ha sido el propio Tasio Ortiz de Zárate quien me lo ha señalado, antes de salir de prisión.

—¿Y usted se fía de lo que le cuente Tasio Ortiz de Zárate?

—Subcomisaria, pienso que en esta ocasión podemos tener algo sólido.

—Descríbame al individuo, entonces.

—Varón, treinta y cinco años —resumí—, fue compañero de correrías paganas de Tasio Ortiz de Zárate y hoy es dueño de una tienda esotérica en los bajos de la torre de doña Otxanda. De momento, su perfil encaja punto por punto en el que yo he elaborado.

—¿Va a detenerlo ahora mismo, necesita que le tramite una orden del juez? Porque para eso tengo que aportarle algún tipo de indicio más sólido, lo sabe.

—Deje que vaya a hablar con él primero. Hay... ciertas circunstancias antes que debo aclarar, pero le informaré en cuanto termine. Creo... creo que estamos cerca de solucionar el caso. Al menos eso quisiera pensar.

—Yo también lo deseo, inspector Ayala —dijo, y en su voz no había ni rastro de la calidez que ya conocía.

Alba colgó y subí por la calle Badaya en dirección a Cercas Bajas.

Ni siquiera yo era consciente de lo que acababa de desencadenar con aquella llamada.

31

LA TORRE DE DOÑA OTXANDA

8 de agosto, lunes

La torre de doña Otxanda era la actual sede del Museo de Ciencias Naturales. Restaurada en los años sesenta, su torre cuadrada medieval era una fiel copia de otras similares que habían campado por tierras alavesas en otros tiempos, como la torre de los Mendoza y la de los Varona.

Junto a su sólida puerta de madera, unas letras doradas anunciaban la herboristería y librería de Eneko Ruiz de Gauna.

A través de sus oscuros escaparates se podían ver desde bolas de cristal, amuletos y saquitos de infusiones hasta libros de segunda mano de templarios, mitología vasca y ufología.

Traspasé la puerta y el tintineo de unas cañas de bambú colgadas del techo anunció mi llegada. Había un *eguzkilore* colgado del marco de la puerta, pero a diferencia de todos los que había visto a lo largo y ancho de todos los caseríos del norte, esta vez estaba colgado de puertas hacia dentro, como si fuese el mundo exterior el que tuviera que protegerse de lo que albergaba en su interior.

El local estaba atiborrado de velas de santería, cajas de distintas hierbas etiquetadas a mano, collares de protección del mal de ojo, cientos de libros antiguos colocados en columnas que descansaban en el suelo y llegaban al techo de madera. Se respiraba el olor cargante del incienso, aunque también quedaba cierto aroma a marihuana.

Subí unas escaleras cortas y muy empinadas, buscando la trastienda. No recordaba haber estado nunca en aquella especie de supermercado de las ciencias arcanas.

—El famoso Kraken —dijo alguien a mi espalda. Tenía una voz desagradable, como el graznido de un cuervo.

—El famoso Eguzkilore —respondí, volviéndome.

—Ya no me llaman así, ahora no hay parecido ninguno —dijo, encogiéndose de hombros mientras daba una calada a un porro.

Y era cierto. Las rastas pelirrojas que Eneko lució antaño habían pasado a mejor vida. Una alopecia demoledora se las había llevado por delante, y ahora solo quedaba una cabeza rapada que dejaba al descubierto un cráneo tatuado con un *eguzkilore* en la nuca.

Eneko era tan alto como yo, de pómulos afilados y bastante corpulento. Vestía con pantalones de lino morados y tenía la mirada enrojecida de los que han fumado demasiada sustancia extraña a lo largo de toda una vida dedicada a la causa. Pero sus ojos marrones estaban alerta, siempre alerta.

—Pasa, no quiero que mis clientes vean que me visita un madero.

Miré alrededor, buscando alguno de los clientes de los que hablaba, pero no vi nadie en el local.

—¿Has venido a por la mandrágora?

—¿A por qué? —pregunté, sin comprender.

—A por el encargo.

—¿De qué estás hablando, tío?

Me miró durante un par de segundos, con el ceño fruncido.

—Nada, madero. Olvídalo.

Descorrió una cortina de brillante dorado y accedimos a un extraño habitáculo más recargado aún que la librería. Había una cama de matrimonio con las sábanas deshechas, miles de fotos de eventos paranormales por las paredes, una mesa de madera con facturas esparcidas sobre su superficie tallada de runas y varios *menorás* con sus siete brazos y sus siete velas encendidas, que eran la única iluminación a nuestro alrededor. En la cabeza de aquel tipo había cabida para todos los credos.

—Este es mi despacho. Aquí podemos hablar con libertad. ¿A qué has venido entonces, Kraken? ¿A agradecer mi ayuda en la identificación de las últimas víctimas? —Se sentó sobre su mesa mientras apuraba la última calada de su porro.

—No exactamente —repliqué mientras me paseaba por el despacho mal iluminado intentando identificar algo válido entre las imágenes que empapelaban el cuarto—. Una de las líneas de la investigación en curso se centra en el triángulo de San Vicentejo, la iglesia de Burgondo y la de Ochate. Eres un estudioso de estos temas, Ochate no te puede ser ajeno.

—A nadie de por aquí. Forma parte del acervo cultural de varias generaciones de alaveses.

—¿Cómo te influyó a ti?

—Estoy convencido de que esa zona es un centro de poder. Formé parte de varios grupos que grabábamos psicofonías. Conseguimos alguna de bastante buena calidad. Después la gente perdió interés y esos grupos se disolvieron —contestó, y me pareció que estaba siendo deliberadamente vago.

—Dime, ¿tú trabajaste en la restauración de la ermita de San Vicentejo?

—¿De qué me hablas, tío? —respondió, molesto—. ¿Por qué no vas al grano? Todavía no tengo claro qué haces aquí.

«De acuerdo, no hay manera de vincularte con San Vicentejo», pensé frustrado.

—Digamos que he encontrado una conexión contigo, con Tasio Ortiz de Zárate y con Zugarramurdi —dije, cambiando de tercio.

Me apartó la mirada, y giró su cabeza rapada, como si tratase de no mirar un mal recuerdo.

—Yo era un crío. No sé lo que te habrá contado ese rajado, pero pasó menos de lo que él cuenta.

—Pues no parece que lo haya olvidado fácilmente.

—Él nunca entendió mi empeño de volver a las antiguas costumbres. Antes éramos brujos, y ahora soy un simple herboristero. Debo admitir que me frustra esta pérdida de poder para los que somos como yo, más sensibles a lo que el ojo no ve. Pero no acabo de entender por qué estoy compartiendo confidencias contigo, así que, si no tienes nada más que preguntarme, voy a invitarte amablemente a que te vayas. Si he soportado tu presencia aquí, es por el respeto que le tengo a mi hermana.

—¿Respeto? Si la hubieses respetado, no la habrías implicado en tus trapicheos.

—¿Qué pasa, que te la tiras? —dijo al tiempo que se levantaba y se ponía frente a mí.

—¿De qué hablas, imbécil? Yo intento cuidar de ella; tú la corrompes y tiras de ella hacia el fondo del pozo.

—Cuidado, tú no estabas allí cuando nuestro padre nos daba aquellas palizas de muerte. Yo la protegía.

—¿Protegerla? ¿Por eso la metiste en tu mundo de drogas?

—La anestesiaban, la hacían más fuerte. No seas simplista, eres un profano y solo eres capaz de ver que están al margen de la ley.

—Déjate de parafernalias, la has convertido en una profesional de la autodestrucción.

Entonces noté una presencia a mi espalda, giré la cabeza y vi a Estíbaliz.

Me miró furiosa, apretó los labios hasta que se pusieron blancos.

—¿Eso piensas de mí, Kraken? Qué equivocados estáis los dos. Qué equivocados.

Me di la vuelta y la vi desaparecer escaleras abajo. Corrí tras ella, pero salió de la librería más rápido que yo y para cuando llegué a la calle y miré en todas las direcciones, ya no pude verla. Subí a toda prisa por el cantón de las Carnicerías, me asomé a la Herrería, y minutos después a la Zapatería, aunque solo encontré gente de fiesta o preparándose para el paseíllo de los blusas.

—¡Espera, Estíbaliz! —grité al aire, aunque lo cierto es que no tenía ni idea de por dónde se había ido.

Marqué su número de móvil. Una vez, dos veces, tres.

Nadie lo cogió. Yo sabía que estaba, más que enfadada, decepcionada conmigo.

Así que encaminé mis pasos de nuevo hacia la torre de doña Otxanda, dispuesto a terminar mi conversación con Eneko.

Cuando entré de nuevo en la herboristería, vi que la puerta de cristal estaba entornada, tal y como yo la había dejado cuando abandoné el local tras mi compañera.

—¡Eneko! —grité una vez dentro—. ¿Tienes idea de dónde puede haberse ido tu hermana?

Pero nadie respondió.

Subí las escaleras, extrañado, y traspasé la gruesa cortina dorada que daba acceso al despacho del Eguzkilore.

Pero Eneko Ruiz de Gauna no estaba por ningún lado.

Había desaparecido, dejando su local abierto de par en par y a un policía totalmente desconcertado.

32

IZARRA

Vitoria, febrero de 1971

Álvaro Urbina miró a su espalda, aturdido, en dirección a la puerta del dormitorio. Los gritos de Javier le habían sacado de su estupor:

—¡Sé que le ha hecho algo malo a mis hijos, doctor! ¡Haga el favor de dejarme entrar!

—Pero ¿cómo es posible? —fue capaz de decir Blanca, sin terminar de creérselo.

—Los trillizos suelen salir así: dos iguales y uno diferente —intervino Felisa, en voz baja—. ¿Hay alguna manera de salir por esta casa que no sea la entrada principal?

—Sí, la siguiente puerta da al vestidor, de allí pasa al gabinete. Bajando unas escaleras que dan la vuelta al edificio se sale por la parte trasera —contestó Blanca, sin comprender.

—Miren, hay… hay matrimonios que acogerían a este niño como propio, conozco uno en Izarra —susurró la enfermera—. No hablo de una adopción legal. Doctor Urbina, usted sabe que en la clínica a veces nos saltamos los protocolos, hay muchas situaciones que no se contemplan. Siempre hay madres solteras de buena familia que vienen a Urgencias después de disimular todo el embarazo, y no quieren que sus familias se enteren. En esos casos se los entregamos a matrimonios que están desesperados por tener hijos y Dios no les ha concedido ese regalo. Yo sé de uno que está esperando nuestra llamada desde hace tiempo. El doctor Medina lo hacía desde siempre, y yo… ya saben: ver, oír y callar. Pero si don Javier ve que ese niño es tan pelirrojo como usted, doctor Urbina, va a matarlos a todos aquí mismo: a su mujer, a los tres niños, a usted, y si se descuida, a mí también. Yo me lo llevo a mi casa ahora mismo. Deme el día de mañana libre, a ver si puedo llegar al pueblo de este matrimonio y entregárselo, y nunca más hablemos de esto. Nunca más, doctor. Los otros dos rubios son clavados a la madre, podrá criarlos como propios, y nadie esperaba un tercero.

Álvaro miró a Blanca, que intentaba abarcar a los tres bebés entre sus brazos cansados, sin conseguirlo del todo.

Después cogió al pelirrojo y lo examinó de cerca. Se parecía mucho a sus dos hijos mayores el día que nacieron, sabía que crecería pareciéndose a él.

—Blanca, tú eres la madre, tú vas a criarlos —le dijo mientras se inclinaba sobre ella y le apartaba el pelo del rostro—. Tienes que tomar una decisión.

—También son tus hijos, los tres —respondió Blanca, sin fuerzas.

—Nos va a matar, Blanca. Tu marido no va a permitir que vivan si ve a los tres.

Ella cerró los ojos. No quería pensar, solo quería terminar con todo, pero sabía que ya no podía, que ahora dos niños dependían de que ella los presentase como hijos de Javier al mundo.

—De acuerdo, lléveselo, Felisa —dijo por fin, llorando, y después se dejó llevar por el cansancio y cayó rendida sobre la almohada empapada.

Felisa envolvió al pequeño pelirrojo en una de las mantitas que Blanca había preparado para sus hermanos, vació la maleta de cuero del doctor Urbina y metió al bebé dentro.

Desapareció rápidamente por la puerta lateral del dormitorio, dejando a Álvaro solo con la que podría haber sido su familia: una primípara exhausta y sus dos gemelos univitelinos recién nacidos.

En ese mismo momento entró Javier, que reventó el pestillo y abrió la puerta con tal ímpetu que golpeó el pomo contra la pared.

Buscó a sus hijos con la mirada, pero el doctor se interpuso en su camino.

—Ha salido todo bien: son dos varones que han nacido en perfecto estado, dadas las circunstancias. Los primeros test nos dan un buen pronóstico. Puede usted acercarse a la madre y verlos. Ella ha realizado un considerable esfuerzo durante el trabajo de parto, vamos a dejarla descansar. Y cierre esa puerta, ahora es importantísimo que no pierdan calor.

Le miró desconfiado y se aproximó a la cama, donde encontró a los bebés también dormidos, envueltos ambos en una mantita azul un poco pequeña para albergarlos a los dos. Javier no se atrevió a tocarlos, pero husmeó dentro de la manta para comprobar que no eran deformes ni les faltaba ninguna extremidad.

—De… acuerdo. Parece que todo está bien. Han estado ustedes tan callados que me había temido lo peor.

—Solo hacíamos nuestro trabajo, por el bien de sus hijos, don Javier.

—Por cierto, ¿dónde está su enfermera? No la he visto salir —dijo, mirando a su alrededor.

—Ha ido corriendo a la clínica a por el material que le falta —mintió—. Su esposa requiere ahora de cuidados ambulatorios básicos.

—¿Y por qué no ha salido por la puerta, como Dios manda?

—No quisiera que se ofendiese, pero estaba usted hecho un manojo de nervios y no podíamos permitir que entrase en esas condiciones. Era un momento delicado para el bienestar de sus hijos. Ella ha preferido irse por la puerta trasera, compréndala, es una mujer mayor y usted le impone mucho respeto.

—Ya, ya, bien. Lo entiendo —le restó importancia—. ¿Lo que queda por hacer puede hacerlo ella sola?

—Sí, son labores de enfermería. Encargarse un poco de la madre y del bienestar de los niños, ahora los tres tienen que descansar. Vamos a dejarlos dormir unas horas y en cuanto la nieve lo permita, los ingresaremos para que estén controlados. Ellos son prematuros, deben quedarse en la planta de neonatos hasta que ganen peso y sus pulmones maduren un poco.

—Pero ¿ellos están bien? —insistió Javier, no muy convencido—. Yo los veo muy pequeños.

—Es lo normal en un parto múltiple, y son algo prematuros, pero tienen la talla normal para ser gemelos.

—De acuerdo —accedió por fin—, pues finalmente usted ha cumplido y me ha traído dos hijos al mundo, quién iba a decirlo.

—Eso parece, don Javier.

«¿Y ahora qué, Javier? ¿Y ahora qué?»

—Supongo que ya no hay necesidad de vernos más, así que puede usted abandonar mi domicilio ahora mismo. Mi chófer le llevará de vuelta a la clínica.

El doctor dio un paso atrás, intentó sonreír, pero fue incapaz.

—No se preocupe. Por muy grande que sea su coche, no creo que pueda conducir por las calles con esta nevada.

—Los camiones quitanieves han pasado hace apenas media hora, está todo mucho más despejado. No tiene usted más opción, no me haga insistir más. Yo mismo lo acompaño.

Álvaro lanzó una rápida mirada a Blanca y a los dos niños apoyados sobre su pecho. Los tres dormían, ajenos a todo.

Fue la última vez que los vio.

Una semana más tarde apareció una diminuta nota de prensa en la página de sucesos de *El Diario Alavés* dando parte de la denuncia de desaparición del doctor Álvaro Urbina que su afligida esposa, Emilia Aranguren, había interpuesto.

Nadie volvió a verlo jamás en Vitoria.

Un médico sustituto llegó de Bilbao apenas un mes y medio después, cuando la dirección de la clínica comprendió que el doctor Urbina no volvería a aparecer con vida.

El nuevo médico, joven y sociable, pertenecía a la tercera generación de doctores de una prestigiosa familia vizcaína. Un tipo encantador y eficiente. Para cuando cambiaron la placa del doctor Urbina por la del doctor Goiri, pocos en Vitoria se acordaban de él.

33

EL CAMINANTE

9 de agosto, martes

«Esto es solo un enganche sexual, una mala decisión, un calentón de verano, un error laboral. Eso, solo es eso. Hoy iré a su despacho, le diré que nunca más, nunca más. Que vuelva con el tibio y silencioso de su marido, con el hombre invisible, con el señor X», me dije cuando desperté, como siempre, de madrugada.

No dejaba de darle vueltas al mismo asunto. Engañándome, fingiendo que no me importaba ni me reventaba que durmiera con otro, que se duchase con otro, que hiciese la compra y la colada con otro, que llevase un anillo con promesas que le hizo a otro.

Que no estaba deseando volverme invisible, inaudible, intangible, meterme en su cama, hacérselo hasta dejarla exhausta y tibia, dormida, aunque luego fuese para volver a mi piso vacío.

Porque sí, por esta vez, yo era el otro.

El puñetero amante con derecho a roce y sin derecho a nada. Ni a perezosos desayunos dominicales entre las sábanas, ni a cenas de presentación en cuadrilla, ni a meternos mano en la última sesión de los cines de la calle San Prudencio.

Sé que no debía hacerlo a aquellas horas, que era imprudente, pero le mandé un mensaje.

«¿Has salido hoy a correr?»

«Sí.»

«¿Por dónde andas?», escribí.

«Qué más da. Dime dónde quedamos.»

«En los jardines traseros del palacio de los Unzueta, la verja de hierro lateral está abierta», propuse, y cuando vi el emoticono de su dedo alzado, corrí a ducharme, vestirme, y salir con prisas, escaleras abajo.

Cuando llegué, Alba ya estaba allí, una sombra que me esperaba con los brazos cruzados sobre el pecho junto a los setos que bordeaban la propiedad. No parecía que estuviese de muy buen humor.

—¿Qué quieres, otro polvo de desahogo? —me espetó, nada más llegar.

—¿De qué hablas? No fue un polvo de desahogo.

—¿No? ¿Y cómo llamas tú a ponerme mirando a Cuenca en tu portal y luego no dejarme subir ni siquiera a ducharme? No quería dormir contigo, Unai. No era una petición de compromiso.

—¿No querías dormir conmigo? —grité, con rabia—. Gracias por lo que me toca, me siento muy halagado. Dime, ¿me dejas tú subir a tu casa?

Se quedó blanca, sin saber qué contestar.

—Vamos, Alba. Adelante, echemos un polvo en tu portal, que por cierto, no tengo ni idea de dónde está, y luego me dejas subir a tu casa, ¿de acuerdo? Así me meto en la cama contigo y con tu marido. ¿No te estaba esperando ayer para echar un polvo matutino?

—¿Crees que me acosté con él ayer, teniendo tu semen todavía en mi cuerpo? No tienes ni idea, Kraken. No sabes nada de mí ni de mi matrimonio.

—No me llames Kraken, maldita sea. Estoy cansado de tantas identidades.

—¿No? Pues deja de comportarte como un cefalópodo sin cerebro.

—No se te ocurra juzgarme. Eres tú la que está casada. No juegues conmigo, Alba. O estás o no estás, no quiero ser el amante. Es... es denigrante que me hayas convertido en esto.

—¡Pues deja de mirarme como me miras en el despacho! —gritó.

—¿Y qué le pasa a mi manera de mirarte?

—Que no me la quito de la cabeza, Unai —susurró enfadada, acercándose a mí—. Que no me la quito de la cabeza.

Pero había una impotencia en su voz que me hizo rendirme.

—Yo tampoco, Alba. —Suspiré—. Yo tampoco me quito de la cabeza tu forma de mirarme. No deberíamos estar metidos en esto, no somos unos críos. Hay gente en medio, no quiero que nadie salga herido.

Que nadie salga herido…

Qué ironía acababa de soltar, sobre todo si hubiese sabido lo que iba a ocurrirnos a todos los implicados.

Que nadie salga herido.

—Venía a pedirte disculpas —me atreví a decir por fin—, y a decirte que me encantaría que subieras a mi casa.

—Vamos a llegar tarde al trabajo —contestó, mirando su reloj de muñeca.

—Lo sé, esto se nos está yendo de madre, pero… solo dormir, ¿de acuerdo? No he llevado a nadie a ese piso, nunca. Me trasladé a él después de enviudar, hace más de dos años. Quiero que te metas en mi cama y durmamos juntos, aunque sea media hora. Eso es lo que quiero, Alba. Para mí no eres un polvo, ¿vale?

—¿Tú sabes todo lo que arriesgo?

—Mucho más que yo, lo sé.

Guardó silencio, se apoyó en el tronco.

—Vamos, que no se nos haga de día —asintió por fin.

Y corrimos de nuevo hasta mi portal, pero en esta ocasión la dejé subir hasta el tercero, y ni siquiera la besé o le cogí de la mano. Ni siquiera la desnudé, me di la vuelta en mi dormitorio y dejé que ella lo hiciera mientras yo también me desnudaba. Cuando supe que estaba dentro de las sábanas, me metí entre ellas y me limité a abrazarla desde detrás y nos quedamos dormidos muy apretados hasta que el despertador del móvil nos avisó de que aquellos minutos de oro habían terminado.

Alba se volvió a vestir en silencio mientras ambos fingíamos, en un acuerdo tácito, que yo continuaba dormido. Una vez vestida, se arrodilló sobre la madera del parqué frente a mi lado de la cama, me obligó a girar la cabeza en su dirección y me dio un abrazo en silencio.

Después se hizo una trenza y se fue. Me quedé mirando, pensativo, el hueco que había dejado su espalda sobre las sábanas.

Hacía mucho tiempo que no veía aquel hueco.

Recuerdo que me dirigí al trabajo aquel negro día con una sensación de alivio: las fiestas ya terminaban. Si el asesino estaba haciendo coincidir sus perrerías con fechas importantes del calendario vitoriano, tras las Fiestas de la Virgen Blanca habría que esperar hasta después de agosto, tal vez hasta el FesTVal, que se celebraba la primera semana de septiembre, o el Mercado Medieval a finales del mismo mes.

Solo un día más. Vigilancia intensiva por las calles, y después centrarnos en localizar a Eneko Ruiz de Gauna.

No se podía decir que Estíbaliz y yo lo llevásemos bien. Ninguno de los dos éramos buenos disimulando. Mirar durante toda la jornada su rostro lleno de reproches estaba siendo demasiado para nuestra amistad.

Eneko no le contestaba al móvil, pero ella se negaba a plantearse interponer una denuncia por desaparición. En primer lugar, porque él mismo había desaparecido por sus propios medios, posiblemente escondido en algún caserío o cueva. En segundo lugar, porque mi compañera no quería levantar la liebre y darle visibilidad.

Mi hermano Germán me llamó a primera hora, noté en su voz un matiz de preocupación que no se molestó en disimular.

—¿Qué tal anoche, Germán? ¿Saliste?

—Sí, salimos todos los de la cuadrilla. El ambiente está muy raro y solo se habla de un tema, ya sabes. Para qué recordártelo a ti.

—Sí, mejor hablemos de otra cosa. —Aparté la mirada de la pantalla del ordenador.

—Hoy me he tomado el día libre en el despacho, he quedado a almorzar con Martina en el Deportivo Alavés unas tortillas manchadas, me apetecía mantener la tradición. Martina todavía no ha llegado, ayer se quedó hasta tarde, tenía ganas de juerga. Creo que quería hacer *gaupasa* y venir del tirón. Te llamaba por si te quieres unir al plan y tomar esos pinchos de tortilla con nosotros.

—Me enternece cómo cuidas de mí, hermano —sonreí mientras me desperezaba—, pero hoy tengo un día complicado. Puede que mañana, cuando bajemos el nivel de alerta.

—Vamos, Unai. Mañana ya no son fiestas. Vive un poco, ¿quieres?

—Lo dice el rey de las madrugadas en el despacho.

—De acuerdo, de acuerdo. Yo lo he intentado. Cuídate, nos vemos el sábado en Villaverde.

—El sábado en Villaverde, entonces. Que os aproveche la tortilla.

—Descuida, daremos buena cuenta de ella —dijo, y colgó.

Eran las cinco de la tarde cuando Estíbaliz y yo nos dirigimos hacia la calle Dato. El último paseíllo de los blusas era el más popular de todos: el día del guarro.

Los primeros pasacalles comenzaron a sonar a la hora en punto. La primera cuadrilla, los Bereziak, comenzaron el recorrido desde la entrada de Postas con un vehículo modificado para la ocasión: un viejo camión tuneado con motivos festivos desde el que empezaron a lanzar harina a todos los espectadores que seguían el paseíllo a ambos lados de la calle.

En pocos minutos, toda la calle Dato se llenó de personas enharinadas y la propia acera se cubría de polvo blanco. Hasta los troncos de los magnolios y los bancos robustos de madera quedaban bajo la capa de la harina.

Mi compañera y yo tuvimos que hacer un esfuerzo por no contagiarnos de la alegría que nos rodeaba. Teníamos montado un dispositivo tanto de agentes de paisano como de uniformados distribuidos por los edificios más emblemáticos de la ciudad, en parte para calmar el nerviosismo de la gente y que se sintieran un poco más seguros en sus propias calles.

También había más televisión y prensa que de costumbre. Parecía que a todo el mundo le interesaban las Fiestas de la Virgen Blanca; los reporteros iban de un lado a otro con sus alcachofas, seguidos por los cámaras, entrevistando a todo el que tuviera alguna teoría, por muy peregrina que fuese, acerca de la identidad del asesino. Las calles del centro estaban plagadas de furgonetas de distintos medios de comunicación, aparcando donde no debían, lo que suponía un trabajo extra para la Unidad de Tráfico.

Después de los Bereziak continuaron los Biznietos de Celedón, los Jatorrak y los Desiguales. El paseíllo apenas duró tres cuartos de hora, pero dejó la calle Dato cubierta de un manto blanco y fino, y a la gente que lo había presenciado con un aparente buen humor.

Estíbaliz y yo guardábamos silencio, algo incómodos por el muro que había entre nosotros. Recorrimos la calle Dato mientras la gente se dispersaba por General Álava y San Prudencio.

Fue al llegar a la plaza del Arca cuando vi un detalle que me erizó el vello de la nuca.

A los pies de la estatua del Caminante había una sábana blanca que la gente ignoraba, pasando a ambos lados para evitar pisarla.

—¿Has visto eso? —pregunté a mi compañera, con la garganta seca.

—Espero que sea una broma macabra de los blusas, porque parece que debajo de la sábana hay un par de cuerpos.

—Vamos a acordonar la zona antes de destapar nada, pero va a ser complicado evitar que la gente vea lo que tenemos delante.

—Tendremos que intentarlo. —Estíbaliz se giró y comenzó a pedir una patrulla.

Poco después, habíamos acordonado todas las entradas de la plaza del Arca, desde la calle Dato hasta ambos lados de la calle San Prudencio y la pequeña bocacalle del Arca hasta la librería y el J.G.

Yo no dejaba de mirar los bultos con forma humana bajo la sábana, inquieto.

—Ojalá sean maniquíes, Estíbaliz, porque empiezo a descartar que sean personas haciendo una broma, en todo este tiempo no se han movido.

Ella echó un vistazo a la sábana, y me confirmó con la mirada que tenía el mismo miedo que yo.

—Habrá que proceder, entonces —dije para mí—. Si son cadáveres, habrá que llamar al juez, a la forense y a los de la Científica.

Estíbaliz se acercó, me tendió unos guantes, y levantamos la sábana por uno de sus extremos, en la parte más alejada de los inmensos pies del Caminante.

Lo primero que vimos fue un *eguzkilore* y una cabeza calva de varón, cubierta de harina. La blancura del polvo blanco diluía los rasgos, como un muñeco anónimo que espera ser pintado.

Mi compañera se quedó observándolo con una mirada de extrañeza pintada en el rostro.

—No puede ser —dijo para sí.

—¿Qué pasa, Esti?

—No puede ser —repitió, y tomó con las manos enguantadas la cabeza de aquel hombre y la giró, dejando ver la nuca.

En la parte trasera de su cráneo, apoyado en el suelo y libre de harina, se podía ver un tatuaje de un *eguzkilore*.

—¡Es mi hermano! —gritó, abalanzándose sobre él para abrazarlo—. ¡Es mi hermano!

El grito se escuchó por encima de nuestras cabezas, y alrededor de la zona acordonada todo el mundo comenzó a dar gritos de histeria también.

Yo la sujeté por ambos brazos, reteniéndola.

—No lo sabemos, Estíbaliz. No lo sabemos. Vamos, tienes que retirarte, es un cadáver. Tenemos que esperar al juez y a la forense.

—¡Es él, Unai! Es él. Nadie tiene ese tatuaje, es mi hermano —chilló, y comenzó a besarlo en la frente, fuera de sí, embarrándose la cara con harina y lágrimas.

—Estíbaliz, tienes que retirarte. No puedes contaminar así un cadáver. Vamos, estoy contigo —le susurré al oído, sujetándole la mandíbula—. Vamos, Esti. Céntrate, mírame. Respira hondo.

La obligué a mirarme a los ojos y a respirar conmigo, apenas consciente de que a nuestro alrededor, más allá del dispositivo, la gente levantaba los móviles por encima de la cabeza y nos sacaba fotos que en pocos segundos recorrerían el mundo.

Era como vivir dentro de un infernal *reality show*. Era como llevar una cámara encima del hombro y no poder apagarla nunca.

El juez Olano tardó poco en llegar; certificó las muertes de un hombre y una mujer, también cubierta de harina, y dejé que la forense se encargara de registrar los detalles, que en principio parecían idénticos a los anteriores, excepto por la harina que los cubría aquel día.

Yo metí a Estíbaliz en uno de nuestros vehículos. Tenía la mirada ida y no parecía dispuesta a responder a mis preguntas.

Llamé a su novio, le expliqué la situación y pasó a recogerla.

Estaba a punto de marcharme de aquel maldito lugar y escapar de la mirada del gigante de bronce cuando recibí la llamada de mi hermano.

No debí cogerla en aquellos momentos, no debía ponerme emocional, pero necesitaba un apoyo firme como el suyo.

—Lo acabo de ver en Twitter, Unai. ¿De verdad que es el hermano de Estíbaliz? —dijo de corrido.

—Aún no lo sabemos, Germán. Voy a acompañar a la forense al Instituto Vasco de Medicina Legal del Palacio de Justicia. Allí podremos identificarlo, espero.

—¿Cómo está Estíbaliz?

—Creo que va a odiarme el resto de su vida. Yo estaba convencido de que su hermano era el asesino.

Germán necesitó un par de segundos para responder.

—¿Cómo dices?

Sé que había dicho más de lo que mi trabajo me permitía, pero era Germán, qué demonios. Era mi hermano.

—Ambos sabemos que no debo hablarte de esto, pero así era. La línea de investigación que seguía me llevaba a él. Ahora mismo nada me cuadra, Germán. No tengo nada, estoy en el punto de partida, y Estíbaliz no me lo va a perdonar nunca.

Mi hermano se tomó un tiempo más para asimilar todo lo que estaba contándole.

—De acuerdo, Unai. No te bloquees ahora, ve paso a paso, como nos enseñó el abuelo. Resuelve una cosa cada vez y termina el puto día lo mejor que puedas. Tienes esos hombros tan anchos por algo, puedes con esto, ¿vale?

—Vale —contesté, un poco más calmado.

—Sé que no debería molestarte con mis asuntos ahora mismo, pero te había llamado porque estoy un poco preocupado por Martina, Unai. Esta mañana no ha aparecido a almorzar y no me coge el teléfono.

—Si hizo *gaupasa*, puede que se haya quedado dormida —dije, no muy convencido, pero lo cierto es que todas las alarmas se me dispararon. Con el *shock* de encontrar el cadáver de Eneko, no había prestado atención a la identidad del cadáver de la mujer.

—No es su estilo, lo sabes. Puede que sea una juerguista a veces, pero es de las que luego cumplen. Y no me cuadra que a las seis de la tarde siga dormida. He estado en su piso y no hay nadie.

—Se habrá quedado a dormir en casa de alguien de la cuadrilla, ¿hoy no trabajaba? —contesté, tragando saliva. Traté de disimular mi inquietud frente a Germán, que no me notase la preocupación en la voz. Porque no podía ser, era una posibilidad demasiado remota. Demasiado… no, simplemente no podía ser.

—No, nos habíamos cogido el día libre. Tal vez tengas razón, estará durmiendo en casa de Nerea. No quiero entretenerte más. Llámame si necesitas desahogarte, ¿de acuerdo, Unai?

—Eso haremos. Yo ahora voy hacia el Palacio de Justicia, van a llevar allí los cuerpos. Luego hablamos. —Me di cuenta de que estaba en un bucle y había repetido datos. Digamos que mi nivel de aturdimiento rozaba un peligroso nueve.

Media hora después me reunía con la forense en la sala de autopsias.

El cadáver del Eguzkilore estaba tendido, todavía enharinado, sobre su lecho de acero inoxidable.

—¿Y el cuerpo de la mujer? —le pregunté, echando un inquieto vistazo alrededor.

—Todavía no me lo han traído —respondió la doctora Guevara, concentrada en elegir el instrumental—. Voy a ir comenzando con el varón.

La forense comenzó a lavar la cabeza de Eneko con una pequeña alcachofa de ducha, la harina se fue desprendiendo poco a poco de su rostro y de su cuello, y me acerqué a observarlo.

—He escuchado que es el hermano de la inspectora Ruiz de Gauna —comentó la doctora, poniéndose a mi lado—. ¿Podría confirmarlo?

—Sí, es él. En su caso la identificación presenta pocas dudas. El finado tiene un tatuaje muy característico en la nuca, ¿podría levantarle la cabeza?

La forense sujetó al difunto Eneko por el cuello y lo giró de medio lado. Aprovechó para pasarle un chorro de agua y el tatuaje del *eguzkilore* quedó a la vista.

—¿Tenía treinta y cinco años? —preguntó.

—Sí, me temo que entraba dentro del listado de…

—De posibles víctimas —terminó ella la frase.

—Dígame, doctora. ¿Tenemos los mismos elementos comunes que en los anteriores cadáveres? —intenté centrarme. Pero estaba pendiente, pendiente de que la puerta se abriera y trajesen por fin el cadáver de la mujer fallecida.

—A primera vista, así lo parece. Mire, inspector: un pequeño orificio de entrada en el lateral del cuello, compatible con una aguja. Habrá que efectuar la analítica de rigor, pero me temo, una vez más, que siga el patrón de siempre.

—Tal vez en él encuentren rastros de otras drogas en sangre —le advertí—. Tenía antecedentes por tráfico de estupefacientes y era conocido por su fascinación por cualquier sustancia ilegal.

—De acuerdo, en todo caso, creo que eso no cambiará la causa de la muerte. Las mucosas de su garganta presentan la misma hinchazón que en las otras víctimas. No espero demasiadas sorpresas.

—En todo caso, su padre está incapacitado debido al Alzheimer, su madre murió y su otro hermano se fue de casa hace muchos años, así que la única familia que tiene es la inspectora. La llamaré para que se encargue de la identificación oficial.

En ese momento entraron dos miembros del Instituto Vasco de Medicina Legal y depositaron con cuidado el segundo cuerpo sobre la mesa de acero.

La doctora suspiró y se acercó a ella. Yo la seguí, creo que temblando.

—Veamos qué tenemos aquí —murmuró y comenzó a retirar la harina de su rostro y de su melena corta con la pequeña alcachofa de ducha.

La forense fue lavando la frente, los párpados abiertos, la nariz y la boca de la chica.

Por un momento, perdí el equilibrio y me tuve que apoyar en la mesa donde descansaba Eneko Ruiz de Gauna.

La última víctima del asesino era Martina, mi cuñada.

34

EL PARQUE DEL PRADO

9 de agosto, martes

La forense me miró extrañada, me había sentado sobre la mesa de acero inoxidable. Ni siquiera fui consciente de que estaba tocando el cuerpo sin vida de Eneko, recién lavado y todavía húmedo.

Me levanté de un salto, aturdido, con la parte de atrás de los vaqueros mojada.

—¿Está usted bien, inspector Ayala?

—Esta mujer… es… Martina López de Arroyabe. Es mi cuñada, la novia de mi hermano.

A la doctora se le heló la expresión del rostro.

—¿Está usted cien por cien seguro?

—Acaba de superar un cáncer, puede comprobar la tinción oscura en las uñas provocada por la quimioterapia, los pies hinchados debido a la retención de líquidos, y las cejas en proceso de crecimiento —recité en tono profesional, con la mirada fija en una baldosa cuadrada blanca. La tomé como punto de apoyo para no vomitar.

Estaba perfectamente ensamblada y no se distinguía de las demás.

—¿Puede decirme dónde están los aseos, por favor? —logré decir, cuando no pude resistir más.

Tenía un peso muerto en el fondo del estómago que me obligó a doblarme, era como una piedra grande que raspaba en las paredes de mis intestinos.

—Suba las escaleras, a la izquierda. ¿Necesita que le acompañe?

Salí corriendo escaleras arriba, mareado, sin poder contestar.

Entré en los aseos, me precipité sobre una taza de inodoro que encontré con la tapa subida, pero fui incapaz de vomitar. Y yo lo único que quería era vomitar, dormir después durante cien años seguidos, olvidarme de que le había jodido la vida a mi hermano.

De mi estancia en aquel baño recuerdo poco. Sé que me dejé caer sobre las baldosas brillantes, que mis mejillas golpeaban sangre hirviendo y que hacía mucho calor allí, tal vez aquel era mi infierno y yo un demonio.

Porque eso era lo que hacía el Diablo, ¿verdad?

Herir a todo el que se cruzaba con él.

Yo era el puñetero Beso de la Muerte, todo el que caminaba a mi lado por la vida acababa muerto. Mis padres, mi mujer, mis hijos, mi cuñada, hasta el hermano de mi mejor amiga estaba muerto por mi culpa.

No recuerdo que la escuchase llegar. Sé que alguien me obligó a descruzar los brazos de las rodillas y me sujetó la barbilla con mucha fuerza hasta conseguir levantarla y que la mirase.

—Unai —me susurró Alba, agachada junto a mí—, tienes que venir conmigo. Llevas más de dos horas en el baño de señoras. La doctora Guevara nos dio el aviso, tus gritos se escuchan por todo el Palacio de Justicia. Has sufrido un ataque de ansiedad y hay una ambulancia esperando fuera para ingresarte.

—No quiero que me ingresen, Alba. No lo necesito —contestó una parte de mí, mi parte autómata.

—Sí que lo necesitas. Han de administrarte un calmante y controlar tus constantes vitales. No lo hagas más difícil de lo que ya es. —Su voz era dulce, inusualmente dulce, como una madre hablándole a un chiquillo que no entiende nada.

—No quiero un calmante. Debo... —dije, volviendo poco a poco al mundo real—, debo hacer una llamada. Tengo que contárselo a mi hermano antes de que se entere por otros medios.

—Unai, no estás en condiciones de hacer una llamada de esa índole ahora mismo. Los paramédicos te están esperando fuera del edificio. Vamos a ir paso a paso. Yo estaré a tu lado, si quieres. —Había un ruego mudo en sus palabras, un «déjate llevar, yo estoy ahora al mando» que no quise obedecer.

—De acuerdo, Alba. —Me levanté con más torpeza de la que mi ego estaba dispuesto a soportar—. Tienes razón, vamos a salir. Creo que necesito que me atiendan.

Nos metimos en uno de los dos ascensores panorámicos que dominaban los Juzgados desde su eje interior. Una cápsula de cristal de ciencia ficción nos bajó lentamente a lo largo de dos pisos, mientras todos los funcionarios de guardia que caminaban por sus pasillos nos dirigían sus discretas miradas.

—¿Se encuentra mejor, inspector Ayala? —repitió Alba cuando el ascensor tomó tierra. Había dejado ya de tutearme, estábamos rodeados de gente y Alba era de nuevo la subcomisaria Salvatierra.

Me giré hacia ella, la miré a los ojos. No era la primera vez que le mentía, y al paso que íbamos, no iba a ser la última.

—Creo... que voy a necesitar ese calmante. Muchas gracias, subcomisaria, por haber venido personalmente. Que sepa que aprecio el detalle.

—No puedo acompañarlo al hospital, inspector. Con este nuevo giro del caso, el comisario me ha reclamado para una reunión de urgencia y está esperándome desde hace un buen rato en la sede de Lakua.

En realidad, quería decir: «No puedo exponerme tanto y subirme en esa ambulancia contigo».

—No se preocupe, creo que puedo entrar por mi propio pie. Gracias por su ayuda, arriba, en los aseos —dije, y me acerqué al personal sanitario de Osakidetza que me esperaba bajo un sol impío, sofocados bajo sus chalecos reflectantes.

Miré hacia atrás con disimulo, Alba aún me seguía con la mirada desde la puerta acristalada del Palacio de Justicia, pero recibió una llamada a su móvil y se giró, buscando un poco de intimidad.

—¿Estáis esperando al inspector Ayala? —pregunté a uno de los chicos sentados en la parte trasera de la ambulancia.

—Sí, ¿ha bajado ya?

—Parece que se encuentra mejor. Soy su compañero, el inspector Ajuria. Si no baja en diez minutos, podéis volver sin él.

—De acuerdo, esperamos —contestó el chaval, encogiéndose de hombros.

Todavía me sentía bastante aturdido, y me costó un poco caminar con cierta soltura, pero conseguí escabullirme detrás del campo visual de Alba y crucé la avenida en dirección al parque del Prado.

Me crucé con familias que se dirigían a las barracas empujando sus carritos de bebés, críos que ya volvían y llevaban algodón de azúcar rosa y lanzaban al aire peonzas luminosas.

Toda aquella luz me sobraba. Mi mundo era mucho más oscuro y estaba a punto de apagar la mitad del universo de alguien. De alguien que me importaba mucho. De alguien que me importaba todo.

Busqué un banco alejado bajo la sombra de los árboles y marqué el teléfono de mi hermano.

—Unai, ¿cómo estás? ¿Cómo está Estíbaliz? —me preguntó.

—Germán, ¿dónde estás ahora mismo? Me gustaría que nos viésemos... tengo que... tengo que hablar contigo —fui capaz de decir.

Pero mi hermano me conocía demasiado bien, conocía todos los matices de mis días más negros.

—Unai... ¿Qué ocurre, qué ha ocurrido? —preguntó alarmado.

—Tranquilo, Germán. Tranquilo —intenté frenarlo, impotente—. Solo quiero que quedemos ahora mismo y hablemos en persona. No quiero seguir teniendo esta conversación por teléfono, ¿dónde estás?

Al cerebro portentoso de mi hermano le costó solo un par de segundos leer entre líneas.

—¡Dime que no, Unai! —dijo con la voz quebrada—. Dime que no ha sido Martina la que ha aparecido muerta.

Me levanté del banco, impotente, mientras trataba de calmarlo a distancia.

—Germán, tranquilízate y dime dónde estás. Voy para allí ahora mismo, no quiero que estés solo.

—¡No! ¡No! —gritó, entrando en modo pánico—. ¡Dime que no es ella, Unai! ¡Dímelo, por Dios!

Suspiré, rendido.

—No quería que te enteraras así, Germán. Lo siento, lo siento mucho. Pero tienes que decirme dónde estás.

Dejé que llorase al otro lado de la línea, yo aguanté como pude. Cerré los ojos, me tapé la boca. Aguanté por él, por mi hermano. Tenía que estar entero por si él se rompía.

Era lo justo, él lo hizo por mí cuando yo enviudé.

Encargarme de todos los trámites que rodearon a la muerte de mi querida cuñada me mantuvo con la cabeza ocupada durante las primeras horas después del asesinato de Martina. Para ahorrar llamadas marqué el número de Nerea, sabiendo que al minuto toda la cuadrilla y gran parte de Vitoria estaría al tanto de la noticia.

Hablé con el abuelo, le encomendé que se ocupase de Germán durante los primeros días. Se presentó desde Villaverde en menos de una hora y lo localizó, no sé cómo lo hizo. Admiré una vez más su don para ser resolutivo, lo quise para mí.

Lo quise para mí.

Después llamé a Alba, fingí que lo hacía desde el hospital de Txagorritxu. Le pedí permiso para volver a mi casa y descansar. Sabía que estaría de acuerdo, me estaba dando el bajón y no tenía fuerzas para discutir con nadie.

Solo dejarme llevar, arrastrarme hasta mi portal a las once de la noche, a una hora en la que el Celedón ya se estaba preparando para subir por el cielo de la plaza de la Virgen Blanca e iba a dar por concluidas las peores Fiestas de la Virgen Blanca de la historia.

35

LA CRUZ DEL GORBEA

10 de agosto, miércoles

No le hicieron una misa, Eneko nunca quiso saber nada de la Iglesia y todos éramos conscientes de que se habría revuelto en su tumba si hubiese sido enterrado en un camposanto cristiano.

Estíbaliz no informó a su padre del fallecimiento de su hijo mayor, siguiendo las directrices que le dieron en la planta de Alzheimer de Txagorritxu. A falta del criterio de ningún otro familiar, tomó la decisión de incinerarlo y llevar sus cenizas a la cruz del monte Gorbea, una de las moradas de la diosa Mari.

La fauna que acompañó la subida de la urna daba miedo incluso a las doce de la mañana: clientes alternativos de la herboristería, porreros, góticos y señoras de pelos de colores vestidas de túnicas blancas recitando plegarias indescifrables.

Mi compañera iba en cabeza, escoltada por Iker, su prometido. Llevaban ropa de escalada: mallas y camisetas negras de licra, la bolsa de magnesio en la cintura.

Sabía que iban a escalar la cruz, pese a que no estaba permitido. Pero en aquellos momentos yo era el único representante de la ley por aquellos alrededores, era como si Estíbaliz me estuviese retando en silencio: «¿Me vas a detener? ¿Vas a impedirme que lo haga?».

Mi compañera no había respondido a mis llamadas desde que el día anterior había levantado la sábana blanca frente a los pies del Caminante.

Me tuve que enterar del funeral pagano gracias a que Lutxo habló con el novio de Esti. Supe por él que no quería verme. Yo era consciente de que había perdido a mi mejor amiga y que quizá tampoco iba a recuperar a mi compañera de trabajo.

Pese a todo, acudí. No soy de no dar la cara. Si me la tienen que partir, que me la partan. Y más cuando tienen toda la razón.

Así que seguí a la comitiva del infierno a una distancia prudencial e iniciamos la ascensión.

Poco a poco el arbolado se fue despejando y ya solo quedó el macizo de roca pelada con la cruz de hierro del Gorbea coronando la cima. La cruz, que recordaba una pequeña Torre Eiffel de veinte metros, llevaba un siglo en pie y era una cima recurrente para los montañeros de todo el norte de la península.

Pero algo extraño ocurrió según nos íbamos acercando y me tuve que frotar los párpados para asegurarme de que no estaba frente a una ilusión óptica.

—¡Es Eneko, es su aura! —chilló una de las viejas, aspirando un cigarro liado a mano que vete a saber tú qué contendría—. ¡Está roja! ¿Lo puede ver todo el mundo? ¿Puede ver todo el mundo cómo se mueve la cruz?

Por increíble que pareciese, lo que aquella *sorgina* clamaba era cierto: la cruz estaba roja y se movía, temblaba, como el efecto de nieve en una pantalla de televisión estropeada.

Tragué saliva y me acerqué, como el resto, a pocos metros de las cuatro patas de hierro de la cruz.

La explicación llegó cuando me aproximé lo suficiente: había una plaga de mariquitas que se había apropiado de toda la estructura de la cruz. Los pequeños caparazones rojos de varios miles de ellas se movían, histéricas por el calor, y daba al monumento la inquietante apariencia de estar vivo.

Estíbaliz no se desanimó ante tanto bicho. Cargó con la urna de su hermano en la mochila que llevaba a la espalda y comenzó la ascensión mientras todos conteníamos la respiración. Me coloqué al lado de Iker y le rogué con la mirada que la acompañase.

Él asintió, se puso a trepar también y en pocos segundos estaba junto a ella a la altura de los últimos barrotes, veinte metros por encima de nuestras cabezas.

Mi compañera no esperó plegarias ni rezos, abrió la urna y lanzó las cenizas, que cayeron sobre las mariquitas y provocaron que muchas de ellas salieran volando en todas las direcciones.

Imaginé que Eneko le habría encontrado un significado místico a todo aquello, o que para él aquello habría constituido una prueba irrefutable de la transmutación del alma, pero lo único empíricamente cierto era que el Eguzkilore no estaba ya allí para contarlo, por obra y gracia de un asesino que me tenía desconcertado por completo.

Después descendimos en silencio. Esti y su novio por delante con toda la comitiva detrás de ellos, y yo, el más rezagado, a varios metros, metido en mis nubarrones.

No me di cuenta de que Estíbaliz se había puesto a mi altura hasta que la tuve a mi lado. Estábamos cruzando la zona del hayedo, sus ramas altas nos tapaban el sol y nos regalaban un poco de frescor en un día en el que el suelo y mi cabeza ardían.

Iker miró hacia atrás con gesto preocupado, pero Estíbaliz le indicó con la barbilla que siguiera adelante. Ella y yo fuimos aminorando la marcha hasta que todos quedaron varios metros por delante de nosotros y nos detuvimos en un claro del bosque tamizado de verdes.

—Di lo que tengas que decir, Esti. Vamos, suéltalo.

Ella me miró. Estaba rabiosa, tenía la cara demacrada de no dormir y su pelo parecía más rojo que de costumbre.

—Si te digo todo lo que estoy pensando, tal vez no vuelvas a hablarme, Kraken —escupió las palabras frente a mí.

—Dilo, Estíbaliz. Puede que por una vez estemos de acuerdo en esto…

—¡Ha sido culpa tuya! —estalló, golpeándome en el pecho—. ¡Mi hermano está muerto por tu culpa! Tú lo metiste en esto, el asesino se ha reído de ti.

Intenté reducirla. Estíbaliz tenía un modo muy marrano de pelear, como las gatas callejeras. Era mucho más rápida que yo, como una ardilla hasta arriba de cafeína. La abracé por detrás y me la pegué al cuerpo, para intentar que no me siguiese golpeando.

—¿Que se ha reído de mí, dices? —le susurré al oído—. No, compañera. No solo se ha reído de mí, ha matado a la mujer de mi hermano, ha matado a tu hermano… Esto va más allá de la broma macabra. Nos ha implicado a los dos, lo ha convertido en personal.

—Kraken, si no me sueltas, te voy a hacer daño.

—Lo sé.

—Tú mismo —dijo, y levantó la rodilla. Después descargó todo su talón a lo largo de mi muslo y toda la tibia, pelando la piel a su paso.

La solté cuando su movimiento terminó con un pisotón que me hundió el empeine y me hizo aullar de dolor.

—¡Joder, Esti! Me vas a dejar marca —exclamé, mirando la rozadura que había dejado a lo largo de mi pierna.

Ella se giró, dispuesta a marcharse.

—A mí ya me has dejado marca, Kraken. A mí ya me la has dejado.

Alargué el brazo y la sujeté por la muñeca, impidiendo que se fuera.

Entonces fui consciente de que nuestros gritos habían atraído a todos los amigos del Eguzkilore y que estábamos rodeados de gente que nos grababa con sus móviles.

—Al que saque una foto con el móvil lo crujo, ¿habéis oído? —les grité, perdiendo la paciencia—. ¡Nada de móviles! ¡Estoy hasta el gorro de tanto móvil!

Me acerqué a uno de los góticos, hecho una furia, con intención de arrancarle el móvil de las manos, pero él retrocedió y levantó las manos, en señal de rendición.

—No te alteres, tío. Un mal día lo tiene cualquiera. Por mi parte, puedes estar tranquilo, no voy a colgar nada en internet —dijo al tiempo que ponía una sonrisa beatífica.

—De acuerdo. Ya está, se acabó el espectáculo por hoy. ¿Podéis volver todos al aparcamiento y dejarnos un poco de intimidad, por favor?

La pequeña multitud se dispersó y volvió a tomar el camino de descenso.

—Está bien, Iker. Ahora bajo —le dijo Esti a su novio.

En cuanto no hubo nadie a unos metros a la redonda, me acerqué a ella para que no pudiesen escucharnos.

—Tenemos que ver qué hacemos con el caso, Esti. Tienes unos días de permiso por la defunción de tu hermano, ¿te los vas a coger?

—Ni por asomo.

—Dime: ¿tú quieres seguir con esto, o ya tienes suficiente?

—Ahora, más que nunca, quiero atraparlo. ¿Tú no? —me preguntó, con una voz tan rabiosa que casi no era ella.

—No sabes…, no imaginas…, de qué manera.

—Pues vayamos a por él, vayamos a por Tasio de una santa vez.

—¿De verdad crees que ha sido él?

—¡Por Dios, Kraken! Él te dio el nombre de mi hermano, salió de la cárcel y un día después lo mató, a él y a tu cuñada. ¿Todavía no ves la relación, o te dibujo un plano detallado?

«Puede ser —pensé—. Puede ser que tenga que rendirme a la evidencia y empezar a pensar que Tasio es el demonio que dicen que es.»

Del funeral de Martina no quiero hablar. Hay cosas que… que prefiero guardar para mí. Duelen demasiado como para contarlas.

Solo recuerdo que cuando se fueron todos los amigos del trabajo, los padres de Martina, la prensa, los curiosos, las autoridades y la cuadrilla, Germán se quedó de pie frente a la piedra cuadrada sin nombre de su nicho. Yo había encargado una placa de mármol con un «No te olvidaremos» y su nombre, su foto y las dos fechas, nacimiento y muerte, que aún tardaría varias semanas en estar tallada y colocada en su sitio.

El abuelo y yo resistimos a su lado, de pie, sin movernos, bajo un sol que perlaba de gotas de sudor grueso la frente bajo la boina del abuelo y me había empapado la espalda de mi camisa negra de los entierros hacía mucho tiempo.

—Ahora los tres somos viudos —dijo el abuelo, un par de horas más tarde, todavía inmóvil.

—Tal vez estemos malditos —contesté yo.

—No digas tonterías. Es solo la vida, que es una cabrona —dijo Germán.

—Solo nos queda seguir siendo dignos de ellas —comentó el abuelo.

«Está difícil, abuelo —pensé—. Solo soy un mal tipo que no merecía una familia.»

—Vamos, hijos. Habrá que volver y tomar algo. Parecéis dos fantasmas. Germán, vamos a comer los tres juntos en casa de Unai. He traído *txitxikis* de la carnicería de Paco.

Sé que la sola mención de su plato favorito reconfortó a mi hermano. Que era bueno que no se quedase solo en su piso, donde todo le iba a recordar a Martina, y que con nosotros podía llorar a gusto y sin disimulos. El abuelo había pasado por duelos y entierros medio millar de veces en noventa y cuatro años; era un descanso dejarse llevar por sus sensatas decisiones operativas y olvidarse de ser adulto por unas horas.

Si debo ser fiel a la verdad, y juro que lo intento, la muerte de Martina también me trajo momentos en los que volví a recuperar mi fe en la especie humana. Hubo una oleada de solidaridad y consternación a mi alrededor, nadie que alguna vez hubiera apuntado en mi agenda dejó de llamarme.

Nadie.

La gente me llamaba, se preocupaba por mí y por mi hermano, me consolaba y me ponía el vello de punta, porque comprendí que el dolor también une a las personas, tal vez más que las alegrías, porque de esas, como buenos desagradecidos que todos somos, nos olvidamos pronto.

Hubo una llamada especialmente emotiva: la de Mario Santos, el periodista de *El Correo Vitoriano.* Hasta entonces, habíamos marcado la prudente distancia de una relación simbiótica en la que él obtenía información para su periódico y yo me aseguraba de que, al abrigo de su pluma comedida, nuestras investigaciones no se verían malinterpretadas. Pero no aquel día, no aquel día.

—Inspector Ayala, ¿es un buen momento para hablar? —me tanteó cuando acepté su llamada en mi móvil.

—Tan bueno o tan malo como cualquier otro, Mario. ¿Querías algo?

—En realidad, hoy no te llamo en calidad de periodista, Unai —contestó, usando mi nombre de pila por primera vez en años—. El cierre ya está hecho, la noticia ya ha sido redactada y enviada. Quería llamarte para transmitirte el pésame por lo que le ha ocurrido a tu cuñada.

—Vaya... —contesté, sorprendido—, se agradece, Mario. Créeme.

—No puedo imaginarme por lo que estás pasando ahora mismo. Nadie está preparado para morir tan joven. No sé cómo las familias siguen adelante, no lo sé, la verdad —murmuró, con la voz ronca, por una vez, de la emoción.

—No deja de ser irónico, pero creo que, en cierto modo, todos creíamos que estábamos preparados para que Martina se nos fuera. Ha pasado por un cáncer devastador, ha luchado como una jabata, pero ha habido ocasiones que… No sé si conoces esta enfermedad, pero hubo momentos duros en los que pensamos que tenía las semanas contadas, y luego, siempre, se recuperaba. Aun sin fuerzas aparentes. Martina se recuperaba. Por eso es una auténtica burla del destino que la hayan asesinado precisamente ahora, cuando le habían dado el alta.

—Me resulta todo demasiado cruel como para ser cierto, Unai. Solo espero, y confío en ti, amigo, para que lo detengáis de una santa vez y estas tragedias no vuelvan a repetirse.

«Eso espero, amigo, eso espero», pensé.

36

SALBURUA

11 de agosto, jueves

La subcomisaria nos reclamó a primera hora en su despacho. Nos dio las condolencias con gesto grave, nos invitó a bajar con ella al aparcamiento y tomó uno de los coches sin identificadores.

—¿Adónde vamos? —preguntó Estíbaliz, sin comprender, mientras se sentaba en los asientos traseros.

—Vamos a airearnos un poco a Salburua, el ambiente en los despachos es asfixiante, ¿no creen?

Aquella no era buena señal. Posiblemente lo que tenía que decirnos era tan grave que no quería que el resto de los compañeros viera nuestras reacciones al salir de su despacho.

Yo me senté en silencio en el asiento del copiloto, intentando anticiparme a la jugada, pero no podía defenderme hasta que la subcomisaria nos dijera de qué se trataba.

Poco después llegamos a los humedales de Salburua. Reconozco que estar rodeado de tanto verde me despejó bastante, y había sido una buena idea porque después de fiestas allí no había nadie, así que los tres pudimos pasear en silencio durante un rato, hasta que Alba nos llevó por un camino apartado.

—Me temo que estamos aquí reunidos obligados por el último giro de los acontecimientos —comenzó—. No voy a ocultarles la alarma que han provocado estas dos últimas muertes dentro del cuerpo, ni las presiones que estamos recibiendo desde arriba. No quisiera pecar de falta de sensibilidad hacia ustedes, inspectores, pero prefiero ir directa a la cuestión que me preocupa, porque debo dar una respuesta al comisario en cuanto ustedes entren de nuevo por la puerta de la sede de Lakua.

—Adelante, la escuchamos —dijo Estíbaliz, caminando junto a ella.

—En primer lugar, inspectora Gauna, le agradezco que haya retomado su trabajo sin cogerse los días de permiso que le corresponden. La cuestión es: ¿creen ustedes que deben continuar con el caso? Hay serias dudas acerca de su idoneidad para retomarlo. Emocionalmente ambos están afectados por las muertes de sus familiares. Tanto la opinión pública como el juez Olano van a examinar con lupa cada paso que den.

—¿Y usted qué piensa, subcomisaria? —la tanteé, mirándola fijamente a los ojos—. Usted es nuestra superior inmediata, quisiera saber su opinión personal.

—¿Sin paños calientes, Unai? —respondió. Y me sorprendió que pasara de formalismos con Estíbaliz delante.

—Por favor.

—Creo que no tenéis nada. Desde el principio, sobre todo tú, has descartado a los principales sospechosos, los gemelos, y sin embargo, el que tú tenías como sospechoso hasta antes de ayer ha resultado ser una de las víctimas del asesino. No puedes estar más perdido.

—He aprendido la lección —le argumenté—. Repasaré todo lo que tenemos desde el principio.

—Tal vez haya que poner un par de nuevos ojos, tal vez ya no seáis capaces de ver nada. Es un caso muy complicado. Estáis llevando la investigación de manera impecable, pero los resultados no llegan, y algo tenéis que haber hecho muy mal para que ayer los dos estuvierais de funeral, y disculpad la franqueza.

—¿No te das cuenta de que eso es lo que quería, que nos apartases del caso? —contesté, controlando el impulso de gritar—. Por eso lo ha hecho personal.

—¿Y eso qué significa?

—Que está claro que el asesino nos monitoriza, y que ha querido darnos el golpe de gracia para apartarnos precisamente ahora. Eso significa que estábamos cerca, que sabe que algo hemos descubierto y que podemos cazarlo.

—Ojalá fuese cierto, ojalá pudiese creer lo que me está contando —dijo, volviendo a su tono profesional de costumbre—. En esta ocasión el asesino se ha ido a la calle Dato, a la zona del

Ensanche, así que podemos concluir que estamos ya en el siglo XIX. No puedo imaginarme cuál va a ser el próximo escenario que elija para sus crímenes, porque tenemos, casi literalmente, toda Vitoria, y eso inquieta mucho al comisario Medina. Miren… puedo conseguirles una semana más. Si no hay resultados, tendré que retirarlos del caso.

Cuando nos dejó de nuevo en el aparcamiento de la sede de Lakua, estábamos ambos cabizbajos y sin ganas de hablar.

—Tenemos que repasar todos los testimonios y entrevistar a los testigos que se nos pasaron por alto por falta de tiempo —dijo Estíbaliz, en cuanto nos quedamos solos.

—Estoy de acuerdo, pero yo voy a seguir hurgando también en el pasado de los gemelos. La clave tiene que estar delante de nuestras narices y se nos ha pasado.

—¿Qué vas a hacer ahora? —quiso saber.

—Voy a volver al cementerio de Santa Isabel. Me gustaría que vinieras conmigo.

Ella asintió y poco después entrábamos en la silenciosa ciudad de los muertos.

—¿Qué estás buscando, exactamente? —preguntó mi compañera.

—Al único vivo que habita en estas calles. Vamos, me dijo que tenía una caseta con sus aperos en la parte sur del cementerio.

Caminamos un poco incómodos entre las tumbas. Tal vez no había sido una buena idea comenzar por él; tanto Esti como yo aún teníamos demasiado reciente el recuerdo de los ritos de la muerte. Lo cierto es que una vez allí, me di cuenta de que era el último lugar donde quería estar.

Fue entonces cuando me pareció verlo, subido a una escalera mientras podaba las ramas rebeldes de un grueso ciprés.

—¡Vaya, otra vez usted! Parece que le está gustando el camposanto.

—¿Podría bajar un momento? El otro día no me identifiqué, pero soy el inspector Ayala y ella es la inspectora Gauna, mi compañera. Me gustaría continuar la conversación que comenzamos hace unos días.

El hombre se tomó un par de segundos para mirarme de arriba abajo, y después se caló la boina con gesto obediente.

—Claro que sí, espere a que vaya con ustedes.

Una vez en tierra, el hombre saludó educadamente a Estíbaliz, y me miró con gesto expectante, esperando mis preguntas.

—Usted me empezó a contar que fue testigo de un incidente protagonizado por los gemelos Ortiz de Zárate el día que enterraron a su madre. ¿Podría ser más concreto y describirnos lo que ocurrió?

—Sí, claro. Esas cosas no se olvidan, aunque ocurrió hace muchos años.

—En el año 1989, si mis datos son correctos —apunté.

—Pues eso, hace mucho. El entierro de la señora fue muy concurrido, vino gente importante y periodistas, parecido a los de hace unas semanas. Después, cuando se despejó, solo quedaron sus hijos y sus novias; al menos, iban de la mano con ellos. Los hijos eran iguales e iban vestidos de traje con brazalete negro, yo no sería capaz de distinguirlos.

—¿Y qué ocurrió para que usted se acuerde de aquello?

—Claro que me acuerdo, ¿cómo no me voy a acordar de aquello? Al rato de quedarse solos los cuatro apareció un chiguito, un chaval de su edad, tendría menos de veinte años. Iba vestido como íbamos entonces los de pueblo cuando teníamos verbena, con pantalones vaqueros y camiseta blanca. Era un poco rechoncho y muy pelirrojo, iba desgreñado, casi como un mendigo. Mire, yo no sé lo que les dijo, pero fuese lo que fuese, no se mereció lo que le hicieron.

—¿Qué le hicieron? —intervino Estíbaliz.

—Le dieron una paliza, allí mismo, delante del panteón de los Unzueta, delante del ángel. Vengan, acompáñenme y podrán entenderlo mejor —nos invitó con el serrucho de podar todavía en su única mano.

Lo seguimos a lo largo de las avenidas de cemento y flores, hasta quedar frente al dichoso ángel de la leyenda urbana. Yo me aparté hacia un lado, incómodo, y tomé a Esti por los hombros y la atraje hacia mí.

—¿Ve esta tumba que está enfrente? Por aquel entonces estaba vacía. Había sido una fosa común de seis ataúdes y el Ayuntamiento me había ordenado vaciarla porque había cumplido la fecha. Yo presencié la escena desde detrás de aquellas losas, un poco agachado. No sabía si salir corriendo y llamar a la policía.

—Es lo que debería haber hecho —murmuró Estíbaliz.

—Me daba miedo dejar al chaval, estaba seguro de que iban a matarlo. Le dieron unos cuantos puñetazos, y después, cuando cayó al suelo, uno de los dos gemelos empezó a darle patadas mientras el otro le jaleaba. Mire, yo no sé lo que pasó entre ellos, pero cuando el chico dejó de moverse, le llenaron la boca de tierra y lo tiraron al foso vacío. Le gritaron algo así como: «Y no vuelvas más por Vitoria, paleto de mierda», aunque no sé si él podía escucharlo.

—¿Me está diciendo que los gemelos mataron a un chico aquí mismo?

—No, no lo mataron, pero lo dejaron medio muerto y después de un buen rato mirándolo y discutiendo entre ellos, se fueron.

—Entonces ¿llamó usted al final a la policía, a la ambulancia, a alguien? ¿Sabe si consta la denuncia en algún documento? —insistió Estíbaliz.

—Qué va a constar, buena mujer —dijo, con una sonrisa triste—. En cuanto los jóvenes se marcharon, yo salí corriendo a ver si el chico estaba muerto o vivo. Me lo encontré con la boca llena de tierra, molido a palos, con la cara destrozada. Me miraba con unos ojos… como si esperase que yo también le pegara, como si no se esperase otra cosa de nadie. No puedo imaginarme lo que tuvo que pasar ahí abajo, casi asfixiado y con el ángel de los Unzueta mirándolo fijamente. Yo le saqué la tierra de la boca como pude, con mi única mano podía ayudar menos de lo que quería. Le traje agua de la manguera y le enjuagué la boca hasta que se quitó todo el barro y la sangre y pudo respirar bien. Quise llamar a la ambulancia para que se lo llevasen a Urgencias, pero el chaval no me dejó. Se puso como loco, dijo que no podía enterarse nadie de lo que había pasado, que sería peor para él.

—¿Así que lo dejó? —pregunté.

—Qué va, le ofrecí quedarse en mi caseta. Tuve la impresión de que el chico no tenía donde pasar la noche, él aceptó y se quedó varios días, escondido. Yo le llevé comida a diario, sopas de ajo y patatas con chorizo, para que se recuperase. Créanme, el chico era muy educado, algo torpón, pero no me dio problemas.

—¿Podría darnos un nombre, decirnos cómo se llamaba aquel chico?

—No hubo manera cristiana de sacárselo. Él siempre contestaba: «No me lo pregunte usted, se lo ruego». Yo creo que tenía miedo de que los gemelos volviesen al cementerio preguntando qué había sido de él y que yo les hablase de él o me sacasen lo que sabía.

—¿Se acuerda de algún detalle más, algo que pueda ayudarnos a localizar al chico?

—No dejaba de repetir que lo habían desterrado, así se sentía. Y decía cosas extrañas, que yo no entendía y no quería darme explicación alguna, pero no dejaba de repetir que su propia familia lo había desterrado, algo así como que se había pasado la vida buscándolos y ahora lo desterraban de Vitoria. Lo más raro es que... ¿saben qué?, que siempre he creído que no fue la paliza lo que más le dolió, no se quejaba del dolor de la espalda ni de la cara. Era lo que esos niños de papá le habían dicho lo que lo estaba volviendo loco.

—¿Podría describir a las chicas? —interrumpió Estíbaliz, siempre pragmática.

—Una de ellas llamaba mucho la atención. Estaba entradita en carnes, con el pelo rubio muy largo y liso, era un pedazo de hembra, se la veía desde aquí. De la otra ni me acuerdo, bastante tenía yo con respirar y que no me diese un ataque al corazón.

—¿Sabe lo que hizo el chico después de pasar esos días en su caseta?, ¿sabe adónde fue?

—Él decía que se iba a ir a Pamplona, que no iba a volver a Vitoria, pero una mañana se acercó a la estación de autobuses de la calle Francia, ¿se acuerdan de cuando estaba en la calle Francia, antes de que tiraran aquel edificio tan bonito? Pues cuando vino, escondió el billete y... bueno, uno se aburre mucho y los muertos no dan mucho juego, así que husmeé un poco y vi que había comprado un billete para un pueblo... Ahora mismo no me acuerdo, pero el billete era de La Burundesa, la línea de autobuses hacia Amurrio. Entendí que me estaba mintiendo, pero yo creo que era porque tenía miedo de que los otros volvieran y me preguntaran por él, así que me hice el tonto y cuando se marchó, le deseé que tuviera buena suerte en Pamplona.

Estíbaliz le acercó su móvil con el mapa de la zona noreste de Álava.

El sepulturero se sacó unas gafas de media luna del bolsillo de su buzo y se las colocó antes de inclinarse sobre la pantalla.

—¿Puede hacer memoria: Apodaca, Letona, Murguía, Lezama...? —le tanteó.

El anciano frunció el ceño, concentrado, y apuntó con su grueso dedo la pantalla.

—¡Izarra! Eso es, el chaval cogió un billete para Izarra —dijo triunfante.

Miré a Estíbaliz. Ella conocía mejor aquella zona, pero Izarra no era un pueblo demasiado grande, como mucho quinientos habitantes, y la comisaría dependía de la de Vitoria. Aunque sin ningún nombre, no iba a ser posible identificar a aquel sujeto.

Nos despedimos del enterrador y salimos del cementerio, casi con prisas, con ganas de dejar atrás lápidas y sepulturas.

—¿Y ahora qué? —dijo Estíbaliz—. No tenemos mucho que rascar con esa declaración.

—Entiendo que será complicado que Ignacio reconozca que hace veintisiete años le dio una paliza de muerte a un desconocido, si no hubo denuncia, y mucho menos con su abogado delante, pero creo que puedo sacarle algo a su exnovia. Desde que Ignacio ha caído en desgracia, parece más dispuesta a hablar de sus miserias. Voy a llamarla, a ver si hoy mismo me puedo entrevistar con ella. Y voy a intentar contactar con Tasio, aunque le queden dos días para volver a prisión, pero andamos justos de tiempo con el plazo que nos ha dado la jefa. De todos modos... hay algo que me inquieta. No sé si te has dado cuenta, pero desde que salió de Zaballa, no ha actualizado su cuenta de Twitter ni me ha enviado ninguno de sus tuits.

—Es normal, con la que le está cayendo. En las redes sociales todo el mundo piensa que es el culpable, por una vez hay unanimidad de criterios.

—Ya había ocurrido antes. Con los otros asesinatos también toda la opinión pública cargó contra él, y en cambio, nunca dejó de enviar varios tuits al día —dije, encogiéndome de hombros.

—Lo único que se sabe después de que salió de la cárcel es que se encerró en su piso de la calle Dato. Aunque, la verdad, Unai: si yo llevase veinte años en prisión y saliese durante cinco días por primera vez, le iban a dar mucho a Twitter y a las redes sociales. Me dedicaría a vivir.

«Vivir: eso pensamos todos, y nunca lo hacemos», pensé. Pero no se lo dije, yo no era quién para dar lecciones de cómo vivir una vida.

Lo cierto es que las redes sociales me habían dado también un respiro. Me llegaban condolencias de todos los lugares del mundo, dándome el pésame por la muerte de mi cuñada. La gente se había acostumbrado a usar el *hashtag* #Kraken para dirigirse a mí, como si yo fuera un servicio público abierto veinticuatro horas, pero al menos ya no me llamaban inútil, aunque seguían insistiendo en que detuviésemos a Tasio antes de que siguiese matando.

Saqué el móvil y envié un «quiero verte, Tasio» al correo de Fromjail. Sabía que MatuSalem la estaría monitorizando y se lo haría llegar a Tasio, un hombre que, por llevar los últimos veinte años tras las rejas, no habría conocido lo que era llevar siempre encima un móvil con conexión a internet en el bolsillo.

La respuesta de MatuSalem no tardó demasiado:

> Kraken, estoy alarmado. Tasio no ha contactado conmigo desde que salió de la cárcel. No era así como habíamos quedado. No sé cómo explicártelo para que te quede claro, pero a Tasio le ha ocurrido algo malo.

37

EL PASO DEL DUENDE

11 de agosto, jueves

Iba a marcar el teléfono de Alba, pero fue ella quien me llamó primero.

—Unai, me gustaría hablar contigo. En privado.

—Yo también tenía algo que decirle, subcomisaria —respondí, sin estar seguro de si debía hablar con ella en modo amante o en modo inspector—. ¿Dónde?

—No deberían verme entrando en tu portal, ¿conoces algún lugar abierto donde no pase mucha gente a plena luz del día?

—El Paso del Duende —respondí, rápido—. Es uno de los puntos negros de la ciudad, donde se producen más ataques a mujeres y más robos. Todo el mundo evita pasar por ahí. Para ti y para mí es el lugar más seguro del mundo.

—¿Dónde está, exactamente?

—Es un paso subterráneo que cruza las vías del tren, al final de la calle Rioja. Al otro lado da con el paseo de la Universidad, no hay pérdida.

—Nos vemos entonces en veinte minutos —dijo, y colgó.

Poco después nos encontrábamos en el túnel oscuro del Paso del Duende. Por precaución entré por el tramo opuesto, la calle Ferrocarril. Descendí por las escaleras, Alba me esperaba mientras observaba el grafiti de la chica de ojos azules y pelo verde que soplaba unas burbujas al aire.

Entré en la oscuridad del túnel y recorrí sus pocos metros de longitud, hasta salir por la otra entrada. Era un 11 de agosto por la mañana, no había absolutamente nadie cruzando el paso y la calle Rioja parecía muerta bajo el calor de un asfalto que a aquellas horas ya ardía.

—¿Qué ocurre, Alba? Tú primero —le dije cuando me acerqué a ella, para romper el fuego.

—No dejo de darle vueltas a lo que ocurrió el día de la procesión de los Faroles —dijo en voz baja, sin dejar de mirar a la chica del grafiti—. ¿Crees que alguien nos vio en tu tejado?

—Yo también lo he pensado. —Suspiré—. A esas horas la plaza de la Virgen Blanca estaba oscura, y todo el mundo miraba los faroles. Pero tal vez el asesino estaba cerca del escenario del crimen, observando las reacciones, tal vez nos vio. No lo descarto. De hecho, pensaba que el Eguzkilore podía habernos visto. Podía saber dónde vivo por su hermana, y estaba rondando por allí cuando se descubrió la sábana, fue uno de los que sacaron las fotos de los cadáveres. Pero ya ves, me equivoqué. He aprendido por las malas que un cúmulo de casualidades no te guía necesariamente a la verdad.

—¿Por qué ha ido a por tu entorno ahora?, no dejo de preguntármelo. ¿Qué has hecho para que lo haya convertido en personal? ¿Qué ha cambiado? —insistió—. Tú eres el experto en perfiles. Dijiste que este asesino cosifica a las víctimas, que para él solo son sujetos que cumplen con los requisitos de edad y de apellidos, pero en este caso ha querido haceros daño, mucho daño.

«Y lo ha conseguido, Alba. No sabes lo jodido que estoy por lo que le ha hecho a Martina. No te lo puedes imaginar.»

—Te lo dije —contesté, en tono profesional—: hemos tocado alguna tecla y todavía no lo sabemos. Hemos averiguado algo y sabe que si tiramos de ese hilo, daremos con él. La forma más directa de quitarnos de en medio era implicando a nuestra familia para que nos releves del caso.

—No, Unai —dijo—, esa no es la forma más directa de quitarte de en medio. Por eso te he llamado.

—¿De qué estás hablando? —Me apoyé en la pared, mirando hacia ambos lados.

—Unai… estoy aterrorizada —dijo lentamente, sin mirarme—. Quiero sacarte de esto. ¿Cuándo cumples cuarenta años?

Así que era eso.

—Si me lo estás preguntando es porque ya lo sabes —contesté, molesto.

—Es mañana, el día de las Perseidas, ¿verdad? ¿Por eso me invitaste, para que pasase tu cumpleaños contigo?

—Ya sé que no puedes venir, con que me rechacen una vez ya es suficiente.

—Deja de desviar la conversación, quiero protegerte, ¿no te da miedo que el asesino vaya a por ti esta vez?

—¡Oh, no quieras saber las ganas que tengo de que ese desgraciado venga a por mí! —contesté sin pensar. Me estaba calentando y eso no era bueno, y menos en plena calle, por muy desierta que estuviera—. Al menos así sabría de una vez quién es.

—Y tal vez sea lo último que hagas. Vas a cumplir los años mañana, vas a entrar en la maldita lista de los condenados.

—¿Y qué hago, emigro? ¿Me escondo bajo las piedras? Tú misma lo dijiste: si el asesino lo ha decidido, y más este, hallará la manera de encontrarme. Alba, estoy preparado para esto. Voy a fingir que no es insultante que no confíes en mí.

Me miró con rabia, ofendida.

—No comprendo cómo funciona tu cabeza. Cualquier hombre se sentiría halagado por mi preocupación, y tú eliges sentirse insultado.

—¡Me sentiré halagado el día que dejes a tu marido y te decidas por mí! —estallé, sin poder contenerme—. No quiero ser tu polvo de verano.

—¿Crees que arriesgaría mi trabajo y mi reputación por un triste polvo de verano?

—¿Triste? ¿Triste dices? Creo que no fue contigo con quien he estado estos últimos días, porque para mí ha sido todo menos triste.

—Era una manera de hablar. Es imposible discutir contigo cuando estás encendido, Kraken. Te juro que no te lo voy a perdonar como acabes muerto —dijo Alba, luego dio media vuelta y se fue en silencio.

Salí a hacer *running* sin pensarlo demasiado, pese al calor, pese al riesgo de deshidratarme. Necesitaba despejarme, dejar de pensar por un momento. Estaba a nada de volverme loco.

Loco de culpabilidad por la muerte de Martina.

Loco de celos por el señor X, el marido invisible de Alba.

Loco de impotencia por un enigma que se enredaba más con cada crimen.

El asesino me hablaba en un lenguaje más avanzado que el mío, incomprensible, como si yo perteneciera a una especie inferior, menos evolucionada, y no estuviera al alcance de su inteligencia.

Me sentía como un idiota.

Me faltaban piezas.

Me faltaban datos.

Cuando me desquité, después de media hora de intervalos que me dejaron molido, cogí el móvil y llamé a Aitana, la dermatóloga exnovia de Ignacio. Le extrañó escucharme de nuevo, pero accedió a quedar conmigo junto al parque de Zabalgana.

Me di una ducha y me vestí de inspector digno para la entrevista.

La encontré de nuevo fumando, sin el carrito de su hijo, con una tripa ya tensa bajo un vestido negro que le quedaba demasiado ceñido.

—¿Cómo va todo, Aitana?

—Estoy contenta por el paso que di al contárselo. Me siento fuerte por primera vez, estoy dejando de sentirme culpable por lo que me hicieron.

—Me alegra, me alegra mucho. Pero... me temo que voy a exigirle un esfuerzo más.

—Lo que sea, ¿de qué se trata? —dijo interesada, encendiendo otro cigarro.

—Hay testigos que la sitúan junto a los gemelos el día del entierro de su madre, doña Blanca Díaz de Antoñana.

Su rostro se tensó, pero no dijo nada y continuó caminando a mi lado, mirando al frente.

—Ese día, cuando todo el mundo se fue y solo quedasteis cuatro personas frente al panteón de los Unzueta, los gemelos propinaron una paliza a un joven. Usted estuvo presente, escuchó la conversación. Dígame, ¿por qué fue? ¿Por qué le pegaron y lo lanzaron a la fosa común?

—No sé nada, inspector —dijo en voz baja, antes de lanzar el cigarrillo al suelo y apagarlo de un pisotón.

—No vas a ser cómplice de ningún delito. El chico no denunció, han pasado veintisiete años, todo lo que ocurrió ha prescrito, si eso es lo que te preocupa —la tuteé.

—Insisto en que no sé nada.

Me crucé frente a ella en el camino, impidiéndola continuar.

—Aitana, sé cuándo mientes. Tienes un tic, apagas el cigarro, aunque no lo hayas consumido, y enciendes otro. Lo hiciste una y otra vez durante nuestra primera entrevista, ¿recuerdas? Cuando todo lo que decías de Ignacio era bueno.

—Lo que sea, pero no quiero hablar. Tengo derecho a no hablar.

—No, si estás obstruyendo una investigación criminal. ¿Y si te prometo que no va a constar en ningún informe? ¿Que tu nombre no va a salir? ¿Que esta entrevista no se está celebrando? Permíteme que sea claro: esta es la única línea de investigación que tenemos. Tú quieres que esto acabe, tanto si el asesino es Tasio, como si es Ignacio, como si es otro. Llevas más de veinte años callando por algo que te hicieron, ¿no ha llegado el momento de dar la cara y comprometerte? Esto también puede acabar con la impunidad que tenían, ¿no era lo que odiabas, lo que te ha arruinado la vida?

Cerró los ojos y noté un gesto de rendición.

—Hace mucho calor —se abanicó con la mano—, vamos a sentarnos en un banco, estoy muy cansada. Al final, me va a provocar usted un parto prematuro.

—No quisiera, la verdad.

La acompañé a un banco cercano, oculto bajo un árbol que nos daba sombra. Esperé pacientemente, pero yo sabía que ya se había decidido, y que estaba reelaborando unos recuerdos que tal vez se había empeñado en mantener apartados durante décadas.

—No sé por qué me pregunta por aquella historia, fue un asunto casi surrealista, muy extraño. Cuando acabó el entierro se nos acercó un chico de nuestra edad. Iba sucio, vestido con ropa de rastrillo, pensamos que era para pedirnos limosna. No le faltaba detalle, al pobre. Pero se dirigió a Tasio, y le dijo que tenía que hablar con ellos, que era también hijo de su madre. Él afirmó que su madre le había contado que era fruto de su relación con otro hombre, Tasio e Ignacio le callaron la boca a golpes. No permitieron que insultase a su madre delante de su propia tumba, ellos siempre han estado orgullosos de ser hijos de su padre, incluso de ser los descendientes de Unzueta, el negrero.

—¿Y ellos se liaron a golpes con él, así sin más?

—No lo entiende, era ridículo. No solo dijo que eran hermanos, sino que afirmaba que eran trillizos. Imagínese: Tasio e Ignacio, tan delgados, tan elegantes, y aquel chico, con el pelo como una zanahoria, de cara redonda y bastante gordito, afirmando que eran trillizos. No creo que los hubiese podido insultar más. Les tocó lo más sagrado, se metió con lo que no debía. Siempre se han sentido elegidos, diferentes, por ser gemelos univitelinos. Y aquel sin techo llegaba y les decía que era uno de ellos. Era una historia delirante, y él, un estafador de poca monta, un buitre carroñero. Estaba claro que iba a por la herencia de la madre de los gemelos, pero todo aquello era tan torpe que resultaba insultante pretender que lo creyeran. Y vino en mal momento, con muy poca sensibilidad: justo después de enterrar a su madre, a la que adoraban. No quiero que piense que justifico la paliza que le dieron; de hecho, me extrañó verlos tan violentos. En todos los años que los conozco, nunca se han metido en peleas, siempre han sido lo bastante hábiles como para evitarlas. Como le digo, creo que aquel chaval les tocó la tecla prohibida el día equivocado.

—Necesito detalles, Aitana. Tengo que buscar a ese chico, ¿puedes darme algo concreto que me ayude a identificarlo?

—El chico se presentó con el nombre de Venancio, aunque no dio sus apellidos. Los gemelos se rieron del nombre porque nadie en Vitoria se llamaba así con dieciocho años, pero mi abuelo se llama Venancio, así que me callé, por eso me acuerdo de aquel detalle. No creo que pueda darle más, aunque sí que puedo decir que aparentaba nuestra edad, así que habría nacido alrededor del 71, como los gemelos. No sé si con eso será suficiente para identificarlo.

Por fin había un nombre y una fecha de partida en los que hurgar.

«De acuerdo —pensé—. Puedo trabajar con ello.»

«Puedo trabajar con ello.»

38

EL CAMINO DE LAS TRES CRUCES

12 de agosto, viernes

Todas mis esperanzas se convirtieron en humo en cuanto Estíbaliz y yo nos encerramos en el despacho en busca del esquivo Venancio.

Consultamos en el Registro Civil y en nuestras bases de datos, pero solo encontramos a un tal Venancio Martínez, natural de Izarra, nacido en 1972, fallecido a los doce años de edad en accidente de tráfico.

Ampliamos la búsqueda a toda Álava, pero los resultados volvieron a ser negativos.

—Puede que el fantasma pelirrojo soltase el primer nombre que se le ocurrió cuando fue al cementerio a hablar con los gemelos —dijo Estíbaliz, sentada frente a mí en su despacho.

—Es bastante probable, lo sé. Pero era el único dato concreto que teníamos hasta el momento —contesté, distraído.

—Estar encerrada en el despacho es peor que una muerte a pellizcos, Kraken. O salgo de aquí o voy a estallar.

—Descuida —me estiré en la silla—, creo que a partir de mañana nos va a tocar ir en busca y captura de Tasio.

—¿Tan convencido estás de que no va a presentarse mañana en Zaballa? Quién te ha visto y quién te ve.

—Creo en mi fuente, y lo he visto asustado. Sé que a Tasio le ha ocurrido algo o tal vez tengas tú razón desde el principio, y él ha orquestado todo esto, ha asesinado a tu hermano y a Martina para reírse de nosotros y no volvamos a verle la cara nunca más. —Me levanté y miré por la ventana blindada de su despacho, tratando de ocultar mi impotencia—. Lo que me desespera es que la subcomisaria no nos deje ir detrás de él hasta mañana. Estamos perdiendo un tiempo precioso.

Alba no había dado demasiado crédito a la información de MatuSalem. Después de una rápida comprobación, el dispositivo de control telemático colocado en el tobillo de Tasio emitía señales desde su piso en la calle Dato, y mientras eso ocurriese, no podíamos intervenir. Había contactado también con la patrulla que vigilaba su portal en la calle Dato, donde se había encerrado tras su excarcelación, pero no había salido nadie a la calle con las características físicas de Tasio, así que solo podía continuar dentro.

Yo insistí en contactar con él en persona, pero Alba me lo impidió, aduciendo que no quería más circo mediático ni que Tasio nos denunciase por acoso.

Puede que fuera cierto y yo estuviera equivocado, puede que Tasio quisiera pasar unos días solo en su casa, desconectado de las redes sociales, olvidándose de quién era y del reo mediático que iba a volver a ser en breve.

—Hoy no podemos hacer nada, tú lo has dicho, Kraken. Pero si Tasio no vuelve mañana, ¡ay, amigo!, se abre la veda. Tengo tantas ganas de ir detrás de ese capullo y estar con él un momento a solas...

—Cuidado, Esti. Esto no es una *vendetta* personal. Van a observar nuestra actuación con lupa desde arriba, lo sabes.

Mi compañera se levantó, se colocó a mi lado y apoyó la cabeza en mi brazo.

—Lo sé —dijo, después de un largo suspiro.

Sabía que estaba tan frustrada como yo.

Después de un rato, ambos volvimos a sentarnos y continuamos con nuestra búsqueda.

Odiaba aquellos días baldíos, aquellas pistas que no llevaban a nada, los testigos redundantes, las vueltas en círculo, los callejones que terminaban en una tapia. Sabía que si la saltaba, al otro lado no había nada.

Y vuelta a empezar. Trabajo de despacho, cruzar datos, nombres, cronologías. Ninguna coincidencia.

Quién iba a decirme a mí que la solución al enigma estaba en mi propia casa, guardada durante décadas por alguien de mi propia sangre.

Era mi cuadragésimo cumpleaños y era viernes. En cualquier otro momento de mi vida habría organizado un fiestón, pero nadie en la cuadrilla me preguntó si iba a celebrar una cena cuando me llamaron para felicitarme. La muerte de Martina aún nos tenía anonadados. Lo cierto es que yo no quería ver a nadie.

En cuanto terminó mi jornada laboral encaminé los neumáticos del Outlander hacia Villaverde. Sabía que Alba no vendría a mi tejado a mirar cómo las Perseidas cruzaban el cielo, y yo no soy de esperar demasiado a nadie. Es lo que tiene un ego apaleado, que se pone digno con facilidad.

Así que me fui a mi pueblo, a pasar el cumpleaños con el abuelo y con Germán. Había tomado precauciones: llevaba encima la HK, mi arma reglamentaria, y no pensaba alejarme demasiado de ella.

Por si al asesino le daba por seguirme y presentarse en mi multitudinaria fiesta de cumpleaños.

Todavía no era de noche cuando llegué a casa del abuelo y silbé mientras subía por las escaleras, pero el abuelo no estaba en la primera planta. Extrañado, subí hasta el alto, y lo encontré allí, sentado frente a todas las fotos antiguas que yo había esparcido del caso de hacía veinte años.

—¿Pasa algo, abuelo?

—Nada, hijo. Nada. Es que me gustaría ayudarte y no sé cómo.

«Tú sigue respirando, abuelo. Así me ayudas», callé.

—Vamos al camino de las Tres Cruces —dije, dándole una palmada en aquella espalda de roble—. Esta noche caen las lágrimas de San Lorenzo y el cielo está muy limpio.

—Vamos, pues. —Se levantó de la pequeña silla de mimbre y cogió uno de los bastones de boj que usaba para subir al monte.

—¿No deberíamos esperar a Germán? —pregunté.

—Tu hermano no va a venir, me ha llamado diciendo no sé qué del trabajo. Si sigue sin salir de su despacho ni de día ni de noche, iré yo mismo a Vitoria y lo sacaré de allí, aunque sea agarrándolo por una pierna.

Cualquiera que escuchase al abuelo pensaría que exageraba; creo que yo era el único con la experiencia suficiente como para captar que hablaba de modo literal.

Germán había reaccionado a la muerte de Martina enterrándose en el bufete bajo su montaña de casos pendientes. Pensaba darle unos días. Después, tendría que intervenir, si es que el abuelo no lo hacía antes y era más efectivo que yo.

—Bajemos, pues —dije, no muy animado.

Pasamos por el almacén y el abuelo cogió un par de sacos de rafia vacíos. Olían a tierra y a patata, pero nos servirían para tumbarnos sobre el suelo.

Subimos por el camino de las Tres Cruces, un sendero que ascendía desde el pueblo hacia la sierra en línea recta y se bifurcaba hacia los tres puntos cardinales.

A aquellas horas no pasaba ningún tractor. Estábamos rodeados de piezas de trigo ya cosechadas y alguna en barbecho, esperando a ser labrada el siguiente año. Nos detuvimos en la misma encrucijada y extendimos los sacos en el suelo. Y allí nos tumbamos, rodeados del sonido monótono de los grillos. Nada más.

—Unai, no te muevas ni hagas ruidos —me susurró de repente el abuelo.

Le hice caso, un poco alerta, y vi cómo se incorporaba y cogía con mucho cuidado su bastón.

—Es una serpiente, está enroscada, ¿la ves? En el camino —me señaló.

—Está muy quieta, abuelo. Creo que está muerta.

—¿Muerta?, qué va. Lo que pasa es que la culebra es el animal más listo del monte —dijo, y dio un golpe seco con el bastón en el suelo.

La serpiente se desenroscó a una velocidad no humana y antes de que nos diésemos cuenta, había desaparecido entre las hierbas del ribazo del camino.

—No creo que se acerque más. Se está haciendo de noche y con el frío, se meterá bajo unas piedras a resguardarse.

No me dejó muy convencido, así que estuve alerta de todas las sombras que se movían a mi lado hasta que horas más tarde olvidé el incidente de la culebra y me relajé.

Distinguimos algunas constelaciones: Orión, Casiopea, el Pastor de Bueyes, la Osa Mayor, que el abuelo se empeñaba en nombrar como «El Carro»... Después de un buen rato, a eso de las tres de la madrugada, comenzaron a caer.

Pasaban rápidas, a veces de una en una, y a veces de tres en tres, tan seguidas que no daba tiempo a contarlas. La visión de los meteoros duraba poco, apenas unos segundos, y había que estar atento, porque si pestañeabas, te lo perdías. Quizá como las cosas buenas de la vida. Como estar allí con el abuelo, tirados en la tierra que un día nos iba a acoger a ambos en su regazo.

—Te he preparado un regalo, hijo. Como siempre estás mirándola, he pensado que podías llevarla encima. —Su voz ronca rasgó en dos el silencio que nos rodeaba.

Me tendió un pequeño objeto de madera. Lo palpé a oscuras, pero no supe identificar de qué se trataba.

—Gracias, abuelo. ¿Qué es?

—Es el perfil de la sierra desde Villaverde. Desde el puerto del Toro hasta San Tirso. Lo he hecho en madera de boj, así no se te rompe aunque le des mucho tute.

Busqué un foco de luz lejano entre las pocas farolas que tenía Villaverde de noche, y allí tumbado, puse la pequeña sierra del abuelo al trasluz para examinar sus perfiles.

El abuelo había sido un buen ebanista aficionado durante toda su vida. Solía fabricar cucharas soperas y tenedores de trinchar, pero aquella pieza tan pequeña y tan trabajada tenía que haberle supuesto un esfuerzo inmenso, dada su menguada agudeza visual de cerca.

—Le he hecho un agujerico aquí. —Señaló, tratando de ocultar el orgullo en su voz—. Por si quieres usarlo de llavero, digo. No es necesario, si no quieres.

Me saqué las llaves del bolsillo del pantalón, rozando la pipa cargada que llevaba en el costado. Engarcé mi sierra en miniatura, emocionado. Nadie iba a ser capaz de superar aquel regalo de cumpleaños nunca, por muy bien que me conociera, y por muchos años que yo viviera. Nadie.

A la mañana siguiente, el abuelo me despertó con el olor al pan de Bernedo que había puesto a tostar en la rejilla del horno de leña. Teníamos unos pocos botes de mermelada de moras negras que habíamos envasado del otoño anterior, y desayunamos en silencio mientras nos pulíamos una barra entera sin apenas darnos cuenta, cada uno metido en su propio laberinto.

—Hijo, quiero que veas algo. A mí me parece que a lo mejor te puedo ayudar.

—¿Con qué, abuelo?

—¿Con qué va a ser? Con tu trabajo.

Miré sus ojos, con aquel gris lechoso que la edad le había ido tintando, y me di cuenta de que a él también le estaba afectando. Que la muerte de Martina nos había cogido a todos por sorpresa, incluso a él. Que él también sufría por mí y tenía miedo de que yo fuera la próxima víctima.

—Abuelo, no tienes que preocuparte por eso. Nos estamos ocupando, me estoy ocupando de eso, no me va a pasar nada...

—Vamos, anda —me interrumpió, levantándose de la silla de la cocina.

—¿Adónde vamos?

—Al alto, hay una foto que te quiero enseñar.

Lo seguí escaleras arriba, sin comprender demasiado, y me llevó hasta la mesa de *ping-pong*.

Allí, de todas las imágenes y recortes de prensa de los años noventa, tomó una en la que se veía una mujer apoyada en un enorme coche.

Era una nota de sociedad que hablaba de la madre de los gemelos, Blanca Díaz de Antoñana. La leí, pero dudé que me proporcionase alguna información valiosa, pues solo dejaba constancia de forma escueta de una exhibición de coches de época que tuvo lugar en Vitoria en 1985.

—¿Te has fijado en ese pedazo de coche, hijo?

—Sí, es muy grande. Tú sabes más de motores que yo, ¿cuál es?

—Es un Isotta Fraschini de 1925. Lo conozco porque uno de los mandos militares se paseaba con él cuando me destinaron a la Ciudad Universitaria en el 36. Este automóvil es gemelo a él, y ha estado en Villaverde, y esa mujer también.

—¿Cómo dices? —pregunté, sin comprender.

—Digo que hace un montón de años, esa mujer se presentó al volante de ese coche en Villaverde. Eso no se olvida, casi no cabía por la cuesta de Fermín y lo tuvo que dejar aparcado junto al almacén de la carretera. Estuvo preguntando por tu tía abuela y fue a hablar con ella. Tu tía no soltó prenda cuando en el pueblo le preguntaron por la visita de aquella señorona, pero no se habló de otra cosa en una semana.

—¿Con la tía abuela? No sabía que se conocían.

—Nadie lo sabía, pero tal vez quieras preguntárselo ahora.

«Ya lo creo.»

—¿Dónde estará la tía abuela ahora, abuelo? ¿Me acompañas a verla? Tú siempre has tenido mano con tu cuñada.

—Claro que te acompaño, hijo —dijo al tiempo que se recolocaba la boina. Feliz de poder ayudarme—. Veremos cómo tiene hoy la cabeza. Estará en su huerta, estos días anda ocupada con los pimientos.

—¿Tú crees que se acordará? De eso hace muchos años —pregunté, preocupado.

—Tiene memoria de vieja, como yo. No recuerda lo que desayunó ayer, pero se acuerda de que el día que vino el obispo de Vitoria a las escuelas a visitar a los niños y sacarse la foto de todos los del pueblo yo andaba de estraperlo en Laguardia. De eso sí se acuerda. Y creo que fue en el 47, que tu abuela estaba muy cansina con que la llevase a Vitoria a ver la película de *Gilda* esa. Me acuerdo porque después se estilaba en todos los bares de banderillas de Vitoria y Logroño tomar gildas los domingos en los aperitivos, después de misa. Decían que la habían bautizado así porque era picante como la película: era una guindilla, una aceituna y una anchoa. Pues no me he zampado yo gildas.

Lo miré mientras marchaba escaleras abajo, anonadado. Era la parrafada más larga que había soltado desde comienzos de año. Cuando mi abuelo estaba verborreico era porque se sentía extraordinariamente feliz o ilusionado por algo. Solo entonces se extendía de sus siete palabras habituales.

Bajamos por la calle San Andrés, la más larga del pueblo, hasta llegar al camino del cementerio. A la derecha del sendero había un pequeño desvío y una huerta a la que se accedía a través de una vieja puerta de madera desvencijada, posiblemente rescatada de alguna mudanza antigua.

Estaba algo entornada, así que entramos en la huerta y avanzamos por un estrecho camino de tierra aplastada, evitando pisar los surcos donde tenía plantadas las lechugas y los calabacines.

Había platos con leche colocados en algunas esquinas estratégicas, donde más daba el sol. Mi tía abuela era de las que todavía creían que la leche atrae a las víboras, y ponía leche con veneno para acabar con ellas.

La encontramos con su pequeño azadón escarbando inclinada sobre un montículo de tierra.

—¿Queréis pimientos verdes? —preguntó cuando nos sintió llegar, con la voz aguda de chiquilla que se les queda a los centenarios—. Este año voy a tener que tirar muchos, no doy abasto a asarlos y envasarlos. El próximo año no planto.

Mi tía abuela Felisa, por mucho que hubiera cumplido ciento dos años, no tenía ninguna intención de morirse. Su noción del paso del tiempo funcionaba muy diferente al resto de los humanos.

Recuerdo cuando enviudó de mi tío abuelo Sixto, que murió con ochenta y nueve años. Ella no dejaba de mirar su ataúd durante el velatorio, incrédula, sin dejar de repetir: «Es que era tan joven…». Todavía guardaba ropa sin ponerse en el armario, decía que la estrenaría «cuando fuese mayor».

—Felisa —se adelantó el abuelo—. Unai quiere hacerte unas preguntas, a ver si te acuerdas.

—Claro, hijo —contestó distraída, sin detenerse.

—Tía, ¿usted conoció a Blanca Díaz de Antoñana, la esposa del industrial Javier Ortiz de Zárate?

Ella dejó de cavar por un momento, después se subió las gafas, que ocultaban un ojo caído debido a quién sabe qué traumatismo, y continuó arrancando hierbajos como si no hubiera un mañana.

—¿Y quién la busca? —dijo, dándonos la espalda.

—En realidad, tiene que ver con sus hijos, Ignacio y Tasio Ortiz de Zárate. Pero he escuchado que hace años vino a Villaverde preguntando por usted, y que usted la atendió. ¿Puede contarme qué quería? —la tanteé.

—De eso hace mucho, hijo. Casi se me había olvidado.

—¿Qué se le había olvidado, tía? ¿Puede ser más concreta? —intenté apretar, pero sabía que me estaba dando contra un monolito.

A la gente mayor de los pueblos era muy difícil sonsacarles nada. Habían pasado por una guerra y por una dictadura de cuarenta años. Estaban acostumbrados a callar y a ser evasivos. Llevaban la prudencia en el ADN.

—Unai, hijo, ¿puedes subir un momento al cementerio? —intervino el abuelo—. El lunes hubo viento del sur y las flores de la abuela se habrán secado, ¿puedes tirarlas?

Lo miré y se enroscó un poco más la boina.

Subí por el caminillo de tierra prensada y me asomé a las rejas de la puerta de hierro de nuestro diminuto cementerio. Apenas una pared que albergaba una veintena de nichos recientes, y a ambos lados, suelo sagrado, que a nadie de Villaverde en su sano juicio osaría pisar. Tierra que ocultaba los huesos de nuestros antepasados, amontonados cuando el espacio no dio más de sí y se optó por construir unos nichos de cemento que después de pocos años amenazaban ya con un nuevo problema de superpoblación.

Mi abuela me miraba desde su foto enmarcada, rogándome como siempre en silencio que cuidase del abuelo. Esta vez le noté un gesto diferente, esta vez me rogaba que cuidase de mí.

Frustrado, volví a bajar a la huerta de mi tía abuela.

Nunca supe lo que mi abuelo le dijo ni qué utilizó para convencerla de que hablase conmigo; el abuelo se limitó a encogerse de hombros y a restarle importancia siempre que se lo pregunté.

Lo único cierto es que cuando volví, me la encontré sentada en una sillica de playa antigua, con el azadón aparcado, dispuesta a hablar.

—Ahora ya se acuerda —me susurró el abuelo al oído cuando cogí otra silla de playa desvencijada y me senté junto a ella.

—Tía, ¿para qué vino Blanca Díaz de Antoñana a hablar con usted?

—Quería encontrar al niño. Su marido había muerto hacía poco y ya no había peligro.

—Peligro, ¿de qué?

Mi tía suspiró y miró hacia la sierra.

—El marido de doña Blanca era un bestia, ella vivió con miedo toda su vida.

—¿Se refiere a que ella era víctima de violencia doméstica? —pregunté, interesado.

Mi tía achinó uno de sus ojos, sin comprender.

—¿La molía a palos, Felisa? —tradujo el abuelo.

—Ya lo creo. Era el señorito de Vitoria, en sus tiempos podía hacer lo que quisiera, nadie se metía con él.

—Ha dicho que vino a buscar a un niño, ¿a qué niño se refiere? Si su marido había muerto hacía poco cuando se presentó en Villaverde, debía de ser hacia el año 1989.

—Y yo qué sé de años, hijo. A mí se me mezclan en la cabeza. Mejor me dejas hablar y terminamos antes —me cortó, alisándose los pliegues de la falda.

—De acuerdo, tía. Explíqueme toda la visita, si me hace el favor.

—Yo había sido la enfermera de su médico, el doctor Urbina. También atendí en la consulta de la clínica Vitoria a la anterior esposa de don Javier Ortiz de Zárate. La pobre Blanca vino a Villaverde a hablar conmigo porque le habían diagnosticado un cáncer y quería dejar sus asuntos arreglados antes de marcharse de este mundo.

—¿Y qué quería de usted? —Aproveché que tomó aire para centrar el interrogatorio más casero de mi vida profesional.

—Quería saber el apellido de la familia, por si encontraba al chaval.

—¿Qué chaval?

—Un antiguo asunto, de una adopción. —Miró al abuelo.

Él cruzó los brazos sobre el pecho y asintió con la cabeza, como animándola a hablar.

—Supongo que ha pasado tiempo y ya puedo hablar de ello —susurró para ella misma.

—Por favor, tía, continúe. Creo que me estoy haciendo una idea de la situación. Dígame: ¿doña Blanca tuvo trillizos y al pelirrojo lo dio en adopción?

Se sorprendió al escuchar mi loca teoría, la misma que el pelirrojo había intentado transmitir a los gemelos frente a la tumba de su madre.

—¿Y eso cómo lo sabes tú, hijo? Los que estábamos allí el día del parto están muertos o aquí presentes.

—Tía, ya sabe cuál es mi trabajo. Estoy investigando este asunto y es importante, es muy importante. ¿Puede darme una fecha para que yo lo corrobore y busque los papeles?

—No hay papeles, hijo. El doctor Urbina y yo lo hicimos por salvarla a ella y a los niños del animal de su marido, pero fue la última vez que vi al doctor Urbina. El pobre no midió bien con quién se metía.

—¿A qué se refiere exactamente? ¿Por qué el doctor Urbina se implicó en una adopción ilegal? ¿Fue por dinero, cobraron por el niño?

—¿Dinero? Allí nadie pensó en el dinero, era el pellejo lo que nos jugábamos.

—No lo entiendo.

—Pues está claro —resopló mi tía, casi perdiendo la paciencia.

—Unai, lo que tu tía intenta decirte es que doña Blanca tuvo un amorío con el doctor Urbina y los trillizos eran hijos del médico, no del malnacido de su esposo —me explicó el abuelo, con voz paciente, como si me estuviera enseñando que el sexo se parecía a aquello de las abejas y las flores.

«Joder —pensé—. Entonces los gemelos no son ni Ortiz de Zárate ni descendientes de Unzueta. Cualquiera lo acepta con dieciocho años y una herencia por cobrar.»

—¿A quién le dio aquel bebé, tía?

—A un matrimonio de Izarra.

Por fin, una coincidencia, una señal de que mi tía abuela no estaba desvariando y que sus recuerdos eran verídicos.

—¿Recuerda los apellidos? —le pregunté, arrimándome a ella y cogiéndola de la mano.

—Eran los Lopidana, los de la miel.

—Los de la miel —repetí, sin entender.

—Vendían miel en las ferias, buena gente, ¿sabes, hijo? Buena gente, se morían por tener un hijo. Eran vecinos del anterior doctor y él les había metido en su lista de espera por amistad. El doctor Medina a veces entregaba niños que las madres no querían a matrimonios estériles. Yo… ya sabes, hijo: ver, oír y callar. A veces se arreglaban vidas, a veces se destrozaban otras.

—¿Sabe si al chico lo llamaron Venancio?

—Yo no lo sé, la verdad. Yo dejé un bebé pequeñito y pelirrojo en un caserío, pensando en darle mejor vida que la que iba a tener si se quedaba en Vitoria. Allí no habría durado mucho, te lo digo yo. Se parecía demasiado al doctor Urbina y a sus otros hijos legítimos. Toda Vitoria se habría dado cuenta del engaño. Por entonces se conocía todo el mundo, no como ahora, que cuando voy al ambulatorio del Pilar no conozco a nadie. —Resopló, frustrada—. Hijo, ¿de verdad que no quieres unos pimienticos verdes? Sixto no los quiere ver ni en pintura, dice que los frío con demasiado aceite.

Mi tía había vuelto al presente, donde todo era un tanto más difuso para ella. Le temblaba un poco la barbilla y me dio cierto miedo haber forzado demasiado su cerebro. El abuelo también me advirtió con la mirada que lo dejase en cuanto comenzó a hablar de su difunto marido.

—Deme un par de bolsas, ande. Que yo los reparto entre la cuadrilla y me lo agradecen mucho —dije mientras me levantaba.

Media hora después, volvíamos a casa cargados con lechugas, calabacines, pimientos verdes, cebollas y varios kilos de ciruelas, una fruta que siempre he odiado. Pero aquellos días los ciruelos de todo el pueblo se partían por el peso de las ramas, cargados de una insana cantidad de ciruelas maduras, y era imposible dar un paso por Villaverde sin que ningún vecino te ofreciese, o casi rogase, que te llevaras veinte kilos de ciruelas a punto de convertirse en mermelada.

—¿Te ha servido, hijo? —me preguntó el abuelo en cuanto llegamos a la cocina e intentamos, sin éxito, meter todas aquellas verduras en el frigorífico.

—Ya lo creo, abuelo. Con esto tengo material para continuar investigando.

—Eso es lo que tienes que hacer, continuar investigando, a ver si agarras a ese raposo y podemos dormir por las noches. Yo, si me dejas, voy a seguir subiendo al alto a mirar las fotos y todo lo que has guardado del caso, a ver si te puedo ayudar más —me dijo, sin mirarme, fingiendo que limpiaba de tierra un calabacín bajo el grifo.

—Claro, abuelo. Estaré encantado de que me sigas ayudando. —Tragué saliva y disimulé. Al abuelo no le iban las demostraciones de ternura ni se sentía cómodo al ver a su nieto emocionado.

Conduje a Vitoria de un buen humor que hacía tiempo que no exhibía, exaltado, deseando llegar a la sede de Lakua y contárselo a Estíbaliz.

No era ni mediodía cuando llegué y mi compañera me esperaba en mi despacho, expectante.

—¿Cómo fue tu cumple, Unai? Ayer no te dije nada, no quería…

—Darme el pésame por cumplir cuarenta años y entrar en la lista maldita, lo sé. Fue todo lo tranquilo que quise que fuera, estuve en Villaverde con el abuelo. Fue perfecto. ¿Y esos nervios? —le pregunté, cuando vi que no dejaba quietas las rodillas.

—Falta menos de media hora para que expire el plazo.

—El plazo.

—La hora tope en que Tasio tiene que volver a prisión. La prensa de todo el país, y no digamos la internacional, está en la entrada del penal de Zaballa. Lo están retransmitiendo en directo vía Twitter.

—¿Tenemos nuevo *hashtag*? —pregunté.

—¡Oh, sí! Varios, de hecho: #Tasioentra, #Tasiodalacara, #Tasiomissing… Hay mucha curiosidad por ver si esta vez se deja ver con su aspecto actual.

—No os perdéis nada, en serio.

—Es morbo en estado puro, respétalo. —Me guiñó un ojo.

Asentí, sonriente. Aquello se parecía mucho a la normalidad. Quizá tanto Esti como yo pudiésemos recuperarnos de aquello. Tal vez.

—Pues yo traigo muchos avances, y de un testigo que jamás imaginé, te lo aseguro. Siéntate, que vienen curvas —la invité.

—A ver.

—Sabes que tengo una tía abuela centenaria, ¿verdad?

—¿La que nunca enferma?

—Sí, esa. Mi tía abuela Felisa. Hermana de mi abuela, cuñada del abuelo. Fue enfermera hasta el día de su jubilación, trabajó durante décadas en la clínica Vitoria.

—Bien, hasta ahora te sigo.

—¿Y si te digo que la historia del pelirrojo al que dieron la paliza los gemelos era cierta?

—¿La de que los gemelos tienen un trillizo pobre?

—Ajá.

Se ató la coleta y la soltó varias veces antes de continuar hablando.

—Me vas a tener que hacer un plano para que lo entienda, porque me va a resultar muy difícil no perderme.

—Mi tía abuela era la enfermera de un tal doctor Urbina a principios de los años setenta, cuando nacieron los gemelos. Mi tía abuela afirma que su jefe tuvo un romance con Blanca Díaz de Antoñana, la madre de los gemelos, y que Javier Ortiz de Zárate, el industrial, era un tipo peligroso que zurraba a su mujer. Mi tía abuela estuvo presente en el parto en el que nacieron los gemelos, parecidos a la madre, por lo que he visto en los recortes de los periódicos, y un tercer hijo, pelirrojo, igual que el doctor Urbina. Mi tía dice que se llevó al bebé a un matrimonio de Izarra a petición tanto de la madre como del doctor.

—¿Te dijo Izarra?

—Sí, y ya tenemos dos fuentes diferentes hablando del mismo pueblo. Sé que no debemos fiarnos solo de las casualidades, tengo muy reciente la lección —dije, tratando de que no me escocieran las palabras—, pero aquí no tenemos solo una coincidencia con el pueblo. El abuelo fue el que me avisó de que Blanca Díaz de Antoñana estuvo en Villaverde buscando a mi tía abuela poco después de que su marido muriese. Ya no tenía miedo a que la historia se destapase y quería saber qué había sido de su tercer hijo. Mi tía abuela le dio el apellido del matrimonio al que se lo entregó. Estaban en la lista de espera de adopciones ilegales del anterior ginecólogo, el doctor Medina.

—Ese dato me parece muy factible. Hace un par de años, cuando la prensa empezó a destapar casos de niños robados y adopciones ilegales por todo el país en la década de los setenta, la clínica Vitoria fue una de las que recibieron varias denuncias.

—Lo sé, no se lo he comentado a mi tía abuela, y no es nada probable que ella se haya enterado de esas denuncias por la prensa o por la tele. Hace años que no sigue lo que ocurre en las noticias. Me ha dado a entender que el médico al que sustituyó el doctor Urbina estaba implicado en esa trama, y que el matrimonio al que les entregó el niño eran conocidos del médico. El apellido es Lopidana, y dice que tenían un negocio de miel. Tenemos que ponernos a buscar ahora mismo en las bases de datos.

—Otro punto de conexión con el caso interesante —dijo Esti.

—Vamos a coger con pinzas ese tipo de conexiones esta vez, pero ahora no tenemos solo la miel e Izarra, tenemos una historia, Estíbaliz. Y lo más importante: tenemos un móvil.

—La del pelirrojo, el tal Venancio.

—Sí, es una buena motivación. No solo no recibió la herencia que le correspondía por parte de madre, sino que sus hermanos le dieron una paliza de muerte y lo desterraron de Vitoria. Creo que es suficiente como para odiarlos y querer hundirles la vida —pensé en voz alta.

—¿Por qué no subimos al despacho de la subcomisaria y le hablamos de esto? Me encantaría darle un avance y no sentir que somos unos inútiles, por una vez —dijo al tiempo que se levantaba.

—Sí, yo también creo que deberíamos informarle —asentí.

Cuando entramos en el despacho, encontramos a Alba hablando una vez más con el móvil.

—Hoy llegaré a cenar, no te preocupes —susurró de espaldas.

El tono que utilizaba con el interlocutor no dejaba espacio para la duda: estaba hablando con su marido.

¿Era controlador? ¿Era cariñoso? ¿Le estaba reclamando que llegara pronto del trabajo? ¿Era eso lo habitual entre ellos?

Me di cuenta de que no había querido formarme ninguna imagen de él, dolía menos que fuese tan etéreo y tan invisible. Para mí no tenía cuerpo ni forma, no ocupaba ningún lugar de entre metro cincuenta y dos metros en el espacio. Si empezaba a preguntarme qué tipo de relación mantenía con Alba, tenía muchas probabilidades de obsesionarme con el tema y pasarlo mal.

Estíbaliz se encargó de toser de manera lo bastante ostentosa como para ser escuchada, y nuestra jefa colgó el maldito dispositivo y se centró en nosotros.

—Me alegra verlos de nuevo centrados en su trabajo. ¿Tenemos alguna novedad?

—Parece que sí —me adelanté—. Estamos siguiendo una nueva línea de investigación. Tal y como le comentamos, queríamos mirar con lupa el pasado y el entorno de los gemelos, pues opinamos que, de no ser ninguno de ellos, el culpable ha de ser alguien con un móvil suficientemente sólido como para mantener el empeño en involucrarlos a lo largo de veinte años.

—Me parece coherente, hasta ahora. Siéntense, por favor, y hablemos de esto más cómodos.

Mi compañera y yo obedecimos.

—Tenemos motivos para creer que los gemelos tuvieron…

En ese momento el móvil de Alba volvió a hacerse escuchar, había puesto *Lau Teilatu* como tono de llamada, y aquel detalle me dejó clavado en la silla.

La miré, y ella enrojeció hasta la punta de las orejas.

—Subcomisaria Salvatierra —respondió en tono profesional, al mirar la pantalla e identificar el número.

Alba escuchó la voz de una mujer que hablaba muy deprisa y la dejó acabar.

—De acuerdo —dijo, después de un buen rato—, pondremos en marcha el dispositivo pertinente. Una patrulla irá a su domicilio ahora mismo a hacer una comprobación. En cuanto tenga alguna noticia, la llamo. Le ruego que no haga declaraciones a la prensa hasta que sepamos realmente lo que ha pasado. Diga que se trata de una investigación en curso y que no puede hablar.

Cuando colgó, se sentó de nuevo en su sillón, frunciendo el ceño mientras tomaba decisiones sobre la marcha.

—Tasio no se ha presentado en el penal a la hora estipulada, y su tobillera continúa dando señales de que está en su domicilio de la calle Dato. Vayan echando leches con una patrulla, para ver si está ahí, si le ha ocurrido algo o si se nos ha fugado.

39

EL TEJO DE DOÑA LOLA

Izarra, marzo de 1989

Blanca Díaz de Antoñana sabía que el camino a Izarra se había tornado peligroso después de la última nevada, pero no podía permitirse el lujo de esperar unos días hasta que las carreteras se despejasen. Desde su última visita al médico, le parecía que el mundo giraba demasiado rápido y que ella se movía demasiado lento. Tenía mil asuntos que cerrar y todas las horas del día apenas daban de sí. Soportaba los dolores a base de subirse ella misma las dosis que le había recomendado su oncólogo.

Acababa de despedir a Ulises. El chófer estaba casi en edad de jubilarse, pero desde que Javier había muerto, Blanca tenía claro que era una de las herencias de su marido de las que quería librarse. Le entregó en mano varios millones de pesetas en billetes que Javier guardaba en las cajas fuertes del palacio, disfrazándolo de agradecimiento, pero en realidad era un «vete de aquí, yo no quiero tenerte cerca ahora que Javier no está» que ambos se dijeron en silencio, cruzando las miradas. El viejo chófer accedió, satisfecho, recogió sus pertenencias en una pequeña maleta y se marchó por la puerta aquel mismo día, caminando como siempre, con un hombro más alto que el otro.

Qué fácil había resultado al final deshacerse de aquella sombra que le había seguido los pasos durante décadas, a instancias de Javier. Qué ligera se había sentido al pasear por la calle Dato y por General Álava sin aquel cuervo encogido pisándole los talones.

Todavía conservaba el piso de su tía, en General Álava. Apenas había ido en los últimos años, por miedo a que a Javier le pareciese sospechoso, no fuera a creer que tenía un amante.

Se puso al volante de su coche, se fiaba de él, era robusto y el motor nunca le había dado problemas. Salió de Vitoria en dirección norte, hacia el puerto de Altube. Izarra estaba a unos veinte kilómetros, no tardaría mucho en llegar. Los gemelos se habían ido con la cuadrilla a pasar el día en San Sebastián. Desde que se habían sacado el carnet de conducir no paraban en casa, y a ella le venía bien estar sola. Después de tantos años en aquella prisión de barrotes dorados, le venía tan bien…

Llegó al desvencijado caserío preguntando en la estación del tren por los Lopidana. Le costó un poco, hacía horas que se había tomado su medicación y el dolor empezaba a nublarle el entendimiento.

—Viven en el lado oeste del río, en el pueblo, la zona antigua. Es el caserío que está al lado del Tejo de Doña Lola, entre los dos arroyos. No sé si Lopidana estará hoy, creo que es día de feria —le había dicho la gruesa mujer de las taquillas a través del cristal, después de mirarla de arriba abajo y de quedarse con la mirada fija en el cuello de su abrigo de piel de marta cibelina.

—¿Sabe si tienen un hijo? —se atrevió a preguntar Blanca, al ver que el interior de la estación estaba vacío a aquellas horas y nadie podía escucharlas.

—Tienen un niño y una niña pequeños, de cinco años. Una ricura, muy salados —dijo la funcionaria, encantada de que alguien le diese conversación.

—¿Y no tienen un chico de unos dieciocho años, un chaval pelirrojo? —insistió Blanca, desconcertada. Tal vez había más Lopidanas en Izarra, o tal vez se habían mudado del pueblo.

—¡Ah, Nancho! Se ha criado con ellos, aunque no es su hijo: es el peón que les lleva las colmenas.

—Pero ¿vive con ellos?

—Sí, sí, en los bajos del caserío, creo —asintió la mujer, encantada de tener algo que contar en casa al mediodía. Una ricachona preguntando por el Nancho, pues no había tema para especular allí…

Blanca se despidió cuando vio que no había mucho más que la mujer pudiese aportarle, arrancó el coche y se dirigió hacia el puente.

Un poco alejado de las demás casas del pueblo encontró un viejo caserío destartalado. No parecía que a los dueños les fuese demasiado bien. Pese a que el edificio era bastante grande, uno de los aleros de su tejado apaisado a dos aguas estaba prácticamente en ruinas. A la puerta principal, protegida por un *eguzkilore* seco, le faltaban varias tablas de madera. Las tejas que un día fueron rojas se veían ennegrecidas bajo el manto de nieve; las paredes necesitaban una mano de cal blanca, la última capa estaba descascarillada alrededor de las ventanas y por las esquinas, y alguno de los cristales de las pocas ventanas que decoraban la fachada del caserío estaban rajados o habían sido sustituidos por parches de madera. Pese a que la nieve le brindaba un aspecto más pulcro, lo cierto era que el olor a mugre y a porquería se percibía desde el camino.

Blanca bajó del coche y caminó subiéndose los bajos del abrigo de piel blanca para evitar mancharse con el barro que había dejado la nieve derretida.

Se acercó a la maltrecha valla y se asomó, pero no vio a nadie.

—¿Hay alguien ahí? —se atrevió a gritar.

Nadie respondió, y Blanca esperó un momento, con el oído atento.

—¿Quién va? —contestó al rato la voz destemplada de un joven.

—Estoy buscando a los Lopidana, ¿es aquí?

Cuando lo vio aparecer estuvo a punto de olvidarse de respirar.

«Es él, es él. Calma, Blanca. Calma», se reprendió a ella misma.

Un chico, no muy alto y entrado en carnes, salió por la puerta maltrecha con un buzo añil lleno de grasa negra. Tenía el pelo naranja cortado de un modo bastante desfasado, como si se hubiera quedado en la moda de los setenta, con el flequillo largo tapándole un ojo, tal vez en un intento de ocultar su rostro rechoncho plagado de marcas de acné.

Pero lo que Blanca vio fue los andares tranquilos y el gesto tímido de Álvaro Urbina, como ver una versión adolescente de aquel hombre a quien tanto quiso.

Se tapó la mano con la boca, emocionada.

—Señora, ¿está usted bien? —El chaval se acercó preocupado—. Los *aitas* están en el puesto de miel de la Feria de Bilbao, pero vendrán esta noche. ¿Quiere usted que les deje un recado?

—Entonces ¿tú eres hijo de los Lopidana?

Nancho apretó los dientes y miró hacia otro lado, molesto. Cómo le fastidiaba no poder contestar aquella pregunta.

—Señora, ¿qué quiere? ¿Puedo ayudarle en algo? —contestó, evasivo.

—Eres Nancho, ¿verdad? Mi nombre es Blanca Díaz de Antoñana, y lo que voy a contarte a continuación te va a parecer extraño, pero no tengo mucho tiempo y no estoy para remilgos. Estoy buscando a un niño pelirrojo que fue entregado a los Lopidana hace ahora dieciocho años por una enfermera llamada Felisa. Entiendo que eres tú, si no es así, dímelo y seguiré buscando a mi hijo.

Nancho dio un paso atrás, por puro instinto. ¿Esa señora de blanco lo estaba buscando, a él? Levantó la cabeza y se atrevió a mirarla. No reconoció en ella ninguno de sus rasgos: era más bien delgada, con la cara muy alargada y tenía arrugas alrededor de la boca, pero se olía el dinero desde que se asomó por la valla. ¿Qué podía tener que ver él con aquella extraña?

—Señora, ya sé lo que dicen en el pueblo de mí, y ya tengo bastante con aguantarlo. Si ha venido usted a reírse también…

—¡No, hijo! —le interrumpió Blanca, horrorizada—. No he venido a reírme de ti, ni mucho menos. Necesito que me confirmes que tú eres ese bebé que entregaron, porque yo soy la madre que lo permitió, y si he venido a buscarte, es porque quiero dejarlo todo arreglado antes de irme. ¿Puedo pasar?

—Mejor salimos al camino, aquí huele mal para usted y se puede manchar el abrigo. Vamos junto al tejo, suelo ir ahí cuando el *aita* no me da labor —dijo el chico, sonrojándose. Nunca había hablado con una mujer tan elegante, no sabía muy bien cómo tratarla.

Blanca accedió encantada, mirando al chico con una mezcla de orgullo y de preocupación. ¿En esa pocilga había vivido toda su vida?

Caminaron en silencio por el camino embarrado, sorteando los montículos de nieve. Nancho con la mirada baja, Blanca sin dejar de observarlo.

—Aquí es —dijo, cuando llegaron a pocos metros del enorme tejo—, me gusta mucho venir a pensar cerca del tejo. Es un árbol que adoraban los antepasados, ¿sabe?

—¿Eres buen estudiante, te gusta la Historia? A tu hermano Tasio le apasiona, quiere ser arqueólogo, y con lo cabezota que es, nadie duda que será de los mejores.

—¿Mi hermano?

—Sí, tienes dos hermanos gemelos. Ellos se parecen a mí, tú has salido clavado a tu padre.

—¿Mi padre? —se atrevió a preguntar, tragando saliva—. ¿Se refiere a mi padre de verdad?

«¿Tengo un padre, otro padre distinto al *aita*? Tal vez este no me trate como él.»

—Sí, tu verdadero padre se llamaba Álvaro Urbina, era mi médico en la clínica Vitoria. Desapareció después del parto. Siempre he sospechado que fue mi marido el responsable de su desaparición, pero no tengo manera de demostrarlo. No quiero ocultarte nada a estas alturas, aunque nunca he hablado de esto en voz alta con nadie. Te entregamos porque te parecías demasiado a él, y mi marido era un hombre muy poderoso en Vitoria, no habría permitido que vivieras.

—Espere, espere. ¿Me está diciendo que a mí me entregaron a esta familia por ser pelirrojo y que mis otros dos hermanos gemelos se han criado con usted?

Ya estaba, otra vez el pelo rojo. Lo odiaba, odiaba ser tan distinto, los mozos de Izarra le llamaban «Panocha» cuando querían divertirse a su costa. Y ahora esa señora venía a decirle que se habían deshecho de él al nacer por su pelo. Llevaba toda la vida preguntándose qué había hecho mal para que sus padres lo abandonaran, y el motivo era, ni más ni menos, su maldito pelo.

Blanca enrojeció, avergonzada. Su hijo tenía toda la razón del mundo para estar enfadado.

—Lo que hice contigo fue un crimen, y tal vez yo tenga la culpa del crimen de tu verdadero padre. Tal vez sean demasiados crímenes sobre mi conciencia, ya no puedo con este peso. He venido a sacarte de aquí, a darte la parte que te corresponde de mi herencia. Me han diagnosticado un cáncer muy agresivo y no me queda mucho tiempo. Volveré la próxima semana con mi abogado. Tú no digas nada a tus padres hasta entonces. Vendré a recogerte y hablaré con tu padre, quiero que vivas conmigo y con tus hermanos en Vitoria a partir de ahora, en nuestra casa del paseo de la Senda, como te corresponde. Vas a heredar tu parte en cuanto seas mi hijo legítimo. Necesito que me dejes tu carnet de identidad para ir adelantando las gestiones.

—No tengo *carné*, el *aita* no me lo quiso sacar, por eso no puedo conducir fuera de Izarra, porque tampoco me dan el permiso de conducir, aunque sé llevar el *cuatro latas* desde los diez años —dijo, señalando el viejo Renault 4 aparcado en un ribazo del camino.

Blanca lo miró, horrorizada.

—¿Cómo que no tienes carnet de identidad? Dime, hijo, ¿has ido a la escuela?

—No me dejaron, aunque yo quería, pero los *aitas* siempre me han encargado las colmenas. He aprendido a leer con las revistas viejas que trae la Hermógenes, la que le hace los rulos a la *amatxo*. Tengo un amigo —dijo, orgulloso—, y es hijo de un profesor del colegio de Izarra, él me deja los libros que ya ha estudiado, los escondo bajo las piedras que tengo al lado de las colmenas para que el *aita* no los vea; él no es muy de libros, dice que te sorben la sesera y se te pasa la rosca.

—¿Has estado alguna vez en Vitoria?

—Comprando ajos, el día de Santiago, y en las barracas de las Fiestas de la Blanca, a cuidar de… —iba a decir sus hermanos, pero incluso a ellos no les gustaba que Nancho los llamase hermanos—, de Idoia y Andoni, los hijos pequeños de los *aitas*. Salir por las noches no me dejan, dicen que es de borrachos.

—Pues voy a llevarte a Vitoria a vivir, si tú quieres salir de aquí. Tienes que conocer a tus verdaderos hermanos, Ignacio y Tasio. Antes tengo que hablar con ellos y contarles lo tuyo, ellos no saben que existes.

—Señora… —la interrumpió, preocupado, con la cabeza como un avispero—. ¿Y mis *aitas*? ¿Cómo se lo van a tomar?

—Dime, Nancho, ¿tus padres te tratan bien?

—Me dejan comer con ellos en la mesa y tengo *ande* dormir —contestó, humillado, encogiéndose de hombros con indiferencia.

—Hijo, ¿te tratan bien? —insistió Blanca, cogiéndole la cara y examinándolo.

Identificó un par de moratones antiguos alrededor del ojo que el flequillo se empeñaba en ocultar. Le dolieron mucho más que si fuesen suyos.

«Pero qué vida has llevado, hijo mío.»

—Eso son cosas nuestras, señora. Yo no voy a hablar mal del *aita* —dijo Nancho, apartándole la mano del rostro.

—Dicen en el pueblo que no te tratan como a un hijo, que eres un peón, un mulo de carga para ellos.

Nancho enrojeció hasta las orejas. Así había sido desde que nacieron, sin que nadie lo esperara ya, sus dos hermanos. Hasta entonces, sus padres lo habían criado como a un hijo, le habían permitido que los llamase *aita* y *ama*. Pero desde el día que su *amatxo* volvió del médico, vociferando que estaba encinta, la vida había cambiado para él.

—¿Y a eso ha venido, a reírse de mí y a restregármelo? —estalló el chico, intentando espantar los malos recuerdos—. Señora, bastante tengo con lo que tengo, y hoy voy retrasado de pedidos. Como mi padre se entere de que no he entregado la caja de botes de miel en el supermercado de la Aurora, me va a moler a palos.

Blanca también estalló, ¿qué habían hecho aquellos desgraciados con su hijo?

Se acercó al chico, un poco más bajo que ella, y le sujetó la barbilla, obligándolo a mirarla a los ojos.

—Hijo, yo he pasado por lo mismo que tú desde antes de que nacieras, y si tienes que recordarme por algo, quiero que sea por lo que voy a decirte a continuación: cuando alguien te pega, nunca es culpa tuya. Nunca es culpa tuya. ¿Lo has entendido? Él dirá que sí, porque necesita que no te vayas para seguir haciéndolo, pero nunca es culpa tuya.

—Nunca es culpa mía —repitió.

—Deja que te abrace, hijo.

—¿Cómo dice? —replicó Nancho, aturdido.

—Deja que te abrace, llevo dieciocho años queriendo hacerlo. —Y Blanca no esperó a que el desconcertado joven le diese permiso. Lo estrechó con las pocas fuerzas que había reservado para aquel encuentro y Nancho se rindió al calor que desprendía aquel abrigo blanco y la mujer que lo portaba.

Después, cuando el abrazo cedió y Blanca se retiró, le puso con suavidad su mano nívea sobre la mejilla ardiente del muchacho. Nancho cerró lo ojos, era lo más parecido a estar en el cielo. Y el joven supo que aquel gesto se le iba a quedar grabado a fuego para el resto de su vida. Su primera caricia. La primera caricia de alguien que sí le quería.

—Dime, ¿tus padres andan bien de dinero? —dijo por fin Blanca, intentando conservar su aplomo.

—De perras no se habla, no es de buena educación. Eso sí que me lo han *enseñao* —contestó en un arrebato de dignidad.

Blanca se giró y miró a lo lejos al sucio caserío.

«Veremos si con dinero te dejan irte de aquí. No creo que esta gente me ponga muchas pegas.»

Qué poco temía el «qué dirán» desde que sabía que se iba a morir en breve. Que se fuese a paseo el párroco de San Antonio, y Andresa Apaolaza, la mujer del alcalde, y toda la corte celestial del Círculo Vitoriano.

Que se fuesen todas a paseo.

Era domingo y toda la familia Lopidana se vistió para la misa de las diez en la iglesia de San José.

Nancho se colocó en el último banco de los hombres, como le había ordenado siempre el *aita*. No estaba bautizado ni había tomado la primera comunión, así que no podía comulgar.

Llevaba toda la semana nervioso, esperando la vuelta de Blanca Díaz de Antoñana. Habían pasado uno a uno todos los días y el elegante coche no se había vuelto a presentar en el caserío. Tal vez se había echado atrás al conocerlo, tal vez la mujer tenía buena intención, pero se lo pensó mejor después de ver que él solo era... bueno, él.

Se había vestido con la única ropa decente que tenía: unos vaqueros de mil pesetas, una camiseta blanca bastante nueva que le tocó en un sorteo de la Coca-Cola, una chamarra heredada del *aita* y unas zapatillas que volvió a blanquear con el reparador de calzado de su *amatxo*. Planchó toda su ropa a primera hora y se vistió para estar digno por si aquel era el día en que Blanca iba a ir a recogerlo con su abogado, aunque tenía dudas de si debía hacerle la raya al pantalón vaquero.

Después de la misa, sus *aitas* y los críos se acercaron al bar de la plaza para tomar unas aceitunas y un zurito. Él los siguió, sin dejar de mirar en todas las direcciones intentando localizar el coche de Blanca.

Distraído, se acercó a la barra y se puso a ojear *El Diario Alavés.* Después, vio la noticia y se quedó paralizado, tragando saliva.

Al principio pensó que todo había sido una broma de mal gusto.

Cuando se calmó, cuando se convenció de que era real, se centró en comprender lo que le decía la esquela a página completa de Blanca Díaz de Antoñana, nacida en Vitoria, muerta en Vitoria el sábado, 18 de marzo de 1989, viuda de don Javier Ortiz de Zárate, madre de los afligidos Ignacio y Anastasio.

Alarmado, vio que el funeral y posterior entierro en el cementerio de Santa Isabel comenzaba aquella misma mañana a las doce. Miró el reloj de la pared del bar, eran las once y media.

Se acercó con disimulo a la mesa donde sus *aitas* charlaban mientras acababan con los zuritos que se habían pedido. Habían dejado varios billetes y monedas para pagar la cuenta sobre un pequeño plato triangular de metal. Nancho se acercó, aprovechando que su *aita* se levantaba para saludar a un vecino, y cogió cuatrocientas pesetas. Sería suficiente.

Su padre se giró en ese momento y él salió disparado hacia la estación de tren, con el cuerpo revuelto por el miedo a las consecuencias y por el disgusto de que aquella mujer, que durante las últimas noches se había convertido en un ángel blanco que bajaba a la Tierra para salvarlo, ahora estaba muerta.

Llegó corriendo al andén, después de comprar un billete solo de ida ante la estupefacta mirada de la mujer de la taquilla, que no le quitaba ojo de encima. En pocos minutos llegó el tren que le llevó a Vitoria en media hora, tiempo insuficiente para ordenar sus ideas.

No tenía claro qué hacer a continuación; solo sabía que tenía que llegar a tiempo al entierro de su madre y hablar con sus hermanos. Ellos hablarían con el abogado, el hombre tenía que saber las intenciones de la difunta Blanca.

Se miró la ropa, una vez sentado en las butacas granates desgastadas del tren. Por una vez iba bien vestido y se alegró.

El tren frenó en la estación de Vitoria poco después, Nancho atravesó el andén y entró atropelladamente en el interior de mármol rojo. Se acercó corriendo a un plano de Vitoria, buscando el nombre del cementerio que recordaba haber leído en la esquela.

Se puso a escrutar las calles, frustrado, sin encontrar nada parecido a lo que buscaba.

—¿Te has perdido, chaval? —le preguntó una anciana que descansaba sentada en el banco bajo el plano.

—Estoy buscando el cementerio de Santa Isabel, ¿está lejos?

—Bueno, tienes que atravesar media ciudad, pero no te vas a volver loco con las calles. Vete por la calle Dato —dijo, señalando el exterior con su bastón—, cruzas por la plaza de la Virgen Blanca y te metes por la Zapa, tiras recto hasta que se acabe la calle. Desde la Fuente de los Patos coges por Portal de Arriaga, todo recto hasta que llegas al cementerio.

Nancho memorizó los nombres de las calles que no conocía para ir preguntando por el camino.

—¿Cuánto tardo? —Miró el reloj bajo los tres inmensos ventanales. Eran ya las doce y media.

—Si vas corriendo, media hora. Creo que todas las calles están ya despejadas de nieve.

—Gracias, señora. Dios se lo pague —se escuchó decir, y salió a la carrera, cruzando toda la calle Dato donde familias enteras entraban en los bares de pinchos para entrar en calor.

Con las prisas se cayó dos veces, la más humillante sucedió en la plaza de la Virgen Blanca, donde resbaló frente a unas chicas de su edad que se rieron del castañazo que se dio. Maldijo una vez más haber nacido tan torpe, y se miró, desolado, la camiseta blanca que ahora estaba manchada de nieve sucia.

Retomó la carrera por el Casco Viejo de Vitoria y casi media hora después llegó por fin al cementerio.

Supo que había llegado a tiempo por la cantidad de coches grandes y nuevos aparcados en doble fila en la entrada del camposanto.

Buscó el rastro de la elegante multitud y esperó pacientemente a que el oficio terminara y aquellos extraños que lo miraban de reojo volviesen a sus casas calientes y acondicionadas.

A él le daba igual, de dormir tantos años en la planta baja del caserío ya no sentía el frío ni la humedad.

Y por fin, cuando el último abrigo de paño negro se retiró, vio a sus hermanos. Hermanos de verdad, hermanos de sangre.

Iban de la mano de dos chicas guapísimas, tan bien vestidas como ellos.

Le costó contener la emoción, se los quedó mirando anonadado.

No había llegado tarde, todavía podía cambiar de vida, tener una familia que le quisiera de verdad y no le moliera a palos.

Se acercó a ellos, ocultando los nervios y se presentó.

40

CALLE DATO, 1

13 de agosto, sábado

El juez Olano cursó una autorización judicial para la entrada y registro en el domicilio de Tasio en cuanto recibió la llamada de la subcomisaria. Esti y yo cogimos un ariete para dos de quince kilos por si había que reventar alguna puerta y montamos en un coche patrulla en dirección a la calle Dato, donde ya se habían congregado varios periodistas y muchos curiosos.

Era complicado trabajar con aquel molesto enjambre siempre alrededor. Estíbaliz se cubrió la cabeza con un pasamontañas y me pasó uno antes de salir del coche. No me hacía gracia ponérmelo, y por mi altura sabía que todo el mundo me iba a identificar igualmente, pero terminé cediendo.

El portal, flanqueado por una tienda de Barbour y por otra de jabones franceses, era una puerta de metal verde y dorado con cristales que permitían una mínima visibilidad dentro. Cargué con el ariete, pero antes llamamos al timbre de su portero automático, un coqueto botón de latón dorado, pulido por el tiempo, aunque sabíamos que nadie iba a contestar.

—Inspector, para EFE: ¿cree que Tasio Ortiz de Zárate se ha fugado? —me preguntó uno de los reporteros, metiéndome la alcachofa bajo la boca.

La aparté de un manotazo y volví a picar en el timbre del portero.

Muchos transeúntes se habían sumado a los primeros curiosos y nos grababan con sus móviles, sonrientes y excitados, como si fuésemos una atracción que mostrar luego en familia, en los bares, en el trabajo.

—Kraken, ¿Tasio te la ha jugado? ¿Crees que él mató a tu cuñada? —dijo una periodista muy menuda acercándome la grabadora.

«Es ruido —me obligué a pensar—. Solo es ruido.»

—Déjennos hacer nuestro trabajo —contestó por fin Estíbaliz, harta de todo—. Si no sale nadie, vamos a pedir un par de coches patrulla con agentes que acordonen la zona para que nos dejen trabajar. Así no va a haber manera —me susurró mi compañera.

Entonces se nos abrió el cielo, o más bien la puerta, y salió una venerable anciana, de las de moño y bastón.

Al vernos con los pasamontañas puestos y el ariete en mano, retrocedió un par de pasitos, pero enseguida comprendió la situación.

—Señora, ¿nos permite usted pasar? —pregunté, levantándome el pasamontañas, momento que aprovecharon todos los presentes para cegarme con sus *flashes*.

—Claro, pasen, pasen —dijo con una voz ronca que no esperábamos.

Perfecto, no necesitábamos echar abajo una puerta frente a tantas cámaras grabándonos. La ancianita nos dejó entrar, y después de salir a la calle sonriente y saludar a todas las cámaras, cerró la puerta tras nosotros y todo el griterío exterior cesó de repente. Bendita calma.

Subimos por el ascensor, y cuando llegamos al cuarto piso, volvimos a llamar al timbre de la izquierda.

—¡Tasio! —grité mientras aporreaba la puerta—. ¿Puedes abrir? ¿Estás dentro?

Nadie contestó, así que a Estíbaliz se le acabó la paciencia, cogió el asa trasera del ariete y a la de tres golpeamos la puerta blindada.

Noté la vibración en los dientes, pero la puerta no se abrió. Solo después de golpear durante varias embestidas, la entrada cedió y accedimos al domicilio de Tasio.

Procedimos ordenadamente, Estíbaliz inspeccionó la primera estancia a la derecha, yo pasé a la segunda y después nos tomamos el relevo.

Comprobamos todas las habitaciones y pese a que los muebles del piso hablaban de precios caros y de la sana economía de su dueño, lo cierto era que la decoración se había quedado desfasada hacía veinte años.

No supe qué pensar cuando vi en el salón tantas fotografías familiares de Tasio con Ignacio, siempre juntos o abrazados, vestidos igual desde su infancia. Saqué varias fotos con mi móvil de todas las imágenes que exhibía de sus padres. Tal vez me fueran útiles en el futuro.

Procedimos a entrar en su dormitorio y abrimos armarios y cajones. Nadie se había llevado los trajes que Tasio usaba hasta el día de su detención. La cama estaba deshecha, un dato que me chocó, pues el resto de la casa estaba en perfecto orden. En la cocina encontramos restos recientes de comida a domicilio en el cubo de la basura. Imaginé la frustración de Tasio, después de dos décadas deseando volver a salir a la calle, a disfrutar de su ciudad, y después escondido en su piso, sin poder ni bajar a algún bar de la calle Dato a tomarse un simple pincho.

Su despacho —el famoso despacho donde se encontró la bolsa con las hojas de tejo tras el *eguzkilore*— parecía que había tenido mucho uso los últimos días. La mesa brillante no tenía una mota de polvo, el *eguzkilore* de barro estaba en la papelera, y muchos de los libros de arqueología alavesa se dirían recién consultados y se apilaban en vertical sobre una esquina de la mesa.

—Da la impresión de que estos días ha estado aquí, sin salir, tal y como dicen los técnicos que se encargan de la tobillera —comentó Estíbaliz—. ¡Dios, la tobillera!, Kraken. Tenemos que buscarla. Según las señales, debería estar aquí.

—Según las señales, debería estar aquí con Tasio —repliqué, preocupado—. Espero que no nos lo encontremos emparedado o algo así.

—No seas macabro —susurró Estíbaliz.

Pero por si acaso, entró en uno de los baños y descorrió la cortina de la bañera.

—Espera —dijo, pensativa—. Voy a comprobar algo.

Y la seguí por el pasillo hasta el dormitorio.

Una vez allí, Estíbaliz destapó las sábanas arrebujadas de la cama y allí la encontramos: la tobillera localizadora y el dispositivo emisor, una especie de pequeña petaca negra.

—Llama a la Unidad Central de Vigilancia, Kraken. Este pollo se ha fugado —dijo con los brazos en jarra.

—O le han obligado a fugarse, Esti. Mira de cerca.

Encendí la luz de la mesilla para ver mejor, me coloqué un guante de látex y le pedí que se acercase a la tobillera. Era una especie de reloj digital negro de plástico, pero la correa había sido rasgada de manera limpia con un cúter o un instrumento afilado similar.

—Creo que esto es un rastro de sangre. Llama a los de la Científica, habrá que procesarlo. Tienen el ADN de Tasio de hace veinte años, de cuando encontraron el semen en la niña. También podemos pedir una muestra de sangre a Ignacio y comprobar si existe coincidencia de un familiar. Pero la sangre está en la parte interior de la correa, diría que se lo hizo alguien desde fuera, al quitársela.

—O se lo pudo hacer él —objetó mi compañera.

—¿Tú no tendrías más cuidado en no cortarte, si llevaras una tobillera apretada? Hay que ser un poco torpe para herirse uno mismo con un cúter, y no tengo la impresión de que Tasio sea torpe.

—En todo caso, vamos a hacer esas llamadas y a informar a la subcomisaria. La directora de Zaballa está esperando nuestras noticias. Aquí ya no hay más tela que cortar.

—Nunca mejor dicho —musité, preocupado.

—Nunca mejor dicho.

Me volví a enfundar el incómodo pasamontañas, consciente de que me daba un aspecto terrible, y después de poner el precinto a la puerta reventada, bajamos de nuevo a la calle por las escaleras.

—Sea lo que sea que haya ocurrido ahí arriba, ¿cómo demonios ha podido salir Tasio de su portal, por su propio pie o con los pies por delante, sin que la patrulla que lo vigilaba desde la calle Dato se haya dado cuenta? —dije, mientras llegábamos al rellano del portal.

—A no ser que no haya salido por el portal número 1. Me acabas de dar una idea. Voy a comprobar el Google Maps. —Sacó su móvil y toqueteó a velocidad supersónica.

Estíbaliz accedió a su 3G y pudimos ver un plano cenital del bloque de edificios donde estábamos situados. Era un trapecio rectangular limitado por General Álava y la calle Postas en paralelo, y por la plaza de los Fueros en su otro lado. Pero lo que nos interesaba eran las entrañas del bloque, lo que no se veía desde la calle: su entramado de patios interiores, y nos dimos cuenta de que había un corredor interno que cruzaba desde su salida en Postas, frente al edificio de Correos, y la calle General Álava, junto al antiguo edificio acristalado de Hacienda.

—¡La madre que lo parió! —exclamó Estíbaliz—. Este tío se ha escapado por Galerías Ítaca.

Galerías Ítaca era un pequeño pasillo de locales y tiendas varias situado en los bajos del edificio. Tenía algo de sentido, aunque yo no terminaba de estar convencido.

Nos pusimos a inspeccionar el portal, hasta que encontramos detrás de las escaleras una puerta disimulada entre los paneles de madera que cubrían las paredes.

Estíbaliz se acercó a la puerta y después de un par de empujones cedió y nos encontramos en un patio interior.

Accedimos a él y vimos una puerta de cristal en una de las esquinas, tapada con papel de embalar marrón. Estaba ligeramente abierta, empujé con el hombro y entramos. Era la trasera de un local en alquiler. No entraba demasiada luz natural, pero mostraba el aspecto desolado de los negocios que se han abandonado con prisas y sin dinero. Un mostrador de melamina blanca con los cajones reventados, varios cestos de mimbre vacíos abandonados sin gracia en una esquina y muchos pósteres de flores y ramos clavados con chinchetas en las paredes de gotelé amarillo.

—Creo recordar que esto era una floristería, ¿verdad? —le pregunté a mi compañera, sin estar seguro del todo.

—Hay que procesar todas estas cerraduras, veamos si encontramos alguna huella —comentó Estíbaliz, acercándose al pomo de la puerta del comercio.

Había un candado exterior con una cadena, pero empujé y la puerta cedió sin oponer resistencia y la cadena se escurrió hacia el suelo de mármol, donde chocó con un ruido metálico y se quedó descansando, enrollada como una cobra.

—Pues parece que tienes razón. Deberíamos avisar al dueño de este local. Alguien ha cortado la cadena, posiblemente con unas tijeras de poda —dije, cerrando de nuevo la puerta—. Deberíamos dar parte también al presidente de la comunidad de vecinos del portal número 1. Ahora mismo, cualquiera puede entrar desde estas galerías a su portal como Pedro por su casa.

—Me está tentando irnos por las galerías y dejar a todos esos periodistas esperándonos eternamente —dijo Estíbaliz con una sonrisa maliciosa.

—Hum... qué bien me suena tu plan. Pero deberíamos ser responsables. Si no salimos por el portal, estamos dando pistas de que hemos descubierto esta doble entrada. Si Tasio o el que se lo ha llevado nos está monitorizando, le estaremos dando una ventaja preciosa. Y he llegado a un punto en el que no quiero darle ni la más mínima ventaja al que está detrás de todo esto.

—Lástima. —Suspiró.

Desanduvimos nuestros pasos y nos colocamos de nuevo los pasamontañas. Salimos como buenos chicos por el portal número 1 de la calle Dato, donde la prensa todavía nos esperaba, expectante.

—¿Nos confirman entonces que Tasio no se encuentra en su domicilio? —gritaron todos los reporteros, prácticamente al unísono.

Agachamos la cabeza y nos abrimos paso, casi a codazos, entre unos cámaras que no querían hacernos pasillo.

—¿Se ha fugado el preso? ¿Nos lo pueden confirmar? —insistieron algunos, todavía esperanzados en que diésemos alguna contestación.

Les dimos con la puerta del vehículo policial en las narices y nos largamos rumbo a Lakua, donde la subcomisaria Salvatierra nos esperaba con los brazos cruzados sobre el pecho y dando vueltas en su despacho como una leona enjaulada.

—Así que Tasio no está en su domicilio —nos dijo al entrar.

—Hemos encontrado su tobillera rasgada, posiblemente con un cúter o similar, y lo que parece una mancha de sangre. A estas horas están procesando el escenario en busca de huellas u otros restos orgánicos —admití de mala gana.

—¿Primeras impresiones? —nos tanteó.

—Mi impresión es que alguien se lo ha llevado, o que ha dejado ese rastro de sangre para hacérnoslo creer —contesté al tiempo que me sentaba.

—He convencido al juez para que emita una orden de búsqueda. Vamos a reforzar nuestro operativo en aeropuertos, estaciones de tren y autobús. Controlaremos las empresas de alquiler de coches y hemos dado un aviso en la frontera con Francia, Portugal y en Melilla —dijo Alba—. Aquí tienen el comunicado que hemos redactado para la prensa. Es muy escueto. Sin duda, Tasio o el que lo ha hecho desaparecer lo va a leer. De todos modos, hay un tema que me preocupa, no sé si han pensado en ello: Tasio tiene cuarenta y cinco años, ¿verdad?

—¿Qué está pensando, subcomisaria, que Tasio puede ser una de las futuras víctimas?

Alba me miró de reojo, una de esas miradas suyas de hierro candente.

—Todavía quedaría un doble crimen que tienen que evitar, el de los cuarenta años. Esto no hace más que complicarse.

Pero aún quedaba más, aún quedaba más.

Una hora después, recibía una llamada de la última persona que me podía esperar aquel día.

Era Garrido-Stoker, el abogado de Ignacio Ortiz de Zárate.

—¿Inspector Ayala?

—Sí, ¿de qué se trata?

—Me temo que no tengo buenas noticias. Mi cliente, don Ignacio Ortiz de Zárate, lleva veinticuatro horas desaparecido.

—¿Cómo dice? —pregunté, incrédulo—. Pero ¿no estaba custodiado con cámaras en su domicilio? ¿Cómo demonios ha podido ocurrir eso?

—Yo tampoco me lo explico, máxime cuando Ignacio y yo habíamos trabajado durante todos estos días en todas las líneas de su posible defensa. Por eso voy a denunciar su desaparición en la comisaría de San Sebastián. Pese a que abandonó por su propio pie el recinto de mi propiedad, a tenor de las grabaciones que he podido recuperar, no me cuadra nada su actuación. Tengo la impresión de que algo grave le ha sucedido estas últimas horas. Tampoco se ha comunicado conmigo para darme una explicación, ni responde a mis llamadas o correos electrónicos. Mire, puede haberme engañado, puede haber jugado conmigo; nadie, ni los más próximos, están libres de hacerlo. Dada mi profesión, le aseguro que no soy de poner la mano en el fuego por nadie, pero si me pregunta mi opinión del asunto, tanto en calidad de letrado como de amigo personal de Ignacio, ha tenido que ocurrir algo muy inesperado para él que le hizo salir ayer a la calle.

«De acuerdo, y ahora Ignacio», pensé, intentando digerir la noticia.

—¿Qué se ve exactamente en las grabaciones? —pregunté, obligándome a centrarme.

—En la mañana de ayer yo estaba en mi bufete y nos despedimos después de desayunar, como de costumbre. Él estuvo en el gimnasio del sótano, entrenando durante unos cuarenta y cinco minutos sobre la bicicleta estática y haciendo su entreno de pesas, su rutina habitual. Cuando terminó, se duchó y se cambió de ropa, como siempre. Después recibió una llamada o un mensaje en su móvil, porque se acercó a mirar la pantalla. Como ya le dijimos, su propósito desde el día que entró era mantenerse aislado. Puedo describirle que cogió el teléfono y lo miró con detenimiento, pero la resolución de las cámaras de seguridad no permite apreciar con nitidez de lo que se trataba. Después se llevó el móvil al oído y mantuvo una conversación muy corta. Por el lenguaje corporal deduzco que el contenido le puso muy nervioso, porque paseó de un lado al otro de la cama y se llevó la mano izquierda a la cabeza. Después colgó, abrió el cajón de su mesilla, cogió su cartera y su pasaporte y salió por la puerta del chalet, cruzó el jardín de la entrada y abandonó mi recinto privado. Las cámaras exteriores grabaron que se alejó andando en dirección al centro de San Sebastián. Les enviaré las grabaciones ahora mismo.

—¿Cuál es su primera impresión, letrado?

—Creo que hay dos opciones: o recibió un mensaje de alguien desconocido que acto seguido lo llamó, o directamente alguien cuyo número sí tenía identificado en su agenda y no se esperaba le hizo la llamada desde el principio.

«Y es muy poco probable que Tasio tuviese un móvil hace veinte años, así que él no fue quien le hizo una llamada directa», pensé.

—¿Puedo contar con su discreción con la prensa, señor Garrido-Stoker? Sea lo que sea que le haya ocurrido a su cliente, sabe que los medios de comunicación le van a dar mil vueltas y después de la aparición de las fotografías de Ignacio con la menor, no se puede decir que tenga a la opinión pública a su favor. A nosotros nos ayudaría mucho que el dato de que Ignacio se encuentra en paradero desconocido no trascienda. Pese a lo que se ha especulado, no hay confirmación oficial de momento. Nos dejaría bastante espacio para actuar.

—Totalmente de acuerdo, inspector.

—Entonces le dejo. Cualquier novedad o cualquier toma de contacto por parte de Ignacio, le ruego que nos informe al minuto. Para nosotros va a ser esencial la rapidez para tener capacidad de respuesta.

—Lo comprendo. Quedamos así —contestó el abogado, conforme, y después colgó.

Me acerqué al despacho de Estíbaliz, que estaba concentrada en la pantalla del ordenador.

Levantó la cabeza cuando me vio; por su forma de fruncir el ceño, mi cara debía de ser un poema.

—¿Qué nuevas me traes, Kraken? Parece que vuelves de la guerra.

—Pues me temo que ahora sí que estamos luchando en una guerra abierta, Esti —contesté, asimilando lo que acababa de escuchar.

—Vamos, Kraken. Me vas a matar a disgustos.

—Ignacio también ha desaparecido de su reclusión donostiarra. Recibió una llamada o un mensaje y se fue por su propio pie, dejando a su abogado atónito y sin ninguna explicación. Eso ocurrió ayer por la mañana, así que ahora tenemos a dos gemelos desaparecidos de cuarenta y cinco años. Tasio pudo atraer ayer a su hermano por teléfono y acabar con él, o Ignacio pudo recibir un mensaje de su hermano para verlo y ser él quien se haya encargado de quitarle la tobillera a Tasio y hacerlo desaparecer —pensé en voz alta.

—La cuestión es: ¿qué tenemos ahora mismo, Kraken? —preguntó Estíbaliz—. ¿Dos sospechosos, dos víctimas, o un asesino y una víctima?

41

EL PUERTO DE AIURDIN

Izarra, marzo de 1989

Habían pasado tres días, era ya miércoles y el autobús traqueteaba por la carretera del puerto de Aiurdin esquivando los montículos de nieve que todavía quedaban en algunos tramos.

Nancho miraba por la ventanilla, intranquilo. Le dolía una costilla cada vez que se sentaba, pero miró alrededor y se dio cuenta de que no podría hacer el viaje de pie: el conductor le reprendería y los pasajeros le increparían que se sentase, así que se aguantó y permaneció sentado, pese al dolor.

Estaba harto de aguantarse, pero ¿qué iba a hacer él?

Llegó al caserío a media tarde. Sus hermanos habrían vuelto ya del colegio y sus *aitas* estarían en casa si no tenían faena. Le dolía haber desaparecido de aquella manera, sabía que estarían enfermos de preocupación.

La primera noche, después de la paliza, cuando durmió en la choza del manco del cementerio, esperó sin dormirse hasta tarde, convencido de que el *aita* habría dado la alarma a la policía y le estarían buscando. Se había pensado unas cuantas excusas, aunque sabía que no eran demasiado creíbles.

No quería volver a Vitoria, no quería saber nada de aquella familia de ricos que le había dado ilusiones y después le habían desterrado en una tumba. Que se pudrieran, él no tenía nada que ver con ellos, él pertenecía a la familia que se había encargado de él desde que nació. Se iba a esforzar por ser un buen hijo, por no ser tan torpe con los panales, por quedarse con Idoia y Andoni y cuidarlos siempre que se lo pidieran la *ama* o el *aita*.

Cuando abrió la valla del patio se encontró a los pequeños jugando a los cromos.

—¡Hola, Idoia! Tu hermano ha vuelto, ¿me das un abrazo?

La niña lo miró con una mueca de asco y continuó jugando con su hermano como si no lo hubiera visto. Solía hacerlo muy a menudo, eso de no hacerle caso. Nancho siempre lo achacó a que no tenía mano con las mujeres, y mucho menos con las niñas pequeñas, pero lo cierto era que Andoni tampoco era santo de su devoción. Nunca le obedecía cuando tenía que acostarlo y tenía la molesta costumbre de pegarle patadas en las espinillas en cuanto se quedaba solo. Estaba un poco malcriado por la *ama*, que siempre lo disculpaba si el niño tenía las uñas largas y le arañaba la cara a Nancho.

Subió las escaleras, se escuchaban voces en el piso de arriba. Llamó con los nudillos a la puerta del dormitorio de sus padres. Parecía que estaban discutiendo, como todos los días.

—*Aita*, ¿puedo pasar? —preguntó, bajando la voz para no molestar.

—¡Te he dicho mil veces que no soy tu *aita*! —gritó su padre mientras se levantaba de la cama. Se había quitado la camisa de labor y estaba en pantalones y con la vieja camiseta de tirantes blanca—. ¿Y cómo tienes los huevos de volver a esta casa, después de robarnos el domingo y desaparecer? ¿Qué pasa, que has venido a por más dinero, es eso?

—No, ai... Venancio —dijo, agachando la cabeza. Sabía que se había puesto colorado como un tomate de la vergüenza—. Os lo explicaré, os devolveré las cuatrocientas pesetas, yo...

—¿Qué has estado, bebiendo y vagueando por ahí, *verdá*? ¿Qué pasa, que al señorito no le gusta trabajar con las colmenas? —Se acercó a él mientras enroscaba el cinturón de cuero alrededor del puño.

Nancho lo miró de reojo y tragó saliva. Odiaba el cinto, el metal de la hebilla le dejaba marcas en la espalda y tenía que estar semanas tapándose con la ropa para que en Izarra no lo vieran marcado y se rieran de él.

Venancio no era muy corpulento, pero a Nancho nunca se le había ocurrido que ya tenía altura y cuerpo para empezar a defenderse. Esta vez tampoco lo hizo, cuando cayó al suelo se concentró en mirar fijamente la figura de su *ama*, que estaba sentada sobre la cama, mirando ausente hacia el ventanuco exterior. Sabía que ella no iba a interceder, nunca lo hizo y él siempre la disculpó porque ella también recibía de vez en cuando. Su *ama* se levantó en silencio, pasó a su lado y bajó por las escaleras sin hacer ruido, tal vez para encargarse de los críos, previendo que él no iba a poder hacer la cena aquella noche.

Pero entonces su cerebro, buscando una imagen agradable que le ayudase a evadirse, recordó lo que le dijo su verdadera madre, aquel ángel de blanco: «Nunca es culpa tuya».

«Nunca es culpa mía», pensó.

Y por primera vez en su vida, le dio todo igual y comenzó a reírse. Con fuerza, como una liberación.

Qué bien le sentaba aquello.

Venancio dejó por un momento de golpearlo con el cinto, desconcertado.

—Pero ¿qué hostias…? ¡Será imbécil, el crío este…! ¿Te atreves a venir borracho a esta casa? —gritó. Ahora sí que había conseguido cabrearlo de verdad. Le golpeó, esta vez con saña, como su padre hacía con las mulas cuando se negaban a continuar por un camino de piedras.

Nancho paró de reírse, comprendió que aquel bestia no dejaría de golpearlo hasta que no callase, pero por una vez se sentía fuerte. Fuerte para cambiar las cosas. Nunca pensó que estuviera de su mano.

Optó por quedarse muy quieto, a ver si lo asustaba. Venancio se dio cuenta al rato de que Nancho no se movía y dejó de golpear, tal vez el chaval no había aguantado tanto como él creía. Lo movió con una pierna, le daba un poco de asco agacharse, el chaval siempre le había dado un poco de asco. La parienta había insistido en que les vendría bien de ayuda en el caserío cuando aquella enfermera se lo quiso entregar, pero ya ni eso.

Sin saber muy bien qué hacer, Venancio lo dejó allí tirado, a los pies de su cama, y bajó a cenar. Ya pensaría después cómo castigarlo para que no volviera a sisarle perras ni se escapara a beber.

Nancho se quedó mirando al techo que un día fue blanco. Se sentía expulsado, una vez más. De una familia, de otra, de Vitoria, de Izarra. De todos lados. Como Adán y Eva, como le había explicado don Tiburcio, castigados por haber cometido aquel vergonzoso pecado.

Esperó a que las cucharas silenciasen su repiqueteo contra los platos, abajo, en la cocina. Ahora, en la oscuridad, sí que podía sonreír. Porque sí, porque él lo había decidido y no había allí nadie para prohibírselo. Y qué bien se sentía aquello.

Y por una vez, se permitió recrearse en aquellos pensamientos oscuros que le venían cada vez que el tacaño de Venancio le insultaba, cada vez que la vaga de su mujer le encargaba hacer la cena o mil recados, cada vez que aquellos chiquillos malcriados se negaban a contestarle.

Y tuvo envidia, envidia de aquellos gemelos, de ser como ellos, tan bien *plantaos*, tan asquerosamente ricos, con esas chavalas que estaban de toma pan y moja. Y se propuso ser como ellos: alguien a quien no le importara lo más mínimo dar por muerto a alguien, porque sabía que no le pasaría nada.

Nancho quería aquello, aquel poder para hacer y deshacer sin tener en cuenta a nadie.

Al rato escuchó unos pasos cansados que subían, haciendo crujir las escaleras que tantas veces había reparado. Se tensó por instinto, pero enseguida comprendió que era la *ama*.

La mujer entró en la habitación, a oscuras, y se agachó donde él estaba tirado.

«Tal vez ella sí que se preocupe por mí», pensó, arrepintiéndose del plan que estaba montando en su cabeza.

—Nancho, hoy estoy con jaqueca, baja de una vez a acostar a los críos, ¿quieres? —le dijo la mujer, sin encender la luz—. Y sal de una vez del cuarto, que me voy a poner el camisón. Venancio y yo hemos *hablao* y nos vas a devolver las cuatrocientas pesetas trabajando, *pué* que te mandemos a reparar tejados con Jose Mari, el de la carretera.

—Sí, *ama* —respondió él. Pero por primera vez era distinto, ahora sonreía en la oscuridad, y le divirtió el juego de que ella ni se enterase.

—No me llames *ama*, que no soy tu madre —repitió ella una vez más.

—No te preocupes, *ama*, será la última vez que te lo llame —contestó, casi divertido, y se levantó con cierto esfuerzo para abandonar la habitación.

«Después vuelvo», pensó.

Y la siguiente hora, la última en realidad que pasó en aquel caserío antes de borrarlo de los mapas, la gastó cepillándoles los dientes a dos chiquillos que se quejaban del sabor del dentífrico, poniéndoles unos pijamas que poco después arrancaría, y accediendo a que se acostasen juntos en la misma cama porque habían escuchado en la escuela la historia del Sacamantecas.

Cuando por fin la casa quedó en silencio, se acercó a las colmenas y rescató los libros de texto que se había propuesto repasar hasta aprender de memoria. Jamás nadie volvería a llamarlo paleto de pueblo.

Se iría a una ciudad, los copiaría, sería como ellos.

Después abrió la lata de galletas María de latón rojo donde su padre guardaba los gruesos rulos de billetes de cinco mil pesetas que no quería meter en la cartilla de ahorros de la Caja Vital, y cuando tuvo preparado su equipaje en la mochila grande de montaña que cargaba cuando toda la familia subía a la cruz del Gorbea, se dirigió de nuevo al cobertizo, cogió los barriles de gasoil y se encaminó con paso tranquilo en dirección a las colmenas.

42

MURGUÍA

13 de agosto, sábado

Twitter estalló en cuanto se asumió que Tasio no había ingresado en prisión. Algunos le echaron humor al asunto y el nuevo *trending topic* aquella mañana fue #hevistoaTasio. Todo el mundo clamaba que había visto a un tipo con las características de Tasio en los lugares más variopintos. Algunos subían fotos desenfocadas o montajes burdos con Photoshop, algunos eran graciosos, otros eran macabros.

#hevistoaTasio en el barrio de Zaramaga, #hevistoaTasio tomando unos pinchos en la calle del Laurel de Logroño, #hevistoaTasio con Elvis en el lago Ness.

Maldita la gracia.

Dos gemelos desaparecidos en combate, la Policía Nacional custodiando las fronteras, todo el operativo de búsqueda desplegado en Álava y Guipúzcoa.

Lo peor era la sensación de no poder hacer más, de haber perdido a los protagonistas de la obra, aquellos que, aun sin saberlo, posiblemente eran la clave de los crímenes.

Estíbaliz fue más práctica que yo. No podía parar quieta, así que metió la cabeza en todos los Registros Civiles de los pueblos de la zona y se pasó la mañana buceando entre sus líneas sin salir a la superficie.

—Tengo un Venancio Lopidana nacido en 1944, en Llodio, y fallecido en 1989 en Izarra. Lo curioso es que estaba casado con Regina Muñoz, natural de Izarra, y nacida y fallecida en las mismas fechas, es decir, con cuarenta y cinco años. Si murieron el mismo día, tuvo que ser una muerte accidental —dijo, triunfante, cuando asomó su cabeza pelirroja por la puerta de mi despacho.

—Así que tenemos a un Venancio de dieciocho años que no aparece en ningún registro, y a un Venancio Lopidana con edad de ser su padre que murió con su mujer en las fechas en que Blanca Díaz de Antoñana estaba tratando de buscar a su hijo y cuando los gemelos dieron una paliza a un pelirrojo que afirmaba ser su hermano.

—Si la historia de tu tía abuela es cierta...

—De mi tía abuela, del sepulturero y de Aitana Garmendia. Los tres testimonios son compatibles, complementarios, y coinciden en el tiempo, es decir: al menos los hechos que nos han relatado ocurrieron. Otro tema es que tengan algo que ver con los crímenes. Puede que aquello ocurriera, que tengan un trillizo al que se adoptó ilegalmente y que reclamó su herencia, que le dieran una paliza y que allí acabó la cosa. El chaval estaba muerto de miedo, puede que ahora esté de pastor en el Gorbea, escondido desde entonces, y continúe sin documentación.

—¿Tú crees que el Venancio joven estaba indocumentado?

—Tal vez esa sea la causa por la que no encontramos nada de él. La adopción fue ilegal, sin que mediase documento alguno. Un bebé entregado a unos padres que nunca estuvieron embarazados. Tal vez no supieron cómo legitimar esa situación y lo criaron sin papeles.

—Qué bestias. Volviendo al tema de la fecha de defunción del matrimonio Lopidana, podemos buscar en la hemeroteca si hubo algún accidente de tráfico en Izarra con víctimas mortales —sugirió Estíbaliz.

—Sí, podríamos. De hecho, deberíamos hacerlo, pero te propongo que vayamos a Izarra y preguntemos a los vecinos. Es un pueblo pequeño, la gente tenía que conocerlo, alguien encontraremos con ganas de hablar.

Estuvimos paseando por Izarra durante un buen rato, haciéndonos con el lugar. El pueblo estaba dividido en dos por la vía del tren, la margen derecha parecía mucho más moderna, con bloques de vecinos de tres alturas y tiendas recientes.

Optamos por cruzar el puente sobre las vías férreas y encontramos una zona mucho más rural con coquetos caseríos blancos y rojos recién restaurados. Estuvimos buscando la iglesia y enseguida dimos con una plaza donde los vecinos parecían reunirse para cuidar de los nietos y pasar la tarde a la fresca.

—Buenas tardes, ¿es usted de aquí? —preguntó Estíbaliz a una señora de unos sesenta años que perseguía con un pan de leche a un chiquillo en triciclo.

—Sí, soy de aquí. ¿Os habéis perdido? —dijo, deteniéndose para tomar aire.

—No exactamente, estamos buscando a alguien de la familia Lopidana.

—Uff... en eso no os puedo ayudar. Yo me fui a vivir a Vitoria de moza a estudiar, y he vuelto a vivir ahora en el pueblo porque me he jubilado y ya tocaba, pero mi padre a lo mejor los conoce. Se llama Casto, a ver si él os dice algo. —Señaló a uno de los dos ancianos que meditaban sentados en un banco.

—¿Don Casto? —pregunté, acercándonos a ellos.

—Casto a secas, que no soy el alcalde —dijo, muerto de la risa. Tenía una barbilla con prognatismo que le daba cierto aire a descendiente de los Austrias.

—¿Es usted de Izarra de toda la vida?

—De siempre, sí. Solo me fui cuando llamaron a los de mi quinta para luchar en la Batalla de Villarreal.

—Pues igual es de la quinta de mi abuelo. —Me senté en el mismo banco cuando vi que me hacía un hueco—. Dígame, ¿usted conoció a los Lopidana?

—¿Los de las colmenas?

—Sí, esos. Venancio Lopidana y su mujer.

—¡Rediós! ¡Y preguntas tú ahora por esos! Si están criando malvas en el cementerio desde hace ni sé...

—¿Sabe si queda algún familiar al que pueda localizar?

—Qué va, si murieron los cuatro en aquel incendio.

Crucé una rápida mirada con Estíbaliz.

—¿Los cuatro? —repetí.

—Sí, la Regina, Venancio, que era un bruto, y los dos críos que tuvieron ya de mayores. Un chiguito y una chiguita.

—Pues no tenía ni idea de que hubo un incendio, ¿dónde fue?

—Aquí mismo, en su caserío. —Giró el tronco y señaló hacia atrás—. No quedó *ná*. Luego se quedó la finca en ruinas muchos años y después se reformó y construyeron el hotel de Doña Lola. Lo llamaron así porque está cerca del Tejo de Doña Lola, un árbol que está desde siempre y ahora es de los árboles protegidos de esos. Algunos vienen de lejos a sacarle fotos y luego se van a sacarse más fotos. Ni entran en el pueblo casi.

—¿Y usted se acuerda de un chaval pelirrojo que vivía con ellos?

—Nancho, el de las colmenas.

—Sí, ese.

—A mí me segó la campa una vez, le di unos pantalones para que los usase, aunque le quedaban estrechos porque le sobraban carnes, pero es que en casa de Venancio no le compraban nada de ropa. Ese creo que se largó antes de lo del incendio. Venancio estaba que trinaba y se lo iba contando a todo el pueblo. Natural..., enviaba al chico de peón con cualquiera y luego se quedaba él con el jornal.

—¿Sabe si... si se investigó el incendio? ¿Si fue provocado o si la policía vino al pueblo?

Se encogió de hombros.

—Venir sí que vino. Preguntaron a todo Cristo... luego se marcharon y aquí se dijo que fue una chispa, que tenían el cableado *pa'arreglar* y Venancio era tan *agarrao* que no quería soltar una perra. Pero mira, lo pagó caro, por rata.

—Pues gracias, Casto. Me ha gustado mucho hablar con usted un ratico.

—Hasta más ver —dijo, riéndose de nuevo de su chiste, como si tuviera muy asumido que a su edad, cualquier encuentro era el último.

Aquella misma tarde cursamos la petición para acceder al antiguo informe del incendio de Izarra en 1989. La comisaría de Vitoria se encargaba de aquella zona de Álava ya por entonces, y los expedientes antiguos de la provincia habían sido trasladados a la planta baja de la sede de Lakua.

Poco después lo recibimos en el despacho de Estíbaliz y lo abrimos con una ansiedad solo propia de los yonquis o los resucitados.

El juez había abierto una investigación debido al informe del retén de bomberos de Murguía, que había encontrado ciertos indicios sospechosos de que el incendio pudo ser provocado.

La Policía Científica se personó en el lugar de los hechos y tomó fotografías del caserío y de las víctimas.

Según el informe, encontraron dos cuerpos de un hombre y una mujer de cuarenta y cinco años, parcialmente calcinados y desnudos sobre la cama del dormitorio de la segunda planta del edificio. Fueron identificados como Venancio Lopidana y Regina Muñoz.

En la primera planta encontraron los cadáveres de dos niños de cinco años sobre la cama de otro de los dormitorios. Pese a que los cuerpos se encontraban en peores condiciones debido a su cercanía con la planta baja, lugar del origen del incendio, se determinó que correspondían a Idoia y a Andoni, los hijos del matrimonio.

Se trabajaron dos hipótesis.

La primera de ellas situaba a Venancio Lopidana como sospechoso de provocar el incendio de manera intencionada, asesinar a su familia y luego suicidarse.

Tras preguntar a varios vecinos de Izarra, se supo que tenía antecedentes de violencia doméstica, aunque su esposa nunca lo denunció, y arrebatos de cólera después de algún altercado con varios de sus vecinos, la mayoría de ellos por disputas relativas a la colocación de los mojones en los límites de sus tierras o por pequeñas deudas en el bar del pueblo. A nadie le gustaba hacer tratos con él, pero los vecinos referían que la miel que producía era excelente.

Según esta hipótesis sin confirmar, Venancio habría matado a sus hijos y a su mujer por problemas de dinero con varios acreedores, y después se habría suicidado.

La segunda línea de investigación barajada apuntaba a un fallo en el cableado eléctrico en mal estado. Se encontró que el origen del incendio fue en la planta baja, en la zona del depósito de gasoil, que pudo actuar de acelerador en el caso de que una chispa hubiese prendido. Según esta hipótesis, las víctimas habrían inhalado los gases de la combustión mientras dormían, quedando inconscientes y falleciendo debido al fuego.

Los cuerpos habían sido trasladados al Instituto Vasco de Medicina Legal, donde se les practicó la correspondiente autopsia, pero debido al estado deteriorado en que habían quedado por las altas temperaturas del incendio, apenas se les pudo identificar.

No acudió familia alguna a reclamar los cuerpos, por lo que el expediente se cerró.

Tomé un poco de aire antes de examinar las fotografías. Las imágenes de cadáveres calcinados me resultaban especialmente duras. Pero por una vez valió la pena pasar el mal trago, porque cuando vi los cuerpos de Venancio y su mujer, o lo que quedaba de ellos, supe por primera vez que estábamos yendo en la dirección correcta.

Hacia delante, por una vez.

—Esti, mira. —Señalé las manos negras—. Esto puede ser el inicio de una serie.

Allí estaba de nuevo el famoso gesto de las manos en la mejilla de su pareja. Tanto Venancio como su mujer habían muerto con las manos colocadas en esa posición. Cerré los ojos y pensé en una imagen fresca, el hayedo de la curva de Bajauri, algo para borrar lo que acababa de ver para que aquella noche un Venancio achicharrado no se me colase en las pesadillas.

—Busca las fotos de los niños, a ver si se puede observar el detalle de sus cabezas —me ordenó mi compañera, aguantando la respiración.

No había querido mirar las fotos del niño y de la niña, había preferido pensar que no iba a ser necesario. A veces soy así, muy pueril, lo sé.

Me coloqué cinco capas de indiferencia encima lo mejor que pude y desplegué el arsenal de fotos.

Localizamos las que nos daban un mejor ángulo y allí estaba de nuevo: los niños, dormidos muy juntitos, se acariciaban el uno a la otra las mejillas con la mano opuesta.

—Tal vez comenzó así —pensé en voz alta—. Tal vez este fue su primer crimen y después se fue refinando hasta crear la parafernalia que hoy conocemos, pero los elementos básicos están ahí: las parejas desnudas con ese gesto de consolarse con la mano, las abejas, el tejo... Me pregunto si el joven Nancho usó las abejas primero para introducírselas en la boca y matarlos, o si los envenenó con tejo… Los cadáveres estaban carbonizados, es normal que las autopsias no detectasen nada de eso.

—Tal vez no le hizo falta, tal vez esa primera vez le fue suficiente con provocar un incendio en la planta baja con un acelerador tan potente. Pero puede que después se pasara años rumiando aquel primer crimen y usó esos elementos que conocía bien: el veneno del tejo y el de las abejas —dijo mi compañera.

—¿Te has dado cuenta de las edades?

—¿Qué edades?

—Los niños no nacieron a la vez, pero se llevaban muy poco y en el momento de la muerte, ambos tenían cinco años. También Venancio y la mujer compartían edad: ambos murieron con cuarenta y cinco años. ¿Te suena esa obsesión por los años?

—La madre que lo parió —susurró Estíbaliz.

—De todos modos, me gustaría hablar con alguno de los testigos oculares del incendio —le dije.

Volví a tomar el expediente y busqué el nombre del jefe del equipo del retén que acudió al caserío a sofocar el incendio: María Jesús Letona.

—Vaya, qué poco común. Una mujer al frente de un retén hace veinticinco años —comentó Estíbaliz.

—Si te das cuenta, esta mujer fue la que realizó el informe porque vio indicios de intencionalidad criminal. Después la Policía Científica muestra muy poco interés por aclarar el caso. Creo que, si vive o podemos localizarla, será interesante hablar con ella.

—Vamos a buscar en la base de datos, a ver qué tenemos. —Estíbaliz saltó de la silla y comenzó a escarbar en el ordenador. Estaba tan aliviada como yo de dejar atrás la macabrada que teníamos sobre la mesa.

—¡Tachán! Sesenta años, continúa viviendo cerca de Murguía, consta como ilustradora de cuentos infantiles. Vaya cambio de actividad —comentó—. ¿Qué tal si la llamo y le hacemos una visita?

El pequeño caserío de piedra de María Jesús estaba un poco aislado del pueblo, en dirección al Parque Natural del Gorbea. Parecía haber sido un viejo molino de agua, porque estaba construido encima del río Ugala y todavía se podía apreciar el enorme eje de madera vertical y el disco de piedra de varias toneladas que un día debió de haber girado sin descanso, día y noche, con la fuerza de una corriente de la que ahora apenas quedaba un reguero de agua.

María Jesús nos esperaba junto a un gran roble en la entrada del terreno, junto a una coqueta huerta que se veía tan bien cuidada como la dueña.

Era una mujer de sesenta años con el pelo fino, blanco y corto de un ratón de campo. Tenía la sonrisa apacible de los que no viven con prisas ni mirando el móvil y unas monturas de buena marca con antirreflejantes que me decían que no se ganaba mal la vida con eso de los cuentos infantiles.

—Buenas tardes, María Jesús. Gracias por recibirnos tan pronto —dijo Estíbaliz, alargando la mano con una sonrisa—. Este es mi compañero, el inspector Ayala. Yo soy la inspectora Gauna.

—Llámame Txusa, por favor. ¿Queréis tomar un té de la sierra? Lo he cogido yo misma. Por poco me despeño —se rio—, así que no podéis rechazarlo, que casi me cuesta la vida.

—Venga ese té —dije, sonriendo.

Ni siquiera entramos al interior del caserío. En el patio trasero se estaba tan a gusto con la brisa que traían las ramas de los robles que nos sentamos directamente alrededor de la mesa de forja verde.

Txusa nos sirvió un té dorado con tanto aroma que parecía que nos estábamos comiendo el pico de un monte a mordiscos.

—¿Y qué os trae por aquí, tanto tiempo después? Inspectora —se dirigió a Estíbaliz—, me ha comentado por teléfono que quería hablarme del incendio del caserío de Venancio Lopidana, en el 89, ¿no es así?

—Sí, he de decir que me ha sorprendido mucho encontrar un nombre de mujer en ese informe.

Dejó el té sobre la mesa, un poco disgustada.

—¿Otros que me van a preguntar qué hacía una mujer de jefa del retén?

—Al revés, Txusa —se apresuró a aclarar mi compañera—. Creo que te has ganado todos mis respetos en cuanto lo he leído.

Imagino que había que tenerlos cuadrados para mandar en un equipo de hombres hace veinticinco años.

Ella se encogió de hombros.

—Me gustaba hacerlo, y quería ayudar con la plaga de los incendios. Durante aquellos años los veranos fueron terribles, era un goteo constante de avisos de incendios. Eso era todo. Pero después de lo del crimen de los durmientes, todo el mundo me trató de loca y en la Diputación me perdieron el respeto. Hubo faltas de insubordinación durante los siguientes incendios que nos pusieron en peligro a todos, así que, con toda la impotencia del mundo, decidí dejarlo y olvidarme. Ahora ilustro cuentos infantiles. Es mucho más apacible.

—Perdona, ¿has dicho «el crimen de los durmientes»?

—Sí, así me dio por llamarlo. Yo tuve claro que fue un crimen desde el primer momento en que aparecimos para sofocar las últimas llamas que quedaban. Fue un incendio muy rápido, por el depósito de gasoil que actuó de acelerador. Pero vi tantos detalles extraños que realicé un informe y avisé a Vitoria para que enviaran a los de la Científica. Ellos no lo vieron tan claro como yo, simplemente me ignoraron hasta que me cansé. Con el retén fue peor, me llamaron loca y consiguieron que renunciase a mi puesto. Para algunos había sido un cable en mal estado; para otros, Venancio Lopidana se había suicidado, llevándose a toda la familia por delante. Pero había cosas de sentido común que allí no cuadraban: había nevado, los pijamas de los niños y los padres estaban en el exterior del caserío, bajo las ventanas, como si alguien los hubiera arrojado desde uno de los dormitorios. Dijeron que todo estaba sucio y desordenado, que sería ropa vieja, pero para mí que alguien los desnudó, ¿quién duerme sin ropa en Izarra en tiempos de nevada?

—No hemos visto esos pijamas a los que se refiere en las fotografías del informe del caso —intervino Estíbaliz.

—Insistí en que los fotografiasen como prueba cuando llegaron los técnicos, pero me ignoraron, dijeron que ese era su trabajo, que no me metiera. Para ellos era ropa sucia. Pero estaba justo debajo de donde habían estado las ventanas de ambos dormitorios. Mirad, yo no quisiera hacer vuestro trabajo, pero provocar el incendio vaciando el depósito de gasoil, subir a la primera planta, desnudar a sus hijos mientras duermen, tirar sus pijamas por la ventana, colocar sus manos en esa posición tan rara, luego subir a la segunda planta, quitarle el camisón a su mujer, desnudarse él, tirar la ropa por la ventana, meterse en la cama y colocarse en esa posición y esperar a la muerte... es el suicidio más raro que he visto en mi vida.

—Sí que lo es, sí —contesté.

—Veréis, Venancio era un bruto, un tipo muy simple, esa gente solo suele tener luces como para coger la escopeta, pegar cuatro tiros a la familia y después descerrajarse un disparo metiéndose el cañón en la boca. Así es como se suele hacer, sin complicaciones ni demasiada imaginación. ¿Para qué disimular que es un incendio, si te vas a ir con tu familia al otro barrio?

—Dime, Txusa: ¿conocías a Nancho, el chaval pelirrojo que vivía con ellos en el caserío?

Se encogió de hombros.

—No, yo conocía a Venancio de cuando venía a Murguía a la feria de los jueves con la miel, pero venía él solo, o con la mujer. No sabía nada más de su vida, ni sabía dónde vivía en Izarra, ni siquiera que tenía dos hijos pequeños. Era un comerciante de productos naturales, nada más. ¿Por qué, es importante?

—Todavía no lo sabemos —dijo Estíbaliz, levantándose—. Tenemos que seguir con la investigación, pero muchas gracias por tu punto de vista. Si te acuerdas de algún detalle importante, ya tienes mi teléfono, ¿de acuerdo?

Nos alejamos con cierta pereza de aquel oasis verde, aunque nos llevábamos algunas bolsas de té de puerto que ambientaron con su olor el camino de vuelta a Vitoria.

—Parece que Txusa lo tiene muy claro —musitó Estíbaliz mientras conducía—. Ni suicidio ni incendio accidental.

—Lo que nos lleva de nuevo a un Nancho Lopidana que no existe en los papeles.

—Yo he realizado todas las búsquedas que se me han ocurrido. La cuestión es: ¿cómo buscamos a un fantasma indocumentado?

«Tal vez —pensé—, tal vez ha llegado el momento de pedir ayuda a la caballería.»

43

EL MONUMENTO A LA BATALLA DE VITORIA

16 de agosto, martes

Me levanté a mi hora de siempre. Tal vez soñé que el timbre del portal me despertaba y que Alba subía a casa para dormir, para ronronear, para lo que fuese. Pero debió de ser una ensoñación durante la duermevela, porque me quedé muy quieto, esperando que llamasen a la puerta del tercero y aquello no ocurrió.

«¿Qué estás haciendo, Unai?», pensé.

Como todas las cosas importantes de la vida, aquello no tenía mucho sentido.

Encendí el móvil y le envié un mensaje.

«¿Estás corriendo?»

«Sí.»

«En el paseo del Batán junto al arroyo en veinte minutos.»

«Nos vemos.»

Cuando llegué, Alba estaba junto al cauce del pequeño río, cerca de unos chopos. El terraplén estaba oscuro y no pude ver qué expresión traía.

—Tenemos que hablar, ¿verdad? —me adelanté, apoyándome de pie junto a ella sobre el respaldo de un banco.

—Sí, es muy difícil que podamos continuar así, Unai. Viéndonos de madrugada, buscando lugares poco concurridos para encontrarnos, como si fuésemos estudiantes… Tu casa no es una opción, tu portal es demasiado céntrico, algún día alguien me verá entrando y todo se sabrá. Estamos metidos en un caso mediático y una infidelidad por parte de una subcomisaria con un inspector nos pondría a ambos en la picota… —Bajó la cabeza para continuar—. Por no hablar del coste personal y de mi matrimonio.

—Tu matrimonio... Dime, Alba. Nunca te lo he preguntado, ¿estás felizmente casada?

—Soy moderadamente feliz, sí.

—¿Moderadamente?

—Sí, tan moderadamente feliz como moderadamente infeliz. Igual que todo el mundo, Unai.

«De acuerdo», pensé. En sus palabras no vi demasiada intención de romper con su marido.

—Yo tampoco quiero seguir con esto —me sinceré—. No quiero ocultarme, no quiero que nos escondamos como ladrones. No quiero ser la tercera persona de una relación ya establecida. Si sigues conmigo, es para romper con tu marido. Ni tú ni yo, ni lo que hay o puede haber entre nosotros, se merece que lo convirtamos en algo sucio, ni que vivamos cada día mintiendo a nuestro entorno. Yo no soy así, no quiero esto.

—Ni yo, Unai.

Me incorporé, iba a amanecer en breve y el día se presentaba complicado.

—Supongo que esto es una despedida. Continuaremos trabajando como si no hubiera ocurrido nada, y voy a cambiar mis rutas de *running*, intentaré no coincidir contigo, ¿de acuerdo?

Alba asintió, mirando fijamente el tronco de uno de los chopos.

—De acuerdo, solo que...

—¿Qué?

—Que no me mires tan intensamente en el despacho.

«No mirarte, no tocarte, no respirar tus feromonas cuando estás presente —pensé—. De acuerdo.»

—Así lo haré, subcomisaria —respondí, mirándome las zapatillas.

La vi marcharse en dirección opuesta a la mía, balanceando su trenza. Cuando se hizo tan pequeña que dejé de verla, me desfogué tirando guijarros al riachuelo con tanta fuerza que terminé con el hombro derecho dolorido.

Pese a que habían pasado ya varios días, seguía dándole vueltas a cómo encontrar un rastro fiable de Nancho Lopidana. Me costó decidirme, pero finalmente acabé marcando el número dorado de mi vieja amiga. Eran ya varios favores los que le debía con este caso, por eso era reticente a seguir acudiendo a ella. Tarde o temprano, Golden también me los pediría de vuelta, algo ilegal relacionado con su pensión, con su piso, con su herencia... Algo que comprometería mi trabajo, lo sabía, pero estaba bastante desesperado con la capacidad del fantasma pelirrojo de escurrirse cada vez que nos acercábamos a una pista sólida.

«Es el tributo que debes pagar, Unai —traté de convencerme—. Nada sale gratis.»

—Golden, necesito que me encuentres cualquier registro que huela a un tal Nancho o Venancio Lopidana nacido en los años setenta. No aparece en el Registro Civil. Fue fruto de una adopción ilegal, así que sospechamos que estaba indocumentado, al menos hasta los dieciocho años. Céntrate en Pamplona y en Navarra. En Álava ya hemos buscado y no hemos encontrado ni rastro. Ni en el registro eclesiástico ni en los colegios de la zona.

—Seré imaginativa, Kraken. Déjamelo a mí. ¿Es urgente?

—Para ayer.

—No vas a llegar a viejo, amigo.

«No es mi prioridad», pensé.

—¿Con quién hablas? —interrumpió Estíbaliz, asomándose por la puerta de mi despacho.

—Con mi hermano —mentí.

—Dale recuerdos, tal vez me pase un día por su bufete.

—Germán, Esti te manda saludos. Ahora te dejo.

Golden se rio al otro lado de la línea y colgó.

—¿Qué ocurre, Esti? ¿Alguna novedad?

—Ya lo creo, la hemeroteca de *El Diario Alavés* es una mina de oro. Lutxo me ha dejado acceder a ella. Mira todo lo que he encontrado de la prehistoria familiar de los gemelos Ortiz de Zárate.

Se acercó a mi mesa con varias fotocopias y las desplegó como si fuera un tahúr repartiendo naipes sobre su tapete.

—Javier Ortiz de Zárate fue ingresado en la clínica Vitoria por ingesta de algún tóxico en 1970, un año antes del nacimiento de los gemelos. Apenas se publicó una pequeña reseña en una página, pero no es lo único extraño que le ocurrió al triángulo amoroso de Javier, Blanca y el doctor Urbina. Mira esta noticia —dijo, señalando otra de las fotocopias fechada en marzo de 1971, semanas después de que los gemelos naciesen.

Tal y como mi tía abuela había dicho, el doctor Urbina se había esfumado y su esposa había denunciado su desaparición.

—¿Ves?, los recuerdos de mi tía abuela están intactos. Ahora tenemos una prueba de que aquello ocurrió. El médico se fue por propio pie o alguien lo finiquitó, y tuvo que ver con el nacimiento de los gemelos, o más bien, de los trillizos.

Esti se sentó y se quedó mirando concentrada su arcaico despliegue de noticias.

—Kraken, se me está ocurriendo una hipótesis que no hemos valorado hasta ahora, pero… ¿y si fuese el doctor Urbina el que se está vengando y está asesinando a toda esta gente?, ¿y si fue él mismo quien se dio por desaparecido?

—Eso supondría que se hubiese creado una nueva identidad, así que imagínate la pesadilla que sería encontrarlo tantos años después. De todos modos, mi tía abuela me dio a entender que detrás de su desaparición estaba el industrial, el marido de Blanca.

—De acuerdo, pero, por un momento, piensa que fuera posible —insistió—. ¿Dónde te lleva esa suposición?

Intenté imaginarlo por un instante, pero no lo veía nada claro.

—Creo que esa suposición tiene las patas muy cortas. Si él fuese el asesino, ¿crees que permitiría que Tasio, uno de sus hijos, cargase con su culpa durante más de dos décadas?

—Es su hijo, pero los gemelos se criaron adorando al que creían que era su padre, y no olvides que si era el amante de su esposa, puede que el doctor Urbina estuviese detrás del envenenamiento del industrial. Recuerda también que los gemelos le dieron una paliza de muerte al pelirrojo cuando este les dijo quién era su padre en realidad. Tal vez se esté vengando por su hijo.

Sí, podía ser. Podía ser, pero no me acababa de cuadrar.

—Esti, yo creo que ese hombre, o está muerto y enterrado cortesía de Javier Ortiz de Zárate, o lleva cuarenta años huido y con otra identidad. Ahora tendría como setenta y cinco u ochenta años, debería ser un anciano muy vigoroso como para llevar el tute que lleva matando a parejas cada pocos días.

Estíbaliz todavía se tomó un tiempo mientras escrutaba los viejos recortes, pero finalmente se rindió.

—Demasiado peregrino, lo sé. Pero seguimos a oscuras. Y tú, ¿qué estabas haciendo? —me preguntó, distraída.

—Hubo algunas líneas que me dejé sin cerrar cuando comenzó el caso y todavía estábamos frescos: ¿recuerdas a la Dama de Piedra, la directora del canal autonómico que Ignacio nos mentó cuando fuimos a su piso el día de la presentación del Slow Food?

Había otra línea que quedó sin solucionar: el incómodo asunto de quién le filtró a Lutxo las imágenes de la chica de quince años con los gemelos. Pero de eso pensaba ocuparme después, con calma y sabiendo cómo abordar a mi querido amigo.

—Sí, la tal Inés Ochoa. ¿Te dio tiempo a hablar con ella? —preguntó Estíbaliz.

—No tuve el gusto. Voy a buscar sus datos y a contactar con ella. Es otra de las personas que conocieron y trabajaron con ambos gemelos justo cuando ocurrieron los crímenes. Creo que tendrá un punto de vista interesante del asunto.

Me puse a buscar en mi ordenador y di con ella enseguida. Teléfono, fecha de nacimiento, DNI, dirección... Tuve que leer un par de veces su dirección porque me quedé de una pieza: Inés Ochoa vivía en la Plaza Nueva, en el cuarto piso del portal junto al bar del Deportivo Alavés, así que sus ventanas daban literalmente a la zona de la plaza de la Virgen Blanca enfrente de mi casa.

No le dije nada a Estíbaliz, ¿cómo contarle...?

«Es que tal vez me vio con la subcomisaria, a punto de enrollarnos en el tejado de enfrente, pero no te preocupes, no tiene nada que ver con el caso, ni con que matara a mi cuñada y a tu hermano en el siguiente crimen.»

—¿La tienes? ¿Quieres que vayamos los dos? —preguntó.

—Es que voy a aprovechar y quedar con Germán, lo he visto muy decaído. Lo entiendes, ¿verdad?

—Claro, yo como sola, no te preocupes.

Me fui del despacho sintiéndome más ruin y peor compañero que de costumbre, pero marqué el teléfono de la Dama de Piedra y la localicé en su piso, así que no le di opción de que eligiese el lugar para entrevistarnos. Quería ver lo que ella veía desde sus ventanales blancos.

Cuando llegué al portal, llamé al timbre y subí las escaleras hasta el cuarto piso, pero por el camino me crucé con un ser extraño: una especie de gigante malhumorado.

No se molestó en apartarse cuando nos cruzamos, cerca del último piso. Me miró con cierta hostilidad y a mi saludo contestó con un gruñido. Tenía físico de levantador de piedras: unos ciento ochenta kilos, cuello de toro y una cabeza chata no muy grande.

—No se lo tome en cuenta —dijo Inés Ochoa desde el umbral de su puerta, un par de metros por encima de mi cabeza—. Es lo más amable que puede llegar a ser.

—¿Es su…?

—Hermano, siempre he cuidado de él. No es precisamente licenciado en física cuántica, pero es bueno obedeciendo.

—Ya… —susurré mientras tomaba nota.

—Pase, inspector. Yo ya me iba, pero veo que tenía prisa por quedar conmigo.

Entré en el piso sin poder evitar mirar alrededor. La Dama de Piedra parecía una perfecta cinéfila. Todo entre sus cuatro paredes recordaba a las películas en blanco y negro. Había pósteres que ocupaban todo el recorrido del pasillo, maniquíes con vestidos similares a los que Lauren Bacall o Veronica Lake llevaron en su día.

—Veo que le gusta el cine.

—Negro, muy negro —contestó ella, sin darle importancia mientras se encendía un cigarro—. Vamos al grano, si le parece.

Inés Ochoa estaba más allá de los sesenta, conservaba una melena recta hasta la barbilla de un dudoso rubio ceniza y había algo expeditivo en sus gestos, un movimiento rápido de muñeca al fumar, como si siempre anduviera con prisas de solucionar algo.

—Quiero que me hable tanto de Tasio como de Ignacio y de la época en la que los conoció. ¿Qué puede decirme al respecto?

—dije, sin obedecer su ofrecimiento de sentarme en su sofá color sangre.

Preferí mantenerme de pie y pasear por su salón mientras intentaba acercarme disimuladamente al ventanal.

Mientras tanto, Inés se enfrascó en un monólogo en el que pronunciaba tres veces por minuto la palabra *share.* Comenzó a explicar el contrato que firmó con Tasio, el ascenso de la audiencia de los programas, las cláusulas que rompió cuando se fue a la cadena nacional…

Era una de esas personas monotemáticas, que todo lo veían desde la óptica de su profesión. No me dio ni un solo detalle que no tuviese directamente que ver con el funcionamiento de su cadena.

—¿Cree que era Tasio el gemelo dominante? —la interrumpí, forzándola a hablar de algo más personal, o al menos, subjetivo.

—Sí, desde luego. Tasio era un alfa, arrollador. Ignacio era muy beta con él, era como el ejecutor. Uno señalaba, el otro actuaba. Uno hacía planes, Ignacio era bueno llevándolos a cabo.

—¿Uno era el cerebro, y el otro la mano?

—Sí, desde luego que sí. Había un sometimiento extraño entre ellos, una dependencia excesiva.

—Pero la gente admiró su modo de sacrificar a un hermano —añadí, solo por alargar el hilo de aquella conversación para ver hasta dónde le llevaba.

—No se equivoque, a la gente le daba morbo verlo en la televisión después de lo que ocurrió. Era tan idéntico a Tasio…

—También se la criticó a usted por sacar partido de ellos.

—Yo sabía que la prensa crucificaría a Ignacio, y ese era de hecho el principal motivo de su oposición a firmar un contrato para un programa en la cadena.

—Y sabía que la polémica le traería audiencia.

—Pero nunca lo habría conseguido si él no hubiese accedido. Él quería cambiar de profesión, tenía dinero, pero necesitaba mantener la cabeza ocupada. Yo lo mantuve en activo durante los primeros tiempos, cuando todo fue más duro para él.

—¿Quería cambiar de profesión? Pensé que su ingreso en la policía fue vocacional —repetí sin comprender.

—Tal vez al principio, pero yo sabía que quería dejar de ser policía, me lo confesó el primer día que nos reunimos después de la encarcelación de Tasio: era un hombre muy tocado por lo que acababa de ocurrir. No quería saber nada de asesinatos, detenciones, no quería volver a comisaría. Sufría una especie de estrés postraumático que disimuló frente a los médicos, nunca se trató. Era de los típicos tipos que creen que eso los hace parecer blandos. Por las noches se despertaba gritando el nombre de su hermano, sudando y se quedaba en posición fetal, temblando, como si esperase una paliza. No he visto a nadie pasar tanto miedo como él en aquella época.

—Acaba de confesarme que eran ustedes amantes.

Ella se estiró y detuvo su calada en el aire.

—Yo no he dicho eso.

—Tal vez no conscientemente, pero ha hecho una descripción pormenorizada de lo que le toca vivir al compañero de cama de alguien con estrés postraumático.

—No quiero que salga de aquí. —Se puso nerviosa por primera vez—. No le doy permiso para que hable de ello.

—Pues ahora que hemos entrado en un terreno más personal, dígame una cosa: ¿también se acostaba con Tasio? ¿Fue eso lo que pasó? ¿Era la estrella del canal y se fue al canal nacional, la abandonó, y usted lo cambió por el duplicado?

«Pero ¿estos tíos se dejaron a alguien sin calzarse en Vitoria?», pensé.

—Claro, yo maté a todos esos niños para subir el *share* de mi programa, y cuando Tasio me abandonó por la cadena nacional, le incriminé y me llevé al huerto a su hermano gemelo… ¿eso piensa?

—¿Eso ha sido una confesión? —le apreté.

—¿Debería buscar un abogado?

—No, de momento no —dije, aun sabiendo que era lo primero que iba a hacer en cuanto yo abandonase su domicilio.

—Creo que se equivoca de culpable. —Se acercó al ventanal y miró la plaza de la Virgen Blanca a través de él.

¿Dónde lo había escuchado antes? Ya ni lo recordaba.

—¿A qué se refiere? —pregunté conforme aprovechaba el momento para acercarme a su espalda y mirar por encima de su hombro.

Sentí un escalofrío en la columna. Lo que se veía en línea recta a unos escasos veinte metros aéreos eran las tejas naranjas de mi tejado. Tampoco habría sido complicado ver a dos encapuchados haciendo *running* metiéndose a las seis de la madrugada en mi portal, si es que estaba despierta a esas horas y mirando atentamente por aquella ventana.

—Fueron crímenes mediáticos —continuó ella—, pero tal vez no deba mirarme a mí y a mi cadena, sino a otros medios de comunicación.

—Sigo sin entenderla.

—Hablo de la prensa escrita de esta ciudad, a la guerra que hubo entre los dos directores de estos periódicos, esas urracas que llevan décadas sin molestarse en salir de sus despachos. Ellos manipularon a la opinión pública una y otra vez a lo largo del caso, hicieron que la gente creyese lo que ellos querían que creyesen. Vitoria pensaba lo que ellos querían que pensasen y sospechaba de quienes ellos señalaban en sus páginas. Yo creo que alguien que controle una redacción tiene poder para convertir en santo a un desgraciado y también para hacer caer a quien se proponga, aunque fuera el hombre más honrado del mundo. Y los directores de nuestros venerables periódicos no son precisamente unos aprendices en esto.

Inés Ochoa no era nueva malmetiendo ni proyectando cortinas de humo, era una hábil manipuladora y se sentía acorralada en aquellos momentos, pero es cierto que salí de su piso planteándome algunos puntos que hasta entonces había preferido ignorar. Y no estaba pensando precisamente en aquellos dos carcamales que estaban al frente de los dos rotativos vitorianos, sino en alguien mucho más cercano a mí.

Pensaba en Lutxo, de nuevo, por segunda vez aquel martes. Pensaba en él.

Tal vez debería volver a hablar con mi amigo periodista, pero cara a cara, y no por teléfono para que se me volviese a escurrir.

Porque fue Lutxo quien me dio la pista del Eguzkilore, él me hizo sospechar del hermano de Estíbaliz desde los inicios del caso. Él sabía también dónde vivía mi cuñada, tenía su confianza. Lutxo era bueno manipulando a la gente, tal vez un periodista con sus habilidades tenía la excusa perfecta para acercarse a los jóvenes y abordarlos con el pretexto de ser entrevistados. Tal vez les pedía que se metieran en la furgoneta del periódico para llevarlos a la sede de General Álava, que todo el mundo conocía, para realizar una supuesta entrevista. Tal vez Lutxo conocía el uso de la droga para administrársela, incluso el mismo Eguzkilore se la podía haber facilitado. Un reportero como él tenía que haber accedido mil veces con su acreditación de periodista a la Catedral Vieja, a la Casa del Cordón y a la balconada de San Miguel durante las fiestas.

Bajé a la plaza de la Virgen Blanca y me dirigía a mi portal cuando recibí la llamada de Golden.

Miré extrañado la pantalla.

—¿Ya? —logré decir.

—Dijiste para ayer, así que voy retrasada dieciséis horas.

—Golden, tú tienes que venirte a trabajar con nosotros todos los días.

—Más quisierais.

—Dime entonces, ¿de verdad que ya lo has localizado? —dije, sentándome en los bancos de listones de madera que rodeaban el monumento a la Batalla de Vitoria.

Una niña de piedra con coletas que había perdido la nariz y su madre me miraban desde arriba con cara de circunstancias.

—Hay un Nancho Lopidana que aprobó el graduado escolar por las noches en una academia de Pamplona, a principios de los años noventa. No hay ningún rastro más de él. Es curioso, porque he buscado en las bases de datos del Ministerio de Educación y es lo único que aparece. La academia era un centro oficial, obtuvo la nota más alta, pero no continuó los estudios ni hizo ninguna carrera ni ningún módulo de FP, que era lo habitual si un adulto se quería sacar el graduado por las noches.

—Dime, ¿la academia todavía existe?

—Se ha reinventado como academia de oposiciones, aunque, tal y como anda el patio, no creo que tengan mucho trabajo.

—¿Me das una dirección?

—Está en la parte vieja, junto a la Estafeta.

Golden me recitó la calle y el número en el que estaba localizado el local y busqué en internet, donde comprobé que la Academia Hemingway estaba abierta incluso en agosto para grupos de repaso.

Marqué el número de mi compañera, tenía que compartir con ella la buena noticia. Ambos lo necesitábamos.

—Esti, vámonos ahora mismo a Pamplona. Por fin tenemos una pista fiable de nuestro Nancho Lopidana.

44

ACADEMIA HEMINGWAY

16 de agosto, martes

La academia estaba en un bajo del casco antiguo de Pamplona, mantenía cierto encanto vetusto con sus pupitres gemelos de madera de los años cincuenta, inclinados treinta grados y todavía con un hueco para el anacrónico tintero.

En cuanto entramos, una anciana mujer nos pidió silencio poniendo su dedo vertical sobre los labios. Un par de estudiantes distraídos fingían que rellenaban sus simulacros de exámenes de oposición. En la última fila, un chiquillo de apenas doce años jugaba con el móvil entre las piernas al Minecraft en modo silencio. La abuela no se enteró o fingió no enterarse.

—Pasen a mi despacho —nos susurró—, no vayamos a descentrar a los chavales.

Estíbaliz y yo cruzamos la mirada durante un segundo y luego seguimos a la diminuta mujer, que se movía ágil y rápida entre los pupitres, acostumbrada a esquivarlos durante toda una vida.

El despacho tenía toda una colección de archivadores que iban pasando desde los más amarillentos hasta los blancos de plástico moderno. Diría que se podía seguir la evolución de medio siglo de material de oficina solo con echar un vistazo a las estanterías que la anciana mujer tenía detrás.

—¿Vienen a traer a su hijo? Es un poco tarde a estas alturas, ya casi se ha pasado el verano, pero algo podremos hacer. Siempre hay algo que se puede hacer con estos chicos. A la mayoría lo único que les falta es inculcarles el hábito de estudio —nos dijo mientras tomaba asiento en una silla que le quedaba grande y dejaba las piernecitas colgando a diez centímetros del suelo.

Mi compañera y yo nos miramos, incómodos, y nos apresuramos a deshacer el entuerto.

—No, por Dios, no somos... Quiero decir que no venimos a matricular a nuestro hijo ni nada parecido. Venimos de Vitoria, estamos investigando un caso que nos ha traído hasta aquí. Soy la inspectora Ruiz de Gauna.

—Vaya, pues esto sí que no me lo esperaba. ¿Se ha metido en un lío alguno de mis estudiantes, es eso?

—En realidad, estamos buscando a un estudiante que tuvieron hace bastantes años, en el 89 o a principios de los noventa. Nos consta que se sacó aquí el Graduado Escolar para adultos. Ustedes eran un centro examinador oficial, ¿verdad?

—Así es, ahora realizamos el Graduado de la ESO, porque lo de formar opositores nos va a llevar a la ruina. —Se levantó de su enorme silla—. ¿Pueden darme algún dato más concreto del estudiante?

—Se llama Nancho o Venancio Lopidana —intervino Estíbaliz—. Entiendo que no se acuerde de él, pero tal vez pueda consultar en las matrículas...

—Nancho Lopidana... Claro que me acuerdo de él. Qué pedazo de pan, qué buen estudiante. Fue un orgullo, me subió la media de la academia con la nota de su examen —dijo, mirando con ojos nostálgicos a la pared repleta de títulos—. Permítanme que busque su expediente en los archivos. Tendré que buscar año por año. Esto nos puede llevar un poquito de tiempo.

La vieja profesora se quedó mirando el muro de archivos que tenía a su espalda y se decidió por una estantería que estaba a la altura de sus cejas.

—Veamos...

Se colocó las gafas de media luna que llevaba colgando de una cadenita de plata y comenzó a pasar página tras página, minuciosamente, mojando la yema de los dedos cada vez que revisaba un alumno y negaba con la cabeza.

Estiré un poco el cuello y pude ver que las fichas de las matriculaciones estaban rellenas a mano; todas tenían una fotografía de tamaño de carnet del alumno.

—¿Quiere que la ayudemos? —se ofreció Estíbaliz.

—Qué va, qué va. Son datos de carácter privado de nuestros alumnos, no quisiera saltarme las normas —murmuró.

Le lancé una mirada a mi compañera, dudando de si intervenir o no, pero ella me pidió en silencio que mantuviera la boca cerrada. Mejor tener a la docente longeva receptiva y colaborando.

Hora y media después, cuando las luces amarillas de las farolas de la parte vieja entraban ya por los escaparates opacos de la academia y yo estaba a punto de morir por falta de actividad cerebral, el dedo de la anciana comenzó a temblar, clavado en vertical sobre un punto del papel como si fuera el centro de una diana.

—¡Nancho Lopidana, aquí está! —soltó triunfante.

—¿Podemos ver su imagen? —pregunté, levantándome de mi sopor.

—Pues... es que no hay foto —dijo la mujer, un poco turbada.

—¿Cómo que no hay foto? ¿Y su DNI, puede facilitarnos su número?

La mujer tomó la ficha entre las manos y se ruborizó.

—De acuerdo, fue buen estudiante y nos confirma que estudió aquí y sacó el Graduado Escolar para mayores de dieciocho años, pero ¿por qué no aparece la fotografía y el número del DNI? —la apreté.

—Mire, yo soy muy de cumplir las normas, pero hay casos que a una le rompen el corazón, y hay que ser humanos y hacer excepciones, ¿no cree? —dijo nerviosa.

Sabía perfectamente por dónde iba y cuáles eran sus reparos.

—No hemos venido a buscarle problemas, sino a obtener una información importante en una investigación en curso. Sea cual sea el trámite burocrático que usted violase hace veinticinco años, yo le prometo, con mi compañera aquí presente, que no tenemos ninguna intención de informar de él al Ministerio de Educación ni a ninguna otra autoridad competente en la materia.

«Amén de que el delito de falsedad documental en el que ha incurrido ha prescrito, señora», me callé.

—¿Me da usted su palabra? La academia está ahora a nombre de mi hijo, aunque como ve, él no viene mucho por aquí y me sigo encargando yo...

«Aunque usted está más que jubilada.»

—Pero no quisiera que me la cerraran, es el único sustento que tiene mi hijo.

—No va a quedar constancia de irregularidad ninguna, pero necesitamos que nos explique por qué alguien tan normativo como usted le permitió a un alumno examinarse de una prueba oficial sin DNI.

—Pues porque el pobre no tenía DNI. Estaba indocumentado. Era la primera vez en mi vida que veía algo así: un chico de casi veinte años, nacido aquí al lado y sin papeles. No tuve manera de sacarle su historia familiar, pero no hacía falta más que verle los primeros días, cuando se trasladó a Pamplona y se matriculó en esta academia, para saber que venía de una familia problemática y falta de recursos. El chico solo quería formarse, tener la educación que nadie le había dado. Miren, yo no iba a ser la bruja que se lo impidiese. Sospecho que llegó a la Academia Hemingway después de visitar todos los centros de Pamplona y comprobar que en todos ellos le pedían el DNI, pero yo no fui capaz de negárselo y no me arrepiento. —Tragó saliva y bajó la cabeza, como una niña pillada en falta.

—Para que nos quede claro que hablamos de la misma persona: ¿puede describirnos físicamente a Nancho Lopidana?

—Al principio, cuando vino, era un chico muy grueso, aunque a lo largo del año fue adelgazando de manera muy ostentosa y la verdad, le vino muy bien a su confianza, se hizo un poco más abierto. No era muy alto, como mi hijo, yo creo que mediría metro setenta y poco. Ni como usted de alto ni como ella de bajo, no sé si me explico. Pelo como el de su compañera, naranja, hablaba con muchos localismos que conseguí corregirle a lo largo del curso que estudió aquí. Digamos que me empeñé en que no pareciera tan de pueblo. Trabajamos mucho su caligrafía también, tenía letra demasiado grande, como de parvulario. Pero era terriblemente lector, a raíz de una anécdota que le conté de la relación de mi abuelo con Ernest Hemingway, comenzó a leer todas sus obras, iba al Café Iruña... Lo recuerdo siempre con un ejemplar de *Por quién doblan las campanas* bajo el brazo; decía que quería ser editor, para reescribir lo que otros hacían mal por impulso. Recuerdo aquella respuesta, me pareció muy curiosa. Era un niño grande, muy maduro y muy responsable para su edad. Era imposible no quererlo.

—¿Puede darnos más datos acerca de Nancho? ¿Dónde vivía durante el tiempo que duró su preparación en la academia?

—En el hostal de estudiantes de la calle Amaya. Está también en el casco antiguo, a unas cuantas calles de aquí.

Nos acercó la ficha para que pudiésemos tomar nota de la dirección que constaba como domicilio habitual.

—¿Sabe lo que hizo después de aprobar el examen, qué intenciones tenía? —pregunté.

—¿Intenciones? Claro, él quería seguir estudiando, hacer la prueba de acceso a la universidad y meterse en una carrera de letras. Le gustaba mucho la historia. Pero aquí no llegó a matricularse de la prueba. Nunca llegué a entender por qué no, con el favor que le hice con… ya saben, con el asunto del DNI. Una a veces toma cariño a sus alumnos, a mí me dolió no volver a saber de él, la verdad. No sé si se matricularía en otra academia de la competencia, o cambió de planes y no fue a la universidad.

La mujer miró el reloj y se levantó a despedir a los tres alumnos que quedaban. Después la ayudamos a echar el cierre de la pesada persiana de metal oxidado. No dejaba de preguntarme cómo alguien con escasos treinta kilos había sido capaz, durante todos los días de su larga vida, de subir y bajar aquellas rejas que triplicaban su peso.

—Oigan, si encuentran a Nancho, envíenle un saludo de la Academia Hemingway. Ojalá llegase a estudiar y a ser alguien importante en la vida. Se lo merecía.

Estíbaliz y yo nos miramos incómodos y nos despedimos de la anciana.

—Ya es de noche, deberíamos volver a Vitoria —comentó Estíbaliz, mientras recorríamos las calles adoquinadas del casco viejo.

—Si quieres, vuelve tú con el coche. Yo quiero aprovechar que estamos en Pamplona para acercarme a la pensión.

—No, yo también me quedo. Vamos.

—Estíbaliz, estoy pensando en quedarme a dormir en el hostal ese de estudiantes, si es que hay habitaciones libres a estas alturas del mes. Me vendrá bien tomar distancia y alejarme un poco de Vitoria. Tú tienes quien te espere esta noche. No seas tonta. Mañana cojo un bus y vuelvo a primera hora.

—No quiero soltar la pista del dichoso Nancho. Ahora sabemos que es real, así que decidido entonces: nos quedamos. ¿Por dónde dijiste que era la pensión esa? —Ya estaba mirando el Google Maps de su móvil.

—En la calle Amaya, junto al mercado —dije, poniendo los ojos en blanco.

La pensión ocupaba varias plantas de un edificio neoclásico en el centro. Tenía una entrada estrecha de escaleras empinadas, no aptas para muletas, y las paredes decoradas con fotos en blanco y negro de concursos de dobles de Hemingway. Era difícil abstraerse de ciertos tópicos en aquella ciudad. Dimos con el mostrador de recepción, donde una chica triste de flequillo trasquilado nos recibió con una sonrisa esforzada.

—*Americans, australians…?* —nos tanteó.

—De aquí al lado, de Vitoria —respondió Estíbaliz—. ¿Podemos hablar con el dueño o la dueña?

—Mi padre, en realidad. Vendrá mañana a primera hora. ¿Os puedo ayudar yo en algo?

—¿Tenéis dos habitaciones individuales libres? —pregunté.

—Para esta noche nos queda solo la «Dos de febrero».

—¿Es el nombre de la habitación?

—Sí, hace muchos años teníamos más habitaciones individuales, pero desde que se hizo la reforma solo tenemos siete, mucho más comunales. La mayoría de nuestros clientes son extranjeros que vienen en grupo, mochileros, o gente de Donosti, Bilbao o Vitoria-Gasteiz que vienen a pasar los Sanfermines. Cada habitación se llama como una línea de la canción que no deja de sonar por estos pasillos durante esos días: «Uno de enero, dos de febrero, tres de marzo, cuatro de abril…».

—¿Y la «Dos de febrero» cuántas camas tiene? —preguntó Estíbaliz.

—Es una habitación doble, la más pequeña. Son dos literas de uno noventa. Tu amigo el grande creo que cabe, es la que ofrecemos a los noruegos y a los suecos. Si no, no hay manera de que duerman. Empiezan con la juerga y es peor para todos, créeme.

Me aparté un momento del mostrador y tomé a Estíbaliz del codo.

—Esti... ¿Estás segura de que quieres que compartamos habitación? Esto no es necesario, si te incomoda, podemos buscar otro... —le susurré.

—Unai, a veces parece que te comes el mundo y otras veces, como ahora, parece que naciste ayer. No me seas mojigato, que ya tienes una edad. ¿Nos das la llave? —dijo, girándose hacia la chica.

—Claro, dejadme los DNI, rellenad vuestros datos aquí y aquí, me dejáis pagada la noche, si os parece, y os acompaño escaleras arriba.

Una vez cumplimos con todos los trámites, Saioa, que así se llamaba la recepcionista, nos acompañó hasta el segundo piso y recorrimos un estrecho pasillo con las paredes decoradas con unos carteles cuando menos chocantes: «Cuidado con el fantasma del estudiante».

Por fin, Saioa se detuvo frente a una de las puertas, que tenía pintada una inscripción que rezaba: «Fantasma del estudiante. Es aquí».

—¿Qué es exactamente esto del «Fantasma del estudiante»? —quise saber, no muy convencido.

—Una broma de muy mal gusto que ha acabado siendo un imprescindible de la casa. —Puso cara de estar harta de explicarlo—. No os dan miedo los fenómenos paranormales, ¿verdad?

—Depende de lo reales que sean, la verdad, ¿por qué? —preguntó Estíbaliz.

—Es una leyenda urbana. La pusimos en una guía de turismo una vez y ya ha sido imposible deshacernos de ella. A mí me cansa contar la misma historia todo el rato. Mañana os hablo de ella, ¿de acuerdo? Es que quiero volver y cerrar la caja del día.

—Claro —dije—, mañana viene tu padre también, ¿verdad? ¿Podrías avisarnos cuando esté aquí? Nos gustaría hablar con él.

Saioa nos dejó solos en una pequeña habitación con una litera de madera de pino. La cama de arriba tenía una mosquitera verde que pretendía hacer de dosel. Todo muy prosaico, muy de estudiante. Sonreí, era como volver a hacer COU.

—Vamos, te invito a cenar —dije, para romper el hielo.

—Hecho. No sabía cómo decirte que me muero de hambre.

—Hay confianza, Esti.

Nos tomamos un chuletón a la brasa en un asador de la Estafeta y una bandeja de menestra de verduras para bajar tanta proteína. Lo que venía siendo un homenaje, vamos. Nada de comida en miniatura ni exquisiteces para cobardes.

Un par de horas después, a oscuras en la habitación del fantasma del estudiante, decidimos que Esti durmiera en la litera de arriba. Nos desnudamos en silencio y en la oscuridad; hacía mucho calor pese al aire acondicionado. Imagino que ella se quedó en ropa interior, porque yo me dispuse a dormir solo con los bóxers.

Le di las buenas noches al colchón de arriba y cerré los ojos.

—Sé que estáis juntos —dijo una voz que venía de la nada.

—¿Cómo dices? —conseguí responder, medio dormido ya, sin comprender del todo.

—Que sé que la subcomisaria Salvatierra y tú estáis juntos, Unai.

—Esti, no sé lo que habrás visto o creas haber visto, pero te aseguro que…

—Para, no se te ocurra mentirme. Ya bastante me ofende que no hayas tenido la confianza como para contármelo, no lo empeores tratando de mentirme, por favor.

«Vale, ¿y cómo salgo de esta sin perjudicar a Alba?»

—No te lo he ocultado por mí, sino por su situación. Está casada y es mi superior. Como puedes imaginarte, cuanta menos gente lo sepa, mejor.

—Pero a mí sí, Kraken. A mí sí. —Subió la voz.

—¿Tanto se nota? —pregunté preocupado.

—Exudáis una especie de hormonas cuando coincidís en comisaría que hace imposible la respiración. Es algo químico, muy animal. Da un poco de asco, la verdad.

¿Hablaba en serio, o medio en broma?

—Ya no estamos juntos, en todo caso. Pero ¿crees que alguien más se ha dado cuenta en el trabajo o en Vitoria? Es importante, Estíbaliz. Piénsalo bien. ¿Crees que alguien más lo sabe?

—Yo te conozco bien, y convivo y trabajo contigo muchas horas. Alba Díaz de Salvatierra acaba de llegar, así que dudo que alguien conozca su comportamiento habitual. No lo sé, Unai. Entiendo que nadie más lo sabe, pero no tengo manera de asegurártelo. Y no me desvíes el tema de conversación. Me estaba poniendo digna porque me has ocultado tu primer rollo importante desde que estás viudo. ¿Esa es tu idea de tratar bien a una amiga?

—Pensé en contártelo, lo reconozco, pero luego ocurrió lo de tu hermano y pensé que nuestra amistad había pasado a mejor vida. Ahora mismo no sé en qué punto estamos tú y yo, Esti. No lo sé.

—Estamos en el punto en el que quiero que vuelvas a ser mi mejor amigo, mi hermano, mi familia, mi confidente, mi todo.

—Entonces se parece bastante al punto en el que estoy yo. Pero también necesito que me hables de tus asuntos, ¿qué ocurre con Iker, Esti? Hace tiempo que no dices nada de él ni dices que haces planes con él. ¿Cómo van los preparativos de la boda? No me cuentas nada. Si te soy sincero, me he sentido muy excluido. Ahora que tu hermano no está y tu padre no está en condiciones, me encantaría ser el padrino que te lleve al altar.

—He roto con Iker. No va a haber boda. Odio las bodas, de hecho. Ha sido una liberación.

Me costó creer lo que me estaba contando, eran de esas parejas que formaban un todo indisoluble desde el principio de los tiempos. Cuando los conocí, ya estaban juntos, así había sido desde siempre.

—¿Qué? —fui capaz de decir, como un tonto.

—Que ya no estamos juntos, Unai. Que nunca debí aceptar casarme, no me van las flores ni los velos ni los curas ni los vestidos largos, parezco una enana cuando me los pruebo.

—Vale, eso se lo puedes explicar a Iker y lo entendería, pero ¿de verdad que lo has dejado con él? ¿Cuánto llevabais, desde finales del franquismo?

Guardó silencio un rato largo. Un rato muy largo. Pensé que se había dormido, le di una patada contenida al colchón para comprobar que seguía viva.

—Cuando mi hermano murió me di cuenta de que Iker no tenía la capacidad de consolarme. Estar con él no me calmaba, ni me dejaba menos triste, ni me arreglaba el día. Y no tenía por qué. Estoy mejor sola, Unai. Después de tantos años, Iker es como un primo con el que a veces tengo el mismo repetitivo sexo para cumplir y convencernos mutuamente de que aún nos atraemos y somos pareja. No quiero irme a vivir con un amigo con derecho a roce. No quiero negociar el lugar de mi ropa en el armario, ni la cesta de la compra, ni la ruta de bares cada fin de semana. Desde que Eneko no está, se me hace cuesta arriba. Es como si me sobrara. Llevaba años siendo una zombi, dejándome llevar por la costumbre. Lo curioso es que a él le ocurría lo mismo y ni siquiera se había planteado cambiar las cosas, pensaba que está bien llevar una vida promedio. Ha sido una liberación por ambas partes. En septiembre se va a Pakistán a escalar el Nanga Parbat, la «montaña asesina». A mí me daba terror que lo hiciera, y siempre lo disuadí de la idea, pero ahora no tiene quien se lo impida. Es extraño el modo que hemos tenido de amordazarnos el uno al otro.

—Entonces ¿no lo estás pasando mal? ¿No tienes que llorar en mi hombro ni tengo que consolarte?

—Al contrario, necesito un compañero de juergas para ya.

—Hecho. En cuanto volvamos a Vitoria y acabemos con este caso, nos vamos de *gaupasa* a quemar el Casco Viejo.

—En cuanto acabemos con este caso…, si él no acaba con nosotros primero —dijo.

—*Touché* —contesté, ya casi rendido por el sueño—. Se nos está haciendo tarde y estoy molido, Esti. Vamos a dormir y mañana seguimos hablando.

—No, Kraken. Espera, no te duermas, que no sé si voy a tener otra oportunidad como esta para planteártelo.

—¿Plantearme qué?

—Verás, tengo un regalo que quería hacerte el día de tu cumpleaños, pero como hemos estado tan... Bueno, no se había presentado el momento.

—¿Un regalo? Pues muchas gracias, Esti. ¿De qué se trata?

—De acuerdo, allá va: es una droga que le pedí a Eneko que preparase para ti. Verás, cuando trapicheas con drogas, acabas sabiendo bastante de química.

—Eso lo sabe cualquiera que haya visto *Breaking Bad* —comenté, un poco inquieto—. ¿Adónde quieres llegar? Porque el comienzo no me ha gustado nada.

—Es un betabloqueante, a base de extracto de mandrágora y otras sustancias.

—¿Mandrágora? Pero ¿eso no es tóxico?

—Según el uso, como todo.

—Dijo la experta en estupefacientes. —Me estaba enfadando un poco con aquella conversación tan surrealista.

—Déjame acabar, me lo debes. El compuesto que me preparó para ti bloquea la absorción en el cuerpo de otras drogas psicotrópicas como el Rohypnol.

—¿Otras? ¿Esto también es una droga psicotrópica?

—No quería decir eso. No sé... no sé qué efectos secundarios tiene, Eneko afirmaba que ninguno, que se usaba para bloquear el Rohypnol, que era el secreto mejor guardado en los noventa y que ni la policía llegó a saber nunca de su existencia.

—¿Y qué pretendes, que me la tome?

—No sabemos quién es el asesino y él sabe muy bien quién eres tú. Si da un paso más y va a por ti, tus clases de autodefensa no te servirán; tampoco tu fuerza ni tu altura. Recuerda a la víctima de la Casa del Cordón, a Thor. Era como tú, pero con veinticinco años. Pudo con él, podrá contigo.

No quise escucharla, no quise pensar en eso.

—¿Eso era lo que habías ido a hacer cuando fuiste a la tienda de tu hermano?

—Sí, iba a recogerla cuando te encontré. ¿Qué me dices, la tomarás por mí?

—No me fío, Estíbaliz. En mi vida me he metido nada, y no voy a empezar ahora, y no te ofendas, pero menos de algo que me preparó tu hermano.

—De acuerdo, pues que te lo prepare alguien de quien sí te fíes. Asier, el farmacéutico de tu cuadrilla, por ejemplo. Él puede tenerlo listo en un par de días.

—No me has escuchado. Aunque no esté adulterado, no voy a meterme un bloqueante de un psicotrópico en el cuerpo. ¿Qué voy a estar, un año entero tomándolo, mientras tenga cuarenta años, por miedo al asesino?

—Siento ser yo quien te lo diga, pero me temo que no tienes tanto tiempo. El asesino volverá a actuar en cuanto haya otra fiesta importante en Vitoria.

—Me vas a convertir en un adicto. No pienso hacerlo. Y punto. Duérmete, Estíbaliz. Esta conversación ha terminado y mañana fingiremos que no ha tenido lugar.

A la mañana siguiente, el timbre de un teléfono analógico me despertó y me alcé de un salto, pero el robusto tablón de madera de pino frenó mi recorrido y caí de nuevo, con la frente dolorida por el golpe.

—Te iba a decir que cuidado con la altura, ¿te has hecho daño? —dijo Estíbaliz, asomándose desde su cama.

—Un poco, no es nada —contesté mientras me abalanzaba hacia el teléfono de la mesilla—. ¿Dígame?

—Llamo de recepción, me comentaste que os avisara cuando llegase mi padre. Tiene un poco de prisa, ¿os viene bien bajar ahora?

—Sí, que nos espere cinco minutos. Ahora mismo vamos.

Bajamos las tortuosas escaleras sin tiempo a darnos una ducha ni a mirarnos en el espejo. En recepción nos esperaba un hombre de panza generosa y perilla canosa. Apenas cabía detrás del mostrador y se secaba cada poco el sudor del cuello con un pañuelo de cuadros azules.

—Buenos días, somos la inspectora Ruiz de Gauna y el inspector López de Ayala, de la comisaría de Vitoria. Estamos investigando un huésped que tuvo en el año 1989. ¿Trabajaba usted aquí en aquellos tiempos?

—Mi padre y yo, en realidad. Por entonces empecé a cogerle el relevo del negocio. ¿Cómo es que preguntan por algo tan antiguo?

—Se trata de una investigación en curso, no podemos darle detalles. Estamos buscando a un chico de unos diecinueve años llamado Nancho Lopidana.

—¿Nancho Lopidana? —repitió Saioa, poniéndose pálida—. Claro que estuvo aquí. De hecho, murió en la habitación donde habéis pasado la noche. Él es el fantasma del estudiante.

45

EL PARQUE DE ARRIAGA

17 de agosto, miércoles

—¿Me estás diciendo que Nancho Lopidana está muerto? —repetí.

Era imposible.

Imposible.

Otro camino que acababa en muro.

—Sí, lo tuvimos de huésped durante casi un año. Tenía la habitación que ahora se llama «Dos de febrero», la compartía con otro estudiante —contestó el padre de Saioa con un gesto huraño, como si no le hiciera gracia darnos explicaciones—. Una noche que estaba solo en su cuarto se quedó dormido en la cama mientras leía con la luz de una vieja lámpara de la mesilla de noche. Por lo visto, el cable estaba en mal estado, saltó una chispa y se le prendieron las sábanas y la colcha. Mi padre estaba de guardia, y era un poco mayor, yo creo que se durmió y no se dio cuenta hasta que otros chavales bajaron por las escaleras avisándole del humo que salía por debajo de la puerta de la habitación. Mi padre llamó a los bomberos, y lograron que el incendio no se propagase al resto de la pensión, pero el pobre chico murió abrasado en su propia cama.

A aquel hombre no le gustaba contestar tantas preguntas. Se le veía molesto y tenso y con ganas de salir corriendo escaleras abajo.

—¿Vino la policía? —preguntó Estíbaliz.

—Sí, claro, la Policía Foral. Hicieron bastantes preguntas a mi padre y a algunos huéspedes, pero determinaron que fue una negligencia por parte del propio Nancho, por lo que no hubo denuncia contra la dirección del hostal. De todos modos, tuvimos que cerrar casi tres semanas porque no se podía dormir debido al olor a humo y a quemado. Aprovechamos para hacer la reforma, cambiar algunas habitaciones y pintar los pasillos y las escaleras. Después comenzó la tontería del fantasma del estudiante. Nuestros clientes son muy jóvenes y vienen con ganas de juerga, y son todo menos aprensivos. En cualquier otro establecimiento hotelero, un accidente de esa naturaleza habría espantado a la clientela. Aquí todo el mundo hablaba de que un estudiante había muerto abrasado en una habitación del hotel, y empezaron a contar que por las noches veían el espíritu de Nancho saliendo de la habitación y bajando las escaleras. Los avistamientos se multiplicaron, creo que por efecto de todo lo que llevan en el cuerpo muchos de los que vienen a pasar la noche a Pamplona, y a mi padre se le ocurrió comentar lo del fantasma del estudiante a un amigo al que le habían encargado escribir una guía turística de Pamplona. Desde entonces no nos hemos quitado el sambenito.

—¿Podría darnos el nombre del estudiante con el que compartía piso?

«Sería un testigo muy valioso», pensé. Alguien que convivió con el escurridizo Nancho.

—Oigan, aquello ocurrió hace décadas y casi no me acuerdo de los detalles —replicó, cansado—. Ya fue lo suficientemente desagradable como para recordarlo una y otra vez. No me acuerdo del otro huésped.

—Pero tal vez el abuelo sí que se acuerde —intervino Saioa.

—Al abuelo no hay que molestarle, que está muy senil.

—No tanto como dices. —Creo que susurró la chica.

—Miren, mi padre está muy mayor y no se va a acordar de nada. No podemos ayudarles en nada más, ya colaboramos con la Policía Foral y los peritos en todo lo que nos pidieron. No veo qué más datos nuevos podemos aportarles tantos años después.

«De acuerdo, hora de retirarse», pensé.

Así que subimos a la habitación a ducharnos por turnos.

Comencé yo primero, todavía molesto por la conversación de la pasada noche. Estíbaliz se retiró al pasillo y al cabo de un rato tocó con los nudillos en la puerta.

—Toma, un café. —Me tendió un vaso de plástico ardiendo. Venía tan cargado que estuve a punto de no beberlo.

—Vamos a la comisaría de Pamplona, Kraken. Yo quiero ver el informe de ese incendio —dijo Estíbaliz, apurando su café con leche.

—Totalmente de acuerdo —asentí—. Demasiados incendios alrededor de la vida de Nancho.

Y abandonamos el hostal sin cruzar palabra con el dueño. Después enfilamos nuestros pasos hacia Fuente de la Teja donde estaba la sede de la Policía Foral de Navarra.

—Buenos días —dije en cuanto entré—, somos el inspector López de Ayala y la inspectora Ruiz de Gauna, de la comisaría de Vitoria. Nos gustaría localizar el expediente de la muerte de Nancho Lopidana, ocurrida en 1990 en el hostal de la calle Amaya.

—Nos va a costar un rato encontrarlo. Os voy dando el papeleo para que lo rellenéis —nos dijo el agente que nos atendió.

Una hora después, en un despacho que nos prestaron, tuvimos acceso a la carpeta marrón que contenía el caso.

Las fotografías, de nuevo, eran todo lo desagradables que podían llegar a ser. El cuerpo no estaba calcinado por entero, solo el área de la cabeza y las manos. De hecho, podía apreciarse parte de la ropa, sobre todo las perneras de los pantalones, pese a que estaba algo chamuscada.

—¿Te has dado cuenta, Estíbaliz? —le pregunté, señalando aquel detalle con mi dedo.

—Si no fuera una muerte accidental de un estudiante, te diría que se trata del *modus operandi* de cualquier mafia cuando no quieren que se identifique el cadáver: rostro y yemas de los dedos carbonizados.

—¿Quién lo identificó? —pregunté mientras buscaba entre los pocos papeles del expediente.

—El antiguo dueño del hostal de la calle Amaya, el padre de este hombre tan amable que nos ha dado los buenos días. Aquí consta que Nancho Lopidana no tenía familia.

—¿Y su compañero de piso? ¿O algún amigo o conocido?

—Aquí no aparece el nombre de nadie más, Unai. Es un informe bastante…

—Escueto, por decirlo en modo suave.

—Raquítico, diría yo. Sabemos que Nancho Lopidana iba por la vida sin DNI, y aquí también lo señalan. Se realizó una búsqueda en los Registros Civiles de todo el país, y no aparecía. Sabía que tenían a un indocumentado, y no hicieron nada más. Hubo acta de defunción sin partida de nacimiento. Genial. Cerraron el expediente con la conclusión de que el incendio lo provocó la chispa de un cable en mal estado de la lámpara de la mesilla de noche. Nada más. Aquí se acaba el periplo de nuestro trillizo. Vaya vida que tuvo, el pobre.

—Y vaya muerte. Sabes lo que significa esto, ¿verdad? —dije.

—Sí, que si el trillizo murió en 1990, no pudo ser nuestro asesino, ni de los primeros crímenes, ni de los actuales.

Yo no lo veía tan claro. No lo veía nada claro.

—¿Quién firma este informe? —pregunté.

—El inspector Legarra.

—Pues vamos a hablar con él. Probablemente esté jubilado, pero espero que se acuerde del caso. No creo que haya incendios con resultado de muerte todos los días.

Bajamos a hablar con el agente de uniforme que nos había atendido, le devolvimos el informe y firmamos la entrega, con la hora y la fecha.

—Un favor más, ¿nos puedes ayudar a localizar al inspector Legarra? Quisiéramos hablar con él de este caso.

—Me temo que llegáis tarde. Legarra se jubiló en enero, pero hace nada que lo hemos enterrado. Un cáncer de páncreas, fulminante. Fue una pena, jubilarse y estar muerto en tres meses. Pero era un buen policía y hacía unos informes muy exhaustivos. Si no encontró nada, no había nada, creedme.

—Ya... —respondí.

Tal vez fue un buen investigador al final de sus años de servicio, pero desde luego no lo era cuando escribió aquel informe que hacía agua por las cuatro esquinas...

O tal vez no había más donde rascar. Un chico se queda dormido mientras lee, su lámpara prende y acaba muerto.

Punto.

Estíbaliz condujo de vuelta a Vitoria por la A-1 y cada uno se metió en su despacho en cuanto llegamos a la sede de Lakua.

Fue entonces cuando recibí una llamada de un número que no tenía registrado en la agenda. Se me escapó un suspiro y opté por contestar.

—Buenos días, inspector Ayala. Soy Garrido-Stoker, el abogado de Ignacio Ortiz de Zárate. Quisiera hablar con usted de manera... extraoficial —me soltó a bocajarro—. ¿Puedo confiar en que ni esta llamada ni su contenido constará en ningún informe?

—Tenemos ocho muertos y dos gemelos desaparecidos. Créame, ahora mismo estoy más allá de la extraoficialidad —contesté.

—Ya decía yo que hablábamos el mismo idioma. Le llamo porque hay un asunto que puede ayudar a localizar a mi cliente, pero los... especialistas informáticos que trabajan para mí no han logrado resultados. Me pregunto si usted, como inspector de la División de Investigación Criminal, también acude en ocasiones a este tipo de personas, al margen de las nóminas del Ministerio.

—Sabe la respuesta y tengo al mejor. ¿De qué se trata?

—Ignacio ha sido policía durante muchos años, así que, como ha podido ver, sabe protegerse, en todos los sentidos. Su móvil es un modelo muy exclusivo, él puede pagarlo. Instaló en él un dispositivo localizador y me habló de él. En uno de mis ordenadores instalamos una especie de programa receptor, un servidor donde se ve a tiempo real la localización con dos metros de margen de error. El equipo se completa con un pequeño dispositivo, del tamaño de una pila de batería, que Ignacio llevaba siempre encima, habitualmente en el bolsillo de su pantalón. Una especie de baliza GPS como la que ustedes usan en operaciones especiales, pero en tamaño muy reducido. Así que, aunque pierda el móvil o lo arrojen, en caso de secuestro, mientras no hayan desnudado al individuo, este continúa siendo localizable.

—Conocía la existencia de esos dispositivos, aunque en este país todavía no son muy comunes, al menos es lo que dicen las estadísticas.

—Pregunte a algún billonario que conozca, él le contará —contestó, con su fina ironía de letrado—. El caso es que cuando Ignacio desapareció, se llevó su móvil con él, pero cuando quise comprobar su paradero con el receptor que habíamos instalado, vi que tanto su móvil como la baliza habían sido desconectados. Por eso me inquieté y puse la denuncia de desaparición a las veinticuatro horas. Me extraña mucho que el propio Ignacio quiera estar ilocalizable para mí. Creo que ha sido secuestrado o asesinado. Pero sé que estos sistemas tienen una puerta de atrás, y pese a que alguien los desconecte, un experto con los recursos suficientes podría usar la señal GPS que continúa emitiendo para localizarlo, aunque no con tanta precisión, me temo. Sé que el programa que compró Ignacio estaba a prueba de los sistemas de la policía pero me pregunto si…

—Ya se lo he dicho: conozco a la persona adecuada, lo que no tengo tan claro es si va a querer colaborar.

—Estoy seguro de que Ignacio le compensará económicamente si consigue localizarle.

—Y yo no estoy seguro de que el dinero sea el *leitmotiv* de mi técnico. En todo caso, voy a intentar encontrar su tecla. Le digo algo en cuanto lo localice. Entiendo que la discreción es una vía en dos direcciones y que esta conversación se va a quedar entre nosotros, ¿verdad?

—Yo no le he llamado y usted no ha hablado conmigo. El móvil desde el que le llamo no se puede relacionar conmigo; le llamaré siempre desde este número, y cuando esto termine, no volveré a usar esta línea.

—Una última cuestión: si mi colaborador accede, me pedirá datos del móvil de Ignacio, pero también accederá a su sistema informático. ¿Es usted consciente? —le pregunté.

—Contaba con ello. Lo he dejado limpio.

—Un consejo: límpielo bien. Límpielo muy bien.

Después de colgar, me metí en mi cuenta de correo y le envié un mensaje de auxilio a MatuSalem:

Creo que sé cómo localizar a Tasio, pero necesito tu ayuda. Ya.

Me respondió a los dos segundos, señal de que todavía me monitorizaba y de que no se había olvidado de Tasio ni de todo aquel asunto:

En el Museo de Armería, segunda planta. Es muy viejo, no hay cámaras y en agosto no hay ni Cristo. ¿Cuándo?

Ya es «ya».

Salí corriendo del despacho, rumbo al paseo de la Senda. El museo estaba en el paseo de Fray Francisco, junto al Palacio de Ajuria Enea, la residencia oficial del lehendakari.

En la segunda planta, junto a un maniquí con mosquete y yelmo, encontré a un chaval con capucha blanca que ocultaba su rostro.

—Debo de estar loco —me dijo a modo de saludo, dándome la espalda mientras recorría con calma la estancia desierta—: He citado a un madero al lado de Ajuria Enea en una sala rodeada de armas.

—Descuida, no te voy a trinchar con un florete.

—¿Qué quieres de mí, Kraken? —dijo, sin dejar de mirar las vitrinas con proyectiles.

—Tengo un reto que te va a encantar: un sistema localizador de personas que no se usa en este país y que el gemelo de tu mentor adquirió a precio no apto para tu bolsillo y el mío. Tanto el móvil como la microbaliza GPS que Ignacio llevaba encima en el momento de su desaparición fueron desconectadas, pero tú, y creo que solo tú, puedes encontrar una puerta de atrás y localizar la señal con algún parche. Lo sé.

—¿Y yo qué gano?

—Tengo una miríada de motivos que darte: mis respetos, tu inmunidad de cara al equipo de delitos informáticos, exonerar a Tasio, tal vez encontrarlo con vida todavía... No sé hasta dónde se enmarronó por ti en el talego. Solo plantéate si él se habría negado a localizarte si tú hubieras desaparecido. Por otro lado, el abogado de Ignacio mencionó una suma golosa de dinero. Tal vez eso te permita olvidarte de fraudes por internet durante una temporada. Vamos, Maturana. Pásate al lado blanco, los *hackers* como tú no llegan a viejos a no ser que acaben montando una *start up*. Esto te retiraría. ¿No estás cansado de ir siempre con capucha, mirando por encima de tu hombro?

—Ya, ya. Kraken. Ya es suficiente. Hace media hora que me había decidido. No lo endulces más, que me va a dar un subidón de glucosa.

Reprimí una sonrisa de triunfo y vi que se daba media vuelta para dejar atrás el siglo XVII.

—¡Pídeme los datos que necesites! —le grité, mientras Matu-Salem bajaba las escaleras para abandonar el edificio—. Y escribe algo en la cuenta de Twitter de Tasio, anda, aunque sea un consejo de esos para guionistas, que vais a perder todos los seguidores.

Me quedé un rato en silencio, contagiado con la paz de aquel lugar encapsulado en el tiempo, cuando escuché la respiración de alguien que subía a toda prisa por las escaleras.

Miré con curiosidad a la chica que entró en la sala, pero cuando vi quién era, me quedé helado. Literalmente helado. No es una expresión, es que noté mucho frío en las manos y en la cabeza de repente. Como si hubieran puesto el aire acondicionado a tope.

—Te he estado buscando por todas partes, Unai. Tu compañera me dijo que estabas aquí —dijo Martina, mi cuñada.

—Pero ¿qué demonios...? —fui capaz de pronunciar.

La veía, era mi cuñada, pero no podía dar crédito.

—Espera, Unai. —Me frenó con la mano—. Deja que hable antes de que te dé un ataque al corazón. He venido a buscarte para explicártelo, ya he hablado con Germán. Pero ¿cómo se os ocurre darme por muerta? El día 9 tenía un viaje de trabajo a Santander, ¿no te acuerdas que te lo comenté? He estado en un curso de verano de mediación familiar en el palacio de la Magdalena.

—Pero ¿qué estás diciendo, Martina? Te vi muerta en la sala de autopsias, yo mismo te reconocí.

—Unai, ha habido un error, a la que mataron fue a mi hermana. Me disteis por muerta, maldita sea, pero ¿estáis locos o qué? —dijo aproximándose a mí.

Tan cerca, reconocí su olor corporal y sus ojos color kiwi.

—Dame un abrazo, por favor, cuñado. Voy a necesitar tu ayuda para calmar a Germán, está alucinando en colores...

Y me abrazó, se pegó a mí como una lapa y sentí el calor de su cuerpecillo y después de unos segundos de auténtico estupor, me atreví a acariciarle el pelo negro recién crecido y a besarle en la cabeza.

«Está alucinando...», pensé.

Entonces me di cuenta.

«Maldita sea, Unai. Estás alucinando.»

Me separé un poco de Martina, que me miraba sin saber muy bien si estar enfadada con los acontecimientos o aliviada por ver a Germán recuperado.

—No tienes hermanas, Martina —le dije al espíritu de mi cuñada, o lo que fuera.

—Sí, claro que tengo una hermana. Una hermana gemela.

Me froté los ojos, esperando que mi alucinación desapareciese, pero cuando los volví a abrir, Martina continuaba allí, persistente.

A falta de experiencia u otros recursos psicológicos, opté por actuar según la terapia que conocía para pacientes con alucinaciones visuales o auditivas.

—Martina, no eres real y voy a dejar de hablar contigo ahora mismo. Da igual las veces que te me aparezcas, no volveré a hacerte caso. Solo quiero que...

«A tomar por saco la terapia.»

—... ya que tenemos una segunda oportunidad para despedirnos, aunque sea en mi dañada cabeza... solo quiero darte las gracias. Gracias por la lección de vida que me has dado. Eres familia, Martina. Te he querido como una hermana.

A la Martina de mi cabeza no le hizo ninguna gracia mi despedida, pero pasé delante de ella y me dispuse a abandonar la sala, escaleras abajo.

Aun así, no pude evitar echar una última mirada a la sala, pero allí no había nadie. Solo yelmos y picas.

Maldita Estíbaliz, cogí el móvil como si fuera a estrujarlo y la llamé:

—¿Dónde estás, Esti?

—En el despacho, ¿por qué?

—Voy con mi coche, te espero en el parking. Tenemos que hablar a solas.

Llegué hecho una furia y ella me estaba esperando con cara de preocupación.

Aparqué en la plaza vacía más lejana y abrí la puerta del copiloto. Estíbaliz se acercó y montó.

—¿Qué pasa ahora? Traes una cara que pareces un fantasma.

—¿Un fantasma? ¡Un fantasma es lo que he visto, por poco se me para el corazón! Y no solo lo he visto, he estado hablando con el fantasma de Martina, Estíbaliz.

—¿Perdona?

—¿Perdona? —repetí, con las mejillas rojas—. ¡No, no perdono! Esta vez no perdono, a ti se te ha ido la cabeza. Tú tienes los esquemas éticos alterados. Has ido demasiado lejos, compañera. Me has dado una droga psicotrópica, en el punto álgido de esta investigación, cuando tenemos que estar más centrados y con los sentidos al cien por cien. Pero ¿tú estás loca? ¿Cuándo me lo diste, en el café de Pamplona, esta mañana?

Estíbaliz apretó la mandíbula, se cruzó de brazos y miró hacia fuera.

—Ya lo sabes, no me hagas preguntas retóricas.

Suspiré, para ver si se me pasaba el enfado, pero me estaba costando.

—¿Cuánto dura esta mierda en el organismo?

—Los efectos secundarios pasarán, creo, pero también tu inmunidad frente al Rohypnol.

—¿Cuánto? —repetí, a punto de perder la paciencia.

—Doce horas… creo.

—¿Crees?

—Sí, creo que para la noche ya no estará en tu organismo. Al menos, eso dijo Eneko.

Ya no estaba solo enfadado, también estaba triste.

Aquello era una despedida. Llegados a ese punto, no había marcha atrás.

—Esti, lo que has hecho no tiene nada de normal. No… no quiero seguir trabajando contigo. No voy a dar parte de lo que has hecho, no quiero buscarte la ruina, pero ya no me fío de ti, no me voy a fiar cada vez que me ofrezcas un café o una croqueta. Mañana hablaré con la subcomisaria. O te vas tú del caso, o me voy yo. Y cuando acabe este caso, no quiero seguir siendo tu compañero.

—Yo me voy, inspector Ayala. Usted no tiene por qué pagar las consecuencias de mi error.

—Demasiado tarde, inspectora Gauna. Demasiado tarde. Salga por favor de mi vehículo.

Estuve mucho tiempo sentado en el asiento de mi coche. Bastante bloqueado, bastante preocupado por la droga que llevaba encima.

No quería saber nada. De Estíbaliz, de Alba, de nadie.

Cuando terminase con el caso, si es que no terminaba el caso conmigo y con todas mis relaciones, me iba a tomar un descanso. Tal vez con Germán, alejarlo de allí, cuidar de él. Cuidar de él.

Me dio miedo que mi cabeza también fallase por el efecto de la maldita droga, así que me obligué a seguir activo y en circulación.

«¿Qué te queda pendiente, Unai?»

Lutxo, Lutxo quedaba pendiente.

Así que marqué su número y esperé a que no se me escabullese con buenas palabras.

—Lutxo, me gustaría que nos viésemos, y por Dios, no me des ninguna excusa nueva, que ya has sido bastante creativo hasta ahora. ¿Tienes un momento?

Para mi sorpresa, lo encontré dispuesto a hablar conmigo y quedé con él en el parque de Arriaga, un lugar discreto y neutral donde hablar con un poco de paz con el que había sido mi amigo desde los tiempos de San Viator.

—¡Cuánto tiempo, Kraken! —dijo cabizbajo, dándome una palmada en la espalda—. Han sido semanas, pero con lo que ha pasado, parece otra vida. ¿Cómo llevas lo de tu cuñada?

«Mi cuñada —pensé entre dientes—. Mi cuñada ha venido desde su cielo a preocuparse por mí. ¿Harás tú lo mismo, amigo?»

—Si te soy sincero, lo mejor que puedo hacer por Martina es detener al desgraciado que la mató. Y tú vas a ayudarme, sí o sí. Hay una conversación que dejamos pendiente, Lutxo.

—Pues dilo claro, porque no te sigo —dijo sentándose en un banco frente a uno de los estanques.

—En nuestra última conversación, cuando te pregunté por la fuente que te pasó las imágenes de los gemelos con la víctima de quince años, dijiste algo así como que era el secreto mejor guardado de la redacción. Empiezo a tener motivos para pensar que el papel de la prensa en este caso, y en el caso de hace veinte años, ha sido determinante, y no siempre ha obedecido a intereses puramente informativos.

—¿A quién estás acusando, exactamente?

—¿A ti, al director de tu periódico…?

—¿A mí? ¿De qué hablas?

—De que tú me metiste en la cabeza tus sospechas del Eguzkilore, de que tú destrozaste la imagen pública de Ignacio y segaste toda opción de que Tasio se reinsertara socialmente. Tal vez tenga que empezar a preguntarte dónde estabas en las fechas de los asesinatos.

—¿Estás hablando en serio, Kraken? —Me miraba espantado—. No puedo creer que un amigo como tú desconfíe de mí. ¿Desde cuándo nos conocemos, desde los seis años?

—Te estás yendo del tema, Lutxo… —le recordé—. Y eso no te hace parecer más inocente.

—Pero ¿de qué vas? —gritó al tiempo que se levantaba de un salto del banco—. ¿Me estás acusando a mí, de verdad?

Yo también me levanté, no me gustaba que me hablasen desde arriba.

—¡Pues colabora de una puñetera vez, Lutxo! Pónmelo fácil, porque podría buscarte las cosquillas alegando obstrucción a la justicia si te niegas a decirme quién leches es tu fuente y no lo he hecho hasta ahora, y tal vez por eso estén muertos mi cuñada y Eneko. No sé cómo puedes mirar a Germán a los ojos.

Se sentó de nuevo, atusándose la perilla blanca una y otra vez.

—Mi jefe me mata, mi jefe me va a matar por esto… —dijo para sí mismo.

—Vamos, Lutxo —le apreté—. Ya has tomado la decisión, ahora, simplemente, dímelo y acaba con esto.

—Está bien. El secreto mejor guardado de la redacción de *El Diario Alavés* es que el material que publicábamos en relación al caso nos llega en un sobre cerrado sin remite. Así ha sido desde hace veinte años.

«¿Qué?», pensé atónito.

—¿Un sobre cerrado?

—Sí, lo del sobre todavía era bastante habitual por aquel entonces. Internet aún no funcionaba y muchas notas de prensa llegaban en sobre a la recepción de las oficinas. Había gente que las traía personalmente, pero recibíamos muchas por correo tradicional. Lo de los anónimos también era frecuente. Teníamos las precauciones básicas para detectar que no fuese una carta bomba, pero si no tenía peso ni volumen, las abríamos con total normalidad.

—¿Qué material os llegó con esos sobres en concreto?

—Las fotos que publicábamos, y los artículos enteros. No teníamos que redactar nada. Eran datos y más datos que *El Correo Vitoriano* no aportaba y nosotros sí. Llegaban a mi nombre, yo acababa de entrar y estaba de becario. Sueldo bajo, contrato de prácticas... Era el último mono, un crío con ganas de comerse el mundo que se topó con la realidad de una redacción muy jerarquizada y pocas posibilidades de renovar los seis meses que había firmado. Pero si no me quedaba allí, me tenía que ir de Vitoria. En esta ciudad no hay muchas más salidas laborales para un periodista.

—¿Y te llegó a tu nombre? ¿Por qué no avisaste a la policía? Tal vez había huellas, o ADN de la saliva en el pegamento.

—Te lo acabo de contar, ¿no te parece suficiente? La primera vez, se lo entregué al director, pero no le dije cómo lo había conseguido. Creo que no le importó demasiado. Estaba obsesionado con el caso, solo hablaba de darle más y más páginas a aquella historia. Batimos récord de tirada con aquella edición. Cuando llegaron los siguientes sobres, fui incapaz de pensar claro y dar parte a la policía. El director me tenía todo el día en su despacho, me convertí en su favorito, conseguí que me hiciera un contrato indefinido.

—Quiero saber una cosa: este último sobre, el que contenía las fotos robadas de los gemelos y la chica, ¿era igual que los anteriores? ¿Dirías que fue enviado por la misma persona?

Lutxo se paró un minuto a pensarlo, luego me miró, con cara de culpable.

—Pues sí... no lo había pensado.

—¡Pero serás imbécil...! —le grité, fuera de mí—. Eso supone a una misma persona metida en esto desde hace veinte años. ¿Eres remotamente consciente de lo revelador que resulta ese detalle? ¿No te das cuenta de que el que te ha enviado esas fotos y esos artículos no lo ha hecho para regalarte un trabajo, sino para manipular a la opinión pública? Es alguien que sabe más que tú y que yo, alguien que siempre se adelanta, posiblemente sea el asesino, y desde luego, es alguien que ha querido perjudicar a Tasio y a Ignacio desde el principio. Nos has ocultado toda una línea de investigación que debería haber comenzado hace veinte años, y han muerto dieciséis personas por eso. A todos ellos sí que les ha salido caro tu trabajo.

—¡Joder, Kraken! No te pongas así. Nunca lo había pensado de esa manera.

—Sí, Lutxo. Sí que lo habías pensado, pero eres incapaz de ver más allá de tu maldita mesa de redacción. Hazme llegar esos sobres antes de que hable con el juez y os cierre el puñetero periódico.

Le di la espalda y abandoné el parque junto a la ermita juradera de San Juan de Arriaga donde, siglos atrás, la cofradía de Arriaga se reunía para defender sus intereses. El tiempo no había cambiado demasiado nuestras costumbres: vitorianos luchando contra vitorianos, alaveses matando a alaveses.

46

EL CASCO ANTIGUO

18 de agosto, jueves

A la mañana siguiente, a primera hora, recibí una llamada con la que no contaba. Todavía no había salido de casa y contesté mientras desayunaba en la cocina, mirando a la plaza.

—¿Sí, dígame?

—Inspector Ayala, soy Saioa, del hostal de Pamplona. Espero que me recuerdes.

—Claro, Saioa. ¿Algún problema con la tarjeta de crédito?

—No, qué va. No se trata de eso. Es que… —Dudó un poco—. Tú eres Kraken, el del caso de Tasio Ortiz de Zárate, ¿verdad?

Suspiré, aquello tenía visos de pandemia.

—Si me has reconocido, creo que sobran las presentaciones.

—Es que sigo lo de los dobles crímenes de Vitoria por Twitter, como todo el mundo. Ayer no te reconocí, en las fotos pareces más bajo.

—¿Y por qué me llamas, Saioa?

—Verás, es que a mi padre no le gusta la poli, como habrás podido apreciar. No sabes la de registros por drogas que han hecho en la pensión con los clientes que tenemos. Es un incordio, y no puede ni veros, pero… No sé si lo de Nancho Lopidana tiene que ver con el caso de Tasio, pero dijiste que era por un caso muy antiguo y…

—No puedo darte ese dato, Saioa, pero te escucho.

—Mira, si yo puedo ayudar en algo para solucionarlo, que no sea porque he mirado hacia otro lado. Mi abuelo tiene en su casa todas las fichas de recepción de los huéspedes desde que abrió, y acabo de hablar con él y está más que dispuesto a entrevistarse contigo, dice que la policía de hace veinticinco años no le hizo ni caso. El hombre se ha quedado con ganas de hablar. Pero vas a tener que venir a Pamplona, porque él no tiene mucha movilidad, y es mejor que mi padre no se entere.

—Voy ahora mismo para Pamplona. Dame la dirección de tu abuelo y dile que en hora y media estaré en su domicilio. Y, otra cosa, Saioa...

—¿Qué?

—Mil gracias. Ojalá todo el mundo se mojase tanto como tú.

Después de colgar, me dirigí a la carrera hacia el coche y marqué el número de mi compañera:

—Estíbaliz, vamos a dejar aparcada durante esta mañana la conversación que mantuvimos ayer. Mira, vuelvo a Pamplona para entrevistar al antiguo dueño de la pensión de la calle Amaya. Su nieta cree que nos puede dar más información y tiene los registros de los huéspedes de hace veinticinco años. Pero antes tengo que contarte lo que me ha ocurrido con Lutxo.

—¿Con Lutxo, nuestro Lutxo?

—Sí, nuestro Lutxo. Escucha...

La puse al día del tema de los misteriosos sobres cerrados, dejé que soltase un par de exabruptos y cuando terminó de jurar convinimos en que subiese a la redacción de *El Diario Alavés* para asegurarse de que Lutxo nos entregaba los sobres cuanto antes y los enviaba a analizar.

Llamé al portero automático de la dirección en el Casco Antiguo de Pamplona que me había dado Saioa y después de subir por las estrechas escaleras, un anciano rechoncho vino a abrirme en el rellano del primero. Tenía la misma barriga que su hijo y una nariz muy roja tapizada de arañas vasculares. Caminaba con cierta dificultad apoyado en un bastón que le quedaba un poco pequeño para su tamaño. Me invitó a sentarme en su viejo sillón de polipiel verde, yo obedecí. Me sirvió un pacharán que rechacé amablemente, pero no paró de ofrecerme de todo hasta que acepté comer algunas de las pastas de té de supermercado que sacó de su coqueto aparador de los años setenta.

—Mi nieta me ha puesto al día. No sabe las ganas que tenía de que reabrieran el caso de Nancho Lopidana.

—Verá, no es que se haya reabierto el caso —le aclaré, con la boca casi llena de la espesa pasta—, es solo que hay otra investigación en curso y el nombre de ese chico ha salido a colación.

—Pues deberían reabrirlo, yo no me quedé conforme con lo que sucedió.

—¿Puede decirme el motivo?

—Verá, es que no solo murió Nancho. Es que su compañero de habitación desapareció aquella noche, me lo dejó todo sin pagar, y nunca más volví a saber de él. Se lo dije a la policía y me contestaron que si no había una denuncia formal por parte de familiares, ellos no iban a ponerse a buscar.

Me quedé sin habla durante un par de segundos. No me lo esperaba.

—¿Me está diciendo que el amigo de Nancho también desapareció? Eso no consta, para nada, en el informe del caso.

—¿Cómo que no? —contestó, enfadado, golpeando el suelo con el taco del bastón—. Tuvieron que mencionarlo, con lo que yo le insistí al inspector…

—Pues no fue así. De todos modos, ¿cómo supieron que era Nancho el que murió aquella noche en la habitación, y no su compañero?

El hombre se encogió de hombros, como si fuese lo más evidente del mundo.

—Porque estaba en la cama de Nancho, y la ropa que llevaba, pese a lo chamuscada que estaba, era la de Nancho.

«No era suficiente, para un buen investigador no habría sido suficiente», pensé, frustrado.

—Está bien. Dígame: ¿se acuerda usted de cómo se llamaba el compañero de Nancho?

—Pues acordar, no me acuerdo, pero si usted tiene paciencia, yo le busco la ficha del registro del hostal. Aunque a lo mejor tardamos menos si le enseño los álbumes de fotos. Solía apuntar detrás los nombres de los huéspedes que se quedaban todo el año, para que no se me olvidasen. Es que fueron tantos…

—¿Tiene usted imágenes de Nancho? —Tragué saliva.

Por fin, por fin iba a saber si tenía algo que ver con los gemelos.

—Claro, y de su amigo también. Con los estudiantes que se quedaban todo el curso escolar en Pamplona solíamos hacer fiestas, celebrar las Navidades y otras fechas señaladas si no se iban con las familias. Ellos eran inseparables. De hecho, cada día se parecían más, parecían hermanos.

—¿Cómo dice?

—Sí, mire. Si ve las fotos de aquel año se dará cuenta. Cuando Nancho llegó a la pensión, venía mal vestido y mal peinado, pero después, de ir con su amigo, cada vez fue pareciendo mejor mozo, se quedó flaco y se cortaba el pelo como el periodista, en la misma peluquería. Aunque uno era moreno y Nancho tenía el pelo rojo, al final eran como nuestros Zipi y Zape, una cosa muy graciosa. A Nancho solo le faltó teñirse el pelo de negro para ser igual que su amigo. Mire, mire…, para que vea que no exagero.

—Disculpe, ¿ha dicho usted «el periodista»?

—Sí, ¿no se lo había comentado antes? El estudiante, el que desapareció, estudiaba primero de Periodismo. Sus padres habían muerto y era hijo único, sin familia, creo que venía de Madrid, pero heredó algunas perras y su padre no le había mandado otra cosa más que estudiar Periodismo, como su abuelo, o algo así.

—¿Puedo ver esos álbumes, por favor?

—Alcánceme ese que empieza en 1989, si es usted tan amable, que con mi pulso se me van a caer todos encima. —Señaló su vieja *boiserie.*

Me levanté y busqué año por año al que ostentaba una pegatina de 1989-1990. Después me senté junto a él, procurando disimular mi impaciencia. El anciano comenzó a pasar las páginas a color del grueso tomo.

—¡Aquí! —exclamó mientras ponía el dedo sobre un rostro que no llegué a ver.

—¿Puede…? ¿Puede retirar el dedo para que pueda verlo?

—Claro, claro. Mire, este era Nancho Lopidana cuando llegó al hostal. Eran los primeros días, pero ya hizo migas con el chico periodista.

Me acerqué a la foto, que tenía los colores típicos de las imágenes de los noventa, como si le hubiesen pasado un filtro de Instagram.

Entendí que Nancho era el chico del rostro redondo, de luna llena, nariz pequeña, ojos juntos. Un rostro grande e hinchado para aquellos rasgos diminutos, como de una talla menor. El pelo liso, flequillo largo hacia un lado, algo trasnochado. No miraba a la cámara, tenía la barbilla baja, como si fuera tímido de un modo enfermizo. Parecía ajeno, casi asustado, ante la fiesta del resto de los estudiantes, que soplaban matasuegras y lanzaban serpentinas de colores.

—Este es el estudiante, mire, el que está a su izquierda —me señaló el anciano hostelero.

El otro chaval era guapetón, moreno con el pelo muy corto, delgado y miraba a la cámara con gesto resuelto. Le pasaba a Nancho un brazo por encima de los hombros, como queriendo hacerle partícipe de la juerga.

—¿Tiene su nombre?

El anciano levantó el plástico transparente que protegía la vieja foto y le dio la vuelta al papel.

—Vaya, pues en esta no, se me pasaría —dijo, contrariado—. Pero tengo muchas más, no se preocupe.

Fuimos pasando las páginas y me fue señalando todas en las que estaba Nancho, siempre al lado de su amigo. Siempre colocados juntos. Unas veces, hablando entre ellos, contándose confidencias. Otras veces, haciendo peinetas a la cámara, con el descaro de los veinte años sin cumplir.

—¿Ve? —Me señaló—. Nancho empezó a fumar como un carretero, era algo que su amigo, el periodista, no soportaba. El chico no era fumador y no le dejaba que encendiese un cigarro en la habitación que compartían. La noche que murió Nancho estaba solo y aprovechó para fumar. Yo creo que el pobre se quedó dormido.

Tenía razón. En las últimas fotografías, Nancho aparecía siempre con un cigarro casero entre los labios. Pude contar unas siete imágenes en las que estaban juntos, y el cambio de Nancho se iba haciendo patente a lo largo de cada una de ellas.

—¿Me permite que saquemos del álbum todas las fotos en las que aparece Nancho? Le prometo que después las recolocamos en su lugar correspondiente.

—Proceda, proceda... que luego ordenamos —me animó.

Puse las siete fotografías en línea encima de la mesita baja del salón, después de apartar las pastas de té industriales.

El cambio de Nancho no solo era evidente: también era inquietante. A lo largo de los meses había adelgazado, se había rapado el pelo y llevaba la misma cazadora vaquera Levi's etiqueta roja con el cuello de borreguillo que su amigo. En las últimas imágenes su actitud había cambiado tanto que costaba reconocerlo con respecto a la primera. Se reía como el resto de los jóvenes, charlaba con gesto de conquistador barato con algunas chicas en minifalda y en otras abrazaba a su amigo con una cerveza y su sempiterno cigarrillo entre los labios.

«Hostia, es un camaleón», pensé, aterrado.

No era únicamente mimetismo social, había algo muy patológico en la transformación de Nancho. No solo se había adaptado al entorno. Lo había imitado, había elegido un cuerpo, una identidad y... tal vez después lo había reemplazado, convirtiéndose en un huésped de aquella carcasa quemada.

Les di la vuelta a todas las fotografías. Por suerte, algunas de ellas tenían apuntados varios nombres en su reverso. Se las pasé al anciano.

—¿Se puede acordar ahora del nombre del estudiante de periodismo?

—A ver —dijo, colocándose sus gruesas gafas—. Mario, eso es. Aquí lo tiene: Mario Santos.

«¿Cómo?»

—Disculpe, ¿ha dicho Mario Santos? —repetí, incrédulo—. ¿Podría buscarme su ficha completa, con todos sus datos personales y su DNI?

¿Mario Santos, como el periodista de *El Correo Vitoriano*? No podía ser, tenía que ser otro. Mario era el tío más tranquilo y amable de...

«Igual que Nancho», pensé.

«Igual que Nancho.»

Un perfilador criminal reconoce ese momento sagrado: cuando su perfil teórico encaja con una persona concreta en el mundo real, cuando se adapta al milímetro a las costuras del traje que le ha ido diseñando en su cabeza después de tomar buena nota de sus obras.

Tuve mi momento de epifanía con siete fotografías frente a mí en una mesita setentera y la harina de unas indigestas pastas todavía en la garganta.

«Igual que Nancho.»

Al anciano le costó bastante encontrar los registros de huéspedes de aquellos años. Los guardaba en cientos de archivos pequeños de dos arandelas y tuvimos que revisar miles de fichas hasta que dimos con la que correspondía a Mario. A Mario Santos Espinosa, nacido el 16 de abril de 1971. La foto de la ficha no se parecía demasiado al Mario Santos adulto que ahora conocía.

En cambio, cuando miré de nuevo la última fotografía de Nancho en la pensión, ya delgado y con el pelo cortado a máquina, entonces se me heló la sangre de las venas. Porque allí sí que vi al Mario Santos al que tanto había tratado durante los últimos años. Un Mario veinteañero, todavía pelirrojo. Menos hecho, de hombros más enclenques y estructura facial todavía sin cincelar, pero reconocí las cejas rectas, la poca distancia entre los ojos marrones…

Era él, desde siempre. Nancho Lopidana había retado las órdenes de destierro de sus hermanos y había vuelto a Vitoria con otra identidad. Llevaba más de veinte años dirigiendo en la sombra las editoriales del periódico de cabecera de los vitorianos y enviando las fotos más polémicas al periódico rival.

Su trabajo le daba acceso a todos los edificios históricos; sus modales tranquilos y su apariencia tan poco amenazadora le habían permitido acercarse a todas sus víctimas.

¡Por Dios!, si hasta a mí me había utilizado, ganándose con mucha paciencia mi confianza, sin presionarme nunca.

—¿Sabe?, creo que usted tenía razón —le dije por fin al anciano, fingiendo una calma que en absoluto sentía—. Creo que tenía toda la razón al sospechar de la desaparición de Mario Santos. Voy a tratar de subsanar este error policial, pero necesito estas imágenes y la ficha como pruebas. ¿Tengo su permiso para llevármelas oficialmente?

—Claro, hijo. A cambio de que, cuando termine su investigación, se acuerde de mí y me haga una llamada para contarme qué ocurrió exactamente. Son muchos años de darle vueltas.

—Hecho. —Le di un apretón de manos como hacía el abuelo—. No faltaré a mi palabra.

Conduje de vuelta a Vitoria con mi botín de fotografías, nervioso, con la cabeza como un avispero.

¿Mario?

¿Mario Santos?

Puse el manos libres, llamé a Estíbaliz y le relaté lo sucedido.

—Es un camaleón, Esti. Nancho Lopidana se ha disfrazado de otro durante décadas, ¿cómo narices íbamos a ver que ahora era Mario? Podía ser cualquiera. ¿Tienes ya los sobres que enviaba a la redacción de *El Diario Alavés*?

—Sí, los he incautado y se lo he comentado a la subcomisaria. Se han enviado al laboratorio de Bilbao para ver si alguno contiene restos de saliva y podemos identificar su huella genética. Tardarán unos días, pero ahora mismo nos viene muy bien para vincular a Mario Santos con el caso, si encontrásemos una coincidencia.

—Lo sé, Estíbaliz. Lo sé. Quiero que te metas en la base de datos y compruebes que Mario Santos Espinosa, el periodista que conocemos, tiene el siguiente DNI. Apunta.

Le recité el número del documento que aparecía en la ficha de registro amarillenta del hostal y escuché a mi compañera aporreando con furia el teclado. Solo quedaban unos veinte minutos para entrar en Vitoria. Quería volar, acabar con todo aquello de una vez, pero me mantuve prudente dentro de los límites de velocidad.

—¡Ostras!, sí que es él, Kraken —dijo mi compañera—. El Mario Santos que conocemos tiene ese número de carnet de identidad. Pero no lo entiendo, ¿cómo se las arregló para cambiar la huella dactilar del DNI del verdadero Mario Santos?

—Nancho pudo pagar por un DNI falso a nombre de Mario Santos en el mercado negro con su foto y su huella. Después, al renovarlo, lo convirtió en legal —le contesté.

Las oficinas de hace veinticinco años no tenían el sistema tan digitalizado como las actuales, era factible que al renovarlo sustituyeran la huella antigua del verdadero Mario por la nueva de Nancho sin que hubiera un sistema automático que detectase que no había puntos coincidentes. En una comisaría como la de Pamplona se renuevan tantos DNI al día que los agentes no se fijarían en todas y cada una de las huellas a la hora de renovarlas. Solo un experto en dactiloscopia puede afirmar que dos huellas son idénticas cuando encuentra al menos doce relieves o crestas iguales, las famosas *minutias*. Pero ninguna comisaría tenía por entonces a un técnico para examinar todas y cada una de las renovaciones de DNI.

—Sí, pero se arriesgó —insistió mi compañera.

—Nancho llevaba toda la vida indocumentado, sin poder hacer un solo trámite oficial ni participar en la vida administrativa como cualquiera de nosotros. Para él, usurpar la personalidad del verdadero Mario Santos traía muchas ventajas: tenía partida de nacimiento, matriculación en la universidad, las cuentas corrientes y el dinero del verdadero Mario… un pasado con papeles. Por eso no retomó la identidad de Nancho Lopidana después de aprobar el graduado. Le ayudó para adquirir una educación básica, pero ya no le hacía falta. Y mucho menos teniendo en cuenta que cualquiera podía vincularlo fácilmente con el incendio en el que murieron todos los miembros de la familia Lopidana. Y de nuevo un incendio en el hostal… Demasiado fuego a su alrededor, y él siempre sobrevivía, ¿no crees?

—Ahora comprendo por qué el cadáver del estudiante del hostal no tenía huellas dactilares y el rostro carbonizado —dijo Estíbaliz—. Si fue capaz de hacerle eso a un amigo, imagina de lo que no sería capaz de hacer a desconocidos.

—Me temo que todos hemos sido testigos de lo que Nancho es capaz —dije, reprimiendo el asco que sentí al pensar en el Mario que conocía desnudando a mi cuñada y metiéndole abejas asesinas en la boca—. Esti, ve montando el operativo para detenerlo. Búscalo en la redacción de *El Correo Vitoriano* o en su domicilio. Ve con una patrulla, id armados. Yo voy a informar a la subcomisaria para que el juez Olano emita una orden. Necesitamos una confesión o una prueba física que lo vincule con alguno de los asesinatos. Tal vez se puedan revisar los casos antiguos de Izarra y de Pamplona. Fueron sus primeros asesinatos, no creo que llevase guantes ni fuese tan cuidadoso como ahora. De todos modos, si es tan frío y lleva veintisiete años ejecutando una venganza, dudo que le arranquemos una confesión espontánea. Ese tío debe tener muchos mecanismos de control en su cabeza.

«La guarida de la bestia —pensé—, necesitamos encontrar la guarida de la bestia.»

El lugar donde los llevaba, los mataba, los preparaba para su macabra parafernalia. No podía ser Vitoria, Mario tenía que poseer otras propiedades en los alrededores.

Miré al reloj del coche: era ya mediodía. Alba se habría ido a su casa a comer, así que la llamé a su móvil. Me moría por contarle todo, y también por hablar con ella y darle la noticia. Que aquella tensión, aquella pesadilla, aquel nubarrón oscuro sobre nuestras cabezas que nos había perseguido desde que nos conocimos se despejase por fin, porque nos pesaba demasiado.

—¡Alba, lo tenemos! —exclamé, sin poder contenerme—. Sabemos quién es el asesino. Tenemos imágenes de Pamplona de Nancho Lopidana y de su cambio de identidad. No murió, Alba. Ese tipejo no murió. Y los sobres que envió a la redacción de *El Diario Alavés* nos pueden dar el ADN que lo vincule definitivamente al caso.

—Inspector Ayala, tranquilícese, por favor. Ahora mismo estoy comiendo en mi domicilio, con mi familia. —Aquello de «familia» me sentó como un trago de napalm. Sabía que era un aviso de que no estaba sola y de que no podía hablar, pero aquel «familia» se me atragantó y me costó centrarme en lo que quería decirle.

—De acuerdo, pero se trata de algo urgente —contesté, contrariado.

En ese momento, entró otra llamada en mi móvil. Era el número desde el que siempre me llamaba MatuSalem.

Ojalá.

Ojalá me trajera buenas noticias y hubiese localizado a Ignacio.

—Le dejo, jefa, tengo una llamada que no puedo dejar de atender, luego le explico, luego se lo explico todo. Pero llego a Vitoria en menos de veinte minutos y espero que para entonces venga a comisaría, porque hay que poner en marcha un operativo para dar caza al asesino.

47

TREVIÑO

18 de agosto, jueves

Por una vez, la voz de MatuSalem transmitía unos nervios que yo no estaba acostumbrado a detectarle.

—¡Kraken! Tengo señal, tanto el móvil como la baliza de Ignacio me señalan la misma zona. He triangulado el área, pero es demasiado amplia. Yo no sé si vas a poder trabajar con esto.

—A estas alturas, puedo trabajar con lo que me pongas. ¿Cómo de amplia es la zona?

—Unos cinco kilómetros cuadrados.

—De acuerdo, es amplia, sobre todo si está urbanizada, pero se puede hacer. Dime qué zona es y envíame un mensaje después con las coordenadas.

—Está en el sur de Vitoria, en Treviño.

—¿En Treviño?

—Sí, pasado el puerto de Vitoria. Hay pocos pueblos por esa zona, la verdad. Uzquiano, Ajarte, Aguillo, Imiruri, San Vicentejo…

—¿San Vicentejo? —repetí.

«La ermita. Tiene secuestrados a Tasio y a Ignacio en la ermita de San Vicentejo.»

Tenía sentido. En el pueblo apenas quedaban domiciliados cuatro vecinos muy mayores, solo había dos casas habitadas y ninguna tenía vistas de la ermita. Mario bien podía haber llevado la furgoneta del periódico con las víctimas ya drogadas y meterlas en la ermita. Posiblemente guardaba una llave desde que ayudó a reformar aquella iglesia, en su juventud. Allí podía desnudarlos, hacerles beber el veneno de tejo o introducirles abejas en la boca sin que nadie le molestase.

—Envíame esas coordenadas, MatuSalem. Creo que acabas de devolverle el favor a Tasio.

Esta vez sí que pisé el acelerador y llegué a la sede de Lakua antes de lo que el sentido común y las señales de tráfico dictaban.

Corrí escaleras arriba, deseando que Alba hubiera llegado ya. Abrí su despacho sin llamar, a puerta gayola.

—Subcomisaria, ya sé dónde…

Pero le estaba hablando a un despacho vacío, porque Alba todavía no se había presentado en la comisaría.

Cerré la puerta, un poco descolocado, y me quedé en el pasillo, intentando decidir si era conveniente llamarla otra vez.

En ese momento vi pasar a Pancorbo y se detuvo frente a mí.

—¿Estás buscando a la subcomisaria? Estará comiendo todavía. Mario, su marido, ha pasado a recogerla hace un par de horas.

—Perdona, ¿has dicho Mario?

—Sí, Mario Santos, el de *El Correo Vitoriano.* ¿No sabías que está casado con nuestra subinspectora?

—¿Con Mario Santos? —fui capaz de repetir.

«Así que eras tú, el hombre invisible.»

Así que eras tú.

—Sí, ella lo lleva con mucha discreción y no quiere que se sepa. Es normal, muchos pueden pensar que ella puede tener favoritismos a la hora de informar a los medios escritos. Yo creo que hace bien no diciendo nada. Ya sabes lo malpensada que es la gente aquí.

—¿Y tú, cómo lo sabías? —pregunté. Me tuve que apoyar en la pared y tomar aire.

—Yo tengo confianza con Mario desde hace décadas. También llevó el caso de los dobles crímenes de hace veinte años, era mi hombre de la prensa. Siempre fue impecable en sus artículos, nunca decía ni una palabra que no debiese. Lo cierto es que lo considero un amigo —dijo, preocupado al ver mi rostro desencajado—. ¿Estás bien, Ayala?

—Un amigo… como yo, Pancorbo. Yo también lo consideraba un amigo. Pero tenemos razones para creer que Mario Santos es el asesino.

Me miró, incrédulo.

—Eso es imposible, él no… —dijo, al tiempo que daba un paso hacia atrás.

—No, ¿verdad? Escucha, no tenemos tiempo para esto. Yo voy a seguir intentando localizar a la subcomisaria. Avisa tú al juez Olano y pide una orden de arresto para Mario Santos, y otra para un registro de su domicilio. Envíasela al correo de la inspectora Ruiz de Gauna. Ella ya estará allí con una patrulla.

Pancorbo reaccionó más rápido de lo que esperaba.

—¡Hecho! —dijo, bajando por las escaleras en cuanto dejé de hablar.

Pasé por mi despacho, cogí mi arma reglamentaria, un chaleco antibalas y salí escopeteado.

Me dirigí hacia el Patrol del aparcamiento de la comisaría y marqué de nuevo el número de Alba.

—Vamos, cógelo. No me hagas esto… —le susurré a un móvil que solo me contestaba con el tono de llamada.

Salí en dirección sur hacia la carretera de Peñacerrada, saltándome el ceda el paso de algunas rotondas y volando por el puerto de Vitoria.

—¡Vamos, Alba! Tienes que cogerlo.

Pero el móvil de Alba me seguía dando tono hasta que me colgó.

«¿Eres tú o es Mario?»

¿Quién me había colgado el teléfono?

¿Qué sentido tenía que hubiese sido Alba?

Pisé a fondo el pedal derecho y casi me paso el pequeño desvío a la izquierda que bajaba hacia San Vicentejo.

Las ruedas derraparon un poco con la gravilla gris del asfalto, pero pude mantener el control del pesado vehículo. Creo que si hubiese sido un turismo, habría dado un volantazo y habría acabado estampándome contra los arbustos de la derecha.

«Tranquilo, Unai. No vayas a fastidiarla antes de llegar», me ordené.

Pero no estaba sereno ni despejado. Para nada.

Aparqué junto a los contenedores amarillos y azules del camino y salté la endeble valla de madera, con la pistola en las manos y el chaleco antibalas colocado.

Sabía que no era seguro ir solo, sabía que debía dar aviso y esperar que Estíbaliz se presentase con una patrulla.

Llegué a la sólida puerta de madera, tachonada de clavos cuadrados que llevaban allí mil años y que habían sido colocados por algún vecino de mis antepasados.

¿Cómo demonios iba a entrar allí?

No me había llevado un ariete, y aunque lo hubiese hecho, necesitaba una orden que ningún juez firmaría para destrozar un monumento histórico. Tenía que pedir una llave, tal vez a don Tiburcio, aunque tenía demasiada prisa como para haberlo pensado antes.

Rodeé el edificio, rabioso, y me fijé en los tres ventanales estrechos del ábside. Estaban a más de dos metros de altura, pero por ellos entraba luz suficiente como para iluminar el pequeño interior. Si había alguien dentro, estaba seguro de que lo vería.

Así que volví al Patrol y subí con él el pequeño montículo donde se alzaba la ermita, lo aparqué paralelo al ábside y me subí al techo del vehículo.

Miré sobre mi cabeza y casi siento un escalofrío. A pocos centímetros de mi cabeza tenía el pequeño relieve de la pareja hermética, el hombre y la mujer tumbados que se consolaban con la mano en la mejilla.

Allí empezó todo en la mente de Mario, allí iba a acabar todo para él.

Pero cuando por fin conseguí asomarme, a través de los cristales, al diáfano interior del templo, descubrí que allí no había nadie.

Los cuatro bancos de iglesia de siempre y el pequeño altar de piedra, nada más.

Hice malabares para asomarme desde los otros dos ventanales, pero sabía que no había nada que buscar. La ermita estaba vacía.

Si el GPS de Ignacio señalaba aquella zona, ¿dónde estaba escondido exactamente?

Me bajé del techo del vehículo y me metí dentro, cuando me di cuenta de que no estaba solo.

—¡Abuelo, por Dios! ¡Qué susto me has dado! ¿Qué haces aquí?

El abuelo se encogió de hombros, sentado en el asiento del copiloto y señaló hacia la torre de Ochate.

—Me ha traído Feliciano, el de Imiruri. Hijo, creo que ya sé dónde está la madriguera del raposo.

48

OCHATE

18 de agosto, jueves

«La madriguera del raposo», me repetí.

—¿Recuerdas que los vecinos de Imiruri habían visto luces por la noche en Ochate? —me dijo, y su voz tranquila me calmó en aquellos momentos—. Les he estado preguntando y también vieron luces hace veinte años, cuando el raposo empezó a matar. No eran ovnis ni hostias, Unai. Eran los faros del coche de ese malnacido, que trajinaba por estas carreteras de parcelaria. Tiene que tener una borda en Ochate.

—¿En Ochate, abuelo? No lo creo. Allí no queda nada. El pueblo quedó abandonado en 1934. Mira la torre de la iglesia, no hay tendido eléctrico por los alrededores. No llega la luz. No creo que el asesino elija un lugar sin electricidad ni agua.

—Agua tiene del río Goveloste —terció el abuelo—, y muchas bordas por aquí tienen su pequeño generador de electricidad. Anda, arranca por esa carretera adelante. Cuando se acaba el asfalto, tenemos que seguir por un camino de cabras que me conozco.

—Abuelo, estoy en medio de una operación complicada. No puedes estar aquí, es peligroso.

—He visto más armas disparando de las que vas a ver en tu vida, hijo. Te acompaño a Ochate, te ayudo a encontrarlo y me vuelvo a Imiruri por el camino de parcelaria. Sabes que en el monte rastreo mejor que tú.

Lo cierto es que llevaba sin pisar aquel pueblo fantasma desde crío y no tenía claro cómo llegar, y sabía que mi abuelo tenía más sentido común que toda mi unidad junta, así que le permití continuar de copiloto y arranqué hacia la dirección que su dedo extendido me señalaba.

—Prométeme que te vuelves echando leches, abuelo. Prométemelo.

—Qué promesas ni qué hostias dices, hijo. Es mi palabra. Con eso te basta.

En eso tenía razón. En sus tiempos, los tratos se firmaban con un apretón de manos y él nunca incumplió.

Miré al frente. El terreno que se desplegaba ante mí eran piezas de trigo ya cosechadas, fardos de paja en los márgenes del camino y algún repecho que el vehículo subió sin dificultad. Continuamos unos trescientos metros hasta un almacén y vimos que allí acababa el asfalto. Había una bifurcación de un camino de parcelaria hacia la derecha y una senda que casi había desaparecido bajo las malas hierbas hacia la izquierda.

—Se llega antes por la derecha —dijo el abuelo.

Le obedecí y opté por dejar el coche oculto tras los últimos árboles que encontré, unos avellanos silvestres. Salimos y nos acercamos a la torre de Ochate, un pequeño campanario sin campana que era lo único que quedaba de la antigua iglesia de San Pedro de Chochat. Había pintadas y grafitis obscenos, algún pentagrama satánico pintado a espray y poco más. Delante de la torre solo se veían las ruinas de lo que debieron ser dos casas del pueblo. Solo quedaban parte de las paredes frontales, sin tejado; eran pequeñas y me asomé al rectángulo interior de una de ellas, pero estaba lleno de ortigas crecidas.

—Aquí no hay nada, abuelo —dije volviéndome hacia él.

—¿Y detrás de aquel repecho? Creo que se ve un tejado de aluminio —dijo mientras señalaba hacia el este.

Nos acercamos en silencio. Oculto tras un promontorio pudimos ver una antigua edificación casi derruida, con una pequeña muralla hecha de piedras, el tejado de aluminio de la borda y el edificio principal, parcialmente en ruinas, pero lo bastante grande como para albergar varias habitaciones. Tenía dos alturas y las ventanas carecían de cristales, pero la puerta principal era de aluminio moderno, un detalle que chocaba en un pueblo abandonado hacía ochenta años.

—Agáchate mejor, abuelo. ¿Eso es una furgoneta?

No podría decirlo, pero tras unos álamos que bordeaban el río, en dirección a Aguillo, me pareció ver las formas rectas de un vehículo blanco.

Nos acercamos hacia la casa, andando en cuclillas, y cuando estábamos a unos diez metros, el abuelo soltó un juramento.

—Shh... —le ordené callar, girándome enfadado hacia él.

—La madre que parió a la abeja. Pues no me ha picado, la hija de tal... —susurró el abuelo, sujetándose la palma de la mano.

—¿Una abeja?

Miré y vi el aguijón metido en la rocosa piel del abuelo. Qué loca, si pensaba sobrevivir.

—Parece que hay más, y que están muy cabreadas —dijo, mientras hacía aspavientos para ahuyentar a varias que revoloteaban sobre nuestras cabezas.

«Abejas cabreadas, espero que no las esté usando con Alba en este momento», le rogué a la diosa Mari, a Urtzi y a todo el panteón de divinidades vascas.

—Abuelo, creo que esta es la casa. Ha llegado el momento en que te tienes que ir. Nos vemos de vuelta en Villaverde.

—Y voy a obedecerte, no te preocupes. Yo también pienso que esta es la madriguera de ese raposo. Pero recuerda una cosa, hijo: una vez dentro, tienes que ser el animal más listo del monte, ¿de acuerdo? —dijo su voz, a mi espalda.

—¿A qué animal te refieres, abuelo? —pregunté mientras me daba la vuelta, sin comprender a qué se refería.

Pero cuando miré hacia atrás, el abuelo ya no estaba. Me levanté de un salto, asustado, y busqué en las cuatro direcciones, aunque no quedaba rastro de él.

No podía ser, el abuelo no hacía ruido y llevaba casi un siglo caminando por aquellos montes, pero no era humanamente posible que hubiera salido tan rápido de mi campo visual.

¿Y si...? ¿Y si no había sido el abuelo, sino otra jugarreta de mi cerebro? ¿Y si aquello había sido otra alucinación de la droga del Eguzkilore? Me acordé de todos sus antepasados. Si no podía fiarme de lo que veía o de con quién hablaba, lo tenía bastante crudo para salir vivo de aquello.

«Al menos todavía soy inmune al Rohypnol», me consolé. «Supuestamente.»

No, no me podía fiar de aquello.

El zumbido de otra abeja que me atacó, furiosa, me obligó a centrarme.

Saqué mi pistola de la funda lateral y me acerqué un poco más, evitando la pared delantera de la casa, donde estaba la puerta nueva.

Rodeé el edificio y miré los huecos de las ventanas. Podía intentar escalar por la fachada de piedras. La argamasa que un día las unió era casi arenilla, y el marco de las ventanas apenas estaba a tres metros y medio de altura, pero si Mario se hallaba dentro y se asomaba, yo estaba indefenso desde una posición tan baja. Miré a mis pies, y a pocos metros distinguí un pequeño ventanuco a ras del suelo, como los que se tenían en los sótanos y en los *txokos* para dar algo de luz natural. Me agaché y calculé que mi cuerpo cabría por aquel estrecho hueco, así que me asomé y al no ver a nadie, metí primero los pies y me descolgué dentro.

Cuando miré a mi alrededor estuve a punto de perder la conciencia.

La habitación donde caí estaba cerrada, había un armario antiguo de madera, pero bien conservado. Una mesa de despacho con muchas carpetas alineadas y una silla que parecía muy confortable. A su lado, un saco grande de rafia. Me acerqué a él y vi varios *eguzkilores.* Abrí el saco y los conté: eran seis. Tres por cada doble crimen, así que aún tenía previstos cuatro asesinatos más. Los de los cuarenta años y los de los cuarenta y cinco.

Abrí el armario y dentro encontré colgada en sus perchas toda la ropa de los niños y niñas que un día asesinó. Estaba planchada, ordenada como si fuese una *boutique* por tallas de la cero a la XXL. Reconocí entre tanta prenda los vaqueros y la camiseta blanca de fiestas con el pañuelo rojo de Martina.

Todavía olía a ella.

Maldito.

Tal vez aquella era la ropa que él no tuvo, como si todos tuviésemos que pagar por la avaricia de su padrastro.

Dentro del armario encontré también los móviles alineados de las últimas ocho víctimas, todos ellos desconectados. El móvil de lujo de Ignacio también estaba. Eso me hizo recordar a los gemelos. Era fácil abstraerse con aquel festín de pruebas.

Me acerqué a la mesa y abrí las carpetas. Eran informes de la Catedral Nueva y del Artium, el Museo de Arte Contemporáneo de la calle Francia. Eran los edificios emblemáticos del siglo XX. Había fotos de los uniformes del personal, sus horarios, fotocopias de sus identificadores y un par de entrevistas para su periódico del director del museo y del personal de Museo de Arte Sacro, sito dentro de la Catedral Nueva.

Así que esos eran los escenarios donde pensaba dejar abandonados los cadáveres. Posiblemente el mío.

En otra carpeta encontré toda la documentación del caso de Tasio Ortiz de Zárate, incluida la más reciente. Mario llevaba meses sabiendo que Tasio saldría el 8 de agosto de 2016.

Yo conocía bien los altares de los asesinos en serie, la necesidad del psicópata de llevarse trofeos de sus víctimas para recrearse una y otra vez en el momento del crimen, como un tic onanista. Lo que no había visto nunca era un planificador de aquel calibre.

Casi me olvidé de la hora en que vivía, de no ser porque empecé a escuchar un ruido en la pared. Alguien estaba golpeando con una piedra al otro lado del vientre de la ballena.

Sujeté mi arma con las dos manos antes de salir y abrí la rústica puerta de aquella habitación de espanto. Al otro lado quedaban los restos de un pequeño pasillo que terminaba en unas escaleras maltrechas. Subían a la planta baja, pero el ruido provenía de uno de los habitáculos del fondo. Me acerqué, y vi en la oscuridad una puerta de madera cerrada con un candado y una gruesa cadena de hierro. Había otras habitaciones sin puertas, aunque cuando pasé por delante solo pude distinguir viejos aperos de labranza abandonados. Un oxidado arado romano volcado, escobas de mijo y partes rotas de aventadoras y gavilladoras.

Cuando llegué al último cuarto, vi que la puerta tenía una pequeña ventana. Tiré del pomo metálico con cuidado y lo que me encontré dentro me heló las venas. Era un sucio pajar, lleno de fardos rectangulares mal apilados, pero desprendía tanto calor que el aire que inhalé estuvo a punto de asfixiarme.

En el suelo pude distinguir a Tasio, o Ignacio, no sabría decir: no llevaba bigote carcelario y tenía el pelo corto. Parecía respirar, pero se encontraba en un estado deplorable, casi esqueléticoco y vestido solo en ropa interior. La ropa con la que recordaba haberlo visto la última vez, cuando salió de la cárcel. La famosa Barbour con capucha estaba en un rincón junto con más prendas apiladas: pantalones, zapatos, una camisa azul que adiviné sería de Ignacio.

El otro gemelo continuaba golpeando la pared con una piedra, como si aún no se hubiera percatado de mi presencia.

—Shh... —lo llamé, en voz baja—. ¿Ignacio? ¿Eres Ignacio?

—¡Inspector Ayala! —susurró, y dejó caer la piedra, como si no le quedasen fuerzas.

—¿Qué ha ocurrido aquí? ¿Qué le pasa a Tasio?

Se acercó al pequeño ventanuco de la puerta y sus puños huesudos se aferraron a los barrotes.

—Está desnutrido y deshidratado —dijo, con los labios secos y partidos—. Lleva aquí encerrado desde el día 8. Ese loco no nos quiere matar todavía. Cuando creo que mi gemelo está a punto de morir, viene y nos da un poco de agua. Pero esto es como un horno crematorio. Avisa a una ambulancia, no creo que mi gemelo sobreviva muchas horas más, y yo voy detrás.

—Voy a llamar a mi compañera, está al llegar con una patrulla —susurré, y marqué su teléfono—. Esti, estoy en Ochate. He encontrado a Tasio y a Ignacio, pide una ambulancia ya. Llevan más de una semana sin recibir casi comida ni agua. Hay una casa abandonada mirando desde la torre de Ochate hacia el sur, al lado de los álamos del río. Creo que he visto un vehículo, pero aún no sé si están Mario y la subcomisaria.

—¿Cómo que la subcomisaria? —repitió, sin comprender.

—Están casados, Esti. Mario es el marido de la subcomisaria y creo que escuchó mi conversación cuando la llamé para informarla de que habíamos descubierto su identidad. Ven con una patrulla, pero no echéis abajo la puerta principal, porque si él está dentro, os va a oír y puede ser peligroso para mí y para ella. Yo voy a...

—¡Unai, sal de ahí! —me interrumpió—. Espéranos fuera, llegamos en veinte minutos.

—Alba puede estar muerta para entonces, todavía no he inspeccionado las otras plantas. Voy a seguir aquí dentro, intentando liberar a los gemelos. Estamos en el sótano, en el pajar del fondo del pasillo. He encontrado la ropa de las víctimas, informes de seguimiento, *eguzkilores* y más pruebas que definitivamente lo incriminan. Ahora te dejo —dije entre susurros, y colgué.

—¿Tienes agua? —susurró Ignacio, impaciente.

—No, pero el río está muy cerca, apenas a ciento cincuenta metros de aquí. Os voy a intentar liberar y tú puedes salir y te guías por los álamos. ¿Tendrás fuerzas para arrastrar a tu hermano?

—Es mi gemelo, ¿tú crees que lo voy a dejar morir aquí? Cuando me llamó al móvil en Donosti, ya sabía a lo que venía y me entregué. Tasio ya ha pagado bastante por algo que no hizo.

—De acuerdo, voy a ver si encuentro algo para abrir esta puerta.

Me metí al cuarto contiguo y salí con el mango robusto de una escoba. Metí el palo dentro del hueco de la cadena y comencé a girarlo, rezando para que la madera no se partiera. Ignacio miraba desde el otro lado, con el sudor bajando por su frente.

—¿Sabes si está? Me refiero a él, al asesino —le pregunté.

—Acaba de venir, hace como media hora. He escuchado el motor de su vehículo, es el mismo que ha traído todos estos días. Dime, ¿ha matado ya a la pareja de cuarenta años?

—No, todavía no, ¿por qué?

—Porque la pareja de cuarenta y cinco años éramos nosotros, nos lo ha dicho. Con nosotros terminaba los crímenes. Después de quitarnos todo: la libertad, la imagen pública en Vitoria, después iba a quitarnos la vida y dejar de matar. Dice que pensaba quedarse en Vitoria toda la vida, viviendo como si nunca hubiera ocurrido nada.

—Es Mario, ¿verdad? —pregunté, sudando mientras trataba de hacer saltar la cadena.

—Sí, es Mario Santos, el periodista. Cómo íbamos a imaginar que era él.

—¿Todavía no os ha dicho quién es realmente?

Me miró, confundido.

—No sé si acabo de comprenderte.

—Es vuestro hermano, maldita sea, Ignacio. Todo esto ha ocurrido por vosotros y ni os habéis enterado en veinte años —rugí, con rabia, sin poder contenerme—. La historia que os contó Nancho o Venancio Lopidana en el entierro de vuestra madre era cierta: erais trillizos. Mario es el pelirrojo al que desterrasteis de Vitoria después de propinarle aquella paliza de muerte.

—¿Cómo que...? ¿El pelirrojo? No te imaginas lo que me influyó aquel día, me sentí fatal durante años por lo que le hicimos a aquel pobre chico. Fue uno de los motivos por los que me metí a policía, para expiar aquel pecado y no volver a ser aquel tipo que golpeó a otro. ¿Y ahora me estás diciendo que aquel pobre chaval nos dijo la verdad y nosotros casi lo matamos, a nuestro propio trillizo...?

—Ignacio —le corté—, actúa como un policía ahora. Aparta eso de tu cabeza y despéjate. Dime, ¿habéis escuchado la voz de una mujer? Ha tenido que venir con la subcomisaria Alba Díaz de Salvatierra. Es su esposa, creo que la va a sacrificar y...

—¡Ayala, cuidado! —gritó Ignacio, pero ya era tarde.

Noté mucho frío en el cuello, la inyección que Mario me clavó era muy dolorosa, escarcha rompiendo las venas.

—Como a ti, amigo —escuché la voz tranquila de Mario a mi espalda—. Voy a sacrificar a Alba, como a ti. Vamos, sube. Ella ya está lista.

Me palpé el costado intentando alcanzar mi pistola, un poco aturdido por la violencia con que me había clavado la inyección, pero él ya la había sacado de la funda y me encañonaba la nuca.

—Sube, Unai —me ordenó.

Noté la corriente gélida de la droga bajando como un torrente por todo el cuerpo. No sabía si la droga del Eguzkilore todavía estaba en mi organismo y podía bloquear los efectos de lo que me acababa de inyectar; en todo caso, más valía fingir que así era. ¿Qué efectos tenía el Rohypnol?

Frío y calor.

Temblé, la ropa sobraba, pero también quemaba.

Desorientación.

Trastabillé, escaleras arriba. Mario me tuvo que sujetar, como un buen amigo, preocupado por que no cayese.

Pérdida de la voluntad.

Pese a que obedecía manso como un corderillo, era extrañamente consciente de todo, como si mi concentración estuviera enfocada en un punto, como el Aleph del cuento de Borges. Todo el universo dentro de una pequeña esfera.

Accedimos a un patio parcialmente cubierto, aunque me llevó a una zona sin tejado. Mario se colocó frente a mí, sin dejar de apuntarme a la cabeza. Llevaba puesto un buzo blanco de apicultor, unos guantes y unos chapines.

En el patio había varias colmenas, pero todavía no había localizado a Alba.

Hasta que Mario se apartó.

En el suelo, en mitad del patio, aplastando la hierba silvestre, había un plástico extendido que ocupaba varios metros cuadrados de superficie. Encima del plástico había un par de bolsas de cadáveres y sobre ella, el cuerpo desnudo de Alba, con una cinta tapándole la boca. Estaba inmóvil, tal vez inconsciente, tal vez muerta.

Aquello sí que era conciencia forense. Ni una sola huella, ni un solo contacto con el suelo. En mitad del monte, Mario había encontrado la manera de asesinar de forma tan aséptica que jamás encontraríamos el menor rastro orgánico relacionado con él.

—Desnúdate ya —dijo Mario, con su voz desapasionada—. ¿No querías estar con Alba? Toda tuya, muchacho. Te la has ganado.

No deseaba obedecerle, pero una parte de mis músculos, casi involuntaria, lo hizo. Me quité dócilmente el chaleco antibalas y comencé a desabrocharme la camisa y los pantalones.

Y me daba igual, me daba igual, porque el cuerpo de Alba estaba a mis pies, inanimado, y yo quería tumbarme junto a ella, tener abejas en la boca y consolarla con mi mano en su mejilla. Esperar a que se hiciera de noche y buscar algún rastro de las Perseidas. Tal vez esperar así hasta al próximo 12 de agosto, hasta un cumpleaños que sabía que no iba a celebrar.

Entonces, no sé por qué, recordé el último acertijo del abuelo: «Sé el animal más listo del monte». Y me vino nítido el recuerdo de aquella culebra. Aquella culebra que se había hecho la muerta, enroscada, en mitad del camino de las Tres Cruces. Pero yo era incapaz de quedarme quieto y hacerme el muerto. Solo sabía obedecer la voz de Mario.

¿Qué le quedaba a aquella droga por conquistar de mi organismo?

Dificultad para hablar y moverse.

Quería seguir desnudándome y acabar con todo, pero los miembros ya no me obedecían, apenas pude quitarme los bóxers negros con la intención de tumbarme desnudo al lado de Alba.

Las paredes giraban un poco y algo de mi sentido común o de mi instinto de supervivencia debió quedar porque un Unai que llegó de mi subconsciente intentó, cuando Mario se acercó, arrebatarle el arma.

Creo que mi peso fue suficiente para que él cayera hacia atrás, pero me disparó. Me disparó y me pareció ver la melena pelirroja de Estíbaliz disparándole a su vez desde la ventana rota del primer piso.

Fue aterrador ver a un tipo tan normal, tan afable, tan educado y buena persona apuntarte a la cabeza y dispararte. Uno espera un hombre oscuro, de rasgos terribles y conducta amenazadora, pero Mario, con su normalidad, ni siquiera me disparó a sangre fría. Me disparó como respiraba, como tomaba un café, como debía hacerle el amor a Alba. Era un acto más de su naturaleza tranquila, serena y reposada. La misma que había seducido a la mujer que yo amaba, la misma que moría a mi lado, mirando un cielo sin Perseidas.

Creo que recuerdo la detonación de la bala.

Después, todo en mi cerebro dañado fue oscuridad y silencio.

49

SANT IAGO

27 de agosto, sábado

No hubo gritos, no hubo aplausos, no hubo histeria.

Una ciudad con trece centros cívicos y doscientos cuarenta y cinco mil habitantes cívicos no iba a perder los nervios.

Durante la concentración que se organizó el día antes de que me desconectaran, el silencio se hizo escuchar.

Los vitorianos se dieron la mano y formaron una cadena humana que comenzó en la Catedral Vieja, continuó por la Casa del Cordón, subió hasta la balconada de San Miguel, atravesó la calle Dato rodeando al Caminante y terminó a los pies de mi portal, el número 2 de la plaza de la Virgen Blanca, donde durante aquella semana ciudadanos anónimos habían dejado velas y ramos de flores.

Varios helicópteros de cadenas internacionales grabaron desde el cielo añil vitoriano el rosario de pequeños cirios que mis vecinos encendieron al unísono. Debía de ser un espectáculo espléndido desde el cielo, aunque yo todavía no estaba allí.

Ni mucho menos.

Alguien que me conocía muy bien, probablemente Estíbaliz, habló más de la cuenta y contó que mi canción favorita era el *Abrazado a la tristeza* de Extrechinato y tú, y por los altavoces de mi plaza comenzó a escucharse la primera estrofa que yo había repetido billones de veces:

He salido a la calle abrazado a la tristeza.
Vi lo que no mira nadie y me dio vergüenza y pena.
Los llantos desconsolados que estrangulan las gargantas,
los ancianos encorvados, parece que la tierra les llama.

Para el imaginario popular de la ciudad quedó que el abuelo no se separó de mí, que no comió, que no durmió, que ni siquiera bebió agua y que los médicos entendieron que aquel hombre había echado raíces y nadie iba a sacarle de la UCI si no era con los pies por delante.

—Déjense de hostias —se limitaba a decir cada vez que un representante más alto de la jerarquía del Hospital de Santiago intentaba sin éxito hacerle entrar en razones.

Él se pasaba las noches contándome historias que me había relatado ya mil veces desde niño. La del cura putero que se dejó el paraguas en el burdel de Logroño, o la de los primos de Teruel que se reconocieron por la voz mientras silbaban balas sobre las trincheras del bando contrario durante la guerra civil y les prohibieron al abuelo y a los demás quintos de su compañía disparar a sus parientes bajo amenaza de muerte…

Pero yo me iba por un camino mucho más negro, no vi una luz blanca que me llamara, todo estaba oscuro y la anestesia me protegía de morir de puro dolor. No vi a mis padres, y hubiera querido verlos, despedirme de ellos, que me conocieran como adulto. Sin embargo, en el vacío de la muerte no había nadie. Solo yo y una sensación aterradora de soledad y de que aquello era irreversible.

Aunque el abuelo no estaba tan convencido. Conocía a la Guadaña bastante bien, llevaban conviviendo un siglo, y se permitió hacerle una última trampa.

El día que Germán llegó a Villaverde y con la voz rota le contó que acababan de dispararme en la cabeza y que me había quedado en coma con una bala incrustada en el cerebro, que si despertaba sería un vegetal y los daños serían permanentes, mi abuelo bajó a la huerta a todo correr con un cesto a recoger manzanas.

Llegaron al Hospital de Santiago y Germán tuvo que dar lo mejor de sí como abogado para que le permitieran entrar con la cesta llena de manzanas, una navaja y un cordel.

Cuando le dejaron solo conmigo, me desnudó, cortó las manzanas en cuatro cuartos cada una y me las fue restregando por todo el cuerpo, dejando en aquella habitación aséptica con monitores y cables un persistente olor a sidra.

Después pidió a Estíbaliz que lo devolviera a Villaverde. Ya era de noche, pero la luna bastaba. Ni linternas ni hostias. Bajó a la huerta de nuevo y se puso a cavar una tumba con la forma y las medidas de mi cuerpo.

Luego se sentó y con paciencia y a tientas se puso a anudar los cuartos de las manzanas hasta volver a recomponerlas en manzanas enteras. Finalmente, las colocó en el hueco de mi tumba y las tapó con tierra.

Se dio media vuelta y calculó que en diez días estarían podridas. Había arrojado tierra muy húmeda encima.

—Ya podéis pudriros pronto, mi nieto no tiene demasiado tiempo —les dijo, y montó en el coche de Estíbaliz de regreso a Santiago.

A los diez días vi un camino a mis pies, rodeado de los manzanos de la huerta del abuelo, y lo seguí. En la nada estaba bien, tranquilo, sin presiones, sin prisas, creo que con paz, pero cuando el camino se formó a mis pies, supe que tenía que volver.

50

LAGUARDIA

28 de agosto, domingo

Cuando desperté, mi abuelo me agarraba la mano con sus manos nervudas de gigante. Germán dormía con la cabeza sobre un costado de las sábanas. Estíbaliz estaba a los pies de la cama. La observé durante un rato, mientras ella daba vueltas como un felino y esperé a que las imágenes se quedasen quietas y la bruma se despejara frente a mis ojos.

«Creo que estoy vivo», intenté anunciarles, pero las palabras no salieron de mi boca.

Por algún motivo, mi boca no obedeció y no se abrió.

No pude pronunciarlas.

Tuve un momento de pánico, ¿qué más anda mal, qué más no me funciona? Y moví las piernas, aterrado, temiendo haber quedado parapléjico. Pero no, obedecieron, se movieron. Eché la cabeza hacia atrás, aliviado.

Creo que lloré, mansamente, sin ruidos. Creo que lloré, pero no podría asegurarlo, aún no controlaba del todo mi cuerpo posdisparo. Moví la mano atrapada, y eso despertó al abuelo de su sopor.

Cuando se dio cuenta de que tenía los ojos abiertos, se desperezó, se recolocó la boina, y estranguló mi mano, sin medir sus fuerzas.

—Mira que has tardado en volver, raposillo —se limitó a decir, y tragó saliva. Le miré a los ojos casi centenarios, y los vi aliviados y felices—. Te he traído el amuleto de la sierra, por si querías conservarlo.

Asentí y lo apreté en mi mano. Aunque sus pequeños picos me hicieron daño, apreté un poco más para medir mis fuerzas.

Aflojé cuando sentí demasiado dolor, y nunca me he alegrado tanto de sentirlo.

Germán también despertó, se encaramó sobre la cama y me abrazó sin contención ninguna.

—No vuelvas a hacerme esto —me susurró al oído, mojándome la oreja con sus lágrimas.

Estíbaliz corrió hacia el lateral de la cama, apretó el botón sobre mi cabeza y sonó una alarma algo molesta.

—Justo a tiempo, Unai. Te iban a desconectar hoy.

«No será necesario», iba a decir, pero de nuevo fui incapaz de pronunciar aquellas pocas palabras. Durante unos segundos entré en pánico, nos miramos a los ojos, creo que ella lo captó.

—Tranquilo, Unai. No te esfuerces, los médicos no creían que fueras a despertar, pero nos advirtieron de que, si salías del coma, tendrías secuelas en el habla. La bala se quedó incrustada en el área de Broca, te la han podido extraer. Cirugía de la fina, pero te queda un largo camino de recuperación por delante, amigo.

La miré, horrorizado. El abuelo y Germán me apretaron la mano, era su manera de decirme, una vez más, «saldremos de esta».

—Te he traído esto —dijo Esti, solícita, al tiempo que me tendía una tablet abierta en un programa de edición de texto—. Intenta escribir lo que estás pensando.

Agarré la tablet y traté de escribir, preocupado. ¿Qué más andaba defectuoso por allí arriba? ¿Sería capaz de escribir, o a eso también tendría que renunciar?

Por suerte, las conexiones sinápticas entre mi cerebro y mis dedos estaban intactas.

¿Qué ha ocurrido con Mario, con los gemelos, con Alba, con todos?, escribí, y le mostré la tablet a mi compañera.

—A Mario le disparé en la cabeza cuando vi que te disparaba, murió en el acto. El ADN de la saliva que extrajimos de los sobres de *El Diario Alavés* correspondía a su huella genética. En el santuario de pruebas que se había construido en Ochate también encontramos rastros biológicos suyos. El juez ha decretado reabrir los expedientes de los incendios de Izarra y de la pensión de Pamplona, así como revisar los ocho crímenes por los que encarcelaron a Tasio.

¿Y Tasio?, escribí.

—Tasio está mal, Kraken. Mario lo secuestró el mismo día 8 de agosto y la deshidratación extrema a la que lo sometió durante diez días le ha hecho mella. Ha estado al borde del fallo multiorgánico en un par de ocasiones. Ignacio se ha traído a los mejores especialistas del mundo, pero está crítico. Él se ha recuperado antes y está fuera de peligro.

Tomé la tablet, miré el teclado. Eran cuatro letras, pero me costaba mucho escribirlas. No sabía si estaba demasiado frágil como para confirmar la noticia de la muerte de Alba. Tal vez por eso Estíbaliz no me había mencionado nada de ella todavía.

—Hijo, necesito comer algo, ¿os puedo dejar solos? —nos interrumpió el abuelo.

Asentí con la cabeza, no me había dado cuenta de sus ojeras. Germán me besó la frente de manera bastante humillante para tener público y acompañó al abuelo. Los dos habían perdido varios kilos.

«Dios, qué les he hecho», pensé, sintiéndome culpable.

Después Estíbaliz y yo nos quedamos solos.

Ven, necesito un abrazo, le escribí.

—Pues claro que sí. —Suspiró ella, y se encaramó a la estrecha cama de hospital, se tendió a mi lado, me abrazó con su pequeño cuerpo. Era la mujer que me había salvado la vida, tal vez en más de un sentido.

¿Qué le ocurrió a Alba?, me atreví a escribir después de un rato.

—Lo de nuestra jefa fue alucinante. Alucinante, Unai.

La miré, expectante, sin comprender.

—El cabrón de su marido le inyectó el Rohypnol una vez llegaron a Ochate y luego le metió las abejas en la boca y se la tapó. Después escuchó los ruidos en la planta baja y la abandonó en el patio cuando vio que ya estaba quieta, dándola por muerta, y se fue a por ti. Pero Alba las había masticado, Kraken. Masticó las abejas en cuanto entraron en su boca, antes de que el Rohypnol le anulase la voluntad. Una de ellas le picó en la lengua antes de morir y otra en la mucosa interna de los labios, pero ninguna llegó a pasar viva a la garganta y no se asfixió. Cuando Mario volvió contigo, la subcomisaria continuó fingiendo que estaba ya muerta.

«Así que fuiste tú el animal más listo del monte», pensé.

Estaba viva.

Alba estaba viva.

Estíbaliz suspiró y se incorporó.

—Ella misma ha puesto su cargo a disposición de sus superiores para depurar responsabilidades, pero ni el juez ni el comisario han encontrado indicios para creer que era cómplice de su marido. Piensan que Mario Santos, o más bien Nancho Urbina, la utilizó para seguir desde dentro las investigaciones y tenernos controlados. Ha pedido una excedencia. Se ha ido de Vitoria. Lo último que sé es que se ha instalado de nuevo en Laguardia, aunque no está en activo.

¿Me ha visitado?, escribí.

—Creo que no.

De acuerdo, no te preocupes. Mejor así, escribí, pero no lo sentía.

—Dale tiempo, Unai. No solo ha perdido a su marido, sino que ha estado casada con el peor asesino de nuestra historia, que ha estado a punto de matarla, y a ti también, de paso. Tiene mucho que digerir.

Estuve de acuerdo con mi compañera.

Teníamos mucho que digerir.

Así que en cuanto me dieron el alta en el hospital me replegué a Villaverde, con el abuelo y con Germán, y dejé que el tiempo se encargase de ordenar el desorden de mi cerebro averiado.

51

SAN TIRSO

24 de octubre, lunes

El final del verano lo pasé bastante aturdido, siguiendo las rutinas que me marcaba el abuelo en la huerta y dejándome llevar.

En la División de Investigación Criminal insistieron en que debía acudir a una sesión diaria de un logopeda especializado en rehabilitación del habla. Que no podría reincorporarme hasta que volviese a hablar, pero yo tampoco tenía tan claro que lo deseara. Ni volver a perseguir criminales ni volver a hablar.

Lo cierto es que me había quedado sin deseos.

No quería nada. Solo, por una vez, dejarme llevar.

Llegó el otoño y me dediqué a recolectar moras y endrinas por los caminos de parcelaria por los que no habían pasado los tractores con sus herbicidas.

Hice tanta mermelada de mora y tanto pacharán casero, que me planteé reorientar mi vida profesional y convertirme en fabricante y distribuidor de productos de la tierra para tiendas *gourmet.* Incluso Germán, ansioso por que dejara de un lado las pistolas y las inspecciones técnicas oculares, me ayudó a perpetrar un plan de negocios bastante optimista.

Fue un lunes de octubre cuando subí a San Tirso. Solía hacerlo todas las semanas: me sentaba con la espalda apoyada en la mole de roca, dormitaba un poco e incluso alguna noche, pese a la esperable escarcha matutina, me quedé a dormir.

Desde aquella cresta se podían ver tres provincias: mirando hacia el norte, a mis pies, se desplegaban Navarrete, Villafría, Villaverde, Bernedo, Urturi y el Parque Natural de Izki. Si me giraba, hacia el este, podía ver tierras navarras. Si me daba la vuelta hacia el sur, se veía la Rioja Alavesa, y algunos de sus pueblos grandes, como Elciego, Cripán, Yécora y Laguardia.

Laguardia, a solo doce kilómetros en línea recta de Villaverde.

Qué cerca y qué distante me parecía entonces.

En mi paraíso de montes se estaba muy bien, no quería volver a la realidad. No quería que mi vida avanzase en ninguna dirección.

Fue la llamada de Saioa, la nieta del viejo hostelero de Pamplona, la que me recordó que no había cumplido una promesa y me sentí mal. Me sentí fatal. Le había dado la mano a aquel hombre y me había olvidado de él. El hombre que me había brindado la clave para la resolución del caso.

No tenía por costumbre aceptar llamadas, no tenía sentido quedarme mudo al otro lado de la línea, sin poder contestar, pero cuando vi su nombre en la pantalla, pulsé el icono verde por costumbre, sin recordar que de mis labios no iba a salir sonido alguno.

Me levanté y me alejé un poco del pedrusco de San Tirso, mirando hacia el hayedo que tenía a mis pies.

—Inspector Ayala, soy Saioa, espero que te acuerdes de mí.

Yo emití un gruñido bastante torpe a modo de respuesta, pero ella no se desanimó y continuó hablando.

—Te llamo para decirte que mi abuelo pudo enterarse de lo que ocurrió con Nancho Lopidana y con Mario Santos. Lo leyó en la prensa, y para él fue un peso muy importante el que se quitó de encima. Mi abuelo murió ayer, pero antes me pidió que te diese las gracias por haberle hecho caso. Bueno, yo... ya sé que te quedaste mudo debido a las secuelas del disparo, así que no quiero incomodarte. Muchas gracias por escucharme —dijo y colgó.

A veces es tan sencillo como poner la oreja y escuchar. Mucha gente que rodea las circunstancias de un crimen tiene mucho que decirnos y nosotros, los investigadores, no hacemos caso, creyendo que somos los expertos, pero no los conocemos, no conocemos ni a los agresores ni a las víctimas, y su entorno sí.

«A veces solo hay que escuchar», pensé.

«Tal vez a ella no le importe que yo ahora sea mudo, tal vez yo solo tenga que escuchar.»

Y la llamé, creo que fue un día de viento del sur, *hego haizea*, el viento de los locos, porque un día en mis cabales no la habría llamado por teléfono, ¿qué sentido tenía, si yo no podía ya hablar?

Marqué el número de Alba, sin dejar de mirar hacia el lado sur de la montaña.

—¿Unai, eres tú? —contestó, un poco aturdida—. ¿Puedes hablar?

No abrí la boca, ni siquiera lo intenté. En parte por vergüenza, en parte por la impresión de escuchar su voz después de tanto tiempo.

—¿Unai?

Le colgué y me pasé al WhatsApp antes de que mi silencio le molestase. Leía sus palabras, pero casi escuchaba su voz. Como si la tuviese delante.

—Alba, mejor hablamos por esta vía. Quiero verte, ¿vale? —Escribí.

—Tal vez no sea buena idea. —Escribió ella—. Tenemos demasiadas cosas pendientes aún.

—Precisamente.

—Este es un medio tan bueno o tan malo como cualquier otro. Empieza tú —contestó.

—Como quieras. Todavía estoy molesto contigo, Alba. Tenías cuarenta años y me lo ocultaste, cuando discutimos por mi cumpleaños en el Paso del Duende… era allí cuando tendrías que haberme dicho que tú también tenías cuarenta años y que estabas en la lista de los condenados tanto como yo.

—Siempre me he ocupado de mi propia seguridad. Como ves, me libré de las abejas.

—Esa no es la cuestión, la cuestión es que no confiaste en mí. Nunca hemos tenido la confianza que debe tener una pareja. —Escribí.

—Porque nunca lo hemos sido. Estaba casada, Unai.

—Y ahora eres viuda, como yo.

—¿Sabes que su madre se llamaba Blanca? Qué ironía, ¿verdad?

—Razón de más para no volver a fingir que eres otra. Ahora ya sabes cómo sienta convivir con una doble identidad.

Tal vez fui demasiado duro, pero tenía demasiada rabia dentro, de esa rabia tóxica que te pone negras las entrañas.

—Se teñía. Mario se teñía de moreno, y yo soy policía, vivía con él y no lo vi. Dices que un psicópata no tiene sentimientos, que puede fingirlos. Iba a tener un hijo con él. He estado casada con alguien que era incapaz de tener sentimientos y los fingía.

—Yo no soy él. Soy lo que ves. Yo sí que siento, tal vez demasiado, y ahora mismo tengo los sentimientos en carne viva.

Pero Alba no estaba manteniendo una conversación conmigo, lo suyo era un monólogo, una confesión, un desahogo.

—Se estudiaba mis apuntes por las noches, toda la documentación que llevaba a casa durante mi instrucción, y mis promociones en el trabajo. Él las estudiaba, conocía nuestros procedimientos, se empapaba de cada conversación de trabajo. Mis días malos, cuando me desahogaba, eran una mina de información para él. Me convenció para que pidiera mi traslado a Vitoria solo porque Tasio iba a salir de la cárcel y él iba a ejecutar la segunda parte de su venganza. Renuncié a mi vida, a mi entorno, me fui de mi pueblo, solo porque un asesino quería retomar sus crímenes. Todo lo que he vivido estos últimos años ha sido mentira.

Leí el largo párrafo en la pantalla del móvil, estuve a punto de lanzarlo sierra abajo.

—No todo. No te lo admito. Lo nuestro fue real. Sigue siendo real.

—Escúchanos, Unai. Escucha cómo sonamos. Aún estamos demasiado tocados. Ahora tengo que reorganizar mis esquemas mentales, ¿lo entiendes?

—No, pero lo acepto.

—¿No lo entiendes?

—Te vi muerta.

—Y yo te vi morir, vi cómo mi marido te disparaba.

—¿No hemos tenido ya suficiente, Alba? ¿Qué más necesitas?

—Tiempo.

—Ahora no hay marido, ahora no hay nada. Yo he estado muerto, veo las cosas de distinta manera. Estoy cansado de esperar a que las circunstancias sean perfectas, nunca lo son. Solo una cosa: no renuncies a tu carrera profesional por lo que ha ocurrido, no se lo regales. Tampoco por mí, por no tratarme. Si quieres seguir con tu vida sin mí, adelante, pero podemos coincidir en el trabajo sin hacernos daño. Nos acostumbraremos.

Qué burda jugarreta para tenerla cerca de nuevo.

—Ahora necesito tiempo. —Escribió, y temí que entrase en un bucle y no saliésemos de ahí.

—¿Vas a volver a trabajar en Vitoria? —le pregunté.

—No lo sé.

—¿Puedo ir a visitarte a Laguardia? —insistí—. Estoy en la cima de San Tirso, puedo ver tu pueblo desde aquí. Si tuviera la agudeza visual del águila que está sobrevolando mi cabeza, ahora mismo te estaría viendo.

—¿Puedes tú volver a hablar?

—Cuidado, Alba. —Le frené—. Estás tocando material sensible.

—No me has respondido.

—¿Y eso a qué viene? —Escribí, irritado.

—Viene a que aún estamos recuperándonos. Tengo que curarme yo sola, y tú tienes que curarte solo. No quiero ser una de esas parejas que están juntas porque se necesitan. Si decido estar contigo, será cuando estés entero, curado, cuando te hayas sobrepuesto por ti mismo. No quiero que me necesites, ni quiero necesitarte para que me consueles. Los dos somos fuertes, nos levantaremos de esta.

Decidí agarrarme a aquel clavo que ardía demasiado para mí.

—De acuerdo, cuando esté totalmente restablecido, iré a buscarte.

Aunque la cruda verdad era que no podía. El otoño continuó su curso. Recolecté avellanas y me convertí en un virtuoso en la técnica de garrapiñarlas. Esperé, ansioso, la llegada de las castañas para asarlas en la lumbre junto al abuelo y a Germán.

Pero mi cerebro… me daba miedo forzarlo. Lo tenía como algo frágil, me notaba constantemente la herida de entrada de la bala, odiaba vérmela en el espejo y me dejé el pelo un poco más largo para disimular la cicatriz y no ser un espectáculo de feria.

Qué ironía que fueran ellos, los gemelos Ortiz de Zárate, los que se encargasen de remediar aquella situación.

52

LA CIUDAD DEL KRAKEN

10 de noviembre, jueves

Aquella tarde no llovía. Llevábamos una semana viendo jarrear, aunque no me importaba mucho. La lluvia no solía molestarme, solo era agua limpia empapándome la ropa. Pero aproveché el receso para bajar a trabajar en la huerta, junto al enorme peral.

—Ha venido a verte alguien —dijo la voz del abuelo a mi espalda.

—¿Quién? —le pregunté con la cabeza.

Con mi abuelo no me hacía falta escribir. Habíamos desarrollado un lenguaje único nieto-abuelo a base de ceños fruncidos y ladeos de cabeza que solo nosotros entendíamos y nos iba de maravilla.

—Uno de los dos raposos. Con el coche de su madre, además —apuntó.

—No quiero ver a nadie —negué con la cabeza.

—Eso ya lo sabe toda Álava. Dice que no se va, ¿saco la escopeta?

Me encogí de hombros. Qué más me daba, como si pudiese disuadirlo.

Así que le seguí hasta casa y subí con desgana las escaleras. Él esperaba en la cocinica vieja, calentándose las manos junto a la lumbre.

Ya ves lo que curan tres meses fuera de la trena, escribí en la tablet, a modo de saludo.

El Tasio que tenía frente a mí era ya idéntico al Ignacio de los últimos tiempos. Había ganado peso, se había arreglado la dentadura, vestía con una camisa azul que le daba un aspecto fresco y un traje bajo la Barbour que costaba mi sueldo anual. Era de nuevo un tipo atractivo, aunque al abuelo no debió impresionarle mucho, porque escuché cómo cargaba los cartuchos a mi espalda, por si acaso.

—Tranquilo, abuelo —le dije con la cabeza.

—Lo conseguimos, Kraken. Lo cazamos —me dijo, con voz victoriosa.

Era otro, Tasio era otro. La risa limpia, los gestos abiertos, la mirada de frente. Ya no daba miedo. De hecho, si fuese tía, en lo único que estaría pensando en esos momentos sería en acostarme con él. Varias veces, a poder ser.

Nunca fuiste politoxicómano. Solo fuiste un camaleón, un brillante disfraz, escribí.

Tasio ignoró mi comentario, como si realmente hubiera dejado atrás veinte años en prisión.

—Me voy a Los Ángeles, voy a tomar un poco de distancia. Los de la HXO me han pedido un nuevo guion. Estamos viendo la posibilidad de ficcionar todo lo que ha pasado en Vitoria. Desde el principio. Mi abogado, Garrido-Stoker, contactará contigo para perfilar la adaptación de tu personaje. No te preocupes, Kraken. No voy a tomarme licencias creativas. Solo voy a contar lo que ocurrió.

¿Cómo lo vas a titular?

—El silencio de la ciudad blanca.

¿Y cómo llevas que fuera vuestro trillizo el culpable?, quise saber.

—Nosotros le fastidiamos la vida, y él nos la ha fastidiado a nosotros. Es lo justo. Estamos en paz. Ignacio lo lleva peor, se siente culpable por lo que le hicimos.

Te vendrá bien alejarte, escribí, y le mostré la pantalla.

—Sí, en Vitoria la gente me trata de un modo muy extraño. Los chavales me piden autógrafos, y sus madres les dan un coscorrón y se los llevan antes de que termine de firmar. Resulta un poco raro. Todavía me tienen miedo. Toda una generación de alaveses ha crecido pensando que soy el Sacamantecas.

No te das por vencido, ¿verdad?

—¿A qué te refieres?

A hacer las paces con Vitoria, a continuar cortejándola hasta que te haga caso de nuevo.

—Todo volverá a ser como antes, volveré a recorrer la calle Dato y la gente me saludará con una sonrisa…

Asentí con la cabeza, por responder algo.

Quería el trono de nuevo, esa fue su motivación, siempre. Recuperar el trono.

—Pero aún tengo un largo camino por delante, y cuanto antes empiece, antes terminará este exilio. Venía a despedirme, Kraken.

¿Y tu gemelo?

—Viene conmigo, claro. Lo de estar separados durante veinte años y cinco meses ha sido totalmente contra natura. No es algo que vaya a volver a ocurrir.

¿Claro? ¿Habéis arreglado vuestras diferencias?

—¿Diferencias? Es mi gemelo. No hay diferencias que salvar. Ha venido conmigo, está dando una vuelta por el pueblo. ¿Quieres que le llame?

No hay problema, accedí.

Un par de minutos después aparecía Ignacio por la puerta de la cocinica.

—Éramos pocos y parió la abuela —me pareció escuchar al abuelo a mi lado, sin dejar de empuñar la escopeta.

Ignacio me abrazó efusivamente, era de nuevo todo *charming* y sonrisas. Lo cierto es que juntos eran encantadores, no podías dejar de mirarlos.

Joder, sois iguales, escribí.

Rieron al unísono, como una hidra de dos cabezas, regodeándose con su juego de espejos.

Entonces me di cuenta. No sé por qué, creo que el perfilador de mi cerebro no tenía todavía el interruptor apagado.

Me la habéis intentado colar. Tú eres Ignacio, y tú, maldito, eres Tasio, escribí.

Se miraron, contrariados.

—Eres el primero que… —comenzó Ignacio.

—… que se da cuenta desde que salimos. Tendremos que practicar más. Bien hecho, Kraken —terminó Tasio.

—Por cierto, te traemos una invitación del Ayuntamiento de Vitoria… —añadió Ignacio.

—... y no sé cuántas asociaciones más, entre ellas, la Brigada de la Brocha del viejo MatuSalem —concluyó Tasio, guiñándome el ojo.

No quiero actos oficiales, negué con la cabeza, mientras escribía.

—Dinos algo nuevo. Anda, déjate querer un poco. La ciudad ha vivido en estado de terror durante veinte años... —dijo Ignacio.

—... ahora se necesita una fiesta para que la gente pueda exteriorizar el miedo que ha pasado y asumir que todo ha terminado. Hazlo por tus vecinos, necesitan celebrar que estás vivo —concluyó Tasio.

Acudí al acto muy poco convencido. Me sentía incómodo dando la mano a tanta gente sin poder contestarles ni conversar adecuadamente. Mi abuelo me había persuadido con métodos ligeramente menos expeditivos que su escopeta. Acudí con Germán, Esti y el propio abuelo. Los tres nos sentimos un poco intimidados cuando los altos cargos de la ciudad nos rodearon con su afabilidad institucional en la plaza de la Virgen Blanca y nos hicieron caminar a lo largo de la Correría, la calle gremial a la espalda de mi piso.

Supe que habíamos llegado a nuestro destino en el Cantón de la Soledad, una cuesta que hasta hacía pocos meses, en otra vida, solía subir de madrugada cuando todavía practicaba *running* con la esperanza de encontrarme con... qué más me daba. Qué más me daba.

Había mucha gente concentrada alrededor del cantón. Vecinos, la cuadrilla, prensa, desconocidos y desconocidas que me saludaban como si me conocieran. Yo respondía con una sonrisa, un poco sobrepasado. La corbata que Germán me había comprado me apretaba demasiado y no me sentía muy seguro con mi pelo. Tal vez se me veía demasiado la cicatriz.

—Date la vuelta, Unai —me dijo Estíbaliz—. Los ciudadanos de Vitoria han querido rendirte un homenaje.

Y entonces me giré y vi que la fachada del viejo edificio estaba pintada. No conocía aquel mural.

—Lo han titulado *La ciudad del Kraken.*

Y ciertamente habían dibujado un inmenso kraken que lo abarcaba todo con sus tentáculos: el dolmen de la Chabola de la

Hechicera, el poblado de La Hoya, el Valle Salado de Añana, la Muralla Medieval, la Catedral Vieja, la Casa del Cordón, la balconada de la Virgen Blanca, el Caminante…

También habían escrito algunas palabras, la última estrofa del *Abrazado a la tristeza*:

Me da pena que se admire el valor en la batalla.
Menos mal que con los rifles no se matan las palabras.

Me giré, con la piel de gallina en el corazón, demasiado emocionado como para soportar a tanta gente pendiente de mi reacción y entonces la vi.

La vi.

Entre el público.

La trenza negra de Alba.

Me miró con esa intensidad tan suya, contestando las preguntas que yo le hice con la mirada. Había venido, había cumplido con su parte.

«Menos mal que con los rifles no se matan las palabras», me repetí.

Aquel día decidí que había llegado el momento de volver a hablar.

AGRADECIMIENTOS

Decía Steve Jobs en su famoso discurso de Stanford que a veces miramos hacia atrás y vemos claramente que se pueden unir los puntos que nos han llevado hasta el presente.

Yo he querido unir los puntos de lo que ha conformado mi vida a lo largo de estas cuatro décadas y aplicar sobre ellos lo más valioso que tengo: mi imaginación.

Izarra fue para mí el pueblo donde mi madre estuvo destinada como profesora a principios de los años setenta y donde acudíamos a una guardería ubicada en un caserío, de allí tengo los primeros recuerdos de mi vida, creo que con cuatro años.

La calle General Álava, donde ejercí mi primer trabajo como optometrista, con apenas veintiún años recién cumplidos y un título universitario aún sin enmarcar.

Las tortillas manchadas del Naroki, la leche merengada de Casa Quico y los cucuruchos de patatas fritas del Amairu son parte del acervo culinario y sentimental que miles de vitorianos de varias generaciones todavía echamos de menos.

Las luces de Ochate, la enigmática ermita de San Vicentejo, el poblado celtíbero de La Hoya... los escenarios que he visitado mil veces y seguiré haciéndolo, tocando las piedras, sentándome e imaginando cómo vivieron mis tatarabuelos en el Medievo, en el año cero, en el primer milenio antes de Cristo, un ejercicio que me convirtió en escritora.

Villaverde, con mi tía abuela centenaria, la piedra de San Tirso, las noches de las Perseidas tirada en el camino de las Tres Cruces, la cruz del Gorbea moviéndose con la plaga de las mariquitas, mi abuelo Amancio, escondido tras don Tiburcio... mucho de lo que he vivido está en estas páginas.

Curiosamente, y pese a que la trama no tiene nada que ver con mi vida, esta ha sido hasta el momento mi novela más autobiográfica. En todo caso, huelga decir que los nombres de algunas familias, negocios y medios de comunicación han sido modificados. Todo lo contado aquí es ficción.

Mi agradecimiento al Ayuntamiento de Vitoria-Gasteiz y al personal de su Oficina de Turismo. Gracias a ellos y a las visitas guiadas que ofrecen, pude acceder a todos los escenarios históricos retratados en la novela. De igual manera, estoy muy agradecida al apoyo de la Fundación de la Catedral Santa María y a los arqueólogos del Ayuntamiento del Condado de Treviño, por descifrarme todos los misterios de los relieves de la ermita de San Vicentejo.

A los profesores que me formaron en Perfilación Criminal y en el Avanzado de Inspección Ocular Técnico Policial. Fue muy duro tener que estudiar casos reales, y reconozco que en más de una ocasión me planteé cambiar el género de la novela que estaba escribiendo. Pese a que han preferido que sus nombres no aparezcan por motivos de confidencialidad, estoy igualmente muy agradecida a la paciencia y profesionalidad que mostraron en todo momento en la resolución de mis dudas en el terreno forense y de criminalística.

A mi madre, Marisol Sáenz de Urturi Ozaeta, y a mis hermanos, Nuria y Raúl, por contribuir durante todo este tiempo a aliviarme toda la carga de la documentación que ha requerido la novela.

A todos los vecinos de Villaverde y de la Montaña Alavesa, por todo el apoyo que me han prestado desde que inicié mi carrera literaria: César, David, Garbiñe, Araceli, Óscar, Montse, Laura, Idoia... Vivimos una infancia mágica en nuestro Macondo alavés, ojalá Villaverde continúe siendo un refugio también para nuestros hijos.

Toda la novela es un homenaje a mi abuelo, Rufino Sáenz de Urturi López. Le he prestado a Unai López de Ayala la presencia y el legado de sentido común de un hombre tranquilo, sabio y único.

Mi agradecimiento a mi promoción del colegio San Viator del 72, por aquel reencuentro inolvidable del 25 aniversario que me mantuvo motivada en esta dura tarea de terminar una novela. Por aquel *Lau Teilatu* que todos cantamos, emocionados, como si aún tuviéramos quince años y nos quedase mucho mundo por merendarnos. Estoy convencida de que el mundo todavía es nuestro y tenemos mucha guerra que dar.

En especial, a Iraide Ibarretxe, Irune Sáez de Vicuña, Amaia Larrañaga, Mikel Landa, Iñigo Areta, Patricia Uh, Óscar Puelles, Patricia Martínez de Yuso, Lidia Ortueta, Ainhoa Larreina...

A Fran, por ser marido, compañero, cómplice y ancla. Pero lo más importante: por seguir siendo mi mejor amigo después de tanto tiempo y tanto camino recorrido.

A mis hijos, Dani y Adrián, por darme los mejores años de mi vida.

A Emili Albi y a Raquel Gisbert. Por pelear por mí y por esta novela, nunca os podré agradecer lo suficiente lo que estáis haciendo por mí.

A mis lectores, a los blogueros, a los periodistas de radio, televisión y prensa escrita —en especial a Martín Sanz, tan buen profesional como amigo—, que me habéis apoyado en cada lanzamiento, a todos los seguidores de redes sociales y a los que acudís a las firmas y a las ferias en busca de unos pocos minutos de charla. Me habéis cambiado la vida, y eso es algo que os debo a todos y cada uno de vosotros.

Y por último, a mi padre, Evelio García Castaños, porque mientras yo siga escribiendo novelas, él nunca se habrá ido del todo. Ha quedado su legado, lo más valioso para mí: el amor por la literatura que me inculcó.

ÍNDICE

GLOSARIO

Almendra Medieval: casco histórico de la ciudad de Vitoria. Formado por seis calles gremiales, su plano tiene forma de almendra desde una vista cenital.

Alubia pinta: fríjol oscuro.

Apellido compuesto alavés: apellido formado por un patronímico que designa la procedencia del nombre del padre —por ejemplo: López, hijo de Lope; Sánchez, hijo de Sancho; Martínez, hijo de Martín— y un toponímico local del pueblo o aldea alavés de donde era originaria la familia —por ejemplo: Urturi, Nanclares, Zárate. Se originaron en el siglo XIV y son característicos de la provincia de Álava.

Aquelarre: reunión de brujas, del euskera "aker" que significa macho cabrío y "larre" que significa prado.

Araba: provincia de Álava en idioma vasco o euskera.

Banderilla: denominación de los pinchos/pintxos en los años 70.

Baskonia: equipo local de baloncesto.

Blusa: joven miembro de una cuadrilla de Vitoria vestido con el traje tradicional alavés que consiste en una blusa o camisa amplia de algodón. Puede ser negra, a rayas azules o blancas, añil, etc... Al igual que los clanes escoceses, cada cuadrilla tiene su propia combinación de tela, pantalones, fajín y boina.

Boina: gorra redonda de paño típica del País Vasco usada hoy día por hombres mayores.

Buzo de faena: prenda de ropa para trabajar en el campo que cubre pantalones y parte superior con una cremallera.

Calle gremial: calle donde se agrupaban en la Edad Media los distintos gremios de comerciantes y artesanos, dando origen a su nombre: Herrería, Tintorería, Cuchillería, Zapatería, etc...

Camino de parcelaria: camino que lleva a las parcelas o eras a las afueras de un pueblo.

Cantón: calle estrecha transversal con mucha inclinación que cruza las calles gremiales en la Almendra Medieval de Vitoria: Cantón de las Carnicerías, Cantón de Anorbín, Cantón de la Soledad, etc...

Casco antiguo: conjunto de calles y edificios que forman el centro histórico de una ciudad. En el caso de Vitoria, corresponde a la antigua aldea de Gasteiz, cuyos restos se remontan al siglo VIII.

Caserío: vivienda tradicional del norte de España que suele estar aislada en el monte. Está construida en piedra y el tejado es a dos aguas.

Celedón: personaje que representa un aldeano alavés y que da inicio a las Fiestas de la Virgen Blanca. Hay una estatua de bronce que preside la Balconada de San Miguel.

Cocinica baja: chimenea tradicional donde se cocinaba.

Corazonistas: colegio privado y elitista de Vitoria.

Cuadrilla de la Montaña Alavesa: una de las siete comarcas que forman la provincia de Álava.

Cuadrilla: grupo de amigos muy unidos desde la juventud hasta la edad adulta que se reúne para cenar, salir por la noche y otras actividades de ocio. Es muy característica de la sociedad vasca.

Cubata: cóctel consistente en Coca-Cola y ron.

Chapín: calzado, en este caso, bolsa de plástico que protege los zapatos de toda contaminación, usada por los equipos de la Policía.

Charanga: banda de música formada por instrumentos de metal y a veces de percusión que recorre las calles animando con su música durante las fiestas populares.

Día de Santiago o día del Blusa y de la Neska: es el preludio de las fiestas en honor a la Virgen Blanca.

Diputación Foral de Álava: órgano de gobierno de la provincia de Álava.

Dolmen: construcción megalítica funeraria que consiste en varias losas clavadas en la tierra en posición vertical y una a modo de cubierta. Proviene del idioma bretón y significa mesa grande de piedra.

Echarse la capa del norte: fenómeno climático de la Montaña Alavesa en la que las nubes densas llevan una bajada drástica de temperatura.

Eguzkilore: proviene del vasco "eguski" que significa sol y "lore" que significa flor. Es un cardo que crece a ras de suelo.

Era: parcela rural.

Hueco: tipo de pan cuya miga es oscura.

Mostito/mosto: zumo dulce de uva.

Mus: juego de naipes de 200 años de antigüedad muy popular en el norte de España y el sur de Francia.

Neska: muchacha o chica en vasco o euskera. También se refiere a las jóvenes vestidas con el traje tradicional vasco.

Pareja de la Guardia Civil: miembros de las Fuerzas y cuerpos de seguridad del Estado que tradicionalmente trabajan en parejas.

Pincho: pintxo en vasco o euskera. Pequeña rebanada de pan sobre la que se coloca una porción de comida.

Raposo: sinónimo de zorro. Culturalmente es un símbolo de astucia.

Salinas romanas de Añana/Valle Salado de Añana: una de las fábricas de sal más antiguas del mundo, con 6.500 años de historia. Conoció su máximo esplendor en tiempos de los romanos.

Sobao: tipo de pan de corteza dura.

Tricornio: sombrero negro de ala ancha y tres picos usado por la Guardia Civil.

Txakolí: vino blanco típico del País Vasco.

Txangurro: centollo, una especie de cangrejo grande, en vasco.

Verbena: fiesta popular que se celebra normalmente de noche en la que una orquesta toca música.